나의 학교교육에서 배움과 가르침

이재철

도서 출판 행복에너지

나의 학교교육에서
배움과 가르침

초판 1쇄 발행 2021년 6월 22일

지 은 이   이재철
발 행 인   권선복
편   집   오동희
디 자 인   오지영
전 자 책   오지영
발 행 처   도서출판 행복에너지
출판등록   제315-2011-000035호
주   소   (07679) 서울특별시 강서구 화곡로 232
전   화   0505-613-6133
팩   스   0303-0799-1560
홈페이지   www.happybook.or.kr
이 메 일   ksbdata@daum.net

값 25,000원
ISBN   979-11-5602-896-3   (03810)

Copyright ⓒ 이재철 2021

나의 학교교육에서 배움과 가르침

이재철

제2장

학교교육에서 가르침과 보람

제3장
학교교육을 위한 말과 글

제4장
학교교육 현장을 떠나면서 희망과 기대

머
리
말

　이 책은 저자가 50년 이상 학교교육에서 배우고 가르친 것을 기록한 것
이다. 언젠가 한번은 정리를 해야겠다는 마음은 있었지만, 차일피일하다가
정년을 2년 남겨두고 원고를 쓰기 시작하였다. 오랫동안 학교교육에 몸담
아 왔던 만큼 이야기하고 싶은 내용은 많았지만 대부분 시기의 기록과 흔
적들이 사라져버렸다. 남아있는 기억과 자료들을 바탕으로 인생의 근간이
되고 나아가 이것이 가르침에 실현이 되었던 것만을 대상으로 하였다. 특
히 현재 학교교육의 바람직한 방향이 무엇인가의 관점에서 접근하였다.

　학교교육은 인류의 발전에 결정적 역할을 하여 왔다. 인간이 창조한 정
신적, 물질적 유산은 축적되어 다음 단계로 계승 발전되어 갔다. 2,500년
전 공자가 3,000명의 제자들과 교육한 내용은 현재의 생활에서도 매우 유
용하다. 인간의 본성인 양심, 도덕, 인간관계, 사회와 국가 윤리 등을 학교
교육을 통해서 배우고 발전시켜 나갔던 것이다. 현재 학교교육에 종사하고
있는 우리들은 앞선 세대가 이룩해 놓은 성과들을 계승 발전시켜 나가고
있다. 학교교육의 중요성을 아무리 강조해도 지나침이 없을 것이다.

　저자는 시골 농촌지역에서 태어나 학교교육의 가르침을 충실하게 받
았다. 가정에서 가족 간의 천륜과 인정을 돈독히 하여 학교교육으로 나아
갔다. 초·중·고·대학·대학원의 긴 과정을 수학한 결과 내적인 인성과 외
적인 능력, 경력이 갖추어져 갔다. 양심과 도덕성, 분투력, 학문적 성과와

즐거움은 강한 장점이 되었다. 농촌 들녘의 보잘것없는 잡초로 출발하였지만, 학교교육 덕분에 반듯한 인격체로 거듭나게 되었다. 이제 학교교육을 가르칠 준비가 되었던 것이다.

교직에 입문하여 교사, 장학사, 교감, 교장에 이르렀다. 교실 현장에서 대면하여 교수–학습, 생활지도, 진로진학 등 교사 본연의 임무에 최선을 다하였다. 당연히 이때 가르친 경험들이 중요하겠지만, 기록이나 자료를 제대로 남기지 못하였다. 또한 이 무렵 가르치는 일과 동시에 대학원 박사과정에서의 배움과 학문 활동도 이뤄지고 있어서 의미 있는 학교교육에는 한계가 있었다. 이후 교육행정이나 학교교육의 관리자가 되면서 학교 전체를 대상으로 교육에 진력하였고, 이를 이 책에서 기록하게 된 것이다. 교사로서 제한된 학생들의 성장을 가져오는 것 못지않게 개별학교의 교육방향을 결정하고 변화를 가져오게 하는 것도 중요하다고 생각한다.

이 책은 4개의 장으로 구성되어 있다. 제1장에서는 학교교육에서 배우고 깨달은 것 중에서 인생의 근간이 된 부분을 중심으로 서술하였다. 학교교육의 기초가 되었던 가정교육의 배경, 배움을 지속적으로 가능케 했던 체력, 배움을 성공으로 이끌었던 내면의 인성, 인생을 풍요롭게 하는 학문연구 등이 주요 주제들이다. 제2장에서는 배움을 바탕으로 교직에 입문한 뒤 학교교육을 가르친 것을 서술하였다. 대구교육청의 장학사, 2개 학교의 교감, 3개 학교의 교장을 거치면서 학교교육을 실천하였다. 학교마다 학교문화, 구성원의 성향, 교육 여건, 역사와 전통 등이 다르다. 따라서 학교교육의 본질이나 목표는 동일하지만, 이를 실행하는 방법을 달리하여야 했다. 이 과정에서 성과와 보람도 있었고, 한계와 어려움에 봉착하기도 했다. 학교교육이 나아가야 할 올바른 방향이라고 믿는 신념과 의지, 분투력이 강하였던 만큼 추진 과정에서 마찰과 저항이 강할 수밖에 없었다. 이 책에서 이것들을 중심으로 서술하였다. 제3장에서는 학교교육에서 했던 말과 글을 정리하여 실었다. 학생들에게 훈화한 글, 교사와의 회의 시 토론과 발언, 기념식사, 학부모와의 대화 시 발언 등이다. 사전에 원고를 작성한 것이 대부분이고 즉석에서 발언한 녹취록도 있다. 저자의 학교교육에 대한 신념과 실천을 엿볼 수 있을 것이다. 제4장에서는 학교교육 현장을 떠나면서 희망과 기대를 서술하였다. 학교교육이 더욱 발전하기를 바라는 마음을 바탕으로 하여 학교교육을 떠나는 자의 입장에서 개선되었으면 하는 현장의 문제점 4가지를 제시하였다.

이 글을 마무리하면서 학교교육에 대한 희망과 기대를 동시에 하고 있다. 학교교육의 필요성에 부응하여 책무감이 넘치고 열성을 다하는 교사, 학교교육의 자양분을 섭취하여 우후죽순처럼 뻗어나 성장하는 학생, 학교교육을 전폭적으로 신뢰하는 학부모가 있으므로 학교교육의 미래는 희망적이다. 그럼에도 불구하고 학교교육을 비판하고 나아가서는 존재 자체를 부정하는 목소리에 귀를 기울이고 가슴을 열어야 할 것이다. 학교 현장에 깊숙이 자리 잡은 정치적 행태, 이기적이고 무책임한 교사, 학생과 학부모의 요구를 외면하는 학교교육, 현실과 유리된 교육정책 등을 지적하고 싶다. 이것들이 해결되지 않는다면 학교교육의 주인공인 학생과 학부모는 우리를 외면하고 대안을 찾으려 할 것이다. 미래에 사라질 첫 번째 직종으로 교직을 손꼽는다든지, 코로나19 사태 이후 급격하게 발전하는 원격교육의 패러다임을 결코 가볍게 볼 수 없다.

이제 저자는 학교교육을 떠나야 할 시점에 와 있다. 학교교육에서 많은 혜택을 받았고, 학교교육에서 가르침을 보람으로 삼았다. 발걸음이 그리 가볍지만은 않은 것은 떠나는 사람에게 문제가 있기 때문이지만, 학교교육을 걱정하는 간절한 마음을 전하지 않을 수 없다. 그래서 이 책을 저술하게 된 것이다. 마음이 앞서다 보니 사실에 근거하지 않은 억측과 편견, 오해, 자의적인 해석과 일방적 주장 등이 있음을 자인하지 않을 수 없다. 정확한 사실과 명확한 논리를 무엇보다도 중시하는 역사학도의 본분에서 멀어진 것 같다. 따라서 엄격한 논증이 요구되는 논문의 형식에서처럼 입론의 근거나 자료의 출처를 일일이 밝히지 않았다. 또한 서술과 관련된 인물들의 이름을 제시하지 않았다. 당사자의 생각을 일일이 확인할 수가 없었고, 또한 특정 인물의 공과(功過)를 드러내는 것 같았기 때문이다. 혹시 자신의 빛나는 성과가 무시되었다는 섭섭함이 있을까 걱정되지만, 이 책자가 적어도 최소한의 공간(公刊)의 형식을 띠고 싶은 저자의 마음을 이해해 주기 바란다. 이에 따라 생겨난 모든 책임은 당연히 저자의 몫이다.

저자는 학교교육을 하면서 많은 교육 동지들의 도움을 받았다. 새내기 교사 시절 교육의 발전과 학생의 성장을 위해 학교 안팎에서 동고동락을 하였던 선배, 동료 교사들의 기억이 많이 남아있다. 지난날의 회상으로 사라지지 않고 저자가 더 나은 교사로 성장하는 데 디딤돌이 되어 주었다. 또한 학교를 개혁하는 데 저자와 뜻을 같이하고 힘이 되어준 동료 교사, 학생, 학부모들을 잊을 수 없다. 특히 학교교육의 발전과 성공을 위해 혼신의 힘을 다해준 많은 교사들이 있었다. 그들이야말로 이 시대의 진정한 스승이오, 나라와 민족의 앞날을 밝혀줄 별들이다. 만약 저자가 학교교육의 발전에 약간의 기여라도 했다고 한다면, 오로지 이들의 도움 때문에 가능하였다. 지면관계상 일일이 모두 거명할 수 없음을 아쉽게 생각한다.

그리고 학교교육에서 성장하고 가르침을 가능케 했던 가족을 잊을 수 없다. 선고(先考), 선비(先妣)의 무한한 사랑과 형제들의 성원이 있었기 때문에 학교교육에 입문하고 마칠 수 있었다. 책상머리 한 켠에는 빛바랜 선고와 선비, 형제들의 사진을 세워두고 있다. 저자의 가슴에 영원히 살아있는 버팀목이다. 그리고 결혼 이후 처는 저자가 오로지 학교교육과 학문 활동에만 전념할 수 있도록 온갖 희생을 감내하여 주었고, 아버지를 이어 교직에 입문한 아들, 며느리는 든든한 동반자이며, 서울 객지에서 자신을 길을 개척하고 있는 또 다른 아들은 훌륭한 인재로 거듭나길 기대하고 있다. 늘 집안에 웃음과 기쁨을 선사하는 손자·손녀는 삶의 여경(餘慶)이 되고 있다.

마지막으로 상업성 없는 이 책의 출판을 흔쾌히 허락해 준 행복에너지

권선복사장님을 비롯한 편집부 여러분께도 감사드린다. 이제 학교교육의 배움과 가르침을 마무리하고 금서(琴書)의 기쁨을 즐기는 야인으로 돌아가고자 한다.

2021년 6월
저자 삼가 씀

제3장

학교교육을 위한 말과 글의 목록표

제1장
....

학교교육에서
배움과 깨달음

학교교육에서는 인간의 성장과 성숙에 필요한 많은 배움과 깨달음이 이루어진다. 어린이 단계의 초등학교, 청소년 단계의 중·고등학교를 거치면서 점차 완전한 인간으로 변화되어간다. 배우는 내용을 총괄적으로 흔히 지, 덕, 체라고 표현하며 전인(全人) 교육이라고 한다. 인성과 지성, 체력을 골고루 배우고 닦음으로써 자신을 계발하고 사회에 기여하는 사람으로 성장하게 된다. 학교에서는 법령에 정해진 교육과정에 따라 학생들을 가르키게 된다. 저자의 모교에 남아 있는 생활기록부를 보면 학적상황, 출석상황, 건강상태, 표준화검사상황, 진로상황, 행동발달상황, 특별활동상황, 교과학습발달상항 등 8개 부분이 깨알처럼 기록되어 있다. 학교교육에서 성장하는 모습을 파노라마처럼 확인할 수 있다. 농촌의 철부지 코흘리개에서 출발하여 건강하고 씩씩한 소년을 거쳐 삶을 스스로 개척해 가는 청년으로 성공하는 기록이다. 인생을 반듯하게 일으켜 세워준 궤적이오, 살아있는 역사이다.

이 장에서는 저자의 학교교육 가운데서 인생의 근간이 되었던 부분을 서술하였다. 학교교육에서 배웠던 수많은 내용들 가운데 이후 삶에서 지속적으로 영향을 주었고, 또한 학교교육을 실천할 때 학생들에게 강조하였던 것들이다. 먼저 학교교육 이전에 인생의 방향을 결정짓고, 삶의 버팀목이었던 가정과 가족의 생활을 밝혔다. 유년시절 농촌에서의 경험과 가족 간의 끈끈한 정리(情理)는 저자의 심신에 깊이 자리잡고 있다. 본격적으로 학교교육을 통해서 배움의 원동력이었던 체력을 기르고, 인성을 도야하고 분투력을 발휘하여 내면의 무한한 잠재력을 이끌어 낼 수 있었다. 그리고 신체적·인성적 성장을 바탕으로 학교교육의 가장 상위 개념인 자기주도학습에 성공하여 학습에 자신을 가지게 되었다. 나아가 배움을 즐기는 단계에까지 이르러 역사 학문을 전공하였고, 학자로서 학문적 성취도 이루었다. 학교교육의 핵심인 인성, 자기주도학습, 학문 3부분에서 성공을 거두었다고 생각한다. 이 장에서는 이를 중심으로 서술하였다.

1 가정은 배움의 기초이다

학교교육의 출발점은 가정이다. 출생과 유년기간 동안 형성된 인지능력, 체력, 습관, 경험 등이 학교교육에 영향을 미친다. 학교교육은 이를 확장, 수정해 나가는 과정이다. 옛부터 '수신제가치국평천하'(修身齊家治國平天下)라는 말로 표현하였고, 현대에도 흔히 학교교육의 성패의 근원을 가정에서 찾기도 한다. 저자의 경우, 늘 가정과 학교교육은 분리될 수 없었으며, 60여 년이 지난 지금에도 가슴 깊숙이 가정교육의 여운이 자리 잡고 있다.

● 농촌의 삶을 시작하다

저자가 태어난 곳은 대구광역시 달성군 옥포읍 강림동이다. 1990년대 중반 이후 경상북도에서 대구시로 편입되었고, 최근에는 대규모 아파트 단지, 달성군 신청사, 사통팔달의 도로 등이 들어서서 도심과 진배없다. 대학교를 졸업할 때까지 도심에서 20여 km 떨어진 전형적인 농촌에서 생장하고 학교교육을 받았던 당시의 모습과 비교하면 상전벽해의 발전인 셈이다. 마을은 지형상 북향으로 금계산(489m) 자락에 위치하고 멀리 낙동강을 바라보고 있다. 우리나라 전통 마을이 흔히 입지하는 선상지형이다. 마을에서 강까지는 3㎞ 정도 거리로 그 사이에 옥공평야가 광활하게 펼쳐져 있다. 1960년대 낙동강변 따라 제방이 조성되어 여름철만 되면 반복되던 홍수의 피해에서 벗어날 수 있었다. 비교적 풍요롭고 안전하게 농사를 지으면서 살아가는 농촌지역이었다.

마을의 형태는 산자락에서 국도 5호선까지 1㎞ 정도 비탈지고 길쭉하게 형성되어 있었다. 그 안에 150호가 불규칙하게 밀집되어 있었다. 우리 집은 산과 가까이 위쪽 부분에 있어서 소를 방목하고 땔감을 하는 데는 편리하였지만, 외지출타를 위해 도로까지 내려가는 데는 힘들었다. 대학교 때 대구시내까지 통학하였는데, 버스 시간에 맞추기 위하여 마을길을 뜀박질하던 기억이 아직도 생생하다.

우리 부락 '강림리'의 존재는 조선시대 이전까지 거슬러 올라간다. 조선시대 읍지류나 서울대 규장각에 현존하는 조선후기 대구부 호적에 기록되어 있다. 벼슬과 학문으로 이름을 남긴 인물이나 전통적인 명문 가문은 보이질 않는다. 여러 성씨가 섞여 농사를 지으면서 살아가는 민촌의 하나라고 할 수 있다. 우리 집안 성주 이씨는 고려 말 조선 초기 관직에 나아가 권력을 장악한 소위 '상경종사'(上京從仕)한 인물들이 많이 배출되었다. 시조인 이장경의 다섯 아들 모두 과거 급제하여 권력의 요직에 이르렀다. 자손들 가운데 권문세족으로 고려 왕실에 충성을 다했던 이인임, 이조년이 있는가 하면, 신진사대부로 조선 개국에 적극적이었던 이인민, 이포, 이직 등이 있었다. 새로운 왕조의 개창을 둘러싸고 다양한 정치 세력의 격변기에 같은 집안 출신이었지만 정치적 행로는 각기 달리하였던 것이다. 그러나 조선시대 16세기 성리학으로 무장한 사림파가 등장한 이후 중요 관직에 진출하거나 학문으로 두각을 나타낸 인물들은 거의 보이지 않으며, 조선후기로 갈수록 더욱 한미해져 갔다.

우리 집안의 가계는 관향인 경북 성주에서 10대조 때 인근 고령군 성산면 용기리로 옮겨 살았다. 마을은 주변에서 가장 높아 조망이 확보되고 조선초기의 봉수터가 남아있는 의봉산(551m) 자락에 형성되어 있었다. 높은 산으로 둘러싸인 좁은 지역을 개간하여 만든 전답으로 생활하였다. 지형이나 전답과 마을의 크기를 볼 때 생활은 그리 넉넉지 않았음을 알 수 있다. 선영(先塋)에는 입향시조인 10대조부터의 분묘가 있고 어릴 때부터 10월 시사(時祀)에 참여하였다. 150여 년 전 5대조부대에 고령 용기리의 선산만을 남겨둔 채 모든 일가친척들이 다시 달성군 강림마을로 이사를 하였다.

기록이나 구전이 없어서 150여 년 동안 살아오던 고향을 떠나게 된 이유를 알 수 없지만, 추측컨대 궁벽한 산골짜기보다는 농토와 산물이 풍족한 평야지대가 살기에 나았을 것이다. 또한 새로운 거주지는 여러 성씨들이 대규모로 섞여 살아가는 곳이기 때문에 외지인이 정착하는 데 별다른 어려움이 없었을 것이다. 근면성실하게 농사를 짓고 타 가문과의 관계를 잘 유지하여 곧 마을에서 뚜렷하게 입지를 굳힐 수 있었다. 어릴 때 명절이 되면 당내(堂內) 일가친척 모두 모여 아침부터 저녁 어둑할 때까지 열서너 집을 돌아가면서 제사 지내던 기억이 남아있다. 집안 간의 단합은 물론이고 가문에 대한 자부심이 강한 편이었다.

우리 집안의 분위기와 모습은 1950년대 농촌지역의 일반 농가와 매우 비슷하였다. 저자가 4세 때 돌아가신 조부에 대한 기억은 전혀 없으나 중학교 2학년 때 돌아가신 조모의 모습은 아직도 기억하고 있다. 조모는 어머니가 시집온 후 10년 만에 낳은 손자들을 특히 애지중지하였다. 농사, 일상생활, 부모 부재중에 가정을 건사하는 등 어릴 때 조모에게 크게 의지하였다. 돌아가시던 날 새벽에 대청마루에 피를 흥건히 토한 채 쓰러진 모습이 아직도 기억에 남아있는데, 어린 나이에 하늘이 무너지는 충격을 받았다. 장례를 치루는 당일 15세 중2 학생으로 집에서 고령 선산의 장지까지 20㎞ 거리를 상여를 따라 걸어갔다. 지금은 볼 수 없지만, 상여를 맨 행열, 장례 치루는 의식, 오열하는 가족 친지, 상여꾼의 노래 가락, 봉분의 조성, 장례를 도와주는 마을 사람들의 모습 등은 농촌의 일상이었다.

당시 농촌의 가정은 대부분 가부장적 문화가 강하게 남아 있었다. 가족을 대표하는 가장이 모든 가사를 책임지고 이끌어 나갔으며, 가족 구성원은 별다른 생각 없이 순종해야만 했다. 우리 집의 가장인 아버지(1921~2006)는 학교교육은 받지 못하였으나, 나름대로 당신과 주변에 대한 주관이 뚜렷하였다. 당신의 역할, 임무에 대한 책임감, 자존심이 강하였으며, 가족을 위해 농사나 부업을 통해 살림살이를 늘리는 데 애를 많이 썼다. 그리고 문중의 족보편찬, 선산 관리, 대소사를 주관하기도 했다. 10월 선영의 시제나 집안의 기일(忌日) 때 축문을 짓고 읽는 것은 아버지의 몫이었다. 또한 자녀의 교육이 집안과 문중을 일으켜 세우는 데 중요함을 늘 강조하였다. 이러한 가부장적인 문화와 아버지로서의 역할은 이후 저자의 삶에 큰 영향을 끼쳤다.

　전통적인 가부장 사회, 특히 농촌에서 여성은 힘들었고, 그 지위는 열악하였다. 여성의 기본적 몫인 출산, 양육, 가사노동 등은 당연시되었고, 거친 농사일도 남성 못지않게 해내어야 했다. 게다가 유교적인 남존여비의 문화가 남아 있어서 가정에서 무시되기 일쑤였고, 남자들의 폐행(弊行)을 억울하게 참으면서 살아가야 했다. 저자가 성장한 1960년대 우리 지역에도 이러한 문화가 잔존하고 있었다. 어머니(1922~1995)는 20세에 차남인 아버지에게 시집왔다. 징용으로 일본에 끌려간 백부가 해방 전에 돌아가시자 자연히 맏며느리 역할을 하게 되었다. 삼촌, 네 분의 고모, 문중의 대소사 속에서 겪은 시집살이의 고단함을 자식들에게 가끔 말씀하시곤 하였다. 게다가 시집온 후 10년 동안 자식을 두지 못한 '잘못'을 오롯이 여성인 당신에게 돌리고 수태에 효험이 있다고 하면 쓰디쓴 생약초라도 감내하였다. 또한 동네 어귀에 있는 사찰에 나가 생남(生男)을 위해 불공을 간절히 드렸다. 다행히 늦게나마 4남 1녀의 자식을 둔 것은 천지신명의 보답이라고 생각한다. 어머니에 대한 회상과 감정은 측은함과 미안함이 짙게 깔려 있다. 훗날 조선시대 역사를 공부하면서 여성들의 비참하고 비인간적인 실상에 직면하게 될 때마다 어머니의 모습과 오버랩되기도 하였다.

　4남 1녀의 형제는 두서너 살 차이로 4남인 저자와 끝에 여동생이 있다. 형제들은 같은 공간에서 의식주를 포함해서 모든 생활을 함께하였다. 둥근 형태의 밥상 위에 큰 밥그릇과 몇 개의 반찬 그릇을 두고 각자 숟가락으로 떠먹었다. 또한 자연스럽게 동생들은 형의 옷가지를 물려받아 입었고, 좁은 방에서 서로 이불을 당기면서 잠자리를 함께했다. 가부장적 사회에서 형제간에 서열을 중시하여 매사에 형 위주로 결정되었고, 욕심나는 물건도

형에게 우선권이 있었다. 당시 식구 많은 농촌 가정의 흔한 모습이었다. 막내인 저자는 힘도 약하였거니와 엄격한 가정질서에 도전하기보다는 다른 방법으로 존재감을 확인받고자 노력했다. 갈등의 소지가 있을 때 끝까지 '분투력'을 발휘함으로써 아예 미리 인정해 버리게 하는 것이었다.

시골 농촌에서 친구들과의 생활은 형제 이상으로 긴밀하였다. 우리 마을은 150여 호나 되는 큰 부락이었다. 6.25 전쟁 이후 베이비 붐이 일어나던 시기이라 24명의 남자 동갑내기가 있었다. 친구들과 무리를 지어 아침부터 저녁 늦게까지 동네는 물론이고 산이나 들에 쏘다녔다. 아직까지 생각나는 기억 몇 가지를 들면, 동네에서는 사랑방에서 수다떨기, 술래잡기, 닭서리 등을, 산에서는 나무하기, 칡뿌리 캐기, 열매 따기, 소 풀 먹이기 등을, 들에서는 수박서리, 종달새 잡기, 낙동강에 헤엄쳐서 조개잡기, 헤엄치기 등을 했다. 별다른 놀이 기구나 방법이 없는 시기였던터라 시골에서 다니는 것 자체가 재미있는 놀이였다. 초·중학교 때까지 이런 생활을 하였으며, 각자 도회지 고등학교로 진학하면서 끝났지만, 그때의 우정과 추억은 잊을 수 없다.

농촌에서 저자의 생활 범위는 어린 나이에도 불구하고 집안, 마을, 산과 들, 학교 등 꽤나 넓었다. 부모님은 의식주 문제나 학교교육을 해결해 주되 부족한 일손 때문에 소소한 집안일을 돕도록 했다. 어린 나이에 힘들고 귀찮은 일 가운데 하나는 집안의 중요 노동력인 소를 관리하는 것이었다. 봄에서부터 가을까지 아침 일찍 일어나 동네 사람들과 같이 산 중턱에 소를 방목한 뒤, 오후에 하교하면 산에 흩어져 있는 소를 찾아 해질녘까지 풀(잡초)을 먹여 귀가해야 했다. 한낮의 길이가 긴 여름날 소와 씨름하며 따분하게 시간을 보내야 했다. 덕분에 참을성이 몸에 배이지 않을 수 없었다. 저자의 본성이 점점 들판의 잡초처럼 강인해져 갔던 것이다.

또 다른 집안일로는 겨울철에 난방에 필요한 화목(火木)을 구해오는 것이었다. 연탄을 본격적으로 사용하기 전이라 취사나 난방은 볏짚과 나무를 이용했다. 대부분 아버지와 형들이 했고, 저자는 겨울철에 인근 야산이나 밭에 가서 나무등걸을 톱이나 괭이로 채취해 왔다. 추운 날씨에 밖에 나가는 것도 귀찮은 터에 일한다는 것은 너무나 싫었다. 아버지의 엄한 말씀을 거스르기보다는 차츰 우리 집안에 도움을 주기 위해서는 필요하다는 생각이 들어갔다.

● 농사는 힘든 노동의 여정이다

농사는 사람의 노동력으로 하기에는 참으로 힘든 일이다. 요즘 퇴직 후에 전원생활을 동경하며 농사를 짓겠노라고 하는 사람들을 더러 보는데, 저자는 그 의도에 전혀 동의하지 않는다. 유년 시절 농사를 직접 지어본 결과, 결코 쉬운 일이 아니라는 확신이 있기 때문이다. 그리고 조선후기 역사를 전공하면서 농민들이 농사일에 시달리는 고통, 기아에 허덕이는 비참한 실상, 수십만 명씩이나 죽어가는 흉년과 전염병 등의 기록에 직면할 때 저자의 경험에 비추어 충분히 수긍이 갔다. 1960년대 농민들의 삶이 조선후기와는 비교할 수 없을 정도로 나아졌겠지만 농사일 그 자체에 대한 고단함은 여전하였다.

우리 집의 농토는 논 5,000여 평, 밭 1,000여 평 정도로 중농 규모였다. 농사일에는 아버지, 어머니의 노동력이 중심이었고, 자식들도 어릴 때부터 함께 거들어야 했다. 농촌의 농번기에는 부엌의 부지깽이도 거든다는 속담이 실감날 정도로 바빴다. 논농사는 5월에 묘판 설치를 시작으로 하여 6월에 모내기, 7·8월에 김매기, 10월에 벼 수확, 11월 보리파종, 이듬해 5월 보리 수확으로 이어진다. 모든 과정이 사람의 노동으로 이뤄졌다.

모내기를 하기 전에 논에 물을 가두고 소를 이용해서 쟁기질과 써레질을 하여 논바닥을 고르게 한다. 중학교 때부터 소 대신에 경운기를 이용했지만, 어느 경우든지 사람이 넓은 논의 고랑과 이랑을 수십 번이고 왕복해야 했다. 논바닥의 정리가 끝나면 모판에서 모를 옮겨 논 전체에 고르게 흩어놓는다. 모내기는 품앗이를 하여 많은 사람들이 함께 함으로써 효율성을 높일 수 있었다. 두 사람이 못줄을 양쪽에서 잡고 농군들이 3~4미터 간격으로 못줄 앞에 선다. 못줄을 옮김과 동시에 7개 정도의 벼 포기를 손에 쥐고 20㎝내외 간격으로 논바닥에 꽂는다. 여러 차례 할수록 요령이 생기고 속도도 낼 수 있지만, 많은 사람들이 동시에 하는 일이라 개인적인 사정으로 혼자 뒤처질 수 없다. 정강이까지 빠지는 진흙탕 속을 따가운 햇볕 아래에서 허리를 굽힌 채 모내기한다는 것은 여간 힘든 일이 아니었다. 그럼에도 자신에게 주어진 몫을 제때 반드시 해내어야만 전체 일이 진행될 수 있었다.

모내기 작업을 통해 매사에 자신의 몫은 해야 된다는 생각을 늘 가지게 되었다. 우리 집의 모내기는 거의 한 달 정도 계속되었다. 저자는 초등 5학년 때부터 모내기 현장에 나갔고, 중학교 때는 본격적으로 모내기에 참여하였다. 주말과 하교 후에는 들논에서 살다시피 했고, 농번기에는 학교에서도 가정실습을 하여 농사일을 거들게 했다. 모내기 일은 농촌을 떠나 결혼한 후에도 참여하기도 했다. 허리가 끊어질 듯이 아팠지만, 잠시도 쉴 수 없이 참고 모내기를 끝내었던 기억이 아직도 생생하다.

모내기와 함께 힘든 농사일은 벼와 보리를 수확하는 일이었다. 누렇게 황금물결로 변해가는 들판은 모든 농부에게 풍요의 설렘을 가져오지만 어린 나이의 저자에게는 고통의 전주곡이었다. 10월 초부터 벼베기가 시작된다. 벼베기는 흙탕물에서 함께 일을 해야 하는 모내기와는 달리 가족노동 중심으로 각자 능력만큼 벼를 베서 논바닥에 두면 된다. 다소 여유롭고 힘이 덜 드는 편이다. 4~5일 후 벼 줄기가 마르면 30㎝크기의 단으로 묶어서 소달구지(후에 경운기)로 집 마당으로 옮긴다. 들논에서 집까지 거리도 멀고 한 번에 운반할 수 있는 양도 제한되어 있으므로 며칠 동안 바깥마당에 차곡차곡 쌓아둔다.

마당에 낟가리가 꽉 차게 되면 탈곡을 하게 된다. 탈곡기는 다리로 페달을 밟아서 돌리다가 후에 모터, 경운기의 동력을 이용하였다. 3~4명 정도 서서 탈곡기 위에 볏단을 대면 낟알이 쏟아진다. 검불과 섞여 있는 낟알을 모아서 풍구에 바람을 불어 넣어 정선을 한 뒤 뒤주에 담아 넣으면 작업이 끝난다. 탈곡기의 요란한 소리, 먼지가 자욱하게 솟아오르는 마당, 볏단을 옮기고 짚을 치우는 뒤치다꺼리, 볏단을 빠르고 빈틈없이 탈곡하기 등 탈곡장의 광경은 전쟁터를 방불케 한다. 탈곡작업은 낮에 시작하더라도 밤까지 이어지는 것이 다반사였다. 보름달이 훤히 비추는 밤하늘 아래에서 먼지로 뽀얗게 변한 얼굴을 하고 있는 가족들의 모습이 눈에 선하다.

보리 수확은 6월 초여름에 한다. 보리농사는 그리 많지 않았지만 보리타작할 때 보리수염(까끌이)의 고통이 심하다. 농사로 땀이 난 등이나 목뒤에 까끌이가 붙어 떨어지지 않아서 매우 따가웠다. 농사는 가족 모두가 힘든 일이었다.

논농사의 수입만으로는 늘어나는 자녀의 학비나 가계 씀씀이에 충당할 수 없었다. 그래서 70년대 후반부터 수박과 토마토 재배를 시작하였다. 쌀과는 달리 한꺼번에 목돈이 들어오기 때문이었다. 수박은 노지(露地)에서 재배하였는데, 경지정리가 된 100m 길이의 논에 고랑과 이랑을 만들고 모종을 심는다. 이후 물주기, 가지치기, 수정하기, 수확하기, 판매하기 등의 과정을 거친다. 힘들게 재배하였지만 여름철 장마로 농사를 망치기가 일쑤였고, 게다가 가격폭락으로 헛수고로 돌아가기도 했다. 비가 쏟아지는데도 물에 빠져 있는 수박을 몇 통이라도 건지기 위해 진흙탕 속을 뒹굴다시피 했다.

수박 농사에서 큰 재미를 보지 못하고 토마토 농사로 옮기었다. 겨울철부터 비닐하우스를 지어 모종을 심고 가꾸어 3, 4월에 수확하였다. 비닐하우스 내부는 겨울철이라도 보통 35°이상 올라가 숨이 차고 땀이 뒤범벅이된다. 그 안에서 경운기로 땅을 갈고, 가지치기, 수정하기, 수확하기 등을 해야 한다. 수입은 늘어났지만 노지에서 이뤄지는 다른 농사일과는 또 다른 차원의 고통이었다. 농사일이 목숨과 연결되어 있었던 것이다.

그리고 단속적으로 이뤄지는 보리와 콩의 파종과 김매기, 논에 물대기, 풀베기 등의 농사일에도 참여하였다. 나이와 체력에 비하여 과중한 일을 할 때도 있었다. 중학교 2학년 때 저자는 키 148.5㎝, 몸무게 41.2kg로 왜소한 편이었다. 4월부터 6월까지 주말마다 자전거를 타고 낙동강 근처에서 소의 먹이용으로 풀(건초)을 베어 왔다. 풀이 가득 담긴 커다란 망태기를 자전거에 싣고 집까지 오기란 여간 힘겨운 일이 아니었다. 집안에 도움을 주어야겠다는 생각이 앞섰지만, 농사일이란 어떤 힘든 상황이나 조건에서도 해내어야 했다.

농민들에게 농사는 천직이다. 오직 땅만을 바라보며 열심히 일한 결과 가족의 생계를 유지해 주는 생명의 끈이다. 또한 힘들고 고단함을 이겨내고 가족의 행복과 건강, 가계를 이어나가는 희망의 길이기도 하다. 적지 않은 농토에 온 가족이 농사일에 매달린 덕분에 우리 가족의 삶은 넉넉하였고, 다섯 형제가 학교교육을 받을 수 있었다. 학교에 등교하는 자녀들이 아침마다 대문을 나서면서 교육비, 학용품비, 용돈 등을 요구할 때마다 어머니는 어떻게든 해결해 주었다. 부모님을 비롯한 가족 모두에게 감사해야 할 일이다. 또한 농사짓는 현장에서 가족들의 고단한 모습을 보고 진한 육친의 정이 가슴에 새겨졌으며, 가족 구성원으로서의 책임감과 끝까지 참고 견디어 내야 한다는 인내력을 단련할 수 있었다. 그럼에도 불구하고 저자에게 농사일은 힘든 과정이었다.

● 가화만사성(家和萬事成)이다

'가화만사성'이란 말을 예나 지금이나 자주 사용하고 있다. 가정이 화목해야 모든 일이 잘 이루어진다는 뜻이다. 전통시대에 선조들이 이를 삶의 진리처럼 지키려고 했으며, 바쁜 일상에 쫓기는 현대 사회에서 가정의 문화도 달라졌지만 결코 소홀히 할 수 없는 말이다. 가족중심 사회로의 전환은 중국의 경우 기원전 4세기 춘추전국시대에 이뤄졌다. 철기문명의 발달로 소규모 가족 단위의 농사가 가능했고, 이에 따라 자연스럽게 가부장적 사회 질서가 성립되어 갔다. 당시 약육강식과 군웅할거의 혼란한 사회를 수습하기 위해 제자백가 사상이 등장하였다. 그중에서 가족과 나라의 윤리를 표방하는 유가(儒家)사상이 지배적 사상으로 발전해 갔다. 유가사상의 근간을 이루고 있는 논어(論語)와 맹자(孟子)에는 부모에 효도하고 형제간 화목할 것을 강력히 주장하고 있다. 가정의 질서를 바로잡음으로써 사회가 안정된다는 당위론적 논리이다.

우리나라의 경우 조선시대에 유교(성리학)를 국교로 삼아 모든 백성들이 철저히 준수하도록 했다. 가부장적인 유교질서가 사회 깊숙이 자리잡게 되었다. 그러나 일제에게 나라가 패망한 뒤 그 원인의 하나를 유교로 돌리고 유교를 부정하고자 했다. 지나친 형식주의, 권위적이고 국가적인 윤리의식, 사농공상(士農工商)의 직업관, 양반 위주의 신분 질서 등 비판받아야 할 요소가 넘쳐났다. 게다가 최근 자본주의의 급속한 진전으로 개인적 가치관이 우선시되고 가족의 해체 단계에까지 이르게 되면서 '가화만사성'이란 말도 우리들의 관심에서 멀어지게 된 것 같다. 그러나 저자는 일찍부터 가정이 화목해야 된다는 것을 경험하면서 성장하였고, 지금까지 이를 실천하고 있다.

가부장적 질서와 문화가 몸에 밴 아버지는 밖으로는 늘 과묵하고 엄격하며 급한 성정(性情)이었다. 그러나 안으로는 가족에 대한 무한한 사랑과 애정을 가지고 있었다. 어린 나이에 밖으로 드러난 모습을 주로 보고 느꼈으나 시간이 갈수록 깊은 속정을 이해하게 되었다. 아버지는 학교교육을 받지 못하였지만 자식들의 학교교육과 그를 통한 입신에 강한 의욕을 가지고 있었다. 결혼 후 10년 만에 태어난 맏아들의 교육을 위해 중학교 때부터 대구로 '유학'(留學)을 시키고 공부에 전념하도록 할머니까지 따라나섰다. 학비가 농사 수입만으로 부족할 때는 목숨처럼 소중하게 여기던 전답(田畓)까지도 처분하였다. 중학교 졸업 후 저자도 대구로 '유학'을 하게 되어 학교 근처에서 셋째 형과 함께 자취를 하게 되었다. 방을 마련한 뒤 약간의 세간살이를 운반하는 아버지의 뒷모습을 보고 반드시 성공해야겠다는 내면의 울림을 강하게 느끼기도 했다.

고3 예비고사를 280일 앞두고 기록한 일기에는 "나는 무엇보다도 이 세상에서 부모님을 잊을 수 없다. 자나 깨나 농촌에서 고생하시는 부모님을 영영 잊을 수 없다"라고 하였다. 시험에서 합격하는 길이 곧 부모님을 위한 것임을 깊이 자각하고 있었던 것이다. 1978년 1월 경북대에서 본고사를 치르는 날 추운 날씨에도 불구하고 하루 종일 밖에서 기다리는 아버지를 생각하며 시험에서 반드시 합격해야겠다고 각오를 다졌다. 얼굴에 깊게 주름이 지고 연로한 시골 농부였지만, 자식의 석사학위와 박사학위 수여식에 참석하여 누구보다도 기뻐하였다. 연세가 들수록 성정은 무디어지고 내색을 하지 않는 가운데 자식들에 대한 걱정과 애정은 깊어갔다. 저자가 결혼하여 일가(一家)를 이룬 후에는 집 앞의 채전(菜田)에서 농사지은 약간의 채소라도 늘 가져다주고 싶어 했다. 별세하기 1년 전 85세의 노쇠한 몸으로 추운 겨울날 김장용 배추를 갈무리해 두었다가 고향을 방문한 저자의 승용차에 실어주었다. 육신이 쇠약해질수록 강고해지는 부정(父情)이 가슴에 저미어 왔다.

어머니는 가부장적인 가정에서 여성으로서 온갖 고생을 하면서도 가족에 대한 애정이 남달랐다. 농번기에는 점심 식사를 담은 광주리를 머리에 받친 채 작업장까지 1시간 이상 걸어야 했다. 간혹 논두렁에서 미끄러져 음식물이 논바닥에 쏟아진 경우도 있었다. 무거운 짐을 조그마한 체구의 머리로 어떻게 운반하였을까? 아마 가족에 대한 애정 때문에 가능하지 않았을까 한다. 또한 보리나 벼를 타작할 때 온몸이 뽀얗게 먼지 묻은 채 설

겨를도 없이 식사와 새참을 준비해야 했다. 학교에 가져가야 할 돈이나 준비물은 어머니가 해결해 주었고, 대구 생활에서 수시로 필요로 하는 쌀, 부식 등의 공급도 어머니의 몫이었다. 부모의 자식에 대한 무한대의 사랑을 가슴에 새기면서 자란 자식이 부모에게 효도를 하지 않을 수 있겠는가? 이것이 가화만사성의 바탕일 것이다.

농촌에서 저자와 형제들의 일상은 거의 함께 이루어졌다. 집안에서 의식주 활동, 농사일, 동네에서의 놀이, 등·하교 등 생활의 영역은 거의 비슷하였다. 다만, 나이 차이가 많이 나는 맏형은 일찍이 대구로 나간 탓에 농촌에서 같이 지낸 시기가 짧았다. 평소 생활에서 형 중심의 질서를 당연히 받아들였으나 가끔 저자만의 영역이나 자존심 때문에 형과 갈등을 빚기도 했다. 온 가족이 논밭에 나가서 농사일을 하거나 형제들에게 일이 부과될 때 형제간의 우애는 더욱 깊어갔다. 부모 못지않게 우리 형제들도 고생한다고 생각했으며, 서로 도와야만 일을 끝낼 수 있었기 때문이었다. 형제간에 살갗을 맞대면서 지내던 농촌생활은 대구의 고등학교를 진학하면서 끝났다. 대신 형과 함께 자취생활을 하다가 큰 형수가 시집오면서 맏형과 합가하였다. 대학교 이후 고향에서 통학이나 군 입대로 인해 같은 공간에서 더 이상 함께 생활하지 않았다. 결혼하여 각자 일가를 이룬 후에도 형제간의 의리와 정은 지속되고 있다. 10여 년 전부터 매월 1회 형제 부부끼리 산행모임을 함으로써 단합을 과시하면서 즐겁게 지내고 있다. 가화만사성을 실천하고 있는 셈이다.

저자가 석사과정을 졸업한 후 서울에서 한국정신문화연구원에 근무하게 되었을 때 중매로 처를 만났다. 서울과 대구의 중간 지점을 정하여 만남을 이어가다가 저자가 대구에서 교사 발령이 나면서 서울 생활을 청산하였고, 곧 결혼하게 되었다. 대학교에서 성악을 전공한 처는 저자가 설명하는 역사 기행이라든지 역사 이야기에 흥미가 있어 했다. 이웃 학문에 대한 막연한 관심과 동경 정도였지만, 결혼 후에도 저자가 역사를 계속 공부하는 것을 지지해 주는 계기가 되었다. 초임 교직 생활로 바쁜 나날을 보냈고, 신혼 생활을 즐기기보다는 박사과정을 이수하는 데 전력을 기울였다. 당시 박사과정은 입학 후 보통 10년 만에 졸업하는 것이 관행이었는데, 저자는 5년 반 만에 졸업할 수 있었다. 여기에는 지도교수의 엄격한 훈도, 논문의 수준, 심사위원의 엄정한 판정, 동학계(同學界)의 인정 등 학위논문이 통과되기 위한 제반 조건들이 요구되었는데, 이를 가능케 한 것은 처의 헌신적인 내조였다. 저자는 집에서 시간만 있으면 책상에 붙어 앉아서 공부하였고, 처는 두 아들을 둔 뒤로는 아예 아들과 함께 친정에서 지내야 했다. 신혼생활은 온데간데없이 사라져 버린 것이다. 지금으로서는 참으로 형편없고 이해되지 않는 남편이었었지만, 처는 참고 견디어 주었다. 가끔 처는 지난날을 회상하면서 "다시 태어난다면 공부하는 사람과는 절대로 결혼하지 않겠다"라고 당시의 답답했던 심정을 토로하기도 한다. 충분히 인정하고 공감한다.

박사학위를 받은 후에도 교사, 장학사 생활을 하면서 논문 발표나 저서 출간 등 학문 연구는 계속되었다. '정상적인' 부부 생활로 돌아왔지만 직장 생활과 공부하는 것의 두 가지 일을 병행하느라 가정에 쏟는 시간과 에너지는 제한될 수밖에 없었다. 어느 정도 학문 연구가 이뤄지고 교감, 교장으로 승진하면서 고단한 젊은 시절을 다소 여유롭게 되돌아보고 있다. 아버지의 뒤를 이어 교단에서 가르침을 실천하고 있는 큰아들 내외는 손자를 두었으며, 작은아들은 서울에서 자신의 미래를 열심히 개척하고 있다. 화목하고 다복한 집안이라 자평하고 싶다. 모두에게 감사하고 있으며 가화만사성 덕분이라고 믿고 있다.

2 신체는 배움의 원동력이다

    사람은 신체와 정신 두 요소의 상호작용으로 작동하고 있다. 신체는 정신활동의 기반이고, 정신은 신체를 움직이게 하는 근원이다. 건강한 신체에 건강한 정신이 깃든다는 말이 있는 것처럼 공부를 하기 이전에 우선 건강한 신체 조건이 갖추어져야 한다. 저자는 작은 체구에 비해 지나칠 정도로 건강하다고 자부하였고, 그 덕분에 왕성한 사고 작용의 과정인 배움이 가능하였다. 건강의 중요성을 누구보다도 깊이 인식하고 있으며 일상에서 이를 실천하는 것을 가장 우선시하고 있다.

● 일상은 신체 움직임 그 자체이다

    저자의 농촌 일상은 밤에 잠자는 시간 이외는 항시 몸을 움직여야 했다. 집안에는 특별히 편히 쉴 공간이 따로 없었거니와 농사일, 학교 생활, 친구들과 놀이 등을 하느라 하루 종일 분주하였다. 봄부터 시작되는 농사일은 가을 추수와 보리 파종때까지 이어진다. 보리수확, 모내기, 논매기, 벼수확, 보리파종, 풀베기, 화목 구하기 등은 신체의 움직임을 넘어서 힘든 노동의 과정이었다. 농사 이외에 시간만 있으면 친구들끼리 산과 들로 다녔다. 봄철에는 들에 나가 종달새를 잡으러 쫓아다녔고, 여름에는 저수지나 낙동강에 멱감으러 갔다. 넓은 낙동강을 헤엄쳐 건너가서 바위에 붙은 조개를 채취하였다. 중학생으로서 폭이 200m나 되는 강을 건너는 것은 위험천만한 일었지만 무서움을 모르던 농촌의 동갑네들이 함께했기 때문에 시도할 수 있었다. 가을에는 주인에게 들키지 않기 위하여 한밤중에 수박, 포도를 서리하러 다녔다. 참으로 무모한 일이었다. 겨울에는 추위를 무릅쓰고 토끼를 잡기 위해 온 산을 뒤지고 다녔다. 농촌에서 집에 머무는 일상은 늘 움직이는 것이었다.

학교에서도 수업시간 이외는 장난이든 놀이든 신체를 활발하게 움직였다. 중학교의 일기에는 쉬는 시간에 복도에서 씨름한 기록, 하교 시 야산에서 친구들과 편을 갈라서 엉덩이 박치기 놀이한 기록 등이 보인다. 학교는 수업보다는 떠들고 장난치는 곳이었다. 학교에서도 학생들의 신체적 움직임을 권장하는 행사를 하였다. 봄, 가을 두 차례 소풍은 하루 종일 걷는 것이었다. 중학교 때 봄 소풍은 주로 용연사(달성군 옥포읍 소재)로, 가을 소풍은 화원유원지(달성군 화원읍 소재)로 갔다. 집에서 집결지까지 국도를 따라 4㎞ 걸어갔고, 다시 목적지인 용연사까지 자갈길을 8㎞ 걸어야 했다. 반별로 모여 놀이가 끝나고 점심을 먹은 뒤 친구들과 다시 산 정상까지 1㎞를 걸어서 약수터에 다녀왔다. 물론 귀가 시에도 같은 길을 걸어서 되돌아왔다. 따가운 봄볕을 받으면서 별 볼 것 없는 곳을 터벅터벅 걷고 걸어서 다녀온 기억만 남은 중학생 때의 봄소풍이었다. 가을 소풍도 봄 소풍처럼 일부 구간을 제외하고는 화원유원지까지 걸어서 다녀왔다.

저자는 개교 3년 차인 마을 인근의 중학교에 입학하였다. 학교라곤 교사(校舍) 2개동과 비만 오면 황토벌이 되어 질퍽거리는 자갈투성이 운동장이 전부였다. 농업 과목 시간에는 교실 수업보다는 운동장에 나가 돌 골라내기, 금계산에 가서 경계석으로 사용할 돌 주워 오기, 1인 1식목 가꾸기 등이 더 많았다. 3년 동안 운동장을 고른 덕분에 학습장으로서의 모습을 갖추었고, 나무를 심은 뒤 한 명이 나무 한그루씩 관리하도록 담당자를 정해 주었다. 그리고 학교에서 노동을 하는 행사로는 식목일 나무심기가 있었다. 중3 때 정부에서 산림녹화를 위한 '100일 나무심기 운동'에 참여한 적이 있었다. 학교에서 목적지인 달성군 현풍방면으로 4㎞ 정도 걸어갔다. 국도연변의 산에 자욱한 먼지를 마시면서 식목하였다. 집에서도 늘 신체를 움직였고, 학교에서도 신체를 움직이는 행사가 많았던 것이다.

활발한 신체 움직임은 저자의 작은 체구를 다부지게 만들어 갔다. 센바람에도 견디는 들판의 잡초와 같게 되었다. 농촌 생활에서 충분치 못한 영양 공급에도 불구하고 병치레를 거의 하지 않은 채 건강하게 자라날 수 있었다. 농촌에서 활발하게 움직이던 일상은 도회지 고등학교로 진학하면서 공부와 함께하는 방법으로 체력을 단련하게 되었다.

• 체력 단련과 학습을 함께 하다

일상적으로 몸을 움직이는 탓에 건강한 편이었지만, 저자는 태생적으로 체구나 체력으로 봐서 그리 강한 편은 아니었다. 공부도 하면서 나름대로 체력단련을 위해 노력하였다. 중학교에 입학하면서 본격적으로 공부에 매달리게 되었다. 교내시험이 매월 치러져 경쟁이 심화되었고, 3년 후에는 고입 연합고사에 합격해야 했다. 공부에 집중하고 오래 버티기 위해서 인내와 끈기는 당연히 필요하였고, 이를 뒷받침할 수 있는 체력이 요구되었다. 매일 새벽에 일어나 동네 뒤편의 금계산을 오르거나 산에서 돌야구를 하기도 했다. 단단한 참나무를 야구배트처럼 다듬어서 지천으로 널려있는 주먹만 한 돌을 멀리 쳐서 보내는 것이다. 추운 겨울에는 손바닥이 아파왔지만 그런대로 재미도 있고 근력을 강화하는 데 도움이 되었다.

학교에서도 학생들의 체력 단련에 많은 관심을 가지고 있었다. 중1 때 학교에서 태권도를 배웠다. 태권도 사범이 농촌 학생들을 위해 무료봉사를 자원하여 가르쳐 주었다. 고르지 않은 운동장의 흙바닥을 맨발로 밟으며 기합을 넣고 발차기, 대련, 품세 등을 익혔다. 1년 정도 배우다가 승단시험 직전에 사범이 학교를 떠나면서 태권도 배우는 것은 끝났다. 이때 배운 태권도의 기본 동작, 발차기 등은 혼자서도 계속 연마하였고, 나무토막에 새끼를 감아서 주먹정권을 단련하였다. 이 덕분에 공부든 친구와의 관계에서든 매사에 자신감을 가질 수 있었다.

학교에서 가장 중시한 것은 고입 연합고사 체력장시험에서 만점 맞는 것이었다. 체력장 시험은 넓이뛰기, 윗몸굽히기, 턱걸이, 던지기, 100m 달리기, 왕복달리기, 윗몸일으키기, 1,000m 달리기 등 8개 종목을 실시했다. 이에 대비하여 수업시간을 비롯하여 쉬는 시간에도 운동장에 나가 있었다. 모든 학생들은 평소 체력으로 봐서 20점 만점은 당연히 달성 가능한 목표라고 믿었다. 저자는 학교에서는 물론이고 야간에도 운동장에서 동네 친구들과 어울려 연습하기도 했다. 그 덕분에 연합고사에서 만점을 받았다. 그 외 학교 행사로서 체력 단련을 권장하기도 했다. 개교기념식 때 전교생이 4km 왕복 마라톤을 하였다. 180명 중 중2 때는 160등, 중3 때는 60등을 하였다. 최선을 다하여 완주하고도 체력은 여유가 있었지만, 상대적으로 체력이 월등히 뛰어난 학생들이 많았던 것이다.

고등학교에 진학한 뒤로는 체력이 중학교 때보다 오히려 약화된 것 같았다. 농촌처럼 일상적인 신체 움직임이 없는 도회지 생활을 해야 했고, 대입시를 준비하기 위해서는 학습해야 할 분량과 소요시간이 크게 늘어났기 때문이다. 그럼에도 불구하고 체력이 학습의 바탕이 된다는 생각 때문에 고1 때는 태권도를 다시 배우게 되었다. 중학교 때 태권도를 배운 후 체력 단련과 신체 보호에 도움이 된다고 믿고 있었다. 새벽에 일찍 일어나 2km 정도 태권도 도장까지 달리기를 하였다. 시설과 장비가 충분히 갖춰져 있었고 체계적으로 배울 수 있었다. 사범의 지도가 매우 엄격하여 대련 시에는 봐주는 것이 없었다. 주먹이나 발로 급소를 맞으면 정신이 아찔할 정도였다. 체력이 강해지고 자신감이 생겨나 계속 배우고 싶었으나 고2로 진급하면서 공부를 위해 그만두게 되었다. 자기주도학습으로 분투력을 발휘한 것처럼 태권도 단련으로 체력에서 분투력을 길렀다고 하겠다.

그러나 대입시를 위해 공부에만 집중하고 운동을 소홀히 하게 됨으로써 체력은 바닥을 보였다. 고3 체력장 시험에서 1,000m 달리기 때 힘이 빠져서 걷다시피 했다. 체력이 한계에 왔구나 하는 걱정이 있었지만, 어릴 때부터 몸에 밴 끈기와 인내심으로 버텨내었고, 무사히 대입시에 성공할 수 있었다. 대학교와 군대 생활을 하면서 원래의 체력으로 돌아오게 되었다.

교직 입직 이후 공부와 체력은 늘 함께 중시하는 문제였다. 석사 졸업 후 2년간 서울에서의 직장생활을 마무리하고 교사 발령을 받았다. 공부를 계속해야겠다는 생각을 굳히고 있어서 1년 준비 끝에 박사과정에 입학하였다. 교사생활을 하면서 동시에 3년 동안 대학원 수업도 수강하였다. 주로 논문 발표 중심으로 이뤄지는 수업을 준비하기 위해서 퇴근 이후에는 공부에 매달리지 않을 수 없었다. 밤낮으로 긴장되고 고된 생활의 연속이었다. 당시 학위취득에 관행적으로 10년의 기간이 소요되었는데, 직장생활을 하는 형편상 이를 도저히 수용할 수 없었다. 최대한 빠른 기간 내에 학위취득을 해야겠다고 결심하고 지도교수와 선배, 동학(同學)들에게 열심히 공부하는 모습과 학문적 성과를 인정받고자 했다. 신혼이었지만 처자식을 처가에 맡기고 책상에만 매달려 있었고, 당연히 체력에는 신경쓸 여유가 없었다. 다행히 5년 반 만에 학위취득을 하게 되어 일단 목표는 달성했다.

그러나 허약해진 체력에다가 긴장이 풀리면서 건강에 적신호가 켜졌다. 주변에서 박사학위를 취득하고 난 뒤 건강이 망가졌다는 이야기가 심심치 않게 들리고 있었다. 불행이 설마 내게 닥쳐올지는 생각지도 못했다. 흔히 신경이 쇠약해지면 발병한다는 이명(耳鳴), 즉 귀울림이 찾아온 것이다. 어릴 때부터 타고난 건강한 체력이 이제는 완전히 방전되어 버린 것이다. 여러 병원을 전전하였지만 명쾌한 의술이나 효과적인 의약을 발견하지 못하였다.

문제의 해결 방안을 의술이 아닌 운동에서 찾아 나섰다. 신체를 단련하면 체력이 원래의 상태로 회복될 것이라고 결론 내리고 운동을 시작했다. 집 근처에 있는 두류공원에서 달리기를 시작하였는데, 처음에는 채 100m도 가지 못하고 주저앉아 버리고 말았다. 포기하지 않고 조금씩 운동량을 늘려갔다. 마침내 3km의 거리가 되는 두류공원의 한 바퀴를 달릴 수 있었고, 욕심내어 매일 2~3바퀴 달렸다. 오르막과 내리막이 있어서 숨이 차고 힘들었지만 지구력과 심폐기능을 강화하는 데 최적의 코스였다. 달리기 이외에 두류공원 내에 있는 야외 체력 단련장에서 철봉, 턱걸이, 평행봉, 역기 운동도 하여 상체근력도 다졌다. 시간이 갈수록 발병 이전의 체력을 넘어서 강철처럼 신체가 단단해져 갔다.

체력 회복을 위해 시작한 달리기였는데 운동을 할수록 그 묘미에 빠져들어 갔다. 두류공원은 여러 마라톤동호회 소속 아마추어 마라토너들이 연습을 하는 곳이었다. 그들이 달리는 모습에 자극받으면서 달리는 거리를 늘려갔고, 달릴 때 뇌에서 나오는 환각물질 '도파민'이 주는 쾌감을 맛보게 되었다. 주변에서 저자가 마라톤을 잘하는 사람이라는 소문이 났고, 은근히 마라토너로 인정받는 데 자부심도 생겨났다. 실제로 2013년 경덕여고 교감 때 대구 국제마라톤대회(2013. 4. 14.)와 춘천 국제마라톤대회(2013. 10. 27.) 10㎞ 종목에 출전하여 기록에 도전하기도 했다.

그러나 차츰 달리기야말로 최고의 운동이라고 맹신하고 과욕을 부리게 되었다. 장학사, 교감으로 근무하면서 회식과 술자리가 잦아졌다. 직장에서 밤늦게까지 음주하여 취기가 아직 남아있는 상태인데도 불구하고 새벽 일찍 일어나 달리기를 했다. 운동을 하면 정신이 맑아질 뿐만 아니라 전날 혹사한 신체가 회복될 수 있다고 오판하였던 것이다. 휴식을 필요로 하는 신체를 더욱 망가뜨렸다. 달리기는 결코 신체를 단련하는 만병통치약이 될 수 없었다. 과도한 음주와 무절제한 음식 섭취의 결과, 2015년 9월에 급성심근경색증이 발병하여 생사의 기로에 서기도 했다. 학습과 함께 해왔던 체력단련도 이제 새로운 방법이 필요하였다.

● 건강한 심신과 대자연이 교감하다

건강을 유지하는 방법은 사람마다 다르다. 저자는 어릴 때부터 산과 들의 자연을 벗삼아 자라왔기 때문에 자연의 숨결을 듣고 감응함으로써 심신의 안식을 얻을 수 있었다. 꽤나 높은 동네 뒤편의 금계산 자락을 수시로 오르내렸고, 혼자서 하루 종일 온 산을 헤맬 때도 있었다. 산에서 땔감을 구하거나 소를 돌보기 위해 산에 다니는 사람이 적지 않았기 때문에 혼자서 다니는 데 무섭거나 길을 잃을 염려는 없었다. 멀리서 보면 홀로 우뚝 서있는 소나무, 잡목 군락지, 늘 물이 흐르는 깊은 계곡, 집채만 한 큰 바위, 굽이도는 산길, 친구들과 놀이하는 운동장처럼 넓은 바람고개 등 모든 것이 손금 보듯이 훤하였다. 늘 보는 자연이라 별다른 의미를 부여하지는 않았지만, 인간과 자연은 분리될 수 없다는 믿음만은 강하였다.

중2 어느 날 일기에는 자연에 대한 느낌을 다음과 같이 적고 있다.

오랜만에 산에 오르니 표현할 수 없을 정도로 기분이 상쾌하다. 입산금지라는 푯말이 있지만 가까운 산에 올라 방망이를 휘두르니 가슴이 트인다. 시 한 수를 읊는다.

저기 저 나무에는 까치가 까악 까악 울고
여기 밭에는 물주는 농부가 한창인데
내가 처음으로 산에 오르니
저 참새가 기뻐하는구나
어쩐지 오래간만에 산에 오르니
물은 더욱 세차게 흐른다. (일기 1974년 5월 12일)

오랜만에 산에 올라서 심신이 자연과 교감하여 느끼는 기쁨을 시로 표현하고 있다. 자연이 주는 편안한 정감은 내면 깊숙이 침잠되어 갔고, 이는 삶의 방향을 결정짓는 데 큰 줄기가 되었다.

고등학교 때 대구 생활을 하면서 잠시 고향의 자연을 떠나 생활하게 되었다. 대학교 입학하면서 다시 자연과 교감하는 기회가 늘어갔다. 대학교

2학년 때 마을 친구 7명이 의기투합하여 고향을 벗어나 전국 산천을 유람하기로 결정하였다. 비용을 줄이기 위하여 먹거리, 텐트, 배낭 등을 집에서 준비하였다. 동대구역을 출발하여 계룡산 동학사, 대둔산, 광주 무등산, 부산 해운대 등지를 차례로 산행하고 관광하였다. 동학사에서는 승려들에게 쫓겨난 기억, 대둔산에서는 동양 최대의 금강구름다리를 오르며 오금을 조렸던 기억, 광주무등산에서는 길을 잃고 헤매었던 기억, 해운대 백사장에서 모래장난 치던 기억 등이 아직도 남아있다. 견문을 넓히고 우리의 산천을 체험하는 좋은 기회가 되었다.

대학교에서 전공을 역사로 선택하면서 자연에 접근할 기회가 더욱 많아지게 되었다. 교실에서 전공 수업이 있었고, 이와 더불어 현장의 유물과 유적지를 답사하는 역사기행이 매 학기당 1회 이상 있었다. 역사과만의 특징이었고, 이후 역사교사를 하면서 유적지 답사는 계속되었다. 고구려, 백제, 신라, 고려, 조선시대를 이해할 수 있는 도읍지 유적은 물론이고 호족, 귀족, 양반, 사림, 독립운동가 등의 근거지, 사찰, 서원, 읍성 등의 유적지를 답사하였다. 아마 전국의 역사 유적지를 대부분 답사한 것 같다.

그리고 개인적으로 논문 작성을 위해 언제든지 현장을 방문하곤 했다. 석사학위 논문의 주요 무대였던 경남 거창군 위천면 수승대에 있는 동계(桐溪) 정온(鄭蘊. 1569~1641)의 종택을 1984년부터 현재까지 20여 회 이상 방문하고 있다. 종가를 지키는 94세의 노종부(老宗婦)가 450년 전 정온 당시의 사람처럼 느껴질 때도 있었다. 역사 유적지의 답사는 단순하게 유물과 유적지를 공부하는 것에 그치지 않았다. 오랫동안 인간과 자연이 교감하면서 살아왔던 흔적을 발견하였고, 나아가서 그들의 체취와 숨결까지 느낄 수 있었다. 또한 선인들의 삶을 추체험함으로써 곧 나 자신의 정체성도 확인할 수 있었다.

역사기행을 하면서 한편으로는 여행과 등산도 즐겨했다. 고2 때 설악산 수학여행과 대학교4 때 한라산 졸업여행은 친구들과 어울려 다니는 공식적인 행사라서 별다른 기억이 없다. 바쁜 일상에 쫓겨 자연에 대한 욕구를 억누르고 지낼 수밖에 없었지만 언젠가는 명산대천의 자연을 갈망하고 있었다. 50대부터 그 기회가 오기 시작했다. 우선 우리나라에서 가장 높은 한라산을 목적지로 정하고 오랜 준비 끝에 2008년 가을에 산행을 결행하였다. 일반인들도 쉽게 오를 수 있는 성판악 코스를 선택하였다. 10㎞ 거리의 돌길은 완만하였지만 발과 무릎이 아플 정도였다. 울창한 삼나무, 관목으로 시야가 가려 답답하였고 더워서 땀을 많이 흘렸다. 정상 2㎞ 전방에 있는 진달래휴게소를 지나면서부터 제주도가 한눈에 들어왔다. 저 멀리 구름 낀 바다, 녹색 숲으로 단장한 중산간지대, 단풍이 물들어가는 고지대 수목들이 어우러져 한 폭의 풍경화와 같았다. 정상에 올라서 바닥에 물이 바짝 마른 백록담 호수를 비롯하여 제주도 전체를 조망하였다. 말로만 듣던 한라산의 위대한 자연 풍광에 감탄사만 쏟아낼 뿐이었다. 시골의 동산을 오르면서 몸에 밴 자연과의 교감이 이제는 웅장한 산악 앞에서 한층 깊어져 심신이 더욱 여유롭고 건강해지는 것 같았다. 한라산의 비경에 매료되어 이후 봄, 여름, 겨울철 3차례 더 산행하였다. 한라산의 사계절을 완주한 셈이다. 그중에서 눈꽃으로 뒤덮인 겨울 한라산이 가장 아름다웠다. 백설로 단장한 천태만상의 수목들이 파노라마처럼 가슴과 뇌리에 꿈틀거리고 있다.

한라산 다음으로 감동을 깊이 받은 산은 지리산이다. 지리산은 백두산의 정기가 내리뻗어 한반도 끝자락에서 맺음을 한 영험한 산이고, 역사적으로 민중들의 애환이 담겨있는 산이라고 알려져 왔다. 또한 높고도 험하여 쉽게 도전할 수 없는 산이라서 이름을 듣기만 해도 가슴이 설렌다. 저자도 언젠가는 도전해야겠다고 생각하고 있었다. 마침 조정래가 지은 소설 『태백산맥』을 여러 번 읽게 되었는데 주 무대가 지리산이다. 6.25전쟁 때 빨치산들이 어설픈 장비와 차림새를 한 채 종횡무진, 신출귀몰하게 국군 토벌대와 싸우는 장면들이 자주 보인다. 피아골, 뱀사골, 칼바위, 노고단, 임걸령, 삼도봉, 토끼봉, 날라라봉, 연하봉, 천왕봉 등 수많은 고봉준령을 귀신처럼 가뿐하게 옮겨다니고 있다. 지리산은 험준하기로 소문났는데 과연 가능한 일인가? 확인하고 싶었다.

노고단에서 천왕봉까지 34㎞ 거리의 1박 2일 종주 코스를 등산해 보기로 했다. 중간에 숙박할 수 있는 대피소가 있다. 험하고 먼 거리를 정해진 시간 내에 무거운 배낭을 짊어진 채 완주해야 하기 때문에 사전에 치밀하게 준비하였다. 2012년 6월 중순 마침내 지리산 종주 산행을 시작했다. 대구에서 새벽 6시에 나서서 산행 출발지인 성삼재에 도착하니 벌써 9시가 지났다. 무거운 배낭을 맨 채 노고단, 임걸령, 노루목, 삼도봉, 화개재, 토끼봉을 오르락내리락하여 오후 4시경 연화천대피소에 도착했다. 산능성이를 평탄하게 걷는 지대가 있는가 하면 400m를 곧장 밑으로 내려갔다가 다시 올라오는 곳도 있었다. 깊고도 험한 지리산의 심장을 관통하고 있었다. 땀이 온 몸에 물처럼 흘러내리고 숨이 턱까지 차올랐다. 다행히 정상 중간 중간에 샘물이 있어서 산행의 피로를 덜어 주었다.

각 지점마다 통과해야 하는 시간에 쫓겨 휴식 시간은 길지 않았다. 다시 걷기를 시작하여 형제봉을 거쳐 벽소령대피소에 도착하였다. 저녁을 지어 먹고 사전에 예약을 해둔 덕분에 대피소에서 숙박할 수 있었다. 산행 인원이 많기 때문에 1인당 잠자리 간격은 60㎝씩 표시를 해두었다. 옆으로 누워 칼잠을 잘 수밖에 없었고, 하루 종일 걸었을 등산객들이 쏟아내는 고약한 냄새와 여름철 개구리 울음 소리와 비슷하게 들리는 코골이 때문에 뜬 눈으로 밤을 보내야 했다. 새벽에 밥을 지어 먹고 다시 출발하여 덕평봉, 칠선봉, 세석평전, 연하봉, 장터목대피소, 제석봉을 거쳐 마침내 오후 4시경에 지리산의 정상 천왕봉에 도착하였다. 구름이 저 멀리 발아래에 걸쳐 있고, 장대한 골짜기들이 빗살처럼 뻗어 내리고 있었다. 과연 천하에 제일 가는 민족의 영산이었다.

감탄을 쏟아내면서 예부터 뭇사람들이 왜 지리산을 오르려고 했는지 알 것 같았다. 조선시대 남명(南冥) 조식(曺植, 1501~1572)이 61세에 천왕봉 아래 덕천마을에 산천재(山天齋)를 짓고 학문연구와 제자양성을 하면서 늘 천왕봉의 기상을 본받겠다고 하였다. 이때 '제덕산계정주'(題德山溪亭柱)라는 시에서 다음과 같이 읊었다.

청컨대, 천 섬 들어가는 큰 종을 보시게, (請看千石鐘)
크게 치지 않으면 쳐도 소리 없다네. (非大扣無聲)
나도 어찌하면 저 두류산(지리산)처럼 될까, (爭似頭流山)
하늘이 울어도 울지 않고 서 있는. (天鳴猶不鳴)

덕산에서 바라본 지리산 주봉 천왕봉 1915m는 수직에 가깝게 솟아 있는데, 이를 엄청나게 큰 종으로 비유하고, 그것을 본받겠다고 표현하였다. 16세기 불의와 타협을 거부하면서 사림(士林) 세계를 주도하던 남명선생의 웅혼 강직한 기상을 엿볼 수 있다. 남명 사후 600년에 지리산을 오른 저자도 감히 대자연과 교감하면서 기상, 심신이 더 강건해졌노라고 과시하고 싶었다. 다만, 당초 산행의 계기가 되었던 소설 『태백산맥』에서 묘사한 빨치산들의 귀신같은 움직임은 험준한 산세로 봐서는 불가능하다는 것을 확인하였다. 역사적 사실만을 중시하는 역사학도가 허구로 이뤄지는 소설의 내용을 의심한 것이 잘못인 셈이다. 한동안 지리산의 웅장함에 매료되어 다음 해에 다시 한번 더 종주코스를 완주하였고, 당일 코스로도 몇 번 더 산행하였다.

명산대천과의 교감은 2015년 9월 급성심근경색을 겪고 난 뒤 더 깊어졌다. 마라톤과 산행으로 건강을 과신하다가 발병한 뒤라 우선 병의 근본 원인이었던 음주, 무절제한 음식, 스트레스를 조절하였다. 채식 위주로 식단을 바꾸고 마음의 짐을 가급적 내려놓고 평상심을 유지하고자 노력했다. 그리고 이제야말로 자연으로 돌아가 심신이 건강한 삶을 살아야겠다고 결심했다. 매일 새벽에 대구수목원 외곽으로 잘 정비된 '쌍룡길' 걷기코스를 따라 천수봉, 삼필봉까지 1시간 정도 산책하면서 산과 이야기를 나누고 있다. 새벽을 깨우는 새소리, 풀벌레소리, 짐승울음에 귀 기울이고 자연의 변화에 맞추어 수목과 화초가 자라나는 모습에 빠져든다. 무념무상의 경지에서 자연이 있는 그대로 보인다. '산은 산이고, 물은 물'이라는 진리를 깨닫고 있다. 삶의 후반으로 갈수록 자연과 친해지고, 따라서 심신이 더욱 건강해지는 것 같다. 그리고 형제들과 계모임으로 매월 1회 정기 산행을 하고 있으며, 직원이나 친구들과 기회 있을 때마다 함께 산과 들을 찾고 있다. 설악산, 월악산, 천태산, 수도산, 금정산, 덕유산 구천동계곡, 적보산, 백암산, 가야산, 매화산, 점봉산, 대야산, 사량도, 설악산 봉정암, 안동의 예던길, 거창 수승대 문화유산길 등 전국의 명산대천을 탐방하였다. 산행 후에는 산세와 풍광, 감회를 담은 산행기를 남기고 있다. 자연과 인간이 교감한 흔적들이다. 건강이 허락하는 한 저자의 산행은 계속될 것이다.

3 수신·발분이 결실을 거두게 하다

학교교육의 요체는 개인의 무한한 잠재 능력을 이끌어내게 하는 것이다. 인간만이 가지고 있는 능력이 어떻게 발현되는지는 사람마다 다르고, 주어진 조건에 따라 편차가 심하게 발생한다. 저자의 경우 학교교육 덕분에 내면적인 인성을 도야하고 분투력을 발휘할 수 있었다. 도덕과 양심의 가치를 확고히 하려고 애썼고, 작은 성공을 끝까지 확대하여 나감으로써 결실을 거둘 수 있었다.

● 도덕과 양심의 덕목을 중시하다

인간을 인간답게 하는 것은 인성이고, 인성의 기본은 도덕과 양심이다. 동서고금을 막론하고 많은 선현들이 도덕적 삶을 강조하였다. 2,500년 전 공자의 사상이 담긴 논어에는 도덕과 양심의 가르침을 현실에 실천하는 방안을 담고 있다. 논어를 읽을 때마다 "자신을 속이지 말아야 한다"(思無邪, 논어 위정), "믿음이 없으면 근본이 서지 않는다"(無信不立, 논어 안연), "내가 하기 싫은 것을 남에게 베풀지 말아야 된다"(己所不欲 勿施於人, 논어 위영공) 등의 글귀에 감동받았다. 공자의 가르침을 체계화한 유학에서는 특히 양심과 도덕을 강조하고 있다. 예의염치를 인간이 지켜야 할 네 가지 근본이라고 하였으며, 이를 지키는 사람은 군자, 어기는 사람은 소인으로 나누었다. 군자는 사람이 지향해야 할 이상이었지만, 소인은 인간으로서 취급도 받지 못하였다. 유학(성리학)을 도입한 조선의 지배층인 사림(士林)들은 도덕과 양심을 '성'(誠)과 '경'(敬)으로 표현하고 창문이나 돌에 새겨 늘 실천하고자 했다. 도덕과 수신을 최고의 덕목을 삼고 목숨을 불사하고 지키려고 했으며, 나라에서는 도덕적 행적이 뛰어난 사람들을 표창하였고, 모든 사람들로부터 추앙을 받았다. 현대에 유교 중심의 사회가 비록 사라졌지만, 도덕과 양심은 인륜의 근본으로 지켜야 할 것이다.

저자는 가부장적이고 유교적인 문화에서 성장하면서 도덕과 양심을 자연스럽게 실천하였다. 양심에서 벗어나는 일을 하는 것 자체가 두려운 일이었다. 집안이나 동네 사람들로부터 유·무형의 엄한 질책이 뒤따랐다. 나아가 학교교육을 받으면서 학습을 통하여 도덕과 양심을 배우고 실천하고자 했다. 또한 당시의 엄격한 학교문화 때문에 학생으로서의 본분을 감히 어길 용기가 나질 않았다. 강압적이고 일방적인 지시라기보다는 사람으로서 마땅히 지켜야 할 윤리라고 믿었다. 어릴 때부터 체화된 도덕적 자세가 학교교육을 통해 더욱 확고해졌던 것이다. 이후 대학원 때 역사학도로서 조선시대 사림(士林)을 연구 주제로 정하면서 그들의 유교적 도덕과 양심을 배우게 되었다. 도덕적으로 치열하게 살아간 그들의 삶에서 진정한 도덕의 가치와 중요성을 이해하게 되었다. 물론 이와 확연히 대비되는 인물들의 삶은 반면교사의 거울로 삼기도 하였다.

도덕과 양심을 지키기 위해서는 엄격한 자기관리가 전제되어야 한다. 이를 '율기'(律己)라고 표현하며, 선현들이 지키고자 했던 생활수칙 중의 하나였다. 매사에 조심하고 행동을 신중히 하여 잘못을 하지 않도록 했다. 마치 "발길 앞에 마주친 깊은 연못을 대하듯이 하고, 봄날에 녹기 시작한 살얼음을 밟듯이 조심하였다"(戰戰兢兢 如臨深淵 如履薄氷, 논어 태백)는 선현들의 가르침을 늘 새기고 있었다. 또한 "자신의 평가나 소문이 실상에 벗어난 것을 경계하였으며"(聲聞過情 君子恥之, 맹자 이루 하), 비록 "남이 나를 알아주지 않더라도 화내지 않는다"(人不知不慍 不亦君子乎, 논어 학이)라는 자세를 지키려 했다. 자기관리가 철저하면 도덕과 양심에 부끄러울 일이 없기 때문이다.

그리고 자기 자신에게 정직함으로써 도덕과 양심을 지키려고 했다. 저자는 평소 논어에 나오는 "아랫사람에게 물어보는 것을 부끄러워하지 않는다"(不恥下問, 논어 공야)는 경구를 자주 사용하고 있다. "아는 것을 안다고 하고 모르는 것을 모른다라고 하는 것이 진정한 앎이다"(知之爲知之 不知爲不知 是知也, 논어 위정)라 하는 것과 같은 의미이다. 공부를 하거나 질문을 받았을 때 모르는 경우에 직면할 수 있다. 부끄럽거나 자존심이 상할 일이 결코 아니다. 과감하고 솔직하게 자신의 무지를 들어내고 스승이 제자에게, 지위가 높은 사람이 낮은 사람에게, 선배가 후배에게 정답을 구해야 한다. 학자가 공부하는 자세이며 지식인, 전문가가 갖추어야 할 규범이라고 믿었다.

저자가 논문을 쓰고 역사를 공부하면서 '불치하문' 하는 자세는 확고해져 갔다. 논문에 사용되는 용어, 개념, 자료, 전거 등에는 한 치의 오류도 허용되지 않았다. 만약 논문에서 오류가 발견된다면 당연히 정정해야 했다. 치열한 학문의 세계에서 요구되는 '불치하문'의 자세인 것이다. 이러한 학문의 자세는 교사로서의 직무수행이나 일상생활에서 더욱 확대 강화되어 갔다. 자신의 잘못을 숨기거나 부끄러워하지 않음으로써 양심과 도덕에 떳떳하다는 자부심을 가지게 되었고, 나아가 이를 학교교육에서 실천하고자 했다.

박사학위를 취득한 뒤 고등학교 교사로서 역사수업은 자신이 넘쳐났다. 계속 학계에 논문을 발표하고 있던 터라 고등학교 수업 내용을 쉽게 보고 있었다. 사실 아무리 박사라고 하더라도 자신이 전공하는 시대와 분야 이외는 허술하기 마련인데 일종의 자만심이 발동하고 있었던 것이다. 그러나 어떤 경우에도 솔직한 자세를 유지하려고 노력하였다. 어느 날 고2 수업시간에 한 학생이 미처 저자가 준비하지 못한 내용을 질문하는 경우가 있었다. 머뭇거림이나 부끄럼 없이 곧 솔직하게 모르겠으니 다음 날 조사해 오겠다고 대답하였다. 그 학생의 공부 경지는 이미 교사의 수준을 넘어서고 있었고, 후에 우리나라 최고의 대학에 진학하였다. 몸에 밴 '불치하문'의 자세 덕분에 궁색하게 변명하는 선생의 모습을 보여주지 않았던 것이다.

이후 교장이 되었을 때 '불치하문'의 자세를 동료 교사들에게 자주 강조하였다. 학생들이 도덕과 양심이 충만하기를 원한다면 교사가 먼저 정직한 모습을 보여주어야 한다는 것이다. 당연히 교장은 교사들에게 솔선수범함은 물론이다. 또한 같은 의미로 "지나치면 고치는 것을 꺼리지 말아야 한다"(過則勿憚改, 논어 학이)라고 쓴 액자를 교장실 벽면에 걸어두고 늘 스스로를 단속하고 경계하고자 했다.

학생, 교사 모두가 도덕적이고 양심적이면 학교교육은 대성공일 것이다. 도덕과 양심은 인간의 본성을 넘어서서 끝없이 인간으로 하여금 분발케 하고, 결국에는 성공에 이르게 하기 때문이다. 저자는 가정에서 도덕과 양심을 지키며 살아왔으며, 학교교육에서 삶의 지침으로 배웠고, 마침내 도덕과 양심이 넘쳐나는 제자들을 길러낼 수 있었다고 믿는다. 우리 민족과 나라의 미래는 물질적인 발전과 번영을 지켜줄 수 있는 도덕과 양심의 존폐 여부에 달려있을 것이다.

● 인내와 끈기로 발분(發奮)하다

사람의 내면에 강하게 뻗쳐져 있는 인내와 끈기야말로 목적지까지 도달하게 하는 가장 중요한 동인(動因)이다. 아무리 좋은 이상이나 계획, 양호한 물질적 조건 등이 있다손 치더라도 그것을 실현시켜 줄 의지가 없다면 구두탄에 그치고 말 것이다. 반대로 시작이 미미하더라도 참고 버텨나간다면 언젠가는 점점 구체화되어 마침내 성공에 도달할 수 있는 법이다. 저자의 생활이나 학습은 처음부터 풍족하고 여유로운 여건과는 거리가 멀었다. 불리한 환경이 오히려 인내와 끈기로 분발하게 하였다.

저자에게 인내와 끈기의 단초를 연 것은 농사일이었다. 모든 농사일은 참고 견디는 것 그 자체였다. 여름철 뙤약볕 아래에서 흙탕물을 밟으며 여러 명이 함께 모내기를 할 때 끝까지 참아야 한다. 같이 힘을 모아서 빨리 끝내야 하기 때문에 아무리 힘들고 허리가 아파도 혼자만 쉬거나 포기할 수 없다. 중학교 때부터 모내기 철마다 거의 한 달 이상 인고단련의 시간을 보내야 했다. 가을철 벼 수확도 마찬가지로 고단하고 힘들었다. 벼 베기, 들논에서 집으로 운반하기, 타작하기, 정선하기 등 일련의 과정이 한 달 이상 계속되었다. 밤새도록 먼지와 검불을 뒤집어쓴 채 무감각하게 반사적인 행동으로 타작할 뿐이었다. 육체적으로나 정신적으로 모두 고단하였지만 버텨내어야 했다. 가족이 모두 고생하는데 어린 나이라고 해도 예외일 수 없었다. 오히려 부모에 대한 연민의 정 때문에 참아야 한다는 생각뿐이었다. 가족과 함께 농사일을 하면서 사람이 견딜 수 있는 한계에 도달한 것 같았다.

농사일 이외 농촌에서의 일상에서도 인내와 끈기를 필요로 하였다. 여름철 풀 베고 소를 돌볼 때 해가 넘어가기만을 무료하게 기다려야 했고, 겨울철 화목을 구하기 위해 나무등걸을 캘 때 손발이 시려도 참아야 했다. 가부장적 질서를 존중하는 가정문화에서 아버지의 말씀에 불만이 있어도 참아야 했으며, 형제 관계에서도 어리고 힘 약한 동생이 매사에 참고 기다려야 했다. 24명이나 되는 마을 친구들과 어울려 다닐 때도 참고 기다리는 놀이를 많이 했다. 농촌에서 저자의 생활은 센 바람에도 견뎌내는 들판의 잡초와 같이 인내와 끈기를 체득하는 시간이었다.

인내와 끈기는 공부하는 데 중요한 동력이 되었고, 또한 이후 인생에서 어려움이 닥칠 때마다 분발하는 자양분이 되었다. 고교 입학으로 대구 도회지 생활을 하게 되었다. 고향에 대한 그리움과 힘든 자취 생활로 마음이 흔들리게 되었을 때 인내심을 환기시켰다. 고1 일기에 다음과 같이 적고 있다.

고향을 떠나 타향에 오면 망향은 으레 있는 법. 그것이 없다면 동물과 무엇이 다르겠는가? 나도 고향을 떠나온 사람이다. 사랑하는 부모형제를 두고 누가 그리워하지 않겠는가? 내 생애 처음으로 부모형제의 곁을 떠난 지 어언 한 달이 지났다. 그 사이 고향 집에는 서너 번 들렀지만 망향의 불은 칼로 끊을 수 없다. 타향에 오면 무엇보다도 아는 사람이 없다. 온정의 가정을 떠나온 사람은 인정이 메마른 사회에서 참으로 고통스러운 것이다. 이것을 참고 나아가면 사회에서 자주 독립할 수 있는 것이 아니겠는가? 굳센 의지와 인내로 참고 나가자. 고진감래의 뜻을 알고 굳세게 살아가자. *(일기 1975년 4월 6일)*

고1의 미성숙한 청소년기였지만, 이미 객지에서 현실의 어려움을 인내로 이겨내려는 각오가 서려있다. 좌절하지 않고 분발하여 공부한 결과, 고교에 입학할 때 전체 상위 25%의 성적이었지만 졸업할 때는 4%까지 향상되었다. 인내와 끈기가 분발하게 한 결과이다.

대학원 석사과정 졸업 후 예기치 않게 찾아온 역경을 인내와 끈기로 분발하여 극복할 수 있었다. 군대 제대 후 교사 발령을 유예한 채 2년간 석사과정을 졸업하였다. 졸업 후 대구교육청에 발령을 신청하였으나, 교육청 결정에 의해 경북교육청 소속 임용대기자 20명을 저자의 발령 순위 직전에 배치하였다. 결과적으로 순위가 21번으로 밀려나 버렸다. 발령이 당분간 불가능함을 알고 크게 낙담하고 있었다. 마침 한국정신문화연구원(현재 한국학중앙연구원)에서 석사학위 소지자 대상으로 연구원을 공채하는 데 응시하였다. 시험장에서 "내 인생에 마지막 시험이다. 반드시 합격해야 된다"라는 비장한 각오를 가슴에 새겼다. 대형 교실에 가득 찬 수험생들의 경쟁을 물리치고 다행히 저자 혼자서 합격하였다. 절체절명의 위기 순간에서 벗어날 수 있었다. 몸에 철저히 밴 인내와 끈기, 분투력 덕분이었다. 이후 대학원 박사과정의 입학과 단기간에 학위취득, 장학사 임용시험 등 인생의 고비에 직면하여 통과할 수 있었던 것은 인내와 끈기로 분발한 결과였다.

인내와 끈기로 삶을 실천할 뿐만 아니라 평소에도 그 정신이 흐트러지지 않도록 경계하고 있다. 저자의 거실 벽에는 맹자에 나오는 "고대 중국의 성인들은 곤경에 처하였을 때 심신이 극도로 괴로움을 겪은 후에야 깨달음

을 얻었다"(人恒過然後能改 困於心 衡於慮 而後作 徵於色 發於聲 而後喩, 맹자 고자 하)
라는 글귀의 액자를 걸어 두고 있다. 박사학위 취득을 기념하여 유명 서예
가에게 특별히 의미 있는 경구를 부탁하여 표구하였던 것이다. 맹자가 예
시한 고대 중국의 순(舜)임금, 부열(傳說), 교격(膠鬲), 관이오(管夷吾), 손숙오
(孫叔敖), 백리해(百里奚) 등은 모두 농사, 토목, 시장, 하급 서기, 바닷가, 어
업 등 사회의 밑바닥에서 입신하여 나라를 다스리는 지위에까지 오른 인물
들이다. 자신의 불리한 처지를 경험하였기 때문에 분발할 수 있었다는 것
이다. 저자의 삶을 대변하는 것과 같았고, 특히 온갖 어려운 조건을 이겨내
고 학위를 취득한 뒤라 특별히 감회가 깊었다. 이후에도 생활의 신조로 삼
고 싶었던 것이다. 학교교육에서 배우고 실천한 인내와 끈기를 이후 학생
들에게도 기회 있을 때마다 훈화하였다. 센 바람에도 견디어 내는 들판의
잡초나 추운 겨울에도 혼자서 꿋꿋이 푸르름을 잃지 않는 소나무가 되어야
한다고 믿었다.

• 작은 성공경험이 점차 결실에 이르게 되다

사람은 살아가면서 크든 작든 무엇인가를 해냈다는 경험을 하게 된다.
성취감으로 짜릿한 기쁨을 맛보게 되면 더 큰 것에 도전하려는 의욕이 생
겨나며 자존감, 자신감, 정체성이 확고해진다. 조그마한 씨앗이 자라서 메
타스쿼어 같은 거목으로 성장하는 것처럼 어릴 때의 성공경험은 인간을 끝
없이 뻗어나게 하는 에너지원이 된다. 저자는 학교교육에서 여러 차례 성
공경험을 하였고, 인내와 끈기로 더욱 확대하면서 결국에는 목표를 이룰
수 있었다.

저자는 서재에 초등학교 2학년 때 수상한 우등상장을 보관하고 있다. 시
골의 코흘리개 철부지가 과연 무엇을 잘하였는지는 알 수 없지만, 이후 공
부를 열심히 하려는 계기가 된 것은 틀림없다. 많은 친구들 가운데 우수한

학생으로 인정받았고, 저자의 마음속에는 자부심과 함께 '할 수 있다'는 자신감이 생겨났던 것이다. 이후 초등학교 졸업할 때까지 3차례나 더 우등상장을 받았고, 졸업식 때는 국회의원상을 수상하였다. 상품으로 받은 큼직한 국어사전을 오랫동안 애지중지하였다. 여당의 최고위 인사였던 그 국회의원이 언론에 등장할 때마다 자부심이 일어났다. 조그마한 성공경험이 점점 커져가고 있었던 것이다.

중학교 입학 후 2개월 만에 치룬 월말고사에서 우수상을 운동장 집회에서 전체 학생들이 지켜보는 가운데 수상하였다. 시험을 치룬 결과 공부를 잘한다는 것을 전교생으로부터 인정받았다는 자신감이 강하게 들었다. 초등학교 때와는 달리 치열한 경쟁에서 선두에 섰다는 것을 의미하였다. 수업시간에도 선생님이 답변하기 어려운 질문을 하기도 했다. 중3 사회시간에 선생님이 나폴레옹의 "나의 사전에는 불가능이란 없다"라고 한 말을 풀이할 때 '사전'은 '辭典'이 아니라 '事前'이라고 해야 옳다고 주장하였다. 선생님의 설명이 옳았지만, 저자는 나폴레옹이 전쟁을 나서기 전에 군사들을 독려하기 위하여 사전(事前)에 불가능하다는 말을 사용하지 못하게 했다고 주장하였다. 순간 선생님의 얼굴이 붉어지며 당황해했다. 설마 시골 농촌의 학생이 이런 질문을 할 리가 없다는 모습이었다. 선생님의 일방적인 수업 진행과 말씀만을 따르던 학교문화에서 그것에 도전할 수 있는 자신감이 자라고 있었던 것이다.

그리고 중학교에서 공부를 그런대로 잘하고 있었다. 상위의 성적을 유지하기 위해서 늘 긴장감과 경쟁심의 심적 압박을 받았지만 인내심과 분투력으로 견디어 낼 수 있었다. 또한 여기에는 동갑내기 사촌과의 묘한 경쟁심리도 작용하고 있었다. 사촌은 담장 하나를 사이에 두고 옆집에서 살았다. 어느 날 새벽녘에 화장실 가는 중에 그때까지 사촌집의 창문 사이로 흘러나오는 형광등 불빛을 발견하였다. 밤중에 찬물을 뒤집어쓴 것처럼 정신이 번쩍 들었다. 경쟁에서 이기기 위하여 더 오랫동안, 그리고 더 열심히 공부하려는 분투력이 발동한 것이다. 사촌과의 경쟁은 모든 생활 부분에서 훌륭한 선의의 자극제가 되어주었다. 공부를 잘한다는 사실은 저자 자신의 자부심을 넘어서 가족들에게도 기쁨이라고 믿었다. 수상한 우등상장을 부모님에게 갖다드릴 때의 기뻐하는 마음과 모습은 아직도 뇌리에 진하게 남아있다. 성공경험이 더욱 가속적으로 확대될 수 있었던 것이다.

농촌지역의 좁은 무대에서 거둔 성공경험은 대구의 고교로 진학하면서 위기를 맞게 되었다. 그 학교는 선발고사 때까지 수준이 낮은 학교로 평판이 나 있었다. 1975년에 대구지역에 처음 실시한 연합고사 결과 우수한 학생들을 배정받았고, 이를 계기로 명문고로 발돋움하려고 시도하였다. 그래서 성적 상위자를 대상으로 2개의 특설반을 편성하여 특별 관리하였다. 소위 우열반 편성이다. 저자는 입학성적 상위 20% 대상으로 선발한 특설반에 들지 못하였다. 또한 1학년 때 처음 치른 중간고사에서는 상위 30%대 성적을 거두었다. 우수한 학생들의 선발집단이 모였다고는 하나 중학교 때 1%대 성적으로 자부심이 넘치던 저자로서는 비참하기 짝이 없었다. 일기에는 "고향을 떠나온 목적이 무엇인데, 아! 정말 내가 이렇게 해야 할 것인가?"라고 하여 낙담한 당시의 심경을 토로하고 있다. 그러나 이미 몸속에 단단히 자리잡고 있던 성공경험이 분투력을 불러일으켰고, 굳센 의지와 인내로 참고 나아가야겠다고 각오하였다.

우물 안 개구리식 안목에서 벗어나 다시 목표를 정하고 학습 방법, 문제점을 확인하였다. 중학교 때처럼 남들보다 약간만 더 해도 상위권을 유지할 수는 없었다. 밤을 새우다시피하여 학습하는 시간을 최대한 늘리고, 요점과 개념 정리, 마인드 맵, 단권화 기법, 학습계획서 작성 등 효율적인 학습법을 터득해 나갔다. 특히 기초가 부실하여 불안해하던 영어과목은 반드시 독파해야 했다. 학원에 나가 영어 참고서의 정석으로 이름 높았던 '정통종합영어'를 수강하기로 했다. 모르는 단어, 구문, 문법이 많았고 단문, 장문의 해석도 어려웠다. 1,000쪽이 넘는 방대한 분량이라 완독하는 데 시간이 많이 소요되었다. 모르는 부분은 남겨둔 채 우선 한 번 완독하는 것을 목표로 했다. 2년 정도 계속 반복하였는데 완독 횟수가 늘어날수록 쉬워졌고, 독파 시간도 짧아져 갔다. 나중에는 책의 내용을 대부분 외울 정도가 되었다. 영어에 대한 두려움이 없어지고 영어 원서나 토플 문제집도 도전할 수 있었다. 각종 영어 시험에서 우수한 성적을 거두었으며, 영어로 선발하는 카튜사(KATUSA, 미군에 배속된 한국군) 시험에도 합격하여 미군 부대에서 근무하게 되었다. 좌절하지 않고 인내와 끈기를 발휘하여 작은 성공경험이 새로운 차원의 성공경험으로 거듭 확대되었던 것이다.

학교교육에서 배운 성공경험은 저자의 학문연구, 건강관리, 가정생활, 사회생활, 직무 수행 등 매사에서 자신감으로 발전하였다. 긍정적이고 적극적인 자세로 임하고 대응함으로써 소기의 목적을 달성할 수 있었다. 그리고 예기치 않은 위기 상황에서도 이를 극복하려는 동력이 되었다. 학교교육을 가르치면서 학생들에게 성공경험의 중요성을 늘 강조하고 있다. 초·중학교 때 부모나 주변의 힘에만 의존하여 왔던 학생들이 고등학교에 와서 좌절하는 경우를 많이 보았다. 이는 성공경험을 맛보지 못했기 때문이다. 학교에서는 작은 성공경험이라도 할 수 있도록 도와주려고 노력한다. 학생들에게도 "노력하는 자에게는 방법이 보이고 준비된 자에게는 기회가 온다"라고 하여 추동하고 있다. 작은 성공경험이라도 맛보고 인내와 끈기를 가지고 계속 노력한다면 반드시 목표에 도달할 것이라고 확신하고 있다.

4 삶의 즐거움은 학문에 있다

학교교육이 전인교육을 추구하고 있지만, 가장 상위의 개념은 학습이다. 신체적, 인성적 성장을 바탕으로 학습이 이뤄지기 때문이다. 학습은 새로운 지식과 기술, 경험 등을 의식적으로 습득하는 과정이다. 학교와 학생은 다양한 이론과 방법, 교재를 활용하여 학습 능력을 최대한 향상시키고 목표에 도달하도록 노력해야 한다. 학생들은 자신의 취미와 적성, 흥미에 따라 학습 방향과 진로를 설정하게 된다. 이때의 성취와 경험이 상급 학교로의 진학은 물론이고 직업인으로 진출까지 결정짓고, 나아가서는 삶의 가치관에도 영향을 미친다. 저자의 경우, 일찍이 자기주도 학습에 성공하여 학습에 자신감을 가지게 되었고, 대학교에서 역사학문을 전공하여 성과를 거두어 마침내 학문의 즐거움에 심취하게 되었다.

● 스스로 학습하여 자신감을 가지다

학습이 제대로 이루어지려면 배우고(學) 익히는(習)는 두 가지의 과정이 함께 필요하다. 어느 한쪽이 결여된다면 더 이상 학습에 진전이 없을 것이다. 그리고 스스로 배우고 익히려고 할 때 진정한 학습이 이뤄진다. 타의에 의해 강요된 학습은 학습 능력을 저하시킬 뿐이다. 자기주도학습이 중요하다는 것은 이미 이론적으로 경험적으로 입증되었으며, 미래 사회로 갈수록 자기주도학습이 요구될 것이다.

저자는 스스로 학습하려는 의지와 자신감이 강한 편이었다. 초등학교 때의 성공경험을 바탕으로 중학교 때 자신감을 가지고 스스로 학습을 하려고 했다. 그리고 가족 모두 농사일에 바빠서 학습을 위해 나만 특별히 예외를 요구할 수 없었다. 다만, 아버지는 자식들의 학교교육을 적극 지원하려고 했으므로 스스로 학습하여 해결하는 수밖에 없었다.

중2 때 월말고사를 치르고 난 뒤 일기에 "이전보다 많이 향상되었다", "공부는 늦추지도 서두르지도 말자, 시간 중에 잡담을 하지 말고 열심히 듣자"라고 기록되어 있다. 이미 스스로 학습 목표를 설정하고 학습 방법을 평가하였음을 알 수 있다. 학습을 위해 스스로 방법을 개척하기도 했다. 중2 겨울방학 때 두 달 동안 대구시내의 학원에 가서 영어, 수학 과목을 수강하였다. 학원을 마치고 난 뒤 일기에서 다음과 같이 기록하고 있다.

오늘은 방학 동안에 학원에 나가는 마지막 날이다. 그동안 많고도 새로운 것을 배웠다. 영어는 이번 기회에 실력이 월등이 나아졌다고 생각되고 수학도 내 생각에는 그렇다. 정말로 두 달 동안 하루 32㎞의 거리를 버스로 2시간씩 다니면서 고생도 많았다. 배움에 있어서는 왕도가 없는 법이다. 그만한 댓가로 많은 지식을 얻었다. (일기 1974년 2월 3일)

중2에 불과하였지만 시골에서 대구까지 힘들고 먼 길을 마다하지 않고 부족한 부분을 보충하기 위해 스스로 학습하려는 모습을 확인할 수 있다. 그 외 학습에 도움이 된다고 하면 친구들과 대구에 가서 참고서를 구입해 오기도 했다.

대구의 고등학교에 진학하면서 자기주도학습에 대한 의욕은 더욱 강해졌다. 고향의 가족을 떠나 자취생활을 하면서 좌절하지 않으려고 결기를 다졌으며, 고난과 역경을 극복한다면 행복이 오는 법이니 오직 공부에만 집중하자고 다짐을 했다. 그러나 중학교 때 좁은 농촌지역에서 우수한 성적을 유지하였지만, 고등학교 선발집단에서는 스스로도 실망할 정도로 밀려났다. 2년 동안 각고의 노력 끝에 기초가 허술하여 불안해하던 영어과목을 독파하였다. 학습 목표와 학습 결과를 점검하는 등 자기주도학습을 힘쓴 결과 3학년 때는 상위권에 다시 진입할 수 있었다. 외부의 힘에 의해서는 도저히 도달할 수 없는 결과였다. 자기주도학습의 절정을 경험한 셈이다.

자기주도학습을 하면서 스스로 자신만의 학습방법을 터득하게 되었다. 당시 학습 방법 중에는 학습 내용을 쓰고 외우는 것이 가장 기본이었다. 수업 시간에 선생님이 칠판 가득히 판서하면 학생들이 따라서 필기하고, 잠시 후 선생님이 설명하였다. 칠판을 두 번 이상 판서하는 경우도 있었다. 시험 칠 때는 수업한 내용을 외워야만 했다. 외우는 것이 일상이었지만, 얼마나 요령 있게 효율적으로 외우느냐가 관건이었다.

우선 학습한 내용을 구조화한 뒤 개념과 용어, 핵심 내용 등을 일목요연하게 정리했다. 외워야 할 부분은 단어의 맨 앞자리 글자끼리 묶되, 연상이 쉽도록 했다. 이미 알고 있는 단어나 주변의 인물, 사물, 건물 등을 활용하였다. 처음 외울 때는 힘들고 시간도 많이 소요되지만, 반복할수록 쉬워지고 시간이 줄어든다. 암기가 이뤄졌다고 생각되면 백지 위에 학습한 내용의 개념도를 그려본다. 암기를 좀 더 쉽게 하려면 반드시 예습과 복습을 철저히 해야 했다. 교직에 입문한 후 암기하는 법, 뇌의 구조, 기억 장치 등의 학습이론을 공부한 적이 있었다. 놀랍게도 고등학교 때 저자가 터득한 것과 일치하였다. 사실을 배워서 이론을 깨친 셈이다.

자기주도학습이 가능하게 된 데는 의욕이나 자신감만으로 불가능하다. 학습에 대한 흥미가 근본적으로 있어야 한다. 논어의 첫 머리에 "배우고 때때로 익히면 또한 즐겁지 아니한가"(學而時習之 不亦說乎, 논어 학이)라고 하여 학습의 즐거움을 강조하고 있다. 나아가 "아는 것은 좋아하는 것만 못하고, 좋아하는 것은 즐기는 것만 못하다"(知之者 不如好之者 好之者 不如樂之者, 논어 옹야)라고 하여 '아는 것'과 '좋아하는 것'을 넘어서는 '즐기는 최고의 경지'를 이야기하고 있다.

자신감이 넘치고 인내와 끈기로 학습을 하였지만, 모든 과목이나 분야를 즐기는 단계는 아니었다. 시험을 잘 치러야 한다는 긴장감과 부담에서 벗어날 수 없었다. 그러나 역사소설, 역사서적, 역사지도, 역사과목 등 역사 관련 교과에는 흥미가 많았다. 시간 가는 줄 모르고 빠져 들어가기도 했다. 역사를 후에 전공하게 된 계기가 된 것 같다. 스스로 학습하는 단계에서 자신감을 가졌고, 나아가서 자기주도학습의 최고 단계에 진입함으로써 새로운 차원의 공부, 즉 학문에 몰입하게 되었다. 이제 역사학문이 인생의 한 부분이 된 것이다.

● 역사학문 전공자의 길을 걷다

새로운 지식을 배우고 익히던 학교교육의 학습은 일단 대학교 학부를 졸업하면서 끝났다. 국립사범대학을 졸업했으니 진로는 당연히 중등학교 교사로 4년간 의무 복무를 해야 했다. 그러나 역사 전공에 대한 관심과 흥미가 많았으므로 공부를 좀 더 했으면 하는 바람에 일반대학원으로 진학하고자 했다. 당시 학과 선배들 가운데 교사 발령을 유예해 주는 제도를 활용하여 대학원에 진학하는 분위기가 많았는데 이에 영향을 받았다. 저자도 역사 관련 논문을 읽기도 하고, 원사료를 해석하는 데 필요한 한문을 터득하기 위하여 맹자를 배우기도 했다. 공부에 관심과 욕심이 강해지면서 결국 대학원을 진학하기로 했다. 교사 발령은 이후에도 가능하다고 판단하였다. 사범대 출신들은 주로 현직 교사로서 교육대학원을 진학하였다. 반면에 저자는 사범대 출신이지만 교사의 길을 잠시 유보한 채 역사 학문을 전공하고자 일반대학원의 코스를 선택한 것이다. 일단 경북대 대학원 사학과 석사과정에 입학한 뒤 군 복무를 마쳤다. 일반적이고 정상적인 길을 비켜나서 출발한 셈이다.

1984년 군 제대 후 대학원에 복학하여 본격적으로 학문의 길에 들어서게 되었다. 전공은 역사 영역의 한국사, 동양사, 서양사 등 3분야 중에서 한국사를 선택하였다. 일찍부터 개인적으로 한국사에 대해 흥미와 적성이 높았으며, 1970년대 정부에서 한국사를 대학교의 필수과목으로 지정한 뒤 학문적 관심이나 수요가 고조되고 있었다. 반면에 동양사와 서양사는 기본적인 지식이 부족하였고, 학문을 하는 수단인 영어나 한문에 대한 어려움이 예상되었다. 학부에서 이미 개설서, 시대사 위주의 기초 학습을 하였고, 대학원에서는 분야별 시대사, 사학사, 원서 강독, 논문 작성법 등 심화된 공부를 하게 되었다.

대학원 입학과 동시에 한국사 중에서 전공하는 시대와 분야를 정해야 했다. 한국사는 시대적 순서에 따라 크게 고대, 중세, 근세, 근대 등의 4개 시대사로 나뉘며, 각 시대사 내에 정치, 경제, 사회, 사상 등의 분야로 세분할 수 있다. 각 시대사와 분야 안에는 수많은 연구자들이 특정한 주제를 정하여 연구하고 있다. 학문을 처음 시작할 때 연구한 분야를 이후에도 계속해서 천착하기 마련이다. 관련 자료를 축적하고 입론의 근거를 확립하는 데 유리하며, 오랜 시간 특정한 분야를 연구한 결과 학문의 대가(大家)로 자신의 영역을 인정받을 수 있기 때문이다.

저자는 한국사 중에서도 특히 조선시대사에 흥미와 관심이 높았다. 초·중·고·대학을 거치면서 다른 과목에 비해 한국의 역사가 재미있었다. 그중에서도 읽을 소재가 풍부한 조선시대사의 이야기에 빠져들곤 했었다. 왕조 흥망사, 왕실의 뒷이야기, 야사, 신하들의 대립·갈등사 등 인물들의 성쇠 과정을 흥미진진하게 탐독하였다. 조선 27명 왕의 첫 글자를 따서 음율에 맞추어 '태정태세문단세'의 방법으로 외운다든지, 연산군과 광해군의 난정(亂政), 연산군 때 폐비윤씨, 장록수, 장희빈, 사도세자 등의 궁중 음모를 읽으며 가슴 졸이고 밤을 새우기도 했다.

따라서 대학원을 입학하면서 연구의 관심 분야는 조선시대 정치사로 기울고 있었다. 게다가 학과에 조선시대 사림(士林: 조선시대 지방에 거주하던 관료학자) 연구로 학계에서 연구업적과 권위를 인정받고 있던 이병휴(李秉烋) 선생님이 학문 연구와 제자양성을 선도하고 있었기 때문에 자연스럽게 조선시대 정치사로 정하게 되었다. 학문적 관심과 이를 이끌어 줄 선생님이 가까이에 있었던 것이다. 다행히 이병휴 선생님의 허락을 받아서 문하에서 사사(師事)를 받게 되었다. 게다가 선생님의 연구실에 입실하여 학문뿐만 아니라 일상까지 지도받는 행운도 뒤따랐다. 누구보다도 학문 연구의 출발이 순조로웠다고 할 수 있다.

대학원에서의 수업 방법은 학부와는 완전히 달랐다. 연구 성과, 쟁점 주제, 논문 등을 요약 정리하여 발표한 뒤, 동급생 간에 토론, 질의가 이루어졌다. 단순히 기존 학자들의 주장을 요약 정리하는 것이 아니라 새로운 관점에서 비판, 비평하면서 자신의 의견을 논리적으로 개진해야 했다. "그렇다면, 나 자신의 의견은 무엇인가?"를 화두로 삼아야 했다. 뿐만 아니라 근거 없는 주장이나 비논리적인 발언을 하면 송곳 같은 비판의 세례를 받아야 했다. 상대의 저돌적인 공격을 받고 쑥대밭이 되어 불면의 밤을 보내면서 괴로워할 때도 있었다. 한 개의 단어, 용어, 개념을 사용할 때 수십 번이고 고민을 해야 하며, 근거를 찾기 위하여 수십 권의 논문, 저서, 원서 등을 뒤져야 했다. 엄정하고 면도날처럼 날카롭고 지칠 줄 모르면서 부지런해야 하는 학문적 자세를 단련하는 과정이었다. 힘들고 고단하였지만 학문에 세계에 진입할수록 즐거움도 깨달아 갔다. 논어의 첫 머리에 나오는 "배우고 익히면 또한 즐겁지 아니한가!"(學而時習之 不亦說乎)의 초입 단계에 들어서고 있었다.

대학원에서의 수업과 더불어 개인적으로 역사 학문에 대해 광범위하게 공부하였다. 역사학개론서, 개설서, 연구 논문과 단행본, 비평서 등 연구 이론서와 기존 연구 성과를 섭렵하고, 학계의 연구 동향을 파악하고자 했다. 또한 동학들과 학문적 교류나 토론, 학회 참석 등을 통해 인적 교류를 넓혀 나갔다. 이와 함께 조선시대사의 바탕이 되는 한적(漢籍) 원서를 읽고 해석하기 위해서 한문 공부를 별도로 해야 했다. 한문 문리를 터득하는 데는 전통적인 서당식 교육이 가장 효과적이지만, 주변에서 마땅한 선생님을 구할 수 없었다. 대신에 혼자서 한문과 유학의 기본 경전이었던 논어와 맹자를 읽기 시작하였다. 다행히 많은 사료들이 한글로 번역되거나 해석의 편의를 위하여 표점(標點)을 찍어서 출간되고 있어서 석사 논문 작성 때까지는 어려움이 없었다. 한문의 문리를 틔우는 데는 시간과 노력이 더 필요하였다.

깊이 있는 한문 공부는 석사 졸업 후에 본격적으로 하였다. 원로 학자인 이국원(李國原)선생님과 회산(檜山) 강신혁(姜信爀)선생님에게 나아가 통감절요와 춘추를 배웠다. 두 분 모두 한문이 뛰어난 조선시대 선비 같은 학자였고, 공부 방법도 전통 시대와 똑같이 예습, 음독, 해석, 설명, 질문 등을 하였다. 회산선생님은 경북 봉화 법전리 소론(少論) 명문가문의 후예였다. 일찍이 성리학을 연마 터득한 학자로 명성이 높았으며, 서울에서 한학을 공부하려는 신세대들을 지도하고 있었다. 저자가 서울에서 직장생활을 할 때 한문을 배웠다. 84세의 연세에도 불구하고 한 치의 흐트러짐 없는 자세와 카랑카랑한 목소리로 경전을 가르쳐 주었다. 표면적인 한자의 해석뿐만 아니라 깊이 있는 설명으로 한문의 심오한 맛을 깨달을 수 있었다. 저자가 서울 직장 생활을 접고 대구에 온 뒤 받았던 한문 편지에서 아직도 선생님의 체취와 모습을 느낄 수 있다.

석사 과정의 수업과 공부를 하면서 논문 작성을 위한 준비도 하였다. 먼저 첫 단계는 학계의 연구 동향과 성과를 철저히 섭렵하여 문제점을 발견하는 것이다. 조선 500년의 정치사를 검토하면서 일단 조선후기 정치사에 관심을 가지게 되었다. 한국사학계에서는 1970년대부터 신진학자들에 의해 새로운 학풍이 거세게 불고 있었다. 일제가 한국의 식민지배를 정당화시키기 위하여 만든 소위 '식민사관'을 극복하기 위하여 정치사, 사회사, 경제사, 문화사 등 여러 방면에서 활발하게 연구가 진행되고 있었다. 실증적이며 민족주의적인 사학에 기초한 것이다.

정치사의 경우 일제가 악의적으로 조작한 '당쟁망국론'(黨爭亡國論)을 대신해서 '붕당정치론'(朋黨政治論)이 주창되고 있었다. 당쟁망국론은 1910년 조선이 일본에게 망한 원인은 소위 동인, 서인, 남인, 북인 4색 당파 간에 치열한 권력 다툼('당쟁'이라고 함) 때문이었고, 붕당을 나누어 싸운 것은 한국인의 민족성이 원래 그렇기 때문이라고 했다. 나아가서 한국인들의 열등하고 싸움을 즐기는 민족성으로는 주체적인 통치나 근대화가 불가능하므로 일본이 식민통치하여 대신 발전시켜 주어야 한다는 논리로 발전시켰다. 식민지배의 정당화를 위해서 정치적인 사건을 민족성으로 왜곡시킨 것이다.

반면에 붕당정치론은 악의적이고 조작적인 당쟁론을 극복하기 위한 역사관이다. 즉 붕당 간의 갈등은 권력 쟁취를 위한 투쟁, 즉 '당쟁'이 아니라는 입론에서 출발하였다. 붕당은 성리학적인 공론(公論)을 바탕으로 공존(共存)을 추구하였고, 따라서 붕당 간에 균형과 견제를 이루어 이상적인 정치를 추구하였다는 주장이다. 1970년대 조선후기에 자본주의의 싹이 발전하였다는 '자본주의 맹아론'에 따라 사회 여러 방면을 연구하기 시작하였고, 정치사 분야에도 이를 확대한 것이다. 부정과 편견으로 점철된 조선후기 역사상을 대신하여 발전적이며 긍정적인 면으로 전환시킨 것이다. 붕당정치론은 역사학계에서 큰 반향을 불러일으켰다. 이론에 근거하여 시기별, 분야별 실증적인 연구 성과들이 쏟아지기 시작했다.

그러나 붕당정치론은 저자가 학문 연구를 시작한 1980년대 초까지 참신한 이론인 점에 대해서는 동의하였지만, 아직 초기적인 단계였다. 이론의 방향만 제시하였고, 이를 입증하기 위한 실증적인 연구가 충분하지 못하고 있었다. 조선후기 300년 동안의 정치사를 단선적인 이론이나 주장만으로 설명하기에는 부족하였던 것이다. 그리고 새로운 이론에 의한 연구와 1970년대 이후 정부의 국사교육 강화로 연구 분위기가 고조되고 있었지만, 현실적인 성과로 연결되지는 않고 있었다. 즉 실증적인 연구조차 제대로 이뤄지지 못한 미개척 분야가 많이 남아 있었던 것이다. 연구 동향을 검토해 본 결과, 초보 연구자의 눈에는 새로운 연구자와 연구 성과가 쏟아지는 학계의 분위기였고, 또한 연구 분야가 많이 남아 있는 것처럼 보이는 '호기'였다.

학문에 갓 입문하여 학계의 연구 동향과 성과를 분석하면서 논문 작성에 들어갔다. 처음 논문을 작성하는 석사학도로서는 작은 주제에 한정하여 실증적이고 사례적인 연구가 가능한 분야가 적합하였다. 주제를 찾기 위하여 많은 노력을 기울인 결과, 조선후기 300년 동안 경상우도(낙동강을 기준으로 오른쪽 지역에 속하는 성주, 고령, 합천, 거창, 함양, 진주권역을 지칭함) 사림의 동향을 착목하게 되었다. 300년이라는 긴 시기 동안 여러 정치세력의 다양한 활동은 묻혀진 채 다만, 거창 안음(현재 거창군 안의면 강천리)에 거주하던 정희량(鄭希亮)이 1728년(영조 4) 무신난(戊申亂, 李麟佐亂이라고도 함)에 참가한 사실에 대해서만 언급되고 있었다.

무신난의 연구가 미진하고 연구할 가치가 충분하다는 것을 파악하게 되었다. 17세기부터 동인과 서인의 분당으로 시작된 붕당 간의 갈등이 시간이 갈수록 격화되었고, 18세기 이후에는 모반, 반란, 환국(換局) 등이 일어날 때마다 상대세력의 제거는 물론이고 왕위 계승도 좌지우지되고 있었다. 혼란을 거듭하던 정국은 일단 1724년 노론이 지지하던 영조가 즉위하는 것으로 정리되었다. 이 과정에서 권력에서 배제되었다고 판단한 남인과 소론은 권력을 되찾기 위하여 연합하였다. 이인좌(李麟佐)를 우두머리로 하여 영조와 노론을 반대하는 전국적인 반란, 즉 무신난을 일으켰던 것이다. 여기에 거창 안음에 근거지를 둔 정희량이 남인 세력의 일환으로 참가하였다.

정희량난에 대한 기존 연구는 초보적인 단계였다. 무신난의 일부로서 사건의 경과과정을 설명하는 데 그치고 있었다. 난의 배경이 되었던 17세기 이후 거창, 함양, 산청, 합천 등지에서 활약하였던 사림들의 동향을 파악하려는 시도는 없었다. 중앙 정국에서 붕당 간의 치열한 움직임이 있었던 것처럼 경상우도 지방에서도 사림 내부의 변동이 있었고, 그 결과가 무신난에 영향을 미쳤던 것이다. 연구할 필요성이 충분한데도 불구하고 실증적 연구조차 제대로 이뤄지지 않고 있다고 판단하고, 조선후기 경상우도 사림의 동향을 석사학위 논문의 주제로 정했다.

정희량을 이해하기 위해서는 그의 5대 선조인 동계(桐溪) 정온(鄭蘊, 1569~1641)부터 연구해야 했다. 정온은 조식(曺植, 1501~1572)의 학맥을 계승한 정인홍(鄭仁弘, 1535~1623)의 수제자이며, 임진왜란 이후 경상우도 사림을 이끌었던 고위 관료학자였다. 한때 북인으로 중앙정계에서 활동하기도 했으나, 대북(大北, 북인의 일파)이 1614년(광해군 6) 영창대군을 살해하는 전횡에 맞서 항거하다가 제주도에 10년간 유배생활을 하였다. 서인이 대북을 몰아내는 1623년 인조반정으로 중앙 정계에 화려하게 복귀하여 정치적 쟁점마다 서인 반정공신에 맞서 강직한 언론을 행사하였다. 1636년(인조 14) 청나라가 조선을 침입하는 병자호란 때 강화(講和)를 반대하는 척화론을 주도하였다. 청에 항복하는 날 자결을 시도하였으며, 고향으로 돌아와서는 가족으로부터의 봉양을 거부한 채 인근의 금원산에서 숨어 지내다가 일생을 마감하였다. 대표적인 반청인사(反淸人士)인 김상헌과 함께 조선후기 성리학적 명분인 충절의 상징으로 추앙받았다. 이후에도 그의 후손들은 남인의 입장을 견지하면서 중앙정계와 긴밀히 연결되어 있었다. 이 때문에 남인과 소론이 연합하여 노론 정권에 저항한 무신난 때 정온의 5대손인 정희량이 적극적으로 참여하게 되었다. 정희량난을 정확하게 이해하기 위해서는 그 선대부터의 정치적 활동을 구명해야만 가능한 일이었다.

연구를 진행하면서 현재 정온의 종택이 남아있는 경남 거창군 안의면 강천리(수승대 인근)를 수차례 방문하였다. 400년이나 지났지만 역사의 현장을 답사함으로써 사료에서는 나타나지 않는 역사적 실상을 확인하고 싶었다. 그리고 조선왕조실록, 서원등록, 읍지류, 개인 문집, 서원 소장 문서 등 관련 사료들을 수집하였다. 일일이 복사하여 카드에 오려붙이고 분류하는 수작업을 하였다. 조금이라도 관련이 있다고 판단되는 사료들은 모두 모으겠다는 욕심이 작동하였다. 사료 뭉치가 '태산'같이 많았지만 논문 작성에 사용되지 않고 버려지는 것도 많았다.

어느 정도 자료가 수집되고 논문의 방향이 세워지자 논문 작성에 들어갔다. 가목차와 가제목을 수십 번 수정을 거듭하면서 원고를 작성하였다. 노트 6권 분량의 초고를 펜으로 일일이 썼다. 일단 초고를 작성하고 난 뒤 원고지에 옮기는 작업을 7번 반복하였다. 후에 컴퓨터가 보편화된 후 이를 활용한 논문작성과는 다른 모습이다. 논문을 수작업으로 작성하는 경우와 컴퓨터로 작업하는 경우 각기 장·단점이 있다. 컴퓨터로 논문을 작성하게 되면 일단 저장된 원고는 수정하기가 매우 쉽지만, 내용이 부품하고 논리적으로 허수룩해 보인다. 반면에 원고를 수작업으로 하는 경우 난마처럼 복잡하게 수정 작업을 반복해야 하지만, 옮겨 적는 횟수가 거듭될수록 논문의 논지는 분명해지고 내용도 정선되어 간다. 기기의 편리함 때문에 컴퓨터를 활용하지 않을 수 없지만, 역시 역사 논문은 힘든 과정을 반복하고 손때가 묻을수록 옥고(玉稿)로 거듭난다고 생각한다. 원고는 수정과 정선을 거듭한 끝에 최종 400자 원고지 79매로 완성하였다. 손가락에 굳은살이 박혀 아플 지경이었지만, 논문의 완성도는 높아갔다. 논문이 거의 완성될 무렵, 동학 선배들 앞에서 발표를 하여 논지와 내용을 점검받았다.

최종 논문의 제목은 '조선후기 경상우도 사림과 정희량난'으로 정하였다. 조선후기 경상우도 사림의 동향을 밝혀 정희량이 1728년 무신난에 참여하게 된 원인, 경과, 결과 등을 구명하고자 했다. 논문의 요점은 다음과 같다. 서인이 주도한 인조반정으로 경상우도 사림이 큰 타격을 받았지만, 정구(鄭逑, 1543~1620) 학통에 연원한 남인의 입장에서 재결집하여 정국의 추이에 대응해 나갔다. 그러나 18세기에 들어 와서 집권당인 노론의 부식으로 우도 사림은 분열되어 갔고, 정온의 후손들은 세력의 근거지인 안음에 서조차 위기에 처하자 5대손인 정희량이 무신난에 참가하게 되었다. 난의 진행과정에서 우도 사림을 결집시킬 만한 세력이나 명분이 부족하여 결국 실패하게 되었다. 정희량난 후에 남인은 덕천서원을 중심으로 명맥을 유지하였고, 노론은 서원건립, 중앙 노론 세력의 진출 등으로 영향력을 확대해 갔다.

준비를 철저히 한 결과 논문 작성 과정에 비하여 논문 발표와 학위 통과는 크게 힘들지 않았다. 지도교수, 심사위원, 동학, 재학생들 앞에서 준비해 간 원고를 자신 있게 읽으면서 발표하였다. 어떤 질문을 받더라도 대답할 자신이 있다고 생각하였는데, 다행히 어려운 질문 없이 끝났다. 논문의 수준과 학문적 성과를 어느 정도 인정받은 것으로 생각하였다. 2년 동안 연구하고 논문 쓰는 데 혼신의 힘을 다한 결과라고 자부하였다. 후에 역사 학술잡지인 『대구사학31』(1986)에 게재하여 발표하였다. 학계에 전공자로서 연구 성과를 신고한 셈이다. 학문의 초입에 들어섰다고 자신하였지만 아직 갈 길은 멀었다.

석사 졸업 후 예정되어 있던 교사 발령이 어렵게 되었다. 1986년 마침 한국정신문화연구원에서 석사학위 소지자를 대상으로 편수원을 공채하는 데 합격하였다. 1988년 서울올림픽을 기념하여 우리나라의 전통문화 유산을 총정리하고자 국가에서 추진하던 한국민족문화대백과사전 편찬 사업에 종사하였다. 역사, 문학, 지리, 예술, 산업 등의 분야로 나눠 원고지 45만 매 분량으로 집대성하는 것으로 항목 설정, 원고 청탁과 수합, 교정 등의 업무를 맡았다. 역사 전공자의 안목과 판단이 요구되었다. 복잡하고 모두가 바쁘게 움직이는 '선진' 서울 문화를 경험하였고, 우수한 학문 여건, 뛰어난 연구자, 귀중한 사료 등을 접하는 기회가 되었다. 수준 높은 연구 성과와 인적 교류는 훗날 저자가 학문 연구를 하는 데 큰 도움이 되었다.

서울 생활을 한 지 2년 후 기다리던 교사 발령이 나면서 대구로 되돌아왔다. 서울에 정착할까 고민도 해보았지만, 아무래도 공부를 계속하기 위해서는 학문적 토대가 있는 고향이 더 나을 것이라고 생각하였다. 직장을 다니고 결혼을 한 뒤에도 이미 학문의 길로 가야겠다는 마음은 확고해져 있었다. 1년간의 준비 후 1990년에 경북대 대학원 박사과정에 입학하였다. 선발 인원이 적었기 때문에 경쟁이 치열하였다.

대학원 수업은 3년간이었으며, 수업 내용과 수업 과정은 석사과정보다 훨씬 심화되고 치열하였다. 이제 역사 학문의 진정한 전공자의 길을 가는 것이었다. 연구 분야는 특정한 주제에 한정하지 않고 조선시대 정치사 전체를 대상으로 하였다. 논문 작성에 필요한 기존 연구 성과 검토나 사료 해석 및 수집에는 점차 자신감이 늘어갔다. 따라서 수강과 병행하여 학위논문 작성을 서둘렀다. 당시 학위 논문을 통과하는 데 통상 10년 정도 소요된다고 하였으나, 직장생활과 학문연구를 병행해야 하는 현실적 어려움 때문에 이를 가능한 줄이고자 노력하였다.

박사학위 논문의 주제는 특정 시대와 분야를 이해하는 데 도움이 되는 것을 정해야 했다. 큰 맥락을 파악하고 그 범주에 속하는 주제들을 개별 논문으로 작성한 뒤, 학위논문의 체계로 편제해야 한다. 소논문을 보통 5~6개 정도 학회에 발표하면서 일관된 논지와 체제를 구상한다. 석사학위 논문 이후 계속 조선후기 정치사를 천착하면서 논문의 대상 분야와 시기를 고민하고 있었다. 석사학위 논문 작성 시 입론의 근거로 삼았던 붕당정치론을 본격적으로 검토하기 시작하였다. 붕당정치론은 앞에서 설명한 것처럼 붕당 간의 대립 갈등보다는 사림의 여론인 공론(公論)을 바탕으로 공존과 견제를 했다는 이론이다. 붕당정치론이 학계에서 조선후기 긍정적 역사상을 제시한 이론으로 인정받아 관련 연구 성과들이 쏟아지고 있었다. 다만, 입론의 초기단계였기 때문에 이론을 뒷받침할 실증적 연구가 충분하지 않았다.

연구는 이론의 검토와 실증적인 작업을 병행하는 방향으로 진행되어 갔다. 붕당정치론에 따르면 붕당 간에 공존했다는 주장을 뒷받침하기 위하여 사림의 여론인 공론을 중시했다. 각 붕당이 권력을 장악하기 위하여 사사롭고 독점적인 주장을 활용한 것이 아니라, 정당하고 매우 공적인 논의를 펼쳤다는 것이다. 조선 건국을 주도하고 15~16세기 집권한 훈구파와 이와 대립하여 지방에 근거지를 둔 사림파 간에 치열한 정치적 갈등이 발생하였다. 17세기 성리학적 사회가 점차 확산되면서 마침내 '사림정치'가 확립되었다. 사림정치는 다시 사림 내부의 현실 인식의 차이에 따라 붕당이 발생하였고, 붕당 간의 공론이 극도로 활성화되었다. 이 과정에서 사림의 여론 즉 공론이 중시되었고, 이를 반영하는 언론 기관의 역할이 더욱 강화되어 왕권을 능가할 정도가 되었던 것이다. 공론은 언론 기구인 삼사(사헌부, 사간원, 홍문관)나 유소(儒疏, 양반들의 상소) 등을 통해서 표출되었고, 국정을 견제, 감독, 자문하는 역할을 하였다.

저자는 조선후기 17세기의 경우 사림파가 성리학적 이념을 실천해 가는 시기로 인식하는 데 공감하였다. 그러나 공론의 기능을 지나치게 중시한 결과 공론을 관철시킬 수 있는 장치에만 머물러 있고, 실제로 사림이 국가 정책을 입안하고 집행하던 기구에 대해 연구가 부족하였음을 발견하게 되었다. 언론은 국정을 견제, 감독, 자문하는 역할을 기본으로 하였고, 실제 국정을 집행하는 부서는 이와는 별도로 존재하고 있었다. 17세기 사림정치가 확립되어 국정 운영에서 공론이 중시되었다는 것을 인정하더라도, 정작 국정을 집행하는 최고 관서에 대해서는 제대로 밝혀져 있지 않았던 것이다. 그래서 저자는 최고 국정 기구인 비변사(備邊司)를 주목하고, 이를 박사학위논문의 연구 분야로 접근하게 되었다.

비변사에 대한 연구는 매우 전문적인 분야이므로 독자들이 이해하기 어려운 점이 많을 것이다. 그러나 저자가 공부한 이력을 남기고 싶은 욕심 때문에 줄거리를 중심으로 정리하고자 한다. 양해를 바란다.

조선의 최고 정책 기구는 국초에 삼정승(영의정, 좌의정, 우의정, 대신이라고도 함)이 회의하는 의정부가 있었다. 의정부 밑에 6개의 부서인 육조가 각기 업무를 성격에 따라 분장하고 있었다. 그러다가 15세기 초반 세조대 이후 육조판서(육조의 장관)가 왕에게 직접 품의하여 결정하는 육조직계제(六曹直啓制)

로 변화되었고, 따라서 의정부는 실제 기능을 발휘하지 못하였다. 그 뒤 1510년(중종 5) 삼포왜란을 진압하기 위하여 임시로 비상 군사대책기구인 비변사를 설치하여 운용하였다. 조선 건국 후 100년을 지나면서 정상적인 군사 지휘권이나 변방 대책을 결정할 체계가 무너져 있던 것이다. 임시기구로 출발한 비변사는 1592년 임진왜란과 두 번의 호란(1627년 정묘호란, 1636년 병자호란)을 거치면서 상설화되었고, 조선 후기 300년 동안 최고 관부로 기능하였다. 반면에 조선 초기 국정 최고 기구였던 의정부는 유명무실한 채 남아 있었다.

비변사는 조선초기의 삼정승이 회의하는 의정부와는 달리 전·현임 대신, 판서, 삼사 장관, 무임소 관료 등 20~30명에 이르는 비변사당상이라 불리는 구성원들이 참여하였다. 군사, 변무, 재정, 지방 행정, 인사 등 조정의 주요 사안을 의논하고 결정하였다. 육조를 비롯하여 실무를 담당한 부서가 별도로 있었지만, 비변사당상이 주요 정책 결정권자였기 때문에 자연스럽게 국정의 중심이 비변사로 옮겨져 갔다. 19세기 세도정치 때는 세도가문의 권력자 50~60명이 참여하여 권력을 독점하고 사적인 이익을 추구하는 기구로 변질되었다. 왕조 말기적 국정 혼란의 근본 원인으로 지목되었다. 흥선대원권이 집권하자 국정 개혁의 핵심 과제로 비변사의 폐단을 지목하고 혁파하였다. 학계의 연구는 조선후기 300년 동안 국정을 운용한 비변사에 대해서 실증적인 연구는 이뤄지지 않은 채 마지막 19세기 국정을 혼란에 빠트린 근원이라는 피상적인 이해에 머물고 있었다. 제도의 법제적인 기능도 중요하지만, 이를 운용했던 사람들의 인식과 대응 자세는 물론이거니와 그것의 변화도 추적해야 할 필요가 있었다.

1980년대 정치사 연구가 심화되면서 새로운 연구 방법론이 도입되었다. 이에 따르면 정치사는 정치세력, 정치구조, 정치운영론 등의 세 분야로 나누어 분석할 수 있다. 정치세력은 권력을 장악하거나 접근하려는 개인이나 집단이고, 정치구조는 권력을 배분하고 행사하는 틀이며, 정치운영론은 권력을 운용하는 사상이라 할 수 있다. 새로운 연구 방법론에 따라 비변사는 정치구조 관점에서 연구되었지만, 단순히 제도의 변천이나 기능 등 법제적이고 표피적인 차원에서 크게 벗어나지 못하고 있었다. 또한 분석 대상의 시기도 19세기에 그치고 있었다. 그런데 비변사가 당초에는 대외변무(對外邊務)를 처리하는 목적으로 설치되었지만, 실제 운용에서는 시기에 따라 변화를 거듭하였다.

저자는 정치제도사의 연구에 있어서 새로운 관점이 필요하다고 생각했다. 즉 인간이 그 제도를 어떻게 규정하고 변용하려 했는가에 주목해야 된다는 것이다. 전근대 정치사 있어서는 법제적 규정 자체보다는 관행이 중시되었고, 그 관행이 누적되면 법적 효력을 지니게 되는 경우가 허다하였다. 이는 곧 '법치'(法治)보다는 '인치'(人治)적 요소가 강하였음을 의미한다고 보았다. 즉 정치세력의 동향이나 그들의 정치적 성향에 항상 유념해야 한다.

그리고 저자는 17세기 정치사를 '사림정치'로 규정하였다. 붕당정치론이 참신한 이론으로 크게 주목을 받았으나 이론과 실증 측면에서 비판을 받고 있었다. 예컨대 붕당 간에 공존했다는 것이 이 이론의 핵심적 주장인데, 일당 독주를 추구하려는 권력의 속성상 과연 붕당 간의 공존이 가능했는지, 그리고 실제로 붕당 간의 공존하는 시기가 있었는지 등에 대한 비판이다. 즉 17세기에는 사림 내부에 붕당이 나눠졌다손 치더라도 모두 성리학적 이념을 충실히 실현하고자 했다는 것이다. 다시 말하면 공존이라고 하는 '정치 형태'를 취하지 말고, 사림이라고 하는 '정치 세력'에 따라 규정하는 것이 타당하다는 주장이다. 그래서 저자는 비변사가 설치 당시의 목적과는 달리 17세기의 현실에서는 사림정치의 이념을 구현하고 사회변화에 대처하는 방향으로 변용되었다는 관점에서 비변사의 실상에 접근하였다. 이를 통해 사림정치 구조의 일단을 밝힐 수 있을 뿐 아니라 비변사에 대한 기왕의 19세기적 인식을 불식시킬 수 있으리라 생각하였다.

그런데 비변사에 관한 자료가 워낙 방대하기 때문에 각 왕대별로 자료를 정리하였다. 현재 비변사에서 회의하고 처리한 사안들을 초서(草書)로 기록한 '비변사등록'(총 273책, 국보 제152호)이 남아 있다. 최근에 와서 이를 표점을 찍어 전체 48권으로 영인 보급하였다. 분량이 많고 내용이 복잡하여 이를 읽고 분석하는 데 많은 노력과 시간이 소요되었다. 관서의 기능을 좀 더 정확히 파악하고자 비변사에서 처리한 사안들을 그 성격에 따라 유형화하고, 비변사 구성원들의 성분(性分)을 분석하였다. 분석의 편의성 때문에 선조대·광해군대·인조대·효종대 등 각 왕대별로 '비변사의 운영과 성격'이란 제목으로 개별논문을 발표하여 갔다. 그 외 조선왕조실록, 각사등록 등 관찬사료와 개인문집 등의 사료도 활용하였다.

마침 이 무렵 조선시대사를 연구하는 대구지역의 연구자들을 중심으로 '조선시대사학회'라는 연구단체를 조직하여 학문을 연구하는 데 큰 도움을 받았다. 매월 순번을 정하여 월례발표회를 하였고, 이때 자신의 연구 성과를 발표하였다. 목차 구성, 기존 연구 성과와의 차별성, 논지 전개, 원전 인용, 문장 구성, 개념과 자구 등을 두고 치열한 축조토론이 이루어졌다. 모두 학문적 열정이 넘쳐나 협업으로 논문의 완성도를 높였고, 발표 논문을 모아서 '조선시대사연구'(제1호, 1992)라는 학회지를 발간하였다. 조선시대만을 단독으로 연구하는 최초 학회였다. 타 학회에서도 주목을 할 정도로 연구의 수준이 높았고, 연구 회원 스스로 조선시대사 연구를 주도하고 있다는 자부심도 가졌다.

논문 작성 과정에서 지도교수의 지도는 필수적이었다. 박사과정의 지도교수도 석사과정에 이어 이병휴 선생님이 맡아 주었다. 논문 작성법과 문장 구성은 이미 석사과정 때 배웠고, 박사과정에서는 연구 방향이나 사료 해석, 논지 전개 등 큰 줄거리를 잡아주었다. 지도교수는 조선전기 기호사림파의 성립과 개혁정치에 대한 독보적인 연구 성과로 학계를 선도하고 있었다. 저자가 사림정치를 연구하는데 입론의 출발점으로 삼았으며 연구의 방향타가 되었다. 조선시대의 정치사를 사림이란 정치세력의 관점에서 인식할 수 있었다. 이미 역사학계에서 거목으로 인정받고 있던 지도교수 밑에서 문하생으로 배우는 그 자체만으로도 튼튼한 버팀목이 되어 주었다.

박사과정에 입학한 지 4년 차 되었을 때 본격적으로 학위논문의 제출을 준비하였다. 수년간 주경야독으로 긴장되고 힘든 생활이 이어지고 있었고, 개별로 발표된 논문들의 성과와 활발한 학회 활동으로 어느 정도 학문적 성취가 이뤄졌다고 자신하였다. 지도교수의 지도를 받아 그간의 왕대별로 발표한 논문들을 하나의 주제로 재편성하였다. 조선후기 비변사의 변통론(變通論)에 대한 논문을 보완하여 '17세기 비변사의 운영과 성격'이라는 주제로 한 박사학위 논문을 제출하였다.

학위 논문의 주요 내용을 소개하면 다음과 같다. 논문은 비변사체제의 성립, 비변사의 운영, 비변사의 기능, 권력구조 내에서의 비변사의 위상, 비변사의 치폐(置廢) 논의 등 5개의 장으로 구성되어 있다. 저자가 역점적으로 밝히고자 했던 것은 우선 17세기 비변사는 대외변무적 성격 이외에 사림정치 기구로서 기능했다는 점이다. 사림정치구조에서 국왕, 대신, 삼사의 견제와 균형을 이루었고, 정국은 사림의 공론을 바탕으로 운영되었다. 이러한 모습은 비변사에서도 발견할 수 있다. 외교정책과 현실문제에서 삼사는 명분론을, 비변사는 현실론을 각각 견지하여 견제구도를 유지하였으나, 관서 간의 대립보다는 차츰 삼사의 언론을 비변사에 반영하는 방향으로 나갔다. 비변사에 참여하는 여러 정파 간에도 권력의 집중을 견지하여 균형을 이루고자 했다. 그리고 비변사 운영에서 사림정치의 특징인 공론 즉, 다수의 논의를 '군의'(群議)로 집약, 표출하고자 했으며, 중요 정책을 국왕, 비변사당상, 언관까지 참석하는 연석회의 즉, '인견'(引見)에서 결정짓고자 했다. 사림정치의 운영 원리였던 관서와 정치세력 간의 견제와 균형이 비변사의 운영에서도 발견된다는 것이다.

둘째는 임시 기구로 출발했던 비변사가 17세기 법제화되어 가는 과정을 밝히고자 했다. 17세기 비변사 조직은 전직·현직 대신(시·원임대신)이 통솔하고 해당 부서 책임자와 변방의 사무를 잘 아는 재상(知邊事宰相)이 참여하는 제조체제(提調體制: 재상이 관서의 업무를 지휘 감독하는 체제)로 유지되다가 18세기 속대전에 도제조체제(都提調體制: 대신이 관서를 책임지는 체제)로 법제화되었다. 비변사가 임시로 설치되어 협의하는 기구에서 이제 대신이 정식으로 책임지는 부서로 확립된 것이다. 비변사의 관원은 대신과 비변사당상, 낭청으로 세분화되었다. 대신은 도제조로 불리며 현직의 영의정, 좌의정, 우의정을 비롯하여 퇴직한 대신도 참여하였다. 비변사당상은 제조로 불리며 육조판서, 실무 재상들로 구성되었다. 낭청은 실무를 처리하는 하급 관료들이다. 그리고 국가 정책을 결정하는 최고의 인물들이 주재하는 논의를 '묘당'(廟堂)이라고 지칭하였는데, 비변사가 상설관부로서 법제화되어 가면서 점차 비변사가 곧 묘당이라는 의미로 사용되었다. 기존 연구에서는 법전에 명문화된 형식적인 문구만을 따르다보니 법제화 이전에 실재했던 제조체제를 미처 발견하지 못하였던 것이다.

셋째는 비변사 논의에 참여한 관원의 관직, 역할, 조건 등을 밝혔다. 이들을 비변사당상이라 불렀다. 조정의 고위 관료 가운데 관직상 반드시 참여하는 경우도 있었고, 개인적인 능력과 상황에 따라 참여하는 경우도 있었다. 17세기 비변사당상 222명의 출신 배경을 외척, 반정공신, 인진당상(引進堂上: 집권세력에 의해 참여한 당상), 산림계, 실무관료, 무신, 예겸당상 등 7가지로 나누어 이들의 성분(性分)을 분석하였다. 그 결과 초기에는 대외적인 위기를 극복하기 위해 실무관료나 무신 위주로 구성되었다가, 점차 비변사가 국정 최고기구로 위치를 굳혀가면서 정국을 주도하는 핵심 인물들이 당상으로 참여하였음을 밝혀내었다. 또한 이들의 정치적 성분은 붕당 내부에서 권력의 향방, 현실대응인식 등에 따라 다양한 정파들이 이합집산하였음을 확인할 수 있었다.

넷째는 비변사에서 당상들이 논의를 하는 구조를 밝히고자 했다. 비변사의 논의구조는 대신 중심의 논의와 당상의 의견을 수렴하는 논의 등 두 가지로 나누어 파악하였다. 권력의 핵심을 차지한 대신들은 비변사에서 인사권과 군사, 재정, 지방 행정 등을 행사하였고, 이를 국정 운영의 정당한 체계라는 의미의 '체통론'(體統論)이라고 불렀다. 반면에 17세기 사림정치의 운영 원리를 중시하여 비변사에서 조정의 중신들인 당상들의 논의를 수렴, 반영하는 역할도 했다. 이를 '군의'(群議)라고 불렀으며, 국왕과 당상들이 연석 회의하는 인견(引見)에서 표출되었다. 이때 당상들이 지위의 고하에 관계없이 소신껏 자신의 의견을 개진하였다. 비변사에서 사안을 실제로 처리하는 과정을 분석한 뒤 내린 결론이다.

다섯째는 비변사의 기능을 밝히기 위해서 비변사에 처리한 사안들을 분석하였다. 비변사등록에 실려 있는 17세기 인조, 효종, 현종 각 왕대의 사안을 분류하여 비변사계사(啓辭: 관서에서 국왕에게 품의한 사안) 5,023건, 인견 872건, 단자(單子: 관원의 명단) 879건을 분석하였다. 이 결과 비변사 자체에서 사안을 처리하기보다는 왕과 당상들이 인견에서 논의, 처리하는 방향으로 변화되었음을 확인하였다. 또한 비변사에서 조선후기 사회 변화에 대응하기 위한 시행 규칙을 만들어 수용하려 했음을 알 수 있었다. 처리한 사안의 내용도 국방과 외교를 중심한 변무주획(邊務籌畫: 변방의 사안을 심의처결 함)에서 상설 관부화되면서 일반행정 사안으로 변화되었다. 비변사체제가 확립되면서 중요한 국가 정책을 비변사 논의를 거쳐 결정하고 비변사 내에서 주관하여 시행하게 되었다. 뿐만 아니라 정치기구로서 인사권을 행사하고 정치사안을 논의하는 기능도 했다. 임시관부에서 출발한 비변사가 국정 최고 기구로 강화되는 과정을 파악할 수 있었다.

여섯째는 비변사를 변통하려는 논의를 밝혔다. 비변사체제가 확립되는 과정에서 운영상의 제반 문제로 인하여 이를 혁파하려는 주장과 변용하려는 주장들을 살펴보았다. 각자 처한 입장에 따라 조선초기의 의정부서사제로 복귀하려는 측과 오히려 비변사를 국정집행의 중심 기구로 기능하도록 구상하는 측의 주장이 있었다.

논문의 결론은 다음과 같이 내렸다. 17세기 비변사는 고위 관료들이 국가 중요 정책과 정치사안을 다수의 논의에 바탕하여 협의하는 장이었고, 그 운영과 제 권력구조와의 관계에서 견제와 균형의 원리가 적용되는 사림정치 구조의 일부였다. 그리고 운영과정에서 책임을 지지 않는 점, 논의를 조정하는 기능이 부족한 점, 다른 관서의 기능을 침범하는 폐단 등의 부정적인 측면이 있었음에도 불구하고 긍정적인 측면이 보다 컸다고 할 수 있다. 즉 임진왜란을 비롯한 이후 연속적인 국가위기를 극복하는 중추 관서인 점, 기존 체제에서 처리하기 어려운 새로운 사회변화를 효과적으로 대처한 점, 다수의 논의를 국정운영에 수렴한 점 등이 있었던 것이다.

이상에서 저자의 박사학위 논문 '17세기 비변사의 운영과 성격'을 요약 설명하였다. 비전공자에게 이해하기 어려운 내용을 장황하게 서술하고 말았다. 저자는 기존의 연구성과를 토대로 나름대로 새로운 논지와 실증을 통해 17세기 정치사를 밝히고자 했다. 1980년대 등장한 붕당정치론에 영향을 받았고, 비변사에 대하여 19세기적 부정적 인식에 머물러 있던 점에 착목하여 연구를 시작하였다. 충분히 연구할 만한 가치가 있는 주제였지만, 연구 과정에서 많은 어려움을 겪었다. 특히 방대한 사료를 처리할 때는 인내의 한계를 시험받는 것 같았다. 비변사등록에는 비변사에서 회의하고 처리한 사안들의 기록이 실려 있다. 그 내용과 건수는 엄청나게 많았지만, 비변사의 구체적인 기능을 밝히기 위해서 분석을 시도하였다. 시간과 노력이 너무나 많이 들었고, 혼자의 힘으로서는 감당하기 힘든 무모한 시도였다. 논문에서 통계 처리한 사안이 1만여 건에 이르렀다. 실제 분석대상으로 삼은 사안은 이보다 훨씬 많았다. 그럼에도 불구하고 비변사등록에 한문 원전으로 된 모든 사안들을 정확하게 해석하고, 신뢰할 만한 통계학적 기법을 동원할 능력이 충분치 않았음을 자인하지 않을 수 없다. 그러나 비변사의 실체를 확인하려는 학자적 양심을 버릴 수는 없었다. 전인미답의 경지를 조금이라도 개척해 놓는다면 후학들에게 디딤돌이 될 것이라고 기대하였다.

학위 논문 제출 후에는 심사과정이 기다리고 있었다. 경북대 대학원 사학과 박사과정에는 사범대 역사교육과 출신과 인문대 사학과 출신이 함께 공부하였다. 지도교수는 당신의 제자가 제출하는 학위논문의 수준이 낮을까 걱정하고 있었다. 다행히 학계의 권위자 5명으로 구성된 논문심사위원들로부터 인정을 받아 논문이 통과되었다. 입학한지 5년 반 만인 1995년 8월에 졸업하게 되었고, 석사학위 받은 지 9년만이다. 만 34세의 나이로 당시 학계에서 상당히 젊은 축에 속하였다. 교직생활과 동시에 학문연구도 하는 주경야독의 생활이었다. 퇴근 후 신혼생활도 멀리한 채 반드시 해내겠다는 각오와 끈기로 성취한 결과였다. 또한 지도교수의 엄격하고 정치(精緻)한 학문 지도, 선·후배와 동학제현의 학문적 상조(相助)에 힘입었다. 힘든 과정이었지만 학문적 성과에 대한 자부심과 보람은 이루 말할 수 없었다. 학문의 기쁨에 도취되어 밤새워 공부할 때 두피에서 바늘로 찌르는 듯이 따끔거리는 희열과 쾌감을 맛보기도 했다.

저자의 연구 성과에 대해 학회에서 어느 정도 인정을 받았다고 생각한다. 학계에 발표한 논문의 내용이 동료 학자들에 의해 인용되고 논평도 되었다. 17세기 비변사의 운영과 성격을 처음으로 밝힌 점이나 사림정치의 구조로서 접근한 점이 주목받았다. 붕당정치론의 이론과 실증 측면에서 문제점이 확인되었고, 대안으로 사림정치론이 유용함을 입증하였다. 붕당정치론이 일제의 당쟁망국론을 극복하려는 데 목적을 두다 보니 붕당 간의 공존을 지나치게 강조하였다. 과연 권력의 속성상 정파 간에 공존이 가능한가에 대한 원론적인 의문에서 출발하여 실제 역사적으로 공존했었는가에 대한 비판이 제기되었다. 사림정치론은 붕당 간의 공존과 갈등을 넘어서서 17세기는 사림이라는 정치세력이 성리학적 이념을 실천하는 시기라는 것이다. 한국사 전체의 관점에서 볼 때 정치세력에 따른 시기구분이 유용한 측면이 많은 점도 고려하고 있다. 나아가 한국사의 최신 연구 성과를 바탕으로 서술하는 개설서에 저자의 주장이 수용되기도 했다. 한국사의 기본적인 흐름을 밝히는 데 저자의 주장이 통용되는 것이다. 학자로서 자신의 학문적 성과가 학계에서 인정받는 것은 보람과 긍지이다. 후학들이 계속해서 찾아보는 살아있는 생명체인 것이다.

박사학위를 받은 지 5년 후 2001년에 박사학위논문에다가 숙종대의 비변사를 연구한 논문을 보태어 『조선후기 비변사연구』(집문당, 313쪽)라는 저서를 출간하였다. 조선시대사연구회의 연구총서 제10권 째였다. 이 책은 외람되게도 출간 후 대한민국학술원에서 추천하는 우수도서로 선정되기도 했다. 학계와 정부에서 공식적으로 저자의 연구 성과를 인정하였다고 생각한다. 학자로서 최고의 보람이라고 자부하고 싶다.

박사학위 졸업 후에도 연구 논문을 계속 발표하였다. 비변사 연구에 대해서는 저서에 포함된 숙종대 비변사의 연구와 18세기 비변사 연구에 관한 논문을 2편 더 작성하였다. '경종대 비변사의 성격'과 '영조대 차대(次對)의 경향과 성격'이란 논문이 곧 그것이다. 17세기를 사림정치기라 한다면 18세기는 벌열정치기라고 할 수 있다. 벌열정치기에 비변사의 운용과 변화를 밝히려는 시도였지만 분석해야 할 사료가 더욱 방대한 데 비해 현실적으로 학문을 할 수 있는 여건은 점차 열악해져 갔다. 혼자서 접근하기에는 너무나 벅찬 과제였다. 일단 18세기 초입부분에 2편의 논문으로 만족해야 했다. 대신에 17세기를 좀 더 천착하기로 했다. 비변사의 연구는 정치 구조로서 조선후기에 인간들이 제도를 어떻게 규정하고 변용하려 했는가를 밝히는 것이었다. 그래서 다음에 연구할 분야로 정치 세력과 정치 운영론을 정하였다. 사림정치기 지배층이 성리학적 질서를 운영하면서 정치·사회적 변화에 어떻게 대응했는지 밝히고자 했다. 정치구조에서 정국운영론으로 논의를 진전시킨 것이다.

이 무렵 조선시대의 역사 사료가 풍부하게 보급되고 있어서 연구에 편의를 주고 있었다. 민족문화추진위원회에서 조선시대 관료·학자들의 문집을 『한국문집총간』이란 책으로 표점 영인하여 보급하였다. 한국판 사고전서(四庫全書)라고 할 수 있는데, 도서관, 개인 소장 등으로 분산되어 있던 것을 모아서 열람하기 쉽도록 한 것이다. 정편 350책 중 230책을 구입 보관하여 17세기 사림들을 연구하는 데 도움을 받게 되었다.

17세기 중앙과 지방에서 관료나 학자로서 정국을 이끌어 갔던 인물들을 연구 대상으로 삼았다. 중앙의 고위 관료로는 정온(1569~1641), 최명길(1586~1647), 남구만(1629~1711), 최석정(1645~1715) 등을 연구하였다. 이들은 사림정치가 확립된 후 성리학적 질서에 바탕하여 국정을 이끌어가고자 했다. 그들의 현실 대응인식과 국정운영론을 분석한 결과, 조선후기 사림정치의 전개 과정과 실상을 충분히 이해할 수 있다. 즉 고위관료들은 성리학적 이념에 충실하였으며, 이를 바탕으로 국정을 책임지고 임진왜란과 병자호란으로 인한 국가적 위기를 극복하고자 했다. 그리고 국정 운영을 둘러싸고 심화되는 붕당 간의 갈등을 해결하기 위해서 다양한 방안들이 제기되었음을 알 수 있었다. 제도와 인사 변통론, 부세(賦稅) 개혁론, 외교와 국방정책 등이 주요 주제들이었다. 그 시대를 이끌어갔던 개별 인물들의 사상과 주장이 밝혀진다면 전체 역사상이 보다 온전하게 조명될 수 있을 것이다.

사림정치기 지방의 학자관료는 주로 대구 인근지역의 인물을 대상으로 연구하였다. 자료 섭렵과 현장 답사가 비교적 손쉽고 현존하는 가문들의 인맥이나 자료를 활용할 수 있었기 때문이다. 전극태(1640~1699), 도신징(1611~1678), 최흥원(1705~1786), 대구지역의 서인세력 등을 연구하여 개별 논문으로 발표하였다. 연구 결과, 대구지역에는 학문과 관직에서 뛰어난 인물들은 적었지만, 중앙 정국의 동향에 따라 정치적 성향을 달리하면서 대응하여 갔음을 밝혔다. 도신징은 숙종 초기 예송논쟁이 치열할 때 남인 정권을 확립하는 데 단초를 열었으며, 최흥원은 인조반정 이후 영남인들이 권력에 배제되어 가는 시기에 관직보다는 향촌의 안정을 위하여 부인동향

약의 실시에 관심을 두었다. 전극태는 원래 남인 집안에서 집권 세력 서인으로 전향하여 낮은 벼슬이라도 얻으려고 노력하였고, 마침내 서울의 낮은 벼슬에 나아가서는 고단한 객지생활을 할 수밖에 없었다. 사림정치기 붕당 간의 갈등이 심화될 때 지방 사림이 대응하는 모습을 알 수 있었다.

조선후기 사림에 대해 어느 정도 연구 성과도 축적되어 가면서 저서로 묶어 내어야겠다는 욕심을 내었다. 2009년에 석사학위논문, 17세기 정치사 이론, 사림에 관한 연구 등 11편의 논문을 묶어서 두 번째 저서『조선후기 사림의 현실인식과 정국운영론』(집문당, 426쪽)을 출간하였다. 이 저서는 '조선후기 정치사의 이해 방향', '중앙 진출 사림의 현실인식과 정국운영론', '지방 사림의 현실인식과 정국대응' 등 3편으로 구성되어 있다.

저서의 개요는 다음과 같다. 제1편은 조선후기 정치사의 연구 동향을 개관한 뒤, 17세기 정치사의 운영논리를 명분과 이해(利害)의 관점에서 설명하였다. 1980년대 주창된 소위 '붕당정치론'에 대한 비판과 대안을 중심으로 언급한 한계점이 있지만, '사림정치론'이 이를 비판적으로 극복하려는 점에서 앞으로의 사림정치 연구에 출발점으로 삼고자 했다. 제2편은 17세기 고위 관료로 진출한 정온·최명길·남구만·최석정 등 4명의 사림들이 정국을 주도해 간 사상과 대응론을 분석하였다. 성리학적 명분에 투철한 원칙론자, 현실 문제점을 적극 변통하려는 현실론자, 양자의 중간자적인 절충론자 그리고 새로운 시대를 조망하는 개혁론자를 통해서 사림정치의 전개와 변화를 추적하고자 했다. 제3편은 대구와 경상우도 사림을 중심으로 이들이 현실 정국에 대응하는 모습을 살폈다. 사림정치가 지방으로 확산되면서 지방 사림도 국정에 늘 관심을 기울이고, 중앙 정국의 동향에 따라 이해를 표출하였다. 이들은 관직에 진출하기 위해 끈질기게 노력하기도 하고, 붕당 간의 갈등으로 권력에서 배제되자 무력으로 도전하는가 하면 관직을 포기한 채 학문과 제자 양성에 주력하기도 했다. 본편에서는 이런 인물들을 중심으로 대응해 간 지방 사림의 움직임을 드러내고자 했다.

이 저서는 일관된 하나의 주제로 작성한 학위논문과는 형식이 다르다. 개별 인물 중심으로 작성한 논문들을 모은 저서로서 조선후기 정치사의 맥락을 파악하려고 하였다. 사림정치기 중앙 관료들은 공론이란 이름으로 국정을 주도하면서 치열하게 자신의 이념과 주장을 관철시키고자 했으며, 지방 사림들은 성리학적 질서의 확산으로 중앙 정국의 동향과 긴밀히 연결되어 있었음을 알 수 있었다. 사림정치기에는 붕당을 포괄하여 이념적 차별성을 지닌 여러 정파들의 존재를 인정하고, 이에 따라 다양한 정국운영론의 실체에 접근하기 위해서 보다 많은 인물과 지역을 대상으로 연구할 필요가 있다.

역사 논문 이외에 역사교사로서 역사교육 관련 논문도 발표하였다. 조선후기 정치사의 연구동향이 고교 국사교과서에 서술된 현황을 검토하거나 제7차 국사과 수준별 교육과정의 적용에 대해 연구하였다. 역사 내용학의 전공자가 역사 수업의 방법을 연구한 것으로서 역사교사가 이상적으로 추구해야 할 방안을 모색한 의미가 있다. 그 외 연구 성과를 바탕으로 경상북도에서 주관하여 편찬한 『경상도칠백년사』(경상북도, 1999, 공저)와 조선시대사 연구회에서 편찬한 『조선시대 대구사람들의 모습과 사람』(계명대학교, 2002, 공저)에 공동 저자로 참여하였다. 전자에서는 '당쟁의 격화와 영남유림의 정치·사회적 활동'이라는 주제로 조선후기 정치사의 동향과 영남유림들의 대응을 서술하였다. 후자에서는 '양반 전극태의 벼슬살이'라는 주제로 대구의 양반 전극태가 말단관리로 서울에 나가 벼슬살이하는 모습을 서술하였다. 학계의 연구 성과를 정리하여 서술하거나 역사의 대중화를 위하여 일반인들을 대상으로 쉽고 재미있는 주제를 전공자들과 공동으로 저술한 것이다.

2009년 이후 교감, 교장 등 학교의 관리자로 나가면서 논문 집필은 일단 중단되었다. 이전 6년간 교육청 장학사의 격무에도 틈틈이 연구 활동을 한 것과는 상황이 달라졌기 때문이다. 학교 현장에서 관리자의 생활은 여유가 있을 것이라는 기대와는 달리 한시도 틈이 없었다. 기관장으로서 100여 명이 넘는 교직원을 관리해야 하고, 학교교육에서 진행되는 수업, 생활지도, 진로진학, 학부모와의 관계, 지역사회와의 관계, 민원, 예산, 시설관리 등을 챙기지 않을 수 없었다. 하루의 일과 진행이 전쟁터를 방불케 하는 때가 비일비재했다. 혼자서 자신의 업무만 처리한 뒤 연구할 시간이 확보되던 교사 생활과는 완전히 차원이 달랐다. 여유를 가지고 침잠해야 되는 연구 생활은 기대할 수 없었다. 그래도 언젠가는 연구하고 논문을 쓸 수 있는 기회가 올 것이라고 믿으면서 퇴근하여 전공서적을 손에서 떼지 않았다. 학문에 대한 열정과 애정이 이미 체질화되어 있었다.

지금 학문연구의 이력을 되돌아보니 역사 연구와 논문 작성을 위하여 도저히 가능하지 않을 것 같은 열정과 정력을 다했다. 어떻게 해서 그런 '무모한' 용기와 추진력이 발현되었는지 이해가 되지 않는다. 만약에 처음부터 학문의 길을 예고, 예측하였다면, 과연 시도하였을까? 확신이 서지 않는다. 그러나 학문은 현실적인 어려움이나 조건을 전제하고서 논할 것은 아니다. 학문은 역시 그 자체를 즐기는 것이요, 삶이기 때문이다. 저자의 삶에서 가장 보람된 일을 꼽으라고 한다면, 주저하지 않고 학문연구라고 하겠다. 공자와 안자가 학문의 즐거움에 빠져 안빈낙도하였던 자세를 감히 배우고 싶었다. 놀랍지 않은 연구 성과였지만 혹시 후대 어느 연구자로부터 관심의 대상이 되기를 기대해 본다. 이제는 연구 대신에 학교 관리자로서 학교교육에서 배운 것을 가르치고 실천하는 것으로 전환하게 되었다.

● 일상에서 금서(琴書)의 즐거움을 누리다

'금서'(琴書)는 고대 중국의 시인 도연명(약 365~427 추정)이 지은 '귀거래사'에 등장하는 문구이다. 자신을 구속하던 하찮은 벼슬을 버리고 향리로 돌아와서 "친척들과 정담을 나누며 기뻐하고, 거문고를 타고 책을 읽으면서 근심을 잊겠노라"(悅親戚之情話 樂琴書以消憂)라고 읊었다. 세속에 얽매이지 않고 유유자적하겠다는 학자적 삶의 모습이라 하겠다. 광풍제월(光風霽月)의 자연에 묻혀 심오한 학문을 논하고 순수한 심성을 도야하는 것은 모든 학자들의 이상이 아닌가 한다. 저자도 늘 생업과 학문을 함께 하지 않을 수 없는 현실을 아쉬워하면서, 언젠가는 자연으로 돌아가 금서의 즐거움을 마음껏 누릴 때가 올 것이라고 기대하였다. 도연명의 귀거래사는 저자의 심정을 노래한 것이라고 생각하였다. 따라서 금서는 저자가 연구하는 역사 전공 학문은 물론이고 학문 그 자체를 즐기는 것을 의미한다.

근년에 머릿속에만 맴돌던 금서에 대한 향념이 눈앞에 실현되었다. 저자가 교장으로 재직하던 모 고교의 동문 출신 인사로부터 '琴書自娛養英才'(거문고를 타고 책을 읽으면서 스스로 즐기고 큰 인물을 기른다)라고 쓴 글씨를 선물받았다. 그는 서울대에서 법학 교수를 지내면서 오랫동안 동양의 고전에도 심취해 있었다. 첫 대면 시에 저자가 공부한 이력을 소개하고 후에 모교 후배들이 '커리어로드맵' 프로그램 진행을 위해 상경할 때 그들을 위해 강의를 부탁하여 성사되었다. 당일 강의를 마친 후 모교 교장을 위해서 금서 글씨를 선물한 것이다. 교장이 학문을 연구함과 동시에 후학들을 양성하고 있다는 칭찬의 의미를 담고 있었다. 과분한 칭찬이라 황송하였지만, 고맙게도 평소 원하는 마음을 적절하게 표현하는 것이라서 흐뭇하였다. 표구하여 거실에 걸어두고 늘 감상하고 있으며, 삶의 여가에 금서를 즐겨야겠다는 생각이 더욱 간절해져 갔다.

2009년 학교 관리직으로 승진한 후 금서의 즐거움을 누리고자 독서의 범위를 넓혀 나갔다. 두 번째 저서 출간 이후 전공과 관련된 논문 작성은 중단되었지만 연구 활동은 계속하였다. 최근 발간되는 논문, 저서, 학회지를 통하여 연구동향을 파악하고, 역사 관련 자료들을 읽으면서 필요한 부분은 요약 정리해 두고 있다. 후에 논문 작성을 위한 예비작업이다. 그리고 서재에 한국문집총간 230책을 비치하고 조선시대 학자, 관료들의 문집을 틈틈이 읽고 있다. 16세기 사림의 영수, 사림정치를 확립했던 인물들, 붕당정치기 동인, 서인, 남인, 북인 붕당의 중심인물, 조선후기 개혁가, 지방 사림 등이 그 대상이었다. 이황, 조식, 성운, 이언적, 정인홍, 유성룡, 이항복, 김류, 최명길, 김상헌, 송시열, 민정중, 남구만, 윤증, 허목, 최석정 등의 문집들을 섭렵하고 있다.

이들은 사림정치의 이념을 확립하고 실천하였으며, 붕당 간의 갈등이 치열하던 시기에 고위관료 겸 학문의 종장으로서 논쟁을 주도하였다. 임진왜란과 병자호란으로 초래된 국가적 위기를 극복하기 위해서 통치 체제의 개편, 민생의 안정을 위한 전세·대동법·균역법 등 세제의 개혁, 대명의리의 변화, 예론의 적용 등 국정 개혁을 다양하게 주창하였다. 조선시대 정치사의 전반적인 흐름과 내용을 이해하는 데 도움이 되고 있다. 여력이 있다면 개별 인물들의 사상과 주장을 분석한 연구 논문을 작성하였으면 한다.

역사 전공 서적 못지않게 사상과 문학에 관한 서적에도 탐닉하고 있다. 조선시대에 사상과 학문의 형성에 기본이 되었던 사서(四書)와 통감절요(通鑑節要), 고문진보(古文眞寶) 등이 그 대상이다. 학문하는 초기에 주로 한문의 문리를 틔우는 교재로 활용했고, 그 속에 담긴 근본 사상은 천착하지 못했기 때문이다. 고대 중국의 정치와 사회, 사상, 문학 등을 이해할 뿐만 아니라 현재 나 자신의 삶을 반추하는 계기로 삶음으로써 금서의 즐거움을 배가할 수 있는 서적들이다.

사서는 성리학의 기본 교리서인 논어, 맹자, 중용, 대학을 의미한다. 조선시대에는 사서를 성리학적 국가 이념을 확립하는 데 활용하였다. 과거시험을 통해 여기에 충실한 사람을 관료로 선발하여 나라를 다스렸다. 따라서 조선시대 국가의 운영과 관료학자들의 이념, 사상을 이해하는 데 필수적인 서적이다. 조선의 정치사를 연구하는 저자로서 당시인의 사상을 충분히 이해하기 위해서 유학의 가장 기본 교리서인 논어를 선택하여 2011년부터 수년에 걸쳐 수십 회 완독하고 있다. 책상에 손때 묻은 사서의 합편(合編) 영인본(성균관대출판부)을 두고 분신처럼 애지중지하고 있다.

전통시대에 공부하던 방법처럼 외우고 쓰기를 반복하면서 그 근본 뜻을 궁리하였다. 본문(經文이라고 하며 큰 글자로 쓰여 있음)을 완벽하게 해석한 다음 주자집주(朱子集註: 송나라 주자가 본문에 주석을 한 것)를 통해 그것의 의미와 관련된 역사적 사건들까지 이해하고자 했다. 해석이 이뤄진 다음에는 쓰고 외우는 것을 거듭했다. 논어 20개 장 전체를 외우는 것은 힘들어서 중요한 부분만 발췌하여 요약노트를 만들었다. 요약노트를 항상 손에 들고 외우고 쓰기를 반복할수록 근본에 대한 이해가 깊어져 갔다. 공자의 학문에 대한 열정, 인(仁)과 도(道), 효와 예악, 인간관계, 정치, 수신, 군자와 소인론 등을 새롭게 깨달았다. 단순히 유학(성리학)의 기본 이념서이라는 차원을 뛰어넘어 나라와 사회, 개인을 움직이는 심오한 진리를 발견할 수 있었다. 조선시대 지식인들이 논어를 중시한 이유를 다시 확인하는 계기가 되었다.

맹자는 대학교 때부터 한문을 읽고 해석하는 수단으로 배웠다. 역시 맹자도 읽고 쓰기를 수차례 반복하면서 그 속에 담긴 왕도론, 패도론, 의리론, 경세제민, 처세술, 애민사상 등을 새롭게 바라볼 수 있었다. 맹자는 자신의 주장을 긴 문장으로 설명하고 있다. 한문의 해석 방법이나 논리적 화법, 시대상을 명확히 이해하는 데 도움이 되었다. 중용과 대학은 분량이 그리 많지 않아서 읽고 해석하는 것으로 만족해야 했다. 사서와 함께 성리학의 기본 경전이었던 삼경(예기, 주역, 춘추)에 대한 공부는 별도로 하지 않고 필요할 때마다 해당 부분을 찾아보는 정도로 했다. 다만, 춘추는 서울생활을 할 때 회산 강신혁선생님한테서 배운 적이 있었다. 선생님은 조선의 유학학풍을 그대로 지니고 있던 84세의 선비였다. 전통식으로 교재를 읽고 해석하므로 한문의 참맛을 느낄 수 있었다.

논어와 맹자를 다시 읽으면서 생활의 지침이 되어 주는 내용들을 많이 접할 수 있었다. 마침 교감, 교장으로 승진하여 학교의 운영과 교사와의 관계 형성에 도움이 되었다. 학교교육이 정상화되어야 한다는 관리자의 책무감에 사로잡혀 조직관리, 업무 분장과 추진, 학력 향상, 인성교육, 진로진학 등을 강하게 추진하려 했지만, 좌절과 실패를 겪을 때도 있었다. 역량과 내공이 부족한 자신을 다스리기 위해 경전의 구절을 읽고 또 읽었다. 학교 조직이 파탄 직전처럼 와해되어 있던 경덕여고 교감 때 2013학년도 업무 분장을 하면서 다음과 같이 일기에 적고 있다.

논어의 헌문, 위령공편을 읽다. 군자의 수신과 덕행에 대한 내용이 많다. 새 벽에 추위를 무릅쓰고 운동하러 두류공원에 갔다. 첩첩 산중에 홀로 독서하면 서 인생의 의미를 반추하는 것 같다. 주어진 삶을 감사하면서 최선을 다할 뿐 이다. 내가 무엇을 해 줄 수 있는지 물어본다. 나를 들어내고 이름나기를 기대 하지 말아야 한다. 그들이 있으므로 내가 있다. 관계의 존재를 확인해야 한다. 저녁에 경전을 읽으면서 낮에 국어교사들과 담임 배정을 논의할 때 분(忿)을 이 기지 못한 것을 허물했다. 내가 정당한가? 과연 그 방법밖에 없었는가? 천천히 해도 되는가? 조직이 난맥상을 보이는데 이들에게 유순한 언행이 통할 수 있겠 는가? 그렇다. 그래도 부드럽게 해야 할 것이다. 얻는 것이 잃는 것보다 적을지 모른다. "사람이 재주가 있어도 덕이 없다면 어찌 족함이 있겠는가?"(人有才而無 德 則奚足尙哉, 논어 헌문)라고 하지 않았던가?(일기 2013년 1월 25일)

낮에 업무 분장 때문에 곤란을 당하고 저녁에 반성한 것이다. 국어교사 들에게 신학년도 담임 배정을 위해 몇 차례의 회의와 개별 부탁을 했지만 막무가내로 거부하는 막다른 상황에서 감정적인 대응이 나왔다. 문제를 해 결하기 위하여 논어를 읽으면서 참는 것이 옳다고 다짐하였다. 내면으로는 엄격하게 수양하되 외면으로는 부드러운 덕을 지니며, 자신의 능력을 과 신하지 말고 부족함을 되돌아볼 것을 스스로 주문하였다. 무엇이든지 빨리 처리해야만 직성이 풀리는 조급한 성정(性情)을 다스리는 보약이었다. 일찍 부터 학문적 성취를 이루고 큰 굴곡 없이 관리자로 나아가면서 자신도 모 르게 생겨난 자만심을 경계하는 방울이었다. 수신과 자아 성찰을 위해 늘 가까이했던 경구로는 "남이 알아주지 않아도 화내지 않는다면 또한 군자가 아니한가?"(人不知不慍 不亦君子乎, 논어 학이), "반드시 일이 일어날 것이라고 미리 정하지 말되, 마음속으로 잊어버리지도 조장하지도 말아야 한다"(必有事焉而勿正 心勿忘勿助長, 맹자 공손추 상) 등이 있었다.

그리고 경전의 내용들은 심신의 안정을 찾는 데 큰 도움을 주었다. 관리자로서 조직 관리와 민원, 학교 평가 등을 처리하느라 긴장과 격무로 심신이 지쳐있을 때가 많았다. 늘 운동을 하여 체력에는 자신감이 넘쳐났지만, 장학사와 관리자를 거치면서 체력적 한계에 직면하였다. 게다가 50대 후반에 급성심근경색증으로 위기를 겪은 뒤에는 건강을 자신할 수 없었다. 자주 피로를 호소하고 신체 곳곳에 이상 신호가 감지되었다. 그동안 앞만 보고 달리면서 심신을 너무 혹사한 결과였다. 이제는 심신을 이완하고 안정을 찾을 때가 되었다.

이때 경전의 내용은 내면의 세계로 침잠시켜 긴장을 풀어 주었다. 2016년 1월의 일기에 다음과 같이 적고 있다.

'논어를 읽고 심신의 안정을 취하다.' 일주일 휴식을 취한 탓에 심신이 평안하고 사고기능이 활성화되었다. 심리적 안정을 찾은 것이다. 4개월 전 발병한 후 사경을 헤매고 육신의 몰락에 큰 좌절감에 빠져들었다. 삶의 행방을 잃어버리고 위축되었다. 육신의 건강, 안정이 얼마나 중요한지 절감하고 있다. 정신활동, 삶의 의미가 무엇일까? 주변과의 단절, 위축되는 관계망, 모두 회색 빛깔로 염색되었다. 육신의 변화를 일찍이 경험하지 못한 탓이다. 점차 회복되어 간다. 삶에 충실해야 됨을 절감하고 있다. 일순간도 헛되이 버릴 수 없다. 종일 논어 경구를 외우고 송시열 문집 '우암집'을 읽다. (일기 2016년 1월 17일)

건강을 크게 다친 후에 절망감을 느끼면서도 논어의 가르침 덕분에 심신의 안정을 찾고 새로운 인생의 활로를 개척할 수 있었다. 인생의 후반기에 다시 가까이하는 금서는 저자의 인성을 다듬고 심신을 여유롭게 하는 인생의 버팀목이었다.

　사서 이외 유교 경서에 대한 깊이 있는 연구는 시간을 두고 천천히 하기로 했다. 저자가 연구하는 분야는 조선시대 정치사이지 중국 사상사는 아니었다. 조선시대 역사를 연구하기 위해서는 당시인들의 학문과 사상까지도 완벽하게 이해하는 것이 최선의 방법이다. 그러나 역사를 학문으로 연구하기 위해서는 그들이 남긴 한문 사료를 충실히 수집, 정리하고 이를 현재적 관점에서 논지에 따라 재해석해야 한다. 따라서 경서는 학문의 보조적인 수단에 그칠 뿐 궁극적인 목적이 될 수 없다. 경서에 대한 미진한 공부를 계속 해야겠지만 우선은 이렇게 자위하고 있다.

　통감절요는 중국 송나라 사마광(司馬光 1019~1086)이 지은 자치통감을 강지(江贄, 송나라 학자)가 요약 편집한 것이다. 중국의 춘추전국시대부터 송나라 건국 직전까지 역사 흐름이 체계적으로 잘 정리되어 있다. 왕조와 제후가 어떻게 흥하고 망하였는지를 밝힘으로써 후대인들이 귀감으로 삼도록 했다. 그리고 사마광이 유교적 관점에서 특정한 사실에 대하여 포폄(褒貶)을 하여 독자들에게 이해를 돕고 있다. 통감절요는 교직에 입문한 뒤 대구의 한학자인 이국원(李國原)선생님에게 배운 적이 있다. 한문을 해석하고 중국 역사를 이해하는 데 도움이 되었지만 한 번 배우는 것으로 그쳤다.

　2009년 이후 다시 통감절요를 반복해서 읽고 있다. 중국 역대 왕들의 치열한 권력 쟁탈전, 치적을 떨치는 성군, 나라의 패망을 초래한 폭군, 신하들의 충절과 반역, 부국강병책, 군주와 제후들의 군사외교전, 백성들의 삶, 주변 부족들과의 외교 관계 등이 흥미진진하게 묘사되어 있다. 특히 중국이 통일과 분열을 거듭하는 과정에서 등장하는 수많은 군주, 제후, 군웅들이 할거하는 모습은 마치 살아 움직이는 역사 장면 같다. 그리고 후대에 널리 회자되는 상징적인 개념과 용어들의 유래를 아는 것도 재미있다. 한두 가지 예를 들면 춘추시대 자신의 출세를 위해서 처(妻)를 죽이는 위나라 오기(吳起)의 '살처이구장'(殺妻而求將), 조나라의 재상 인상여(藺相如)와 장군 염파(廉頗) 사이에 죽음을 불사하는 우정을 가리키는 '문경지교'(刎頸之交), 평원군(平原君)의 호위무사로 자청하여 초나라에 가서 큰 공로를 세워 자신을 남에게 천거한다는 '낭중지추'(囊中之錐), 불법무도한 진나라가 패권을 장악한다면 바다에 빠져죽겠다는 제나라 노중련(魯仲連)의 '답동해이사'(踏東海而死) 등이 있다. 지금도 사회생활을 할 때 효과적으로 사용할 수 있는 경구들이다.

재미도 있었지만, 무엇보다도 저자가 연구하는 조선시대 정치사의 관점에서도 유심히 보았다. 왕조시대에 국왕과 신하는 권력을 두고 길항관계를 유지하고 있었다. 자치통감에서는 철저히 신하들의 입장을 대변하고 있다. 이상적인 국가로 나아가기 위해서 정치는 신하들이 운영하고 황제는 모든 권력을 위임하면 된다는 것이다. 그리고 군주에게 끊임없이 수신을 하여 '덕치'(德治)를 이루라고 주문하는데, 덕치란 '정직중화'(正直中和)라고 개념을 규정하고 있다. 역시 신하들의 입장에서 군주가 직접 정치에 나서지 말고 정직하게 중용의 도를 지키라는 것이다. 조선시대에도 한두 명의 왕을 제외하고는 대부분의 시기에 신하들이 정치의 중심에 있었다. 저자가 연구한 조선후기의 경우 고위 신하들이 국정을 협의하여 이끌어갔던 비변사체제와 사림들이 중시하였던 공론정치는 신하들이 국정을 주도하였던 장치였다. 중국의 정치를 서술하고 있는 자치통감이지만, 이것을 읽을수록 조선시대의 정치 실상을 이해하는 데 도움이 되었다.

고문진보는 고대 중국인들의 문학 작품의 진수를 모아 놓은 책이다. 인간의 심성과 감정을 완벽하고 훌륭하게 표현하고 있는 명문들이 주는 감동은 말로 표현할 수 없을 것이다. 한문의 밑천이 짧은 저자로서는 도연명, 이백, 두보 등이 지은 몇 편의 시나 어부사, 출사표, 진정표, 붕당론 등 몇 편의 글을 읽는 것으로 만족해했다. 논문 쓰기를 중단한 후 고대 중국 문학의 진미를 맛보고자 고문진보에 도전하였다. 시를 해석한 뒤 감동적이고 역사적인 것은 외웠다. 예를 들면 두보의 '석호리'(石壕吏)는 당나라 안록산의 난(755~763) 때 농민들이 당하는 수난과 고통을 절절히 표현하고 있다. 타임머신을 타고 감정이입하여 당시 농민이 된 기분이었다. 저자가 연구하는 사림은 조선의 지배층이었는데 과연 조선의 석호리는 어떠했을까? 사림들이 조선의 고단한 농민들에게 어떤 입장이었을까? 저자가 사림의 일면만 연구한 것은 아닐까? 등등의 질문을 뇌리에서 지울 수 없었다.

문학작품도 모두 해석하고 감동적인 것은 외웠다. 출사표와 진정표는 일찍부터 외우면서 감동받았다. 이글을 읽고 눈물을 흘리지 않으면 충신이나 효자가 아니라는 옛말이 있는 것처럼 저자도 읽을 때마다 가슴이 울컥해진다. 이외 귀거래사(도연명), 난정기(왕휘지), 애련설(주돈이), 태극도설(주돈이), 엄선생사당기(범희문), 붕당론(구양수) 등을 즐겨 외웠다. 사회가 혼란하였던 위진남북조시대의 문인들은 향리로 돌아와서 유유자적하거나 아름다운 자연에서 인생의 무상함과 쾌락을 노래하였고, 송나라 때 사대부들은 새로운 성리학적 사회를 지향하면서 단정하고 절제된 인간의 심성을 읊었다.

금서를 통해 일상생활의 즐거움을 누리면서도 학문에 대한 열정이 식을까 봐 늘 걱정하고 있다. 장학사와 교감, 교장을 거치면서 학교교육에 전력투구하여 에너지를 소진하였다. 추구하는 목적은 달성하였지만, 심신이 황폐화된 듯했다. 학문의 끈을 놓지 않으려고 부단히 노력했지만 마음뿐이었다. 마치 바닷물에 빠져 허우적대면서 육지에 나오려고 하지만 점점 더 깊이 바다 속으로 빨려 들어가는 듯했다. 학문을 해야 하는 시간에 별로 중요하지 않는 일에 몰두하는 자신을 보고 후회하기도 했다. 학문의 자세를 잃지 않기 위해서 마음을 다잡기도 했다. 2015년 일기에 다음과 같이 적고 있다.

'학문의 길'
학문은 평생의 업으로 삼아야 한다. 자신을 위한 학문이오(爲己之學), 내적 수

양과정이다. 대학원 석·박사 과정, 졸업, 학위취득, 논문 발표, 저서 출간 등을 해오면서 학문의 문턱을 통과한 것으로 자부했다. 불행하게도 현실 여건이 여의치 않고 교육행정직으로 진로를 정하다 보니 그간 공부한 것마저 잊어버렸다. 머릿속이 빈 상태이다. 무던히 앞으로 나아가려고 애썼지만 뒷걸음치기만 했다. 그저 마음뿐이다. 현실 안주, 포기, 자위, 허무에 빠져들었다. 머리와 손에 녹이 진하게 묻어 있다. 털어 낼 수 있을까? 학문이 무엇인가? 진지한 반성이 있는가? 지나간 연구서를 읽지만 머리에 남는 것은 없다. 새로운 자료를 찾고 의미를 부여하고 논지를 세울 수 있을까? 게다가 건강마저 크게 상한 상태이다. 생물학적 나이로 봐서도 책을 보기에 어려운 시점으로 접어들고 있다.

그래도 공부해야 한다. 공자가 "독실하게 학문을 좋아하며 죽을 때까지 착한 도를 지킨다. 분발하여 먹는 것을 잊어버리고 학문하기를 즐겨 근심을 잊어버린다. 그래서 늙은 나이에 어떻게 도달하였는지 모르게 되었다"(篤信好學 守死善道 發憤忘食 樂而忘憂 不知老之將至, 논어 술이)라 하지 않았는가? 내면의 성찰과 수양을 위한 공부이다. 자신을 위한 학문이다(爲己之學). "남이 알아주지 않아도 화내지 않는다면 또한 군자가 아니한가?"(人不知不慍 不亦君子乎, 논어 학이)라는 말이 있지 아니한가? 남의 저서를 읽는 것보다 제대로 선인들의 경지에 들어가기 위해 근본적인 경학 공부를 해야 한다. 이제 지천명(知天命)의 나이이다. 좌고우면, 허명(虛名)에 집착하지 말자. (일기 2015년 11월 20일)

업무, 건강 등 학문하기에 어려운 현실에 처하였지만, 발분망식한 성인을 본받아야 하며, 남에게 보이기 위한 학문이 아닌, 자신을 위한 근본적인 학문을 하겠다고 다짐했다. 학문의 자세를 잃지 않기 위해서 논어에 나오는 "배우고 생각하지 아니하면 잊어버리고, 생각하고 배우지 않으면 위태롭다"(學而不思則罔 思而不學則殆, 논어 위정)라는 글귀를 늘 외웠다. 현실적 어려움이 있더라도 학문을 반드시 실천하라는 것이다. 저자의 현실에 적절한 가르침이었다. 조선시대 논문 작성은 잠시 중단되었지만, 금서를 대하는 기쁨은 또 다른 것이었다. 논문 작성을 함으로써 심오한 학문적 희열을 맛보았다고 한다면, 금서는 학문적 자세를 잊지 않게 하고 있다.

금서는 또 다른 측면에서 인생의 질감과 깊이를 더해주고 있다. 매일 새벽에 저자의 자택 인근에 있는 대구수목원의 뒷산을 소요하면서 시와 글을 읽고 외운다. 귀거래사를 외우면 보잘것없는 벼슬을 버리고 향리로 돌아와서 여생을 유유자적하는 도연명이 된 것 같고, 난정기를 외우면 영웅호걸로 변신하여 화창한 날씨에 유상곡수하는 회합에 참석한 것 같다. 머리가 복잡하고 문제가 해결되지 않아서 마음이 괴로울 때는 출사표를 외면서 나라와 민족을 위해 신명을 바치겠다는 공인(公人)으로서 마음을 다잡기도 한다. 학문과 현실의 세계를 치열하게 살고 있지만, 그래도 긴장과 갈등을 치유하고 푸근하게 품을 수 있는 것은 금서의 기쁨이 아닌가 한다. 금서는 여생의 심신에 울림을 주는 든든한 동반자이다.

제2장
····················

학교교육에서
가르침과 보람

저자는 학교교육의 배움 덕분에 성장하고 새로운 인격체로 거듭날 수 있었다. 이제는 직업인으로 학교로 되돌아가 후학을 인재로 양성할 행운이 찾아왔다. 1988년에 경북대 사범대학을 졸업한 후 대학원 석사과정을 졸업하느라 유예해 두었던 교사발령이 났다. 중학교의 초임교사로서 수업과 생활지도, 교무업무 등을 성실히 수행했다. 교재 연구하느라 바쁘게 보냈고, 교수 방법이 서툴러 시험을 치룬 후 동료교사가 맡았던 학급과 비교하여 성적 차이가 크게 발생하였다. 담임교사를 맡아서 학생들 수준에 맞추어 행동하고 어려움을 적극적으로 해결해 주면서 다정다감하게 보냈다. 결석한 학생의 집을 가정방문할 때 관내 달동네의 좁고 굽이진 골목을 헤매기도 했다. 열정을 쏟았던 그때의 경험과 기억이 30년이 지난 뒤에 아직도 뇌리에 선명하게 남아 있다. 몇 년 전에 초임 교사 때의 제자가 찾아와서 오래 동안 당시의 기억을 화제 삼아 정담을 나누었다. 같은 교직에 근무하고 있는 그는 벌써 40대 중반이 넘어서고 있어서 새삼 세월이 무상함을 느끼게 했다.

교사 생활은 2003년 2월까지 14년 6개월간 여자중학교, 일반계 고등학교로 전근 가면서 계속되었다. 경험과 자료가 축적되면서 학생 지도에 여유가 생겨났다. 한편으로는 학문 연구를 계속하기로 하고 박사과정에 입학하였다. 대학원 수강과 논문 작성, 학회 활동을 하느라 많은 시간과 열정을 쏟아부었다. 다행히 5년 반 만에 박사과정을 졸업함으로써 가르치는 일에 좀 더 여유를 둘 수 있었다. 고교에서 국내 최고의 대학을 진학 목표로 하는 학생들을 대상으로 깊이 있게 전공 지식을 가르치고 교육부 주관 정책사업에 참여하기도 했다. 중등학교에 근무하는 교사라도 학문 연구의 경험과 실력이 있다면 학교교육에 도움이 될 수 있다는 것을 알았다.

학교에서 교사로서 가르치는 일은 2003년 3월 대구교육청 장학사로 전직하면서 일단 끝났다. 장학사는 장학활동과 교육행정을 통해 일선 교사들의 직무를 도와주는 역할을 하는 것이다. 즉 교육청의 정책을 단위 학교까지 파급 시행하는 한편, 교사들의 교육활동을 지원 조장하는 중간자적인 역할이었다. 장학사로서 2009년 2월까지 6년간 대부분 인사팀에 배치되어 교사 연수와 복무, 징계 업무를 담당하였다. 교육기관에 근무하였지만 가르치는 것보다는 교육행정을 담당하는 업무였다. 장학사에서 교감으로 전직하면서 2009년 3월에 다시 학교 현장으로 돌아와 2개 학교의 교감, 3개 학교의 교장을 역임하였다. 교실에서 학생들을 대면하여 직접적으로 가르치는 일 대신에 학교를 운영하면서 학교교육의 목표를 달성하기 위해 관리 감독하는 것이었다. 어느 쪽이 중요한지 경중을 비교할 수는 없을 것이다. 최종 학교교육 목표를 달성하기 위하여 추진하는 분야가 다르다고 봐야 할 것이다. 다만, 단위학교 전체를 대상으로 하기 때문에 영향력과 파급력은 후자가 더 중요할 것이다.

여기서는 교사로서 교실에서 학생들을 가르친 경험 대신에 교감, 교장을 거치면서 학교교육을 운영하였던 것을 서술하고자 한다. 개별 학생과의 교육에서 있었던 일들은 대부분 망실되어 기록할 수 없는 사정도 있고, 저자가 의지와 신념을 가지고 학교교육을 이끌어 갔던 것이 더 의미 있을 것이라 판단된다. 그리고 5개 학교에서 이루어진 교육활동을 망라하기보다는 저자가 학교교육의 성공을 위해 각 학교마다 중점적으로 추진한 부분을 중심으로 서술하고자 한다. 아마 이것들을 모두 모으면 현재 우리 학교교육이 나아갈 바람직한 방향이 되지 않을까하는 기대를 가진다.

1 학교교육에서 사람이 먼저이다

여기서는 2003년부터 2013년까지 대구교육청 장학사(2003. 3.~2009. 2.) 와 경북대사대부고(2009. 3.~2012. 8.), 경덕여고(2012. 9.~2014. 2.) 등 2개 학교 교감 때의 경험을 바탕으로 서술하고자 한다. "사람이 먼저이다"라는 말은 오래부터 당연시되었던 진리이다. 사람을 움직일 수 있다고 생각하는 제도, 자본, 정책, 이념 등은 어디까지나 부수적인 요인들이다. 만약 본말이 전도되어 사람이 뒤로 밀려나면 그 결과는 매우 비현실적일 것이다. 제도를 만들고 운용할 때 사람을 고려하지 않는다면 그 제도는 무용지물이 된다. 저자는 조선시대 제도사를 연구하면서 법적으로 효력을 가진 제도들이 인적인 요인에 의해 무시되는 것을 보았다. 이를 '인치'(人治)가 '법치(法治)'보다 앞선다라고 규정한 바 있다. 근대 관료주의 사회가 발달하고 제도와 법을 치밀하게 갖추어 갔지만, 역시 사람이 그것을 운용하므로 사람이 중심이라고 보아야 할 것이다. 실제로 학교교육에서 이를 절실하게 체험한 결과, 제목을 '사람이 먼저이다'라고 하게 되었다.

● 학교행정의 기본자세를 배우다(2003. 3. 1.)

장학사의 업무는 교육청의 정책을 추진하고 학교를 지원하는 역할을 하는 것이다. 단위학교에서 학교교육을 가르치는 일을 떠나서 교육행정 관련 업무를 처리한다. 교육청에서 수업, 생활지도, 진로진학 등에 경험을 가진 교사 출신의 장학사가 학교와 교사들의 전문 영역을 지원하는 것이 일반 행정직 공무원이 하는 것보다는 더 적합하다는 의미일 것이다. 즉 교육의 전문 영역과 행정 영역을 결합시킨 개념이다. 따라서 행정업무를 주로 처리하는 교육청의 업무 가운데 학사와 관련된 제한된 일부 영역만 담당하고 있다.

저자가 장학사로 전직하고 난 뒤 행정을 어떻게 처리해야 하는지 파악하는 것이 당장 해결 과제였다. 법령과 규정, 절차, 민원, 예산, 감사 등 행정의 기본 요소에 생소하였고, 처리 요령이 미숙하여 시간과 힘이 많이 들었다. 이것은 시간이 지나고 노력만 하면 해결될 문제였다. 저자 특유의 끈기와 분투력을 발휘하고 맡은 업무를 완벽하게 처리해야겠다는 책임감이 발동되었다. 게다가 같은 공간에 근무하는 일반직 공무원과의 묘한 경쟁 심리도 작용하고 있었다. 논문을 쓰고 공부를 해온 덕분에 문서 작성과 업무 처리를 신속하고 정확하게 할 수 있었다. 해마다 관행적, 반복적으로 이뤄지는 업무가 많았기 때문에 시간이 갈수록 익숙해지고 여유도 생겨났다.

그러나 업무의 양이나 형식적인 측면보다는 어떤 원칙으로 처리할 것인가를 고민하게 되었다. 사안에 따라서 교육청 차원에서 정책을 수립하고 추진하여 단위학교, 교사, 학생, 학부모에게까지 파급되는 경우가 많았다. 그리고 개인의 신상에 관한 업무는 철저하게 법령과 지침에 근거하여 처리해야만 했다. 따라서 교육 행정의 신뢰도를 높여 학교교육에 도움을 주기 위해서 먼저 모든 사람이 수긍하도록 '원칙을 준수해야 한다'라고 생각했다. 일관된 지침을 동일하게 적용하는 것이다. 법령과 지침을 준수하되 재량권을 넘어서지 않으며, 결정에 대한 타당한 근거를 미리 확인해 두었다.

다음은 행정 편의주의적 자세나 처리 때문에 민원인들이 불편, 불만을 호소하거나 학교교육에 방해되지 않도록 '합리적 방향의 관점'을 유지하려고 했다. 교육행정은 학교교육을 조장하기 위한 것이므로 학교교육을 중심에 두어야 했다. 교육청의 일방적인 업무 처리로 학교와 교사가 만족하지 못한다면 본말이 전도된 형국이고, 그 피해는 고스란히 학교교육의 주인공인 학생들에게 돌아갈 것이다. 그래서 장학사로서 업무 추진 시 '원칙성'과 '합리성' 두 단어를 가슴에 새기게 되었다.

합리적이고 원칙적인 자세는 평소 학교교육을 배우는 데에서 영향을 받았다. 도덕과 양심을 소중하게 생각하였으며, 자기 관리에 엄격하고자 했다. 잘못을 하면 즉시 고쳤고, 모르는 것이 있으면 지위가 낮고 나이가 어린 사람에게도 과감하게 질문하려고 했다. 이런 생활 자세는 조선시대 성리학을 철저히 실천하려고 했던 사람들을 연구하면서 더욱 확고해졌다. 사림파가 조선 건국 후 1세기 동안 온갖 부정과 비리를 저질렀던 훈구파를 척결하고 개혁을 주도하던 근거가 바로 도덕과 양심에 입각한 원칙론, 합리론이었던 것이다. 사림파를 연구하는 과정에서 그 정신과 사상이 체화되어 갔다. 이제 이런 자세를 교육 행정에서 실천하는 것이 학교교육을 돕는 길이라고 생각하였다.

저자는 장학사로서 대부분 기간을 인사 부서에서 근무하였다. 연수, 포상, 징계, 교사 시도교류 등의 업무와 역사 관련 업무를 맡았다. 인사 업무는 근본적으로 원칙적이고 합리적인 성격을 가지고 있다. 법령과 지침을 준수해야 하고 특정인에게 유리하거나 불리하게 규정을 적용해서도 안 되고 재량권을 벗어나서도 안 된다. 처리 결과를 모두 합하면 제로가 되는 '제로섬 게임'이거나, 한쪽을 누르면 다른 쪽이 튀어 오르는 '풍선 효과' 현상과 같은 것이다. 하나의 동일 사안에서 이득을 얻는 사람이 있는 반면에 손해를 보는 사람이 있기 때문이다. 손해를 보는 측에서는 쉽사리 승복하지 않고 장학사에게 온갖 저항을 하기 마련이다. 규정 자체는 물론이거니와 규정의 적용이 잘못되었다고 하는 민원에서부터 편파적이고 불친절하다는 감정적이고 막연한 불만까지 백태(百態)를 보인다. 철저하게 원칙적이고 합리적으로 업무를 처리해야 하고, 나아가서 부당한 민원에 대해서는 의연히 맞설 각오를 해야 했다.

교원 연수 업무는 크게 어려움이 없었다. 자격연수는 정해진 재직기간에 따라 정해졌고, 직무연수는 희망자를 우선으로 하는 경우가 많았기 때문이다. 다만 우수 교원의 우대책으로 실시한 해외연수는 대상자 선정을 두고 다양한 경로로 로비가 들어왔다. 사전에 선정기준을 공개하여 잡음을 차단하려고 했다. 그리고 타시도 교사교류 사업은 별거 중인 부부교사의 고충을 해결하기 위하여 실시하였다. 일대일 교류이기 때문에 늘 특정 지역 중심으로 희망자가 몰렸다. 그래서 수년 동안 교류를 시도하였다가 성사가 되지 않은 교사들의 불만이 많았다. 해당 교사나 배우자에게 규정과 현황을 상세히 설명해도 따지고 들며 끝내는 감정적인 언사가 나오는 경우도 있었다. 한번은 대구 영어교사가 서울교육청으로 교류를 오랫동안 희망하였으나 성사되지 못하자 그 배우자가 화풀이로 교육감 핫라인에 담당장학사를 불친절 공무원으로 신고하여 소동이 일어나기도 했다. 교사를 도와주기 위해 노력한 공(功)은 간데없고 잘못을 저지르는 장학사로 오인되었다. 억울한 일이지만 공무원이 감당해야 될 당연한 몫으로 치부하였다.

징계는 잘못을 행한 교원에게 책임을 묻는 행정 행위이다. 잘못의 정도에 따라 중징계와 경징계가 있다. 실무담당자로서 징계위원회를 소집하여 진행하며 징계 결과를 당사자에게 처분하면 된다. 개인적인 사안은 위원회에서 결정하는 대로 처리하면 되지만, 정치적인 쟁점이 있으면 순탄하지 않았다. 연가투쟁으로 징계위원회에 회부된 교사들을 징계하는 과정에서 징계위원회 출석통지서 교부, 징계위원회 진행, 회의록 작성, 징계처분 등에 많은 시간과 인내력이 요구되었다. 징계위원회에서 변론과 답변의 치열한 공방, 공무원의 법 집행을 위한 정당한 시도와 이를 회피하려는 징계대상자의 저항을 생생히 목도하였다. 공무원으로서 현실적으로 법 집행의 어려움을 체험하였고, 이를 해결하기 위해서 규정과 절차를 철저히 준수해야겠다는 생각이 굳어져 갔다. 포상은 법에서 규정한 대로 수공기간에 따라 훈격이 결정됨으로써 서류상 정확성을 기하면 별 문제가 일어나지 않았다.

6년간 교육행정을 담당하는 장학사의 경험은 이후 교장, 교감으로 나아가 학교교육을 가르치는 데 큰 도움이 되었다. 원칙적이고 합리적인 자세로 교육행정을 처리하였다고 자부함으로써 학교교육에서도 이것을 견지하는 것이 옳다고 믿게 되었던 것이다. 이러한 자세 때문에 주변에서 원칙을 고집하는 사람이라고 비판을 듣기도 했다. 그러나 교육청을 떠나 학교에 돌아와서는 다양한 사람이 많은 업무를 두고 함께 활동하게 되면서 원칙과 합리성을 중시하되, 현실적 상황도 고려하지 않을 수 없었다.

● 학교 인사의 원칙을 바로 세우다

6년간의 장학사 업무를 끝내고 2009년 3월에 다시 학교로 돌아왔다. 교사에서 경북대사대부설고(이하 '사대부고'로 약칭함) 교감으로 승진하여 학생들을 직접 교육하는 대신에 관리자로서 학교교육을 이끌어 나가게 되었다. 교감은 교장의 학교 경영 방침을 실행하고 교무업무가 원활하게 추진되도록 보좌해야 한다. 특히 교사들의 역량을 결집하고 불만과 고충을 해소하는 데 힘써야 한다. 학교교육의 성패는 교사들의 마음에 달려있기 때문이다. 교사들의 마음을 움직일 수 있는 요소는 근평, 포상, 성과상여금 등 인사적 요인과 수업시수, 교무업무, 근무 여건 등 복무적 요인이 있다. 전자는 승진에 필요한 것으로서 비교적 승진에 관심이 적은 도심지 학교에서는 이를 두고 경쟁이 일어나지 않는다. 대부분 학교의 교사들은 좀 더 편한 교무업무와 적은 수업시수를 두고 갈등이 일어난다. 사대부고의 경우 학교의 특수성 때문에 교감 승진을 두고 경쟁과 갈등이 심한 반면에 기타 업무에 대해서는 수용적인 자세였다. 학교에서의 인사는 교감 승진과 관련된 것이었다.

사대부고는 대구시 중구 대봉동에 소재하는 학교로, 45년의 역사와 많은 인재를 배출한 지역의 전통 명문고이다. 또한 경북대 사범대학에서 교육실습을 목적으로 설립한 국립학교이다. 연합고사 이전 선발 고사를 치를 때 대구·경북에서 서열 두 번째로 우수한 학교로 인식되었다. 교육실습은 현직 교사들의 지도하에 대학교 4학년 학생들이 2개월간 미래 교사로서의 자질과 직무를 수련하는 것이다. 수업지도안 검토와 수업 지도, 담임과 업무 지도 등으로 교사들에게 큰 부담이 되었다. 또한 교육부의 연구학교로서 새로운 교육 정책을 시행하기 전에 미리 실험하여 타당성을 검증해 보는 역할도 있었다.

이러한 역할과 부담 때문에 보상적인 차원에서 인사상 우대책이 시행되어 왔다. 매년 교육부에서 학교 교사 가운데 교감 자격연수 대상자 1~3명을 지명할 수 있도록 권한을 행사하였다. 교장이 해당자를 선정하고 익년에 교감 자격연수를 받은 후 일정 기간이 지나면 교감으로 승진 발령되었다. 공립학교 교감 자격연수 대상자의 경우 교육청에서 전체 교사들을 대상으로 매년 30명 내외(전문직 제외)를 선발하는 것에 비교한다면 엄청난 특혜였다. 또한 교감 자격연수 대상자로 지명되는 것과는 별개로 국립학교 근무 교사는 승진에 필요한 가산점이 부여되었다. 가산점이 상당히 높아서 기본적으로 5년 근무하면 승진에 매우 유리한 위치를 차지하게 되었다. 교육 실습학교와 정책 실험학교로서 과중한 부담을 고려하더라도 승진을 기대하는 교사들은 사대부고에 근무하기를 희망하였고, 근무하면서 교감 자격연수 대상자에 포함되기 위해 노력하였다. 모두 학교교육에 열정과 능력을 고루 갖춘 우수 교사들이었다.

소수에게만 돌아가는 인사상 특혜는 그것을 둘러싸고 구성원 간에 불평과 불만을 야기하기 마련이었다. 학교 내부에서 어떤 일이 일어났는지 외부에서 알 길은 없었지만, 교감 승진이 공정하지 않다는 불만과 그 때문에 민원까지 제기했다는 소문이 시중에 떠돌아다녔다. 특히 특정 학교 출신의 인맥이 인사를 좌지우지하고 여기에 속하지 못한 교사들의 불만이 팽배해 있다는 것이다. 인사담당 장학사인 저자에게도 저간의 소식이 들려왔고, 우수한 교사들이 집결되어 있는 학교인데 인사 불만으로 학교 교육력이 저하되고, 결국은 대구교육에까지 영향을 미치지 않을까 걱정되기도 했다.

6년간 장학사로 근무한 결과 대구교육의 바람직한 방향에 대해 나름대로 구상을 해보았다. 그리고 이것이 단위학교에 실현되기를 희망하였다. 교육청은 단위학교를 적극 지원하고 문제점을 해결하는 데 나서며, 단위학교는 교장 중심으로 학교 교육력을 향상시키기 위해 노력해야 한다. 특히 교사들의 역량을 결집시켜야만 학생과 학부모에게 신뢰와 만족을 줄 수 있다고 확신하고 있었다. 매우 일반적인 당위론이고 이상적인 생각이었다. 이런 관점에서 부임 이전에 학교에서 흘러나오는 부정적인 인사 불만은 반드시 해결해야 할 과제가 되었다.

교감으로 부임 후 교육력 강화를 위한 정부의 정책들을 단위학교에 입안하고 추진하는 과정에서 곧 내부 인사의 난맥상을 발견하게 되었다. 이명박정부에서는 일반고를 대상으로 학력 향상을 강력히 요구하였다. 사안의 중요성과 일반 교사들의 불만을 고려하여 교감인 저자가 직접 학력 향상 계획을 입안, 추진하였다. 그런데 일부 업무부장교사들이 소극적인 자세를 취하고 있었다. 그 원인을 자세히 들여다보니 당초부터 부장교사 임용이 교감 승진 대상자의 선정과 관련되어 있음을 발견하게 되었다. 즉 교감 자격연수 대상자에 이르기까지 순차적으로 이동하면서 부장교사의 임용이 이뤄지고 있었던 것이다. 그 기준은 실무능력보다는 연공서열이나 특정 인맥 중심으로 이뤄지고 있다고 판단하였다. 연수대상자 후보군에 포함되는 데에만 온갖 불합리한 노력이 경주되고 학교교육은 뒷전으로 밀려나고 있었던 것이다.

실제로 업무 능력이 뛰어난 젊은 교사나 특정 학교 출신의 인맥에 속하지 않는 교사들은 승진 대열에서 배제된 채 불평으로 일관하고 있었다. 이미 승진이 가능하다고 예상되는 부장들은 굳이 힘들여 가면서까지 새로운 성적 향상 대책을 추진할 필요가 없다고 판단하였다. 그리고 부장 인선에서 밀려난 교사들은 학교 정책에 방관자적인 자세를 취하고 있었다. 국립학교의 설치 목적 때문에 주어진 인사우대책이 잘못 활용되어 오히려 학교 교육력을 저해하고 있었던 것이다.

이와 같이 저자가 연공서열과 특정 인맥 중심으로 승진 체제를 운용하고 있다고 비판하는 것은 다분히 주관적인 판단일지 모른다. 나름대로 관행화된 이전 인사 운용자들의 정당성과 이유가 있을 것이다. 그러나 시중에 떠돌던 소문의 실체를 확인한 점은 확실해 보인다. 이러한 구조적인 문제점 때문에 구성원 간에 불화가 생겨나 학교 교육력이 저하된다고 비판을 받았던 것이다. 교내 인사원칙을 제대로 세우는 것이 급선무였다.

먼저 능력을 중시하는 인사원칙을 세우고자 했다. 장학사 근무를 통해 학교교육은 원칙성과 합리성에 근거해야 된다고 믿고 있었고, 마침 새로 취임한 교육감이 사대부고의 승진 인사 시스템을 개혁하고자 했다. 그래서 교사들에게 인사의 승진 체계를 이해시킬 필요가 있었다. 교사들 상당수는 이미 교육부로터 연수대상 인원을 배정받으므로 학교에서는 교감 자격연수 대상자 후보군에 진입하여 교장으로부터 지명만 받으면 승진이 된다고 믿고 있었다. 잘못된 관행을 개혁해야 할 때가 온 것이다.

승진에 관한 규정은 법령에 정해져 있는데 경력점수, 근평, 연수성적, 가산점 등 4요소를 평정한다. 매년 평정점이 가장 높은 순서대로 필요한 인원만큼 연수시킨다. 공립고 교사들은 이 규정을 적용받으므로 상위 평정점을 획득하기 위하여 많은 노력을 기울인다. 이에 비해 사대부고 연수대상자는 승진 점수가 필요 없었으므로 일반 연수대상자보다 평정점이 많이 낮았다. 그래서 연수를 받고 난 뒤 승진 발령을 위해 교육청 지명자들과 함께 경쟁하게 되면 후순위로 밀릴 수밖에 없었다. 게다가 승진후보자 명부를 매년 새로 작성하는데, 새로운 연수자의 점수가 높기 마련이어서 기존 연수생들은 불리하기 짝이 없었다. 2010년 이전에는 점수가 낮은 자들을 구제하기 위하여 승진후보자명부에 3번 등재되면 그다음에는 발령을 내주는 원칙을 적용하였는데, 사대부고에서 지명받은 자들이 혜택을 보았다.

그러나 신임교육감의 개혁정책으로 점수 순위에 의해서 발령을 내주었다. 사대부고에서 연수를 받고 교감자격증을 취득하더라도 이제는 장롱 자격증으로 전락할 수밖에 없었다. 승진 규정이 복잡하다 보니 장황한 설명이 되어버렸다. 사대부고 교사들에게 변화된 승진 과정을 이해시킬 필요가 있었다. 승진 시스템을 잘 알고 있는 저자로서는 교사들에게 이제 사대부고에 주어졌던 독점적인 특혜는 사라졌으니 승진을 원한다면 능력을 발휘하여 요건을 갖추라고 요구하였다.

이어서 승진 평정점에서 승진이 가능하고 아울러 실무능력도 뛰어난 교사들을 핵심 부장교사에 임용하였다. 승진 점수가 높은 중요 부장교사를 자격연수 대상자로 선정하고, 연수를 받은 후에 대구 전체 승진대상자와 경쟁하여 승진이 가능하도록 했다. 또한 실무능력이 뛰어난 교사를 부장에 임용함으로써 학교 행정에 대한 구성원들의 신뢰도를 높일 수 있었다. 원칙성과 합리성에 바탕하여 예측 가능한 인사를 함으로써 불필요한 경쟁과 갈등은 사라지게 되었다. 그리고 이전에 능력은 뛰어났지만 한직으로 밀려나고 소외되었던 젊은 교사나 특정 학교 출신 이외의 교사도 과감히 발탁하였다.

인사 개혁의 결과 학교 운영에 대한 불평과 불만은 사라지게 되었고, 능력을 발휘할 기회가 주어진 교사들은 물고기가 물을 만난 듯했다. 자연히 학교교육에 활기가 넘쳐나고 새로운 아이디어와 정책들이 쏟아져 나왔다. 이때 발탁된 교사들의 상당수가 후에 교육청의 장학사로 선발되어 활동하고 있다. 학교를 넘어서 대구 교육을 변화시키는 주역이 된 것이다. "인사가 만사이다"라는 말이 있듯이 인사 원칙을 바로 세움으로써 학교교육이 제자리를 잡았다고 생각한다.

● **자발적이고 자율적인 학교문화를 구축하다**

인사에 대한 불만을 해소시킴과 동시에 학교문화를 변화시키고자 했다. 학교문화는 구성원의 성향, 학교의 전통, 지역적 특성 등 학교를 둘러싸고 있는 내·외적 요인에 의해 오랫동안 만들어진 무형의 자산이다. 학교문화가 구성원을 제약하기도 하고, 구성원이 학교문화를 변화시키기도 한다. 대구지역에 1975년 고입 연합고사 실시 이후 일반계 고교는 신입생을 동일하게 배정받고 교육청으로부터 동일한 행·재정적 지원을 받음에도 불구하고 근무지를 옮길 때마다 새로운 학교문화를 경험하게 된다. 구성원들이 모두 활기에 넘치고 협조적이며 매사에 신명이 나는 학교가 있는가 하면, 분위기가 썰렁하며 업무를 둘러싼 갈등과 구획짓기가 극심하여 근무하기가 힘든 학교가 있다. 학교교육의 성공을 위해서는 관리자와 교사가 합심하여 최적의 학교문화를 만들어 나가야 할 것이다.

교감으로 부임한 후 판단한 사대부고의 학교문화는 상당히 경직되어 있었다. 교사들의 의견이 학교교육에 반영되는 장치가 미흡하였으며, 교장-교감-부장교사-교사의 계선적인 업무 전달 체계만이 작동되고 있었다. 승진을 둘러싼 인사 문제에 기인한 것으로 보였다. 교사들은 사대부고 근무를 희망할 때부터 승진을 염두에 두었고, 전입 후에는 승진을 위한 경쟁적 분위기 때문에 관리자나 기득권자의 의중에서 벗어나는 언행을 하기보다는 지시에 순응하고자 했다. 소수의 의견이나 새로운 정책이 학교교육에 반영되기 어려운 구조였던 것이다. 신임 교감의 눈에는 동맥경화증이 심화된 학교문화로 보였다.

교사가 행하는 수업과 생활지도, 교무 업무 등 직무의 특성은 책무성과 자율성을 기반으로 하고 있다. 국가로부터 부여받은 책임을 끝까지 수행하여 그 결과를 보고하되, 그 과정에서 자율적인 직무 수행을 최대한 보장해 주어야 한다. 자율성은 교사가 가진 전문가적 특성 때문에 주어지는 것이다. 예컨대 교사가 행하는 수업은 전공적 지식, 교수-학습 방법, 학생의 수준 등에 따라 교사마다 달라질 수 있다. 책무성과 자율성은 적절히 조화를 이루어야만 학교교육이 성공을 거둘 수 있다. 책무성만 강조하면 교사들은 관리자의 지시와 통제만 따를 것이고, 자율성만 강조하면 방종과 혼란에 빠질 것이다. 사대부고의 학교문화는 전자의 경우에 속하였다.

갓 부임한 신임 교감으로서 과감하게 학교문화의 변화를 시도했다. 기득권 세력의 저항과 갈등이 충분히 예상되었지만, 인사 원칙을 바로 세우는 것과 같은 맥락에서 접근하였다. 배려하고 수용하는 자세로 교사들과 끊임없이 토론하고 교감하는 한편, 교사들에게 책무성, 자율성, 전문성을 고취하여 학교교육의 동반자, 협력자로 인식케 했다. 이를 바탕으로 자율적이고 자발적인 학교문화를 구축하기 위한 몇 가지 정책들을 시행해 나갔다.

우선, 부장교사 중심의 기획회의를 신설하였다. 15개 부서의 부장교사들은 실질적으로 학교 업무를 추진하는 핵심 요원들이다. 이들의 생각과 자세에 따라 교육의 방향과 성과가 결정되기 마련이다. 학교의 업무는 관리자의 의도나 지시 못지않게 실무담당 부서에서 미리 구상, 발의, 추진하는 것이 훨씬 효율적이기 때문이다. 그리고 관련 부서와의 소통과 협의를 통해 타당성과 문제점을 점검하고 협조를 구할 수 있다. 복잡한 학사 일정이라든지 예기치 않은 문제점을 추진 부서만으로는 확인하기 어려울 뿐만 아니라, 협의 과정에서 의견을 개진한 타 부서에서도 책임 의식을 공유하기 때문이다. 부장교사와의 협의체는 학교교육의 성공을 위해서 매우 유용한 장치가 될 수 있다고 판단되었다.

한 학기 동안의 준비 끝에 부장교사 기획회의를 신설하였다. 교감을 위원장으로, 15개 부장교사를 위원으로 구성했다. 처음에는 매월 1회 임시회의로 했으나 차츰 정비되어 주 1회로 정례화하였다. 회의 주제는 학사 운영 현안이나 각 부서 부장들의 논의가 필요한 사안으로 정했다. 예컨대 교무부는 교원 인사 및 복무 관리를, 연구부는 성적 향상대책 추진 및 점검을, 교육과정부는 개정 교육과정의 적용과 교원수급 방향을, 생활지도부는 학생의 자긍심 및 정체성 확립 방안을, 학년부는 성적 현황 및 입지지도 방안을 각각 발제하였다. 교무부장이 간사로 회의를 주관하고, 회의 개최 일주일 전에 회의 주제를 해당 부장에게 알려 자료를 준비토록 했다. 회의장을 원탁형으로 만들어 친화적이고 참여적인 분위기로 유도하였다. 안건을 준비한 부장이 발표한 뒤 질의, 토론을 하되, 교감이 회의 진행을 하였다. 회의 결과는 교장의 결재를 받아서 부장들에게 열람토록 했다.

평소 부장들이 지시에 의해서 업무 추진하는 데에 익숙해 있던 터라 회의와 토론 문화에 어색해했다. 그러나 시간이 갈수록 새로운 방향에 대해 적응하여 갔고 잠재되어 있던 능력과 열정이 발현되기 시작했다. 그 결과 학사 운영에 대한 의사소통이 원활해져 개별부서 업무 추진에 대해서 모든 교사들의 이해와 협조가 강화되었다. 자연스럽게 학교교육에 대한 책무성과 공동체 의식이 제고되었다.

다음은 학교교육력을 향상시키기 위하여 교과협의회를 실질적으로 운영하였다. 부장협의회가 업무 중심이라면 교과협의회는 수업 중심이라 하겠다. 각 교과에서 동료 장학을 위하여 교수–학습 방법과 수업 교재를 협의하고, 아울러 교육과정, 성적 향상대책 등이 이루어진다. 수업은 교사의 전문가적인 영역이지만 동료 교사와의 상호 장학에 의해 개선될 수 있다. 상호 장학이 성공적으로 이뤄지면 교수–학습의 결과물인 학생들의 성적이 향상될 것이라 믿었다. 이때 교사들은 자존심을 내려놓고 진솔하게 배우려는 자세가 필요하지만 현실적으로는 매우 어려운 문제였다. 학교문화가 경직되어 있어서 동료 간에 소통이 어렵거나 경쟁과 갈등 심리가 발생한다면 교과협의회는 무용지물이 되기 십상이었다. 일 년에 한두 차례 만나서 식사하는 정도로 끝나 버린다. 동료장학을 통해 학교교육력이 상승할 수 있는 기회가 사라져버리는 것이다.

교과협의회를 활성화시키기 위해서 교과협의회 운영 방향을 제시하였다. 먼저 사대부고가 가진 장점, 즉 우수한 교원 조직, 적은 수업시수 배당, 행정 업무의 경감 등을 인식하고, 교육여건이 불리하다고 탓하는 패배적 고정관념에서 벗어나도록 주문하였다. 부장교사 기획회의처럼 교과협의회도 의사소통을 위해 노력하고 교실 수업의 개선, 나아가서는 궁극적으로 성적향상을 위한 책무성을 강조하였다. 국어, 영어, 수학 교과는 교과별로 전 교사들이 참석하고 교감이 직접 교과협의회를 주관하였다. 수업, 교육과정, 성적 현황 등을 두고 난상토론이 이어졌다. 평소 하지 않던 회의 방식이라 부담스러워했지만 현재의 문제점을 확인하고 개선점을 찾으려고 시도했다. 이외 교과협의회는 교과부장이 주관하도록 했다. 동료 간에 마음의 벽을 허물고 동료 교사의 장점을 배우려 하는 자세야말로 교사가 전문가로서 인정받는 요인이 될 것이고, 나아가 학교교육의 성공을 담보하는 장치가 될 것이다.

이어서 전 교원의 의견을 수렴하여 차년도 교육계획서의 작성 시 반영하였다. 교육계획서는 일 년 동안 이뤄지는 교육활동을 계획하는 방안이다. 간혹 형식적, 관행적으로 업무담당자 한두 명이 작성하고 실제 교육 운영과는 별개의 책자로 사장되는 경우도 있다. 사대부고에서는 교육계획서의 중요성을 인식시키고 계획과 운영을 실제화하고자 했다. 학교 구성원의 의견과 의지에 기초하여 학교를 운영함으로써 구성원의 참여와 이에 따른 책무성을 높이고자 했다. 결과적으로 학교교육의 효율적 운영과 성공을 가능하게 한다.

이를 위해 먼저 각 부서에서 전년도 교육 성과와 문제점을 정리한 뒤에 부장교사 기획회의에서 이를 분석하여 차년도 교육계획서에 반영토록 했다. 나아가 교육계획서 기본 방향을 설정하고 역점추진과제 및 학교특색사업을 결정하였다. 기본 방향은 학교 교육계획서와 학교평가, 학교프로파일 등을 일치시켜 현실적 활용도를 높이도록 하고, 각 부서의 사업은 형식을 탈피하여 실제화하도록 했다. 이에 따라 전년도 12월부터 작성을 시작하여 2월 말까지 완성하여 신학년도가 시작되면 교육계획서가 모든 교사들에게 배포되도록 했다. 교육계획서가 지나치게 형식화되어 교육활동과 유리되어서도 안 될 것이며, 또한 교육계획서를 무시하고 교육활동이 진행되어서도 안 될 것이다. 이것을 일체화시키는 것이 학교교육의 신뢰도를 높이는 길이 될 것이다.

이외에도 인사자문위원회 운영을 활성화하였다. 합리적이고 효율적인 인사행위로 인한 교사 간의 불만을 해소시켜 학교교육력을 높이는 데 기여하였다. 인사자문 위원의 추천과 임명 시 공정한 절차를 준수하였다. 업무분장, 포상, 해외연수, 근평, 교원능력개발평가 등의 업무를 처리할 때 합리적인 기준을 마련하고 구성원의 의견을 반영하였다. 필요할 경우 관련 자료를 공개하기도 했다.

이상과 같이 학교의 자발적이고 자율적인 문화를 구축하기 위하여 부장교사 기획회의와 교과협의회의 운영을 통해 토론 문화를 활성화시켰다. 그리고 학교교육계획서 작성과 인사자문위원회를 통해 학교교육의 신뢰도를 높였다. 그 결과 이전과는 달리 잦은 회의 때문에 힘들어한다는 비판을 듣기도 했지만, 학교교육을 성공시키는 요인이 되었음은 분명하다.

● 구성원의 열정과 역량을 결집하여 성과를 내다

학교 인사 원칙을 바로 세우고 교사들 간에 토론문화를 활성화하여 학교문화가 변화되어 갔다. 이제 학교 구성원의 역량을 결집하여 교육적 성과를 거두는 데 최선을 다하고자 했다. 학교교육의 당면 과제는 학력 향상이었다. 2008년 이명박 정부는 이전 정부에서 선호하던 평등 지향 교육을 비판하고 학교교육에 경쟁 논리에 따른 수월성 교육을 추구하였다. '고교 다양화 300프로젝트' 정책이 곧 그것이다. 자율형 공립·사립고, 특목고, 마이스터고 등을 설립하는 한편, 대입 수능 성적과 대입 실적을 공개하여 교육청 및 고교 간에 경쟁을 유도하였다. 연일 언론에 학교별 성적과 순위는 물론 각 학교교육의 현황과 장·단점까지 분석하여 대서특필되었다. 학교교육의 모든 성과와 학부모의 신뢰도, 대외적인 평판도, 신입생의 선지원율 등이 학교 성적에 직결되어 있다고 믿게 되었다. 학교로서는 구성원의 역량을 결집하여 성적 향상에 집중하지 않을 수 없었다.

교육청에서도 성적 향상을 정책의 최우선 순위에 두고 있었다. 시도교육청 간에 수능 성적을 비교할 때 대구교육청이 낮다는 보도가 나오고 있었다. 교육청에서는 단위학교에 성적 향상을 위해 노력해 줄 것을 강력하게 독려하였다. 우수 학생이 많이 모여든 학교와 그렇지 않은 학교 간에 원초적으로 발생할 수밖에 없는 성적의 차이를 보정하기 위하여 '투입 대 산출'의 개념을 도입하였다. 즉 학교별로 입학 당시의 성적과 시험을 치르는 시점의 성적과의 차이를 비교한 소위 '성적향상도지수'를 산출하였다. 학교가 당초부터 가지고 있던 절대 성적도 중요하지만 학교에서 성적 향상을 위해 노력한 정도를 더 중시하겠다는 것이다. 평소 성적이 낮다고 소문난 학교든 높다고 소문난 학교든 주변의 교육 여건이나 학생의 능력을 탓할 수 없게 되었다. 교육청에서 성적 관련 자료를 교장에게 대외비로 제공하였지만, 교장이 교사들에게 이를 언급함으로써 공공연한 비밀이 되었다.

학력 향상이 교육계의 핫이슈로 부상할 무렵에 저자가 교감으로 부임하였으므로 자연히 이 문제의 해결에 적극 나서야 했다. 마침 학교문화를 바꾸고 교사들의 역량을 결집하기 시작했으므로 충분히 가능하다고 판단하였다. 업무의 중요성과 시급성을 고려하여 업무 담당 부서인 연구부에 맡기기보다는 교감이 직접 추진하였다. 관리자인 교감이 실무를 직접 처리하게 된 것은 장학사로서 정책을 입안하고 추진했던 경험과 교사들 간에 소통 능력과 자율성을 신뢰하였던 점이 작용하였다. 교감이 솔선수범하여 방안을 기획한 뒤, 이를 교사들과 회의와 토론을 거쳐 수정, 보완하여 갔다. 차츰 참여의식과 책임감이 높아지고 회의 문화에 익숙해지면서 모든 교사들이 적극적으로 동참하여 갔다.

한 학기 동안 학교문화의 변화를 시도하는 한편 동시에 당면 과제인 학력 향상 방안도 구체화되어 갔다. 먼저 3차에 걸쳐 국어, 영어, 수학 교과별 협의회를 하여 공감대를 형성한 뒤 방안이 도출되었다. 교감과 교사가 각 교과의 성적이 저조하다는 사실은 공감했지만, 그 원인과 해결 방안에 대해서는 이견을 보였다. 교사들은 입학당시부터 구조적으로 하위권 성적의 학생들을 많이 배정받았기 때문이며, 학습에 시간만 많이 투입하면 언젠가는 성적이 향상될 것이라고 했다. 다분히 고정 관념에 따라 현실에 안주하려는 인식과 자세로 보였다. 구체적인 방안을 마련하는 것 못지않게 우선 변화의 당위성과 중요성을 공유할 필요가 있었다.

인식의 전환을 위해서 교사들에게 성공한 학교의 사례와 다양한 경험을 알려주었다. 학교의 교육여건이 열악하였지만 교사들의 열정과 노력으로 성과를 거두었고, 그 결과 학부모와 학생들이 선호하게 된 대구의 사립 D 고교를 예시하였다. 그리고 학습의 효과는 투입하는 시간의 많고 적음보다는 단위 시간에 쏟아붓는 교사의 열정과 학생의 의지에 따라 좌우됨을 강조하였다. 교사가 "내 자식처럼 가르치겠다"는 마음을 가질 때 비로소 학생에 대해 열정과 헌신을 다할 수 있다고 했다. 그리고 이렇게 인식을 전환한다면, 사대부고가 가진 여러 장점, 특히 우수 교사들로 구성된 조직을 적극적으로 활용한다면 틀림없이 성공할 것이라고 했다.

성적 향상 대책의 핵심은 성적에 대한 책임담당제를 구현하는 것이었다. 학년도 초에 교육과정 편제표와 수업시수 배당표를 확인하는 과정에서 철저하게 교사 위주로 수업을 나누었음을 발견하였다. 예컨대 한 학급에 주당 4시간의 수업을 하는 과목의 경우 4명의 교사가 1시간씩 나누어서 수업하고 있었다. 4명이 성적에 대해 공동 책임진다고 하였지만, 실제로는 어느 누구도 책임지지 않는 구조였다. 교사들과 이 문제점을 두고 토론한 결과 교사들은 학급별 수업을 할 경우 학급 간에 성적 편차가 심하게 발생하고, 나아가 학부모들의 민원이 야기된다고 주장하였다. 교사들이 근거로 제시한 학급 간에 성적 차이가 나는 다양한 학생들로 구성되어 있다는 점을 충분히 인정하더라도, 교사가 자신의 수업과 성적에 대해 책임을 져야하는 것이 우선이고 당연하다고 주장하였다.

교사들이 여러 가지 이유를 들어서 반발하였지만, 학급별로 수업을 하되 나아가서 성적 관리 책임자도 지정, 운영하여 줄 것을 주문하였다. 그리고 교과별로 해당 학년도의 진도표를 작성하여 제출토록 했다. 학년별로 성적을 책임 지도한 후에 진급시키겠다는 의미였다. 영어와 수학 교과는 학생들의 수준을 고려한 수업을 제안했다. 학급 담임교사에게는 학생 개인별로 성적과 진로지도를 관리하고, 그 결과를 프로파일로 작성하여 줄 것을 부탁했다. 처음 시작한 성적 향상 대책이라서 교사들의 인식전환과 책임의식을 제고하는 데에 중점을 두었다.

교감이 성적 향상 대책을 주도하고 변화를 요구하자 교사들의 반발이 심하였다. 오랫동안 수업과 성적, 진로지도에 대해 책임과 관심이 충분하지 않는 상태로 지내오던 교사들에게는 고된 일이었다. 교감에 대한 비난과 험담, 뒷담화가 난무하고, 심지어 어느 교사는 교감을 위하는 척하면서 "이제 그만하시지오"라고 '점잖은 충고'를 하기도 했다. 변화와 개혁에 미온적인 교직계의 고질적인 민낯이 적나라하게 드러났다.

그러나 저자는 학교교육의 성공을 위해서는 개혁하는 것이 옳다는 확신과 자신감에 가득 차 있었다. 이미 문제점을 확인한 뒤 개혁을 시작하였는데 중도 포기할 수 없었다. 교사들을 설득하고 소통하면서 개혁의 동반자로 삼고자 했다. 다행히 학교 교원의 조직은 우수하고 변화에 능동적인 교사들이 다수를 차지하고 있었다. 저자도 지금까지 개인적인 차원에서 발휘되었던 끈기, 분투력, 열정 등이 이제는 학교 전체 교육의 변화와 성공을 위해 전환할 필요가 있었다.

교내 인사 원칙을 수립하고 자율적인 학교문화를 구축하면서 성적 향상 대책도 탄력을 받아 추진하였다. 실무능력이 뛰어나고 열정적인 교사들을 부장교사로 임용하여 실무 일선에 전진배치하고 교사들과도 소통을 활성화하면서 성적 향상에 집중하였다. 부임 2차 년도의 성적 향상 대책은 소관 부서인 연구부에서 주도적으로 추진하고 교감은 전체적인 진행 과정을 조율하였다. 1차 년도에서 성적 향상에 대한 인식 전환과 성적 책임제를 중점적으로 추진하였고, 2차 년도에는 학력 향상을 위한 시스템을 구축하였다. 제도적인 틀(시스템)을 만들어서 장기적이고 안정적으로 추진하려는 목적이었다.

학력 향상 추진 시스템의 핵심은 담당할 인적 자원을 갖추어 운용하는 것이었다. 연구부 내에 학력 증진계를 설치하고 각 학년부에 학력담당자를 지정하였다. 그리고 성적 관련 업무를 교감-연구부장-학년부장-학년증진계로 체계화하여 효율성을 높였다. 이와 병행하여 학력증진위원회를 교감과 부장, 관련 교사 등으로 구성하여 주1회 회의를 소집하였다. 성적을 향상시키기 위한 주요 대책으로는 성적 책임제의 의식 제고, 대·내외 고사 자료의 분석과 데이터베이스화, 교실 수업 개선, 맞춤형 학력 향상 지도, 진로진학 상담과 자료 제공 등이 있었다. 단순히 성적을 향상시키겠다는 목표를 넘어서서 성적 향상을 위한 근본적인 방안과 그 결과인 진학의 성공까지 결부시키겠다는 것이다. 학교교육의 집대성이라고 하겠다. 여기에는 수요자 중심의 교육을 하겠다는 점, 대입시 제도의 변화에 적극적으로 대응하겠다는 점, 수월성과 평등 지향의 교육을 동시에 추구하여 공교육을 내실화하겠다는 점 등의 교육 철학이 깔려 있었다.

학력 향상을 위한 여러 사업들을 모두 소개할 필요가 없을 것이다. 내용이 복잡하고 타 학교에서도 실시하는 것이 대부분이다. 다만, 수업 방법 개선을 위하여 실시한 '수업 아카데미'는 이후 타 학교에서도 밴치마킹할 정도로 의미 있는 사업이었다. 통상적으로 교실 수업을 개선하기 위한 장학 활동은 교장, 교감, 동료교사 등이 교사의 수업을 참관한 뒤, 별도로 강평회를 가진다. 수업에 대한 참관자들의 의견과 질의, 토론, 수업자의 소감과 응답 등이 이어진다. 타인의 수업을 배워서 자신의 수업을 개선하겠다는 경우도 있지만, 대부분 소극적이고 형식적인 자세를 보인다. 특히 수업자는 수업을 준비하고 공개하는 데 많은 부담을 가진다. 의무적이고 강압적으로 공개하던 수업 장학은 교사들의 반발로 학교에 자율성을 부여한다는 명분이 주어지면서 점점 위축되어 갔다. 교사 자신의 수업을 공개하고 또 타인의 수업을 참관함으로써 전문가로서의 자질을 함양할 수 있는 기회를 스스로 포기한 것이다. 지식인 전문가로 인정을 받기 위해서는 치열한 자기반성과 끊임없는 변화의 길을 가야 할 것이다. 그래서 수업 공개를 통한 장학 대신에 생각한 것이 바로 수업 아카데미 사업이었다.

수업 아카데미는 수업을 보여주는 것이 아니라 수업을 연구하는 것이다. 교사가 발표자로 나서서 수업 준비, 수업 재료, 발문과 응답, 수업 진행, 형성평가 등 수업의 전 과정을 설명하는 것이다. 수업자가 수업의 내용을 설명함으로써 장학 활동 때 관찰하는 것보다 훨씬 이해도가 높아진다. 수업에서의 고민과 어려웠던 점, 장점과 단점 등을 진솔하게 토로함으로써 청중에게 감동과 교훈을 주기 마련이다. 발표한 교사와 청중이 함께 배우는 자리가 된다. 관행적이고 형식적으로 부담만 주었던 장학 활동이 배움의 장으로 변신하게 된 것이다. 중간고사와 기말고사 기간 중에 희망자 한두 명이 발표하였다. 이 사업은 이후 타 학교에도 전파되어 확산되고 있다.

학력 향상 대책을 실시한 결과 성적이 크게 향상되었다. 사대부고의 최근 5년간 상위권 대학수능시험 결과 연도별 영역별 등급별 점유율의 추이는 〈표1〉과 같다.

〈표1〉 사대부고 2008~2012 대학수학능력시험 추이

연도/영역/등급	언어			수리(가)			수리(나)			외국어		
	1 (4%)	2 (7%)	3 (12%)	1 (4%)	2 (7%)	3 (12%)	1 (4%)	2 (7%)	3 (12%)	1 (4%)	2 (7%)	3 (12%)
2008	1.9	5.7	12.5	0.85	5.98	5.98	1.4	5.4	8.2	3.4	6.1	11.0
2009	1.7	4.5	9.3	0.0	3.57	7.85	2.1	2.8	13.1	0.7	2.0	15.0
2010	5.3	5.0	7.8	2.9	5.8	7.8	2.4	2.8	9.5	4.2	6.5	8.8
2011	5.2	7.0	11.0	2.6	2.6	12.9	2.2	6.6	11.5	2.6	10.4	15.1
2012	5.0	9.3	11.7	0.7	5.6	9.8	6.0	7.0	15.0	5.0	5.2	13.4

2009년에 부임하여 성적 향상 대책을 추진하기 시작하였고, 그 성과가 나타나기 시작한 2010~2012 3년간 성적을 이전과 비교하면 크게 향상되었음을 확인할 수 있다. 예컨대 언어의 경우 1.7%에서 5.3%이다. 그리고 숫치를 〈표2〉와 같이 단순화하여 성적이 향상된 정도(2008년, 2009년도 대비 최대치)를 분명히 할 수 있다.

〈표2〉 사대부고 2009~2011 대학수학능력시험 성적 향상 정도

등급/과목	언어영역(%)	수리(가)영역(%)	수리(나)영역(%)	외국어(%)
1	3.6	2.9	4.6	4.3
2	4.8	2.23	4.2	8.4
3	2.4	5.05	6.8	4.1

전 영역에서 2.4%~8.4% 향상되었음을 알 수 있다. 이는 3년 동안 추진한 학력향상 시스템 구축과 다양한 프로그램의 운영 때문이라고 결론지을 수 있다.

수능성적의 향상은 고2 대상으로 매년 치르던 국가수준학업성취도평가의 결과에서도 확인되었다. 2011년과 2012년의 결과를 과목별, 등급별 점유율을 비교하면 〈표3〉과 같다.

〈표3〉 고2 국가수준학업성취도평가 연도별, 과목별, 등급별 점유율 비교

연도/과목/등급	국어(%)			수학(%)			영어(%)		
	보통학력이상	기초학력	기초학력미달	보통학력이상	기초학력	기초학력미달	보통학력이상	기초학력	기초학력미달
2011	84.4	12.5	3.1	78.2	16.6	5.2	80.3	14.3	5.4
2012	87.7	11.0	0.8	87.2	9.4	2.9	89.5	8.6	1.3
향상정도 (2012–2011)	3.3	−1.5	−2.3	10.0	−7.2	−2.3	9.2	−5.7	−4.1

2011년에 비해 2012년의 경우 국어·수학·영어의 모든 과목에서 '보통학력 이상'은 10.0%~3.3% 상승하였고, '기초학력'은 -7.2%~-1.5%로 감소하였으며, '기초학력미달'은 -4.1%~-2.3%으로 감소하였음을 알 수 있다. 국가수준성취도평가의 향상은 3년 동안 추진한 학력 향상 시스템 구축과 다양한 프로그램의 영향으로 판단되었다.

성적 향상은 대학 입시 결과에도 이어졌다. 2009년 이후 4년간 주요 대학 합격자 수는 〈표4〉와 같다.

〈표4〉 사대부고 2009년~2012년 4년간 주요 대학 입시 현황

년도	서울대	서울 지역 주요사립대	이공계 우수대 (의대 포함)	경북대	영남대	기타 지방대
2009	2	15	0	38	40	115
2010	3	23	5	43	43	134
2011	2	34	2	60	50	96
2012	3	35	4	52	52	104

서울대의 경우 입학 정원의 감소와 수시전형(입학사정관제, 특별전형)으로 바뀌면서 지방 학생들이 합격하는데 어려웠음에도 불구하고 사대부고는 증가하였다. 이는 수시전형에 대비하여 맞춤형으로 학생들의 스펙을 관리하고, 면접과 논술 준비에 만전을 기했기 때문이다. 특히 2012년의 경우 3명 모두 입학사정관제로 합격하였다. 학력 향상 대책이 단순히 성적의 향상에 그치지 않고 입시 성과로 나타나게 된 것이다.

학력 향상 대책 이외에 교사들의 역량과 열정을 결집하여 추진한 정책들이 많이 있다. 인성교육과 진로진학 프로그램 운영, 학부모의 학교교육 참여 등이 있었다. 모든 교사들이 열정적이고 헌신적으로 참여하여 많은 성과를 거두었다. 교감으로서는 교사들을 학교교육의 동반자로 삼는 한편, 교사들의 고충을 해결하기 위하여 최선을 다하였다. 학급 담임교사들이 학

생들의 지도에만 최선을 다하도록 행정 업무는 업무 부서에서 처리토록 했다. 그리고 무단결석, 지각, 학교생활 부적응, 자살 시도, 정서 불안, 가정 폭력, 도난 사건 등으로 생활지도가 어려운 학생은 교감이 직접 상담하고 해결해 주었다. 2012년 1학기 경우 26건을 처리하였다. 매일 아침 담임교사들이 학생들의 생활지도의 고충을 해결하기 위해서 출근하는 교감을 기다리고 있었다.

또한 특정 학생을 3년 동안 관리한 경우도 있었다. 2009년 1학년으로 입학한 이 학생은 반신불수의 아버지와 정신지체 어머니 사이에 태어났다. 성장하면서 불우한 가정형편을 비관하여 게임 중독에 빠지고 가정 폭력까지 수차례 행사하였다. 그때마다 경찰이 출동하여 사태를 해결하곤 했다. 자연히 학교생활에 부적응하였고, 담임교사의 지도에 반항하였다. 1학년 때는 여교사가 담임이었는데, 그 학생의 엄청난 체구와 사나운 눈빛 그 자체만으로도 위압적인 존재였다. 교감이 직접 나서서 상담하고 3차례나 가정방문도 하였다. 약물치료와 상담을 위해 정신과병원을 주선하기도 했다. 학교의 정성 어린 지도 덕분에 졸업할 무렵에는 정상적인 상태로 호전되었고, 대학에도 진학하였다. 담임교사가 차라리 지도를 포기하고 자퇴하도록 하는 것이 낫지 않겠느냐고 하였지만, 교감은 "이런 상태로 사회에 나간다면 결국 우리 모두에게 부담이 돌아올 것이다. 학교의 존재 이유는 한 명의 학생이라도 정상적으로 교육을 마친 후 사회로 내보내는 것이다"라고 설득하였다. 학교교육은 우리 사회를 위하여 한 명의 학생이라도 구제할 수 있다면 끝까지 최선을 다해야 할 의무가 있다.

생활지도 이외에 학교나 개별 교사를 대상으로 발생하는 민원의 처리도 교감의 몫이었다. 학생 체벌과 두발 단속, 학생 간의 폭력, 가출, 특수반 학생들의 편의 요구 등의 민원이 빈발하였다. 학교가 도심의 공동화로 교육적 여건이 열악한 지역이 되었고, 이에 따른 기본적 생활지도가 필요하였다. 게다가 학생 인권이 강조되던 시기에 사회적 분위기의 영향도 많이 받았다. 사대부고 3년 6월 근무 기간 동안 16건의 민원을 처리했다. 매 사안마다 해결이 쉽지는 않았지만 교감이 민원건을 손에 들고 적극적으로 해결함으로써 교사들은 직무에 충실할 수 있었다.

저자가 사대부고에서 초임 교감으로 거둔 성과와 보람은 남달랐다. 장학사에서 교감으로 현장 학교에 부임하여 학교문화를 바꾸고 교사들의 열정과 능력을 결집시켜 학교교육력을 최대한 향상시켰다고 생각한다. 변화와 개혁의 과정에서 교감의 진심을 이해하지 못하고 저항하고 마찰을 빚기도 하였으나 결국에는 성과를 낼 수 있었다. 학교 변화와 성과에 대해 교사들도 만족해하고 자부심을 가지게 되었다. 기존에 오랫동안 소수 특정학교 출신의 인맥 중심으로 학교를 운영하였고, 우수한 다수의 교사들은 불만을 품은 채 방관자적인 자세를 보이던 학교가 변화된 것이다.

이는 교감이 확고하게 학교 변화와 개혁의 필요성에 대한 의지를 가지고 있었으며, 이를 지지하고 실천하여 준 우수한 교사들의 열정과 능력이 뒷받침되었기에 가능한 결과였다. 즉 교감의 집념과 교사들의 교육적 열정이 결합해서 거둔 합작품이었다. 역시 "학교교육에서 사람이 먼저이다"라는 사실을 실증적으로 보여주었다고 생각한다. 사람이 있었기 때문에 학교 교육이 가능했던 것이다. 장학사로서 원칙과 합리성을 중시하는 학교행정의 기본자세를 배우고 난 뒤에 학교 현장에서 새로운 변화를 경험하였다. 2012년 8월에 3년 6월의 근무를 끝내고 인사 발령에 따라 경덕여고 교감으로 전근 가게 되었다. 마지막 근무일 학교에서 송별연을 가지면서 그간 있었던 일들을 영상으로 편집하여 소회를 피력하였다. 밤늦은 시간까지 차수를 바꾸면서까지 정담을 나누었다. 모두가 아쉬워하는 자리에서 감동과 보람을 가슴에 가득 품고 학교를 떠났다.

● 또 다른 학교에서 교육의 난제들을 해결하려 하다

3년 6월간의 사대부고 교감을 마치고 2012년 9월에 경덕여고 교감으로 부임하였다. 개인적인 인사 희망과는 달리 전혀 예상하지 못한 결과였지만, 어느 학교에 가든지 최선을 다해야겠다는 생각뿐이었다. 경덕여고는 개교한 지 30년이 된 여자 일반계고로서 39학급(특수학급 3개 포함)으로 이루어진 대구 서구지역에 위치한 대규모 학교이다. 경덕여고에 대해서는 교육적 여건이나 근무 조건이 쉽지 않다는 정도의 소문을 듣고 있었다. 특히 '임신학교'라는 별칭이 있었는데, 여교사들이 경덕여고에 전근가면 곧 임신하게 된다는 것이다. 무슨 사연이 있는지 알 수 없었지만, 이제는 나의 문제가 되고 말았다.

경덕여고의 어려운 교육적 여건들은 부임하면서 하나 둘 실감하기 시작하였다. 우선은 눈에 보이는 교육 환경이 있었다. 큰 도로에서 멀리 떨어진 아파트와 주택 가운데에 있어서 학습 여건은 괜찮아 보였다. 그러나 서대구공업단지와 인접하여 경공업 공장, 소규모 상업 시설들이 지은 지 30년 이상 된 저층 아파트, 개인 주택 등과 혼재되어 있음을 발견하게 되었다. 2000년대 이후 대구의 생활권역이 외곽으로 확대되면서 구 도시 지역은 슬럼화되어 간 경우에 해당되었다. 실제로 후에 조사해 보니 2012학년도 경우 전체 학생의 41% 정도(1,254명 중 503명)가 기초생활보장 수급자, 한부모가족 보호대상자, 법정차상위계층 등으로 학비지원을 받는 저소득층 자녀들이었다. 자녀들의 교육에 대한 관심보다는 생계유지가 더 급한 형편이었다.

학부모들의 사회 경제적 여건이나 지위는 학생들의 교육과 밀접한 관련이 있다. 경제적으로 여유 있고 오로지 자녀의 학교교육 성공을 위해 노력하는 학부모들이 사교육 발달지역으로 몰려들고 있다는 것은 주지의 사실이다. 경덕여고는 그 반대 지역인 셈이다. 정부에서 고교 다양화 정책을 추진하여 자공고, 자사고, 특목고 등의 고교를 설립토록 하였다. 경쟁 체제를 통한 교육력 강화라는 명분을 내세웠다. 대구의 경우 교육적 여건이 열악한 비수성구 지역에 자공고 11개교를 세워서 학교교육력을 끌어올리고, 나아가 수성구와 비수성구 간의 교육 격차도 해소하고자 했다. 경덕여고 인근에 위치한 2개 학교는 자공고로 선정되었으나 이 학교는 여전히 일반계고로 남아 있었다. 당연히 학생들의 선호도가 떨어져 1학년의 선지원율은 45%에 불과하고, 특히 25%는 자신이 희망하지 않았는데도 강제로 배정되었다. 학생들의 학력이 낮을 뿐만 아니라 학교에 대한 불만도 높다는 것을 의미한다. 학교교육의 최대 수요자인 학생들의 성공을 위해서는 다른 학교보다 배전(倍前)의 노력을 기울여야 했다.

경덕여고의 어려운 현실은 여기에 그치지 않았다. 눈에 드러나는 어려운 교육적 현상은 고정적이고 어쩔 수 없으므로 받아들여야 했지만, 보이지 않는 내부의 난제들이 도사리고 있었다. 침체된 학교문화가 가장 크게 다가왔다. 학교교육에서 학교문화가 중요하다는 것은 이미 앞의 사대부고의 편에서 설명한 바 있다. 학교 문화는 눈에는 드러나지 않지만 학교교육의 성패를 가르는 핵심 요인이다. 보이지 않는다고 해서 결코 무시할 수 없다. 인간의 행동을 일으키는 동인(動因)은 물질적인 요인보다는 정신적인 측면이 강하기 때문이다. 그 조직 내의 사람들은 오랫동안 학교문화에 젖어있어서 소속 학교의 장·단점을 파악하기 쉽지 않으며, 특히 설령 단점이 발견된다 하더라도 그것을 인정하거나 개선하지 않으려 한다. 반면에 그 문화를 처음 접하는 외부인들은 문화의 성향에 따라 자극과 감동을 받기도 하고, 반대로 심하게 불편함과 부당함이 밀려들기도 한다. 신임 교감으로 발령받은 저자에게 경덕여고의 학교문화는 후자에 해당되었다. 교감에게 학교문화를 새롭게 변화시켜야 하는 과제가 부과되고 있었으며, 이는 곧 시련과 도전을 예고하는 것이었다.

학교교육의 세 주체는 학생, 학부모, 교사이다. 3자는 학교교육의 성공을 위해 상호 협력하고 각자의 역할에 충실해야 하겠지만, 특히 학교교육의 발전은 교사의 의지와 열정에 달려 있다. 교사는 학생을 학교교육의 중심에 두고 학교교육의 주인이라는 생각을 가져야 한다. 학생들의 성공을 위하여 "내 아이처럼 가르치겠다"는 마음으로 열정과 능력을 다해야 한다. 교사들이 국가와 국민들로부터 부여받은 신성한 공적 책무라고 하겠다. 경덕여고 80명 교원들 대다수가 이를 위해 노력하고 있음에도 불구하고 저변에 흐르는 부정적인 기류를 확인할 수 있었다. 소수의 교사들이 이를 주도하고 다수가 동조하거나 방관자적인 자세를 취하는 분위기였다. 학교교육의 주체에서 벗어나 있었던 것이다.

교사들의 소극적인 자세의 원인은 조직 내부에서 찾을 수 있었다. 교사들은 다양한 원인에서 불평과 불만을 토로하고, 나아가 상호 간에 갈등과 반목으로 이어지고 있었다. 예컨대 교사로서 당연히 수행해야 할 직무인 수업과 생활지도, 교무업무 등을 수긍하지 않으려 했다. "내가 왜 이 업무를 맡아야 해?", "내가 왜 담임교사를 맡아야 해?", "나 하나쯤이야 안 해도 되겠지" 등 직무에 대한 불평과 불만을 늘 자연스럽게 입에 달고 다녔다. 공직자로서 그 말이 가지는 의미와 파급효과가 어떠한지는 전혀 생각하지 않았다. 교사로서 왜 경덕여고에 근무해야 하는지 기본적 책무성에 대한 자각이 부족하였던 것이다.

신임 교감은 교사들의 불만을 해결하고 감당하는 것을 자신의 몫이라고 믿고 설득하고 동의를 구했다. 바위처럼 단단하게 굳어져 있는 불만의 목소리를 해소한다는 것은 쉽지 않은 일이었다. 부임 3개월 후 대입 수능시험의 감독 교사의 배정을 둘러싸고 일어난 분란은 도저히 이해되지 않았다. 수능시험 당일 하루 종일 고되고 긴장된 업무 때문에 모두 감독 업무를 면제받고자 했다. 그래서 연령이나 특별한 개인 사정 등을 고려하여 감독 교사를 공평하게 배정했다. 그런데 어느 한 교사가 자신은 해당자가 아닌데 차출되었다고 불만을 제기하고, 급기야는 병가를 내면서까지 자신의 요구를 관철시키고 말았다. 황당한 일이었지만 일단은 사태를 수습하고 수능시험을 치렀다. 그 뒤 병가를 낸 교사가 전국을 돌아다니면서 여행을 다녀왔다는 이야기를 듣고서 인내의 한계를 넘어서는 것 같았다. 개인의 양심상 하지 말아야 할 일을 했다는 것도 문제였지만, 이를 '영웅담'으로 늘어놓은 교사와 이를 '묵묵히' 수용하는 학교문화가 더 큰 문제였다. 공직자로서 무엇이 '공'(公)인지, 무엇이 '사'(私)인지를 구분하지 못하고 있었다.

교사들의 불평과 불만의 정점에는 담임교사 업무의 기피가 있었다. 신년도 업무 분장을 둘러싸고 모두 담임교사를 회피하려고 온갖 이유를 끌어대고, 자신의 요구가 수용되지 않으면 휴직까지도 불사했다. 담임의 고충이 이해되지 않은 것은 아니었다. 대입 수시전형이 확대되면서 학생부의 관리나 진로진학 상담을 위해서는 담임교사의 역할이 중요하였다. 일반계고교에서 학생의 대입시 성공은 담임교사의 손에 달렸다고 해도 과언이 아니었다. 모든 학교에서 학년도 말부터 신년도 담임 선정을 두고 교감과 교사들 간에 팽팽한 긴장감이 형성된다. 치열한 '밀당' 끝에 학교의 형편과 교사의 개인적 입장이 조정되어 담임업무를 정하게 된다.

2013학년도 담임 배정을 두고 어느 특정 교과의 교사들 간에 갈등과 분란이 극심하였다. 이 교과는 수능시험에서 중요도가 높고 학년의 수업시수도 많아서 전체 12명 교사 중 각 학년마다 적어도 3명씩은 배치할 필요가 있었다. 11월 말에 업무분장 희망서를 받은 결과 3학년 담임을 한 명도 희망하지 않았다. 일반적으로 3학년 담임은 입시 준비의 부담이 과중하지만 11월 수능시험 이후 다음해 2월까지 시간적 여유가 있어서 선호를 하는 편이다. 경덕여고는 어떤 연유인지 모두 3학년 담임을 한사코 기피하였다. 자율학습의 감독, 진로상담, 수시원서 등으로 학교에서 근무해야 할 시간이 긴 3학년 담임 업무의 특성 때문인지도 모른다. 그러나 이 점은 다른 학교도 마찬가지이다. 보통 학년 업무가 끝난 뒤 3학년 담임들에게는 고된 부담을 상쇄하고도 남을 만큼의 보상책이 주어진다. 따라서 경덕여고의 경우 "나만 담임을 기피하면 된다"라는 학교문화 때문이라고 생각되었다.

12월 초부터 이 교과 교사들과 교사 수급, 업무 분장을 협의하기 시작하여 수차례 교과협의회를 하고 설득을 거듭한 끝에 담임을 배정하였다. 한 명은 끝까지 휴직을 내겠다고 하면서까지 3학년 담임을 거부하였다. 자신들이 원하지 않던 담임을 맡았던 교사들은 일 년 내내 비협조적이고 분란을 야기하였다. 이러한 현상은 타 교과에도 나타나 교내 인사 발표 후에 4명이 담임을 기피하고자 했다. 이 과정에서 부임 전에 소문으로만 들었던 '임신 학교'의 실체도 알게 되었다. 임신했으니 임신에 부담을 줄지 모르는 담임을 면제해 달라는 것이었다. 충분히 이해되고 수용해 줄 필요가 있는 사유였다. 실제로 임신으로 인하여 휴직한 교사가 타 학교에 비해서 많이 있었다. 그런데 다음 해에 '임신할 예정'이니 담임을 면제해 달라는 요구까지는 수용하기 어려웠다. 온갖 이유를 들어서 담임을 기피하려는 시도로밖에 보이지 않았다. 임신이 담임을 면제받는 수단으로 '악용'되고 있었던 것이다.

학교 운영을 위해서는 36학급에 36명의 담임교사가 반드시 필요하였다. 교사로서 책무성이나 교사의 양심을 거론하기 이전에 80명 교사 중 누군가는 맡아야 하는 현실적 의무였다. 교감이 나서서 책무성, 당위성, 현실성을 거듭 설명하고 협조를 구해도 막무가내로 거부하였다. 1시간 이상 길어지는 교과협의회에서 서로 양보하기만을 기다리며 한숨만 내쉬는 절망적인 장면이 연출되었다. 동 교과 교사 12명은 같은 학교에서 학생들을 지도하는 동료라기보다는 나에게 부담을 떠넘기는 '이해되지 않는 사람'일 뿐이었다. 소통과 배려의 마음은 눈을 씻고도 찾을 수 없고 칼날처럼 날카로운 갈등과 불평만 가득한 학교문화였다.

이것은 저자의 관점에서만 바라본 일방적인 관찰이고 일부 학교에 국한된 사실일 수도 있다. 혹시 사실이라 하더라도 내가 몸담고 있는 교직계의 치부일 수도 있을 것이다. 그럼에도 불구하고 장황하게 서술하는 것은 바람직한 학교문화를 갈망하는 마음 때문이다. 학교를 관리하고 공교육을 책임진 교감으로서 교사들의 비양심적인 태도와 자세에 크게 낙담하면서도 문제를 해결하기 위해 고심에 고심을 거듭하였다. 당시의 심경을 토로한 일기에는 다음과 같이 적혀 있다.

논어에 나오는 *"남이 나를 알아주지 않더라도 화내지 않는다면 이 또한 군자가 아닌가"(人不知不慍 不亦君子乎, 논어 학이)라는 가르침을 잊지 말자. 무엇을 두려워하는가? 원망하는가? 문제의 핵심은 나에게 있다. 율기(律己), 충서(忠恕)의 가르침을 실천하자. 현재의 작은 것에 집착해서는 안 된다. 교사들의 이기적이고 분산 고립된 원인은 어디에 있는가? 원래부터 그런 성향의 인물들인가? 학교의 문제, 학생의 문제, 교육제도의 문제인가? 분명한 것은 최근에 교실붕괴, 교권의 추락, 교사들의 사기저하, 강압적인 학교평가 등의 문제들이 있다. 어깨를 움츠리고 불안해하는 교사들에게 치유가 필요하다. 사기 진작의 방안은 무엇인가? 관리자의 행정편의적인 고압적 자세가 문제이다. 나의 승진, 교장이 중요한가? 현재 교육계, 학교 현장의 문제를 다스리는데 힘을 쏟아야 할 것이다. (일기 2013년 2월 24일)*

교사들의 문제라기보다는 교육계를 둘러싸고 있는 환경적인 문제들에 기인한다고 보았다. 외부 요인이 교사들로 하여금 위축되고 소극적으로 행동하게 했을 것이라고 생각하였다. 내면의 본질적인 자세는 역시 양심과 도덕성이 충만한 교사일 것이라는 믿음을 버리지 않았다. 실제로 경덕여고에서 근무한 교사가 4년간 근무 만기 후에 다른 학교로 전근 가서 근무처를 달리하게 되면 이전의 이기적이고 폐쇄적인 행동은 환골탈태하기 때문이다. 문제가 많다고 소문난 교사가 학교를 옮긴 후에는 칭찬을 받는 경우를 종종 들어보았다. 교사가 근무하는 학교문화의 차이에서 원인을 찾아야 할 것이다.

경덕여고 학교문화에서 주인 정신의 부재로 인한 불만과 불평은 실제 학교 운영에 영향을 미치고 있었다. 교사들의 불만과 불평 때문에 조직 관리가 어렵게 되었다. 학교교육의 목표를 달성하기 위해서는 80명의 교사들을 적재적소에 배치하고 자신의 역할을 최대한 발휘하도록 해야 했다. 나아가 교사 간에 소통과 협력을 할 수 있도록 조직과 업무 체계를 정비해야 했다. 이를 위하여 신임 교감으로 업무를 파악하고 학교문화에 적응하는 데 시간이 소요되었다. 업무 부장들의 도움을 받아 학교교육의 방향과 목표, 특색사업과 역점추진 사업, 교원 조직, 업무 분장, 진로진학 현황, 예산 등을 확인하였다.

저자는 2학기에 부임하였기 때문에 1학기 동안의 진행 상황과 문제점 및 대책을 부장교사들과 협의하였다. 그 결과 전임 사대부고와 비교해서 1학기가 지났음에도 불구하고 그동안 업무의 추진 정도가 지지부진함을 발견하게 되었다. 교장과 교감이 사소한 업무를 지시해도 이행되지 않고 있었다. 학교에서 핵심적 역할을 맡고 있던 어느 부장의 경우 관리자의 의중을 제대로 이해할 능력이나 의지가 없었다. 조직의 소통과 단합에 앞장서야 할 위치에 있는 그 부장교사는 오히려 곳곳에서 파열음을 내고 있었다. 조직을 운영하는 데 결정적 걸림돌이었던 것이다. 대입 수능시험과 같이 대외적으로 중요한 업무도 시행착오를 거듭한 끝에 겨우 겨우 수습하는 지경이었다. 매사에 살얼음판을 걷은 것과 같은 상황의 연속이었다. 인사의 기본인 적재적소의 사람 배치와는 거리가 멀어 보였다.

조직 관리의 어려움은 2013학년도 부장교사의 선임 과정에서부터 나타났다. 부장교사는 학교 업무를 15개 부서로 나누어 실무를 담당하고 교장의 학교 운영을 보좌하는 역할을 한다. 학교의 중추적 조직이라 할 수 있다. 갈등과 불만이 심각한 경덕여고의 경우 담임을 기피하는 것만큼 부장교사도 기피하였다. 업무 자체도 과중하였지만, 실제 업무처리 과정에서 비협조적이고 불평만 늘어놓는 교사들과 부딪혀야 하기 때문이다. 조직에 장애가 되었던 그 핵심 부장교사도 적임자의 여부를 떠나서 아무도 그 부서를 맡지 않으려 할 때 억지로 맡게 되었음을 알게 되었다. 물론 유능하고 최선을 다하는 부장교사도 있었지만, 위축되고 소극적인 자세로 '최소한의 업무'만을 수행하려는 분위기였다. 부장교사를 위한 승진가산점, 수당, 성과상여금 등의 보상책은 경덕여고 학교문화에서 별 의미가 없었던 것이다.

조직상의 문제와 더불어 기본적으로 자질과 정신 상태가 의심되는 교사들도 있었다. 유년시절 정신질환과 가정 불행으로 심신이 미약한 상태로 자신이 업무를 추진하지 않아 학생들에게 큰 피해를 주고 있음에도 불구하고 문제의 심각성조차 모르는 교사, 비이성적이고 감정적으로 문제를 야기하는 교사, 교직에 대한 의욕과 능력을 상실한 교사, 거칠고 안하무인격으로 행동하는 교사, 관계형성이 전혀 안 되는 교사 등이 학교 조직을 심각하게 훼손하고 있었다. 이들은 자신의 행동이 학교 조직에 어떤 영향을 미치고 있는지 인식하지 못하고 있었다. 성실하게 자신의 업무를 수행하는 다수의 교사들이 있음에도 불구하고 앞장서서 학교문화를 개선하려는 목소리는 들리지 않았다. 오히려 문제의식이 모자라거나 심지어 학교가 이렇게 되는 것이 자신에게 이로울 것이라는 인식을 가지고 있었다.

이러한 학교문화와 조직 운영의 결과 학교교육은 제대로 진행되기 어려웠다. 경덕여고의 학력이 낮다는 이야기는 학교 안팎에서 쉽게 들려왔다. 그 원인은 학교 주변의 열악한 교육 환경, 학부모의 무관심, 성적이 낮은 학생들의 입학 등이라고 했다. 실제로 부임 후 확인한 결과 국가수준학력 평가에서 수학과 영어 과목의 기초학력 이하 비율이 20%에 육박하고 있었다. 그리고 대입수능에서 중요 과목의 1, 2등급의 숫자가 전무한 경우도 있었다. 자연히 입시결과는 저조하여 서울지역 주요 대학 합격자 숫자가 한 자릿수에 불과하였다. 이 때문에 학생과 학부모들의 선호도가 낮아서 1학년 입학생의 선지원율은 45%에 그치고, 비희망자의 강제 배정은 25%에 달하였다. 적어도 선지원율은 100%는 되어야 기본인데, 그 절반에도 미치지 못하고 게다가 강제 배정된 학생이 많다는 것은 이들의 잠재적인 불만은 언제든지 표출될 수 있다는 의미였다. 낮은 학력의 결과 대입시, 입학 성과의 부진, 학교 선호도의 저조 등이 상호 연결된 악순환의 구조라고 하겠다.

그리고 학교교육에 대한 평가에서도 부진하였다. 교육청에서 실시하는 2012년 학교평가와 청렴도향상의지평가에서 최하위를 받았다. 이 결과에 기초하는 교감의 성과상여금 지급에서 불이익을 감수해야 했고, 복무감사의 표적이 되어야 했다. 구성원의 갈등과 불만은 학교와 교사에 대한 민원으로 나타났다. 교사에 대한 학생과 학부모의 극심한 민원으로 교권이 침해당할 정도였고, 학생의 생활지도에 반발하는 학부모의 민원의 해결하느라 정상적인 학교교육이 마비될 지경이었다. 학교의 위상이 확고하고 학교교육이 만족스럽다고 생각한다면 학부모들이 그렇게까지는 극성을 부리지 않았을 것이다. 총체적으로 학교교육은 부실하다고 평가할 수 있었으며, 이는 구성원들에게 도전과 자신감, 학교에 대한 자부심과 충성심을 부족하게 만들었다.

신임 교감으로서 곳곳에 도사리고 있는 학교의 난제들을 해결하기 위해 전력투구하였다. 선결 과제는 학교문화를 개선하고 인사와 업무의 조직을 확립하는 것이었다. 학교문화가 학교교육에 중요하면서도 눈에 드러나지 않기 때문에 의식하지 못하고 있었다. 이를 자각시키기 위해서 학교 안팎에서 비치는 현주소를 인식시킬 필요가 있었다. 교사들을 대상으로 전체 학교 현장의 변화를 연수하였다. 교사들은 종래의 소극적인 직무 수행을 넘어서서 그 결과에 대하여 평가를 받아야 하고 책임을 져야 함을 강조하였다. 학교평가, 관리자 평가, 교원능력개발평가, 성과상여금 지급 확대, 학폭 관련 교사의 민·형사상 책임 등을 예시하였다. 나아가 교사들은 학교교육을 통해 후진을 양성하기 위하여 스스로 높은 도덕성과 철저한 자기관리가 요구됨을 언급하였다. 교사들은 국민들로부터 공직(公職)을 담임받았으므로 자신에게 부여된 책무성을 완수해야 된다는 것이다. 상당히 선언적이고 당위론적인 주장이었지만, 직무를 방기하고 조직을 해롭게 하는 교사들에게 자신의 본분을 깨닫게 할 필요는 있었다.

개인적인 책무를 다한 다음에는 단위 학교의 경쟁력이 중요함을 강조하였다. 교사 개인적인 역량이 학교 전체의 교육력으로 결집되고, 이것이 곧 교육적 성과로 나타나기 때문이다. 이명박정부 출범 이후 다양한 종류의 학교를 지정하고 학교 간의 경쟁을 유도하였다. 경덕여고는 특화된 자율형 학교보다 불리하겠지만 일반계고교로서 장점을 살려 배전(倍前)의 노력이 필요함을 언급하였다. 외부의 조건이 불리하다고 탓하면서 뒤처지는 학교를 누가 인정해 줄 것인가라고 반문하였다. 학교에 대해 헌신함으로써 학교교육을 성공으로 이끌어 갈 것이고, 그 결과 자부심과 자긍심이 충만해질 것임을 강조하였다.

그리고 2000년대 이후 학교교육의 큰 변화의 물결인 수요자 중심으로의 인식을 부탁하였다. 수요자인 학생과 학부모가 학교교육을 선택하겠다는 것이다. 과도한 고교입시 경쟁을 완화하기 위하여 고교 평준화정책을 실시한 지 40여 년에 가깝다. 이 제도의 장점과 단점을 쉽게 이야기하기 어렵지만, 학교 현장에서 학생 간의 경쟁력을 제고하는 데 한계를 보이고 있었다. 자연히 치열한 경쟁을 통해 입시에 성공해야만 하는 학생과 학부모의 불만이 표출되었고, 이것이 자율형 학교의 운영이라든지 단위학교의 교육적 성과를 공개하는 것으로 나타났다. 정부와 언론에서는 고2 대상으로 국가수준학업성취도평가와 대입시의 결과들을 공개하였다. 대구교육청은 중3에서 고1 입학 때 제1지망 학생의 비율을 50%까지 높이고, 이것을 학교교육의 주요 판단 지표로 활용하였다. 교사들에게 이러한 변화의 주요 근거와 자료들을 제시하여 변화에 동참할 것을 호소하였다.

이어서 교사들의 인식의 변화가 현실적으로 성사되도록 시도하였다. 학교문화의 개선을 위한 교사들의 인식의 변화를 실질적으로 뒷받침하는 사업들을 추진하였다. 자신감과 자부심을 심어주기 위하여 가시적인 교육적 성과가 필요하다고 판단하였다. 그 대상으로 대구교육청 주관 사업을 유치하기로 하였다. '자기주도 학습 중점학교', '교육과정 특화형 행복학교', '인성교육실천 우수학교 및 학교문화 개선 선도학교', '우수학교 스포츠클럽', '사제동행 독도사랑 동아리' 등의 사업에 선정되었다. 예산 지원이 많아서 다양한 교육활동을 할 수 있었고, 추진 과정에서 구성원들의 역량을 결집할 수 있었다. 사업을 맡은 교사들의 부담은 있었지만 무엇인가를 할 수 있다는 자신감을 키우는 데 큰 도움이 되었다.

그리고 대외적으로 많은 성과를 거두었다. 고2 대상 국가수준학업성취도평가에서 학생과 교사들이 노력한 결과 보통학력 이상이 5~10점 증가하였고, 향상도에서 75개교 중 15위를 차지했다. 모두가 가능하리라고 생각하지 못한 놀랄만한 성과였다. 이러한 성과는 학년말에 학교평가, 청렴도향상의지평가에서도 이어져 최우수 학교로 선정되었으며, 교육활동 유공학교로 교육감 표창을 수여하였다. 교사들에게 성공경험을 심어줌으로써 학교에 대한 자부심, 자신감이 높아졌고, 구성원 간에 갈등과 불만이 줄어든 효과를 가져왔다. 학교문화가 바뀌는 단초를 열게 된 것이다.

학교의 난제들을 해결하기 위한 다음의 과제는 인사와 업무 시스템을 정비하는 것이었다. 교장과 교감의 참모로 학교의 중추 조직역할을 하는 동시에 주요 업무를 담당하고 있는 부장교사 선임에 심혈을 기울였다. 모두 업무를 꺼리는 분위기 속에서 억지로 마지못해 맡으면 일 년 내내 조직의 난맥상을 초래하기 때문이다. 능력과 의지 면에서 적임자를 선정하여 당위성과 책무성을 들어 설득한 끝에 핵심 부장 6명을 임명할 수 있었다. 자율성에 바탕하여 적극적이고 창의적으로 업무를 추진하도록 격려하고 지원하였다. 주 1회 전체 부장협의회를 활성화하여 학교 업무의 방향과 추진 과정, 결과가 논의되도록 했다. 그리고 부장들이 힘들어하는 교육과정 편성, 대입시 정책, 학교 홍보, 민원 처리 등의 주요 업무는 교감이 직접 관장하였다. 한 학기가 끝난 뒤에 1박 2일 워크숍을 열어서 업무 추진 성과를 분석하고 다음 학기에 반영토록 했다. 전임교 사대부고의 인사와 조직 운영의 경험을 적극 활용하였다.

그리고 교내 업무분장을 위한 인사는 원칙을 미리 만들어서 추진하였다. 원칙을 미리 제시하지 않은 채 업무를 분장함으로써 교사들 간에 갈등과 불만이 생겨날 수밖에 없고, 결국에 억지로 업무를 맡은 뒤에는 문제가 해결된 것이 아니라 문제의 시작일 뿐이라고 판단하였다. 동물적 본성을 억제하고 도덕과 양심의 길로 복귀할 것이라고 기대하기 어려웠다. 한 학기 동안의 고심 끝에 '담임교사 및 업무분장 배정기준'을 만들었다. 업무 분장의 법적 근거, 원칙, 절차, 전년도 업무 분석과 신년도 조정안 등을 담았다. 담임의 경우 근무 기간 4년 동안 3번은 담임, 1번은 비담임을 맡되, 학년을 순환하도록 했다. 그리고 수능시험과 교과의 중요도를 고려하여 각 학년별, 교과별 담임 배정 숫자를 제시했다. 꽉 짜여진 틀 속에서 하지 않을 수 없겠구나 하는 느낌이 앞설 수 있었다. 그러나 기준과 절차를 명료화함으로써 관리자와 교사 간에 신뢰를 회복하고 업무분장을 둘러싼 혼선을 최소화할 수 있다고 믿었다. 교사들 간에 배려와 소통의 문화가 성숙된다면, 그때는 군이 원칙을 먼저 내세울 필요가 없을 것이다.

분장 기준에 따라 전년도 11월 초에 업무분장 희망서를 받았다. 역시 담임 자원이 절대적으로 부족하고, 특정 교과의 경우 3학년 담임이 한명도 없었다. 2월 초까지 부장교사를 선임을 먼저 한 뒤, 교과 협의회와 개별 상담을 하여 갔다. 앞에서 서술한 것처럼 특정 교과의 담임 배정을 둘러싸고 어려움도 있었지만, 업무분장을 둘러싼 혼선은 크게 줄어들었다. 조직의 문제를 해결하고 신학년도를 시작하였던 것이다.

업무 조직을 정비한 것처럼 업무 처리도 시스템화를 시도했다. '시스템'이란 저자가 학교 행정을 경험하면서 고안하였던 용어로 조직적 처리 과정, 업무의 체계도라는 의미로 사용하고 있다. 학교에서 이뤄지는 수많은 업무들을 담당자가 바뀌더라도 시스템에 따라 처리하면 에너지와 시간을 절약할 수 있을 것이라 판단하였다. 조직 운영과 업무 처리에서 갈등이 심한 학교 현장을 해결하는 방책일 것이다. 부장들과 주례회의 시 회의 자료를 미리 작성하여 토론했으며, 회의 후에는 교장의 결재를 맡아서 전교사들에게 공람토록 했다. 그리고 부장들은 업무 처리 시 비망록을 작성하여 누가 후임자로 오더라도 업무 승계가 가능하도록 했다.

한 학기가 종료된 뒤에는 각 부서의 업무 성과와 문제점을 책자로 만들어서 워크숍에서 토론하였다. 학교의 실무 책임자인 부장들이 학교 전체의 업무 진행과정을 공유하고 숙지할 수 있게 되었다. 각 부장들은 계원이나 담임과 업무를 공유함으로써 학교 전체가 하나의 시스템에 의해 움직여 나가게 되었다. 1년 동안의 변화와 개혁을 통해 학교 운영을 바꾸어 감으로써 2014학년도 업무 준비는 순조로웠다. 이제는 업무 처리를 둘러싼 혼선은 크게 줄어들고 자신의 역할, 교육의 방향 등에 대한 인식을 공유하게 되었다. 경덕여고는 '내가 나의 동료와 함께 교육하는 학교'로 정착되어 갔다.

경덕여고의 교감으로서 1년 6개월 근무한 뒤 화원고 교장으로 발령받아 떠나게 되었다. 짧은 기간 내에 학교문화를 바꾸고 조직을 정비하는 데 어려움이 많았다. 이때의 경험과 노력은 이후 교장으로 학교를 운영하는 데 매우 유익하게 활용되었다. 학교문화와 조직을 변화시키는 과정을 장황하게 서술함으로써 의도치 않게 학교의 부정적인 면이 노출되었을지 모른다. 학교교육의 성공을 염원하는 저자의 충정임을 이해하여 주기 바란다. 근간에 일반계고가 붕괴되고 있다는 이야기를 들을 때마다 오직 '사람'인 교사들의 변화된 자세, 즉 책무감이 충만하고 의욕이 넘치는 자만이 해결할 수 있다고 확신한다.

2 모두가 학교교육의 성공을 바라고 있다

저자는 학교교육의 중요성과 효용성을 누구보다도 신뢰하고 있다. 이제 화원고 교장으로 승진하여 학교교육을 관리하며 책임지고 실천하게 되었다. 성장하며 인생의 방향을 결정지었던 학교교육의 내용과 경험뿐만 아니라, 교직과 학문에서 터득한 지식, 신념, 가치관, 열정, 분투력 등을 쏟아부을 기회가 온 것이다. 구성원들의 뜻을 모아서 학생들의 인성, 학력, 진로진학의 성공을 위해 최선을 다하고자 했다. 처음 관리자로 나갔고, 또한 고향 지역의 학교였기 때문에 학교교육에 대한 열정과 노력은 불꽃처럼 타올랐다.

화원고는 도시 외곽 농촌지역에 위치하여 있고, 학부모의 사회경제적 지위, 학생들의 의지, 교육 인프라 등 모든 면에서 불리하였다. 조금이라도 여건이 나은 학부모들은 자녀의 성공을 위해 사교육이 번창한 도심지역으로 옮겨가 버렸다. 이 때문에 공교육은 부실해지고 지역 간 교육 격차, 주거와 교육의 과중한 부담 등 여러 사회적 문제가 발생하고 있었다. 화원고의 교육은 학생, 학부모들을 위해서 반드시 성공해야 했고, 나아가 시대적 과제인 '공교육의 정상화'를 위해서도 성공해야 한다. 그래서 제목을 '모두가 학교교육의 성공을 바라고 있다'라고 정하였다.

● 대도시 외곽의 화원고 교장으로 부임하다(2014. 3. 1.)

2014년 3월 교장으로 승진하여 대구시 서부지역 외곽에 위치한 화원고에 발령받았다. 교직에 입문한지 26년 만에 교사들이 가장 선망하는 최고의 지위에 오른 것이다. 언젠가는 교장으로서 학교교육을 맡아보겠다는 강한 의욕과 희망을 가지고 교사-장학사-교감을 거치면서 분투노력하였다.

힘든 여정을 거쳤지만 운 좋게도 정상에 도달하게 된 것이다. 특별히 교육부의 배려를 받아서 2014. 3. 1.자 임용대상자 전원이 정부 세종청사에서 장관으로부터 임명장을 수여받았다. 성대한 행사를 하고 일일이 임명장을 수여함으로써 교장에게 권위를 부여하고 자긍심을 심어 주려고 하였다. 개인적으로 무한한 영광이요 기쁨이었다. 행로를 같이하면서 도와주고 힘이 되었던 스승, 동료, 가족 친지 등 주변인들에게 감사할 뿐이었다. 그러나 "이제부터가 시작이고 중요하다, 무엇을 어떻게 할 것인가"라는 생각이 밀려왔다.

대구교육청에서 다시 교육감으로부터 임지를 화원고로 지정받았다. 화원고는 대구시 달성군 화원읍 설화리에 위치한 학교이다. 저자의 고향에서 불과 5km 정도 떨어져 있고, 고향의 앞마당과 같은 곳이다. 학교의 모습과 정감은 일찍부터 익숙하였고, 학생들은 이웃의 자녀들로서 후배라고 할 수 있었다. 고향 마을에는 아직도 저자의 친구와 친척들이 살아가고 있다. 저자를 낳고 길러서 올바른 사람으로 성장하게 해준 고향에 돌아와 가르침을 베풀 수 있는 행운을 얻은 것이다. 늘 인생의 모태인 고향을 위해서 무엇인가를 보답해야겠다는 채무의식이 있었는데 고향의 인재를 육성하는 것만큼 확실한 보답은 없을 것이라 생각하였다. 아울러 후배 학생들에게 고향의 선배가 살아온 과정과 결과를 가르치고, 그것이 성공의 밑거름이 되었으면 하는 욕심도 있었다. 화원고 교육은 내 삶의 문제를 넘어서 고향을 위해 헌신하는 길이었던 것이다.

화원고는 경북교육청 소속으로 1983년에 여고로 개교하였다. 1981년 대구와 경북이 분리된 후 대구 서쪽지역의 여고생들을 수용할 학교가 필요하였던 것이다. 1995년 달성군이 대구시로 편입되면서 화원여고도 대구교육청 관할로 변경되었고, 1997년에는 대구시 일반학군으로 편제되어 인근 학생들을 추첨 배정받음으로서 일반계고교로 위상을 완비하게 되었다. 1999년에 남녀공학의 학교로 개편되었고, 각종 교육 성과와 학교운동부인 여자 유도부의 실적에서 두각을 나타내었다. 2014년 현재 39학급, 1,400여명 학생, 120명 교직원이 소속된 대규모 학교로 성장하였다. 대구 도심의 팽창에 따른 인구의 유입과 달성군지역의 경제적 발전, 대입시에 농어촌특별전형 등의 요인들에 의해 화원고의 미래는 매우 낙관적이라고 하겠다.

화원고의 지역적 특징은 많은 장점을 갖추고 있다. 학교 앞에는 중부고 속도로, 국도 5호선, 대구 지하철 1호선 등 사통팔달의 교통망이 잘 발달되어 있다. 인근에는 낙동강까지 광활하게 옥공평야가 펼쳐져 있고, 멀지 않은 곳에 대구의 미래 경제를 담당할 달성공단, 테크노폴리스, 국가산업단지 등이 있다. 농업지역에서부터 공업 중심지역까지 광범위하게 분포되어 있다. 그리고 대구의 도심이 확대되면서 점차 학교 주변까지 도시화가 진행되어 갔다. 대규모 아파트 단지와 도시 기반이 속속 들어왔고, 2016년에는 지하철 개통으로 명실공히 대구 서쪽지역의 관문으로 부상하였다. 따라서 농촌지역의 특성과 도시 변두리의 특성, 공단지역의 특성, 점이지대의 특성들이 혼재되어 있다. 특히 농촌지역 본래의 순박한 정서와 문화가 도시화와 산업화에 밀려서 나타나는 부작용들을 쉽게 발견할 수 있다. 폭력적인 행동과 거친 말투, 가치관의 혼돈, 정체성의 부족 등이 곧 그것이다. 이런 지역적 특성을 지닌 학생들이 화원고에 입학하였던 것이다.

화원고 학생들의 성향은 지역적 요인이 반영되어 복합적이고 다양하였다. 지역적 학생의 분포 비율을 보면 50% 정도는 도시지역에서, 30% 정도는 공단지역에서, 20% 정도는 농촌지역 출신이다. 인성, 학습 능력, 진학 목표 등에서 대도시 외곽지역에서 나타나는 공통점이 있었으나, 공단지역의 학생들은 성장 과정, 사회경제적 배경, 학부모의 관심 등에서 특이점이 있었다. 학생들의 내면적 성향은 온순하고 착하다는 점을 들 수 있다. 이들의 성장 배경이 불과 20년 전만 하더라도 자연에 순응하며 살아가던 전형적인 농촌지역이라는 사실과 관련되어 있어 보였다. 온순하고 착한 성품은 학생들의 커다란 장점임에는 틀림없었지만 급속하게 도시화, 산업화되는 과정에서 착한 인성은 사라지고 거칠고 돌발적인 언행이 표출되고 있었다. 따라서 올바른 인성과 관계 형성을 위한 노력이 필요하였고, 특히 학습에 성공하기 위하여 분투력이 요구되고 있었다.

화원고 학생들은 대체적으로 자신감, 자존감, 분투력 등이 떨어져 보였다. 행동과 모습에서 무엇인가를 하겠다는 의지력과 그것을 관철시키려는 노력이 모자라는 것 같았다. 이제 막 자아정체성이 확립되는 고교 시기이고, 또한 도시 외곽이라는 지역적 특수성을 감안할 때 지나친 기대라고 할 수 있겠지만, 무기력하고 의기소침한 학생들이 눈에 많이 띄었다. 어릴 때부터 자신감과 자존감의 단초가 되는 성공경험이 부족하였다. 본인은 물론이거니와 가정, 학교에서도 노력이나 관심을 크게 보이지 않았던 것이다. 자신감이나 도전정신이 진학이나 사회생활에 크게 관계없다고 생각하는 것 같았다. 저자가 이 지역, 그리고 지금보다 더 어려운 여건에서도 분발하여 끊임없이 노력해 왔으므로 이러한 현상을 안타깝게 생각하였다.

자신감은 학습과 밀접한 관련이 있었다. 자신감이 낮다는 것은 자기주도학습력이 떨어진다는 의미이다. 초·중학교 때의 기초·기본학력의 결손이 누적되었고, 고교에 진학하여서는 아예 학습을 포기하는 경우도 있었다. 이는 교육청에서 주관하는 학력평가와 수능시험 결과에서 여실히 드러나고 있었다. 상위 등급의 숫자는 극소수였으며 하위등급이 대부분을 차지하고 있었다. 그럼에도 불구하고 수시전형의 확대로 내신성적만 우수하면 명문대학교에 진학할 수 있을 것이라는 막연한 믿음을 가지고 있었다. 학습에 대한 자신감을 고취하여 학습 동기를 유발하고 학습의 원리를 깨닫게 할 필요가 있었다.

대다수의 학생들이 자신감은 부족하지만 온순하고 착한 인성을 지니고 있었다. 일부 열악한 환경의 공단 지역 학생들 가운데는 기초·기본생활 질서와 교칙에 대한 관념이 부족한 경우도 있었다. 거친 말투와 행동으로 학생들 간에 말썽을 일으키고 선생님의 지도에 저항하였다. 학교폭력과 학생 자살사건이 문제가 되던 시기였던 만큼 이들의 인성지도도 중요한 과제였다.

화원고는 대구 시내 교사들이 정기전보 시 근무하기를 선호하는 학교였다. 교통편의와 거리에서 비교적 출·퇴근이 편리하고, 승진 가산점이 주어지는 이점이 있었다. 유능하고 승진을 염두에 두는 교사들이 적극적으로 학교 업무와 학교문화를 주도하고 있었다. 게다가 학생들의 낮은 학력과 학부모의 무관심은 입시나 학교 평가 등의 결과에 대한 교사들의 귀책사유에서 '자유로울' 수가 있었다. 즉 관리자나 교사로서는 적당히 편안하게 지낼 수 있는 괜찮은 학교라고 여길 수도 있었다. 그러나 초임교장으로 부임하여 온 저자의 눈에는 "화원고는 부지불식간에 무사안일하고 변화에 둔감하게 되었으며, 교육적 성과는 미미하게 되었다"라고 바쳐졌다. 온순한 학생이 자신감 없어져 무기력에 빠진 것과 같은 현상이라 하겠다. 취임 후 2개월이 지난 뒤의 상황을 일기에서 다음과 같이 기록하고 있다.

부장회의 시 학교 경영방침을 연수했다. 학교 곳곳의 문제점을 근원적으로 해결하고자 방향을 제시한 것이다. 임기응변, 무형식, 적당주의, 기강 해이 등으로 흐트러진 학교를 바로잡아야 한다. 취임 후 여러 차례 이야기했으나 제대로 이행되지 않기 때문이다. (일기 2014년 5월 16일)

외부에서 갓 부임한 교장의 눈에는 학교문화가 문제에 직면하여 있다고 판단하였던 것이다. 학교교육에 대한 비전과 목표, 구성원의 응집력, 인성지도, 교실수업, 진로진학, 교육성과 등을 개선할 필요가 있었다. 교사들의 능력이나 의지는 충분하기 때문에 학교의 변화와 성공은 가능하다고 믿었다.

학교 운영을 위해서는 내부의 요인 못지않게 정부의 정책이나 시대적 과제 등 외부의 상황에도 귀를 기울여야 한다. 이명박 정부의 수월성 중시의 교육정책으로 특목고와 자사고가 예산과 학생 배정에서 크게 우대받고 있었다. 반면에 일반고의 교육은 '잠자는 교실', '교실 붕괴'로 표현되듯이 비판을 받고 있었다. 게다가 학교폭력과 학생 자살사건 등 부정적인 사안이 발생할 때마다 그 원인을 일반고의 부실한 교육에서 찾았다. 불안과 불만에 빠진 학부모들은 공교육 대신에 사교육 시장으로 달려갔다. 정부에서는 '일반고 역량 강화' 사업을 추진하고, '공교육 정상화법'을 만들어 이 문제를 해결하고자 했다. 법령과 정책으로까지 일반고의 교육을 강조하던 시점에 화원고 교장으로 나가게 된 것이다. 출발선상에서부터 커다란 책무의 보따리를 안게 되었던 것이다.

교장의 직무는 초중등교육법 제20조에 "교장은 교무를 통할하고, 소속 교직원을 지도·감독하며, 학생을 교육한다."라고 규정되어 있다. 매우 간략하면서도 총괄적으로 표현하고 있다. 학교 기관에 부여된 학교교육이란 목표를 달성하기 위하여 소속 구성원을 이끌고 나가야 한다. 그 내부에 어떤 내용을 담을지는 교장의 의지와 생각에 달려있다. 공무원으로서 당연히 법령을 준수해야 할 것이고, 또한 이미 교장 직무를 수행하기 위한 예비 과정으로서 장학사와 교감을 여러 기관에서 11년 동안 경험하였으니 주저하거나 두려움은 없었다. 문제는 독립된 하나의 기관장이라는 점이었다. 여태까지 교감으로 학사 분야에서 소신껏 업무를 추진할 수 있었던 것은 최종 결정과 책임을 지는 교장이 있었기 때문이다.

이제 최고의 지위에서 교무실과 행정실 업무를 관리 감독하고 학교 구성원인 학생, 학부모, 교사들과 매사에 조정 협의해야 한다. 구성원들과 협의를 거쳐 마지막으로 정책과 사안을 판단하고 결정해야 한다. 교장 혼자서 고민하는 힘들고 고단한 과정이기도 하다. 교육적 결과에 대해서 보람과 성취를 느끼지만 항상 책임을 먼저 생각해야 한다.

교장의 역할이 과연 그렇게 중요한가, 그리고 그렇게 과도하게 책무의식을 가질 필요가 있는가라고 반문할지도 모른다. 법령에 교장의 직무가 매우 포괄적으로 규정되어 있고, 게다가 현실적으로 학교 규모나 여건이 천차만별이기 때문에 당연한 의문일 것이다. 한 학교에서 주어진 임기(보통 2~3년 내외)동안 적당하게 전임자의 길을 따라가고 관행적으로 업무를 처리하면 될 것이지 굳이 매의 눈으로 문제점을 찾아내고 새로운 정책을 도입하여 학교를 들쑤시고 구성원을 피곤하게 만들 필요가 있을까라고 생각할 것이다.

현실과 타협하여 문제점을 외면할 것인가? 아니면 변화와 개혁을 위해서 요동칠 것인가? 이제 선택은 교장에게 달려있다. 저자는 후자의 길을 선택하였다. 우선은 학교교육을 배우면서 몸에 밴 분투력과 추진력, 원칙과 합리성의 성향이 강하게 작동하고 있어서 눈앞에 가로놓인 문제점을 묵과할 수는 없었다. 또한 교장의 의지와 능력에 따라 학교가 변화되는 사례를 많이 보고 경험하였다. 장학사 시절에 학교에 나가보면 교문에 들어서는 순간 이미 학교의 형편을 알 수 있었다. 생동하고 변화하는 학교는 정리정돈이 되어 있고 학생들의 웃음이 넘쳐나며, 교장실과 교무실의 분위기가 대낮처럼 훤하게 밝았다. 반면에 구성원이 갈등을 겪고 교육활동이 침체되어 있는 학교는 대낮인데도 우중충하고 찬바람이 일어나고 있다. 만약에 학부모 입장이라면 어느 학교에 자녀를 보내려고 할 것인가? 학생의 발전과 성공 여부가 학교에 따라 달라진다는 것을 학부모는 분명히 알고 있다. 학교교육 활동의 차이에는 곧 교장의 의지와 능력이 핵심적으로 작동하고 있다. 앞에서 서술한 사대부고와 경덕여고의 교감 재직 시 경험은 이를 입증하고 있다. 학교교육을 책임지고 있는 교장은 결코 한순간도 방심해서는 안 되는 자리이다.

다음에는 교장의 직무를 어떻게 수행할 것인가를 고민해야 한다. 법령에 간단하고 포괄적으로 '통할', '관리 감독' 한다고 규정하고 있다. 초임교장이 그 의미를 파악하고 차질 없이 시행하기에는 시간과 경험이 필요하다.

그래서 대구교육청에서 '손쉽게 찾아보는 학교경영 가이드북'을 보급하여 도움을 주고 있다. 학교에서 진행되는 모든 업무 중 교장이 반드시 알아야 할 사안을 중심으로 처리하는 매뉴얼이다. 그런데 300쪽에 이르는 방대한 양을 항상 깨알처럼 총람하고 있다면 학교 업무가 원활하게 진행되겠지만, 쉽지만은 않을 것이다. 또한 꼭 그렇게 해야 할 필요도 없을 것이다. 사안이 발생할 때 해당 실무자의 검토와 의견을 참조하여 결정하면 될 것이다. 교장이 모든 업무를 총람할 것인가? 아니면 실무자의 의견을 존중할 것인가? 역사를 전공한 저자로서 전통시대 중국과 한국의 정치에서 답을 찾아보고자 한다.

왕조시대에 모든 권력은 군주에게서 나왔다. 왕이 국사(國事)를 총람하고 결정하면 곧 법이 되고, 신하들은 이를 즉각 시행할 뿐이었다. 왕의 자질과 역량에 따라 나라와 백성의 운명이 달라질 수밖에 없었다. 정치를 훌륭하게 하여 후대까지 칭송을 받는 성군(聖君)이 있는가 하면, 나라를 어지럽히고 민폐만 끼친 암군(闇君)이 있다. 신하들의 입장에서는 최악의 경우 왕을 몰아내기도 하지만, 평소에는 올바른 정치를 하도록 왕을 교육하고 충언을 마다하지 않는다. 신하들이 바라는 가장 이상적인 정치 형태는 실무에 대한 왕의 권력을 신하들에게 위임하고 책임을 지우는 것이다.(委任責成) 이를 덕치(德治)라고 규정하고 성군이 되기 위해서 끊임없이 덕을 닦으라고 요구하였다. 반면에 왕이 모든 권력을 장악하고 강력하게 통치를 하게 되면 비록 많은 업적을 남겼다 하더라도 비판의 대상이 되었다.(剛毅總察) 전통시대에는 비록 모든 권력이 왕에게서 나왔지만 신하들의 심한 견제를 받아 권한 위임을 요구하였던 것이다.

갑자기 왕조시대 정치 형태를 가져와서 교장의 직무 방안에 대해 서술하였다. 교장과 직원과의 관계를 군주와 신하와의 관계로 비교하자는 것은 결코 아니다. 기관의 권한을 어떻게 행사할 것이며, 직무를 어떻게 추진할 것인가를 두고 전통시대 왕과 신하들이 벌인 길항관계를 차용할 수 있을 것이라 생각해서이다. 요컨대 교장이 모든 권한을 행사할 것인가, 아니면 실무담당자에게 위임할 것인가의 문제이다. 아이러니하게도 왕조시대가 끝난 지금에도 기관장은 조직을 관리할 때 덕(德)을 베풀어야 한다는 이야기를 심심치 않게 듣고 있다. 기관장의 권한을 실무자에게 넘기는 것이 바람직하다는 의미일 것이다. 사실 이것이 교장의 권한을 규정한 법령의 취지와도 부합할 것이며, 실제로 학교마다 위임전결 규정을 두어 업무의 경중에 따라 위임하고 있다. 최종 형식적인 권한 행사는 당연히 교장이 해야 하겠지만, 굳이 실무 사안까지도 교장이 관여할 필요가 없다는 의미이다. 과연 학교 현실은 어떤 형태가 바람직할 것인가? 초임 교장의 고민은 여기에 있었다.

이후 8년 동안 3개 학교의 교장을 역임하면서 교장의 직무 수행에 대해 나름대로 결론을 내릴 수 있었다. 교장이 권한을 행사하는 방안에는 두 가지가 있다. 교장이 직접 실무에 관여하는 '실무관리형'과 실무 담당자들에게 권한을 위임하는 '위임관리형'이 곧 그것이다. 교장과 실무담당자 사이에 중간 관리자인 교감의 위상도 고려해야 할 것이다. 실제로 개별 학교에서는 업무처리를 둘러싸고 다양한 형태의 직무 수행이 이뤄지고 있다.

가장 이상적인 형태는 교장이 위임관리하고 교감이 실무를 총람하며 부장교사가 실무를 책임지는 것이다. 부장교사가 처리한 사안을 교장—교감이 검토, 결정하면 된다. 교장으로서는 실무를 둘러싸고 고민이나 갈등을 피할 수 있으며 학교를 관리하는 데 여유를 가질 수 있다. 문제는 현실적으로 대부분의 학교에서 교사들이 교무업무를 심하게 기피하는 분위기 때문에 부장교사의 적임자를 구할 수 없다는 데 있다. 학년도 초 업무분장 시 본인의 희망과는 달리 부장교사를 억지로 맡기고 나면 실무처리를 둘러싸고 사사건건 난관에 봉착할 수밖에 없다. 심한 경우 교감이 실무를 맡아야 하고 교장까지 관여해야 하는 상황이 발생한다. 따라서 이 형태는 바람직하지만 현실적으로 기대하기 어려운 형편이다. 운 좋게도 저자가 세 번째 교장으로 근무한 비슬고에서 실현되고 있다.

그래서 차선책으로 교장이 위임관리, 교감이 실무관리, 부장교사가 실무를 추진하는 형태를 취하게 된다. 앞의 형태와 차이점은 교감이 부장교사가 맡아야 할 실무의 일정 부분을 처리한다는 것이다. 또한 학교의 중요 정책을 교감이 직접 기획 추진하게 된다. 업무 추진의 효율성과 학교교육의 성과를 거둘 수 있는 장점이 있지만, 교장을 보좌하여 학교를 관리해야 할 교감은 늘 바쁘게 움직여야 한다. 교감의 의지나 능력, 교장 승진에 대한 입장 등이 일정하지 않기 때문에 모든 교감에게 기대하기는 어렵다.

다음은 교장과 교감이 실무관리를 하고 부장교사가 실무를 추진하는 형태이다. 교장이 학교에 문제점을 해결하고 새로운 변화를 시도가 필요하다고 판단하고 강력하게 개혁을 추진하기 위해서 교장이 실무까지 챙기는 것이다. 변화를 거부하는 기득권 세력들과 곳곳에서 마찰을 빚으면서 교장에 대한 비난과 민원을 감수해야 하고 권위까지 손상당할 각오를 해야 한다. 학교교육의 발전과 학생의 성공을 위해서 개혁을 하겠다는 대의명분을 확고하게 견지해야 한다. 초기에 혼란과 갈등을 겪지만 성과를 내고 기득권 세력들이 물갈이되면서 점차 변화에 따라오게 된다. 저자가 첫 번째, 두 번째 교장으로 근무한 화원고, 경북고에서 시도하였다.

현실적으로 바람직하지 않은 형태로는 교장, 교감이 실무를 관리하고 부장교사가 실무를 추종하는 경우이다. 실무를 기피하는 학교 분위기 때문에 관리자가 할 수 없이 실무의 일부를 처리하지 않을 수 없기 때문이다. 부장교사는 소극적으로 최소한의 업무만 처리하고 관리자의 눈치만 보려고 한다. 아마 학교마다 앞으로 갈수록 이런 형태가 많아질 것으로 보인다. 최악의 경우는 교장이 실무관리를 하고 교감은 위임관리 자세를 취하여 교장의 직무 수행에 방해가 되는 경우이다. 교장으로의 승진을 포기한 교감에게 간혹 나타나기도 한다. 실제로 장학사 때 학교 현장에서 이런 장면을 목격하였으며, 두 번째 교장으로 근무하였던 경북고에서 경험하기도 했다.

위임관리형이든 실무관리형이든 어느 한 형태만을 취할 수는 없다. 각기 장·단점이 있기 때문이다. 교감과 부장교사가 실무를 충실히 관리 처리해 준다면 위임관리형이 적합하겠지만, 현재의 많은 학교에서 나타나는 것처럼 모두 실무를 기피하는 분위기 하에서는 실무관리형으로 하지 않을 수 없을 것이다. 또한 실무관리형은 교장의 개혁 의지와 능력이 있다면 학교교육의 성과를 이루는 데 효율적인 형태이다. 대부분의 교장이 새로운 학교문화를 만들고 성과를 내려는 욕심 때문에 실무관리를 시도하지만, 조직이 정비되지 않거나 사전에 세심한 준비와 난관을 돌파하려는 의지가 모자란다면 학교 현장은 심각하게 혼란에 빠질 수 있다. 교장의 직무수행 형태에 대한 위와 같은 설명은 몇 개의 학교를 거친 뒤에 내린 결론이다. 초임화원고 교장으로서 저자는 눈앞에 닥친 문제점들을 개혁하기 위하여 실무관리형의 자세를 취하였다.

이제 구체적으로 학교를 어떤 방향으로 이끌어 갈 것인가를 결정해야 한다. 흔히 경영방침이라는 용어를 사용하고 있다. 학교교육의 비전과 지향점, 목표를 상술하고 난 뒤에 이를 실현하기 위한 방안으로 경영방침을 언급할 수 있을 것이지만, 여기서는 교장으로서 학교를 운영하기 위한 신념이나 의지를 담았던 방향을 설명하고자 한다. 학교 운영의 지침이라고 하겠는데, 사대부고와 경덕여고의 교감 재직 경험을 바탕으로 구체화된 것이다.

먼저 교사들에게 자율성과 책무성에 바탕하여 직무수행할 것을 요구하였다. 교직의 기본인 수업과 생활지도는 고도의 전문가인 교사들이 수행하는 직무이기 때문에 자율성이 충분히 보장되어야 한다는 것이다. 교사들을 통제하고 간섭하는 대신에 신뢰하고 인정해 줄 때 전문성이 충분히 발휘될 수 있다. 교사들에게도 전문가로서의 솔직하고 개방적인 자세, 즉 "아래 사람에게 문의하는 것을 부끄러워하지 않는다"(不恥下問. 논어 공야)라는 자세를 가지도록 요구하였다.

다음 자율성에 대응하는 것이 책무성이다. 교사들에게 자율성을 보장하는 대신에 자신에게 부여된 책무를 완수하고, 나아가서는 그 결과를 담임자에게 보고하라는 것이다. 책무의 완수 여부는 평가를 통해 강제하기보다는 교사의 자발성에 기반한 열정과 헌신의 결과라고 보아야 할 것이다. 계량화된 목표나 결과의 요구는 오히려 자율성을 훼손할 수 있기 때문이다. 상당히 이상적이고 애매한 주장으로 보일 수 있겠다. 그러나 이미 사대부고 교감으로 실천하여 성과를 거두었고, 교장으로 나가서는 더욱 확실히 추진하고자 했다.

또 하나의 경영방침은 합리적인 학교 행정으로 신뢰와 효율을 추구하고자 했다. 교사의 직무를 합리적이고 공평하게 처리하게 됨으로써 조직의 갈등과 혼란을 줄이고 교사들의 불안을 예방하자는 것이다. 학교 현장에서 업무를 둘러싼 교사들의 갈등은 결국 학교교육력을 저하시키기 때문이다. 학교 업무는 대부분 매년 반복되는 것이지만 처음 업무를 맡은 사람에게는 어렵고 힘들기 마련이다. 당연히 기피하려 하기 때문에 업무의 효율성이 떨어지기 마련이다. 이를 해결하기 위해서 업무의 처리과정을 미리 계획한 대로 추진하고 그 결과를 분석하는 시스템을 구축하고자 했다. 학기를 시작하기 전에 부장회의에서 업무계획서를 검토하고, 학기말에 결과를 분석하여 책자로 만들면 되는 것이다. 이제 누가 어떤 업무를 맡더라도 전임자의 시스템을 확인하고 따라가면 될 것이다. 당연히 업무를 둘러싼 갈등과 부담이 줄어들게 될 것이다.

마지막으로 소통과 화합의 학교문화를 정착시키자고 강조하였다. 조직을 사람이 이끌어 간다는 신념으로 사람을 우선시해야 한다. 사람의 마음을 움직이지 않으면 어떤 일도 성사시킬 수 없다. 사람의 마음은 이성적인 판단이나 결정 이전에 감정에 의해서 좌우되기 마련이다. 역사 학문을 전공하고 장학사로서 학교행정을 배우는 과정에서 터득한 원칙과 합리성을 강조하였지만, 교장으로서 학교를 움직이면서 점차 사람의 마음과 감정의 중요성을 이해하게 되었다. 학교 현장에서 발생하는 다양한 형태의 갈등 상황을 해결하면서 '사실'(fact)은 매우 사소하였지만, 여기에 집채만 한 '감정'(emotion)의 덩어리가 덕지덕지 붙어 있는 것을 목격하게 되었다. 교장은 물론이거니와 교사들도 감정을 유발할 수 있는 언행을 조심하여 소통과 화합의 학교 문화를 이루도록 노력하였다. 저자도 사람인 이상 업무추진 과정에서 격한 감정을 표출할 때도 있었지만, 잘못을 고치는 데 꺼리지 않는 자세로 반성하였다.(過則勿憚改. 논어 자한)

세 가지 경영방침이 실현된다면 "학생이 꿈과 희망을 이루고, 교직원이 행복하며, 학부모가 신뢰하는 학교"에 도달할 것이라 믿었다. 그래서 부임 1년 차 되던 해에 '2017. 대구 최고의 명문 공립고'라는 비전을 제시하고 '일신우일신'(日新又日新)할 것을 주문하였다. 부임 4년 차인 2017년에 달성할 목표로 대구 최고의 학교가 되겠다는 것이다.

학교교육의 성패는 이를 책임지고 있는 교장이 학교교육의 방향과 핵심 추진 과제를 무엇으로 정하느냐에 달려있다. 올바른 방향과 목적지를 판단하고 결정한 뒤에 구성원과 합심하여 도달하도록 해야 한다. 교장의 직무를 규정한 법령이나 가이드북에서는 찾을 수 없는 것으로 오직 교장의 의지, 경험, 신념에서만 가능한 것이다. 저자는 화원고 교장으로서 취임사에서 장학사와 교감의 경험을 바탕으로 다섯 가지를 제시하였다. 일반고 역량강화정책 추진, 학력 향상, 우수한 교사와 학생 유치, 진로진학의 성공, 학부모 만족도 제고 등이 곧 그것이다. 이후 학교 현장에서 교장의 직무를 실제로 수행하면서 수정·보완하여 갔다.

저자는 학교교육의 방향을 '공교육의 정상화'로 정하였다. 현재의 학교교육은 비정상적이므로 본래의 상태로 돌려놓자는 의미이다. 저자의 성장과 학습, 인성, 진학의 모든 과정은 철저하게 학교교육 덕분에 성공하게 되었다. 따라서 개인의 성장과 발전하는 데 학교교육의 필요성과 효용성을 전폭적으로 신뢰하고 있다. 이제 학교교육을 책임진 교장으로서 당연히 학교교육을 중요시할 수밖에 없었다. 게다가 학교교육을 요구하는 시대적 배경이 있었다. 2000년대 중반부터 학교폭력, 학생 자살, 왕따, 학생 체벌 등 생활 지도상의 문제들로부터 시작하여, '잠자는 교실', '교실 붕괴'로 표현되듯이 학교교육은 큰 위기에 봉착하게 되었다. 학생과 학부모들은 학교교육을 불신하고 대신에 사교육 시장으로 달려갔다. 학교교육이 황폐화되었다는 비판은 일반계고교에 집중되었다. 정부에서 소위 공교육정상화법을 제정하고 대입시에 학생부종합전형을 도입 확대해 갔다. 일반계고교에 교감으로 근무하면서 이러한 과정을 체험한 저자로서는 이제 교장으로서 학교의 최우선 과제로서 공교육 정상화를 정하게 된 것이다.

그렇다면 학교교육의 중심을 어디에 둘 것인가를 판단해야 한다. 저자는 인성교육과 자기주도적 학습, 진로진학의 성공 등 세 가지에 두었다. 학교교육을 통해서 올바른 인성을 갖춘 학생이 자기 스스로 학습하는 능력을 기르고, 이를 활용하여 자신이 희망하는 대학교에 진학하는 것을 의미한다. 학교교육에서만 가능한 것들이다. 여기에 적극적으로 참여한 학생들은 대학교를 거쳐 미래 우리 사회를 이끌어갈 인재로 성장할 것이라고 믿었다. 단순히 학교교육에서의 성공에 그치지 않고 현재 우리 사회가 가지고 있는 인간성과 도덕성의 상실, 부정과 불법, 극단적 이기주의 등의 많은 폐단을 해결할 수 있는 사회인이 될 것이라 기대하였던 것이다. 학교교육의 성과가 우리의 미래를 올바르게 이끌어가는 초석이 될 것이고, 이것이 바로 공교육의 정상화의 목표라고 믿었다.

● 인성교육은 학교교육의 최우선 과제이다

화원고 교육의 출발점을 인성교육에 두었다. 인성은 인간의 근본적인 성향으로 수많은 요소를 포함하고 있는데, 그 특징에 대해 동서고금에 걸쳐 연구와 논쟁이 있어 왔다. 학교교육에서 흔히 "올바른 인성을 갖춘 사람을 기른다"라는 목표를 세우고 있다. 올바른 인성은 과연 무엇일까? 일반적인 의미에서 도덕적이며 양심이 바르고 착한 성품을 지닌 사람이라고 풀이를 하면 될 것 같다. 그러나 학생 지도를 위해서는 좀 더 구체적 의미까지 파악할 필요가 있다. 저자는 조벽교수의 강의를 듣던 중 그가 정의한 '인성의 삼율(三律)' 개념이 가장 명료하게 이해되었다. 그의 주장에 따르면 인성은 개인의 범주인 자기조율, 너와 나 즉 우리의 범주인 관계조율, 사회의 범주인 공익조율 등 세 가지로 나눌 수 있다. 자기조율에는 자기 자신의 내면을 관리하는 집중력, 학습 능력, 문제해결 능력, 감정조절, 자신감(자기효능감, 자기존중), 자부심, 성실성, 인내심, 분투력 등이 있고, 관계조율에는 타인과 더불어 살아가려는 갈등 관리, 의사소통, 배려, 봉사, 준법성, 협동심 등이 있으며, 공익조율에는 공동체, 자연과 더불어 살아가려는 충성심, 기여 등이 있다. 인성교육이 성공하기 위해서는 자기조율→관계조율→공익조율의 순서로 나아가야 한다. 자기 내면의 성품을 스스로 관리하여 타인과 더불어 지내며 사회에 기여하는 사람이 되어야 한다는 것이다. 인성의 개념 정의가 상당히 설득력이 있어 보였다. 여기에 따르면 학생들 중에는 자기조율과 관계조율에서 어려움을 겪는 경우가 많다는 것을 알게 되었다.

인성교육을 학교교육의 최우선 과제로 선정하게 된 데는 시대적 배경이 있었다. 2000년도 중반 이후 공교육에서 인성지도의 문제점이 부각되고 있었다. 학력과 수업에서 공교육이 부실하다는 비판을 받는 가운데 학교폭력, 왕따, 학생 자살 등도 공교육을 위기로 빠뜨리는 주요 요인으로 지목되고 있었다. 2011년 대구 중학생 한 명이 오랫동안 친구들로부터 괴롭힘을 당하다가 끝내 자살하는 사건이 발생하였다. 전 국민을 충격에 몰아넣었고 학교폭력의 심각성을 깨닫게 하였다. 수습에 나선 대구교육감이 공식적으로 사과하고 재발 방지를 위한 여러 대책을 마련하였다. 학교폭력을 예방하기 위한 여러 제도적 장치를 마련하고 이를 법제화하였다. 소위 '학교폭력예방 및 대책에 관한 법률'이 제정된 것이다. 학교교육 차원의 인성지도가 법에 의해 관리되게 되었다.

실제로 부임 전의 상황이었지만 화원고의 교육 현장에서도 인성교육의 필요성을 절감하고 있었다. 교사의 학습지도에 반발한 여학생이 투신자살 했고, 이 사실이 언론을 통해서 알려졌다. 자살한 학생과 학부모에게는 있을 수 없는 불행이며, 학생을 맡아서 지도하던 학교와 교사들은 죄책감과 책임 소재에서 자유로울 수 없게 된다. 학교교육은 흔들리고 구성원 모두 큰 충격을 받게 된다. 또한 담임교사가 평소 학교규칙을 어기는 학생들을 지도하다가 경찰에 고발당한 사건도 있었다. 학생의 인권을 강조하고 학생에 대한 체벌이 금지되면서 교권이 도전받게 되었고, 학생들이 감정적이고 의식 없이 분위기에 편승하여 담임교사를 고발하였던 것이다. 전국적으로 이와 유사한 사건들이 발생하고 있다는 것을 알고 있었지만, 막상 부임하는 학교에서 일어났기 때문에 학교교육의 초점을 여기에 맞추어야겠다고 판단하였다. 학생이 교사를 고발한 사건은 시시비비를 가리기 이전에 교사와 학생 사이에 믿음이 깨져있음을 뜻하고, 나아가 학교교육의 근본이 흔들리고 있다고 생각하였다.

이러한 인성지도상의 문제점을 부임 후 얼마 되지 않아 확인하게 되었다. 학생들을 파악하기 위하여 아침에 교문에서 등교 상황을 관찰하였다. 인사하는 모습, 교복의 차림새, 학생의 표정, 교문 주변의 교통 흐름 등이 눈에 들어왔다. 그런데 생활지도 담당교사가 지각 학생을 지도하던 중 2학년 학생 한 명이 교사의 지도에 거친 언행으로 항의하고는 집으로 휑하니 돌아가 버렸다. 평소에도 수차례 교칙을 위반하고 지각을 밥 먹듯이 하여서 속을 썩이던 학생이었다. 마침 교장이 이 상황을 모두 목격하게 되었다. 놀라움을 금할 수 없었다. 학생들의 달라진 모습을 인정하는 것은 차치하더라도 고향 후배와 같은 학생들이 패악을 부렸다는 데서 실망감이 컸다.

이 학생의 교칙 위반도 문제였지만, 교사에게 대들 만큼 동조하는 다른 학생들 다수가 있었고, 나아가 그들이 주도하는 학교문화가 더 큰 문제였다. 실제로 언행이 거칠고 불손하며 학습을 도외시하는 학생들이 통제되지 않은 채 학교를 주도하고 있었다. 여교사들은 이들 때문에 수업하는 것을 힘들어하고 있었다. 이제 인성교육을 학교교육의 최우선 과제로 정해야 하는 상황에 직면하게 되었다.

눈앞에 닥친 학생 생활의 문제들을 우선 해결하고자 교장이 적극적으로 나섰다. 학생들에게 교권을 도전받으면 학교교육이 불가능하다고 판단하였다. 교사에게 저항한 학생의 부모를 소환하는 한편, 선도위원회를 소집하여 가장 무거운 징계양정인 '등교정지'를 부과하도록 지시했다. 그리고 전체 교사에게 인성지도가 안 되면 교실수업과 학생 관리가 어렵게 되고, 결국에는 학교교육이 실패하게 된다고 강조하였다.

인성지도의 필요성을 거듭 이해시키고 협조를 구하였다. 학생부장에게는 인성 지도를 소신껏 하도록 부탁하고, 그 과정에서 생겨나는 모든 문제는 교장이 책임지겠다고 약속하였다. 학교 현장에서 인성지도를 열심히 하다가 학생부장이 민원에 시달리고 심지어는 민·형사상 책임까지 지는 경우가 있었다. 자연히 학생부장직을 기피하거나 소극적으로 직무를 수행하려 했다.

다행히 화원고 학생부장은 교장의 인성지도를 적극적으로 이해하고 협조해 주었다. 기초·기본질서 지키기, 먼저 인사하기, 선생님 존경하기, 착한 본성 일깨우기 등을 추진하였다. 학생지도 시 저항하거나 문제가 생기면 학교의 방침이므로 강력하게 추진하겠다고 공언하였다. 선두 그룹에서 학교문화를 좌지우지하던 소위 '문제 학생'들이 점차 학생부장의 인성지도에 따라오게 되었다.

그러나 강압적이고 규제 일변도의 인성지도는 일시적인 효과를 거둘 뿐이다. 자기조율이 되지 않은 상태에서 외부의 압박을 받으면 불평과 불만이 언젠가는 다시 폭발할 수밖에 없다. 게다가 2000년대 이후 학교문화는 학생의 자율적인 판단과 결정을 중시하는 방향으로 바뀌고 있었다. 따라서 근본적이고 장기적인 관점에서 학생의 자발성에 기초한 지도방안으로 변화시켜야겠다고 생각하였다. 이는 인성의 삼율론에서 언급한 자기조율이 이뤄진 다음에 관계조율로 나간다는 것과 일치한다. 또한 인성지도를 통해서 자기조율이 이뤄진다면 학습도 성공할 것이라고 기대하였다. 자기조율의 요소인 집중력, 문제해결능력, 자신감, 분투력 등은 모두 학습과 직접 관련되어 있기 때문이다. 화원고 교육의 심각한 문제였던 학생생활과 학력을 모두 해결할 수 있는 방책이었던 것이다.

　인성교육은 자신감(자기효능감, 자기존중)을 고취하는 데서 시작하였다. 학교교육의 변화를 모색하던 차 부임한 지 2개월 지난 2014년 5월에 1학년 40명을 대상으로 하는 1박 2일 서울지역 대학탐방에 동참하였다. 연례적으로 상위권 학생들을 서울지역 주요 대학에 데려가서 입시 요강이나 시설, 학교 홍보 등에 대해 설명을 듣고 자신의 진학준비 상황을 미리 점검하는 기회로 삼고 있다. 아울러 서울지역 대학에 대해 견문을 넓히고 합격의 의욕을 불러일으키기도 한다. 학교마다 준비 정도에 따라 일회성 관광 정도의 수준에서부터 사전에 치밀하게 계획서를 작성하고 심사에 통과한 학생들만 참가하여 실질적으로 입시에 도움을 주는 프로그램까지 다양하다. 화원고는 전자에 가까웠지만, 저녁식사 후 선배와의 대화시간은 매우 의미 있었다.

　간담회에 서울대, 연세대, 고려대 등에 진학한 선배 5명과 재학생 후배 40명이 참석하였다. 교장도 처음부터 끝까지 자리를 지키며 발언 하나하나에 귀를 기울였다. 교장의 격려 발언 중 재학생들에게 "아는 것만큼 보인다", "준비된 자에게 반드시 기회가 온다"라고 하여 지방 학생의 좁은 시야를 벗어나 분투노력할 것을 주문하였다. 재학생들은 선배들의 고교 생활과 대학교 합격 과정, 대학교에서의 학업 현황 등을 주로 질문하였다. 이미 서울 생활에 익숙한 선배들은 지방 출신의 학생이라는 어설픈 티가 전혀 묻어나지 않고 제법 조리정연하게 답변하였다. 예정된 1시간을 훌쩍 넘겨 2시간 정도 진행되어 열기가 후끈 달아올랐다. 열띤 토론을 보고 있는 저자도 감동적이었고, 새로운 모습과 가능성을 보는 것 같았다. 특히 선배들이 후배들에게 힘주어 강조하는 말을 듣고 흥분을 느꼈다.

선배들이 주장하는 핵심은 '할 수 있다'라는 자신감이었다. 논공중-화원고를 거쳐 서울대 아동학과에 재학 중인 선배는 중학교 때 담임교사의 자극으로 분발하게 되었으며, 노력하는 의지가 중요한데 자신은 현재 서울대 소속 학과에서 1등을 유지하고 있다고 했다. 논공중은 관내 달성공단에 위치하고 있으며 교육 여건이 어려운 학교였다. 후배들을 자극하기 위하여 자신의 경험과 성과를 자랑삼아 이야기한 것 같았다. 그러나 교장에게는 학교교육에 대한 새로운 가능성으로 들렸다.

당시 공교육의 위기를 극복하고자 입시제도가 수시에서 학생부종합전형 부분을 확대하고 있었다. 학교교육의 과정을 학생부에 남기고 대학교에서는 이를 근거로 학생을 선발하는 제도이다. 수능 위주의 정시전형과 사교육의 문제점을 극복할 수 있는 방안으로 도입된 것이다. 수능 점수는 다소 낮지만 학교교육을 충실히 이수한 학생들에게는 유리하였다.

문제는 대학 진학한 후에 수시로 입학한 학생들의 학업 상황이었다. 제도를 처음 도입한 서울대 측에서 수년간의 종단연구 결과, 수시로 입학한 학생들이 정시로 입학한 학생보다 학점 취득, 학교생활의 만족도, 학교에 대한 충성도 등에서 훨씬 우수하다는 것을 확인하였다. 고등학교 교육도 정상화시키고 대학교 교육도 성공하는 선순환의 구조였다. 서울대의 연구 결과를 화원고 선배들에게서 확인하고 있었던 것이다.

다른 선배들도 고등학교 교육에서 성공한 결과 서울대에 진학하였다고 말했다. 북동중-화원고를 거쳐 서울대 물리천체학부에 진학한 선배는 지구과학교사의 권유로 올림피아드에 입상하였고, 이를 계기로 천체에 흥미를 느끼고 몰두하게 되었다고 했다. 그래서 후배들에게 자신이 하고 싶은 것을 주체적으로 할 것을 주문하였다. 나머지 학생들도 대체로 이와 유사한 이야기를 하였다. 요점을 정리하면 스스로 좋아하고 즐기면서 공부나 학교생활을 하는 점, 스스로의 의지와 노력이 중요한 점, 학생에 대한 교사의 관심과 학교의 준비가 중요한 점, 내신만으로는 최고의 대학에 진학할 수 없다는 점, 학생부종합전형에서 학업역량과 인성요소의 평가가 중요한 점, 화원고 학생도 충분히 서울대에 합격할 수 있다는 점 등이라 하겠다. 선배들의 성공담을 크게 칭찬하고 후배들도 분발할 것을 촉구하면서 간담회를 종료하였다.

서울지역 대학탐방에서 학교교육의 가능성과 방향성을 확인하고 돌아왔다. 학생들에게 기회 있을 때마다 자신감 넘치는 선배들의 도전정신을 소재로 삼아 올바른 인성과 자기주도학습에 성공할 것을 훈화하였다. 그리고 학교교육 방향을 "인성이 올바르고 기본에 충실하며 끊임없이 도전하는 사람을 기른다"라고 정하였다. 인성이 올바르다는 의미는 자기조율의 요소 중에서도 자신감(자기효능감, 자기존중)을 강조하였으며, 기본에 충실하다는 의미는 학습과 생활에서 기본적인 원리와 규칙을 요구하였다. 자신감을 바탕으로 학습과 생활의 기본을 지켜 학교교육에서 성공하자는 것이다. 자신감이 부족하여 학습 의욕이 떨어지고 타인과의 관계 형성에 실패하여 학교생활에 적응하지 못하는 학생들을 위한 새로운 처방이었다.

인성교육으로서 자신감 불어넣는 것을 학교 핵심 정책으로 강력하게 추진하였다. 우선 학생들에게 '기'(氣)를 북돋워 주고자 했다. 성공경험이 부족하여 언행에서 위축되고 무기력하게 보이는 학생들을 끊임없이 칭찬하고 격려하였다. "나는 화원고 학생으로서 자랑스럽다", "할 수 있다", "노력하는 자에게는 방법이 보이고 준비된 자에게는 기회가 온다"라는 경구를 자주 들려주어 세뇌되도록 했다. 조그마한 성공이나 선행사례라도 발견되면 즉시 칭찬하고 보상하였다. 고교시절은 자아정체성이 확립되어 가는 때이므로 자신감을 가진 학생은 무엇이든지 도전하려 한다. 이전의 나약하고 소심한 때와는 달리 성공 가능성이 열리는 것이다. 실제로 교장과 교사들의 칭찬과 격려를 받은 학생들의 표정이 달라졌고, 학교 전체 분위기가 점차 바뀌어 갔다. 외부에서 방문한 손님들에게 인사를 잘한다는 소문이 퍼져나갔다. 심지어는 저녁에 학교를 방문하였다가 학생들의 인사에 감동을 받은 피아노조율사가 대구교육청 홈페이지에 선행사실을 알리기도 했다.(2015. 3. 24.)

자신감이 충만해진 학생들이 다음 차례에 해야 할 일은 변화와 도전이었다. 현재의 불리한 여건, 처지를 비관하거나 현실에 안주하려는 자세에서 벗어나 변화하려는 노력을 요구하였다. "할 수 없다", "해 보아도 안 된다", "도시 외곽, 농촌지역, 공단지역에 거주하는 학생들이라서 불리할 수밖에 없다"라는 패배의식과 좌절감에서 벗어나도록 했다. 서울대에 진학하여 각 학과에서 1등하고 있는 선배들의 성공사례야말로 확실한 근거가 되었다.

교장이 나서서 변화를 독려하였다. 교장실의 게시판에 "지금 여기서 우리가 새롭게 변해야 한다"라는 문구를 새겨 두고 구성원들에게 변화의 자세를 촉구하였다. 변화에는 발전이 따르지만, 변화를 거부하면 새로운 기회를 잡을 수 없음을 강조하였다. 전체 집회 시 학생들에게 겨울에도 푸른 잎을 자랑하는 소나무(歲寒然後 知松柏之後凋也, 논어 자한)나 거센 바람에도 꿋꿋이 버티는 들판의 잡초(疾風知勁草, 시경)와 같이 분투노력하도록 요구하였다. 자신감과 분투력을 발휘하여 도전하는 학생은 자기조율의 다른 요소에도 성공 가능성이 높다고 확신하였다.

인성교육의 다음 차례로는 학교생활에서 기초·기본에 충실히 할 것을 강조하였다. 자기조율이 가능한 학생은 관계조율에서 타인과 더불어 살아가려는 갈등 관리, 감정 조절이 가능하고 양심과 규칙을 지킬 것이라고 믿었다. 기초·기본 생활 질서를 바로잡기 위해서 훈화와 지도를 병행하였다. 전체 학생들을 대상으로 훈화할 때마다 양심과 규칙을 지키도록 강조하였다. 우리 사회가 급속하게 물질적 성장만 추구하다보니 인간의 기본적 인성은 소홀히 하고 수단과 방법을 가리지 않고 사리사욕에만 몰두하게 되었다고 했다. 2014년 4월에 세월호가 침몰하여 수백 명의 학생들이 바다에 빠져 죽는 순간에도 선장은 자기만 살겠다고 도망친 사례를 들었다. 인성의 기본을 배우는 학교 현장도 기성세대의 영향을 받아서 학교폭력, 왕따, 교칙 위반 등이 발생하고 있다고 했다. 따라서 행동하기 전에 마음에서 우러나오는 양심의 소리를 듣고 이에 따르도록 했다. 그러면 타인을 배려하고 더불어 살아가게 될 것이고, 자연히 학교의 규칙도 잘 지킬 것이라고 했다. 매우 기본적인 이야기였지만 기본을 너무나 쉽게 잊어버리고 지키지 않는 현실을 지적한 것이다. 지금이야말로 기본으로 돌아가야 할 때임을 거듭 강조하였다.(Back to the basic)

다음에는 기본적인 인성을 구체적 행동으로 실천하도록 요구하였다. 행동의 지침으로 교칙을 준수할 것, 선생님의 지도를 잘 따를 것, 배려하고 봉사하는 사람이 될 것, 나보다 남을 먼저 생각할 것, 남에게 희생하고 베풀 것 등 5가지를 제시하였다. 그리고 구체적으로 학생들에게 널리 퍼져 있던 교칙 위반, 학교폭력, 질서 문란, 거칠고 불손한 언행 등을 집중적이고 강력하게 지도해 나갔다. 사안이 발생할 때마다 훈화와 지도를 반복하였고, 끝까지 반발하는 학생에게는 전학이나 퇴학조치도 불사할 것임을 분명히 했다. 특히 교권에 도전하거나 교사의 수업을 방해하는 행위에 대해서는 용서를 하지 않았다. 학생들의 자율성을 최대한 존중하고 보장하지만, 교사의 지도에 저항하는 행위는 학교교육 자체를 부정하는 것이기 때문이다. 교장이 확고한 의지를 보였고, 또한 학생부를 중심으로 모든 교사들이 합심하여 지도함으로써 성과를 거두기 시작하였다.

인성교육의 성과를 거두기 위해서 교장이 직접 인성의 시범을 보이기도 하였다. 이 무렵 (재)승일희망재단에서 루게릭병의 심각성을 알리고 전문 요양병원 건립에 필요한 기금을 모으기 위하여 '아이스버킷 챌린지' 캠페인을 실시한 적이 있었다. 릴레이식으로 도전자를 3명씩 증가시켜 나가는데, 저자에게 기회가 온 것이다. 점심시간에 학교 현관 앞에서 수많은 학생들이 운집한 가운데 행사의 취지를 설명하고 찬물을 뒤집어쓰는 퍼포먼스를 했다.(2015. 9. 12.) 교장의 모습이 물에 빠진 생쥐처럼 되었지만, 학생들에게 우리사회는 남을 배려하는 인성이 필요하다는 것을 몸으로 보여 주고 싶었다.

그리고 이웃을 위해 봉사하는 프로그램을 실시하였다. (재)달성연탄은행과 MOU를 체결하여 겨울철에 연탄을 사용하는 가정에 연탄을 배달하는 봉사활동에 참여하였다.(2015. 2. 10.) 봉사활동을 희망하는 학생 20명과 함께 사전에 약속된 집에 도착하여 한 줄로 서서 연탄을 배달해 주었다. 교장도 줄 가운데에 서서 학생들과 함께 연탄을 전달하였다. 학교에서는 불우이웃 돕기를 위해 모은 성금 110만 원으로 연탄 2,500장을 기부하였다. 학생들에게는 어려운 이웃을 위해 봉사체험했다는 자부심을 심어 주는 기회가 되었다. 연탄배달 봉사는 다음 해에는 학생과 학부모가 함께 참가하였으며, 일간 신문에 선행 사실이 크게 보도되었다.(2015. 12. 14. 영남일보 28면)

그 외 인성프로그램으로 에듀힐링, 인문학 기행, 녹색길 걷기 등이 있었다. 인성교육을 학교 중요 정책으로 추진한 결과 1년 후에는 생활지도와 학력에서 뚜렷한 성과를 거두기 시작하였다. 기초·기본생활질서가 확립되고 자기주도학습이 정착되어 학업성취도평가와 대입 실적에서 괄목할 만한 성과를 거두었던 것이다.

● 학교교육의 성공작 '녹색길 걷기'를 하다

학교교육은 많은 다양한 활동으로 이뤄진다. 교육목표에 따라 학년도 초에 교육계획을 수립하고 교육활동을 실행하게 된다. 모든 교육활동이 성공하기를 바라며 구성원들이 최선을 다해 추진하고 있다. 학년도 말에 교육

활동을 평가하여 차년도 교육계획에 환류해야 한다. 교장으로 부임한 후 인성교육을 최우선 과제로 추진하면서 다양한 프로그램을 진행하였다. 그 가운데 가장 성공적이고 구성원이 만족스럽게 여겼던 프로그램은 '문화와 시가 있는 낙동강 따라 녹색길 걷기'(이하 녹색길 걷기로 약칭함)였다. 당초 예상했던 인성교육의 목적을 충분히 달성하였으며, 모든 구성원들이 적극 참여하여 새로운 학교문화를 만들어 가는 데 전기가 되었기 때문이다. 시대적 과제였던 학교교육, 즉 공교육의 정상화를 해결할 수 있는 열쇠라고 판단하였다. 그래서 학교교육의 '성공작'이라고 작명하였다.

부임 후 한 학기 동안 학생들의 인성교육에 온 힘을 기울이면서 교육활동을 재정비하고 교육 방향의 새로운 변화를 모색하였다. 교육의 현황과 성과를 관찰하고 분석한 뒤, 자존감, 목표의식, 도전정신 등을 회복하고 기초·기본 생활태도를 변화시켜야겠다고 결심하였다. 이를 바탕으로 학교교육의 비전과 특색 사업을 발굴하였고, 핵심 추진과제로 지속적인 인성지도, 자기주도학습력 신장, 진로진학의 준비, 학부모의 학교교육 참여 등 4가지를 제시하였다. 학교 비전을 '따뜻한 인성으로 야망을 가지고 도전하는 화원인'으로 정하였다. 인성을 학교교육의 최우선 과제로 내세우고, 이 성과를 다른 분야로 파급시키고자 했던 것이다. 그리고 인성 프로그램으로 녹색길 걷기를 구상하였다. 녹색길 걷기 프로그램이 성공한다면 자기주도학습은 물론이고 대입시 수시전형에도 도움을 줄 것이라고 믿었다. 나아가 학생, 학부모, 교사 등 학교 구성원의 단합도 기대하였다.

녹색길 걷기 구상을 실행하기 위하여 인성교육을 담당하고 있던 학생부장에게 취지를 설명하였다. 그는 부임 후 교장의 생활지도 의지를 적극적으로 지지하고 관련 업무추진에 탁월한 능력과 열정을 다하고 있었다. 그의 노력 덕분에 한 학기 만에 바람 잘 날 없이 거친 학교가 온순한 교육의 장으로 변모되었다. 녹색길 걷기도 인성지도의 한 방안으로 이해하고, 적극적이고 치밀하게 추진하여 갔다. 코스, 추진 일정, 준비물, 참여 인원,

소요 예산 등을 빈틈없이 포함한 계획서를 작성하여 왔다. 교장의 대체적인 구상과 행사명 '시와 문화가 있는 낙동강 따라 녹색길 걷기'에 아주 적합하게 행사 내용을 구체화한 것이었다. 단순히 녹색길 걷기 행사가 아니라 주변에 있는 문화 유적을 탐방하며, 걷기 중간에 삼행시 짓기를 하고, 마지막으로 학교로 돌아와서 에듀힐링 공연축제로 마무리하겠다는 구상이었다. 놀라운 발상이었다. 학생과 학교에 대한 애정, 업무에 대한 열정이 없다면 불가능한 일이었다. 과연 사전 코스답사, 학생 선발과 교육, 교사들의 협조, 행사 진행, 결과 정리 등에서 발군의 실력을 발휘하였다. 황토색 티셔츠로 단장한 청춘남녀들이 기쁨에 도취되어 가을 들판을 누비는 행사를 성공시킬 수 있었던 것이다.

녹색길은 달성군에서 설치한 둘레길이다. 대구수목원에서 출발하여 달성보까지 야산, 들판, 평지를 따라 설치한 약 20km 정도의 거리이다. 둘레길은 전국적으로 지자체에서 경쟁적으로 개발하였는데, 주민들의 건강증진은 물론 정책 홍보와 관광 수입의 목적도 있었다. 달성군은 2010년부터 지역 발전을 위해 문화와 관광자원을 적극 발굴하고자 녹색길을 개발하였다. 연변에 대구수목원, 남평문씨 세거지, 인흥서원, 함박산, 마수지, 옥연지 송해공원, 약산온천, 달성보 등의 자연과 유적의 관광자원들이 산재해 있다. 야트막한 능선과 들판을 연결하였고, 소나무 숲, 쉼터, 전망대 등이 충분히 갖추어져 있기 때문에 걷기에 안성맞춤이었다. 그리고 저자의 고향 지역이기 때문에 지형과 풍광, 유적에 대해 익숙한 편이었다. 지리적으로 화원고와 인접하고 있었고, 인성교육을 학교교육 활동의 최우선 과제로 추진하고 있던 차여서 주목하게 된 것이다.

녹색길 걷기는 종합적인 인성교육을 목적으로 기획하였다. 20여 km 정도의 거리를 걸음으로써 심신을 단련하고 우리의 산하, 문화, 서민의 삶을 이해하는 데 도움이 될 것이다. 또한 걷는 도중에 삼행시를 지어봄으로써 창의적인 학습도 곁들일 수 있다. 좀 더 구체적으로 말한다면 자기 조율에서 힘든 여정을 완수함으로써 긍정적이고 도전적인 인성을, 관계조율에서 학생, 교사, 학부모가 서로 소통하고 배려하는 인성을 배울 수 있다고 보았다. 단순히 일회성의 걷기 행사만을 목적으로 하지는 않았다.

녹색길 걷기의 회수는 학기당 한 번씩 하여 재직 기간 중 모두 4회를 실시하였다. 많은 인원이 참여하고 예산이 소요되는 대규모 행사이어서 추진하는 데 힘이 들었지만, 갈수록 성과와 만족도가 높아서 학교의 모든 힘을 기울였다. 사전에 두 차례의 답사를 하고 코스를 확정하였으며, 곳곳에 '화원고 녹색길 걷기'라고 새긴 안내 리본을 묶어 두었다. 행사하기에 적합한 때를 선택하여 제1회의 일시는 2014. 10. 18.(토) 오전으로 정하였다. 녹색길 전체 길이 20km 중 거리와 시간을 고려하여 매회에 절반 구간씩 나누어 걷기로 하였다.

행사에 참가 희망자를 모집한 결과 1, 2학년 학생 209명, 학부모 19명, 교사 29명으로 모두 257명이었다. 휴일이지만 학생들의 참여 열기가 높았다. 평소 의지가 약하고 학교교육에 소극적으로 참여하는 학생들이 많다고 생각하고 있었는데 의외였다. 프로그램에 참여하였다고 해서 특별한 보상이 주어지는 것도 아니었고, 게다가 토요일에 산길을 서너 시간 걸어야 하는 데도 불구하고 참여해 주어 기특하게 여겼다. 다만 학교 차원의 특색 있는 인성프로그램에 참가하게 되면 대입 수시전형에 도움을 얻을 것이라는 생각이 있었을지도 모른다. 그러나 입시에 관련한 의도보다는 도시 외곽지역 출신의 학생들이 가지는 인성 때문에 참여하게 되었다고 판단된다. 성장 과정에서 순수하고 자연친화적인 환경에서 성장한 학생들의 내면에 잠재되어 있던 인성이 발현된 것이다. 학교생활에서 나타났던 거친 언행으로 잠시 가려져 있었을 뿐이었다. 이 지역에서 성장하여 사람과 문화를 이해하고 있는 저자가 자신 있게 내릴 수 있는 결론이다. 이제 순수한 인성의 본모습으로 돌아갈 기회가 생긴 것이다.

학부모들의 수는 그리 많지 않았다. 넉넉지 않은 사회경제적 여건 때문에 자녀의 학교생활에 많은 관심을 두기 어려웠을 것이다. 그러나 자녀의 성공을 위한 마음은 누구보다도 강하였으며 참가한 학부모의 성향은 학생과 마찬가지로 순수하고 깨끗한 품성을 지니고 있었다. 학교와 교사들을 적극적으로 이해하고 협조하려는 자세를 보였다. 학부모로서는 평소 자녀와 대화 시간이 부족한 편이었다. 이 기회에 서너 시간동안 산길을 걸으면서 자연스럽게 소통할 수 있게 된 것이다.

교사들은 예상 외로 전체 교사의 1/3 이상이 참가하였다. 평소 학교 업무에 적극 협조하고 학생들에게 열정적으로 헌신하는 교사들이 많았지만, 휴일에도 학생 지도를 위해 시간을 낸다는 것은 쉽지 않았을 것이다. 특히 새로운 사업을 기획하고 빈틈없이 추진해 준 학생부 교사들의 열의는 단연 돋보였다. 모두 학생들의 성공을 염원하고 행사 자체를 재미있고 의미 있게 만들려는 의지를 보였다. 행사의 횟수가 늘어갈수록 교사들의 협조와 관심도 높아져 제4회 때는 전체 교사의 1/2 정도가 참여하였다. 행사가 종료된 후 인근 식당에서 평가회를 할 때 교사들은 매우 화기애애하고 자부심이 넘쳐났다. 그 광경 자체가 공교육의 정상화, 즉 학교교육의 성공을 입증하는 것 같았다.

녹색길 걷기는 달성군 화원읍 인흥리 소재 남평문씨세거지 내의 광거당 (廣居堂)에 집합하여 시작하였다. 남평문씨세거지는 19세기 후반에 옛 인흥사터에 남평문씨들이 정자와 살림집, 재실, 서고 등을 전통 한옥의 양식으로 지은 마을이다. 인흥사는 고려시대 승려 일연이 삼국유사를 편찬하면서 머물던 사찰로서 비록 지금은 폐사되었지만 역사적 의미가 깃든 곳이다. 마을을 감싸고 있는 아름드리의 소나무 군락, 골목 안쪽의 흙돌담길, 담장의 능소화, 각종 수목 등이 한옥과 어울려 전통의 취향을 듬뿍 자아내고 있다.

광거당이란 당호는 맹자 등문공 편에 대장부의 기상을 "천하의 넓은 곳에 거처하며, 천하의 올바른 위치에 서서 천하의 큰 도를 행한다"(居天下之廣

居 立天下之正位 行天下之大道)라고 표현한 것에서 따왔다. 누마루 바깥에 걸린 '壽石老苔之館'(수석노태지관, 오래된 돌과 이끼가 있는 집)이란 편액은 추사 김정희 글씨를 모은 것이다. 전체 25칸 규모로 실내에는 100명 정도가 회의할 수 있는 넓은 공간이 있다. 한말, 일제강점기에 문중에서 전국의 석학들을 초빙하여 학문연구와 교육을 하도록 재정적인 후원을 아끼지 않았다고 한다. 조긍섭·이건창·오세창 등이 출입한 흔적이 남아있다. 전통적인 조선시대의 양반가옥은 아니지만 학생들이 19세기 이후 역사와 문화를 이해하고 나아가 자신의 고향에 대해서 자부심을 가질 수 있는 곳이라 하겠다.

광거당 앞뜰에 학생들을 모아 놓고 행사의 목적, 마을의 유래, 광거당의 의미 등을 훈화하였다. 학생들에게 내 고장의 역사와 문화를 이해하고 자연을 사랑함으로써 자부심과 자신감을 가지고 인간 본래의 착한 성품으로 돌아갈 것을 부탁했다. 학교에서 일괄적으로 제공한 황토색의 티셔츠를 입은 학생들의 표정은 매우 밝아 보이고 들떠 있었다. 문화해설사의 안내, 지도교사의 행사 진행상의 주의점 등을 전달할 때도 질서정연하였다.

광거당을 출발하여 10분 후에 인흥서원에 도착하였다. 인흥서원은 추적(秋適) 등 추계추씨 4현을 모시는 서원이다. 추적은 고려 말의 문신, 학자로서 유학교육을 위하여 명심보감을 편찬하였다. 명심보감은 공자를 비롯한 성현들의 금언(金言)과 명구(名句)를 모아둔 책으로 조선시대에 수양을 위한 필독서였다. 서원 내에 문화재로 지정된 명심보감의 판본이 보관되어 있다. 학생들에게 명심보감의 의미를 설명하고, 그 명심보감이 바로 우리 고향에서 출발하였음을 강조하였다.

인흥서원을 지나 소나무 숲이 울창한 산길을 걷기 시작하였다. 산속에서 257명의 황토색 옷을 입은 젊은이들이 길게 물결 띠를 이루며 웃음과 함성, 노랫소리가 산에 가득 찼다. 선생님과 제자, 부모님과 자녀가 정담을 나누며 가슴에 쌓여있던 찌꺼기를 씻어내고 있었다. 모두 뿌듯해하고 신이 나 있었다. 내면에 잠재되어 있던 순수하고 착한 본성이 모습을 드러내고 있었던 것이다. 교장도 중간에서 동행하면서 칭찬과 격려, 소통을 아끼지 않았다. 학생, 학부모와 함께 다양한 포즈를 취하며 사진을 찍었다. 학교교육에 대한 신뢰를 쌓고 합심하는 시간이었다. 걸으면서 미리 내어준 시제(詩題)에 따라 삼행시를 구상하여 짓고, 이를 학교 본부에 전송하였다.

코스의 중간 지점인 기내미재에서 휴식을 취하였다. 기내미재는 달성공단과 대구를 연결하는 주요 고개로 비슬산 자락에 위치해 있다. 널찍한 솔밭평지에 삼삼오오 짝을 지어 휴식을 취하면서 이야기꽃을 피웠다. 심신을 재충전한 뒤 녹색길에서 가장 높은 함박산을 향해 쉼 없이 걸었다. 가파르게 설치된 나무데크의 계단을 오르면서 숨이 턱에 차오르고 온몸이 땀으로 범벅이 되었다. 강한 체력과 인내력이 요구되는 지점이었다. 고등학생들은 등산을 싫어한다고 알고 있었으나 의외로 힘든 코스에서도 한 명의 낙오자 없이 잘 걸어 주었다. 기본 체력이 충분하였고, 함께 걷는 친구들이 큰 힘이 되었을 것이다.

마침내 432m의 함박산 정상에 도착하였다. 사방으로 시계가 확 트였다. 왼편에 설치된 기내미재전망대에서 송해공원, 옥연지, 달성공단, 달성보, 금계산, 대방산, 옥공평야, 낙동강 등 대구의 서쪽지역을 조망하였다. 다시 조금 더 가서 오른쪽에 설치된 함박산전망대에서는 저 멀리 팔공산, 앞산, 와룡산, 청룡산, 비슬산을 병풍삼아 고층 건물들의 숲을 이룬 대구 시가지 전경이 한눈에 들어왔다. 학생들은 자신이 살아가는 지역의 경치를 확인하고 감탄사를 연발하였다. 우물 안 개구리식의 인식에서 벗어나 세상은 넓다는 것을 깨달았을 것이다. 공자가 "동산에 올라 노나라가 작다고 생각하고, 태산에 올라 천하를 작다고 여겼다"(登東山而小魯 登泰山而小天下, 맹자 진심)라고 한 말이 생각났다. 비록 도시 외곽의 화원고 학생들이지만 그들이 활동할 무대는 무한히 넓게 열려있었던 것이다.

함박산전망대를 다시 출발하여 학교 뒤편의 마수지 저수지를 거쳐 마침내 학교에 도착하였다. 마수지는 말에게 물을 먹이던 곳인데, 학교 인근의 설화리 마을에 조선시대 역이 설치된 것과 관련이 있어 보인다. 역에는 말이 항상 준비되어 있었기 때문이다. 역시 역사적으로 의미 있는 곳이다. 학교 강당에 도착하여 마무리 행사를 했다. 밴드 동아리의 주관으로 '에듀힐링 인성 프로그램'을 진행하였다. 음악과 노래의 공연축제로 산행으로 쌓인 피로를 풀고 화합의 분위기를 띄워주었다.

그동안 본부에서 삼행시를 집계하여 수상자를 결정하였다. 2015년 후반기 제3회 행사에서 대표적 삼행시 수상작을 소개하면 다음과 같다.

녹색마크 화원고를 가슴에 새기고
색감이 가득 채워진 다가오는 가을을 느끼며
길 위에서 포근한 온기로 소통을 나눈다(2학년 학생, 녹색길)

세상살이 내 마음대로 안 되고 자식 내 마음대로 안 되니 한숨 깊네
거친 폭풍 지나듯 가족과 함께하는
지금 이 순간이 행복하네(학부모, 세거지)

화사한 가을 햇살 아래 화원고 학생들의 상기된 얼굴들
원래도 예뻤지만 녹색길 걸으며 만나니 더욱 아름답고 멋지네
고등학교 시절 중 가장 금쪽같은 추억이 되겠네(교사, 화원고)

모두 녹색길 걷는 과정에서 느낀 감정을 진술하게 표현하고 있다. '소통', '행복', '아름다움'이란 키워드를 사용하고 있다. 학교 프로그램을 진행한 결과 이러한 결실을 거두었다면 대성공임에 틀림없을 것이다. 교장으로서 마무리 인사에서 "이 행사의 핵심은 호연지기와 도전정신의 함양에 있다. 숨이 가슴까지 차오르게 하는 까치봉과 함박산을 정복한 패기로 모든 일에 자신감을 가지고 최선을 다하는 화원인으로 성장하여 주기를 바란다"라고 훈화하였다.

녹색길 걷기에 참가한 구성원들의 만족도는 매우 높았다. 행사가 끝난 뒤 소감문을 받았는데, 2015년 후반기 학생, 교사, 학부모의 소감문을 소개하면 다음과 같다.

시험이 막 끝난 10월 18일 토요일, 학생, 학부모, 선생님들이 함께 의미 있는 도전을 했다. 장장 4시간이 걸리는 9.4km의 녹색길 코스를 오로지 두 발에 의존하여 걷는 행사인데, 처음에 설렘도 컸지만 걱정도 그만큼 컸다. 중학교 1학년 이래로 등산을 해 본 경험도, 이렇게 긴 거리를 걸어 본 경험도 없었기 때문이다. 체력이 약하고 인내도 강하지 않은 나로서 이번 행사는 색다른 큰 도전이고 나를 시험해 볼 수 있는 좋은 경험이 되었다.(중략)

까치봉에 이어 이번에 우리가 오른 산은 함박산이었다. 함박산의 급경사를 보는 순간 우리에게 큰 도전을 예고하는 것만 같았다. 그런 경사를 생각지 못했기에 보자마자 맥이 빠지는 것만 같았다. 하지만 나와의 싸움에서 이기기 위해 그 정도 좌절은 이겨내야 했다. 머릿속을 가득 채운 걱정들을 뿌리치고 힘든 산행을 이어갔다. 산을 오르는 중에 계단이 있었는데 워낙 경사가 급해서 그런지 계단을 오르는 게 더 힘들었다. 계단을 오르다가 너무 힘들어 계단에 주저앉았는데 다시 마음을 가다듬고 일어나면서 나무 가시가 손가락에 박혔다.(중략)

이제 우리들로 하여금 눈을 떼지 못하게 만드는 경치들을 뒤로하고 하산을 하는데 올라올 때의 그 경사를 다시 내려가려니 이것 또한 쉽지 않은 일이었다. 다리에 힘이 없는 나로서 하산은 등산보다 더 힘든 것 같았다. 내려가는 건 쉬울 줄만 알았는데 급한 경사 때문에 발에 힘이 안 들어가니 넘어질 것만 같고 포기하고 싶은 심정까지 들었다. 하지만 함께하는 친구들이 천천히 가도 된다고 넘어지지 않게 조심히 내려가라고 하는데 미안하기도 하고 고맙기도 했다. 서로를 격려하며 내려오니 이젠 그 어떤 어려움도 극복할 수 있을 것 같았다. 가파른 곳을 지나 조금 완만한 곳으로 내려오니 이젠 조금 마음이 편안해졌다.

이렇게 반나절 동안 친구들과 평소 못했던 이야기도 나누면서 좋은 시간, 멋진 추억을 만든 것 같다. 처음에는 이 긴 거리를 걸을 수 있을까, 높은 산을 오를 수 있을까 걱정을 많이 했는데 긍정적인 마음으로 도전정신을 가지고 어려움을 이겨내며 마인드가 탄탄해진 것 같다. 이젠 그 어떤 시련, 고난도 다 이겨낼 수 있는 강한 의지를 가지게 되었다. 이번 경험이 인생의 새로운 전환점이 된 것 같다. 앞으로도 학교에 이런 활동이 많았으면 좋겠다고 생각했다. 기쁨이 힘든 것을 상쇄시킨 기분 좋은 하루였다.(2학년 장예진, 녹색길 걷기 소감문 최우수작 '잊지 못할 멋진 추억')

화원고 가족들이랑 함께한 오늘, 원 없이 걸었던 행복한 녹색길에서 고교생 부모로서 행복 가득하고 미소 가득한 하루를 보내게 되어 고맙다.(학부모)

평소에 학교생활에서 말이 없어 보이던 학생이 엄마와 함께 밀고 당기는 모습이 너무 좋았고 교실에서 느끼지 못했던 공감대를 형성함으로써 인성지도에 많은 도움이 되었다.(교사)

녹색길 행사를 자화자찬하는 말들만 모은 것 같아서 민망한 느낌이 들지만은, 역시 공통적으로 '자신감', '화합', '행복함', '공감대' 라는 용어를 사용하고 있다. 특히 학생의 경우 험난한 코스를 도전하여 극복하고 난 뒤 강한 자신감을 가졌다고 했다. 당초 걷기 행사를 통해서 목표로 했던 것을 충분히 달성하였다고 할 수 있을 것이다.

행사의 성과를 학교 밖으로도 많은 홍보를 하였다. 학교교육의 변화를 지역 내 학부모, 학생, 주민들에게 알릴 필요가 있었다. 행사의 과정과 결과를 홍보한 한 지역 언론의 내용을 소개하면 다음과 같다.

이 행사를 통해 학생들은 내 고장의 문화와 자연을 이해하고 사랑하게 되었고 힘겨운 산행에서 서로를 챙기며 남을 배려하게 되는 계기가 되었다. 이는 곧 화원고가 역점사업으로 추진하는 인성교육에 큰 도움이 되고 있다. 또한, 오랫동안 힘들고 어려운 길을 걸었다는 자신감과 성공경험은 학습과 진로진학에 끊임없는 도전정신의 중요한 자산이 되고 있다. 그 외에 삼행시는 고운 심성과 창의적인 표현력을 기르는 데 기여할 것이다. (비슬신문 2015. 10. 22. 목요일, 12면)

인성교육을 통해 학교의 변화를 시도했던 녹색길 행사는 기대 이상의 성과를 거두었다. 따라서 이 행사는 학교의 핵심 사업으로 자리잡아 갔다. 2015년 5월 제2회에는 학생 400명 학부모 40명 교사 38명 등 모두 478여 명이 1회와 같은 코스를 걸었다. 같은 해 10월 제3회에는 학생 270명, 교사 37명, 학부모 40명 등 모두 347명이 녹색길 후반부인 옥연지에서 달성보까지 코스를 걸었다. 2016년 5월 제4회에는 학생·학부모 415명, 교사 45명 모두 460명이 녹색길 전반부 코스를 걸었다. 화원고 교육의 대표 브랜드로 정착되어 갔다.

지금도 녹색길을 산책하다가 보면 행사 진행을 위해 나무에 매달아 놓았던 노란색의 안내 리본을 발견하게 된다. 리본에 어려 있는 당시의 광경이 회상되곤 한다. 또한 처음 행사를 기획한 학생부장이 만든 행사 사진 영상물을 매일 보고 있다. 천진난만하게 웃고 떠들며 착한 인성을 보여주는 학생들, 자녀의 손을 꼭 잡고서 소곤거리는 학부모들, 제자들을 사랑과 열정으로 지도하는 선생님들에게서 저자는 진한 감동을 받고 있다. "이것이야 말로 학교교육에서만 볼 수 있는 장면이 아니겠는가?", "누가 학교교육의 가치를 소홀히 하거나 부정할 수 있겠는가?"라고 웅변하고 있는 것 같다.

녹색길 걷기 행사에 자신감을 얻은 저자는 화원고에서 학교교육은 반드시 성공할 것이라 확신하였다. 그리고 화원고를 떠난 뒤에도 이 행사가 지속되기를 희망하였고, 새로운 부임지에 가서도 이와 유사한 행사를 추진하였다. 경북고에서는 '경맥정신실천 걷기대회', 비슬고에서는 '낙동강따라 세계문화유산길 걷기'가 곧 그것이다.

● 학생의 성공은 자기주도적 학업 역량에 달려있다

인성교육에 이어서 학교교육의 핵심 과제를 자기주도학습의 성공으로 정하였다. 학교교육의 가장 중요한 현실적 목적은 학생들의 학습 능력을 향상시키는 것이다. 학교에서는 성장 발달단계에 맞추어서 교육 내용이 주어지고, 학생들은 이를 학습함으로써 지적 능력이 발달되는 것이다. 학습의 주체는 학생이고, 주변의 교사나 학부모는 보조자로서 도와줄 뿐이다. 매우 상식적인 사실이고 당연한 진리이지만 학교교육에서 당면 과제임에는 확실하다. 화원고만의 문제가 아니기 때문에 자기주도학습의 시대적 흐름과 배경을 먼저 서술하고자 한다.

2,500년 전 공자는 일찍이 학습의 원리를 설파하였다. 논어의 첫머리에 "배우고 익히면 또한 기쁘지 아니한가"(學而時習之 不亦說乎, 논어 학이)라고 하여 원론적으로 학습은 즐거운 일이라고 했다. 좀 더 구체적으로 "아는 것은 좋아하는 것보다 못하고, 좋아하는 것은 즐기는 것보다 못하다"(知之者 不如 好之者 好之者 不如樂之者, 논어 옹야)라고 하여 단순히 아는 것에서 그치지 말고, 좋아하는 단계를 넘어서서 즐기는 단계까지 나아가야 한다고 했다. 어떤 목적이나 결과를 미리 설정한 뒤에 학습을 한다면 진정한 배움을 얻을 수 없다는 것이다. 학문에 심취하였던 공자 자신은 "즐기면서 모든 근심을 잊어버리고 시간이 어떻게 가는지조차 잊어버리는 경지에 도달하였다"(樂而忘 憂 不知老之將至, 논어 술이)라고 하였다. 지금의 개념으로 말하면 몰입의 단계라고 하겠다. 후대인들이 공자를 인류의 위대한 성인으로 추앙하는 이유는

스스로 진정한 배움의 최고 경지에 도달하였고, 이를 가르쳐 보였기 때문일 것이다. 자기주도학습의 진정한 모습이라 하겠다.

공자의 사상을 받들었던 우리나라 전근대사회에서는 공자가 추구하였던 학습의 원리와 방법을 중시하였을 것이다. 예컨대 조선시대의 경우 지배층이었던 양반들에게 한정되었지만, 학습의 방법은 외우고 익히는 것이 기본이었다. 6세 무렵이 되면 천자문을 3년 정도 공부한다. 기본적인 한자 1,000자의 음과 훈을 4자로 된 구(句)를 반복적으로 외우고 쓴다. 외우다 보면 글자를 알게 되고 사자성어(四字成語)의 시(詩)까지 익히게 된다. 이때 알게 된 한자는 이후 본격적으로 경전을 학습하는 데 기초가 될 뿐 아니라 평생 동안 기억으로 남아 있기 마련이다.

다음 단계는 중등 수준의 소학과 통감을 거쳐 고등 수준의 사서오경의 유교 경전을 배우게 된다. 여기에는 유학자로서 지켜야 할 규범, 중국 역대 제왕들의 정치, 성리학의 이념 등의 내용이 담겨져 있다. 내용도 어렵겠지만, 사서오경의 글자 수가 4만 5천자에 이른다고 하니 암기에 소요되는 시간과 노력은 가히 짐작하고도 남을 것이다.

사람마다 암기하는 방법이 달랐겠지만, 한 가지를 소개하면 다음과 같다. 한 뼘 정도의 작은 대나무 조각에 경전의 구절을 기록한 것들을 통에 담아두었다가 무작위로 뽑아서 외운 내용을 확인하는 데 사용하였다. 경전과 더불어 시와 문장을 짓기 위하여 시부송책(詩賦頌策)이라는 형식의 글을 별도로 배웠다. 중국 고대 시인, 문장가들의 명시와 명문을 언제라도 입에서 술술 나올 정도로 외웠다. 자신이 작문을 할 때 머릿속에 기억되어 있는 단어와 구절, 문장들을 적절하게 활용하였다.

경전과 문장을 철저하게 익힌 후에 과거시험에 나갔다. 소과, 대과를 거쳐 최종 합격자로 선발되면, 조정에 나가 관료로 생활하게 된다. 따라서 조선의 관리들은 엄청난 지식을 축적한 자들이다. 이들이 조정에 나가 국사를 논의하거나 일상생활을 할 때 수년간 외우고 익힌 유교 경전과 선인들의 명문, 명시가 쉽게 활용되었다. 기존의 지식을 단순히 그대로 베끼는 것이 아니라 자신의 생각을 표현하는 데 적절하게 활용하였던 것이다. 비록 관직에 나가지 않았던 재야양반이라 하더라도 기본적으로 유교적 지식과 학문으로 무장되어 있었다. 조선시대 출간된 수많은 개인 문집에 실려 있는 글과 시는 모두 창의적인 작품이다. 공자가 말한 '알고, 좋아하고, 즐기는 학문의 단계'까지 나아갔고, 이는 자기주도학습에 성공하였음을 의미한다.

전통시대가 끝나면서 학습의 내용은 바뀌었지만, 학습의 방법은 여전히 암기를 중시하였다. 저자가 학교교육을 마쳤던 1970년대 말까지 학교에서 배운 것을 외우고, 외운 것을 다시 시험 치는 과정을 반복하였다. 시험은 얼마나 확실하게 암기하였는지를 측정하는 것이나 마찬가지였다. 자신도 모르게 암기하는 요령을 터득하게 되었다. 후에 교육학 인지이론에서 알게 된 마인드맵, 단권화 기법, 기억의 과정, 뇌의 구조 등과 비교할 때 놀랄 정도로 일치하였다. 그러나 시험에서 좋은 점수를 받기 위하여 강제적으로 암기하였고, 그 과정이 힘들었기 때문에 시험이 끝남과 동시에 암기한 내용도 사라져버리곤 했다. 자기주도학습은 하였지만, 공자가 말한 즐기고 몰입하는 단계가 아니었던 것이다.

2000년대부터 학교 현장에서 창의성 교육의 중요성을 강조하였다. 학교교육의 합목적인 관점에서 무엇인가 창의적이고 새로운 것을 만들어내야 한다는 이론이다. 너 나 할 것 없이 내용보다는 새롭고 신기한 아이디어만 있으면 성공할 수 있다고 믿는 소위 '창의성 교육'을 찾아 나섰다. 단순 반복하는 이전의 암기식 교육은 매우 비효율적, 비생산적이라고 비판하는 데서 출발하였고, 암기교육을 벗어나야만 창의교육이 성공할 것이라고 인식하게 되었다. 암기교육의 비효율성을 비판하는 것은 타당할지 모르지만 무용론(無用論)까지 주장하는 것은 암기교육의 본질을 오해한 데서 비롯되었다. 창의적인 아이디어는 평지돌출하듯이 무(無)에서 유(有)를 창조하는 것이 아니고 기존의 지식과 사실들을 변용하는 데서 생겨나기 때문이다. 또한 암기학습은 암기하는 결과 못지않게 암기하는 과정에서 사고(思考)하는 힘을 기르는 측면이 있음을 간과해서는 안 될 것이다. 창의성 교육을 하되 자기주도학습이 전제되어야 할 것이다.

이 무렵 다양한 전자매체의 확대 보급으로 학습 방법에 대한 패러다임의 변화를 맞이하게 되었다. 굳이 암기하지 않아도 필요한 지식을 언제든지 구할 수 있다는 것이다. 이제 암기할 필요도, 암기를 위해 반복적 쓰기를 할 필요도, 계산할 필요도 없이 주변에 컴퓨터나 휴대전화만 있으면 만사 해결되는 시대가 왔다. 인류의 눈부신 기술 혁명이 가져온 '혜택'인 것이다. 나아가 AI(인공지능) 시대로 이미 진입하고 있으니 인간이 굳이 암기할 필요가 없게 되었다고 생각하였다. 사람만이 할 수 있는 자기주도학습 자체를 부정하는 결과를 초래하게 되었다.

그런데 현재 학교 현장에서는 기술 혁명이 가져온 심각한 부작용에 직면해 있다. 전자매체 때문에 학생들이 자기주도학습에 장애를 받고 있다는 점을 가장 심각하게 지적할 수 있다. 뇌기반 이론에 의하면 뇌에는 사고와 판단을 하는 전두엽과 영상 기능을 담당하는 후두엽이 있다고 한다. 전두엽은 태어나면서부터 독서, 사고, 언어 등의 활동을 통해 19세까지 성장한다. 전두엽이 정상적인 상태로 성장해야만 인간의 인지 능력도 향상한다.

그러나 성장과정에서 전자적 영상에 과도하게 노출되면 후두엽만 자극을 받게 되고 전두엽은 성장하지 않는다. 후두엽은 필름과 같은 영상 기능만 있어서 자극에 반응만 할 뿐이다. 어릴 때부터 컴퓨터, 휴대전화, 게임기 등에 빠져든 학생들이 사고나 독서를 어려워하고 주의력 결핍, 과잉행동, 감정조절 실패, 학습 의욕 상실 등의 부작용을 보이는 이유가 여기에 있다. 사고활동을 멈춘 '신인류'가 탄생하였다고 모두 걱정하고 있다. 그리고 인간의 사고 영역을 AI가 일정 부분 대신할 수는 있겠지만, 필요성이라든지 장·단점을 예의주시할 필요가 있다.

이상에서 장황하게 학교교육의 목표인 자기주도학습의 역사적 변화와 현재 학교교육의 문제점을 설명하였다. 요컨대 학습은 자기 스스로 해야 하는 것임을 자각하고 스스로 즐기는 최고의 단계까지 나아가도록 노력해야 할 것이다. 자기주도학습에 성공하기 위해서는 암기 학습을 이해할 필요가 있다. 암기는 새로운 사실을 기억한다는 의미뿐만 아니라 기억하는 방법, 즉 학습의 원리를 깨닫게 하는 의미도 있다. 암기학습은 고도의 창의적이고 지적인 활동이다. 기억하고 있는 정보량이 많을수록 새로운 결합이 이뤄지면서 창의력이 발휘된다.

암기 이론에 따르면 새로운 사실은 임시 저장−초단기기억−단기기억−장기기억의 과정을 거쳐 뇌의 창고에 저장된다. 각 기억의 과정마다 의도적이고 반복된 훈련이 요구된다. 마지막 장기기억창고에 도달한 사실은 쉽게 망각되지 않는다. 많은 사실들을 암기하기 위해서는 자신만이 개발한 방법과 부단한 끈기, 노력이 필요하다. 컴퓨터에 의존할수록 기억력이 감퇴될 것이다. 반면에 뇌의 기능이 향상될수록 뇌의 용량과 처리 속도가 증가한다. 좋은 기억력은 지식과 교육의 전제조건이며 삶의 질을 높여주고 원하는 삶의 여유를 갖게 한다.(백설공주 자기주도학습지도사가 되다, 한국교총원격교육연수원, 2011.)

화원고 학생들의 학력 현황은 자기주도학습의 필요성을 여실히 드러내고 있었다. 학력이 전반적으로 낮은 편이었다. 스스로 열심히 공부하고 부모의 경제력과 관심이 높은 학생들은 도심지역으로 빠져나가고, 나머지 학생들이 도시외곽의 농촌지역에 잔류한 데서 기인하였다. 2016년 국가수준 학업성취도 평가 결과 국어·수학·영어의 성적은 기초미달 1% 내외, 기초학력 7~13%, 보통이상학력 86~92%이다. 평가의 특성상 정확한 성적은 파악하기 힘들고, 다만 기초학력이 13%에 이른다는 점은 주목해야 할 것이다. 다음 전국연합학력평가 2013년에서부터 2015년까지 국어·수학·영어의 표준점수 추이를 보면, 89~96점 정도이다. 대구전체의 표준점수가 102~110점인 점을 고려한다면 많이 낮은 편이며, 순위는 하위 10%에 속하였다. 특히 영어가 89점으로 더욱 낮은 점은 농촌지역에서 나타나는 일반적인 현상이라 하겠다.

수능 성적과 전국연합학력평가의 결과는 비슷하였다. 학력이 전반적으로 낮아서 하위권의 숫자는 많고, 상위권의 숫자가 매우 적은 편이었다. 학력평가 국어·수학·영어의 결과를 보면 대체로 1등급이 0~4명(기준 4%), 2등급이 4~7명 1%(기준 7%), 3등급이 14~17%(기준 12%) 정도였다. 서울지역 주요 대학에 합격할 가능성이 있는 1, 2등급의 숫자가 5명 내외에 불과하였다. 그리고 성적이 하위권인 학생들을 보면, 2014학년도 1학년들의 입학 성적 80%이상이 73명(20%)으로서 급당 6명 정도나 있었다. 심지어 100%에 가까운 학생도 있었는데, 그들은 애당초 일반계고의 입학대상이 아니었다. 이들은 대학진학에도 관심이 없었으며, 학습보다는 생활지도가 시급한 과제였다.

학력이 낮은 근본 원인은 학습의 심각한 누적적 결손에 있었다. 초·중학교 때부터 각 시기에 필요한 학습이 이뤄지지 않았고, 이것이 시간이 지날수록 누적된 결과이다. 특히 중학교 1학년 때 자유학기제의 실시와 내신평가의 완화는 학습할 시간과 의욕을 감소시켰다고 보여진다. 고등학교는 중학교와는 달리 학습 분량과 난이도가 급격하게 증가함으로써 중학교 때 학습 결손이 발생한 학생은 미처 따라갈 수 없게 된다. 그 외 학부모의 관심과 지원, 학원이나 과외 등의 사교육기관이 부족한 점도 작용하였다.

학생들은 자신의 학력이 낮은데도 불구하고 이를 해결하려는 의지가 부족하였다. 가만히 그 원인을 들여다보니 대입시 구조에 있었다. 학교교육을 강화하려는 정책을 추진하면서 수시전형의 비율이 증가하였고, 학생들은 내신 성적만으로도 우수한 대학에 진학이 가능하다고 믿고 있었다. 그러나 주요 대학에서는 수능 최저등급제를 두고 있어서 내신이 아무리 우수하더라도 안심할 수 없었다. 그리고 내신과 수능성적과의 갭이 −3~−4 등급 발생하고 있어서 내신으로 대학 진학이 가능하다는 것은 잘못된 이해였다. 자연히 대입 실적이 저조하였고, 농촌지역 학교는 어쩔 수 없다는 패배의식에 사로잡혀 있었다.

개별 학교의 낮은 학력 문제를 해결하고자 정부나 교육청은 결과만을 중시하는 정책을 추진하였다. 정부에서는 학력과 학부모의 선호도가 떨어지는 일반고를 살리겠다는 일반고역량강화정책을 추진하였다. 교육청에서는 단위학교에 학력 향상을 강력히 주문하였다. 국가수준학업성취도평가, 전국연합학력평가, 수능시험 등의 자료를 공개하고 결과에 따른 보상책을 통하여 학교간의 경쟁을 유도하였다. 학생들의 성적을 올리는 것은 학교의 당연한 책무이지만 학생의 현재 학력 상태를 간과한 채 결과만을 요구하는 것은 옳은 방안이 되지 않았다.

저자는 학생들의 성적을 자기주도학습 관점에서 접근하였다. 자기주도학습만 성공한다면 성적은 향상된다고 믿었던 것이다. 저자는 일찍이 농촌지역의 중학교를 다니면서 이것을 영어 공부에서 경험한 바 있다. 중학교 들어와서 처음 배우게 된 영어 과목은 낯선 데다가 기초·기본을 제대로 배우지 못하여 힘들었다. 어떻게 해서든지 영어를 정복할 필요가 있었다. 고등학교에 진학하여 꽤 어려운 영어 참고서를 한 권 선택하여 2년 동안 수십 번 독파한 끝에 마침내 영어를 정복하였다. 참고서의 단어와 문장을 거의 외우다시피 하였다. 자기주도학습에 성공한 것이다. 화원고 학생들의 영어 과목의 성적이 유독 낮았는데, 그 상황이 저자의 중·고교 시절과 비슷하다고 느껴졌다. 영어 학습의 원리를 깨치지 못하여 자신감을 상실하고 과목 자체를 포기하고 있었다. 물론 영어 과목 이외에도 자기주도학습에 실패하고 있었다.

화원고 교육에서 자기주도학습의 실천 사례를 설명하기 전에 자기주도학습의 이론과 방법을 소개하도록 하겠다. 자기주도학습은 피아제의 인지

과학적 학습 이론에 근거하고 있다. 마음과 두뇌가 학습 과정에서 어떻게 작용하는지 연구한 것이다. 학습에 심리적 보상과 자기발견에 큰 의미를 부여하고 있다. 인간의 인지 발달은 자연적인 성숙과 환경의 상호작용에 의하여 가능하다. 인지과정은 도식, 동화, 조절, 평형의 과정을 거친다. 도식은 이해의 틀이며, 동화는 기존 도식에 의해 새로운 사건을 이해하고 해석하는 과정을, 조절은 기존의 구조를 변경하는 것을, 평형은 새로운 상황에서 일관성과 안정성을 이루려는 시도를 각각 의미한다.

자기주도학습의 방법은 먼저 긍정적 자기 개념, 자기 효능감, 성공경험, 뇌 구조의 이해를 전제로 해야 한다. 무엇이든지 심리적으로 '할 수 있다'라고 믿는 것이다. 그리고 수업을 완전하게 이해하기 위해서는 예습·복습을 충분히 해야 한다. 예습을 통해 자기주도학습을 하게 되면 수업의 80~90%를 이해하여 학습의 효과를 극대화시킬 수 있다. 수업 시간에 좋은 자세와 학습 태도가 필요하며 이때 10~20%를 이해할 수 있다. 그 다음 자신의 언어로 반복하여 이해를 해야 하는데 끈기와 노력이 필요하다. 이외에 메모, 노트정리, 개념학습 등이 자기주도학습의 주요 성공 요소이다.(백설공주 자기주도학습지도사가 되다, 한국교총원격연수원, 2011.) 저자는 중·고시절에 자기주도학습을 위해 스스로 노력한 결과 이론과 방법을 터득하였지만, 이제는 학생들에게 이론과 방법에 따라 교육할 수 있게 된 것이다.

먼저 학생들에게 자기주도학습의 필요성과 내용을 훈화하였다. 무기력하게 자신감 없는 학생들에게 학습은 학생 본인이 스스로 해야 한다는 것을 거듭 강조하였다. 이어서 학습의 성공 요인인 뇌의 구조, 성공경험, 자기효능감, 학습 태도, 학습 의욕, 몰입 등은 개인의 성격과 밀접하게 관련되어 있음을 설명하였다. 이를 바탕으로 예습·복습, 암기, 노트정리, 메모, 개념 정리, 단권화 기법 등 학습의 구체적 방법을 실천하도록 주문하였다. 전체 집회, 기념식, 대표학생과의 간담회 등 학생들에게 훈화할 때마다 이것을 반복하여 들려주었다. 학습의 누적적 결손이 심각한 학생들에게 처음부터 기초·기본으로 돌아가 새로 출발하자는 것이었다. 학습의 기초·기본이 갖추어져 있지 않은 학생은 시험 칠 때만 형식적으로 공부해서는 결코 성적이 향상될 수 없기 때문이다. 바쁠수록 돌아가라는 속담을 자주 인용하였다.

학습에 대한 이해와 함께 학습을 실천해 보는 '꿈을 향한 도전, 성취 30시간'(이하 성취도전 30시간으로 약칭함) 프로그램을 운영하였다. 부임 후 한 학기가 지나면서 학교의 변화를 모색할 때 자기주도학습의 성공을 위해 도입하였던 것이다. 대구교육청 진학지원팀에서 개발한 프로그램으로서 토요일부터 일요일까지 2일 동안 30시간 연속으로 학습하는 것이다. 수면과 준비시간을 제외하고는 계속해서 지정된 책상에 앉아서 공부해야 한다. 학습에 대한 성공경험이 부족한 학생들이 고통을 참으면서 버티어 내게 하는 것이다. 지금까지 학습의 본질에 도달해 보지 못한 채 주변부만 맴돌던 학생들에게는 좋은 기회였다. 힘든 일이지만 친구들과 함께 함으로서 서로 격려와 경쟁을 하면서 목표에 도달할 수 있었다.

처음에는 한 학기에 1회 실시하였다. 1, 2학년을 대상으로 희망자에게 자기 도전 계획서를 받은 결과 115명이 참가하였다. 인원수가 과다하여 학년별로 일자를 달리하였으며, 중식 및 석식은 각자 도시락을 지참하도록 했다. 영어전용실의 넓은 공간에 학생들이 앉아서 공부하고 관리교사와 대학생 멘토가 운영하였다. 행사의 성과를 높이기 위하여 도전시간과 목표달성도, 성실도 등을 기준으로 시상도 하였다. 참여한 학생들에게 행사가 종료된 후 소감문을 받아서 피드백에 활용하였다.

자기주도학습의 성공을 위해 '성취도전 30시간'에 노력을 많이 기울였다. 학생들의 참여와 교사들의 관심을 독려하고 학교 예산을 적극적으로 지원하였다. 교장이 시작과 종료 시점에 학생들을 대상으로 격려하였다. 2일 동안 학습 상황을 관찰한 결과, 기대이상이었다. 학생들의 학습 의욕이 넘쳐났고, 이틀째 끝날 무렵에는 실내가 학습 열기로 후끈거렸다. 평소 우려하였던 소극적인 모습은 보이지 않고 스스로 해냈다는 자신감이 넘쳐 났다. 학교교육의 성공 가능성을 발견하는 순간이었다. 학생들의 호응도가 높았고, 자연히 성과도 기대 이상이었다. 욕심을 내어 다음 학년도에는 연 4회로 배증했다.

행사가 끝난 뒤 학생들로부터 소감문을 받았다. 소감문의 우수 사례를 소개하면 다음과 같다.

(2014년) 11월 8일 오전 7시 20분. 설렘 반 두려움 반으로 학교로 가는 버스에 올라탔다. 가면서도 내가 그날 참여하기로 한 '꿈을 향한 도전, 성취 30시간' 행사에 대한 생각들이 계속 머리에 맴돌았다. 학교에 도착해 명찰과 학습계획서를 받아 지정석으로 가서 자리를 잡았다. 오전 8시. 그때부터 나와의 싸움이 시작되었다. 다른 과목들에 비해 수학 성적이 낮게 나와 "이번 기회에 수학을 정복해야지!"라는 마음으로 수학 문제집만 쌓아두고 풀기로 했다. 기본서로 개념 정리를 하는 데만 3시간을 투자하고 나니, 다른 문제집의 일반적인 문제들은 거의 다 풀 수 있게 되었다.(중략)

오후 시간에 잠이 올 것 같아서 밥도 양껏 먹지 못하고 서둘러 올라가 하던 공부를 다시 하기 시작했다. 몇 시간 동안 수학 공부만을 하니 머리가 지끈거려 중간에 영자신문도 읽으며 과부하가 걸린 머리를 식혀주었다. 오후 8시, 9시가 지나면서 한계가 온 것 같았다. 오래 앉아있어 엉덩이도 아프고, 누워서 쉬고 싶고, 10분 만이라도 자고 싶고, 휴대폰을 켜서 친구와 문자도 주고받고 싶었다. 그러나 나는 이런 욕구를 조절하고 한계를 극복하기 위해 도전을 했다. 그래서 그런 것들은 내가 당연히 극복해야 할 문제였으며, 이겨내야 한다고 다시 마음을 다잡았다. 주위를 둘러보니 친구들이 모두 열심히 집중하여 공부하고 있었다. 그런 친구들을 보며 "나도 열심히 해야겠다!"라고 다짐을 하며 다시 공부를 시작했다.

토요일 하루를 마치고 나니 "하…내일은 어떻게 하지"라는 걱정부터 앞

섰다. 그런데 생각 외로 그 사이에 공부에 가속도가 붙은 건지는 잘 몰라도 그다음 날에 공부를 할 때는 집중도 더 잘되고 문제도 더 잘 풀렸다. 시간도 더 빨리 가는 듯했다. 그런데 굉장히 신기한 점이 하나 있었다. 17년 동안 나를 괴롭히던 '수학 혐오증'이 이틀 만에 싹 없어진 것이다! 하루 종일 수학 공부만 하면 수학이 싫어질 것 같고 꼴 보기도 싫을 것 같았는데 오히려 수학에 자신감이 생겼다. 나는 수학적으로 재능이 없어서 '원래 수학을 못하는 것'인줄 알았는데 알고 보니 그게 아니었다. '하면 되는 것'이었다.

드디어 11월 9일 오후 11시. 모든 것이 끝났다. 나를 이겨냈다는 성취감과 동시에 나 자신이 너무 자랑스러웠고 감동이 물밀듯 밀려왔다.(1학년 박혜림, 성취도전 30시간 소감문 최우수작 '아! 나도 하면 되는구나', 2014.)

자신의 한계에 도전해봄으로써 자신감을 가지며, 이를 통해 자아존중감이 향상되었고, 힘든 과정을 성공하는 체험과 몰입의 즐거움을 통해 행복이 실현되었음을 알 수 있다. 또한 성공 경험을 통해 또 다른 목표에 대한 끊임없는 도전의식이 함양되었다. 참가한 학생들 모두 '하면 된다'는 강한 자신감과 한계를 극복하려는 끈기, 인내력을 경험하였다고 하였다. 가능성을 경험하고 난 뒤에 오는 커다란 성취감은 이루 말할 수 없었다. 평소 성공경험이 부족하던 학생들에게는 학습을 위한 첫발을 내디딘 것이다. '성취도전 30시간'을 공교육 정상화의 중요 방법으로 확신하고 부임하는 학교마다 실시하였다.

자기주도학습의 성공을 위해서 이외에도 다양한 프로그램을 도입하였다. 서울 지역 주요 대학에 입학한 선배들을 불러서 맨토링하도록 했다. 2014년 1학기 서울 지역 대학탐방프로그램에서 선배들이 모교와 후배에 대해 열정이 매우 강하다는 것을 이미 확인하였는데, 이후에도 지속적으로 모교를 방문하여 주었다. 그리고 학습 코칭, 자기주도학습 캠프, 달성인재스쿨 수업 등은 자기주도학습에 많은 도움을 주었다. 이런 것들은 타 학교에서도 실시하는 경우도 있었으나 화원고로 봐서는 처음 도입한 프로그램들이었다. 자기주도학습을 정착시켜 학력 향상에 기여하였다. 학력의 누적적 결손이 심하고 성적이 낮은 도시외곽 농촌지역의 학교로서는 개혁적인 변화였다.

자기주도학습을 지원하기 위하여 교사들도 적극 나서도록 했다. 교과협의회에 교장이 참석하여 성적을 분석하고 학력 향상 방안을 논의하였다. 학생들의 성적에 대한 현상과 문제점을 공유하고 책무감을 고양하는 시간이 되었다. 또한 교실수업 개선을 강력하게 요구하였다. 학생들의 학력이 낮고 의욕이 없으니 교사도 낮은 수준으로 수업을 하고 체념하는 상태가 있다면 이에 벗어나도록 주문했다. 수업의 중심을 교사에서 학생으로 바꾸고, 학생이 자발적으로 참여하는 수업으로의 변화를 강조했다. 특히 '잠자는 학생', '배움을 포기한 학생'은 교사들이 해결해야 할 과제임을 강조하였다.

교실 수업의 변화를 이해시키기 위하여 수업전문가나 수석교사를 초빙하여 교실수업 개선 연수를 3차례 실시하였다. 그리고 이미 사대부고에서 실시하여 효과가 검증된 수업아카데미를 학기당 2회 이상 실시하였다. 2016년 전반기 2차례 6명이 발표하였는데, 다양한 수업 기법의 모색에서부터 수업 철학을 고민하는 모습, 전문가로서 변화하려는 진정한 모습을 보여주었다. 게다가 이들의 강의를 듣는 모든 교사들이 뜨겁게 지지하는 모습에서 학교교육의 변화와 성공을 확인할 수 있었다.

학력 향상과 자기주도학습의 성공을 위한 노력의 결과는 고무적이었다고 자평한다. 2년 6개월이라는 짧은 시간 내에 계량적으로 향상의 정도를 나타내는 것은 힘들지만, 학생들의 면학 분위기와 의욕, 대입실적, 선지원율, 학부모의 평판도 등을 종합할 때 확실히 긍정적인 결과였다고 자부한다.

• 학교교육에 성공하고 공교육의 표상을 이루다

부임 후 6개월이 지나 학교 변화를 모색하면서 교육비전을 '따뜻한 인성으로 야망을 가지고 도전하는 화원인'으로 정하였다. 인성교육의 필요성을 절실히 느끼고 있었기 때문이다. 1년이 지나고 난 2015학년도에는 목표를 좀 더 구체화하여 '2017 화원고, 대구 최고 명문 공립고'로 하였다. 학교의 전통과 여건, 학생들의 인성, 학력, 진학의 현황, 학부모의 인식과 사회경제적 지위, 교사들의 의지와 열정 등 학교교육의 여러 요인들을 종합할 때 화원고가 대구 공립고의 가장 앞자리에 선다는 것은 불가능한 일이라고 비판받을 것이다. 소위 대구의 명문고는 도심지역에 있는 것이지 도시외곽의 농촌지역에 있다고는 동의하지 않을 것이다. 그러나 저자가 목표로 한 것이 공교육의 이상적 측면인 것은 사실이지만, 2년 동안 구성원이 힘을 모으면 충분히 달성할 수 있을 것이라고 확신하였다. 그리고 구성원들에게 학교교육에 대한 희망과 자신감을 심어주고 새로운 변화를 추동하기 위하여 제시한 것이었다. 과연 재직기간 2년 6개월 만에 목표를 어느 정도 달성하였을까? 그간에 있었던 학교교육의 내용을 정리하면서 확인해 보도록 하겠다.

화원고 교장으로 부임하던 시기의 국가적 과제는 '공교육 정상화'였다. 학교교육이 위기에 처하였다니, 붕괴되었다니 하면서 그 심각성을 공론화하고 있었다. 잠자는 교실, 학생 자살사건, 학생들의 교권 도전, 학생 체벌, 교사들의 일탈 행위 등의 사건이 언론에 연일 보도되고 있었다. 그 결과 생활 지도상의 문제는 물론이고 학력과 대입시를 위해 학부모들이 공교육을 떠나 사교육 시장으로 몰리고 있었다. 정부에서는 일반고역량강화, 학력 향상 대책, 공교육정상화법과 학교폭력대책법 등으로 문제를 해결하고자 하였다. 공직자로서 당연히 정부 정책을 성실히 수행해야 할 책무가 있었지만, 공교육의 수혜 덕분에 성공한 저자로서는 누구보다도 이 문제를 심각하게 받아들이고 있었다.

저자는 화원고에서 불과 5km 정도 떨어진 전형적인 농촌 마을에서 생장하였다. 지금은 대규모 아파트 단지가 들어서고 도시화되어 당시의 모습과는 많이 달라졌지만, 낙동강을 끼고 넓게 펼쳐진 옥공평야 지대였다. 대부분 가정에서 가족노동에 의존하는 논농사를 지었고, 산물이 풍부하여 경제적으로 넉넉한 편이었다. 저자도 어릴 때부터 논밭에 나가 부모의 농사일을 거들어야 했다. 농사일은 겨울철을 제외하고 일 년 내내 진행되었다. 보리 추수, 묘판 조성, 모내기 준비를 위하여 논바닥 정리, 모내기, 김매기, 벼 추수, 보리 파종 등의 과정이 반복되었다. 어리고 힘에 부대끼면서 한 달간 이어지는 모내기나 벼 추수는 심신의 극한적인 고통을 경험하는 듯했다. 그러나 농사일을 하면서 참을성과 책임감이 몸에 배이게 되었고, 주변인들에 대한 사랑과 고마움을 가슴에 새기게 되었다.

이러한 심신의 체험은 학교교육에서 성공하게 만들었다. 자기조율, 관계조율이 가능하였고, 자신감과 성공경험을 바탕으로 하여 대구시내 고등학교에 진학하게 되었다. 농촌 출신으로 적응하는 데 어려움도 있었지만, 곧 분투력을 발휘하여 도심지지역 학생들을 추월하였을 뿐만 아니라 대학교 입학, 학문 활동, 직장 생활 등에서도 순항하였다. 농촌 출신이었지만 공교육 덕분에 성장하였고, 성공하였던 것이다. 공교육의 효용성과 필요성을 주장하는 또 다른 이유가 여기에 있다. 따라서 교장으로서 학교교육의 방향을 '공교육의 정상화'라고 정하였던 것이다.

부임 당시 화원고는 공교육의 위기 상황이라고 판단되었다. 부임 이전에 교사의 학습지도에 반발한 여학생 한 명이 투신자살한 사건으로 이미 홍역을 치렀다는 것을 들었다. 그리고 평소 불만을 품고 있던 학생들이 담임교사를 경찰에 고발한 사건이 있었음을 알게 되었다. 생활지도상의 문제점과 어려움을 충분히 예견할 수 있었다. 부임 직후 교장으로서 실제로 교문에서 등교지도 하던 중 지각한 학생이 지도하는 교사에게 심하게 항의하다가 귀가해 버린 상황을 목격하였다.

학생들의 거칠고 통제되지 않는 언행이 곳곳에서 관찰되고 있었다. 심지어 학생들에게 위협을 느껴 여교사들이 교실수업조차 꺼리는 상황이었다. 생활지도의 난맥상은 학력과 진학실적에 그대로 반영되고 있었다. 학력은 모의고사에서 1~2등급의 숫자가 5명 안팎에 불과하였으며, 내신성적과 농어촌특기자전형의 이점으로만 진학을 기대하고 있었다. '해도 안 된다', '할 수 없다'라고 하는 무기력감에 빠져 있었다.

교사들도 뛰어난 역량과 열정을 발휘하기보다는 학생들의 수준에 맞추어 지도하는 것에 자족하고 있었다. 학교의 체계적인 업무 추진이나 대입 준비를 위한 프로그램, 학교프로파일, 특색사업 등이 눈에 띄지 않았다. 학부모들도 학교교육에 대한 관심도나 만족도가 그리 높지 않았다. 도시외곽, 농촌지역, 달성공단지역에 거주하는 학부모들의 특성이었다. 저자의 눈에 드러난 이러한 공교육의 문제점을 해결하는 것이 바로 대구 최고의 공립고를 지향하는 것이라고 생각하였다.

문제 해결의 단초는 인성교육에서 찾았다. "인성교육이 먼저이다. 학습은 인성교육 바탕 위에서 가능하다"라고 강조하고 교사들의 이해와 협조를 구하였다. 학생들에게 먼저 인사하기를 생활화하고 기초·기본생활질서와 교칙을 철저하게 지켜줄 것을 요구하였다. 교장은 학생부장이 소신껏 생활지도 할 수 있도록 전폭적인 지원과 격려를 하였다. 부임 2개월 후 서울지역 대학탐방을 체험하면서 생활지도의 또 다른 전기를 맞이하였다. 서울대를 비롯하여 우수한 대학에 재학 중인 선배들이 후배들과의 간담회 시간에 자신들의 성공 스토리를 들려주었다. 자신들은 농촌 지역의 출신으로서 화원고를 거쳐 서울대에 입학하였고, 현재는 소속 학과에서 1등을 하고 있는 점, 후배들도 자신들처럼 분투노력한다면 반드시 성공할 것이라는 점을 힘주어 강조하였던 것이다. 모두 자신감과 자부심이 넘쳐나고 있었다. 학교교육의 빛을 발견하는 듯했다. 이것을 학교교육의 원동력으로 삼아서 변화시켜야 하겠다고 결심하였다. 부임 후 눈에 띈 학생들의 모습은 주변의 환경이나 여건에 의해 오도(誤導)된 것이며, 본래의 모습에는 순수하고 분투력이 잠재되어 있고, 학교교육에서 이것을 끄집어내어야겠다고 생각했다. 이러한 생각에는 이 지역에서 생장한 저자의 경험이 깔려있었다.

부임 후 한 학기 지나면서 학교의 새로운 변화를 구상하고 그 결과물을 교사들에게 발표하였다. 학교교육의 목표를 인성교육, 자기주도학습, 진로진학 3분야로 정하고, 기존의 업무를 여기에 맞추어 재조정했으며, 특색 있는 새로운 프로그램을 도입하였다. 인성교육에서 '낙동강 따라 시와 문화가 있는 녹색길 걷기', 자기주도학습에서 '성취도전 30시간' 등을 추진하고, 진로진학에서 '서울지역 대학탐방'을 실질적으로 자신의 진로와 연계하여 운영하였다. 프로그램의 운영 방향은 학생들에게 자신감과 분투력을 고취하고, 긍정적인 사고와 도전 정신을 기르는 것이었다. 도시외곽 농촌지역 출신의 학생들에게 가장 급선무는 스스로 무엇인가를 해봄으로써 성공을 경험하고, 이를 바탕으로 자신감을 가지게 하는 것이라고 판단하였다.

녹색길 걷기는 학교교육의 대표적 성공작이었다. 학교 변화를 위해 휴일에 10km의 거리를 4시간 동안 학생, 학부모, 교사들이 함께 어울려 걸었다. 코스에는 우리가 거주하는 인근지역에 있지만 제대로 알지 못하였던 역사 유적지를 만날 수가 있었다. 남평문씨세거지는 한말 변화된 양반가옥의 모습과 학문으로 명성이 뛰어난 당대 학자들의 자취를 느낄 수 있었으며, 인흥서원은 조선시대 인성교육의 기본 교재였던 명심보감이 탄생한 곳임을 확인할 수 있었다. 모두 우리 지역의 자랑스러운 문화재로서 고향에 대한 자부심을 가질 수 있었다.

산길에 들어서서 400여 명의 황토색 셔츠의 긴 띠가 울창한 소나무 숲과 어울려 장관을 이루었다. 자녀와 부모, 제자와 교사가 만들어 내는 울림에는 진솔한 고민과 사랑, 격려와 칭찬, 자랑과 솜씨가 담겨져 있었다. 화창한 봄날에 때묻지 않은 청춘남녀들이 웃음과 행복을 함께 나누는 시간이었다. 걸으면서 미리 제시해 준 시제에 따라 삼행시를 지어 학교에 전송하였다. 학생들은 평소와는 달리 친구들과 함께함으로써 자신감을 가지고 힘든 코스에서도 거침없이 내달렸다. 내면의 순수함과 분투력을 끄집어내는 순간이었다. 정상의 함박산전망대에서 대구시 전경을 조망하면서 자신의 위치를 가름해 보고 호연지기를 내뿜을 수 있었다. 학교에 도착하여 음악과 노래 공연을 하는 에듀힐링으로 쌓인 피로를 풀고 시상하는 것으로 대장정의 막을 내렸다. 학생, 학부모, 교사가 혼연일체가 되고 만족하는 프로그램이었고, 학교교육에서만 가능한 성공작이라고 자평한다.

'성취도전 30시간'은 자기주도학습의 출발점이었다. 2일 동안 연속으로 30시간 공부하는 경험을 함으로써 학습 의욕과 분투력, 자신감을 불러일으키고자 했다. 어려운 교육적 여건과 학부모의 관심 부족으로 학습의 누적적 결손이 심각한 상태에서 고교에 진학한 학생들이 많이 있었다. 학습 원리와 학습 방법을 깨치지 못하였고, 이는 학습 의욕과 자신감을 떨어지게 만들었다. 무기력하고 막연하게 어떻게 되겠지 하는 생각으로 고교 시절을 보내다가 자신의 희망이나 적성과는 무관한 대학교에 진학하게 되었다. 고교에 진학한 뒤에는 새로 학습하기에는 이미 늦었다고 포기하기도 했다.

자기주도학습의 필요성을 훈화하고 학습의 원리와 방법을 교육하였다. 늦을수록 돌아가라는 속담이 있는 것처럼 기초·기본부터 새로 시작하도록 했다. 그리고 학습하는 태도와 의욕이 몸에 배이도록 성취도전 30시간을 운영하였다. 1, 2학년 각 100여 명 학생들이 의욕적으로 참가하여 2일 동안 치열하게 학습하였다. 평소 내면에 숨어있던 열정과 능력이 발현된 것이다. 친구들과 함께 함으로써 힘이 되고 경쟁이 되었다. 마지막 끝나는 시간이 되자 해내었다는 자신감, 성공경험이 넘쳐났다. 학생들의 의욕과 자신감을 확인하였고, 학기당 2회씩 늘려 실시하였다. 자기주도학습하는 분위기를 학교 전체로 파급시키는 효과를 거두었다.

학교 변화의 동력에는 교사들의 열정과 헌신이 있었다. 학생을 교육하고 프로그램을 진행하는 사람은 교사이기 때문에 그들의 이해와 협조가 학교 변화의 관건이었다. "사람이 먼저이다"라는 생각을 가지고 교사들의 마음을 움직일 필요가 있었다. 단순히 협조의 수준을 넘어서 변화의 주체로 삼아야만 성공의 결실을 거둘 수 있었다. 교사들에게 자율적인 직무수행과 책무성 제고라는 두 개의 축을 강조하였다. 교사의 자율성은 교직의 전문성과 관련되어 있다. 교사자격증을 소유한 교사들만이 수업과 생활지도를 할 수 있고, 그 결과 미래 사회를 담당할 인재를 육성하는 것임을 강조하였다.

교사들이 정체성과 자부심을 가지도록 강조한 것이지만, 전문가에게 자율성을 최대한 보장해 주어야만 능력과 열정을 발휘할 것이라는 믿음이 있었다. 관리자의 지시와 통제만을 받는 집단은 성과와 변화의 측면에서 자율적인 집단보다 떨어진다는 것은 이미 잘 알려진 사실이다. 아울러 교사들에게는 전문가로 인정받기 위하여 부단히 자기관리해 줄 것을 주문하였다. 최고의 도덕성과 양심, 솔직하고 개혁적인 자세를 요구하였다.

교사들에게 자율성을 부여하는 대신에 책무성을 요구하였다. 책무성은 공무원이 자신을 담임한 국가에 대해 책임을 다하고 그 결과를 보고하는 것을 말한다. 단순히 책임을 다했다는 것을 넘어서 그 결과까지 책임진다는 것을 의미한다. 학교와 교사의 책무는 주어진 교육목표, 학생과 학부모의 요구와 만족도 등의 달성에 최선을 다해야 한다. 구체적으로 학교 평가, 대입시 결과, 성적, 신입생 선지원율, 학교 홍보 등에서 나타난다. 교사들에게 우리의 존재 이유는 학생들과 학부모의 희망을 달성하는 데 있음을 강조하고, 학생들을 "내 자식처럼 가르치겠다"는 자세를 가지도록 주문하였다.

자율성과 책무성에 대해 교사들은 적극적으로 이해하고 협조해 주었다. 교장은 합리적인 행정으로 신뢰와 효율성을 추구하여 교사들의 부담을 덜어주고자 했다. 업무시스템을 정비하고 부장중심의 행정체계를 효율적으로 운용하였다. 관리자의 권한을 부장에게 대폭 위임하여 소신껏 직무를 수행하도록 했다. 부장협의체에서 토론과 대화를 활성화하여 학교 주요 업무를 결정하도록 했다. 교사들의 직무수행이 원활히 이뤄지도록 지원하고 격려하였으며, 학교교육의 성과는 교사들의 열성과 헌신 덕분이었음을 강조했다.

조직에 대한 신뢰가 쌓이고 학교교육의 성과가 나타나면서 소통과 화합의 학교 문화가 정착되었다. 그리고 모든 교사들이 열정과 헌신을 다하여 학교 업무를 추진하여 주었다. 예컨대 추석 연휴 5일 동안 하루도 빠지지 않고 3학년 담임들이 출근한 점, 녹색길 걷기에 휴일인데도 불구하고 전체 75명 중 45명 교사가 참가한 점, 수시전형에 대비하여 60여 개의 프로그램을 운영한 점 등을 들 수 있다. 제도나 예산보다 사람을 앞세운 학교 운영의 결과이었다.

인성교육과 자기주도학습을 위하여 녹색길 걷기, 성취도전 30시간 이외에도 많은 노력을 기울이고 다양한 프로그램을 실시하였다. 인성교육이 이뤄져야 학습이 가능하고, 자기주도학습만이 학력을 향상시킨다는 신념에는 변함이 없었다. 점차 학생들은 올바른 인성을 가지고 자신감과 분투력을 발휘하여 학교교육에 적극적으로 참여하였다. 그 결과 학교교육의 결실이 하나 둘 늘어나기 시작하였다. 2014년에는 서울대 1명, 2015년에는 2명을 비롯하여 서울 주요 대학에 각기 20여 명 합격하였다. 인근 중학교에서 3등으로 졸업하여 화원고에 진학한 학생이 서울대에 합격한 반면에, 같은 중학교에서 1등으로 졸업한 학생은 인근 고교에 진학하였다가 겨우 지방대에 합격하였다는 소식이 들려오고 있었다. 단순한 비교는 어렵겠지만, 고교 3년간 이뤄지는 학교교육력의 차이에서 기인하는 것이 아닌가 한다.

그리고 근무 기간 동안 학교의 주요한 성과를 들면 2014년 학교 평가에서 최우수교, 2015년 100대 교육과정 우수학교, 교육활동 유공학교 등을 거양하였다. 100대 교육과정은 창의·인성교육 강화, 수업 방법의 혁신, 학생 중심의 교육과정 등 3개 분야에서 학교교육 활동을 정리한 것이다. 그

동안 학교 변화를 위해 도입하였던 다양한 프로그램들이 담겨져 있었다. 화원고 교육 활동이 타 학교에서도 활용할 만한 가치가 있는 것으로 인정받았다고 생각한다.

학교교육에 대한 성과는 학부모와의 신뢰형성으로 나타났다. 학부모를 학교교육의 동반자요 한 축으로 중시하였다. 학부모 총회와 학부모 대표와의 간담회를 학기마다 2회 이상 실시하였다. 교장, 교감, 부장교사들이 배석하고 원형으로 좌석배치를 하여 격의 없이 진행하였다. 교장이 먼저 학교교육 방향과 성과를 설명하고 학교교육 활동에 대해 질의, 응답하였다. 학부모들은 입시 방향, 교육과정, 수업, 급식, 생활지도 등에 대해 가감 없이 질문하고, 담당부장이 즉답을 하였다. 회의 진행과 답변을 교육청 수준 정도로 하여 학부모들에게 신뢰와 만족을 주었다. 마지막으로 교장이 자녀들이 자신감을 가지고 자기주도학습을 할 수 있도록 도와줄 것과, 자녀를 지도하는 교사들을 신뢰하고 기(氣)를 살려달라고 마무리 발언을 하였다.

학부모들은 학교교육을 전폭적으로 신뢰하였으며, 이는 신입생들의 선지원율 변화에서도 나타났다. 선지원율이 2012년 1.07에서 2016년에는 1.63까지 상승하였다. 학부모들로부터 선택받는 학교로 변한 것이다. 부임 2년이 지날 무렵 학교교육의 성과에 대해 일기에서는 다음과 같이 적고 있다.

(주례 부장회의에서) 교장이 한 달간의 업무, 중점 운영 방향 등을 언급한다. 부장들이 이미 세세하게 소관 업무를 소개했기 때문에 교감, 교장이 다시 중언부언할 필요가 없다. 지난 10월 많은 프로그램을 진행했고 성과도 있었다. 장학지도, 전문직업인과의 만남, 녹색길 걷기, 학부모와의 간담회, 성취도전 30시간, 체험학습, 수능준비 등 학교와 학생 전체가 요란 법석하게 활동했다. 학생들의 참여도와 만족도가 매우 높고, 인성교육, 밝은 표정, 학폭의 제로 등 행복 교육이 스스로 실현되고 있다. 학부모도 학교를 신뢰하며 담임교사에게

감사하고 수용적인 자세를 보이고 있다. 행복교육이 실현되고 있다. 교사도 모든 교육 활동에 적극 협조하고 있다. 녹색길에 37명이 휴일날 근무를 자원하였고, 교사 간에 관계형성에 성공하고 있으며, 열정적으로 학생 지도를 하고 있다. 역시 행복교육이 실현되고 있다. 중요한 프로그램 성과나 학부모 만족도 등을 언급하여 부장들을 칭찬했다. 덕담을 한 것이다. 소위 자율에 바탕한 '무위(無爲)의 화(化)'가 실현되고 있다. *(일기 2015년 11월 2일)*

학교 구성원 모두 각자 맡은 역할에 최선을 다하여 완벽하게 교육목표를 달성하고 있었던 것이다. 학교를 관리 감독하는 교장의 역할은 '아무것도 하지 않은 상태'였다.

학교교육의 성과는 언론에서도 크게 보도되었다. 대구일보에서 '19.6km 걸으며 자신감 찾았다'(2015. 10. 23. 9면)라는 제목으로 녹색길 걷기 성과를 보도하였다. 또한 영남일보에서 '전국 100대 교육과정 우수교-화원고, 신흥명문고로 부상'(2015. 12. 30. 13면)라는 제목으로 인성교육, 학력 향상, 100대 교육과정에 대해 종합적으로 보도하였다. 다소 과장된 면이 있었지만, 학교 변화를 위한 노력을 인정받는 시간이 되었다. 구성원들 모두 자신감과 소속감을 드높이고 학교의 위상을 제고하는 계기가 되었다.

2016년 9월 1일자 대구교육청 인사에 의해 갑자기 경북고 교장으로 전근 가게 되었다. '2017년 대구 최고의 명문 공립고 지향'하겠다는 약속을 지킬 수 없어서 아쉬움이 컸지만, 2년 6개월 동안 거둔 성과를 위안으로 삼았다. 학생 대상으로 이임인사를 하면서 준비된 원고를 읽는 대신에 소감을 대화 형식으로 피력했다. 부임 소감, 부임 당시 학교 현황, 감동적인 사례, 부탁사항 등을 이야기 소재로 했다. 고향 출신의 교장으로서 감격과 포부를 먼저 언급했다. 마지막 교직 생활을 고향에서 봉사하게 된 점을 강조했다. 인성교육으로 인사 잘하기, 스승 존경 풍토, 자부심이 넘쳐났던 대학탐방 때의 감격을 언급했다. 끝으로 강한 자부심과 분투력을 요구했다.

이때 발언한 내용은 제3장에서 참고하기 바란다.

마지막 근무일에 여자부장 5명으로부터 붉은 색의 넥타이를 선물받았다. 학교 교육을 위해 함께 노력한 교사들의 마음이라고 생각하였다. 전교사를 대상으로 고별 강연을 하고 단체 기념촬영과 친목회 행사를 마지막으로 학교를 떠나게 되었다. 이때의 소회를 다음과 같이 일기에서 적고 있다.

화원고를 위해서 열성을 다했다. 고향에서 봉사하겠다는 의욕이 앞섰다. 학생들의 인성을 반듯하게 세우고 분투력과 자신감을 고취하여 대입에 성공토록 했다. 교사들에게는 자율적인 전문가로서 자부심을 가지도록 독려했다. 모든 교사들이 최선을 다했다. 교육 환경개선을 하여 교문 출입구를 정비하고 각고의 노력 끝에 학교담장의 방음벽을 개체하였다. 아! 성과가 많았는가? 그렇다. 그러나 이는 학생의 성장 발전을 위한 것이다. 교장의 영광이 아니다. 누가 인정하든 그렇지 않든 개의치 않는다. 다만, 한 사람이라도 알아준다면 다행이다. 대의(大義)를 위해 걸어갈 뿐이다. 내 인생에 주어진 시간, 기회에 최선을 다할 뿐이다. 더불어 살아가고 타인을 위해 봉사할 뿐이다. 여기에 보람과 행복이 있다. 자아존중, 최고의 경지에 이를 것이다. (일기 2016년 8월 31일)

학생들의 발전을 위해 성실히 소임을 다한 것으로 자족하고 있다.

화원고 교장을 마무리하면서 내린 결론은 사람이 먼저라는 점, 교장의 역할은 교사를 하늘같이 받들어 모시는 길이고, 교사의 책무는 학생을 하늘같이 모시는 것이라는 점, 학교는 학생의 발전과 성공을 위해 존재하며, 교사는 학생을 '내 아이처럼 지도'할 의무가 있다는 점 등이다. 도시외곽 농촌지역에 위치한 화원고 교육의 성공이야말로 이 시대 모두가 바라는 공교육의 표상(表象)인 것이다. 부임 당시 '모두가 학교교육의 성공을 바라고 있다'는 목표를 달성하였다고 생각한다.

3 학부모는 학교교육의 믿음에 목말라한다

학교교육의 성패는 학부모들의 신뢰와 협조 여부에 달려있다. 정부에서 공교육을 정상화하기 위하여 법령을 제정하고 여러 정책을 강력하게 추진하였지만, 학부모들이 과연 충분히 신뢰를 하고 있는지 의문시된다. 사교육 시장은 여전히 번창하고 공교육은 위축되어 있다. 화원고를 떠나 공교육의 1번지인 동시에 사교육의 중심지인 경북고 교장으로 부임하게 되었다. 학부모들이 학교교육을 믿지 못하는 현장을 확인하였고, 이를 개혁하겠다는 의미로 제목을 '학부모는 학교교육의 믿음에 목말라한다'라고 정하였다.

● **소위 전통의 명문 경북고 교장으로 부임하다(2016. 9. 1.)**

공자가 "믿음이 없으면 살아갈 수 없다"(無信不立, 논어 안연)라고 설파하였다. 이는 동서고금을 막론하고 사람이 존재하는 한 만고불변의 진리이다. 학교교육의 장에서 학생을 가르치면 가르칠수록 '믿음'이 중요하다는 것을 깨닫게 된다. 이 믿음을 실천하기 위하여 경북고 교장으로 자리를 옮기게 되었다. 2016년 9월 1일자에 예상치 않게 경북고 교장으로 발령났다. 공무원의 인사발령은 임지를 사전에 예고하거나, 발령 후에 그럴 만한 사유를 설명해 주지 않는다. 본인이 추측하거나 시중에 떠도는 소문으로 유추할 뿐이다. 발령 소식을 전날 저녁 수성구지역의 식당에서 화원고 부장교사들과 회식 중 모 언론사 기자로부터 전해 들었다. 그는 평소 저자가 공교육 정상화를 강력히 추진하고 있다는 것을 알고 있는 터라 사교육의 중심지인 학교에 발령났으니 기대 반 우려 반 생각을 담고 있었다.

저자 스스로 화원고에서 2년 6개월 동안 모두가 만족하는 학교교육을 성사시켰다는 자부심에 가득차 있었다. 구성원들에게 좀 더 노력한다면 대구 공립고 중에 가장 앞자리에 설 수 있다는 비전을 제시하였다. 그 후에 기회가 주어진다면 신설학교에서 새롭게 이상적인 학교교육을 펼쳐보고 싶다는 희망을 가지고 있었다. 예기치 않은 발령 소식을 듣고 대구 최고 명문고의 교장이 되었다는 경사 이전에 화원고 구성원들에게 미안한 감정이 앞섰다. 구성원의 희망에 부응하는 결실을 거두지 못하였다고 생각하였다.

그리고 왜 경북고에 발령났을까 하는 의구심이 엄습해 왔다. 인사명령에 의해 경북고 교장과 화원고 교장이 자리를 서로 맞바꾸었으니 틀림없이 중요한 인사 행위인 것 같은데 사전에 인사 배경을 설명해 주지 않았다. 따라서 '전혀 준비도 되지 않은 사람을 학교교육의 험지에 내던지는구나'라고 생각하였다. 경북고(慶北高, 慶高라고 약칭함) 교장은 종종 재임 중 잘못으로 행정처분인 '경고'(警告)만 받고 물러난다는 전례가 있었기 때문이다. 아마 나에 대한 잘못된 정보가 인사권자에게 제공된 것은 아닌가? 과연 내가 잘할 수 있을까? 하는 등등의 걱정이 일어났다.

후에 시중에 떠도는 인사 관련 소문을 들을 수 있었다. 발령 3개월 전에 있었던 경북고 개교 100주년 기념식 때 행사 진행상의 문제가 있었다느니, 현재 ○○고 출신의 교육감이 경북고를 위축시키고자 비경북고 출신의 교장을 보냈다니 하는 것이다. 모두 확인되지 않은 소문에 불과하였고, 실제로 부임하고 난 뒤 학교 현황을 파악하는 과정에서 다른 이유가 있었을 것이라고 판단되었다. 소문을 뒤로하고 "들판의 질긴 잡초는 거센 바람에도 견딘다"(疾風知勁草), "나라가 위기에 처하면 충신을 알아본다"(板蕩識誠臣)라는 시경(詩經)의 구절을 외우고 각오를 다지면서 신임지 경북고로 나아갔다.

경북고는 대구시 수성구 황금동에 위치하고 있으며, 원래 대구시 중구 대봉동의 시내 중심지에 있었다. 1985년에 현 위치로 이전하였다. 대구·경북을 넘어서 한강이남에서 최고 명문고로 자타가 공인하는 학교이다. 일제가 1916년에 조선인을 대상으로 보통교육을 하기 위하여 설립된 대구고보를 계승하였다. 경기고보, 평양고보에 이어 세 번째로 설립되었기 때문에 교복과 교모에 세 개 백색의 줄(백삼선)을 표시하였다. 2016년 5월 16일 개교 100주년 기념식을 모교 체육관에서 동문, 기관장, 학부모들이 참석한 가운데 성대하게 거행하였다. 이때 1899년에 설립된 사립달성학교의 역사가 대구고보로 연결되었다는 것을 발견하고 개교 시점을 17년 소급 적용하게 되었다. 즉 개교 100주년을 117주년으로 개칭하였던 것이다.

경북고는 오랜 역사와 전통, 5만여 동문의 업적을 자랑하는 대한민국 최고의 명문고로 자부하여 왔다. 구한말 서양 제국주의 침략에 직면하여 구국의 인재를 양성하기 위한 학교로 출발하였다. 일제강점기에는 식민통치를 위한 관립보통학교로 변화하였지만, 태극단 등 조국의 독립을 위한 활동을 하여 민족학교로의 성격을 분명히 하였다. 8.15해방으로 비로소 영남지역 핵심적인 고등학교로 역할을 하게 되었다. 6.25전쟁 때는 풍전등화와 같은 위기의 나라를 지키기 위하여 재학생들이 학도의용병으로 직접 전장에 뛰어들었고, 그 결과 전국에서 두 번째로 많은 희생자가 생겨났다. 1960년 2.28민주화운동에서는 800여 명의 학생들이 독재정권에 저항하여 4.19혁명을 완성하는 데 견인차 역할을 하였다. 2018년에 2.28민주화운동이 국가기념일로 지정되어 역사적 정당성을 인정받게 되었다.

이후 우리나라 근대화 시기에는 노태우대통령을 비롯하여 3부 요인, 국회의원, 장·차관, 기업가, 교수, 학자, 예술가, 운동인 등 많은 역사적 인물들이 배출되었다. 한때 18명의 국회의원이 배출된 시기도 있었으며, 2020년 제21대 총선에서는 4명이 당선되었다. 개교 100주년을 기념하여 60여억 원의 장학기금을 조성하여 재력을 과시하기도 했다. 고교 선발시험시기에는 전국에서 최고의 학력을 자랑하였고, 60·70년대에는 학교운동부인 야구부가 수차례 전국을 제패하여 학력과 운동을 모두 잘하는 학교로서 명성을 배가하였다. 경북고는 영남의 최고 우수한 인재들이 집결하였고, 이들이 정치, 경제, 사회, 문화 각 분야에 진출하여 대한민국의 발전을 주도한 족적을 남겼다고 할 수 있다.

1975년 고교 평준화 실시 이후 영남지역 우수한 인재들이 모여들던 전통의 맥은 끊어졌다. 그러나 그 이전부터 배출된 동문들의 활동은 한동안 계속되었다. 5공화국 때는 노태우대통령을 비롯하여 권부의 실세들을 배출한 소위 T.K(대구, 경북)의 본거지로서 인식되었다. 1985년에 학교를 시내의 중심가에서 현재의 수성구 황금동으로 이전하였다. 2만 2천여 평의 교지에 붉은 벽돌로 마감한 교사(校舍)동, 2개의 대형 운동장, 10만 주에 이르는 각종 수목, 고청원의 연못 등 뛰어난 조경을 갖춘 최고의 학교였다. 경북고 동문들의 파워가 확연히 드러났고, 타 지역민들로부터 곱지 않은 시선을 받기도 했다. 한때 대구교육감이나 교육청 실세들이 물러나 경북고 교장으로 자리를 옮기기도 하였으니 학교의 위세를 가히 짐작하고도 남음이 있을 것이다.

경북고가 이전한 지역은 당시에는 변두리에 불과하였으나 점차 새로운 교육의 중심지로 부상하였다. 학교 주변에 사립고가 속속 이전하고 뒤이어 사교육도 번창하였고, 학부모들은 자녀의 대학교 입시 성공을 위하여 몰려들었다. 학력, 경제력, 학부모의 관심 등 입시 성공의 주요 변인들이 서울 강남지역과 비견되는 '대구의 강남'으로 불리기 시작하였다. 대구 내에서 수성구지역에 교육 수요가 집중되어 교육 격차는 물론이고 부동산, 사교육, 교육 인프라, 문화 시설 등 지역적 불균형이 가중되자 대구교육청에서는 이를 해소하기 위하여 고입 배정 방법의 변경, 자공고 설립 등 다양한 정책을 펼쳤다. 그러나 한번 기울기 시작한 교육 격차는 쉽게 해결되지 않은 채 도도한 물결처럼 흘러가고 있다. 대구 교사들의 53%가 수성구지역에 거주한다는 사실은 모순적 현실을 극명하게 보여주고 있다. 오히려 최근에 비수성구와의 교육적 격차가 커지고 지역적 불균형이 심화되고 있는 형편이다. 저자는 2000년부터 2002년까지 3년 동안 경북고 교사로 근무하면서 학교와 이 지역 문화를 경험한 적이 있었다. 16년이 지난 뒤에 교장으로 부임하여 보니 전반적으로 많이 변화되었음을 느끼게 되었다. 평준화 세대 이후 경북고에 우수한 인재들이 입학하는 것은 중단되었지만, 학교 이전으로 새로운 교육의 중심지에 위치하게 되었던 것이다.

경북고의 현황은 2018. 3. 1.현재 43학급(특수학급 3 포함), 학생 1,256명, 교직원 117명(교원 89명)으로 대구에서 가장 규모가 큰 학교이다. 이 지역에 학생들이 많은 데다가 남학생의 단설학교인 점, 교육 환경, 역사와 전통, 동문 선배들의 활약 등 학부모들이 선호하는 요인들이 많이 있었다. 그러나 학부모들은 대입시 결과에 민감하게 반응하였기 때문에 언제든지 선호 요인들은 변화될 수 있다. 실제로 2008년 무렵 학교의 대입시 성과에 만족하지 않은 학부모들이 지원을 기피하였다. 성적이 낮은 학생들이 진학하였고, 이들이 생활지도상의 많은 문제점을 야기하여 '경북공고'라는 악평을 들은 적도 있었다고 한다.

학교에는 117년의 역사와 전통에 걸맞게 다양한 상징물들이 있다. 교문 입구의 석조 호랑이, '경맥대간'(慶脈大幹)라고 새겨진 표지석, 교훈석, 교표, 시계탑 등이 훌륭하게 조형되어 있어서 학생들에게 학교의 기풍을 심어주고 있다. 또한 교정 곳곳에 남아 있는 선배들의 기념석과 기념식수는 후배들에게 무언의 전통을 계승시키고 있다. 모두 전통의 명문고에 다닌다는 자부심과 자긍심을 심어주기에 충분하다.

학교의 외형은 전통으로 지속되어 갔지만 여기에 몸담고 있는 구성원과 교육 활동은 끊임없이 변화하였다. 가장 큰 분기점은 1975년 선발집단의 학교에서 평준화 출신의 학교로의 변화였다. 2000년대 이후 권위주의의 청산과 인권의 중시, 정보기기의 발달에 따른 개인주의의 확산 등은 학교문화, 구성원들의 성향을 바꾸어 놓았다. 각 시대적 변화와 처한 상황에 따라 교육목표를 달성하고 학생과 학부모가 만족하는 교육활동을 하였을 것이다. 저자가 2000년부터 3년 동안 교사로서 근무할 때의 기억으로는 교사들이 일사분란하게 근무하였고, 학생과 학부모도 학교의 교육활동을 존중하였다. 교장의 능력과 파워가 뛰어났기도 했지만, 학교와 교사의 권위를 인정하던 시대문화였던 것이다. 16년 지난 2016년 9월에 교장으로 부임하여 보니 많이 변화되어 있었다.

학교교육 활동의 주체인 교사들은 다양한 성향을 지니고 있었다. 시내 중심지 학교라서 연령에서 40대 이상, 교육 경력에서 10년 이상의 중견 교사들이 다수를 차지하였다. 따라서 교사의 역할과 문화를 이미 체득하고 있으며 나름대로 자신의 능력과 경험에 대해 자부하고 있었다. 대부분의 교사들은 자신에게 주어진 과업을 성실히 수행해야 된다는 것을 알고 있었고, 현안에 대해 독자적인 의견을 개진하기보다는 "다수의 의견이면 옳고 따르겠다"라는 대세론을 지지하고 있었다. 교사들의 일반적인 특징이라 하겠다.

그러나 경북고만의 독특한 교사문화가 잠재되어 있음을 점차 발견하게 되었다. 교사들은 대부분 학생과 학부모의 입장, 관리자의 의견을 수용해야 된다는 것을 잘 알고 있었다. 이미 학교교육의 패러다임이 수요자 중심으로 변하였고, 따라서 학교교육의 주인공은 학생이고, 학생이 성공하도록 최선을 다해야 한다는 데 동의하고 있었다. 문제는 이를 실천하는 과정에서 교사 간에 다양한 스펙트럼이 존재한다는 점이었다.

교사들의 성향에 따라 몇 가지 부류로 나눌 수 있었다. 확고한 신념과 의지를 가지고 실천하는 부류1, 관리자의 지시나 규정에 따라 소극적으로 업무 추진하는 부류2, 교사로서의 최소한의 업무인 수업과 생활지도만 하겠다는 부류3, 온갖 이유를 들어 수업을 대충하고 업무를 기피하는 부류4, 관리자의 권한과 권위를 인정하지 않고 저항하는 부류5, 능력과 의지가 함양 미달인 부류6 등으로 나눌 수 있었다. 부류1은 소수였고, 관리자의 입장을 이해하고 교육적 성과를 내는 데 도움이 되었지만, 적당히 지내려는 타 동료들에게 부담을 주지는 않을까 걱정해야 했다. 부류2는 다수를 차지하였으며, 학교문화의 변화나 관리자의 권유에 따라 부류1로 옮겨갈 가능성보다는 부류3의 입장을 지지하고 있었다.

경북고 교사들의 특성은 부류3 이하가 목소리를 크게 내고 학교 분위기를 장악하고 있다는 점이다. 근본적으로 교사들이 해야 할 업무가 지나치게 과중하며, 따라서 반드시 해야 되는 필수 업무는 하겠지만 굳이 안 해도 되는 업무는 할 필요가 없다는 생각을 가지고 있었다. 일정 기간 교직 경험을 가지면서 터득한 방편이었다. 그래서 업무를 두고 교사들 간에 "내가 왜 해야 되지?", "내가 아니더라도 다른 사람이 하겠지"라는 회피적 자세와 지극히 개인적인 이유를 제시하면서 동료들과 갈등을 벌였다. 또한 당연히 해야 할 업무조차도 교사들의 편의를 위한다는 명분을 내세워 관리자의 지휘에 저항하였다. 학교 업무는 기피하면서 개인적인 이익을 위해서는 온갖 이유와 논리, 근거를 대어 관철시키고자 했다. 공직자가 기본적으로 갖추어야 할 '선공후사'(先公後私)의 복무 자세를 지니고 있는지조차 의심할 때도 있었다.

교사가 자기중심적으로만 인식하고 대응하려는 자세는 학생이나 학부모, 관리자의 입장에서는 수용하기 어려웠다. 교사들은 본연의 직무인 수업과 생활지도에 최선을 다하여 성실히 수행하는 것은 당연하고, 이 결과 학생들의 인성, 학력, 진학까지 책임을 져야 할 것이다. 그런데 교사가 단순히 수업과 생활지도를 했다는 것만으로 만족한다면, 학생과 학부모가 과연 동의할 것인지 의문시된다. 나아가 개별교사들의 노력을 뛰어넘어 전체 교사들의 단합된 열정에 의해서 도출되는 교육적 성과라면 학교 자체에 대한 책임으로 귀결될 것이다. 학교를 책임지고 있는 교장으로서는 수수방관할 수 없을 것이다. 게다가 교사들이 교무 업무를 두고 자신들의 직무와는 무관하다고 주장한다면, 과연 교무 업무는 누가 담당할 것인가? 학교의 위상과 학부모들의 믿음은 교사들이 자신의 관점에서 바라보는 것 이상의 차원에서 이루진다는 사실을 인정해야 할 것이다.

경북고 교사들의 성향은 학교교육에 장애요소가 많았다. 평소에 화합과 배려보다는 업무 기피, 분열과 갈등 등 부정적 장면이 자주 연출되었고, 친목회 행사나 직원 경조사에 동료의식이 희박하였다. 친목회 행사 때 썰렁한 분위기를 전환시키기 위해 교장이 분위기메이커로 나서야 했고, 직원 경조사에 교장을 비롯한 몇 명만이 단골로 나타났다. 사회 변화에 따라 학교문화도 영향을 받게 마련이지만 다른 학교와 비교하여 개별 분산 고립의 정도가 심한 편이었다. 체념하고 수용할 수도 있었지만, 화기애애하고 단합된 학교에서 교장으로 근무한 경험을 바탕으로 교육적 성과를 내고자 하는 저자로서는 견디기 힘든 일이었다.

교사들이 갈등을 보였지만 교장과 맞설 때는 일치단결된 행동을 보였다. 현안이 발생하여 자신들의 이익을 침해당한다고 판단될 때는 극심하게 저항하였다. 교육과정상의 과목과 이수단위, 수업시수, 방과후학교 강좌, 교실수업, 생활지도, 교육 프로그램, 연수, 복무 등에 있어서 어떠한 기존의 교육활동도 변경하는 것에 대해 민감하게 반응하였다. 만약 자신의 이해(利害)와 약간이라도 상충된다면 이해(理解)하거나 수용하지 않으려 했으며, 수단과 방법을 가리지 않고 저항(투쟁)하였다. 난마와 같이 뿌리깊이 얽혀있는 문제점을 해결하고 학교를 개혁하기 위해서는 엄청난 노력과 시련을 각오해야 했다.

교사들의 입장을 대변하고 하나로 단합하는 데는 특정 교원단체의 조직이 적극 나섰다. 교사들의 '고충'을 해결해야 된다는 매우 '정당한' 역할과 의무가 있었던 것이다. 업무를 대충 처리하거나 기피하고 싶은 '우산' 아래에서 보호받고자 하는 일부 교사들에게는 천군만마와 같은 든든한 원군이었다. 소수 강성 조직원의 지휘 아래 일사분란하게 대오를 갖추어 교장에게 이미 검증되었다고 믿는 전술과 전략을 구사하며 저항(투쟁)하였다. 서명, 면담, 메시지 전달, 사실 왜곡, 일방적 주장, 경험적 사례, 교육감 핫라인, 국민신문고 민원 제기 등의 방법들이 동원되었다. 이제 교장은 언제라도 교사들에게 고충을 유발하고 소통을 하지 못하는 관리자로 전락하게 되어 버린다. 경북고는 저자가 교장으로 부임하기 이전부터 이런 '행사'가 반복되는 곳이었다는 이야기를 들었다.

경북고 교사들의 부정적인 성향과 행태를 장황하게 설명하였다. 저자의 관찰이나 관점이 잘못될 수도 있다. 교사들의 근본 성향이 그렇다는 것은 결코 아니다. 저자가 16년 전에 경북고 교사로 근무할 때는 화합하고 열정적인 분위기로 넘쳐 났다. 지금도 대부분의 교사들은 도덕과 양심에 충실하려고 한다. 교단에 서서 학생들에게 도덕적인 인물이 되라고 교육을 하기 때문이다. 실제로 열정과 헌신을 다하여 학생들을 가르치는 교사들과 동료로서 같이 근무하여 왔다.

그러나 사회와 학교 현장의 변화와 함께 교사들도 변하였을 것이다. 부정적인 면을 자각하지 못하거나 자각하더라도 떨쳐내려는 자신감이나 분위기가 없었기 때문이 아닌가 한다. 학교를 이끌어가야 할 교장으로서는 문제를 해결하기 위하여 철저하게 자기관리를 하고 교육의 본질에 충실하며, 교사들과 학교교육의 동반자로서 함께 가도록 노력해야 할 것이다. 경북고 교사들을 설득하고 문화를 바꾸는 것은 교장의 책무였다.

경북고 학생들은 대체로 안정된 가정환경에서 성장하였고, 성향이 온순한 편이다. 등교할 때 교문 입구에서 서서 교복을 단정하게 차려입고 석조 호랑이 조각상을 통과하는 학생들의 모습을 보고 있노라면 과연 전통의 명문고 학생답다는 생각이 든다. 학교를 상징하는 백삼선을 교복에 새겨 넣었고, 타 학교와는 달리 교복 입는 것을 자랑스럽게 여겼다. 넓은 교지의 교정 곳곳에 많은 수목으로 아름답게 조경되어 있어서 학교생활은 정서적으로 큰 도움이 되었다. 학생들 사이에 거친 욕설이나 행동, 학교폭력 등은 눈에 띄지 않았다. 역사와 전통, 교육 여건 면에서 특별한 혜택을 누리고 있었다.

반면에 학생들에게 성적과 대입시는 가장 중요하고 반드시 이루어야 할 과제였다. 학교교육의 성공을 위해 수성구지역에 모여들었기 때문에 일찍부터 학부모의 '관리'하에 치열한 경쟁과 성공을 위해 노력하여 왔다. 학부모들은 자녀의 성공에 도움이 된다고 하면 수단과 방법을 가리지 않았다. 경쟁에서 이기기 위하여 조기 교육을 시작하였고, 주로 사교육을 활용하였다. 중2학년 때 벌써 고교 수학과정을 여러 차례 복습했고, 중학교 때 영어 공부는 완성하고 고등학교 때는 탐구과목 학습에 시간적 여유를 확보해야 된다는 성공시나리오를 가지고 있었다. 자기주도 학습보다는 부모의 의지와 로드맵에 따라 학습하는 데 의존하였다. 사교육의 반복적이고 문제풀이 기법 위주의 공부 방법에 길들여져 있었다.

이러한 현상은 고교 입학 후 대입시를 준비하면서 더욱 심화되었다. 재학 3년 동안 교과, 비교과 모든 영역에서 골고루 노력해야 하는 수시전형(학생부종합전형)보다는 수능시험 한 번으로 결정되는 정시전형에 올인하였다. 수능시험 체제가 자신들이 여태껏 공부해 온 방법에는 더 적합하였던 것이다. 문제는 2010년 이후 정부에서 정시 모집 비율을 20%까지 낮추고 수시를 확대하는 데 있었다. 대학교 합격의 가능성이 점점 낮아졌지만, 학생들은 여전히 선행학습, 사교육, 정시위주의 체제에서 벗어나지 못하고 소위 '고교 4학년 과정'인 재수(再修)의 길을 고집하였다.

학생들의 입시 준비 방법은 대학 학과 선택에서 더욱 고착된 모습을 보였다. 상위권 학생들은 오직 의과대학만을 고집하였다. 미래의 안정적이고 수익이 보장되는 직업으로 의사만한 것이 없다고 확신하고 있었다. 결국 일찍부터 수성구지역에 몰려들어 사교육을 받는 학생들의 종착점은 의과대 진학이었던 것이다. 대구의 경우 타 시도보다 이 현상이 심하여 전국 의대 입학생 수에서 13%를 차지한다는 통계를 들은 적이 있다. 전국 학생에서 차지하는 대구 학생 수의 비율이 5% 정도이니 그 심각성을 알 수 있을 것이다. 경북고의 경우 서울대 공대에 합격한 학생이라도 지방 의대에 합격하면 서울대를 포기하는 데 주저하지 않았다.

학생들이 성적과 대입 정시에 집착하는 것은 인성측면에서 또 다른 부작용을 유발하고 있었다. 반드시 치열한 경쟁에서 이겨야 되고 희망하는 대학교에 합격해야겠다는 심리가 작동하였고, 이는 학생들에게도 영향을 미치고 있었던 것이다. 일부 상위권 학생들은 왜곡되고 삐뚤어진 특권적인 의식을 가지고 있었다. 다른 학생보다 공부를 잘하고 학교의 명예도 높이고 있으니 학교에서 특별하게 대우하라고 했다. 자신들만을 위한 강좌 개설, 교육과정 편성, 진로진학 프로그램 운영 등을 요구하였다.

자기중심적인 태도는 전체 학생들의 문화로 확산되어 집회 시 의식 진행에서 문제가 발생하였다. 강당 집회에서 소란하고 질서가 문란하여 중요한 의식을 망치기 일쑤였다. 동창회, 외부 인사 등 중요 인물이 많이 참석하는 개교기념식, 졸업식, 입학식 때는 민망함과 부끄러움으로 교장의 등골에서 식은땀이 흐르곤 했다. 과연 기본적인 수준이 되지 않는 학생들이 우리 사회를 이끌어 갈 수 있을까 회의가 들었다. 기본적으로는 온순하고 품성이 고운 학생들이었지만, 생활과 공부하는 과정에서 기초·기본을 놓치고 있었던 것이다. 인성을 바르게 회복하여 명실상부하게 명문고 학생을 만드는 것은 신임 교장의 숙제였다.

학부모들의 성향은 자녀들의 성적과 대입시에 매우 강한 성취욕망을 가지고 있었다. 자녀의 조기 교육을 통해 남보다 앞서나가려 했으며, 적중률이 높다고 소문난 사교육을 자녀에게 제공하여 경쟁에서 이기려고 했다. 자녀에게 도움이 된다고 판단되면 수단과 방법을 가리지 않았다. 상위권 학생의 학부모들은 오랫동안 자기들끼리의 폐쇄적인 모임을 지속하며 정보를 공유하였다. 자녀에 대해 학부모들이 가지고 있는 평균적인 욕구의 정도를 훨씬 넘어섰으며, 자신들이 소유한 다양한 사회경제적 수단을 적극 활용하였다.

일부 학부모들은 자신들의 특권의식과 이기적 태도로 학교를 힘들게 하였다. 학교의 교육방향을 이해하기보다는 자신들의 주장을 우선시했다. 교육과정상의 과목 개설, 교내 정기고사, 동아리활동, 급식, 생활지도 등에서 자녀의 입시에 유리한 방향으로 변경을 요구하였다. 담임과의 전화상담, 학교 방문, 교장과의 면담, 민원 제기 등 다양한 방법을 집요하게 동원하였다. 학부모의 민원 때문에 교사들은 교육활동이 위축되고 시달리는 경우도 있었다. 학교에서 적극적으로 학부모들의 불만을 해소하지 않는다면 공교육의 위기 상황은 심화될 뿐이었다.

자녀들에 대한 욕망을 이루기 위한 학부모들의 노력은 그렇게 비난할 일은 아니었다. 그러나 그것이 반드시 자녀들의 대입시에 도움되는 것만은 아니었다. 많은 학부모들은 자녀의 능력을 고려하기보다는 우선적으로 의과대, 서울대에 합격할 수 있다는 희망을 가지고 있었다. 실제로 수성구 지역에서 조기 교육과 사교육을 받아서 수능 정시를 준비한다면 충분히 합격할 수 있다고 확신하고 있었다. 자녀의 성적이나 현실적 가능성을 치밀하게 분석하기보다는 막연하고도 희망 어린 기대를 걸곤 했던 것이다. 게다가 불확실한 소문이나 사교육 시장에서 영리 목적으로 부풀려진 가능성에 기대고 있었다. 학원가에서는 생존전략 차원에서 공교육을 폄훼하고 불신을 조장하고 있었다. 입시방향이 정시에서 수시 위주로, 사교육에서 공교육 중심으로 변화된 것을 인정하지 않으려 했다. 오랫동안 사교육에 의존해온 관행 때문일 것이다. 신임 교장으로서는 공교육을 정상화하여 학부모들의 신뢰를 회복하는 것을 최우선 과제로 정해야만 했다.

경북고 학교 운영의 기조는 화원고에서 시행했던 것을 그대로 활용하였다. 이미 성공적인 결과를 거두어 검증되었다고 믿었기 때문이다. 학교 교육의 방향은 '공교육 정상화'로 정하였다. 공교육 정상화에 대한 시대적, 국민적 염원을 실현할 책무가 있었고, 특히 경북고의 경우 대구교육의 중심지라는 점을 의식하였다. 또한 경북고는 학부모들이 사교육에 의존할 수밖에 없는 이유가 공교육을 불신한 데 있으며, 따라서 공교육이 정상화된다면 학부모들도 돌아올 것이라고 판단하였다. 공교육에만 의존하던 화원고와는 사정이 달랐다.

그리고 공교육 정상화를 위해 교장과 교사는 같은 배를 타고 있었다. 공교육 정상화가 학부모를 대상으로 하였지만, 사실은 학교교육에서 위축되어 소극적이며 수세적인 자세를 취하던 교사들에게 자신감을 불어넣고 교육의 주도권을 회복하기 위한 목적도 있었다. 학부모들이 학교교육을 신뢰한다는 것은 학교교육을 실행하는 교사의 권위도 인정한다는 의미이기 때문이다.

저자는 공교육의 주요 범주를 인성교육, 자기주도학습, 진로진학 등 3분야로 설정하였다. 인성이 바른 학생이 스스로 학습하는 능력을 길러 진로진학에 성공하게 한다는 것이다. 교사들이 공교육 정상화의 필요성을 공감하고 열정적인 노력을 다할 때 실현 가능한 부분들이다. 개별적인 교사의 노력을 넘어서서 전체 교사들의 조직적인 팀웍이 요구되었다. 화원고에서 단합되고 열정적인 교사들 덕분에 성공한 경험과 자신감으로 경북고에서도 가능할 것으로 기대했지만, 실현하기에는 난제가 도사리고 있었다.

우선 고립 분산적이고 갈등이 전면에 노출되어 있는 학교문화를 하나의 목표를 향해 단합시킨다는 것은 쉽지 않은 과제였다. 그리고 오랫동안 사교육에 단련되고 수능과 정시위주로 대입 진학을 고집하는 학부모들을 공교육으로 돌아오게 하는 데는 많은 노력이 요구되었다. 그들에게 공교육 정상화라는 과제는 현실과는 유리된 이상적인 명분론에 불과하였다. 공교육 정상화를 통해 입시 성공을 목적으로 하는 수시 전형(학생부종합전형)은 재학 3년 동안 학교교육에 매달려야 하기 때문에 학생과 학부모 모두에게 부담스러운 것이었다. 경북고의 교육방향을 공교육 정상화로 정하였지만, 교사의 성향과 학부모의 인식이라는 현실적 문제를 극복해야 했다.

학교 경영방침도 화원고의 것을 그대로 사용하였다. 자율성과 책무성, 합리적인 학교 행정, 소통과 화합 등의 핵심 방향을 제시했다. 전임학교와 동일한 공립학교, 교사집단을 갖춘 조건에서 실천해 본 결과 이미 검증되었다고 판단하였다. 기회가 있을 때마다 학교교육의 방향과 경영방침을 구성원들에게 설명하고 이해를 구하였다. 교사들은 교장의 주장에 대해 무조건 동의하기보다는 각자의 경험과 생각을 바탕으로 자신의 입장에서 수용하였다. 명분은 타당하지만 반드시 실천하겠다는 적극성 보다는 유보적인 자세를 취한다는 인상을 받았다. 부임 초기의 모습을 일기에서 다음과 같이 적고 있다.

(2016년) 10월 월례직원회의에서 학교 운영방향을 공교육 정상화로 정하였음을 설명하였다. 배경은 무엇이며, 무엇을, 어떻게 실천할 것인가? 현재 입시체제의 변화, 학생부종합전형의 실제, 학교프로그램의 정리, 담임의 역할 중시, 학생부 기록의 엄정성 등의 문제를 두고 1시간에 걸쳐 강의하였다. 미처 준비되지 않은 교사들은 달갑지 않다는 표정이다. 변화를 꺼리고 있다. 자신들에게 유리한 정책이다. 학부모의 간섭을 뿌리칠 수 있는 일임을 알아야 할 것이다.(일기 2016년 10월 10일)

학교의 방침인 공교육 정상화의 필요성과 내용을 이해시키려고 했지만, 신임교장은 눈앞에 닥친 문제점을 해결해야겠다는 당위론에 앞서고 있었다. 현실의 문제를 파악하고 극복할 수 있을지를 고민해볼 여유가 모자랐던 것이다.

다음은 경북고의 특징인 학교운동부에 대해서 언급하고자 한다. 2017년 1월 1일자 현재 운동부는 야구부 선수 50명, 감독·코치 5명, 검도부 선수 13명, 코치 1명, 양궁부 선수 1명, 코치 1명 등으로 구성되어 있었다. 3개 부 모두 역사와 전통을 자랑하는 전국 최고 수준급이었다. 야구부는 60·70년대에 전국대회를 석권하였으며, 기라성 같은 국가대표 선수들을 많이 배출하였다. 경북고 하면 영남의 석학들이 모여 있는 학교임에도 불구하고 공부보다는 야구로서 명성을 더 많이 날렸다. 교내에 전국 대회를 치룰 수 있는 규모의 공인 야구장을 갖추고 있다. 경북고 야구의 역사를 기록하자면 별도의 책이 필요할 정도이다. 검도부는 해방 직후에 창단하여 오랜 역사를 가지고 있으며, 전교생들이 심신단련을 위해 체육수업으로 배웠다. 양궁은 올림픽 은메달리스트를 배출할 정도로 나름대로 자부심을 가지고 있었다.

학교에 최고 수준급의 운동부를 무려 3개나 가지고 있다는 사실은 구성원 모두에게 기분 좋고 영광스런 일이다. 저자는 학교운동부가 축구부인 고등학교를 졸업하였는데, 재학 중에 경기장에서 전교생들이 교가와 응원가를 목청껏 부르며 응원하던 추억을 가지고 있다. 그때를 회상하면 모교와 동문들을 자랑스럽게 여기게 된다. 그래서 저자는 축구보다도 훨씬 국민적 인기가 높은 야구를 육성하고 전국을 제패하여 온 경북고의 분위기를 공감하고 있었다. 경기를 관전하는 방법이나 운동부 운영 등은 시대에 따라 바뀌어 왔지만, 교장으로서 전국대회에서 성적과 선수들의 동정은 당연한 관심사라고 여겼다. 학교를 빛내고 학생들의 교육활동에 도움을 주는 일이라고 믿었다.

운동부에 대한 긍정적인 생각은 경북고 교장으로 부임하면서 바뀌어 갔다. 운동부의 화려한 겉면과는 달리 현실적으로 많은 난제들을 직면해야 했다. 교장들이 운동부가 있는 학교를 왜 꺼려하는지 그 이유를 이해하게 되었다. 학교운동부 운영의 각종 문제와 비리는 언론이나 시중의 소문을 통해서 이미 듣고 있었다. 교장으로 임명된 후 이제 운동부를 맡았으니 힘들겠구나 하는 정도의 염려만 가지고 있었고, 운동부를 전혀 모르지만 학교 여러 부서와 동일하게 운영하면 되겠지 하는 생각을 하고 있었다. 대구교육청에서는 2010년 신임교육감 취임 이후 빈발하는 학교운동부의 비리를 척결하기 위하여 심혈을 기울이고 있었다. 문제발생 시 관련자에 대한 엄중문책과 동시에 학교운동부 매뉴얼을 보급하여 운영과 선수 관리 등을 철저하게 이것에 따르도록 지시했다.

저자는 신임교장으로서 매뉴얼을 몇 차례 숙독하면서 운동부를 파악하여 갔다. 매뉴얼에는 체육특기자의 선발, 선수 훈련, 학생선수의 학습권 보장, 대회 출전규정, 학교운동부 지도자관리 등이 매우 상세하게 담겨져 있었다. 매뉴얼대로 운영된다면 문제가 발생할 수 없을 것 같았다. 그러나 3개 부서의 운영 상황을 확인한 결과, 매우 복잡다단한 구조와 방대한 규모에 놀랄 정도였다. 실무적인 운영은 체육과 교사와 관리자가 맡아서 처리하였지만, 학교 전체를 책임지고 있는 교장으로서 쉽지 않겠구나 하는 느낌을 받았다. 선수 관리, 대회 출전, 학부모의 민원, 예산 집행, 프로구단 진출, 대학교 진학 등의 문제들이 다가왔다. 모두 시간이 지날수록 현실적 과제로 부상하였다. 형식은 학교 내부의 조직이었지만, 실제는 또 하나의 학교를 운영하는 것과 같았다. 선수들의 경기력을 향상시켜 좋은 성적을 거두는 것 못지않게 문제없이 운영하는 것이 더 중요한 과제였다.

경북고의 또 다른 특징인 동창회에 대해 언급하겠다. 100년의 역사와 전통을 자랑하고 5만여 동문들을 배출한 명문고답게 동창회도 대단하였다. 일반적으로 동창회는 별도로 운영되지만, 모교와 후배들의 든든한 원군 역할을 한다. 경북고 교장으로 발령난 뒤 동창회가 모교를 많이 도와줄 것이라는 이야기를 가는 곳마다 들었다. 저자도 학교 위상에 걸맞게 도움을 받을 것이라고 기대하였다. 동창회는 모교에 공식적으로 연 1억 원 상당의 경맥장학금과 교사들을 위한 약간의 해외연수 경비를 지원하였다. 비공식적으로 야구부 후원이 있었고 가끔 교사들을 위한 회식, 학생들의 간식, 시설 개선 등의 소요 경비를 지원하였다.

동문들이 모교를 도와주는 데 가장 선호하는 것은 후배들의 장학금 지급이었다. 성공한 선배들이 후배들에게 자랑스럽게 귀감이 되고 직접적으로 격려할 수 있는 방법일 것이다. 장학금이 지닌 선의의 의미에도 불구하고 정작 수혜자의 가정형편이나 장학금에 대한 인식에서 그 의미가 반감되는 것 같았다. 선배들의 어려웠던 학창 시절과는 달리 현재의 후배들은 사교육에 몰두하는 부유한 가정의 자녀들이 많았던 것이다. 학교로 봐서는 장학금보다는 차라리 학력 향상, 입시 프로그램 운영, 교사들의 사기 진작, 교육 기자재, 시설 개선 등 전체 학생들에게 혜택이 미치는 데에 소요되는 '교육경비'가 더 시급하였다.

교육청에서 모든 학교에 균등하게 배분되는 교육경비로는 경북고의 살림살이에 턱없이 부족하였다. 3개의 운동부, 타 학교의 4배에 이르는 교지, 7개 동의 건물 등에 많은 예산을 지출할 수밖에 없었다. 교육의 질과 성과는 교육경비와 직결되어 있음은 주지의 사실이다. 동창회 측에 수차례 교육경비의 지원을 요구하였고, 교장이 염치불고하고 서울에 거주하는 동창회장에게 직접 서신으로 간청하기도 했다. 별도의 예산이 없으니 지원이 어렵다는 대답만 들었다. 나중에는 경맥장학금의 일부를 교육경비로 전용할 수 있지 않느냐고 대안을 제시했지만, 당초 장학기금으로 모금하였기 때문에 불가하다고 했다. 대한민국 최고의 역사와 전통, 수많은 거물들을 배출한 명문고 선배들이 자신들의 위업을 계승할 후배들에 이렇게도 무심한가 하는 실망감만 쌓인 채 동창회에 대한 기대를 접게 되었다.

● 학부모들은 학교교육을 믿지 않고 있다

학교교육의 수요자는 학생과 학부모들이다. 학교는 이들의 희망과 요구를 달성하기 위하여 최선을 다해야 할 것이다. 과연 경북고의 수요자들은 학교교육을 신뢰하고 있을까? 부임 초기에 학교 운영을 파악하는 과정에서 이들이 학교교육을 믿지 않고 있다고 생각되었다. 그래서 제목을 '학부모들은 학교교육을 믿지 않고 있다'라고 했다.

교장으로서 우선 학교의 현황을 파악하는 데 나섰다. 이를 위하여 교원 조직, 교육 활동, 입시 준비, 예산과 시설, 대외 홍보 등을 들여다볼 필요가 있었다. 일반적으로 어느 학교든지 개략적인 학교 현황은 학교홈페이지, 정보공시알리미, 학교 프로파일 등을 통해서 쉽게 파악할 수 있다. 그리고 학교홈페이지에 탑재된 교육활동 사진란을 열어보면 그 학교의 교육활동의 내용과 충실도를 가늠할 수 있다. 가끔 여러 학교들의 홈페이지를 열어보다가 관리가 전혀 되지 않은 채 해가 지난 사진 몇 장만 게시해 둔 경우를 발견하고는 깜짝 놀라기도 한다.

인사발령 뒤 경북고 학교홈페이지와 정보공시를 확인해 보니 전반적으로 교육활동이 부실하다는 느낌을 받았다. 아마 저자의 관점에서 화원고의 그것과 비교한 데서 온 선입견일지도 모른다. 그래서 좀 더 자세한 학교 현황을 알고 싶어서 9월 1일 부임 전에 학교 현황을 보고하러 화원고를 방문한 교감에게 최근 3년간 입시 실적, 선지원율 추이, 학교 프로파일 등 10여 가지 자료를 준비하도록 부탁하였다. 그런데 교장의 지시에도 불구하고 부임한 지 한참 지난 후에도 관련 자료를 보고하지 않았고, 결국 몇 번 채근하다가 포기하고 말았다. 저자의 입장에서는 보통의 학교라면 당연히 존재하리라고 생각했었지만, 경북고에서는 애당초 작성하지도 않는 자료를 요구하였던 것이다. 신임교장으로서 학교교육 활동과 입시 준비, 학부모와의 관계 등에 의심이 들기 시작하였다.

전임교에서 구성원 모두가 기다리는 학교를 성공적으로 만들었다는 자부심, 자신감이 충만한 채 경북고에 첫 출근했다. 그러나 교장실에 들어서는 순간 학교교육이 부실하기 짝이 없다는 생각이 뇌리를 스치고 지나갔다. 1985년 학교를 도심지역에서 외곽으로 옮기면서 교장실을 특별히 교실 1.5칸 크기로 만들었다. 다른 학교와는 다르다는 '특별 의식'이 작용한 듯하다. 그러나 신축한 지 30년 후에 부임한 신임교장의 눈에는 대형 교장실에 낡은 책걸상과 소파, 응접탁자의 유리판 밑에 끼여 있는 빛바랜 신문스크랩, 서경(書經) 글귀를 전서체로 쓴 12폭 병풍, 동문과 기관들로부터 기증받은 각종 소품들, 삐거덕거리는 서랍장과 책장 등이 들어왔다.

16년 전 교사로 근무할 때 보았던 교장실 그대로인데 세월의 때가 묻어서 더 낡아 보였다. 잘나가던 대(大)명문고의 영화(榮華)는 보이질 않고 퇴락해 가는 조선시대 양반가옥처럼 보였다. 외부에서 알고 있는 대구·경북교육의 1번지라는 인식, 또한 붉은 벽돌로 마감하여 번듯하게 보이는 교사(校舍)동의 외관과는 대조적이었다. 굳이 교장실을 화려하게 치장할 필요는 없겠지만, 시대에 맞게 바꾸고 윤기 나게 닦아서 사람 사는 온기가 넘쳐났으면 좋을 텐데 하는 느낌이 들었다.

교장실 내부의 낡은 모습은 건물의 다른 곳에서도 발견되었다. 우중충한 교실과 복도, 먼지 자욱한 신발장, 불편하기 짝이 없는 시청각실 의자, 활용하지 않고 방치된 과학실험실, 수 년 동안 다듬지 않아서 덤불숲을 이루고 있는 교정의 수목 등 전반적으로 관리가 되지 않고 있음을 확인하였다. 낡은 교정과 건물은 미관이나 편의상 불량하였고, 특히 학생들의 학습장으로도 활용되기 때문에 개선할 필요가 있었다. 학교의 치부(恥部)로도 볼 수 있지만 현실적으로 이해가 되는 점도 있었다. 신설 학교부지로 이전 신축한 지 30년이 넘어서 건물이 노후할 수밖에 없었고, 별도의 인력이나 예산을 두지 않는 이상 관리가 어렵다는 것이다. 그러나 근본적인 원인은 학교 예산운용과 이를 타개하려는 구성원들의 노력이 부족한 데 있다고 결론지었다.

학교의 교정이나 건물 등 외관상 받은 인상 다음에는 그 내부에서 활동하고 있는 사람들의 모습이 들어왔다. 부임한 지 6일이 지난 2016년 9월 6일에 학교 축제 '경맥제' 개회식에 참석했다. 경맥제는 연간 학사 일정에서 학교와 학생들에게 가장 중요한 행사였다. 1년 동안 학생들이 교육 활동한 결과를 전시함으로써 자부심을 가지고 성장하는 기회가 된다. 또한 학교의 오랜 전통을 계승하는 측면도 있고, 점차 학교교육이 학생 중심으로 변화되었다는 측면에서도 중요하였다.

그러나 실제 행사 진행은 어설프기 짝이 없었다. 당일 혼잡한 강당 입구의 개막식장에서 체구가 자그마한 담당여부장 혼자서 질서 정리하느라 애쓰고 있었다. 이를 도와주는 교사들은 보이지 않았다. 무질서한 가운데 교장이 휴대용 미니마이크로 개회인사를 한 뒤 학부모 5명과 함께 기념 테이프를 커팅하였다. 현장에 나타나지 않은 90명의 재직 교사들은 모두 자신들의 업무에 바쁜가 보다 자위하였다. 게다가 강당 내에 전시한 작품의 수준은 실망스러울 정도였다. 전임 학교에서는 학생들이 주도적으로 기획, 추진하고 학교에서도 물심양면으로 지원을 아끼지 않았다. 그래서 교장이 많은 교사들과 함께 개막식을 하였고, 전시실을 돌아보면서 작품의 수준뿐만 아니라 준비한 정성과 솜씨에도 감탄하곤 했다. 내심 실망감을 감추면서 개회식을 마치고 강당을 빠져나오면서 "학교교육이 중요한데 무엇인가 잘못되어 있는 것 같다"라는 마음을 지울 수 없었다.

점차 시간이 지나면서 경북고 교육의 속살에 한 걸음씩 다가갔고, 그 실상을 보게 되었다. 부임 직후 3학년 학부모 한 명이 집요하게 요구하는 민원이 진행되고 있다고 보고받았다. 수시원서를 작성하는 과정에서 1학년 학생부란에 기록되어 있는 자녀의 미래 직업을 정정해 달라는 것이었다. 사연을 들어보니 1학년 국어시간 때 학생이 미래 직업을 발표하였는데, 3학년이 되어서 희망하는 대학교의 학과와 일치하지 않는다는 것이었다. 학부모는 1학년 당시에 발표한 내용을 담당교사가 잘못 기록하였다고 주장하고, 교사에게 수차례 정정해 달라고 요구하였다. 교사에게 거절당하자, 교육감 핫라인에 민원을 제기하였던 것이다.

담당교사는 정당한 행위를 했음에도 불구하고 민원에 시달려 상당히 위축되어 있었다. 부당한 민원임을 확인하고 담당교사에게 원칙대로 처리하도록 지시했다. 학부모가 교사의 교육활동을 불신하는 것도 문제이지만, 자신의 욕구를 관철시키고자 수단과 방법을 가리지 않는 데 놀라지 않을 수 없었다. 더구나 우연히 그 학부모가 대구 다른 지역에 근무하는 공립고교의 교사임을 알게 되었다. 공교육 담당자가 이런 행동을 하고 있는데 과연 공교육 정상화가 가능할까 하는 회의를 가지지 않을 수 없었다. 공교육의 주체인 교사 스스로 자신을 부정하고 있었다.

다음에는 학부모들이 직접 학교교육을 불신하는 장면에 마주치게 되었다. 부임 직후 교장과 학부모 대표들이 첫 대면하는 자리를 교장실에서 가졌다. 대화 중에 교장이 학교교육의 중요성을 강조하자, 한 학부모가 "학교에서 그동안 해 준 것이 무엇이 있느냐?"라고 따지듯이 돌직구를 날렸다. 사교육에서 자녀의 교육과 대학진학을 충분히 준비하고 있으니 학교교육은 필요없다라는 불만투성이의 발언이었다. 여태껏 학교에서 해 준 것이 없었으니 앞으로도 신임 교장이 해 주려고 노력할 필요가 없다는 의미로 들렸다. 참으로 '예의 없는 사람이다'라는 생각도 들었지만, 그보다는 무엇인가 단단히 잘못되어 있구나라고 판단되었다. 직전임 화원고 학부모들의 전폭적인 믿음 속에서 혼연일체가 되어 학교교육을 해왔던 교장으로서는 매우 심각하게 생각하였다. 이미 학부모의 성향에 대해서 예상은 하고 있었지만, 학교교육 자체를 불신하고, 학교교육을 책임지고 있는 교장에게 그대로 표출할 수 있다는 현실에 놀랄 뿐이었다. 공교육이 바로 서야 할 자리는 어디에도 보이질 않았다.

학부모들의 학교교육에 대한 불신의 분위기는 자녀들에게도 전파되어 있었다. 부임 후 얼마 되지 않아서 서울대에 진학한 선배가 학교를 방문하여 후배들에게 들려준 이야기를 소문으로 알게 되었다. 즉 선생님의 이야기나 학교의 지도를 따르면 실패의 지름길이므로 절대로 믿어서는 안 된다는 것이다. 이런 말이 정말 사실일까 하고 나 자신을 의심하기도 했다. 선생님과 학교를 부정하는 것은 자신의 정체성을 부정하는 것과 마찬가지이다. 자신을 부정하는 사람이 어떻게 올바른 사회인으로 성장할 것인가? 그런 위인이 우리 사회를 어떻게 이끌어 갈 것인가? 자기관리가 되지 않고 남과 더불어 지내지 못하여 사회에 피해만 끼칠 것이 명약관화한 일이다. 화원고 출신 선배들이 후배들에게 자랑스럽게 자신과 학교, 선생님을 이야기 하던 장면과는 너무나 대비되었다. 학생들을 탓하기 이전에 학교교육을 올바르게 이끌어나가야 할 책무성이 우리에게 있음을 잊지 말아야 한다고 반성하였다.

학부모들이 학교교육을 불신하는 데 대해서 학교의 대응은 부실하기 짝이 없었다. 부임 후 수차례 업무 처리 방향과 중요 사항을 지적하고, 현황에 대해서 보고하기를 요구했지만 추진되지 않았다. 수시입시 전형의 중요 자료인 학교프로파일을 작성, 탑재하도록 했지만 지연되었다. 그리고 주요 업무의 추진에 대해 교장이 관련 근거를 적시하여 채근했음에도 불구하고 담당자들이 변명으로 일관하였다. 예컨대 학교장 대학추천전형규정은 학운위에 심의하도록 법령에 규정되어 있음에도 불구하고 이를 무시하고 있었다. 법령의 위반이라는 사실 자체를 모른 채 관행적으로 해오고 있었던 것이다. 또한 담임 추천으로 매월 학급당 한명씩 '경맥인상'을 수상하고 있었다. 뚜렷한 공적도 없이 많은 학생들에게 상을 남발하여 왜곡된 엘리트 의식을 조장하였고, 실제 대학입시에 도움이 되지 않았다. 그 외 방과후학교 운영, 영재반 개설, 대입시의 방향과 준비, 학교 조직의 이완, 업무 처리의 부진 등이 확인되었다. 외부에서 갓 부임해 온 교장의 눈에는 기득권자들이 미처 인식하지 못하던 문제점들이 들어왔던 것이다.

학부모들이 학교교육을 불신하는 중심에는 자녀의 대입시 문제가 걸려 있었다. 학교 내부의 다양한 문제점들은 학부모들에게는 잘 알려지지 않는 법이다. 그러나 학교교육의 부실 때문에 결국은 학부모들이 희망하는 대입시 성과를 가져올 수 없고, 이것은 결국 학교교육을 불신하게 만들었던 것이다. 입시에 대한 학부모의 분위기를 일기에서는 다음과 같이 적고 있다.

2학년 학부모총회와 입시설명회를 하다. 오후 시간에 200여 명 학부모들이 바쁜 와중에 학교에 온 이유를 알고 있다. 눈빛에서 읽을 수 있다. 내 자식의 간절한 성공을 염원하는 마음이다. 섬짓하게 두려움을 느낄 만하다. 이것이 교육의 본질인가? 현실적 욕망을 달성해야 하는가? 그러나 현실이 우선이다. 교사들도 알아야 할 것이다. 자신의 안일, 태만을 교육의 본질로 위장하려는 것

인가? 매일신문 사설에서 대구 사립고와 공립고의 입시성과 격차를 질타하고 있다. '사립은 일류', '공립은 이류'라고 혹평하며 입시에 등한시하는 공립교 교장, 교사를 비난하고 있다. 시민의 여론을 주도할 셈이다. 대구교육청에서는 언론에 반론 자료로 수성구에서 비수성구로 진학한 중학생들 기사를 내보내고 있다. 문제의 본질을 모르거나 애써 외면하고 있다. (일기 2018년 3월 20일)

지역 언론이 학부모의 여론을 대변하여 공립고를 '이류'라고 극단적으로 혹평하고 있다. 교직에 몸담고 있는 우리로서는 매우 듣기 거북한 비판이지만, 학부모들의 절박한 심정을 이해해야 할 것이다. 학부모들이 자녀 입시 성공을 위해 몸부림치는 것을 내 자신의 문제로 받아들여야 할 것이다.

물론 학교에서도 학교교육을 위해 최선을 다해왔을 것이다. 2008년 무렵 주변에서 들리던 '경북공고'라는 오명을 벗어나고자 생활지도를 엄격히 하였고, 우수학생들을 유치하기 위하여 방과후학교에 영재반을 개설하였다. 일정한 성과도 있었다는 것을 잘 알고 있다. 그러나 국가정책과 입시제도의 변화에 따라가지 못하는 사이에 학교교육의 방향이 잘못되었고, 학교 운영의 문제점들이 누적되어 갔던 것이다. 반면에 자녀의 입시를 위해 목매고 있는 학부모로서는 학교교육을 불신하고 사교육으로 달려갈 수밖에 없었다.

이제 학교교육과 학부모를 원래의 위치로 되돌려 놓아야 할 것이다. 개혁이 시급하고 절박하게 필요함을 인식한 신임 교장은 좌고우면하지 않고 앞으로 나아가야 했다. 강고하게 뿌리박고 있는 저항세력과의 충돌과 갈등을 각오해야 했다.

● 학교교육의 일그러진 수단 '영재반'을 개혁하다

부임 후 학교의 문제점들이 한두 가지씩 눈에 들어오면서 해결방안을 고민하던 차에 실제로 부실한 현장을 발견하게 되었다. 부임 후 한 달 정도 지날 무렵 2016년 9월 27일 오후에 1, 2학년 방과후학교 수업을 돌아보았다. 일주일에 월, 화, 목, 금 4일을 8, 9교시 블록타임으로 수능강좌 중심의 선택형수업이 진행되고 있었다. 수업 내용의 적합도나 충실도는 파악할 계제가 아니었다. 다만 눈에 비치는 수업 현황은 부실하기 짝이 없었다. 2시간 연속으로 자습만 시키는 교사가 절반을 넘었고, 일부 담임교사 중 근무 시간이 지났다고 하여 퇴근해 버려 해당 학급의 학생은 관리가 되지 않고 있었다. 또한 체육강좌가 과다하게 개설되어 있었다. 2학년의 경우 90명 이상의 학생들이 축구, 농구, 배드민턴, 테니스 등으로 운동장에서 땀을 흘리고 있었다. 더구나 이런 와중에 상위 소수 학생들만으로 구성된 '영재반'은 특별 관리하고 있었다. 수요자 중심으로 운영해야 된다는 명분을 내세웠지만, 실제는 다수 학생들이 교사들의 관심 밖에 있었던 것이다.

방과후수업의 형태는 과목 배정형(학교 중심)과 선택형(학생 중심) 두 가지가 있었다. 각기 장·단점이 있기 때문에 학교의 형편과 학생의 희망에 따라 달리 실시되어야 한다. 몇 년 전까지만 하더라도 수능시험 준비를 위한 배정형 보충수업이 진행되었지만, 점차 학생들의 희망을 반영하여 선택형으로 바뀌어 갔다. 학생 간에 성적 편차가 심한 대규모 학교에서는 학생 관리와 강좌 개설의 어려움 때문에 학생들의 요구를 반영하는 데 어려움이 많았다. 그래서 1, 2학년은 선택형, 3학년은 배정형으로 혼합하여 운영하고 있었다. 경북고가 바로 이런 경우였다.

경북고의 운영 방안은 그 목표와 효율성이 사전에 충분히 검토되었어야 한다. 즉 단순히 수능 정시 위주의 성적을 향상시키고자 한다면 수준별 수업을 하되, 학생 관리가 철저히 따라주어야 한다. 적당하게 교사의 편의에 따라 분반수업 한다면 효과도 없을뿐더러 학생으로부터 외면당하고 학교교육 전체가 불신당하게 될 위험이 있다. 학교교육이 신뢰받느냐, 아니면 불신받느냐의 기로에 서 있었던 것이다. 경북고의 경우 학교 측과 학부모

측이 절묘하게 타협하고 있었다. 즉 학교 측에서는 입시 시류에 맞추어 다양한 교과를 개설했다는 선택형 방과후학교 수업을, 학부모 측에서는 자신들의 요구를 반영한 '영재반' 개설이란 방안으로 나타났다. 학생들을 위해 노력했음을 보여주려는 학교 측과 소수의 상위권 학생들에게 특별대우를 요구하는 학부모 측의 이해가 맞아떨어졌던 것이다.

방과후학교의 운영은 외관상 다양한 강좌를 개설하는 것처럼 보였다. 1학년의 경우 전체 36개 강좌를 개설하고, 국어 4개, 영어 6개, 수학 4개, 사회 6개, 과학 5개, 체육 6개, 음악·미술·한문 각 1개 강좌 등으로 이뤄져 있었다. 영재반은 30명을 별도 학반으로 편성하여 1주일에 국어, 영어, 수학 한 과목당 1회씩 수업하였다. 2학년의 경우 국어, 영어, 수학 과목의 강좌가 탐구과목보다 많은 점 이외는 1학년과 비슷하게 운영되었다. 강좌 개설 시 현실적으로 어려운 점이 반영되고 있었다. 정시 위주의 입시와는 달리 수시전형을 고려하여 학생들의 다양한 희망을 반영하였다. 즉 강좌명을 다양하게 작명하여 학생부 기록에 반영하고자 했다. 그러나 실제 수업은 대부분 수능 문제 풀이 위주였다.

그리고 영재반 운영은 내신에 의한 수시보다는 수능에 의한 정시가 유리하다고 판단하였음을 의미한다. 실제로 우수한 학생들이 밀집하여 서로 경쟁함으로써 내신등급이 불리하였다. 내신 2~4등급인 학생의 수능등급은 이보다 높게 나오므로 수능 위주의 정시전형을 선호하였다. 그런데 2016년 부임 당시 대입시는 이미 수시, 학종 위주로 변화하여 재학생들에게 정시는 불리하였다. 정시 인원은 전체 입학정원의 20%에 불과하여 정시만을 목표로 하는 재수생의 몫으로 돌아갔고, 또한 서울지역 주요 대학에서는 학종이 대세였다. 따라서 영재반 학생들을 위해서는 1학년 때부터 수능 대비를 위해 별도반을 편성하여 운영할 것이 아니라 교과, 비교과 영역에서 다양한 학교교육 활동에 참여하도록 지도하는 것이 옳았을 것이다. 특히 문제풀이식 수업보다는 재학기간 동안 자기주도 학업역량을 기르기 위한 노력을 하도록 해야 했을 것이다. 영재반 이외의 학생들에게도 방과후학교 수업 때 적당히 수능 준비하고 있다는 흉내를 낸다든지 공부를 회피하기 위한 기회로 전락해서는 안 될 것이다.

영재반은 영재교육진흥법에 의해 교육청에서 개설하는 '영재학급'을 모방한 것이다. 명칭은 유사하지만 목적과 운영 내용이 전혀 달랐다. 영재학급은 국가 차원에서 특정한 분야에 우수한 학생을 조기에 발굴하여 인재로 양성하려는 것이었다. 그래서 교육청에서 인가받은 이외 기관에서 유사 명칭의 사용을 금지하고 있다. 반면에 경북고는 몇 년 전에 기피학교로 인식되고 인근의 타 학교보다 선호도가 낮아지자 우수한 학생들의 유인책의 하나로 영재반을 운영한다고 홍보하였다. 공립고가 법령을 위반하고 교육 현장을 왜곡시키는 데 앞장서고 있었던 것이다.

문제는 영재반이 상위권 학생들을 유치하는 데는 성공하였을지 모르지만, 실제 대입시에서는 도움이 되지 않는다는 것이다. 주 1회 2시간의 수업으로 학력 향상에 얼마나 도움이 될지 의문시되며, 무허가 학급이므로 학생부에 활동 내용을 기록할 수 없어서 수시전형에 활용할 수도 없었다. 대신에 동료 학생들 사이에 일그러진 우월감, 특별의식만 심어주고 있었다. 특히 어릴 때부터 경쟁 심리만 날카롭게 촉발되어 있던 수성구지역 학부모들의 왜곡된 대리만족을 충족시켜주는 데 기여할 뿐이었다. 수시전형을 위해서 협력학습, 모둠학습, 토론학습 등을 통해 학력과 인성을 함께 기르고, 이것을 학생부에 기록해야 도움이 된다는 사실을 깨닫지 못하고 있었다. 학교교육의 본질을 오해하고 있었던 것이다.

영재반 문제점과 괘를 같이하는 또 다른 축에는 과도한 체육강좌의 개설이 있었다. 학습과 체력은 수레의 두 바퀴처럼 균형을 이룰 때 가장 효율적으로 발전한다. 피 끓는 청춘인 고교 남학생들은 늘 축구와 농구 등 스포츠 경기에 에너지를 쏟아내고 싶어 한다. 타 학교와 비교하여 운동장과 강당의 체육시설이 잘 갖추어져 있어서 체육수업, 휴식시간, 토요스포츠데이,

스포츠클럽 등으로 운동을 충분히 즐길 수 있었다. 교장의 입장에서는 정규 체육수업과 휴게시간 정도만 해도 충분할 텐데 방과후학교 시간에 90명씩이나 많은 학생들이 운동장에서 땀을 흘리고 있으니 어찌된 영문인가 싶었다.

그 내막을 알아보니 공교육에 종사하는 교장으로서는 도저히 이해가 되지 않았다. 대부분의 학생들이 공부는 학원에서, 휴식과 놀이(주로 축구)는 학교에서 해결해야 한다는 생각을 하고 있었다. 학원에서 밤늦게까지 사교육을 받은 학생들은 피곤하니 학교에서는 운동으로 적당히 쉬어야겠다고 요구했고, 또한 이것도 저것도 아니고 성적이 낮아서 수업에 관심이 없는 학생들은 아예 운동만을 고집하였다. 따라서 학생들 사이에 방과후학교에 체육강좌는 꼭 필요하다는 여론이 다수였다. 학부모들은 무엇이 올바른 방향인지 생각하기보다는 자녀들의 요구가 관철되어야 한다고 믿고 있었다. 체육수업에서 학생들이 협동심, 체력, 지구력 등을 배양하려는 과정이 학생부에 기록된다면 수시입시에 도움이 될 것이다. 그러나 현실은 학생들이 처음부터 이것과는 관계없이 단순히 노는 것이었으며, 지도 교사도 학생들을 방임 관리하는 정도였다.

저자는 학교교육의 정상화를 위하여 방과후학교 운영을 바로잡는 데서 출발하고자 했다. 부임 전후부터 학교교육이 전반적으로 부실하다는 인상을 가지고 있던 차에 방과후학교 운영에서 부실한 현장을 확인하였으니 문제점을 곧바로 해결할 필요성을 절감하였다. 방과후학교 담당부장에게 인근 학교의 방과후학교 운영 현황을 조사하도록 했다. 공부를 많이 시키고 입시성과가 우수하다고 소문난 3개 사립고교는 주 5일 수능교과 수업은 당연히 하였고, 야간과 토요일에도 심화수업을 하고 있었다. 1개 공립고에서도 주 5일 수능교과 수업과 토요일 심화수업을 하고 있었다. 여전히 수능 정시 위주의 입시제도에서 벗어나지 못하고 있었지만, 수요일, 야간, 토요일에 수업을 하고 있는 점이 특이하였다. 어느 학교든 경북고보다 학교에서 수업하는 양이 많았던 것이다.

다음 날 9월 28일 부장회의에서 방과후학교 운영의 실상을 설명하고 문제점을 해결하겠다고 선언했다. 그리고 1, 2학년 담임에게 1학년은 수요일에 심화선택과 예체능강좌 개설을 추가하고, 2학년은 배정형으로 하되 수요일을 포함하여 주 5일 수업하는 것을 각각 제안했다. 영재반은 폐지하도록 했다. 교장이 제안한 안의 핵심은 수요일 수업과 2학년 방과후학교 수업 형태를 선택형에서 배정형으로 바꾼 것이다. 수요일 문제는 대구교육청에서 권장한 '꿈끼 해피데이'의 운영과 관련 있었다. 학생들에게 수업의 부담을 덜어 주기 위하여 주 5일 중 수요일에 연주, 공연, 독서 등 힐링프로그램을 운영하거나 일찍 하교시키도록 했던 것이다. 그러나 학생들의 성적과 입시를 관리해야 하는 학교로서는 학생들이 주중 하루를 쉬게 하기에는 부담이 될 수밖에 없었다. 실제로 경북고 주변의 학교들은 모두 방과후학교 수업을 하고 있었다.

2학년을 배정형으로 바꾼 것은 학생들을 철저하게 관리하여 면학분위기를 조성하기 위해서이다. 2학년 2학기가 되었으므로 자기주도학습을 통해 수능시험을 준비해야 할 시점이라고 생각했다. 서울지역 대학들은 수능 최저등급을 요구하였고, 수시전형에 대비는 1, 2학년 정도이면 충분하다고 판단하였다. 체육강좌를 수요일 하루만 하도록 한 것도 같은 맥락이다. 영재반은 법령에 어긋나고 학교교육을 정상화시키기 위하여 폐지하도록 했다.

담임교사들은 교장의 의견에 대해 적극적으로 반대를 하였다. 영재반을 존치해야 하고, 수요일은 정규수업 후 하교하기를 원하였다. 영재반에 대한 인식은 교장과 확연히 달랐다. 수성구지역 학부모들은 학교에서 영재반을 운영해 줌으로써 상위권 관리에 최선을 다하고 있다고 생각한다는 점, 학생들 사이에 위화감보다는 선망의 대상이 된다는 점, 수학의 경우 성적 편차가 심하여 영재반과 같이 별도로 운영하면 양질의 수업이 보장된다는 점 등을 이유로 들었다. 그리고 수요일 오후는 학생들이 사교육과 휴식을 위해 일찍 귀가시키는 것이 옳다고 했다.

모든 학생들이 성공하도록 최선을 다해야 하는 공교육의 책무성을 망각하고 철저하게 소수 특권적인 상위권만을 위한 논리였다. 영재반이 가지는 문제점은 물론이거니와 입시체제가 정시 위주의 사교육에서, 수시 위주의 공교육으로 바뀌었음을 깨닫지 못하고 있었다. 수학 성적의 편차가 심하다면 굳이 특별반을 편성할 것이 아니라 수준별로 집단을 편성하여 모든 학생들에게 기회를 주어야 할 것이다.

영재반에 대한 교사들의 인식을 보고 실망감을 금할 수 없었다. 공교육의 담당자인 교사 스스로 사교육에게 주도권을 넘겨주고 위축된 자세에서 변화를 포기한 상태라 하겠다. 학부모로부터 학교교육이 불신당하고 농락당한 결과였다. 정부에서 공교육 정상화 정책을 추진한 지 10년이 넘었는데도 아직도 사교육이 공교육을 압도하고 있었다. 학교 현장에 몸담고 있는 사람으로서 사교육이 야기하는 직접적인 폐단, 예컨대 학부모들의 교육비 부담 증가, 특정 지역의 주택값 폭등, 지역 간 교육 격차 심화, 미래 인재 양성의 실패 등을 외면할 수 없었다. 나아가 젊은 세대들이 과도한 주택비와 교육비의 부담 때문에 혼인과 출산을 기피하는 것을 주목해야 된다. 학교교육을 담당하고 있는 교사들은 적어도 이런 문제들을 의식해 주었으면 하는 기대를 가지고 있었다. 수많은 학교 중 단지 한 개의 학교만을 책임지고 있는 교장으로서 지나치게 과도한 당위론적인 책무감에 사로잡혀서 현실을 무시한 것으로도 볼 수 있을 것이다. 그러나 학교교육에서는 한 명의 학생이라도 옳은 것을 가르쳐야 하며, 한 명 한 명이 모여 전체를 이룬다는 것을 명심해야 할 것이다.

신임 교장이 부임한 지 1개월 만에 방과후학교 운영을 변경하여 학교 안팎에서 소동이 일어났다. 교사들은 자신들의 이해가 직결되는 교과를 중심으로 반대여론을 일으키기 시작하였고, 학부모 가운데 영재반 소속 학부모들이 극심하게 반대하였다. 학부모들을 설득하기 위하여 교장이 직접 나서서 대표 35명과 간담회를 가졌다.(2016. 9. 29.) 신임 교장이 부임한 뒤 학교 운영의 변화를 시도하고, 그 때문에 자신들이 손해를 볼 것이라는 소문이 무성한 터라 질의와 답변이 길어졌다. 저녁 7시에 시작하여 휴식 없이 10시 40분에 종료되었으니 회의 분위기를 짐작할 수 있을 것이다.

학부모들이 집중적이고 집요하게 질문하였고, 교장은 설명과 설득을 반복하였다. 학부모들이 학교교육에 대해 이처럼 관심이 높은데 대해 자못 놀라움을 금할 수 없었다. 교장은 모두(冒頭) 발언에서 정부의 공교육 정상화 정책을 학교에서 적극 추진할 것이며, 학교교육에 충실한 학생이 입시에 성공하도록 하겠다고 했다. 이를 위해서는 입시 방향이 수시전형, 학종 중심으로 변화되어야 한다고 강조했다. 학교에서는 대한민국 최고의 공립고를 목표로 내세우고 있으니 학부모들도 학교교육을 신뢰하고 학생들이 자기주도학습을 할 수 있도록 도와줄 것을 부탁하였다. 특히 내 자녀 혼자서만 성공하겠다는 생각을 버리고 전교생 1,540명 모두 성공해야 된다는 것을 강조했다.

학부모들은 영재반과 체육 강좌를 존치해 줄 것을 거듭 주문하였다. 교장은 영재반은 대입시에서 도움이 되지 않고, 면학분위기 조성과 학력 향상을 위해서 학생들의 운동 시간은 스포츠클럽, 토요스포츠데이, 각종 대회 등을 통해서 해결하기를 바란다고 답변했다. 방과후학교 수업은 수요일을 포함해서 주 5일 계속 하겠다고 했다. 지리한 논란 끝에 교장이 회의 결과를 정리하였다. 학교 운영의 방향은 공교육 정상화이며, 이는 학교교육에 성실히 참여한 학생이 그 결과를 학생부에 남기고, 이를 바탕으로 대입시에서 학종으로 성공하는 것이라고 했다. 마무리 발언에서 "학부모들은 학교교육을 신뢰하고 교사들이 열성을 다할 수 있도록 아낌없이 성원하며, 그리고 경북고 1,540명 학생 모두 성공할 수 있도록 힘을 모으자"고 했다.

간담회 이후에도 영재반과 관련하여 학부모들은 온갖 악소문을 퍼뜨리고 다녔다. 어느 학부모는 교장에게 와전된 소문에 근거하여 영재반 폐지의 부당성을 주장하는 서신을 보내기도 했다. 요점은 영재반 때문에 경북고에 지원하였고, 학교의 영재반 운영에 만족하고 있으며, 서울대에 20명 이상 합격시키기 위해서는 더욱 좋은 조건을 만들어 주어야 하는데도 불구하고 영재반을 폐지하여 '수준도 낮고 공부에 의욕도 없는 학생들과 함께 공부하게 할 수 없다'는 것이다. 소위 공부 잘하는 내 자녀만 특별대우를 받아야 한다는 특권의식으로 가득 찬 주장이었다.

학교에는 공부는 조금 못하지만 얼마든지 훌륭하게 성장할 인재들이 많이 있다. 특권과 반칙이 횡행하던 시대에 살았던 부모세대의 논리이다. 이런 주장을 할 것 같으면 차라리 자녀를 특목고에 진학시키면 될 것이다. 자신의 자녀가 성적이 우수하다고 판단하여 재학생의 숫자가 많은 일반고에 재학시킴으로써 내신등급을 유리하게 받고, 특별대우까지 누리려는 것으로 보였다. 게다가 일반고의 변형된 영재반은 입시에 도움이 되지 않는다는 사실을 모르고 있었다. 편견과 무지, 특권과 반칙이 빚어낸 학교교육의 '걸림돌'이었다.

학부모에 이어서 학생들을 직접 설득하고자 했다. 방과후학교 수업을 거부하고 선동하는 2학년 성적우수학생 40명과 간담회를 가졌다. 2시간에 걸쳐 취지를 설명하고 질의와 토론을 하였다. 교장의 주장을 수용하기는커녕 자신들을 지도하는 선생님들을 불신하고 비판하였다. 왜곡되고 비뚤어진 특권적인 의식이 철저히 배어 있었다. 자신보다 못한 학생들을 배려한다든지 스승을 존경하는 마음은 찾아 볼 수 없었다. 속된말로 '싸가지'가 없는 녀석들이었다. 외관의 번듯한 모습과는 달리 내면에는 일그러진 모습이 숨겨져 있었다.

사태의 추이 속에서 학교교육을 정상화시키기 위해서라도 영재반 폐지의 필요성을 더욱 확신하게 되었다. 며칠 뒤 여론 수렴을 위해 다시 학생대표 43명과도 간담회를 가졌지만, 특별히 달라진 것은 없었다. 어릴 때부터 사교육 시장에 내몰리고 각박한 경쟁 구도 속에서 살아온 학생들의 한계라고 자위하였다. 지금부터라도 공교육을 정상화하여 학생들의 내면에 잠재되어 있는 올바른 인성과 능력을 일깨워야겠다고 생각하였다.

방과후학교 운영의 변경에 대해 교사들도 반대 의견이 많았다. 특히 체육강좌가 줄어든 데 대해 불만을 품은 체육교사들이 앞장서서 수업과 업무 부담의 증가가 예상되는 교사, 변화를 싫어하는 교사들을 규합하여 조직적으로 저항하였다. 그들에 의해서 신임 교장이 학교 운영을 잘못하고 있다는 악의적인 소문이 생산되고 퍼져나가 대구 전체로 파급되어 갔다. 이미 영재반 폐지에 불만을 품고 있던 학부모들의 여론도 합세하여 갔다.

게다가 야구부가 대구교육청의 지침에 반하여 겨울 방학 중 해외전지 훈련을 해야겠다고 승인을 요구하였다. 야구부의 속사정을 아직 파악하지 못한 상태라 교육청 지침대로 거부하였다. 교장의 승인이나 법령, 지침 따위를 무시하여 오던 야구부 학부모들이 교육청에서 항의 시위하고 교장실에서 난동을 부렸다. 야구부의 후원 세력이었던 동창회 인사까지 나서서 교장을 압박하였다. 신임 교장이 의욕적으로 학교교육의 문제점을 해결하고자 하는 순수한 열정과 노력은 간 곳 없고 평지풍파만 일으키는 나쁜 사람으로 몰리게 되었던 것이다. 다행히 분란의 와중에 시중의 여론을 접한 교육감이 직접 전화를 하여 교장의 정책이 옳다고 판단하며, 소신을 가지고 열심히 하라고 격려해 주었다.(2016. 10. 12.)

부임 후 한 학기 동안 개혁을 하면서 많은 생각과 고민에 빠졌다. 갑작스럽게 발령을 받아서 전임 학교의 성공경험을 근거로 신임 학교를 바라보았으니 문제점이 속속 드러날 수밖에 없었다. 그리고 문제점은 개혁해야 되고, 개혁할 수 있다는 자신감이 넘쳐나 일부 구성원의 반대에도 불구하고 추진하고자 했다. 그러나 내면적으로는 거친 파고를 헤쳐 나가면서 거듭 반성하고 각오를 새롭게 했다. 일기에는 당시의 심정을 다음과 같이 적고 있다.

마음을 다시 정리하다. 사람이 중심이다. 교직원을 하늘같이 모셔야 한다. 신뢰가 먼저이다. 전전긍긍(戰戰兢兢)하고 여리박빙(如履薄氷)하듯이 조심조심해야 한다. 너무 만족해서 자아 도취되지 말아야 한다. 다시 출발이다. 한결 마음이 편해진다. 모든 것을 내려놓으니 이렇게 안락할 수가 없다. (일기 2016년 10월 26일)

개혁으로 인하여 힘들어하는 사람들을 생각하고 신중하게 접근해야 된다는 것을 잘 알고 있었다. 전임 화원고의 성공을 생각하지 말고 원점에서 시작할 것을 다짐했던 것이다. 과연 상대는 교장의 마음을 이해하려고 했는지 궁금할 뿐이다.

그리고 교사들의 입장을 이해하려고 노력하였다. 교사들에 대한 비판적 생각을 바꾸고 현실에 적응하고자 했다. 내 생각이 잘못되었을 수도 있고, 무리한 개혁은 더 큰 잘못을 초래할 수도 있기 때문이다. 그럼에도 개혁에 동참하지 않는 교사들에 대해 고민을 하지 않을 수 없었다. 당시의 고민하는 모습을 일기에서 이렇게 적고 있다.

내 자신의 무지몽매한 확신으로 주변인들을 오도(誤導)하지는 않았는가? 나의 호승적(好勝的) 성질이 나를 힘들게 하지는 않았는가? 설령 그것이 옳고 정당하다손 치더라도 무슨 의미와 의의가 있는가? 학생들을 위한다는 것은 위선이 아닌가? 각자의 취향을 놓아둘 것인가? 서로 인정하고 베풀어 주는 것이 옳다. 그런데 의롭지 못한 행동을 하며 옳은 일을 실천하지 않는 자까지 용인해야 하는가? 그들을 바로잡을 수 있는가? 사분오열되어 있는 학교 조직, 그들의 인식이 옳은가?(일기 2016년 12월 31일)

개혁의 혼란 속에서 거듭 각오를 다지고 번뇌하면서, 그래도 교장으로서 책무를 다하고자 했다. 이제 학교 현실의 어려움을 각오하고서 본격적으로 공교육을 정상화하여 학부모의 신뢰를 되찾기 위해 나서게 되었다.

● 학교교육에 대한 학부모의 신뢰를 되찾다

앞에서 서술한 것처럼 경북고 교육의 문제점은 학부모들이 학교교육을 불신하는 데 있다고 판단하였다. 학교가 교육의 주체가 되어 학생·학부모들의 희망을 실현시켜 주는 것이 현안을 해결하는 지름길이라고 생각하였다. 그것은 바로 교육계의 시대적 과제인 공교육 정상화라고 믿었다. 부임 직후부터 4개월 동안 소용돌이치던 방과후학교 파동은 일단 영재반 폐지, 체육강좌를 축소하는 것으로 절충되었다. 수요일 수업과 2학년 배정형은 교사들의 요구를 받아들여 보류하기로 했다. 신년도 새 학기부터 근본적으로 학교 운영을 정비하기로 하고 방향을 공교육 정상화로 정했다. 공교육의 정상화는 인성교육, 자기주도학습, 진로진학의 성공 등 3대 주요 과제를 통해 실현된다고 생각하였다. 난마와 같이 강고하게 뿌리잡고 있는 구성원 각자의 이해(利害)와 요구를 절충, 통합하기가 쉽지 않을 것이라 예상되었다. 그러나 닥쳐올 어려움을 미리 걱정하거나 현안을 회피하고 좌고우면할 수는 없었다. 오직 앞으로 나아가는 길밖에 없었다. 학교교육을 개혁하기 위하여 추진하였던 정책들을 중심으로 서술하고자 한다.

① 교육 방향의 정립과 조직의 정비

2016학년도를 마무리하고 신년도 교육 방향을 구상한 뒤에 전체 교직원 워크숍에서 이를 발표하였다. 대전제로 '사람이 우선이고 중심이다'라고 선언하고 교사들이 교육활동의 주체로서 전면에 나서줄 것을 주문하였다. 학교교육의 변화를 위해서는 사람, 즉 교사의 의식과 행동이 바뀌어야 한다는 것이다. 나아가 공동체 의식을 강화하여 전 교직원의 역량을 결집시키자고 호소했다. 그리고 학교교육의 중요성을 확립하자고 했다. 학생들이 학교교육에 우선적으로 참여하고, 그 결과 대입시에서 성공해야 한다는 것이다.

이를 위하여 다양한 교육프로그램을 운영할 것과 1학년 때부터 진로진학을 학교에서 철저하게 준비하도록 했다. 학생들을 학교교육으로 불러들이고 정시 위주의 입시준비를 수시 위주로 변화시키겠다는 의도였다. 그 외 교사들의 직무 수행의 원칙으로서 자율성과 책무성의 강조, 교무 업무시스템의 정비, 담임중심의 학교 운영, 기초·기본생활 질서의 확립 등을 제시하였다. 이는 이미 이전 학교에서 시행한 것들이다. 교사들에게 제시한 학교 운영 방향은 학부모와 학생들에게도 여러 차례에 걸쳐 설명하였다. 모든 구성원들이 함께 같은 방향으로 나아갈 수 있도록 힘을 모을 필요가 있었던 것이다.

변화의 시작은 학교 분위기를 일신하는 데서 출발하였다. 학교 운영의 두뇌이고 심장이라 할 수 있는 교장실을 사람들이 모이고 진솔하게 소통하는 장으로 만들었다. 교장실의 문턱을 낮추어 언제든지 편하게 찾아올 수 있도록 교장이 손수 차(茶)를 내놓고 상대의 신상 문제나 고충을 들으려고 했다. 그리고 주 2회 부장들의 회의 장소를 교장실로 옮겨 학교의 주요 현안과 정책을 논의하고 결정하였다. 교장이 내놓은 차를 마시면서 부드러운 분위기 속에서 단순한 행정 업무에서부터 학교 발전을 위한 의견까지 모든 것들이 테이블 위에 올려졌다. 모든 부장들이 책무감을 가지고 적극적으로 토론에 임했으며, 교장은 의견을 조정하고 마무리 발언을 하여 회의 결과를 정리하였다. 학교 업무의 추진이 대부분 담당부장의 적극적 의지에서 출발하여 동료 부장들의 의견이 덧붙여짐으로써 효율성과 책무성을 제고할 수 있었다.

교장실의 변화에 이어 교사들의 회의 장소를 시청각실에서 도서관 내 회의실로 옮겼다. 부임 후 교장이 시청각실에서 교사들과 첫 대면할 때 썰렁하고 휑한 장면으로 인하여 어색하기 짝이 없었다. 층고 2층의 높고 넓은 공간에 240석을 갖춘 회의실에 90명의 교사들이 뒤쪽 끝에서부터 듬성듬성 앉아 있어서 누군지 식별하기 어려웠다. 대부분 앞에서 진행하는 행사에 관심 없다는 투의 자세와 표정을 짓고 있었다. 뒤에 알게 되었지만 설치한지 30년이나 지난 낡은 의자 때문에 앉아있기가 불편한 점도 있었다. 앞 연단에서 교장이 무슨 말을 하든지 제대로 전달되기 곤란한 구조였다. 그래서 회의 장소를 도서관 내 회의실로 옮기고 의자와 걸상을 새것으로 들여놓았다. 새로운 분위기에서 회의를 함으로써 교장과 교사간의 물리적, 심리적 간극을 좁히고 학교 운영 방향이나 주요 정책의 추진에 효율성을 높일 수 있었다.

다음에는 사람을 활용하는 방안, 즉 조직을 정비하고자 했다. 학교 변화의 실질적 주체인 교사들의 동참을 이끌어내는 것이 가장 중요한 문제였다. 학교 변화의 필요성을 느끼고 앞장서서 적극적으로 추진하려는 교사는 기대하기 힘들었고, 대신에 잠재적으로 가능성을 가지고 있는 교사를 발굴해야 했다. 다행히 경력과 능력 면에서 협조하겠다는 교사들이 있었고, 이들에게 주요 업무와 학년부장을 맡길 수 있었다. 파열음을 일으키는 한두 명의 부장을 제외한다면 학교교육을 이끌어가는 실무담당자들로 구성된 꽤 괜찮은 조직을 갖추었다고 하겠다. 업무처리 시 부장들에게 자율성을 충분히 보장하되, 그에 따른 책무성도 다하도록 요구하였다. 그래서 교장의 의지가 실무부장을 통해서 교사들에게 충분히 소통 전파될 수 있을 것으로 판단되었다. 주 2회 실시하는 부장회의에서 학교의 주요 사안들이 논의되고 결정되었다. 당시의 활기 넘치고 생산적인 회의 분위기를 일기에서 다음과 같이 적고 있다.

교장실에서 부장회의를 하다. 모든 부장들이 소신껏 업무 추진 내용을 발표하고 활발하게 질의 토론했다. 회의시간이 1시간을 훌쩍 넘겼다. 작년에 비협조적이고 냉소적이며 소극적인 업무 태도와는 정반대 현상이다. 소위 '비정상

의 정상화'이다. 업무가 원활하게 추진되니 한결 안심되고 기분이 좋아진다. 오랫동안 준비한 보람이 있다. (일기 2017년 3월 3일)

학교문화가 바뀌었음을 확연히 느낄 수 있었다. 교장이 마무리 발언에서 부장들의 노고를 격려하고 자극함으로써 자신감을 배가시켜 주었다. 부장 협의체의 분위기와 의지는 그대로 동료 교사들에게 전파되어 학교교육력이 크게 향상되었다. 단합된 분위기는 학년말에 부장들 스스로 경주에서 1박 2일의 워크숍을 제안하는 것으로 이어졌다. 전례가 없는 일이었다.

② 학교교육의 정체성 확립

부임 후 학교교육이 변화하는 것은 학생들을 통해서 구체화되었다. 학교교육의 목적을 달성하고 학생들을 적극적으로 학교교육에 참여시키기 위하여 학교의 정체성을 새롭게 하고자 했다. 경북고 동문들은 스스로 100년의 역사와 전통, 즉 학교의 정체성을 '경맥(慶脈)'으로 표현하고 있었다. 이것은 학생들이 학교에 대한 자부심과 학교교육에 참여할 수 있는 중요한 근거이며, 따라서 이것을 적극 활용할 필요가 있다고 생각했다. 학생들에게 입학식, 개교기념식, 방학식 등 주요 의식 행사 때마다 '경맥정신'을 본받도록 훈화하였다.

그리고 경맥정신의 개념을 명확히 규정하고자 했다. 즉 5천 년 한국의 역사에서 경상도 사람들이 중요한 역할을 하였는데, 그 맥을 경북고가 계승하였기 때문에 '경맥'(경상도의 맥)이란 용어를 사용한다고 했다. 역사적 흐름을 볼 때 경맥의 정신은 "안으로는 자기 관리에 철저하고 밖으로는 관계 형성에 성공하여 국가와 민족에 이바지하는 것"이라고 정의했다. 후배 재학생들은 선배들의 빛나는 업적을 계승한 경맥인재로 거듭나기 위하여 끊임없이 도전하고 스스로 문제를 해결할 것을 요구하였다. 현재 학생들이 경맥인으로 그 정신을 계승한다는 것은 곧 공교육이 지향하는 목표와 일치한다고 보았던 것이다.

경맥정신을 고양하고 동시에 인성교육을 강화하기 위하여 '경맥정신 실천 걷기 대회'를 실시하였다. 화원고에서 성과를 거두었던 '녹색길 걷기' 행사를 본뜬 것이었다. 연 1회 재임 중 총 3회, 학생, 학부모, 교직원 등 130명 정도 참여하였다. 제1회는 2016년 11월 4일, 제2회는 2017년 10월 28일, 제3회는 2018년 11월 3일 실시하였다. 토요일 오전 학교에서 출발하여 학교 뒷산 두리봉을 돌아오는 코스로 약 4.7km 거리를 3시간 동안 걸었다. 걸으면서 학생, 학부모, 교사들이 소통하는 기회가 되었다. 학교에 도착하여 동창회장이 학교 내에 위치한 호국공원과 역사관에서 선배들의 업적을 설명한 뒤 강당에서 경맥정신에 대해 강의하였다. 걷기 행사를 통해 인성교육 목적 이외에 경북고 학생으로서 경맥정신을 배우고 정체성을 강화함으로서 학교교육의 중요성을 깨닫게 하는 효과가 있었다.

이어서 학교교육의 정체성을 담고 있는 프로그램들을 실시하였다. 우선 학교 역점추진사업으로 '지·사·행(知思行) 행복마일리지'를 실시하였다. 지·사·행은 교훈 '아는 사람', '생각하는 사람', '행하는 사람'에서 따온 것이다. 학교에서 주관하는 각종 교육 활동에 학생들의 자발적인 참여와 학교교육의 활성화를 유도하려는 목적이었다. 학력 우수자와 학력 향상자, 자율학습·방과후학교·교내대회 등의 참가자에게 보상 차원에서 소정의 마일리지 점수를 부여하였다. 개별 마일리지 점수는 학교장 수상, 해외 체험 활동, 교외 프로그램 참가 등에 경합이 발생할 때 활용하였다. 그리고 학생부 및 학교에서 작성하는 추천서의 근거 서류로 활용하도록 했다. 개인별 기록표를 졸업할 때까지 누가적으로 관리하도록 했다. 사교육을 중시하려는 학생들을 공교육으로 전환시키려는 장치였다.

그리고 경맥장학생의 선발 기준을 변경하였다. 경맥장학금은 동창회에서 학년별 20명씩 총 60명에게 3년간 등록금을 지원하는 것이었다. 동창회로서는 규모나 성격 측면에서 가장 중요한 사업이었고, 재학생들에게도 경제적 혜택은 물론이거니와 경맥인으로 영광스런 일이었다. 종래 성적만으로서 장학생을 선발해 오던 방식을 바꾸어 학교생활을 반영하는 요소를 첨가하였다. 즉 학업역량, 인성역량, 진로역량, 학교생활 성실도, 자기소개소, 교사 추천서 등 학생부종합전형에서 필요한 것들이었다. 수능 정시위주의 전형을 준비하는 학생보다는 학교교육과 수시전형에 충실한 학생들에게 유리하였다. 학생들에게 학교교육을 중요시하겠다는 목적이었고, 동창회로서도 모교와 동문들을 자랑스럽게 여기는 후배를 기를 수 있었다.

③ 자기주도학습의 성공

학생들에게 공교육 정상화를 이루는 기초를 다지기 위하여 학습의 방법을 바꾸고자 했다. 학교교육에서 학생들이 스스로 학습해야 할 필요성과 방법, 결과에 대한 저자의 생각은 이미 확고해져 있었다. 학습은 스스로 수행하려는 의지와 태도를 가지고 목표를 세워 적절한 학습전략에 따라 추진할 때 성공한다. 소위 '자기주도적 학습'이라고 하는 것이다. 끈기와 노력의 결과 성취동기를 발견하고 성공경험을 맛볼 수 있는 것이다. 인간의 내면적·정신적 성장을 무한하게 하는 요소들이다. 자기주도학습에 성공하고 학교교육에 충실한다면 대입시는 물론이고 사회생활에서도 성공할 가능성이 높다. 어릴 때부터 사교육과 학부모 등의 외부적 요인에 의해 이끌려 왔고, 단순히 오지선다형의 문제풀이 기술에만 익숙해 있는 학생들에게 진정한 자기주도학습은 힘들고, 쓸데없는 일일 것이다. 쉽게 지름길로 갈 수 있는 방법이 있는데도 굳이 돌아서 가는 사람이라고 할지도 모른다. 그러나 이것은 인간만이 가진 내면적 성숙의 중요성을 모른 데서 나온 편견이다. 학교교육에서 자기주도학습을 핵심 교육목표로 설정하고 학생들을 추동해야 할 이유가 여기에 있다.

자기주도학습을 위하여 다양한 프로그램을 도입하였다. 신입생 대상 자기주도학습 캠프, 도전과 끈기 성취 30시간 자기주도학습, 수학 몰입캠프, 자기주도학습 역량 강화를 위한 진로학습 코칭, 선배와 함께하는 멘토링, 연휴기간 자기주도학습 캠프, 휴일행복학교 도서관 개방 등의 프로그램을 운영하였다. 2일 동안 연속으로 공부하는 성취도전 프로그램은 이미 전임교에서 실시하여 큰 효과를 거두었다. 그리고 토, 일요일 휴일 동안 학교 도서관을 개방하는 프로그램은 사교육을 극복하기 위한 적극적인 대안이었다. 휴일동안 도서관을 베이스캠프로 삼아서 자기주도학습과 휴식을 하고 필요할 때는 학원 수업도 하도록 허용하였다. 학교가 학습의 중심지가 되도록 하자는 것이다. 도서관 출입 시마다 자기관리 카드를 작성하여 학습시간을 기록하도록 했다. 휴일에도 계획에 따라 지속적으로 학습하도록 하고, 친구들과 적절하게 경쟁과 협력을 유도하였다. 사교육이 번창한 수성구지역에서 학부모들에게 공교육의 중요성을 부각시키고 신뢰를 찾는 역할을 하였다.

몰입캠프는 특정 과목이나 주제를 선택하여 며칠 동안 집중적으로 학습하는 것이다. 교내 시험이나 연휴 기간 동안 이완되기 쉬운 학생들에게 학습의 리듬을 유지하는 데 도움을 주었다. 멘토링 프로그램은 자기주도학습에 성공한 선배들을 멘토로 삼아서 학습방법과 경험을 전수하는 것인데, 실질적으로 많은 도움이 되었다. 1년 내내 자기주도학습이란 이름으로 다양한 프로그램이 운영됨으로써 학생들의 학습 방법을 변화시키는 데 도움을 주었을 뿐만 아니라 학교교육에도 적극 참여하게 하는 성과를 거둘 수 있었다. 학생들이 생동감 넘치게 적극적으로 교육에 참여하는 학교로 변화하게 된 것이다.

④ 수시위주의 진로진학 정책으로 변화

학교교육의 최종 결실은 진로진학의 성공 여부에 달려 있다. 서울 강남에 비견되는 대구 수성구지역에 공교육보다 사교육이 번창하는 이유는 바로 학부모들의 입시성공에 대한 강한 욕망 때문일 것이다. 공교육 정상화를 본격적으로 추진하면서 학교 입시정책을 수시전형, 학생부종합전형으로 전환하여 학생들이 입시에 성공케 하고, 그 결과 학부모들의 신뢰를 얻고자 했다. 수시전형, 학종은 공교육 정상화를 위하여 2009년에 도입되었으나 경북고는 수능과 정시위주의 입시를 선호하는 학부모들의 요구 때문에 학종의 준비가 부족하였다. 2014~2016의 학종과 관련된 교육활동을 찾아보니 소논문쓰기 및 ppt발표 대회, 영어 에세이 쓰기 대회, 나의 꿈과 나의 도전 발표대회, 자율동아리 활동, 자기소개서 쓰기, 구술면접 프로그램, 가족사랑 밤길걷기, 역사기행, 부자캠프 등이 있었다. 형식적으로 몇 가지 대회를 개최하는 것에 그치고 있었으며, 학종의 핵심인 자기주도학습 역량 강화를 위한 프로그램은 보이지 않았다. 이미 학종이 입시의 중요 요소로 작용하던 시점이었지만 학교교육의 중심에서 벗어나 있었다.

　이러한 경북고의 입시 방향은 외부에도 널리 알려져 있었다. 2017년 5월 학교 홍보차 교장, 부장교사 몇 사람이 서울지역 대학교를 방문한 적이 있었다. 모대학교 입학사정관에게 학교교육 활동을 설명하였다가 그로부터 입시 준비가 소홀한 학교라고 면박만 당하였다. 전년도 입시에서 논술전형에 경북고 학생 150명이 지원하였는데, 모두 불합격한 사례를 적시하고 입시 준비가 매우 허술한 학교라고 했던 것이다. 다른 대학교를 방문하였을 때는 경북고는 아직도 정시만을 고집하고 변화하지 않고 있는 대표적인 학교로 알려져 있다고 했다. 교장이 학교 업무로 바쁜 와중이었지만 입시 현황을 파악하고자 몸소 상경하였다가 민망한 이야기만 들었다. 그러나 다행히 학교의 입시 현황을 확인할 수 있었고, 현실적으로 학교 입시의 방향을 전환시켜야겠다고 결심하였다.

　대입의 방향을 수시, 학종으로 정하고 학교의 모든 역량을 모으기로 했다. 아직도 정시전형에 익숙해 있는 교사들에게 변화와 협조를 부탁하였다. 변화를 이끌어갈 교사를 찾던 차에 2017년 3월 1일자 정기인사에서 매우 훌륭한 인물이 부임해 왔다. 그는 학종을 입시제도로 안착시킨 원년

멤버로서 그간의 풍부한 경험과 노하우, 인맥, 열정 등으로 인정받아 오던 진로진학부장이었다. 교장에게는 천군만마의 원군이 와 준 셈이다. 이전부터 그의 이론, 방법, 프로그램, 경험, 열정, 교육철학 등을 지지하고 있던 터라 의기투합하여 입시체제를 변화시켜 나갔다. 프로그램 운영, 예산지원, 학사 운영, 교사 협조 등을 우선적으로 지원하였다. 진로부장도 학종을 안착시키는 데 열정과 헌신을 다하였으며, 프로그램 진행 시 교사들의 부담이 늘어나지 않도록 세세한 일까지 본인이 챙겼다. 정년을 불과 3년밖에 남겨두지 않은 원로교사로서 후배들에게 커다란 귀감이 되었다.

학교에서 추진한 진로진학 정책은 새롭고 다양한 것들이었다. 학생 대상으로 프로그램 운영, 학습코칭, 멘토링 등이 있었고, 학부모 대상으로는 입시관련 설명회가 있었다. 주요 방향은 우선 학부모들에게 입시 방향이나 내용을 연수하는 것이었다. 사교육, 정시에만 관심을 가지고 있던 학부모들에게 정확하고 올바른 정보를 제공하여 변화의 단초를 삼고자 했다. 의외로 학부모들은 입시정책과 세부 전형 요소를 모르거나 오해하고 있었다. 학종으로 입시제도를 전환한 서울지역 주요 대학 입학관계자와 학종으로 성공을 거둔 고교담당자들을 강사로 초빙하였다. 전국적인 지명도를 지닌 강사들이 개별학교를 방문하는 것은 의외였다. 학부모들의 반응도 뜨거워 매 주말에 10회 강의하였는데, 항상 설명회장이 넘쳐났다. 학부모들은 정확하고 실질적인 입시정보를 접하고 입시정책의 변화를 실감하게 되었다. 의외로 학부모들은 소문이나 학원의 잘못된 정보를 맹신하고 있었다.

다음은 학생들에게 학종을 준비하도록 독려하였다. 근본적으로는 자기주도학습을 통하여 학업역량을 기르는 것이었다. 자기주도학습으로 성공하는 과정은 앞에서 이미 서술하였다. 이와 더불어 1학년 때부터 스스로 진로를 탐색, 결정하도록 하여 대학 전공선택과 연결되도록 했다. 진로선택을 먼저 한 후 3년 동안 충실히 준비하여 대학 학과를 선택하는 것이었다. 단순히 자신이 취득한 수능점수에 맞추어 학과를 선택하는 것에서 벗어나도록 했다. 진로수업시간에 자신의 진로를 탐색한 뒤 현실적으로 성공 가능한지를 체험해보는 프로그램 '커리어로드맵'을 실시하였다.

2017년도의 커리어로드맵은 1학년을 대상으로 71명 20개 팀이 참가하여 7월 13일부터 15일까지 2박 3일 실시하였다. 사전에 자신이 희망하는 대학교, 국회, 법원, 회사 등을 조사하여 예약을 받아두었다가 방문, 면담하였다. 저녁에는 진로특강을 듣거나 동문선배와의 대화시간도 가졌다. 선배와의 대화에서 명문고답게 거물급 선배들이 후배들에게 성공담을 들려주면서 후배들에게 자신감을 듬뿍 심어주었다. 강의가 끝난 후 후배들과 질의 토론이 있었다. 학생들은 언론에서나 볼 수 있었던 선배와 직접 대화했다는 자부심이 넘쳐났다. 실제로 1학년 학생 한 명이 대통령 후보로까지 나섰던 선배에게 정치 현안을 날카롭게 질문하였다. 그 학생은 이때의 경험이 계기가 되어 학교교육에서 폭풍 성장하였다. 그 결과 3학년 입시에서 서울대 정치외교학과에 합격하기도 했다.

커리어로드맵의 진로체험 프로그램을 진행한 성과는 매우 높았다. 학교교육에서 충분히 잠재능력을 계발하는 계기가 되었고, 성공 가능성을 최대한 끌어 올렸다. 만약 이전처럼 수능 정시위주의 입시정책을 유지했다면 불가능한 것들이다. 학생들은 참가 후기를 작성하였는데, 대부분 프로그램에 대해 매우 만족해했다. 학교에서 실시한 60여 개의 진로 프로그램 중 가장 만족도가 높았다. 2018년도 커리어로드맵 진행시 참가 경쟁이 치열하여 사전에 심사를 통과한 학생들에게만 기회가 부여되었다.

학교의 변화는 예비 신입생들에게 큰 반향을 불러일으켰다. 학교 입시정책이 변화되고 학부모들의 만족도가 높아졌다는 소식이 퍼져나갔다. 중3 학부모들은 자녀의 입시성공을 위해 학교선택에 매우 민감하게 반응하고 있었다. 같은 생활권역에서 4개의 사립고와 맞대고 있는 공립 경북고의 장·단점, 유·불리를 꿰뚫고 있었다. 2017년 2학기 학교 설명회에서 학부모들이 시청각실 좌석은 물론 통로까지 가득 메워 학교에 대한 인식의 변화를 실감할 수 있었다. 교장이 학교 운영 방향을 안내하면서 '공교육 정상화'를 특히 강조하였다. 그리고 경북고 교육의 장점을 학교교육에서 성공하고 있던 1학년 학생 3명이 직접 설명하였다.

당초 이들이 프로그램을 기획하고 준비하였다. 의외로 발표 내용이 매우 알차고 솜씨도 뛰어났다. 학생들의 설명을 듣고 있던 청중들은 입학한 지 6개월 밖에 지나지 않은 학생들이 어떻게 저렇게 변화 성장할 수 있을까하는 감탄의 표정들이었다. 이어서 2학년 학부모가 학교교육에 대한 소감을 발표하였다. 작년 하반기 신임 교장의 부임으로 잠시 혼란도 있었지만 금년부터는 획기적으로 변화하여 크게 발전하고 있다고 했다. 학교가 새로운 입시정책에 따라 올바른 방향으로 노력하고 있으며, 내 자녀가 성공할 수 있겠구나 하는 믿음을 심어주었다고 말했다. 이는 실제로 많은 중3 졸업생들이 경북고를 희망한 결과 선지원율이 인근 사립고에 비해 높은 데서 확인되었다.

2018년도 2학기 학교 설명회의 방식과 학부모의 호응도는 전년도보다 뜨거웠다. 역시 학생 3명이 학교의 특색프로그램, 자기주도학습, 면학 분위기 등을 소개하였다. 예상을 뛰어넘게 설명이 알차고 체계적이어서 학부모는 물론이고 곁에서 듣고 있던 교사들도 감동받았다. 특히 자기주도학습의 노력만으로 내신 6등급에서 2등급까지 향상된 학생의 경험담은 학교교육의 성공을 웅변하였다. 학부모들은 학교 변화를 확실히 인정하였고, 그 중심에서 주도하고 있는 교장과 진로부장의 거취에도 관심을 표명하였다. 자녀가 입학한 뒤에 있을지도 모를 두 사람의 인사이동을 걱정하였던 것이다. 교장의 임기는 부정기적이었고, 진로부장의 정년 잔여기간은 2년뿐이었기 때문이었다.

⑤ 교육시설 개선과 학교 홍보

경북고는 시내 중심가에서 현재의 수성구 황금동으로 이전한 지 30년이 넘었다. 각종 시설, 교육기자재, 비품 등을 적기에 개체할 시점이 지나고 있었다. 그러나 교지와 건물이 넓고 많아서 인력이나 예산이 충분히 미치지 못하고 있었다. 학교 자체예산으로는 도저히 엄두도 내지 못하여 교육청이나 교육부의 특별 지원, 외부 발전기금 등에 의존하였다. 모두 개선이 시급한 것들이었지만, 학생들의 교육과 관련 있는 시설들을 우선순위에 두었다. 창의융합형 과학실 구축, 과학실 의자 개체, 음악실과 미술실의 책·걸상 개체, 도서관 모둠 학습실과 시청각실의 의자 개체, 복도 신발장 개체, 학년실에 휴대폰 보관함 설치, 급식실 바닥 정비, 강당 전등 개체 등을 완료했다. 예산의 규모가 백만 원 단위의 소규모에서 억대에 이르는 대형 사업에까지 다양하였다.

그리고 교사들의 근무 여건을 개선하기 위하여 학년실에 넓고 안락한 업무용 책상, 의자를 비치하여 주었다. 그 외 2018년에는 신임 행정실장이 주도하여 교정의 수많은 수목들을 깔끔하게 전지(剪枝)하고 바닥의 묵은 낙엽과 쓰레기를 청소하였다. 30년 이상 손도 대지 못하고 방치되어 있던 것들을 일거에 정리함으로써 학교의 면목이 일신하게 되었다. 시설 개선 결과 학생들의 학습과 생활지도 여건, 교사들의 근무 여건, 교육 환경 등이 크게 향상되었다.

학교의 변화된 내용을 대외적으로 적극 홍보하였다. 교사들에게 변화를 확인시켜 줌으로써 변화의 동력을 강화하고, 학부모들에게는 학교교육에 대한 신뢰를 얻는 계기로 삼고자 했다. 먼저 학교 홈페이지의 중요성을 실감하고 홈페이지를 적극적으로 활용하였다. 의식행사, 교사 수업, 학생 활동, 프로그램 진행, 학부모 연수, 외부인사 방문 등 각종 학교교육 활동을 실시간으로 학교 홈페이지에 탑재하였다. 2017년 89건, 2018년 86건이 소개되어 있다. 타 학교에 비교하여 월등히 많은 내용이고 건수였다. 학교가 생동감 넘치고 교육 활동에 충실하다는 것을 입증하는 자료가 되었다. 또한 학생들의 대입 수시전형 시 입학사정관들이 학교교육을 확인하는 데도 도움이 되었을 것이다.

　학교교육 성과의 대외적인 홍보는 언론의 도움을 받았다. 학교로서는 학교 변화를 학부모와 외부인들에게 알릴 필요성이 있었고, 언론에서는 사교육이 번창하는 수성구지역에서 공립고가 어떻게 공교육을 정상화시켜 나가는지가 중요 관심사였다. 학교 변화를 시작하였던 2017년도에 7건이 지역 주요 신문에 크게 보도되었다. 영남일보의 '경북고, 휴일에도 도서관 개방'(2017. 3. 27. 16면) 기사는 일요일에도 학교 도서관을 개방하여 학교교육은 공교육이 중심임을 선언한 것이었다. 그리고 영남일보의 '경북고 1학년 모재우, 자기주도학습 방법'(2017. 5. 5. 15면) 기사는 학교 교육에서 성공하는 학생의 학습 방법을 소개한 것이다. 사교육이 아닌 공교육에서 스스로 학습함으로써 성공할 수 있다는 사례이다. 실제로 이 학생은 학종으로 서울대 의예과에 진학하였다. 신임 교장 부임 후 학교교육 변화에 대해 반신반의하던 학부모들로부터 신뢰를 회복하는 데 큰 도움이 되었다. 2018년도에도 5건이 보도되었다. 영남일보 '공부는 물론 비교과 활동도 학교서 완벽히 마무리'(2018. 10. 8. 15면) 기사는 그간 경북고의 교육 활동의 변화를 상세히 소개한 종합판이었다. 학부모 연수, 학생부 관리, 연휴 중 몰입 캠프, 커리어 로드맵 등을 중점적으로 언급하였다. 학교 공부는 물론 비교과 활동도 완벽하게 준비하고 있다는 진로부장의 말과 학교교육을 신뢰하는 학부모의 열기를 느끼고 있다는 교장의 소감으로 마무리했다.

⑥ 학교교육의 신뢰와 고민

　부임 초기의 혼란을 극복하고 공교육 정상화를 향한 변화는 성공적이었다. 변화를 적극 추진하려는 교장의 의지에 부장교사를 중심으로 협조하였고, 진로부장이 다양한 프로그램을 도입하여 학교교육을 활성화시켰다. 갈등과 불평을 표출하던 교사들의 움직임은 일단 수면 아래로 가라앉았다. 학생과 학부모들이 학교교육에 만족하고 신뢰한다면 당연히 교사들도 동참하리라 확신하였다. 교육의 중심이 공교육을 담당하는 교사로 옮겨짐으로써 교사로서의 정체성이 강화될 것이라고 믿었던 것이다. 그리고 학생들은 학교교육을 신뢰하고 적극 참여하고자 했다. 교장이 주도적으로 학생대표와의 간담회나 개별 학생들과의 만남을 자주하여 소통하였고, 교내대회와 교육프로그램 진행 시 참석하여 격려하였다. 학교를 대표하는 교장이 학생들을 지지하고 있다는 분명한 시그널을 보냈다. 학생들이 학교교육에서 자신감을 가지고 성장하는 모습을 확연히 눈에 들어왔다. 공교육에서 성공하는 대표적인 학생을 교사나 다른 학생들 앞에서 거명하여 변화의 상징으로 삼았다. 한 학기 지난 뒤의 학교 분위기를 일기에서 다음과 같이 기록하고 있다.

2학년 여자담임들과 면담하다. 모두 학교생활에 만족해한다. 학년의 단합된 모습, 서로 협조하고 일사불란한 태도, 학생들의 높은 만족도와 자부심 등 입에 침이 마르도록 칭찬하였다. 교사의 분위기, 학부모의 신뢰, 학생들의 적극적지지 등등, 이 모든 것이 성공하고 있는 학교문화의 징표들이다. 학교장으로서 최고의 경지이다. 게다가 오후에 창의인성부장이 학교장 바뀐 후 경북고가 변화되고 있다는 주변 주민들의 여론을 전해 주었다. 교장실에서 평교사들로부터 칭찬을 듣는 것은 이례적이다. 교장을 인정하고 지지해 준 데 대해 감사했다. 모두 스스로 열심히 하고 있으며 능력이 뛰어난 교사로 자부하고 있다. 교장이 무엇을 언급하랴! 소위 '무위(無爲)의 화(化)'이다. (일기 2017년 9월 26일)

힘든 과정을 극복하고 있는 교장으로서는 변화의 성과에 대해 구성원 모두에게 감사할 뿐이었다. 2017년을 마무리하면서 교직원회의에서 1년간 학교 운영 방향인 공교육의 정상화, 자기주도학습력의 강화, 진로진학의 성공 등을 적극적으로 이해하고 협조해준 점에 대해 감사를 표시했다. 덕분에 학생과 학부모로부터 신뢰를 얻고 학교교육에 대해 자신감을 가지게 되었음을 강조하였다. 학교가 변화되었음을 공식적으로 선언한 것이었다.

학부모들도 학교의 변화를 적극적으로 지지하였다. 종래 자녀의 대입시를 불안하게 걱정하면서 사교육에서 해결하려고 했던 그들이다. 이제는 학교에서 새로운 입시방향과 정확한 입시정보를 제공함으로써 불안을 해소하고 가능성을 확인하고 있었다. 특히 서울지역 주요대학교 입학사정관이나 입시정책 담당자들이 제공하는 정확한 자료를 접하고 자신들의 오해와 오류를 깨닫게 되었다. 사교육이 영리목적으로 생산하는 무책임한 정보들이 많았던 것이다.

학부모 대상 입시설명회와 연수에서 진로부장은 다양한 인맥과 경험을 효과적으로 활용하였다. 학부모들의 높아진 기대감은 학기 초부터 시작된 간담회, 학부모 총회, 릴레이 입시 설명회, 학교설명회 등에서 확인되었다. 주말에도 불구하고 항상 200명 내외를 유지하였다. 앞에서 설명한 것처럼 중3 학생과 학부모 대상으로 한 학교설명회에서는 입추의 여지가 없었고, 재학생 3명이 학교의 장점, 교육활동을 설명하여 청중을 깜짝 놀라게 하였다. 그들의 뛰어난 발표 솜씨로 그간 경북고가 수시 학종으로 변화하여 성과를 거두고 있다고 자랑하였던 것이다. 학부모들이 학교를 신뢰하면서 학교로서는 그들의 과도한 기대가 오히려 부담이 되기도 했다. 공교육을 정상화하여 학부모들을 학교교육으로 돌아오게 하는 데는 성공하였지만, 이제는 그것이 교사에게는 압박으로까지 작용하였던 것이다. 그러나 학교교육의 주인공인 학생과 학부모부터 신뢰를 받는다는 것은 학교교육 현장에 몸담고 있는 우리로서는 즐거운 비명일지 모른다.

1년간의 학교 변화를 위해 쏟아부었던 노력의 성과는 주변으로 전파되어 갔고, 교육청으로부터도 인정을 받았다. 대구교육감이 2018년 1월 11일에 입시성과가 우수한 7개교를 순차적으로 방문하는데 경북고를 포함시켰다. 교장실에서 교육감에게 교장이 직접 제작한 ppt자료를 활용하여 교육성과를 설명하였다. 부임 초부터 밝혀온 '공교육정상화', '수시입시

체제로의 전환', '학부모의 신뢰' 등을 집중적으로 부각시켰다. 사교육 진원지인 수성구 범어동에 공교육이 살아야만 대구교육이 빛나고 교육청의 위상이 제고된다고 주장하였다. 교육감의 생각과 일치하였는지 매우 흡족해했다. "전임 교장 때는 학교가 무너져 걱정했었는데 이제는 안심해도 되겠다"라고 칭찬해 마지않았다. 2016년 9월 1일자에 갑작스럽게 경북고 교장으로 인사발령을 하게 된 이유를 어렴풋이 추측할 수 있었다. 그리고 긴급 예산 5천만 원을 격려차원에서 지원해 주었다. 많은 난관들을 정면으로 돌파하고 학교를 정상화시킨 데 대한 인정이어서 가슴 뿌듯한 일이었다.

그 외에도 학교교육이 성공했음을 알려주는 징표들이 나타났다. 언론보도, 중3학생들의 학교 선지원율의 상승, 입시성과 등이 있다. 지면상 상세한 설명은 생략하도록 하겠다. 그러나 학교의 변화에 대한 성과에도 불구하고 해결해야 될 과제는 산적해 있었다. 여전히 여러 가지 이유로 변화를 거부하는 교사들이 잠재적 불만세력으로 꿈틀거리고 있었다. 학교교육의 필요성과 중요성을 거듭 설명하고 협조를 구하였다. 학생과 학부모들이 학교를 신뢰하여 교사로서 자부심이 고양된다면 교장의 의지를 이해하리라 기대하였지만, 그들에게 교장은 여전히 자신들을 힘들게만 하는 '불통'의 존재였던 것이다. 불평과 불만을 표출할 기회를 찾고 있었다.

교장으로서 학교 업무로 고민과 회의로 번민하면서 불면의 밤을 보낼 때가 많았다. 2017년을 보내면서 일기에 소회를 다음과 같이 기록하고 있다.

2017년 제일(除日)이다. 회상컨대 다사다난한 한 해였다. 경북고 부임 후 구성원들과 충돌하면서까지 학교를 바로 세우려고 고군분투했다. 무슨 용기가 그리 났을까? 왜 그랬을까? 누구 하나 지지하고 성원해 주지 않고 있다. 비난, 냉소, 악의적 소문만이 횡행하고 있다. 간간이 사심 없이 최선을 다해 교육한다는 칭찬도 있다. 가뭄에 콩 나듯이 소수이다. '인부지불온 불역군자호'(人不知不慍 不亦君子乎, 논어 학이)를 수십 번 되뇌인다. 자신을 다스려야 한다고 다짐한다. (중

략) 세상에 쉬운 일이 어디 있겠는가? 새해를 기다리며 만감이 교차한다. (일기 2017년 12월 31일)

학교를 이끌어가는 교장으로서 구성원들의 세심한 행동까지도 관찰하고 격려, 칭찬을 아끼지 않았지만, 정작 교장은 외롭고 고단할 뿐이었다. 게다가 타 학교에서 학교 변화를 주도하다가 구성원들의 반발로 교장이 심하게 고생한다는 소문이나 이해되지 않은 사유로 교장이 물러났다는 소식을 접할 때마다 의기소침해질 수밖에 없었다. 그럼에도 교장으로서 주어진 소임을 위해 최선을 다하지 않을 수 없었다. 학교교육의 주인공인 학생들의 성공과 그것을 기대하는 학부모들을 책임진 교육자이기 때문이다.

● 미완의 결실을 뒤로하고 새로운 학교교육을 위해 떠나다

2년 6개월의 경북고 근무를 마치고 2019년 3월 1일자에 인사발령에 따라 비슬고로 전근 가게 되었다. 예기치 않은 경북고 부임 이후 학교교육에 대한 학부모의 믿음을 회복하게 되면 공교육을 정상화시킬 수 있을 것이라는 강한 신념과 전임교에서의 성공경험을 바탕으로 개혁을 추진하였다. 신임 학교의 교육 내용이 교육의 본질이나 현실의 변화와는 거리가 있다고 판단하고 단시간 내에 개혁하고자 함으로써 한계에 직면하지 않을 수 없었다.

고착화된 물줄기의 방향을 바꾸는 데는 학교와 구성원의 합일된 의지와 노력이 필요하였다. 교장이 학교행정의 마지막 결정권자이지만, 교육 방향을 제시하고 구성원의 의견을 조율하는 역할이 대부분이다. 실무적인 추진과 성과를 도출하는 것은 교사들의 의지와 열정이다. 관행에 집착하고 현실의 변화에 둔감한 교사들이 있기 때문에 그들이 소극적인 자세와 인식을 보이는 것은 당연하였다.

그러나 학생과 학부모에 대해서는 학교교육의 주체로서 교장과 교사는 같은 배를 타고 있다. 학교교육을 정상화시킨다면 교사들의 교육권도 확립된다고 생각하였다. 개혁에 동참해야 할 이유와 필요성이 충분히 있다고 판단했던 것이다. 그래서 공식, 비공식 모임과 다양한 방법으로 끊임없이 교장의 생각을 피력하고 이해와 협조를 구했다.

교사들과의 관계는 순탄치 않았다. 부임초기 영재반 폐지, 방과후학교 운영의 변경, 교육과정의 조정 등을 거치면서 교사들의 조직적인 저항을 경험하였고, 이 과정에서 교사들의 강고한 실체가 있음을 확인하였다. 한 학기가 지난 신학년도에 체제와 조직을 정비하고 본격적으로 개혁을 추진하였다. 교육 방향을 공교육 정상화로 분명히 하고 학교 정체성 확립, 자기주도학습의 성공, 입시체제의 변화 등을 적극적으로 추진하였다. 다행히 학생과 학부모들이 학교교육을 신뢰하고 만족하였으며, 학교 안팎에서 변화와 성공을 인정받게 되었다.

그러나 교사들은 여전히 변화의 중심에 들어오지 않았다. 1년 동안 교육활동은 부장교사 중심으로 추진되었고, 교사들은 협조적인 자세를 취하였지만 그 성과를 누리는 정도에서 그치고 있었다. 학부모들의 신뢰를 얻는 데 중요한 역할을 하는 입시 프로그램의 운영은 진로부장이 전담하다시피 했다. 일부 교사들은 여전히 저항적인 태도를 유지한 채 수면 아래로 잠재되어 있었다. 학교 변화와 성과가 정점에 이르고 있을 무렵 문제점이 하나둘 돌출되기 시작하였다.

2018학년도 교내 인사작업이 처음부터 순탄치 않았다. 교장의 의지를 적극적으로 실천하고 학교교육의 실무를 담당해야 할 부장교사를 어렵사리 부탁하였다. 특히 학년을 책임지고 관리하는 학년부장의 경우 우여곡절을 겪은 끝에 겨우 임명할 수 있었다. 인사 난항은 타 교육활동으로 퍼져나갔다. 게다가 2018년 1월 야구부감독이 학부모로부터 수뢰(受賂)한 사건이 터져서 학교의 모든 신경이 여기에 집중되었다. 부임 초기 저항하던 세력들이 불만의 단서를 예의주시하고 있었다. 마침내 그들에게 '호재'가 발견되었다.

학기가 시작되자마자 바로 수요일 7교시 공강시간 문제가 돌출되었다. 정규수업이 주당 34시간이므로, 4일은 7시간, 수요일은 6시간 운영하였다. 교육활동의 내실화를 위하여 전년도에 수요일 7교시에 창체활동을 하였다. 학생과 학부모에게는 진로진학에 도움이 되겠지만, 교사들에게는 1시간 과외의 부담이었다. 신학년도는 창체활동시간으로 미처 편성하지 못하였고, 또한 대안도 마련하지 않은 상태로 학기가 시작되었다. 실무부서에서는 전년도에 별다른 문제가 없었으니 올해도 그럴 것이라는 안이한 생각을 하고 있었다. 또한 교장은 야구감독 수뢰사건을 수습하느라 학사일정에 정신을 쏟을 겨를이 없었다. 그래서 수요일은 다른 요일보다 1시간 일찍 6교시에 정규수업이 종료되었고, 방과후학교 수업도 없었다. 오후 3시 20분에 하교하게 되면 인근 사립학교에 비교하여 학교교육이 소홀한 것처럼 비쳐질 우려가 있었다. 그래서 수요일 7교시 공강을 전년도처럼 학교교육으로 활용하기로 결정하였다. 1·2학년 담임들에게 학교교육의 중요성을 설명하고 7교시에 자기주도학습이나 진학 프로그램의 운영을 부탁하였다. 소수의 교사만 협조해도 가능하였고, 굳이 1·2학년 모든 담임들에게 부담이 돌아가지 않도록 했다. 핵심적 목적은 학생들을 정규수업 후에 남겨 1시간 더 학교교육에 참여시키겠다는 것이었다.

그러나 담임들은 내심 7교시 공강을 과외의 부담으로 느끼고 학교결정에 동의하지 않았다. 개혁에 반대하면서 수면에 잠재되어 있던 세력들이 나서서 소극적이고 미온적인 입장인 담임들을 규합하여 집단행동을 시작하였다. 전체 교사회의에서 찬·반의 논쟁이 있었지만, 이미 강성으로 목표를 명확히 정한 두서너 명의 교사들이 주도권을 장악하고 있었다. 이들은 과연 학교와 학생을 위하여 기본적인 양심과 도덕을 가진 교사인지 의심이 들었다. 오로지 저급한 감정적 대응만 일삼거나 또 다른 목적을 가진 사람들이 아닌가 생각을 지울 수 없었다.

학교가 갈등과 분열에 빠진다면 얻는 것보다 잃는 것이 많을 것이라고 판단하고 6교시 후 학생들의 하교를 허락하였다. 교사들의 이기적이고 비교육적인 행태를 보면서 공교육의 정상화는 실현 불가능할 것이라는 생각이 굳어져 갔다. 교육의 주도권을 사교육에 넘겨준 채 학부모의 불신과 간섭을 감수해야 할 것이다. 집단논리에 매몰되어 나와는 관계없는 문제가 아니라 교육계 전체가 위기에 빠지는 '모두의 문제'가 될 것이다.

이어서 학생들에게 휴대폰을 수거하여 보관하는 문제가 발생하였다. 휴대폰이 학습과 정서적 안정에 방해된다는 것은 이론적으로나 현실적으로 충분히 검증되었다. 그리고 수업 시간 중에 학생들이 휴대폰을 사용함으로써 수업과 생활지도에 문제를 일으키고 있었다. 저자가 근무한 전임학교는 물론이고 대부분의 학교에서는 교칙으로 아침에 등교하면 수거, 보관하였다가 하교 시에 돌려주도록 규정하고 있다. 교육적 차원에서 반드시 필요한 절차라고 믿고 있었지만, 어떤 이유인지는 모르지만 경북고에서는 시행하고 있지 않았다. 1년 동안의 준비와 의견수렴, 행정예고, 학운위 심의 등을 거쳐 2018학년도부터 시행하게 되었다. 교사, 학부모, 학생 모두 다수 동의하였다. 일부 반대한 교사들은 학생의 인권을 중시해야 된다고 주장하였지만 과연 그들의 자녀가 대입시를 목전에 두고 있는데도 불구하고 인권을 최우선시하는 주장을 펼치면서 휴대폰 사용을 허용할지는 모를 일이다. 신념을 위해 자신의 목숨까지 초개처럼 버릴 지사(志士)라기보다는 투쟁에만 골몰하는 사람들이 아닌가 한다.

수요일 7교시 공강문제가 원점으로 돌아간 후 1개월 채 되지 않아서 휴대폰 수거 보관을 둘러싼 잡음이 발생하였다. 휴대폰을 보관하던 중 2학년에서 2개의 액정이 파손되었고, 1학년에서 1개가 분실되었다고 신고되었다. 교감이 사태 경위를 파악하고 나서 수요일 7교시 공강 시 프로그램 운영을 조직적으로 반대한 세력들이 이번에도 배후에서 작동하고 있다고 보고했다. 공교롭게도 파손된 학급 담임 중에 7교시 공강문제에 이어 휴대폰 수거도 극력 반대하는 경우가 있었다. 휴대폰 수거와 보관 과정에서 파손되었으니 휴대폰을 수거해서는 안 된다고 선동을 주동하였다. 휴대폰 파손이 단순히 학생들의 실수를 넘어서서 무엇인가에 조작되고 있다는 낌새를 느낄 수 있었다. 실제로 전임학교에서 휴대폰 수거 시 파손이나 분실한 경우가 한 건도 없었다. 휴대폰을 보관하는 가방은 파손을 방지하도록 튼튼하게 제작되어 있었다. 하여튼 이해되지 않은 사건이었다.

반대세력들은 동조자를 규합하기 위하여 선전과 선동의 전술을 구사하고 있었다. 이들은 심지어 학생과 학부모의 의견을 수렴한 통계결과가 조작되었다고 공격하였으나 곧 허위 주장임이 밝혀졌다. 또한 자신은 휴대폰 수거를 반대한다고 떠들고 다녔다. 휴대폰의 해악론을 인정하지 않겠다는 것인지 아니면 무지한지는 알 길 없었다. 다만, 경북고 학생과 동일하게 과연 자신의 자녀에게도 휴대폰을 허용할 만한 신념이 있다고는 인정되지 않았다. 게다가 학교 구성원이 동의하고 정해진 절차에 따라 제정된 규칙을 공공연하게 부정하고 있으니 교육의 현장에 필요한 인물인지 의심이 들었다. 우리 사회가 민주화되는 과정에서 규정과 절차를 쉽게 무시하고 파괴할 수 있다는 소위 '떼법'과 다르지 않다고 생각하였다.

혼란을 극복하는 방법은 원칙을 고수하고 자세를 낮추는 데 있었다. 휴대폰 수거와 관련하여 손해가 발생한 경우 학교에서 우선 변제해 주겠다고 선언하고 관련 학생들에게 즉시 보상해 주었다. 더 이상 반대의 빌미가 생겨나지 않도록 원천봉쇄하였다. 그리고 휴대폰 수거의 필요성을 담임들에게 다시 설득하여 어렵게 정착시켜 갔다. 갈등과 분열의 분위기가 노출된 상태를 일단 봉합은 하였지만 개혁의 속도를 조절할 필요가 있었다. 전년도 학부모의 신뢰를 얻기 위한 입시 관련 연수, 프로그램 등은 계속 추진하였지만, 교사들로부터 적극적인 협조를 받는 데는 한계에 도달하였다.

2018학년도 2학기 들어오면서 그간 심혈을 기울였던 공교육의 정상화는 곳곳에서 난관에 봉착하기 시작하였다. 수능시험을 목전에 둔 3학년 학생들이 8월 초부터 방과후학교 수업을 거부하였다. 수시전형만으로 진학이 결정되는 학생들은 이해되지만, 수능시험의 성적이 반드시 필요한 전형과 정시의 경우 마지막까지 학교에서 지도해 주어야 했다. 학생들이 방과후학교 수업을 선택하지 않는다는 학년부장의 보고를 받고 심각하게 받아들였다. 학생들이 학교교육을 신뢰하지 않는 데는 틀림없이 이유가 있을 것이라 생각하고 3학년의 아침 자습현황을 둘러보았다. 당시의 상황을 일기에서 다음과 같이 기록하고 있다.

아침 자습시간에 순회 중 담임이 부재한 채 소란스러운 3학년 학급에 들어가 훈화를 했다. 학습분위기가 너무 흐트러져 심각한 지경이다. 학급마다 엎드려 자는 학생이 50%를 넘는다. 담임들은 수수방관하고 있다. 잠자는 학생은 차라리 귀가하는 것이 낫다고 말했고, 3~1반 학생 한 명은 실제로 귀가하기도 했다. 공교육이 무너지고 있다. (일기 2018년 8월 16일)

학생들이 관리되지 않는다면 담임과 학교를 불신하고 방과후학교를 거부하는 것은 당연하다고 판단했다. 공교육 정상화를 위해 노력하면서 가장 걱정하였던 것이 재현되고 있었다.

담임과 현안의 해결을 위해 협의회를 가지고 학교교육의 중요성을 거듭 설득하였다. 이미 담임과 학교를 불신하는 상태에서는 학교교육이 어렵게 될 것이며, 어떠한 경우에도 입시 결과에 대한 귀책사유는 우리 모두에게 있음을 강조했다. 학부모들로부터 부임 직후 당한 것처럼 다시 "학교에서 해준 것이 무엇이 있느냐?"라고 하는 비난에 직면할 것임을 말했다. 일단 강좌는 가능한 대로 개설하고 8, 9교시는 학급에서 자습하기로 했다.

학교의 학습 분위기가 해이해지면서 생활 질서도 따라서 무너지고 있었다. 교장의 눈에 비친 교실 내부는 실외화, 체육복, 참고서, 개인 사물,

휴지, 먼지, 쓰레기 등으로 넘쳐나고 있었다. 고3 남학생의 교실이 복잡하고 정리되어 있지 않다는 것은 이해되었지만, 주변 정리가 이렇게 혼란스러운데 학습이 가능할까 걱정이 되었다. 특히 많은 예산을 들여서 복도에 개인별 신발장을 만들어 주었음에도 불구하고 여전히 땀 냄새로 뒤범벅이 된 축구화, 실외화를 교실에 방치하고 있었다.

담임들이 학생들의 생활지도에 관심을 가지지 않았는지, 아니면 학생들이 담임의 지도를 거부하는지 알 수 없었다. 실제로 복장 위반과 지각을 지도하는 교사에게 불손한 언행으로 대드는 3학년 학생을 목격하기도 했다. 그리고 내신성적 전교 1등 학생이 학폭 가해자로 연루되어 서울대 지역균형 학교장추천전형에서 배제되었다. 학교와 학부모 모두 곤란한 입장에 처하였으나 원칙대로 처리하지 않을 수 없었다. 공교육 정상화를 목표로 한다면 학교의 책임이라고 주장하는 학부모의 입장에 동의해야 할 것이다. 학폭은 학교교육에서 발생하지 않도록 노력해야 하기 때문이다.

조직의 이완, 수업과 생활지도의 문제로 공교육 정상화에 대한 걱정과 의구심이 심화되어 갔다. 이 무렵 학교에 출근하여 굳은 표정과 수심이 가득한 모습으로 하루를 보내기도 했다. 뾰족한 방안이 떠오르지 않았고, 힘들고 어려운 사안들은 하루가 멀다 하고 발생하고 있었다. 교사 중에 자신의 개인적인 사안을 위해 부당하게 연가를 요구하고, 이를 관철시키기 위하여 특정교원단체에 도움을 요청하고 있었다. 이미 학교교육이나 공무원으로서 기본적인 자세는 간 곳이 없었다. 공무원은 국민이 담임하고, 학교의 주인은 학생과 학부모임을 자각해야 할 텐데라고 걱정만 할 뿐이었다.

이 무렵 차년도 특수학급 증치문제가 발생하였다. 교육청에서 일방적으로 경북고의 특수학급 숫자를 현재 3개에서 4개로 증치할 것임을 통보하였다. 전임 교장 때 학교의 반대에도 불구하고 교육청의 의도대로 특수학급을 설치했음을 알고 있었다. 일반 학급 42개, 학생 1,500명의 과대 학교에다가 마땅히 여유 교실이 없었던 것이다. 특수학급 설치가 최우선이라는 법적 근거를 대면서 기존의 특별실을 이전하거나 없애면서까지 무리하게 설치하였다. 그런데 이번에는 3학급만 설치하겠다는 당초 약속과는 달리 특별한 이유도 없이 4학급으로 증치하겠다는 것이었다. 차년도 관내 특수 학생의 배치현황에 따르면 경북고의 경우 현재보다 특수 학생의 숫자가 증가하지 않기 때문에 굳이 특수 학급을 증치할 이유도 없었다.

교장에게 이와 관련하여 이상한 소문이 들리고 있었다. 즉 대구교육청에서 43학급 이상 학교에 적용되는 복수교감제를 유지하기 위한 방편으로 특수학급을 증치한다는 것이다. 이것이 소문으로 끝나지 않았다. 실제로 경북고는 법령에 따라 2018학년도에 43학급으로 복수교감제였지만, 2019학년도에는 42학급으로 감축되어 복수교감제를 해제할 예정이었다. 학령인구의 감소로 일반학급이 감소된 당연한 결과였다. 그러나 교육청에서는 어떤 목적이 있는지 모르지만, 감소된 일반학급 대신에 특수학급을 증치하겠다는 것이고, 이것은 곧 복수교감제를 유지한다는 의미였다. 교육청의 부당한 위인설관(爲人設官)이라는 판단이 들었고, 게다가 학교에는 현실적으로 특수학급 4개를 설치할 여분의 교실도 없었다. 이외에도 경북고 교장은 학교 조직과 시설, 예산의 규모, 3개의 운동부, 동창회 등의 부담이 너무 과중하였다. 어떤 명분이나 이유에서도 특수학급을 4학급까지는 증치할 수 없다고 확신하였다.

대구교육청 특수교육 실무부서에서는 내부에서 결정된 대로 추진하고자 했다. 담당자가 현장 조사차 학교를 방문하였을 때 교실 상황과 학교의 부담을 고려하여 증치가 곤란하다고 분명히 답변하였다. 그럼에도 불구하고 학교 현장의 요구를 묵살하고 저자의 부임 이전에 이뤄진 특수학급 설치 때처럼 일방적으로 밀어붙이고자 했다. 상부 감독기관의 일방적인 횡포가 도를 넘어서고 있었다. 이를 확인하고, 학교교육을 지키기 위해서 구성원과 동창회의 반대 의견서를 모아서 정식 공문으로 발송하였다. 교육청 내 해당업무 관련부서 모두의 현안으로 확대하고자 했다. 결국 교장의 강력한 반대에 직면하자, 교육청에서 증치 시도를 철회하였지만, 이 과정에서 비교육적인 일에 너무 많은 에너지를 소모하게 되었다.

그리고 3학년 방과후학교 수업의 문제가 곧 1·2학년으로 전이되었다. 담임들은 학생들이 방과후학교 수업의 선택을 기피하므로 주 4일 선택에서 주 2~4일 선택으로 줄이고 나머지는 도서관에서 자율학습을 할 것을 제안하였다. 이미 학생들이 방과후학교에 참여하지 않겠다는 것은 교사들의 수업을 불신한다는 의미라서 걱정하고 있었다. 교장의 입장에서는 학생들의 선택을 받을 수 있도록 수업의 질을 향상시켜 주기를 바라고 있었다. 그런데 오히려 학생들의 기피 요구에 밀리고 있으니 교사들의 주장이 수업을 하지 않겠다는 변명으로 비춰졌다. 당시의 심정을 일기에 다음과 같이 기록하고 있다.

여러 가지 이유를 들어 방과후학교를 기피하려는 교사들에게 아예 하지 말도록 했다. 부임 이후 학교 변화를 교장이 주도적으로 이끌어 왔다. 반발하는 교사들이 집요하게 도전했지만, 오직 학생과 학부모를 위하고 공교육을 정상화시킨다는 논리로 대응했다. 성과도 컸다. 변화를 거부하고 자신의 안일만 추구하는 교사들, 그들의 소행과 의도가 괘씸하고 불순하다. 이미 저들의 적극적인 협조는 기대 난망이다. 학부모의 방패막이 역할을 하고 있는 교장의 노력이 없어진다면 그들은 찬바람에 노출될 것이다. 언제까지 저들의 요구에 끌려갈 것인가? 학생과 학부모들이 반대하고 있지 않은가? 희망하는 학생과 교사에게만 도서관 열람실을 개방하고 나머지 학생들은 귀가시키자. 자율학습도 동일하다. 스스로 선택하고 스스로 책임 지우자. (일기 2018년 10월 10일)

교사들의 요구를 수용하였지만, 더 이상 협조를 기대하기 어렵다고 판단하였다. 방과후학교를 선택하지 않은 학생들은 도서관에서 자율학습을 하도록 했고, 교장이 직접 나서서 감독을 자청하였다. 학교예산 형편상 감독

수당이 별도로 준비되어 있지 않았기 때문이다. 또한 교장이 학생들과 대면하여 학교교육의 현장을 확인하고 싶었다. 학교교육의 중요성과 필요성을 깨닫지 못하는 교사들에게 매우 실망하였던 것이다.

학교의 또 다른 난제 중의 난제인 운동부의 부정이 마침내 수면 위로 떠올랐다. 역사와 전통을 자랑하고 전국적 강팀으로 인정받는 운동부를 3개나 운영하여 학교로서는 명예도 컸지만, 부담도 엄청났다. 운동부 운영의 내막을 전혀 모른 채 명성만 듣고 부임하였다가 야구부 전지해외훈련 건으로 신고식을 단단히 치렀다. 현실적으로 엘리트 학교체육의 문제점과 초등학교 때부터 학부모들이 깊이 개입되어 있는 운동부 운영의 문제점이 강고하게 뿌리잡고 있음을 알게 되었다. 이제부터 운동부는 피할 수 없는 고통과 상처를 각오하고 교장이 뛰어들어야 할 또 다른 전장(戰場)이었던 것이다.

학교 입장에서 가장 큰 문제점은 운동부 관련예산의 운용이었다. 학교예산이 만성적으로 부족하다는 것을 확인하고 그 원인을 찾던 중 운동부에서 많은 예산을 사용하고 있음을 알아내었다. 운동부에 소요되는 예산의 종류로는 감독과 코치의 인건비, 대회출전비, 비품 구입비 등이 있었다. 3개 부서 가운데 관리자의 숫자나 선수단의 규모, 대회출전 회수 등에서 야구부의 예산 규모가 가장 방대하였다. 감독의 연봉이 1억 원을 넘었고, 전국 대회 출전 시 50명 넘는 선수들의 숙식 경비가 엄청났다. 대부분 학부모들이 오직 자식의 성공을 기대하면서 초등학교 때부터 수년 동안 출혈하고 있었다. 학교에서 부담하는 예산은 야구감독 연봉의 일부, 검도와 양궁코치의 연봉, 대회출전비 등이 있었다. 학교예산으로 지원하는 경비가 학부모들이 부담하는 액수에 비하여 적었지만, 학교로 봐서는 결코 적지 않았다. 교육청에서 모든 학교에 균등하게 배분하는 교비는 교직원 인건비, 교수-학습 경비, 시설비 등으로 사용되었다. 3개의 운동부를 운영하기 위한 경비를 교육청에서 일부 별도로 지원받았지만, 학교 자체에서 부담해야 할 부분도 있었다.

2017학년도 예산 편성 시 사전에 운동부 예산을 분석하였다. 학교교육의 정상화를 위해서 우선 예산을 확보하는 것이 급선무였기 때문이다. 분석 결과 인건비, 운영비 등의 소요 경비가 1억 2천만 원으로서 전체 가용교비의 30%에 육박하였다. 학교의 만성적이고 누적적인 예산 부족의 원인을 찾아낸 것이다. 왜 학교 시설 곳곳이 녹슨 채 방치되고 있는지, 교정의 수목이 덤불숲을 이루고 있는지, 구성원들이 마른 낙엽처럼 부딪히고 있는지 등의 이유를 알 것 같았다. 학교의 규모를 보아서 타 학교보다 30% 이상을 지원받아야 하는데 오히려 운동부가 30% 전용하고 있었다. 모두 예산 부족이란 칼날이 폐부를 깊이 찌르고 있어서 숨도 제대로 쉬지 못한 채 꼼짝을 못하고 있었던 것이다.

운동부를 관리하는 체육과의 반대에도 불구하고 예산을 줄이려고 시도했다. 명확한 자료를 제시하고 협조를 요구했지만 쉽지 않았다. 일단 운동부 예산이 학교교육에 장애가 되고 있음을 알리는 정도에 만족해야 했다. 다음 해에는 검도부 코치의 인건비를 교육청으로부터 지원받게 되었고, 야구감독을 교체하면서 연봉을 절반으로 낮추었다. 예산 부족은 여전히 해결되지 않았고, 간헐적으로 동창회, 교육청, 발전기금 등에 의지하였다. 이임할 때까지 예산의 부족 문제로 '언 발에 오줌 누는 형편'이 계속되었다.

운동부의 예산과 달리 그 운영도 해결해야 할 과제였다. 운동부는 실무담당 체육교사가 운영과 관리를 책임지고 있었다. 감독과 선수를 연결하는 고리역할을 하였다. 야구부의 실질적인 운영은 학부모 대표가 하고 있었다. 감독의 연봉, 대회 출전 시 숙식, 공동 경비 등 학부모가 부담하는 예산에서부터 야구부의 자질구레한 일까지 전담하고 있었다. 전체 야구선수가 54명 정도로 한 개 학년당 18명 내외의 선수가 등록되어 있었다. 실제 시합에 9명의 선수가 출전하는 것에 비해 절대적으로 과잉공급되고 있었다. 야구부 학부모들은 늘 자신의 자녀의 연습 상황이나 전국대회 시 출전 기회가 초미의 관심사였다. 선수로서 기량 향상이나 졸업 후 프로구단 진출과 직결되기 때문이다. 따라서 출전 기회와 선수 관리를 책임진 감독과 학부모, 학부모 대표와의 관계는 긴장과 갈등의 연속이었다. 화약고를 등에 짊어지고 언제든지 폭발하기 직전의 형국이었다.

야구부 운영에 학부모가 깊숙이 관여하고 있었다. 야구부 운영의 주도권은 감독이 장악하고 있는 것처럼 보였지만, 그 내부에는 학부모들이 감독에게 급여와 운영경비를 담당하고 있었다. 당연히 내가 주인이라고 생각하게 되었고, 그들의 존재를 결코 무시할 수 없었다. 자식을 두고 양자가 길항관계를 유지하였고, 학교(교장)에 대해서는 강력한 협력대오를 유지하여 예산 지원, 선수의 학사 관리, 대회 출전 등의 '이권'을 쟁취하고자 했다. 부임 초기에 교장에 대해서 물불을 가리지 않고 폭력배 수준의 행태를 보인 원인은 바로 여기에 있었던 것이다. 야구부를 둔 학교마다 양자의 유착관계에 의해서 부정을 겪었고, 교장도 관리 책임에서 벗어날 수 없었다.

전전긍긍하며 조심하였지만 결국 경북고도 2018년 2월에 부정 사건이 터졌다. 야구부감독이 학부모로부터 진학과 관련하여 수뢰했다는 물증이 교육청에 제보되었다. 교육청에서는 경찰서에 수사 의뢰하였고, 관련 사실이 언론에 대서특필되었으며, 감독은 해임 조치되었다. 2017학년도 공교육 정상화를 위한 노력이 결실을 거두고 있음에도 불구하고 예상치 못한 곳에서 문제가 발생한 것이다. 학교 문제가 사회적 파장으로 번져나가서 교장으로서 곤혹스럽기 짝이 없었다. 학교의 명예를 회복하기 위하여 최선을 다해서 수습하고자 했다. 야구부도 공교육의 울타리 내에 있기 때문에 당연히 정상화시켜야 했다.

후임 감독의 선임 절차는 신중을 기했다. 4월부터 전국대회가 시작되므로 신임 감독을 선발하는 것이 능사는 아니라는 학부모들의 주장을 수용하였다. 일단 선수들의 동요를 막고 전국대회에서 성적을 내기 위하여 수석 코치를 감독대행으로 임명하였다. 그리고 야구부 적폐였던 감독의 고액 연봉을 절반으로 삭감하고, 부조리가 발생할 수밖에 없었던 감독과 학부모대표로 연결되는 통로를 차단하였다. 월 1회 교장이 참석하는 학부모와의 공식적인 회의에서 학부모들의 의견을 수렴하였다. 그리고 어떤 경우에도 감독·부장교사와 학부모가 사적으로 만나지 못하며 자녀 문제로 상담을 원할 경우 코치를 통하도록 했다. 야구부 운영의 정상화였던 것이다.

2학기 시작하면서 감독대행 체제를 끝내고 새로운 감독을 선임하였다. 동창회에서 자신들이 감독을 선임할 권리가 있다고 억지를 부리고 모교를 힘들게 한 비상식적 사실들은 저자의 머릿속에서만 머물게 하고 싶다. 또한 후임감독을 몰아내기 위하여 온갖 민원을 제기한 야구부 내부의 추태와 익년도 후임감독 선정 시 법적 소송까지 하게 된 과정은 생략하도록 하겠다. 모두 학교교육을 멍들게 하는 적폐들로서 개혁의 대상이다. 학교 운동부의 부패한 실상을 경험한 것으로 그치고 싶다. 그리고 2018년 11월에 검도부에서 학교의 허가 없이 학부모들이 자신들의 명의로 차량을 구입, 운영하다가 적발되었다. 규정과 절차를 무시하는 운동부 폐습 중의 하나였다. 운동부 관리와 관련하여 거듭 행정처분 '경고'를 받았다. 발령 직후 '경고(慶高)가면 경고(警告)받는다'는 우스갯소리가 실재화된 것이다. 공교육을 정상화하겠다는 교장의 의지와 열정이 바닥을 보게 되었다.

학교교육의 목표를 공교육을 정상화하여 학부모의 신뢰를 회복하는 데 두고 전력투구하였다. 학부모들이 학교교육을 신뢰한다면 수능과 정시위주의 사교육에서 돌아올 것으로 확신하였다. 이를 위하여 학교 조직을 정비하여 교사들을 변화에 동참하도록 요구했다. 학생과 학부모들에게는 학교교육에서 적극 참여하고 나아가 대입시에서 수시 학종으로 성공할 수 있도록 다양한 정책과 프로그램을 도입하였다.

학교교육이 성공하고 있다는 징표는 분명하게 드러났고, 대내외적으로 인정을 받았다. 그러나 성공적인 결과를 제도와 문화로 안착하기도 전에 변화를 거부하는 세력들의 조직적인 반발과 학교를 위기로 몰아넣는 사건들로 개혁은 한계에 봉착하였다. 사태를 수습하기 위하여 안간힘을 다했지만, 전장(戰場)의 전선(戰線)만 확대되고 고립무원의 불가항력 상태에 빠져들었다. 학생들과 학부모들의 공교육에 대한 신뢰는 회복되었지만, 이를 지속할 동력이 상실되어 버린 것이다.

결국 부임한지 2년 6개월 만에 개혁에 대한 회의와 고민을 거듭하면서 경북고를 떠나는 것이 옳다고 판단하였다. 당시의 상황을 일기에서는 다음과 같이 기록하고 있다.

처음 부임하여 '공교육 정상화'를 부르짖고 학교교육을 충실히 해서 학부모, 학생들에게 만족을 줄 것으로 기대했다. 사실 성공을 거두고 있다. 민심이 천심이다. 하늘은 학생과 학부모이다. 교사들이 주인인 것처럼 관리자에게 대들고 있다. 힘들고 싫다는 것이다. 설득하고 베풀고 솔선수범하고, 그리고 학부모와 시민을 대상으로 홍보하고 끌어안으려고 노력했다. 교장이 '을'의 위치이다. 또 다른 '을'의 위치에 있어야 할 교사들이 자각을 하지 않고 '갑질'을 학생, 학부모, 교장에게 하고 있다. 여러 면에서 인내하고 포용하고 양보했다. 나아지지 않고 더 기고만장해진다. 가관이다. 더 이상 방치할 수 없다. 이들을 설득하여 교육환경이 나아지도록 할 필요가 없다. '을'의 가혹한 시련에 부딪혀 보아야 그들의 잘못을 깨달을 것이다. 청와대 청원게시판에 '교사 방학 폐지'운동이 일어나고 있지 않는가? 불과 몇 년 전에 학생들의 외면, 저항과 도전으로 수업이 불가능하다고, 교권이 위기에 처하였다고 외치지 않았던가? 몰상식하고 비인간적인 이들과 결별해야 한다. 떠날 때가 된 것이다. 경북고 학교문화 개선은 요원하다. 떠나는 자 비겁하지만, 명분과 이유가 있다. (일기 2018년 8월 14일)

학교교육이 의도한 대로 이뤄지지 못하여 좌절감이 강하게 밀려왔다. 특히 공교육을 실현시켜야 할 주체세력인 교사들에 대한 실망감이 컸다. 사교육이 극도로 번창하고 공교육이 위축된 상황을 타개함으로써 교사들이 교육의 주도권을 확보할 수 있는 기회인데도 불구하고 사적인 이해(利害)와 감정에 휘둘리거나 투쟁을 위해 조직적으로 저항하는 세력들에 대해서는 교육자의 기본적 소양을 가지고 있는지 의구심이 들었다. 집단의 논리에 매몰되어 나는 괜찮겠지라고 하면서 현실의 문제를 외면하면 머지않아 모두가 위기에 빠질 것이다. 가뭄으로 호수의 물이 위에서부터 말라가지만 언젠가는 호수 밑바닥의 물도 말라버릴 것이다.

그러나 경북고에서 혼신의 힘을 다하여 공교육을 정상화하려던 노력은 언젠가는 성과를 거둘 것이라는 기대를 하고 있었다. 비슬고로 전근 온 후 이임 당시 고2 학생이었던 한 명이 1년 후 서울대 정치외교과에 합격하고 난 뒤 감사의 메시지를 다음과 같이 보내왔다.

이재철 선생님 안녕하십니까? 경북고등학교 ○○○입니다. 선생님 잘 지내시지요? 다름이 아니라 제가 이번에 서울대 정치외교학과에 합격하게 되었습니다! 선생님께서 경북고에 계실 때 저를 많이 챙겨주시고 신경써 주셔서 정말 감사드립니다. 교장선생님의 칭찬과 격려가 항상 저로 하여금 열심히 할 수 있게 한 원동력이 되었습니다. 다시 한번 정말 감사드립니다. 선생님께서 저희 학교 교장선생님으로 계셨던 점이 정말로 행운이었다고 생각합니다. 감사합니다.

○○○올림(2019. 12. 19.)

공교육의 정상화를 위해 실시한 커리어로드맵, 일요행복 학교, 학교 설명회 등의 프로그램에 가장 적극적으로 참여하여 성공한 학생이었다. 성장하는 모습이 너무나 확연하게 눈에 띄어 늘 관심을 가지고 격려하였다. 이학생 이외에도 성공한 학생들이 많이 있었다는 소식을 들었다. 감사의 글을 받을 만한 일을 하였다고 생각하지 않지만, 다만, 공교육의 씨앗을 뿌렸다는 점에서 만족해하고 있다. 또한 남을 탓하기 전에 공교육 정상화를 위해 저자가 시도한 방법에 잘못이 있을 수 있다. 문제점을 깊이 성찰하고 새로운 길을 모색해야 할 것이다. '과연 가능한가'라고 반문해 보지만 아직도 정년 잔여 3년을 남겨둔 시점이다. 새로운 시도를 해볼 만한 시간으로는 충분할 것이다.

4 학생이 학교교육의 중심에 있다

저자는 앞에서 언급한 것처럼 학교교육을 위해 사람을 중심에 두어야 된다고 믿어왔다. 제도와 이념보다는 이를 운용하는 사람에 따라 그 과정과 결과가 얼마든지 달라질 수 있기 때문이다. 현대로 올수록 제도가 완비되어졌기 때문에 대부분의 사람들은 제도의 취지대로만 추진된다면 별다른 문제점이 일어나지 않을 것이라고 생각하고 있다. 저자도 교육청 장학사로 근무하면서 행정 편의적인 사고에 심취한 적이 있었다. '법대로 하자', '학교 행정은 합리적이고 효율적이어야 한다'라는 화두를 자주 거론하였다.

그러나 학교교육의 현장 관리자로 근무하면서 또 다른 면을 주목하게 되었다. 학교교육을 움직이는 사람들, 즉 교사, 학생, 학부모의 3구성원이 있다는 것이다. 교육 현장에서 사람을 움직이는 기제는 도덕과 양심이며, 법과 제도는 그다음의 수단이어야 한다. 교육은 인간의 무한한 잠재 능력을 계발하고 완성하여 가는 과정이다. 내면적인 의지와 노력, 열정, 헌신의 정도에 따라 성장의 정도는 많은 차이를 가져오기 마련이다. 학교교육에서 폭풍처럼 성장하는 학생들이 있는 반면에 교육의 혜택을 받지 못하여 성장이 멈춰버린 학생들을 목격하게 된다.

그래서 관리자로서 학교를 운영하는 동인(動因)으로 책무성과 자율성을 강조하게 되었다. 제도와 시스템의 합리성과 효율성을 추구하되, 사람의 내면적인 의지와 노력을 보다 중시하려는 것이다. 교사들에게 책무성과 자율성을 충분히 보장해 주어 교육의 목표를 달성하도록 하였고, 학생들에게는 인성교육과 자기주도학습에 성공하여 미래 인재로 성장하도록 했으며, 학부모들에게는 학교교육을 신뢰하도록 요구하였다. 학교 관리를 맡았던 사대부고, 경덕여고, 화원고, 경북고 등에서 시종일관 추진한 정책의 키워드였다. 각 학교가 지닌 다양한 문제점들을 해결하는 방안이라고 믿었다.

학교 운영의 결과 많은 성과를 거두면서 저자의 신념이 확고해졌지만, 또 다른 측면에서 어려움과 좌절도 경험하였고, 이에 따라 새로운 변화를 모색하게 되었다.

변화는 학교교육에 사람을 중시하되 그 중심에 학생을 두어야 한다는 것이다. 일반적으로 교사의 교육권보다 학생의 학습권이 중요하다는 것은 인정되고 있다. 학교가 존재하는 목적, 이유는 학생이 있기 때문이다. 2000년대 이후 우리 사회가 전반적으로 권위주의적 문화가 퇴출되면서 학교 현장에서도 변화가 일어났다. 예컨대 교장의 일방 통행적이고 상명하복식 학교 운영이나 교사 중심의 강의식수업은 사라져 가고 있다. 대신에 소통과 협의의 학교 운영과 자기주도학습, 토론과 발표 중심의 수업 등이 중요시되었다.

그럼에도 불구하고 학교 현장은 갈수록 복잡다기해져 갔다. 교육이론, 교수-학습방법, 입시제도, 교육정책, 정치세력의 진출 등에 따라 구성원 간에 신념과 이해가 충돌하고 갈등이 증폭되어 간다. 학생을 교육의 중심에 두어야 한다는 대명제는 문제의 본질에서 멀어져 가는 것 같다. 정년을 앞둔 교장의 노파심에 그쳤으면 하지만 학교교육의 주인공인 학생과 학부모뿐만 아니라 시민들도 미래 학교를 불안스럽게 바라보고 있다. 미래 사라져야 할 직업 중에 제1순위는 학교라고 공공연하게 언급되고 있다. 수요자의 희망과 요구를 충족하지 못하는 미래 교육은 살아남을 가능성이 높지 않을 것이다.

저자는 현재 학교 현장의 문제점들을 해결하고 미래 교육의 방향에 부합하기 위한 방안은 학생을 중심에 두는 것이라 생각한다. 2년 6개월간 경북고에서 학교교육에 대해 학부모의 믿음을 회복함으로써 학교교육을 정상화시킬 수 있다는 신념을 강력하게 실천한 뒤 비슬고 교장으로 부임하였다. 학생, 교사, 학부모 3축을 함께 중시하고 조직의 정비, 시스템의 구축, 학부모의 신뢰 회복 등에 힘을 쏟는 한편, 학교교육의 중심을 이제 학생에게 두어야 하겠다고 생각하였다. 그래서 '학생이 학교교육에 중심에 있다'라고 작명한 것이다.

● 신설 3년 차 비슬고 교장으로 부임하다(2019. 3. 1.)

비슬고는 2017년에 대구 달성군 현풍읍 신도시 테크노폴리스에서 개교하였다. 개교할 무렵 저자는 인근 화원고 교장으로 3년 차 재임 중이었다. 화원고에서 곧장 신설학교의 교장으로 전근하고 싶은 마음이 있었다. 고향 인근의 학교이고, 화원고와 규모나 성격이 비슷하며, 최신 교육시설을 갖춘 신생 학교에서 새로운 학교를 만들고 싶은 욕심이 났다. 개교 6개월을 남기고 다른 학교로 발령 나서 아쉬움이 많았지만 또다시 기회가 온 것이다. 고향의 학교에서 인재를 양성하고 교직을 마무리할 수 있는 행운을 누릴 수 있었다.

개교 3년 차에 부임하였기 때문에 황량한 신도시에서 처음 시작할 때의 어려움은 겪을 필요가 없었다. 이미 외형적인 학교 시설이나 내부의 학교 운영체제, 학교 상징 등이 완비되어 있었다. 인근에 기숙형 선지원 학교가 2개나 있었지만, 이 지역 학부모들의 비슬고에 대한 기대와 수요가 많았다. 선지원 학교의 경우 지역 학생들의 입학 비율이 적은 반면에 비슬고는 학생 수가 많아서 내신성적을 잘 받기에 유리하다고 생각하였다. 또한 지역 내 사교육이 발달하지 않아서 공교육에 의존할 수밖에 없는 학부모들은 최신 교육시설이나 교육시스템이 잘 갖추어진 비슬고를 선호하였다. 개교 초기의 어수선한 상황이 정리되고 교육적 성과, 구성원들의 노력, 제 1·2회 졸업생들의 입시 실적 등이 알려지면서 학교에 대한 평판이 나날이 좋아지고 있다. 따라서 인근 중3 학생들의 선지원율도 향상되고 있다. 지역의 중심학교를 넘어서서 대구 공립학교의 선도적 위상을 다지고 있다.

비슬고가 위치한 테크노폴리스 신도시는 역사와 미래가 공존하는 지역이다. 현재는 대구시 달성군 소속이지만, 조선시대까지만 해도 독립된 관부인 현풍현이 있었다. 달성군은 원래 경상북도 소속이었다가 1995년에 대구시로 편입되었다. 남쪽으로는 전국 100대 명산의 하나인 비슬산(1,076m)이 우뚝 솟아 대구와 연봉들로 연결되어 있다. 북쪽의 팔공산과 남쪽의 비슬산이 대구분지를 에워싸고 있는 형국이다. 민족의 영산으로 불리우는 비슬산에는 높고 웅장한 산세에 어울리게 많은 사찰과 유적지, 전설 등 유·무형의 문화재들이 곳곳에 산재해 있다. 현풍 지역의 사찰로는 유가사, 소재사, 대견사, 도성암 등이 있다. 신라 때 창건된 대견사는 일제 때 폐사되었다가 최근에 복원되었으며, 비슬산자연휴양림, 비슬산 정상부의 참꽃 군락지와 함께 시민 관광지로 크게 각광을 받고 있다. 산 정상부근에서 약 2km 산 아래까지 길게 형성된 암괴류는 국내에서 가장 규모가 크며, 천연기념물 제455호로 지정되어 있다.

비슬산 산자락에서부터 완만하게 경사면을 이루면서 4km정도 선상지역이 발달되어 있다. 선상지역에는 현풍평야라고 불릴 정도로 넓은 경지가 낙동강까지 펼쳐져 있다. 비슬산에서 내려오는 풍부한 수량과 비옥한 토질로 농사짓기에 적합하여 각종 농산물이 풍부하다. 유가지역에서 생산되는 찹쌀은 전국적으로 이름나 있다. 영남의 젖줄인 낙동강은 현풍지역에 이르러 넓은 강폭을 형성하여 완만하게 굽이쳐 흐르고 있다. 농업용수를 풍부하게 공급하고 있으며, 여름철에는 주기적인 홍수로 강 연변에 기름진 농토를 만들어 주었다. 전통시대에는 낙동강 하류의 김해에서부터 상류의 안동까지 배들의 운항이 가능하여 각종 산물과 세곡을 운반하였다. 중하류지방에 위치한 현풍은 운항의 중요 거점이었고, 물류 통행으로 인한 다양한 혜택을 누리고 있었다.

현풍지역의 사람들은 비슬산, 낙동강, 현풍평야 등의 자연적 이점을 누리면서 살아왔다. 물산이 풍부하여 경제적 부를 축적하였으며, 독자적인 행정구역을 유지하여 정치사회적인 세력들이 성장할 수 있었다. 대표적인 인물로는 서흥김씨의 김굉필(1454~1504), 현풍곽씨의 곽재우(1552~1617) 등이 있었는데, 고려말 조선초기 사림파의 성장과 함께 두각을 나타내기 시작하였다. 김굉필은 조선초기 김종직의 제자로서 성리학을 배우고, 특히 소학(小學)을 독실하게 실천하여 '소학동자'라 불리웠다. 사림파의 중심인물로 인정받아 중앙정계에 진출하였으나, 연산군 때 반대세력인 훈구파의 탄압을 받아 목숨을 잃었다.(1504년 갑자사화)

그러나 평안도 유배지에서 중종 때 성리학 사회로의 개혁을 추진한 조광조를 길러내었고, 이 공로로 문묘에 배향되었다. 문묘는 공자를 비롯한 그의 제자와 우리나라의 명현을 모시는 사당이다. 조선시대에 와서 성리학의 맥을 계승한 5현을 모실 때 현풍 출신의 김굉필이 포함된 것이다. 조선시대에 성리학을 나라의 사상으로 중시하였으므로 현풍의 지역적 위상도 크게 올라가게 되었다. 또한 김굉필 외증손이며 퇴계 이황의 중요 제자인 정구(1543~1620)가 그의 학문을 기려 도동서원을 세웠다. 이 서원은 1871년 흥선대원군이 전국의 서원들을 철폐할 때도 중요 서원으로 인정을 받아 보존된 47개 서원 중의 하나였고, 2019년에는 세계문화유산으로 지정되었다. 김굉필의 활동과 유적은 전통시대는 물론 앞으로도 더욱 현풍지역의 역사적 중요성을 더해 줄 것이다.

현풍곽씨들은 가태, 솔례에 동족부락을 이루고 있으며, 그들의 경제력과 족적 기반은 매우 강하였다. 곽재우는 일찍부터 경상우도의 사림을 이끌던 남명 조식(1501~1572)의 문하에서 학문을 배웠고, 후에 그의 외손서가 되었다. 곽재우는 임진왜란 때 현풍곽씨의 족적 기반과 사림에서의 위상을 바탕으로 군사와 군량을 모아 의병운동을 크게 일으켰다. 신출귀몰한 전법을 구사하여 '홍의장군'이란 별칭을 얻었다. 낙동강 연안을 오르내리면서 왜군을 격퇴하여 경상우도 지방을 보전하는 데 큰 공로를 세웠다. 임진왜란 후에는 의병활동의 공적을 인정받아 중앙정계에 진출하였다. 중요 정치사안마다 과감하고 강직한 언론을 행사하여 집권세력과 갈등을 빚었다. 향리로 돌아와서 비슬산에서 솔잎을 생식하면서 신선이 되었다는 전설을 남기고 있다. 이후에도 그의 후손들은 영남 남인의 중요 가문으로 입지를 확고히 했다. 현풍과 낙동강 연안 지역에는 곽재우의 의병활동과 관련된 유적지들이 많이 남아 있다.

현풍사람들의 성향은 대체로 직선적이고 강직한 편이었다. 조선시대 경상도를 낙동강의 왼쪽 지방을 경상좌도, 오른쪽 지방을 경상우도라고 불리었는데, 산물과 인물의 특성이 달랐다고 한다. 좌도는 산지(山地)가 많아서 산물이 부족한 대신에 근면 성실하였으며, 우도는 평야지대의 산물이 풍부하여 호탕하고 직선적인 성향이었다고 한다. 현풍은 양측의 경계에 속하였지만 우도적인 성향이 강하였다. 김굉필이 실천 유학을 중시한 점이나 곽재우가 의병운동을 실천하고 중앙정계에서 강직한 언론을 행사한 점에서 엿볼 수 있다. 현풍지역의 사람과 문화는 자연과 역사가 빚어낸 산물이다. 따라서 여기서 태어나서 성장하는 우리 학생들은 자신들의 근본을 잊지 말아야 할 것이다. 학교에서는 학생들에게 지역적인 특징을 충분히 교육하여 지역의 인재로 성장시킬 필요가 있다. 고향은 영원한 자신의 정체성이고, 살아가는 데 든든한 원군이며, 이들은 훗날 고향의 발전을 이끌어갈 주역이기 때문이다.

최근에 현풍 지역은 또 다른 변화를 맞이하고 있다. 미래 대구의 먹거리 산업을 담당할 지역으로 현풍이 주목받고 있다. 10여 년 전부터 비슬산 자락에서부터 낙동강까지 펼쳐진 600만 평의 광활한 평야지역에 산업체와 대학교, 연구소가 어우러진 신도시 테크노폴리스를 조성하였다. 대구 국가산업단지, DGIST(대구경북과학기술원), 국가연구기관 등이 속속 입주하고, 배후 도시로 정주 인구 7만 명을 목표로 대규모 아파트 단지가 들어섰다. 짧은 시간에 대구 외곽의 농촌지역이 대규모 신도시로 탈바꿈하여 상전벽해라 할 만하다. 계획적으로 조성된 가로와 조경, 공원 시설, 체육 복지시설, 휴게 공간 등 최고의 생활 여건을 갖추고 있다. 도시 형성의 초기 단계이지만 주민들의 삶의 질과 만족도는 높은 편이다. 향후 대구와 연결되는 산업철도의 부설과 국가공단의 활성화, 인구의 유입 등 발전의 가능성은 더욱 높다고 하겠다.

비슬고는 2017년 테크노폴리스지역의 일반계고교의 수요를 충당하기 위하여 설립되었다. 비슬고가 가지는 교육적 의미는 우선은 신도시 테크노폴리스지역의 교육적 요구를 해결해야 할 것이고, 나아가서는 대구 교육이 수성구지역에 편중되는 문제점을 완화하는 데도 기여해야 할 것이다. 36학급 규모를 목표로 개교하였으나 지역의 학령인구가 증가하고 있어서 학급이 늘어날 가능성이 있다. 도심지역의 학급수가 줄어드는 것과는 대조를 이룬다. 학교 건물의 구조는 현재의 교육 요구뿐만 아니라 미래 학교교육의 수요까지 반영하였다. 기존 학교의 일반적 형태인 일자형의 건물을 완전히 탈피하여 'D'자형으로 공간을 배치하고 있다. 신축 교사(校舍)의 특징은 '개방성'과 '다양성'을 지향하고 있다. 모든 공간의 창문을 투명유리로 설치하여 밖에서 안을 들여다볼 수 있도록 했다. 폐쇄된 교실에서만 생활하던 교사와 학생들이 처음에는 불편하게 생각하였지만, 점차 개방된 공간에서 밝고 신뢰하는 분위기를 더 좋아하게 되었다. 특히 구성원 간에 믿음이 넘치는 학교문화를 만드는 데 큰 도움이 되고 있다. 만약 현재 전국적으로 추진 중인 교실공간구축사업에 참여하는 학교가 있다면 모든 공간을 개방하는 것을 우선적으로 권하고 싶다.

그리고 교실의 크기를 다양화하고 있다. 학생들의 과목 선택과 수준별 수업, 교과교실제 등을 쉽게 실시할 수 있도록 고려하였다. 수업하는 교실의 크기를 1칸 이외에 0.5, 1.0, 1.5, 2.0, 2.5, 3.0, 3.5칸 등으로 다양화하였다. 학생들의 과목 선택에 따라 집단의 규모가 달라지기 때문에 그에 맞추어 교실의 크기를 반영한 것이다. 비슬고는 2018년부터 고교학점제 연구학교를 3년간 운영하면서 학생들의 과목 선택을 최대한 허용하였다. 교실뿐만 아니라 건물 내부 곳곳에 있는 자투리 공간도 적절하게 활용하여 학생들이 자기주도학습과 휴식을 할 수 있도록 했다. 학생들이 실내 공간에서 학습하고 생활하는 데 불편함이 없도록 한 것이다. 비슬고의 학교공간구성과 활용은 미래의 학교가 나아가야 할 나침반이 될 수 있을 것이다.

비슬고의 학생들은 농촌과 도시지역의 복합적인 성향을 보이고 있다. 기본적으로는 농촌에서 성장하여 온순하고 착한 품성을 지니고 있다. 평소 밝은 표정으로 스스럼없이 인사를 잘하는 학생들을 쉽게 발견할 수 있다. 학교를 방문한 외부인들로부터도 학생들이 착하게 보이고 인사를 잘한다는 평을 들을 때가 많다. 교내 생활에서 학폭이나 갈등장면이 거의 발생하지 않고 대체로 만족해하고 있다. 신축 교사의 밝고 넓게 트인 건물 배치와 다양한 학습 지원 및 휴게 공간 등이 심리적인 안정감을 가져오는 것 같다. 친구끼리 그네를 타면서 담소를 나누는 학생들, 흔들거리는 해먹을 즐기는 학생들, 해변가처럼 실내 선베드에 누워 망중한에 빠진 학생들 등 다양하게 학교생활을 즐기고 있다.

농촌에서 테크노폴리스 신도시로 변모함으로써 학생들도 도시화의 영향을 받고 있다. 온순하고 착한 품성에 비해 오랫동안 학력 향상에 저해적인 요인들 때문에 성적이 낮은 학생들이 많은 편이지만, 전반적으로 점차 학력과 입시를 위해 노력해야 한다는 분위기가 고조되고 있다. 학교에서도 학습에 꼭 필요한 의욕, 태도, 방법 등을 일깨워 학력을 향상시키는 데 집중하고 있다. 다행히 학력에 비하여 농어촌특별전형 때문에 대학교 입시의 성공 가능성은 높은 편이다. 학생들은 대학교 수시전형에 도움이 된다고 판단되는 교내 대회, 동아리활동, 각종 교육프로그램 등에 적극적으로 참가하고 있다. 특히 대부분의 행사나 프로그램을 학생들이 주도적으로 추진하는 점이 눈에 두드러지며, 학교에서도 학생자치부서를 두어 지원하고 있다. 올바른 인성이 도시화의 장점과 잘 어울린다면 교육적 효과는 배가(倍加)될 것이다.

학부모들의 사회경제적 지위는 높은 편은 아니지만 자녀 교육의 성공에 대해서는 강한 의욕을 보이고 있다. 테크노폴리스의 아파트지역을 중심으로 학력과 입시에 보다 많은 관심을 가진 학부모들이 자녀의 성공을 위하여 도심 못지않은 노력을 기울이고 있다. 교육 여건이 우수하다고 소문난 인근 초, 중학교는 많은 학생들이 모여들어 대구 최고의 과밀 학급으로 몸살을 앓고 있다. 그들이 비슬고에 진학하게 되면서 영향을 받고 있다. 테크노폴리스 신도시에 최신 시설을 갖춘 36개의 학급의 대규모 학교인 비슬고에 많은 학생들이 성적과 진로를 두고 경쟁이 심화될 것이다.

학부모들은 학교교육을 대체로 신뢰하고 따르는 편이지만, 민원이 발생하면 직선적이고 적극적으로 해결을 시도하기도 한다. 개교 초기에 학교의 시설적인 측면에서 불만을 품은 일부 학부모들이 민원 해결을 하는 데 시의원까지 합세하였고, 결국 학교에서 대구교육청 관련 고위 간부, 시의원, 학부모 연석회의를 열었다고 한다. 그 결과 급식시설의 문제점이 개선되었다. 학교 문제의 해결을 위하여 학교를 통하는 것보다는 상부기관의 힘을 동원하려는 것이 당연시되는 분위기이다.

이러한 민원 해결 방식은 비슬고의 개교 3년 차에 수능시험장을 처음으로 설치하는 데서도 나타났다. 수능시험 때마다 지역 수험생들이 멀리 도심의 시험장에서 시험을 치루는 불편함이 있었는데, 이 지역 출신의 시의원이 집요하게 해결을 시도하여 성사시켰던 것이다. 최근에는 대구교육청에서 지역 내 특성화고 분교를 설치하려는 데 대해 일부 주민들이 극심하게 반발하고 있다. 반대의 근거로 장차 비슬고의 학급이 과밀화될 것이므로 제2의 비슬고를 신설하라는 것이다. 학교에서는 지역의 민원에 관심을 기울이고 있으며, 또한 학부모들의 요구와 희망을 만족시키도록 노력하고 있다. 학교에 대한 학생, 학부모의 기대와 의존도가 높은 점은 공교육의 또 다른 기회가 될 것이다.

비슬고 교사들의 구성은 도심의 일반계고교와는 다른 점이 있다. 남녀 비율이 비슷하며 저경력자보다는 중견이상의 경력 교사들이 더 많은 숫자를 차지하고 있다. 학교가 도시 외곽에 위치하여 출·퇴근에 불편한 점은 여교사들에게 부담이 되었지만, 이를 인사상 승진 우대책으로 보상하고 있기 때문에 경력 있는 남교사들이 선호하는 것으로 판단된다. 그리고 신설 학교의 조기 안착을 위하여 소위 '능력 있는' 교사들이 많이 배치된 것으로 보인다.

개교 당시의 많은 어려움을 극복하는 과정에서 교사들 간에 유대가 강화되었다. 대부분의 교사들은 공교육에 대한 책무성이 강하고 학생들의 성공을 위하여 열정과 능력을 발휘하고 있다. 학교생활 중 특별히 쟁점이나 갈등 요인은 보이지 않으며, 학교 업무에 대해 소통하고 협조적인 분위기가 강하다. 이러한 학교문화는 불과 개교 3년 만에 거둔 여러 정책들의 성공적 수행과 교육활동 성과로 입증되고 있다. 학교마다 빈발하는 교사들 간의 갈등과 업무 기피 현상 때문에 공교육의 위기를 걱정하고 있는 저자로서는 여전히 공교육의 희망과 가능성을 확신하는 계기가 되고 있다.

● 학교 운영의 체제를 완비하다

학교교육의 목표는 학생들의 잠재적 능력을 계발하여 꿈과 희망을 달성하는 것에 두고 있다. 매우 단순하고 기본적인 사실이다. 사회가 다원화되어 가면서 여기에 적합한 학교교육의 목표를 찾기 위하여 새로운 이론과 가설을 도입하여 연구하고 있다. 더 나은 학교교육을 위한 시도라고 이해되지만, 지엽을 쫓다가 근간을 잃어버리지 말아야 할 것이다. 몇 개 학교를 관리해 본 결과, 그리고 이제 정년을 목전에 둔 시점에서 '학교교육의 중심에 학생이 있다'라는 사실을 더욱 분명히 하게 되었다. 학교교육 현장에서 모든 교육 활동이 과연 학생을 위한 것인지 거듭 반문하고 확인해야 한다. 지난날 여기에 충실하지 못한 점이 있었는지에 대해 반성의 의미도 있지만, 앞으로 학교교육이 학생과 학부모로부터 선택을 받는 것이 살아남을 수 있는 유일한 방안이기도 하다.

학생 중심의 교육을 실현하기 위해서는 학교 운영의 체제를 완비해야 할 것이다. 이것이 제대로 갖추어지지 않으면 교육목표를 달성하는 데 장애가 발생하기 마련이다. 예를 들면 업무분장과 수업시수 배분을 두고 교사들 사이에 갈등이 발생하고 감정적 앙금이 남게 되면 교육에 대한 열정과 헌신은 기대하기 힘들다. 그 피해는 오롯이 학생에게 돌아간다. 소통하고 배려하는 학교문화 속에서 근무하는 교사는 늘 기분 좋은 상태에서 직무에 최선을 다할 수 있다. 교사의 칭찬과 격려를 받은 학생과 짜증 섞인 상태에서 억지로 지도받은 학생과의 차이는 지금 당장은 눈에 보이지 않겠지만, 그 결과는 엄청나게 달라질 수 있다. 매우 단순하면서도 분명한 사실이며, 실제로 교육현장에서 이러한 사례들을 많이 경험하였다. 저자는 다행히 여러 학교에서의 경험을 바탕으로 비슬고의 운영의 체제를 완비할 수 있었다.

학교라고 하는 큰 조직을 운영하는 것은 사람과 제도이다. 사람과 제도가 완벽하게 결합함으로써 조직의 목표를 달성할 수 있다는 것이다. 저자는 조선시대사 연구를 하면서 전근대사회로 올라갈수록 제도보다는 사람 중심의 조직 운영이 이뤄지고 있었다는 것을 발견하였다. 예컨대 조선시대 나라를 운영하는 기본 법전인 경국대전(經國大典)이 완비되어 있었지만, 이를 운용하던 국왕, 신료들에 의해 자주 변용되었다. 그래서 제도보다는 사람이 중심이라는 의미로 '인치'(人治)라는 개념을 사용하였다. 근대 관료제도가 확립되면서 제도와 법령이 완비되었고, 관료들은 이에 근거하여 행정을 집행하면 된다고 했다. 제도가 확립되면 누가 이를 운용하더라도 결과는 크게 달라지지 않을 것이라는 믿음이 깔려있다.

저자도 한때 장학사로서 교육행정을 집행하면서 이를 합리적이고 효율적이라고 신봉하고 교사들에게 요구한 적이 있었다. 그러나 교장으로서 학교 전체를 관리하면서 소속 교직원들이 제도대로만 움직이지 않음을 발견하게 되었다. 사람이 더 중요하였던 것이다. 그래서 구성원들에게 자율성과 책무성이란 기제를 강조하고 여기에 근거하여 학교를 운영하고자 했다. 사람의 내면적인 자발성을 신뢰하고 중시했던 것이다. 매우 유효한 원리였음에도 사람이 가진 개별성과 특수성 때문에 제도를 구현하는 정도는 학교마다 차이가 날 수밖에 없었다. 다양한 사례를 경험하고 고민을 거듭한 끝에 사람과 제도를 완벽하게 결합할 수 있는 방안을 찾게 되었다.

비슬고에서 먼저 학교를 운영하는 사람들의 관계망 즉 조직을 이상적으로 구축하였다. 조직의 구축을 위한 요체는 운영의 논리로서 '자율성'과 '책무성'을 제시하고, 운영의 체계로서 '부장 중심의 학교운영'을 구현하는 것이었다. 자율성은 교사들에게 자발적인 동기부여를 통해 직무수행의 성과, 즉 책무성을 극대화하려는 것이다. 교사들이 수행하는 수업이나 생활지도 등의 업무는 자율성이 보장될 때 충분히 목표를 달성할 수 있다. 수업은 학생과 교사의 다양한 변인에 따라 방법과 교재, 진행 등이 달라질 수밖에 없다. 교사들의 전문적 지식과 경험, 양심과 신념을 믿고 맡겨두어야 한다.

한때 교장이 교사들의 직무를 철저히 통제, 관리 감독하고 교사들은 교장의 의중을 살피고 지시에만 순종하기도 했다. 30년 전 저자의 초임 교사 시절 때 학교 장면이었다. 사회의 발전에 따라 학교에서도 권위주의적 일방통행, 지시일변도의 문화 대신에 자율성을 보장하고 책무성을 요구하는 문화가 정착되었다. 학교문화의 변화를 긍정적으로 수용하고자 했다. 장학사, 교감, 교장으로 지위가 바뀌었지만 일관되게 그 변화를 실천하고자 했다. 부임하는 학교마다 취임사에서 일성으로 학교 운영에 자율성과 책무성을 부여하겠다고 선언하였다. 교장의 의도와는 달리 교사들이 자율성만 요구하고 책무성을 소홀히 할 때도 있었지만, 신념이 옳다는 것을 포기하지 않았다.

비슬고에서 자율성과 책무성의 보장에 대해서 교장과 교사들은 거의 일치된 생각과 행동을 하고 있다. 교장은 자율성과 책무성을 끊임없이 강조하고 교사들을 격려하였다. 교사들은 직무수행을 자율적으로 수행하고 있으며, 교장이 교사들의 직무수행의 여부나 정도를 일일이 따지고 확인할 필요가 없다. 교장과 교사 간에 상호 신뢰관계가가 확실히 형성되어 있었다. 모든 학사 운영이 순조롭게 진행되고 있으며, 직무 수행의 결과가 당초 예상된 목표를 훨씬 상회하고 있기 때문이다. 2019학년도 서울대 입학사정관이 학교를 방문하였을 때 교육활동 성과에 대해 협의를 한 적이 있었다. 당시의 상황을 일기에서 다음과 같이 기록하고 있다.

서울대 입학사정관 2명이 학교를 방문하다. 사전에 학교에서 ppt자료, 교육과정, 수업 등을 설명하고자 준비했다. 모든 부장이 참석하고 질의 토론을 했다. 타 학교와는 달리 철저하고 풍성하게 준비한 것을 보고 놀라워했다. 2015개정교육과정 취지를 살리고 고교학점제 연구학교의 장점, 학교의 장점을 충분히 개진하였다. 소위 공교육 정상화, 학종과 부합하고 있다. 서울대 측으로서도 든든한 우군을 만난 것이다. 이어서 학교 측에서 입시에 필요한 정보를 질문하였고, 실리적인 답변을 들었다. 만족스럽다. 간담회 후 학교 급식실에서 중식을 하고 교장실에 돌아왔다. 학교장의 학교 경영관, 대입정책 방향 등을 부연 설명하였다. 모두 상호 의견 일치했다. 학교 측의 성실한 준비, 답변, 학교장의 의지 등에 강한 인상을 받은 듯하다. (중략) 대성공이다. 부장들에게 감사의 메세지를 보냈다. 자율적 학교 경영의 결실이다.(일기 2019년 6월 29일)

학교 교육에서 자율성이 충분히 보장되었고, 그 결과 책무성을 성실히 이행하고 있음을 대학교 측에 입증하고 있다. 학교문화가 활기차고 생동감이 넘치며 만족도와 자긍심이 넘쳐나고 있다. 교정의 화단에 화사하게 핀 수국을 기분 좋게 감상하는 듯하다.

자율성과 책무성을 바탕으로 비슬고의 실제 학교 업무는 부장교사 중심 체제로 운영되었다. 학교 조직을 교장-교감-부장교사(15명)-교사의 위계로 편제하였다. 부서는 일반 학교에서 관행적으로 해오는 것처럼 교무부, 연구부, 학생부 등 업무 중심으로 나누었다. 최근에 일부 학교에서 교사들의 행정 업무를 경감한다는 의미에서 교과중심으로 나누기도 하나 행정 업무는 그대로 둔 채 형식만 바꾼 것에 불과하다. 오히려 교사들이 교과중심으로 나눠져 학교 전체의 화합에는 장애가 되고 있다.

이때 부장교사의 역할이 매우 중요하다. 행정 업무 중심의 부서 편제가 부장들이 업무를 나누어 처리한다는 의미도 있지만, 15명의 부장들이 학교 운영의 중간 간부 역할을 한다는 측면에서 접근해야 할 것이다. 관리자인 교장, 교감이 100여 명의 교직원을 효율적으로 관리, 소통하기 위해서는 부서를 나누고 각 부서장인 부장들이 명실상부하게 학교 운영에 참여하여야 한다. 교장 입장에서는 교감 이외에 15명의 관리자가 추가된다는 것이고, 교사 측면에서는 매우 편하고 쉽게 소통할 수 있는 관리자가 항상 곁에 있다는 의미이다. 학교의 업무 조직에 부서를 분장하고 부장교사를 둔 목적은 여기에 있을 것이다.

비슬고에서 부장교사 중심으로 학교를 운영하겠다는 것은 새로운 발상이 아니다. 당초에 부서를 설치한 목적에 충실하자는 것이다. 학교 업무운영이 학교의 형편이나 교사들의 구성에 따라 다양하며 각기 장·단점이 있을 것이다. 이에 대한 저자의 생각은 이미 제2장 1절 화원고 교장의 직무 형태에서 서술하였다. 학교를 책임지고 관리해야 할 교장이나 교감이 직접 개별부서의 업무를 챙기는 경우도 있고, 계원이 부장 대신에 업무만 처리하는 경우도 있다. 모두 부장들이 자신의 역할을 충분히 하지 못하기 때문에 발생한 것이다. 교사들이 부장의 업무를 기피하는 현상이 날로 심화되어 가고 있다. 소신과 책임감이 넘치고 능력도 겸비한 최선의 부장교사 적임자를 구한다는 것은 쉽지 않다.

그런데 비슬고는 부장교사의 선임 과정이 순조로웠다. 능력과 열정을 겸비한 교사들이 타 학교보다 많은 편이었다. 도심에서 멀리 떨어진 달성군에 근무하는 보상 차원에서 실시하는 인사상 우대책 때문이라고 하지만, 신설학교 특유의 교사 간에 끈끈한 유대 의식, 도시 외곽지역의 공교육에 대한 책무감, 새로운 학교문화의 확립 등도 작용하고 있었다. 부장을 희망하는 교사들을 중심으로 15명의 부장체제를 갖출 수 있었다. 비슬고만의 양호한 사정 때문에 부장교사 중심의 학교 운영이 가능하였다고 한다면, 학교 운영의 사례로서 별 가치가 없을 것이다. 부장단의 구성에서 성공적이었고, 이보다도 더 중요한 운영에서도 의미 있는 성과를 거두고 있기 때문이다.

학교 업무는 15개 부서로 나누어 각 부장들이 주관, 처리토록 했다. 교장은 학교를 위임 관리하고, 교감이 실무를 총람하며, 부장교사는 소관 부서의 계원과 소통하며 실무를 책임지도록 했다. 부장교사가 처리한 사안을 교감-교장이 검토하여 결정하였다. 이 과정이 순조롭게 진행되었고, 따라서 학교의 모든 업무는 교장-교감-부장교사-교사로 연결되는 맥락이 항상 유지되었다. 교장은 부장의 업무 처리 시 끊임없이 격려와 추동을 하여 전폭적으로 신뢰하고 있음을 보여주었다. 또한 학교교육의 비전과 목표, 의미 있고 새로운 교육방향을 제시하였다. 작은 성공 경험이나 성과에 대해서 언급하고 칭찬을 아끼지 않았다. 부장들에게 학교에 대한 주인정신과 자부심, 자긍심, 보람을 심어주었고, 이 분위기가 학교 전체로 파급되어 갔다.

각 부를 맡고 있는 부장교사의 역할이 매우 중요하였다. 교장으로서는 실무를 둘러싸고 일차적인 고민이나 갈등을 피할 수 있으며, 학교의 전체적인 운영 방향이나 대외적인 관계에 집중할 수 있는 여유가 생긴다. 교감은 부장과 소통하며 각 부의 업무 추진 상황을 점검하고, 그 결과를 교장과 협의하였다. 교장은 부장들이 자율성과 책무성에 따라 자신감과 소신을 가지고 업무를 추진토록 격려하였다. 업무 추진 과정에서 부서 간의 갈등, 예산의 집행, 행정 절차의 어려움 등이 발생하면 과감하게 해결해 주었고, 결과나 문제점은 교장이 책임지고 있음을 분명히 보여주었다.

교장과 부장 간에 신뢰관계가 두터워지면서 업무 추진을 둘러싼 갈등이나 고충은 거의 발견되지 않았다. 대신에 고교학점제 연구학교, 교과교실제와 교실 공간 구축 사업, 자율적인 학생문화 추진, 세계문화유산길 걷기, 성취도전 30시간 등 중요 정책 사업들이 성과를 거두었다. 또한 학년부서가 담임들과 화합하는 분위기를 조성하고 있었기 때문에 학생들에게 열정과 헌신을 다할 수 있었다. 그 결과 대입시와 교육활동에서 기대 이상의 성과를 거둘 수 있었다. 모두 부장교사 중심으로 업무를 추진하였기 때문에 가능한 일들이었다.

부장 중심 체제에서 부서 업무 처리보다 더 중요한 것은 부장 협의체의 운영이었다. 공식적으로 매주 전체 부장협의회와 주요 부장협의회를 각 1회씩 가졌다. 여기서 각 부서의 주요 사안뿐만 아니라 학교의 중요 사안, 교장의 학교 운영 방향 등을 논의하였다. 부장들이 15개 부서 전체의 업무 내용이나 추진 상황을 이해함으로써 부서 간에 동료 의식과 협조 체제를 강화할 수 있었다. 업무 경계가 애매하고 중복된 경우에 발생하는 혼란과 갈등을 최소화할 수 있었다. 2019학년도에 교감으로부터 각 부장에게 업무 공문을 배분한 뒤 한 번도 재배정 요청을 받지 않았다는 이야기를 듣고 부장 간에 소통과 신뢰의 정도를 확인할 수 있었다.

부장회의의 가장 중요한 기능은 학교의 중요 사안을 협의, 결정하는 것이었다. 저자는 일찍이 부장협의체의 중요성을 인식하고 사대부고 교감으로 재직하면서부터 그 운영을 도입하였고, 교장으로 승진한 이후에도 적극 활용하였다. 회의 구성원들이 토론과 협의를 통해 다양한 의견을 개진할 것이고, 이것은 결국 타 부서와 학교 전체의 운영에 도움이 될 것이라 믿었다. 실제로 교사들이 자발적으로 업무에 참여하여 학교문화를 변화시켰다고 자평하기도 했다.

비슬고에서도 이러한 기조를 계속 이어갔지만, 이전과는 달리 새로운 변화를 모색하였다. 회의에 참여하는 구성원 간에 신뢰관계의 확실한 구축을 전제로 하였다. 토론을 통해 다양한 의견을 제시되고 그것이 업무 추진에 도움이 된다는 것은 분명하지만, 참석자 간에 신뢰 관계가 형성되어 있지 않으면 의견도 빈약하고 마지막에는 교장의 훈시로 끝나버린다. 직전임 학교에서 타인처럼 회의에 참석하는 분위기를 바꾸기 위하여 회의장소를 교장실로 옮기고 회의 전에 따끈한 차를 내놓기도 했다. 온갖 노력에도 불구하고 악재 때문에 신뢰 관계를 복원하는 데 어려움을 겪었다.

비슬고에서는 교장과 부장과의 신뢰관계 확립을 가장 중시하였다. 교장은 위임과 책무의 원칙 위에 부장협의체를 적극 인정하고 격려하였다. 부장들에게 회의 시에 형식적이고 의례적인 발언 대신에 자발적이고 적극적인 회의 참여를 주문하였다. 학교를 책임진 교장의 입장에서 접근하도록 했다. 부장회의가 끝나면 교장실로 자리를 옮겨 차담(茶談)을 가졌다. 공식 회의 시 미진하거나 발언하기 어려웠던 뒷이야기를 화제로 삼았다. 회의 시 경직된 분위기를 완화하고 따뜻한 동료애를 가질 수 있었다.

그리고 2019년 부임 첫해에 산행, 선진지 학교 견학, 역사 기행 등을 포함하는 1박 2일의 부장워크숍을 4회 실시하였다. 경남 통영지역 탐방과 사량도 산행, 제주도 대정고 견학, 경남 거창 수승대 정온(鄭蘊) 유적지 트레킹, 경북 영덕·경주지역의 유적지 탐방 등이 그것이다. 2020년 코로나19 감염으로 어려운 상황에서도 경북 문경 대야산 산행, 경북 구미 사곡고 견학과 무주 구천동 트레킹 등 2회의 부장워크숍을 실시하였다. 딱딱한 학교를 떠나 자유롭고 여유 있는 분위기 속에서 학교의 발전을 위한 문제들을 허심탄회하게 토론하였고, 일정이 끝난 뒤에는 동료 교사 이상의 친밀도를 형성할 수 있었다. 학년말에는 부장협의체의 결속이 돌덩이처럼 단단해졌다. 이들을 중심으로 학교 최고 기구로서의 역할과 위상을 발휘할 수 있었다.

학교의 중요 사안을 결정하는 데 부장협의체를 적극 활용하였다. 교장이 학교의 중요 사안을 결정하기 전에 부장회의에서 내용을 충분히 설명한 뒤 부장들로 하여금 소속 교사들의 의견을 수렴토록 하여 결정하였다. 부장회의에서 결정된 안은 학교의 공식적인 안으로 추진되었다. 부장협의체가 학교 운영의 핵심 구조로서 교사들의 의견을 충분히 반영하였음을 인정하는 것이다. 동시에 학교 운영을 책임지고 있는 교장의 권위와 권한을 보장하는 장치가 되었다. 예컨대 2020년 1학기 코로나19 감염 사태로 인하여 학사 일정이 조정될 때 수업시간 단축, 등교수업 변경 방안 등을 부장회의에서 결정하였다. 관리자, 교사, 학부모, 학생 등 한쪽의 의견만을 취하지 않고 학교 전체 입장을 충분히 고민하고 반영하였다. 일부에서 투표로 결정하자고 주장하기도 했으나, 학교는 교장의 책임 하에 자율적으로 운용되는 기관임을 분명히 하고, 투표 대신에 부장회의의 협의를 선택하였다. 그 외 교장의 학교 운영 방향을 부장들에게 설명하고 이해를 구하는 것은 부장협의체를 학교 관리자의 관점에서 바라보도록 한 것이다.

요컨대 비슬고 조직의 성공적 운영은 부장협의체에 있었으며, 그 키워드는 위임, 화합, 신뢰라고 하겠다. 운 좋게도 비슬고에서만 가능한 구조였다라고 치부할 수 있으나, 공교육 기관은 대체로 비슷한 여건을 지니고 있으므로 학교교육의 성공을 위해서 참고할 수 있는 방안이라고 생각한다.

학교를 운영할 사람의 조직을 갖춘 다음에 사람이 운용할 제도를 완비하는 것이었다. 학교 운용을 위한 법령과 지침은 모든 학교에 동일하게 적용된다. 개별 학교에서는 이를 바탕으로 교장이 구성원의 의지를 모아 학교 운영의 방향을 설정하고 추진하여야 할 것이다. 비슬고의 운영 방향은 '공교육 정상화'라고 분명히 했다. 이미 이전 학교에서 추진하면서 교육적 신념으로 확고하게 자리잡고 있었다. 공교육의 개념을 보다 구체화하여 '인성을 바르게 교육하고, 자기주도적으로 학습하며, 진로를 스스로 개척하여 미래 사회에 기여하는 인재를 양성하는 것'으로 정의하였다. 단기적으로는 우리 사회에 만연하는 사교육의 폐단을 해결하려는 목적이지만, 장기적으로는 교육의 본질에 충실하려는 것이었다. 특히 비슬고는 공교육이 절실히 필요한 도시외곽 농촌지역에 위치하여 있고, 학생들은 순수하고 분투력이 넘쳐나고 있었다. 공교육의 정상화는 시대적·지역적 필요성을 반영한 것이며, 비슬고가 나아가야 할 교육 방향이라고 하겠다.

학교교육의 이념과 방향을 구현하기 위해서 교사들에게 교직원 회의와 연수 시에 이를 설명하고 이해를 구하였다. 공교육의 핵심 과제를 인성, 자기주도학습, 진로진학 3가지로 단순화하고 여기에 맞추어 기존의 교육활동을 재정비하였다. 학교 교육을 특색화하기 위하여 '비슬인재상' 개념 정의, '지·인·용(知仁勇) 성취도전 30시간', '수업 아카데미', '비슬산과 낙동강 따라 세계유산길걷기', '도동(道東)인재상', '책밥(교과융합독서)프로젝트', '낭독이 있는 독서토론' 등의 사업을 새로 추진하였다. 교사들은 학교교육 방향을 이해하고 적극적으로 실천하고자 했으며, 학생과 학부모들도 학교교육을 전적으로 신뢰하였다. 새로운 사업들이 구성원의 참여와 협조 속에 안착되고 성과를 거두기 시작하였다.

다음은 실제 업무 처리 시 시스템을 확립하여 조직의 정비와 궤를 같이하고자 했다. 업무시스템은 업무 처리의 로드맵 또는 매뉴얼이라고 할 수 있다. 업무 시스템이 제대로 작동하면 업무담당자가 바뀌더라도 업무 처리 시 혼선을 줄이고 일관성을 유지할 수 있다. 또한 전체 업무의 진행 과정을 파악함으로써 업무의 효율성을 높일 수 있다. 경덕여고 교감으로 재임 시 업무시스템의 필요성을 절감하고 시스템을 구축하였다. 각 부서에서 주 단위 계획을 촘촘하게 세워 부장회의 시에 검토하고 최종 수정된 안을 교사들에게 공람하였다. 주간계획이 누적되면 월간·연간계획이 되어 학교교육의 1년간 진행 과정을 알 수 있게 된다. 이것을 좀 더 체계화하고 사업별로 분류하면 학교교육계획서가 된다. 학교교육계획서가 한두 사람의 작품으로 만들어지고 실제 교육 활동과는 유리되어 무용지물이 되는 경우를 예방할 수 있을 것이다.

업무시스템의 효율성을 제고하기 위하여 교육계획과는 별도로 교육성과를 분석하는 작업이 필요하다. 한 학기가 종료되면 각 부서의 주요 업무 성과를 모아서 책자로 만들고, 이를 부장워크숍에서 회의자료로 활용한다. 회의에서 사업의 장·단점을 충분히 토론하고 피드백하여 다음 학기 사업에 반영하여야 한다. 매 학기마다 작성되는 성과 책자는 학교교육의 훌륭한 시스템이며, 학기를 거치면서 교육적 성과가 누적되어 학교교육의 발전을 견인하게 된다.

업무시스템을 구축한 지 7년을 거치면서 학교마다 성과나 활용도가 달랐다. 교사들의 업무를 경감하고 학교교육의 발전을 가져올 것이라고 생각하였으나, 학교 구성원들의 의지나 조직의 정도가 달랐기 때문이다. 비슬고에서 시스템이 구축되고 이를 적극적으로 활용하려는 조직이 갖추어져 학교 운영에 큰 효과를 가져오게 되었다. 사람과 제도가 합치된 결과라고 하겠다. 2019학년도 부임 1년의 교육활동 성과를 협의하기 위한 부장워크숍이 끝나고 난 뒤 소감을 일기에서 다음과 같이 기록하고 있다.

1박 2일의 부장 협의회가 만족스럽게 끝났다. 학교를 이끌어가는 주체들이다. 학교 성과와 운영의 성패는 이들에게 달려 있다. 자율성을 최대한 부여하고 소신껏 일하도록 했다. 스스로 자부심을 가지고 성과를 내었다. 단합된 모습에 스스로 놀라워하고 있다. 신생학교에서 입시 성과를 낸 것은 이런 덕분이리라. 교장으로서 늘 이들과 더불어 가야한다는 책무감을 가지고 있다. 교장은 결코 가벼운 직무가 아니다. 누가 이것을 알겠는가?(일기 2019년 12월 21일)

신설고 3년차에 불과하지만 학교 조직을 완벽하게 갖추고 각자 충분히 역할을 발휘하였던 것이다. 고교학점제연구학교, 교과교실제, 공간구축사업, 학생자치의 인성지도, 대입 수시전형의 준비 등의 성과 등은 이를 입증하고 있다.

• 교사들이 학교교육을 위하여 열정을 다하다

조직을 완비하면서 학교교육이 크게 활성화되었다. 교육의 주체인 교사들이 열정을 다하였고, 학생들은 교사들의 지도를 받아서 크게 분발하였다. 교사들에게 기회 있을 때마다 "내 아이처럼 가르쳐 주십시오"라고 부탁드렸다. 학생들을 자신의 아들처럼 대할 때 무한한 애정과 헌신을 다할 수 있는 법이다. 학생들에게는 자신감을 가지고 분투노력할 것을 요구하였다. "사랑하면 알게 되고 알게 되면 보이나니, 그때 보이는 것은 이전과는 다르리라"라는 경구를 자주 사용하였다. 배우려는 의지와 욕구를 가질 때만이 진정한 앎에 이르게 된다는 것이다. 그래서 "노력하는 자에게는 방법이 보이고 준비된 자에게는 기회가 온다"라는 말을 하였다. 교사들의 사랑과 학생들의 분투력이 결합되어 성공적인 교육활동이 가능하였다.

교사들이 열정적으로 참여한 교육활동을 모두 소개할 수는 없다. 교장으로서 세세한 내용까지 파악할 여유도 없거니와 지면관계상 학교의 주요 교육정책을 중심으로 언급하고자 한다. 비슬고에서 추진한 주요 정책으로는 고교학점제연구학교와 교과교실제가 있다. 문재인 정부의 주요 교육정책의 하나인 고교학점제연구학교를 2018년부터 2020년까지 3년간 수행하였다. 고교학점제는 대학교의 학점제 개념을 차용한 것으로 학생들이 진로와 적성에 따라 원하는 과목을 선택, 수강신청하여 학년 구분 없이 수업을 듣고, 과목별로 학점을 이수해 누적 학점이 일정 기준에 도달하면 졸업을 인정받는 것이다. 2022년 모든 고등학교에 학점제를 부분 도입하고 2025년에 전면 실시하여 모든 과목에 성취평가제를 실시할 예정이다. 정부에서는 현행 학사제도 전반에 걸쳐 변화가 필요한 만큼 중장기적으로 준비해 우선 적용 가능한 부분부터 단계적으로 추진한다는 계획을 세우고 있다.

연구학교는 정부의 교육정책을 모든 학교에 일반화하기 전에 효과와 문제점을 점검하기 위한 준비 과정이다. 고교학점제는 학생들의 진로에 따른 학업을 수행하고, 그 결과를 대학입시 때 선택하는 학과는 물론 이후의 직업과도 연결하려는 것이다. 현재 학생들이 내신이든 수능이든 성적에 따라 대학의 학과를 선택, 진학하게 되고, 그 결과 고교 교육은 오직 입시에 좌지우지 되고 있다는 비판론에 근거하고 있다.

고교학점제는 거대한 교육 패러다임의 변화이다. 고교 교육을 개혁하여 이후 전개되는 입시제도, 대학교 교육, 직업 선택 등 일련의 과정을 변화시키려는 것이다. 명분과 이상에서 미래 학생과 우리 사회의 바람직한 방향이고 선택이라고 할 수 있지만, 현실적으로 실행 가능한지를 사전에 점검하기 위하여 연구학교를 운용하게 된 것이다. 정부에서는 고교학점제를 2025년에 전면 시행하기 전에 연구학교의 숫자와 연구 결과를 확대해 가고 있다.

고교학점제 연구학교 운영에 비슬고 교사들은 적극적으로 협조하고 참여해 주었다. 학교에서 다양한 과목을 개설하고 수업을 운영해야 하며, 학생들은 적성과 진로에 따라 과목선택과 수강신청을 한다. 새로운 제도의 도입에 따른 잦은 시행착오를 극복하기 위해서는 교사들과 학생들의 이해와 협조가 절대적으로 필요하였다. 2018학년도에는 2학년을 대상으로 학생들의 흥미, 적성, 진로에 따른 선택권을 보장하기 위해 공통과목 외에 선택교과를 중심으로 다양한 교과목을 개방형 교육과정 형태로 편성, 운영했다. 학생 수요 조사를 통해 실제로 필요한 과목과 학교에서 정규 교육과정으로 운영할 수 있는 교과에 대한 합의점을 찾는 것이다. 그뿐만 아니라 학생들이 스스로 과목선택을 하기 위해서 진로의식이 명확해야 한다고 판단하여 다양한 진로프로그램도 진행했다.

2019학년도에 2, 3학년을 대상으로 본격적으로 과목선택을 운영하였다. 교사 연수와 학부모 대상 홍보, 학생 대상 교육 등으로 인적 기반을 마련했다. 이를 토대로 선택과목 개설을 위해 4차에 걸쳐 수요 조사를 하였다. 학생들에게 학년별로 최소 20개 과목을 선택토록 한 뒤 15명 이하는 폐강하여 개인별 교육과정편제표를 작성하였다. 학생들을 도와주기 위하여 담임교사와 1대1로 진로수업을 하였다. 폭을 넓혀 모든 교사들이 진로교육에 동참한다는 취지로 학교 내에서 교과박람회를 열었다.(2020. 8. 21.) 교과박람회에는 외부 진로전문가 20명과 교과교사 20명, 담임교사 20명이 학생들에게 맞춤선택형교육과정을 상담하였다. 400여 명의 학생들이 사전에 상담을 신청한 교과 및 진로교사와 1대1로 상담하였다. 그 결과 교과선택에 어려움을 겪는 학생들이 진로를 결정하는 데 도움을 주었다. 학생들의 과목 선택 과정에서 많은 시간과 교사들의 노력이 소요되었지만 자신의 진로진학을 분명히 하는 계기가 되었다. 학생들의 만족도는 대체로 높았으며, 학교의 성과에 대해 언론의 호평도 있었다.

학생들의 과목선택을 바탕으로 학교 교육과정을 편성 운영하였다. 과목선택을 최대화하기 위하여 기본 4단위, 학기제로 운영하였다. 그리고 2학년은 교과 영역 내 부분개방형을 하여 탐구영역의 경우 11과목에 2개를 선택하였다. 3학년은 영역 간 부분개방형을 선택하여 기초, 탐구, 생활교양, 체육예술 영역에서 1과목을 선택하도록 했다. 국어, 영어, 수학 과목을 예·체능 과목과 동일 영역에서 선택하는 획기적인 안이었다. 선택이 다양해지면서 시간표 작성과 이동수업의 어려움이 있었지만 블록타임을 적용하여 해결하였다. 연구학교의 취지에 맞추어 일단 학생들의 과목선택을 우선시하게 되었지만 현실적으로 학사 운영의 어려움이 있었다. 그리고 과연 현실적으로 학생들의 진로진학에 도움이 되었는지는 여전히 의문이 남았다. 고교학점제의 전면 도입 시까지 검증되어야 할 과제들이다.

고교학점제 연구학교의 운영은 학교로서는 큰 부담이 되었다. 교사들은 진로진학의 수업과 상담에 따른 부담, 선택형 교육과정의 편성 운영에 따른 행정 업무와 학사 운영의 어려움, 과목 선택과 현행 수능입시제도의 불일치 등의 문제점들을 걱정하고 있다. 학생들도 고1 때 자신의 적성과 진로가 분명하지 않은 상태에서 과목선택의 어려움을 겪고 있다. 검증되지 않은 새로운 제도의 도입과 정부 정책의 성공적 수행을 위하여 모든 구성원들의 노력과 협조가 절대적으로 필요하였다.

교사들은 연구학교의 운영을 형식적이고 일회적인 업무로 받아들이지 않고 정책의 취지를 적극 구현하려고 했다. 학생들의 다양한 선택과목 개설을 위하여 3월부터 9월까지 4차에 걸친 수요조사, 담임교사의 상담, 선택과목박람회 등을 했으며, 학교에서는 교육과정 편성 시 교과영역 내 개방은 물론 영역 간 개방도 허용하였다. 현재 대입수능시험에서 몇 개 과목만을 집중적으로 선택하는 체제에서는 파격적이고 실험적인 '연구'임이 틀림없었다. 그럼에도 불구하고 모든 구성원들이 연구학교 운영을 적극 이해하고 협조해 주었기 때문에 성과를 거둘 수 있었다. 비슬고의 연구학교 운영 성과에 대해서 전국적으로 인정받아 2019년도 경우 40여 기관에서 600여 명의 외부 방문객이 학교공간구축사업과 더불어 견학하였다.

연구학교 3년 차인 2020년에는 앞의 연구 성과를 바탕으로 연구 결과를 마무리 지었다. 1, 2차 연도에 문제시되었던 것들을 보정하고 현실적으로 실현 가능한 부분으로 전환하고자 했다. 학생 중심의 선택 교육과정이 현실적으로 대입시의 수능과 수업시간표 운영에서 문제점을 보여 선택의 범위와 영역을 조정하였다. 당초 정부에서 2015개정 교육과정의 취지에 맞추어 수능시험을 절대평가, 자격고사화하려고 했으나 학부모들의 요구에 밀려 수능 위주의 정시전형을 확대하고 말았다.(2019. 11. 28.) 개별 학교에서 학생의 선택을 충분히 보장하고, 그 결과에 따라 대입진학이 순차적으로 이루어져야 하지만 대학교가 고등학교의 교육과정과 성적을 불신하고 있는 것이다. 학교교육의 정상화와 고교학점제의 운영을 위해서는 대학교의 요구와 목적 때문에 고교가 휘둘리는 현상은 극복되어야 할 것이다.

비슬고 교사들의 교육적 열정은 교과교실제 운영에서도 빛을 발하고 있다. 교과교실제는 2010년부터 학생들의 과목선택에 따른 이동수업이 가능하도록 도입하였다. 교사들이 각 학급을 찾아 수업하던 종래의 방식과 달리, 교과별로 특성화된 교실환경을 구축해두고 학생들이 과목별로 전용교실을 찾아가 수업을 듣는 수준별·맞춤형 교육프로그램이다. 학생들의 학습적인 면에서는 도움이 되었으나 이동에 따른 관리가 어려워서 크게 확산되지 못하였다. 그 뒤 학생들의 선택권을 강화하는 2015개정교육과정이 도입되었고, 이것이 2019년도 고교학점제의 실시와 연결되면서 교과교실제가 다시 활성화되었다. 고교학점제와 밀접한 관련을 맺고 있는 것이 교과교실제의 운영이다. 과목 선택권 확대에 기반한 고교학점제를 도입하기 위해서 모든 교과를 대상으로 전용교실을 제공하자는 것이다. 모든 교과를 대상으로 전용교실을 제공하는 선진형과 일부 교과만을 대상으로 하는 과목중점형이 있는데, 학교의 형편에 맞추어 선택하면 된다.

비슬고는 2017년 개교하면서부터 선진형교과교실제가 적합하도록 설계되었다. 건물 형태를 'D'자 형으로 하여 학생들이 선택과목 수업 시 동선이 최소화될 수 있도록 교실을 배치하였다. 초기 교과교실제의 문제점을 해결하고 동시에 2015개정교육과정의 취지를 반영한 것이다. 특별교실에는 크기가 0.5실부터 3실까지 다양하며 기존의 교과목 특별교실 이외에 다양한 용도로 만든 68개실이 있다. 학생들의 과목선택의 규모에 따라 적절하게 사용할 수 있다. 그래서 2018년 정부에서 고교학점제연구학교를 선정할 때 교과교실제의 가능성이 전제되어야 했는데, 비슬고는 자연스럽게 참여할 수 있었다. 고교학점제에서 학생들이 원하는 교과목의 수업이 진행되기 위해서는 교과목의 수업 방법이나 특징에 맞는 다양한 형태의 교과교실, 공간혁신이 필요하였다.

비슬고의 공간혁신은 또 하나의 성과였다. 담당부장이 고교학점제 운영을 위한 교과교실제 환경 구축을 위해 열정과 헌신적 노력을 다하였다. 당초 교육청에서 학교를 신축할 때 교과교실제 적합하도록 설계하였지만, 각 공간을 용도에 맞게 꾸미고 사용하는 것은 그 학교 구성원들의 몫이기 때문이다. 건물이 아무리 화려하고 훌륭하더라도 그것을 이용하는 사람의 의지, 정신, 생각이 중요하다는 것은 새삼 말할 필요가 없을 것이다. 교실의 용도와 배치, 실내 환경의 구축은 전적으로 담당부장이 주관하였다. 그는 일하는 그 자체를 '즐기는 경지'에서 끊임없이 배우고 열정을 다하였다. 분명한 식견과 주관을 가지고 일반인들은 도저히 생각할 수 없는 기발한 발상을 하였다. "아는 것만큼 보인다", "아는 것은 좋아하는 것보다 못하며, 좋아하는 것은 즐기는 것보다 못하다"라는 진리를 실천하고 있다.

2019년까지 교과교실제 구축은 교과수업, 수업지원, 휴게공간 등 3분야로 진행되었다. 먼저 다양한 교과수업을 지원하는 것은 특색 있는 학생활동중심수업을 위한 것이다. 교과교실로는 연극-드라마수업실, 컨퍼런스수업실, 컴퓨터실, 북카페, 수업기법교실, 끝장토론실, 팀리서치수업실, R&E실, 엑시터아카데미, 수학보드게임실, 과학실 등이 있다. 모두 수업 내용과 활동에 맞는 교실공간을 만든 것이다. 12명을 수용할 수 있는 '엑시터아카데미'는 미국의 사립고등학교인 필립스 엑시터아카데미에서 이름을 따왔다. 원탁 테이블을 교실마다 배치한 것으로 유명해진 학교다. 비슬고의 엑시터아카데미에도 6인용 원탁테이블을 배치해 원탁토론형태의 수업을 진행할 수 있다.

다음으로 다양한 학생 학습지원은 창의적이고 자기주도적 학습환경을 마련하는 것이다. 학습지원센터, BOOK뱅크, 에시바룸, 헌책방, 메거진룸&뉴스룸 등이 있다. '에시바룸'은 이스라엘 도서관의 이름에서 따왔다. 이 도서관은 질문과 대답을 하며 토론하는 일명 '시끄러운 도서관'으로 알려져 있다. 이 도서관처럼 에시바룸은 자유롭게 함께 공부할 수 있는 공간이다. 강화유리 칠판과 디베이트용 책상을 설치해 서로 마주보고 토론하며 공부할 수 있다. 스터디카페는 교실 3칸의 공간에 토론, 자기주도학습, 상담 등 다용도 목적으로 구축하였다.

마지막으로 다양하게 학생들의 휴식을 지원하기 위한 것으로 기발하고 재미있는 휴게공간을 마련하였다. 멍때리기실, ZOO루(樓)실, 공간 락(樂)

실 등이 있다. '멍때리기실'은 매트 30장을 배치해 그 위에 앉아 아무런 생각 없이 '멍 때리기'를 할 수 있도록 한 것이다. 그리고 자투리 공간을 활용하여 '공간엉뚱', 선배드와 해먹 등을 설치하였다. '공간엉뚱'은 공간 명패마저 거꾸로 붙어있는 '엉뚱한' 공간이다. 학생들이 자유롭게 공부하고 회의할 수 있도록 4인용 그네테이블, 2인용 시소테이블을 마련해 두었다. 그 외 일반학교 3배 정도 넓은 복도를 활용하여 중간에 평상(平床) 형태의 휴식공간을 조성하였다. 휴게공간은 세 부분의 공간 구성 중에서 가장 특색이 있다. 학생들이 쉬는 시간이나 점심시간을 실내에서 즐겁게 생활할 수 있도록 배려하였다.

비슬고의 공간 구성은 기존의 학교와는 차이가 많이 난다. 종래 학교들이 관리의 편의성을 위하여 중앙집중적이고 일방적인 형태를 중시하였다. 반면에 비슬고는 철저하게 학생들의 관점에서 접근하였다. 학생들이 학교에서 수업과 생활을 할 때 어떤 공간이 도움이 될지 담당부장의 주도하에 구성원들이 머리를 맞대고 고민한 끝에 학생들의 눈높이에 맞춰 재밌고 기발한 공간을 조성하였다. 청소물품을 보관하는 자투리 장소가 '공간엉뚱'으로 변신하고, 복도에 해변에서나 볼 법한 '선배드', '해먹'이 놓여진 것이다. 공간의 작명도 상식을 벗어나 그곳에서 활동하는 학생들의 모습을 적절하게 담아내고 있다. 학생들의 눈높이에 맞추었기 때문에 활용하는 학생들의 모습은 행복하고 즐거움 그 자체이다. 학생들이 하루 대부분의 일과를 좁은 실내에서 생활하지만 스트레스를 받지 않고 정서적으로 안정되어 있다.

정부에서는 2025년 고교학점제 전면 실시를 앞두고 엄청난 예산을 학교에 투입하여 교과교실 환경을 구축하고 있다. 기존의 일자(一字)형의 낡고 오래된 교실을 선택 과목과 학생들의 활동에 적합한 교실로 변화시키려는 것이다. 많은 학교의 담당자들이 사업을 추진하기 위하여 이미 우수 학교로 인정받고 있는 비슬고를 다녀갔다. 2019년에는 40여 기관에서 600여 명이 다녀갔다.

그들의 관심은 오직 새롭게 신축한 건물에만 있었다. 실내를 돌아본 후 대부분 사람들은 처음부터 교과교실제를 목적으로 지어진 신축건물을 부러워하면서 자신들의 낡은 교실은 예산상 도저히 바꿀 수 없다고 했다. 그들이 생각하는 교과교실제 구축의 방향이 비슬고의 그것과는 다르다는 것을 알 수 있었다. 비슬고 교사들은 공간구성을 위해 '미친 사람'처럼 열정과 노력을 다했다. 미칠 정도의 경지에 빠져 들어야만 무엇을 어떻게 할지 방안이 눈에 들어오는 것이다.(不狂不及) 비슬고의 공간 구성에는 건물 변경이나 예산 등 하드웨어적 요소보다는 교육과 학생들을 위한 관심이 핵심이었다. 그렇기 때문에 기발한 발상과 공간 작명이 나올 수 있었던 것이다. 만약에 관심이 부족한 담당자가 마지못해 공간구성을 진행하게 된다면 많은 예산은 기존의 교실 몇 개를 용도 변경하는 것에 그칠 것이다. 공간구성은 예산 이전에 학생과 교육을 위한 구성원의 열정이 선행되어야 한다.

2020년 이후에도 공간구성이 계속되었다. 스터디카페, 지역 대입전략실, 진로전용실, 3학년 진로상담실 등 새로운 실을 구축하고 복도에 폐기도서를 진열하여 독서 환경을 조성하고 있다. 스터디카페는 기존의 도서관이 경직된 분위기 속에서 공부하는 장소로만 기능하던 데서 탈피하여 신개념의 학습공간으로 구축하였다. 편안하고 밝은 인테리어 소품들을 장식하고 상담, 학습, 토론, 연수 등을 동일 공간에서 할 수 있도록 기획하였다. 젊은 세대들이 찻집에서 공부하는 것을 즐기는 새로운 학습 트렌드에 착안한 것이다. 그 외 복도, 실내 계단, 창틀 등에 시중 도서관에서 이관받은 2만여 권의 도서들을 전시하여 두었다. 학생들이 언제든지 쉽게 책과 접촉함으로써 독서의 기회와 학습 분위기를 고취할 수 있었다. 교실의 공간을 어떻게 사용하고 변화할지는 구성원의 고민과 시대의 변화를 반영하여 계속될 것이다.

교육 환경의 변화를 위한 구성원들의 노력은 교실 이외에서도 진행되었다. 야외마당에 3개의 그네를 설치하여 학생들이 쉬면서 즐기도록 했다.

그네를 타고 한가하게 담소를 나누는 학생들의 천진난만한 모습은 학교교육의 살아있는 현장이다. 그리고 학생들의 상설 공연을 위한 야외무대를 설치하였다. 최고급의 음향과 조명을 갖추고 있어서 음악과 춤, 시 낭송 등을 함께 즐길 수 있다. 그 외 학생들의 정서적 순화와 학습장으로서 실내 정원 1곳과 실외정원 3곳을 조성하였다. 학생들의 실내 활동을 위해 다양한 휴게공간과 시설을 마련하였고, 이와 어울리게 실내 정원 15㎡에 야자수, 아이비, 황금마삭줄, 초설, 호야 등 음지식물 화초류 15종을 작은 동산 형태로 심었다. 학생들의 호기심을 자극하는 미니어처 등을 배치하여 실내 공기정화와 학생 정서안정에 도움을 주었다. 콘크리트 건물의 딱딱한 질감을 초록색의 살아있는 식물들이 훌륭하게 대체해 주었다. '비원(琵苑)'이라 작명하고 다음과 같이 제명기(題名記)를 기록한 간판을 설치하였다.

비슬산과 낙동강의 정기어린 배움의 터에
비슬인재들의 고운 심성과 향기를 담았습니다.
사랑하게 되면 알게 되고
알게 되면 보이나니
그때 보이는 것은 이전과는 다르리라(2019년 10월 22일)

학생들은 실내에서 비원동산을 감상하며 고운 심성을 지닌 채 성장할 것이다. 이는 학교교육에서 성공하고 있음을 입증하는 것이라 하겠다.

그리고 실외 화단에 81㎡ 규모의 크기의 정원을 조성하여 국화, 황금낮달맞이, 금계국, 양귀비 등 20여 종의 다년생 꽃과 방울토마토, 고추, 상추, 옥수수 등 텃밭식물 10여 종을 심었다. 국화와 꽃, 텃밭이 한데 어우러져 봄철부터 가을까지 연중 계속하여 꽃이 피도록 하였다. 국화는 대구수목원의 2019년 국화축제가 끝난 후 폐기하는 국화화분 500개를 옮겨와 심었다. 수목이 아직 충분히 어울리지 않은 교정을 원색의 꽃들이 넘쳐나는 화원이 조성됨으로써 학생들의 정서순화에 도움을 주고 있다. 이외 학생들이 등하교 하는 중앙통로와 황량한 운동장 쪽에도 화단을 조성하였다. 화단 주변에서 꽃을 물끄러미 감상하는 학생들의 순수한 모습을 발견할 수 있다. 실내외 정원 조성에는 행정실장이 대학교에서 배운 전공 실력을 발휘하였다. 그냥 내버려두어도 되고 굳이 할 필요도 없겠지만, 학생들을 위한 열정과 애정이 있었기 때문에 가능한 일이었다.

교사들의 열정과 헌신은 모든 교육 활동에서 두드러져 보였다. 학사 진행은 교사들의 의견을 충분히 수렴하여 순조롭게 이루어졌고, 각종 평가와 성적처리는 대입수능 수준으로 완벽하게 진행되었다. 학생들의 생활과 인성지도는 자율적이고 분위기 속에서 기초·기본 생활질서를 확립하였고, 담임교사들은 학생들을 자신의 자식처럼 철저하고 빈틈없이 관리하여 주었다. 교사들의 노력은 제1회 졸업생들의 2020대입시의 성과로 나타났다. 서울대 1명을 비롯하여 서울지역 주요대학, 지방 거점 국립대 등에 30여 명 합격하였다. 신생학교의 충실한 교육활동과 테크노폴리스 신도시의 조기 안착을 염원하는 학부모, 지역 주민 등 모두 촉각을 곤두세우고 있었는데, 매우 성공적인 출발이었던 것이다.

비슬고 교사들은 모든 학생들의 성공을 위하여 열정과 노력을 다하였다. 수많은 사례들을 일일이 소개할 수 없지만, 서울대 지역균형 1차에 합격하고, 성균관대에 최종 합격한 학생의 성공 스토리는 감동 그 자체였다. 그는 담임선생님을 '엄마'라고 부르며 따랐고, 선생님 덕분에 성공하였다고 자랑하고 다녔다. 모든 교사들이 그의 합격을 위해 마지막까지 최선을 다하고 합격하기를 기원하였다. 교사들이 학생들의 지도를 위하여 쏟아부었던 노력과 정성은 학교교육의 아름다운 모습이었다.

이러한 교사들의 열정 덕분에 학생들과 학부모들의 학교생활에 대한 만족도는 매우 높았다. 학생들은 밝은 표정으로 의지와 분투력이 넘쳐나고 교사들의 지도를 적극적으로 받아들이고 있다. 학부모들은 학교를 칭찬하는 소문을 주변에 전파하였고, 2020학년도 중3 학생들의 비슬고 선지원율은 1단계 2.5, 2단계 7.73까지 올랐다. 테크노폴리스지역의 중심학교로 확고하게 자리매김하게 되었다. 이외 교육 활동에 대한 언론 보도, 교육청의 수상, 외부인의 방문 등은 많이 있지만 지면 관계상 생략하도록 하겠다.

2020학년도 부임 2년 차를 맞이하여 의욕적으로 학교교육을 준비하였다. 그러나 개학 직전에 코로나19 전염병 감염 확산으로 모든 것이 중지될 수밖에 없었다. 몇 차례 휴업을 연기한 끝에 원격수업, 등교수업을 반복하였다. 학생들의 안전을 최우선시하여 감염예방을 위한 발열 검사, 의심증상자 관리, 방역 등을 철저히 하였다. 이와 함께 학생들의 학습 결손을 보완하기 위하여 휴업 기간 중 진로진학플랫폼을 이용하여 학생 개인별 학습을 매일 관리하였다. 학생들은 학교에서 매주 제시하는 학년별, 과목별 과제를 확인하고 이를 매일 수행했다. 그리고 자신이 공부한 결과를 매일 24시까지 학습관리시스템에 올림으로써 느슨해진 학습 리듬이 바로잡히게 되었다. 원격수업 시 수업 진행과 학생 관리를 철저히 하는 한편, 대입시가 급한 3학년 학생들을 위하여 맞춤형원격개별 진로상담을 실시하였다. 30명 학생들이 온라인 화상강의시스템에 참여하여 외부 진로전문교사에게 입시에 대한 고민을 해결하고 진로에 맞는 효율적인 공부 방법을 배울 수 있었다.

그 외에도 다양한 교육활동이 진행되었다. 교사들의 '진로진학역량 강화를 위한 실전 중심 컨설팅', 1학년 학생들을 위한 '2020 신학기 대비 자기주도 학습 캠프', 학부모를 위한 '2020 찾아가는 학부모 대입 아카데미', '달성인재 양성 스쿨', '책밥(교과융합독서) 프로젝트', '낭독이 있는 독서토론' 등의 프로그램을 운영하였다. 원격수업 기간이었지만, 평소 못지않게 학생들의 학습과 학력을 위해 교사들이 노력하였다. 학교교육을 위해 최선을 다하는 교사들은 감염 예방과 수업 중 마스크 착용을 해야 하는 어려운 여건 속에서도 전 학년 등교를 흔쾌히 수용하였고, 방과후학교 수업, 달성인재스쿨 수업, 면학실에서의 멘토링 등에 자발적으로 참여하였다.

　2학기 사회적 거리두기가 완화되어 전면 등교수업이 이뤄졌다. 학교교육 본연의 목적에 충실하기 위하여 방역과 동시에 학생 활동 프로그램을 진행하였다. 사제동행 체육대회, 동아리한마당 전시회 및 축제, 녹색길걷기 등이 그것이다. 학생들이 집합함으로써 감염위험이 예상되기도 했지만 철저하게 방역과 안전조치를 한 뒤에 행사를 했다. 체육대회는 당일 11월 초 쌀쌀하고 바람 부는 날씨에 오전 1학년, 오후 2학년 두 차례 진행하였다. 오랜만에 운동장에서 각종 경기대회와 응원으로 운동장이 시끌벅적하였다. 1년간 '코로나19 블루'로 고통을 받는 학생들의 심신을 풀어줄 수 있는 기회가 되었다. 운동장에서 추위와 먼지로 진행하는 체육교사, 담임교사, 본부교사들이 심하게 고생하였다. 그럼에도 불구하고 코로나19 방역이 진행되는 속에서도 학생과 학교교육을 위해 업무를 완벽하게 추진해 준 체육부장의 열정적 노력은 아무리 칭찬해도 지나치지 않을 것이다.

　동아리전시회는 담당부장의 열정과 노력이 빛을 발하였다. 기존의 알맹이 없이 혼란스럽게 진행되는 전시회에서 탈피하여 감염예방과 행사를 동시에 할 수 있는 방안을 찾기 위해서 고민에 고민을 거듭하였다. 사전에 동아리부장들과 수차례 회의를 거듭하여 전시물을 점검하였다. 일회성의 보이기식 전시에서 탈피하고자 전시물을 내용별로 예술, 수학공학, 과학, 인문, 감성, 심리상담, 체험, 놀이, 방송 등 9개 존(ZONE)으로 나누어 전시하였다. 전시와 설명이 모두 학생 주도적으로 이뤄지고 전시물의 내용이 매우 알찼다. 참관하는 학생들이 밀집하지 않도록 사전에 각 구역별로 시간대를 분리하여 신청받았다. 점심때는 학교구내에 설치되어 있는 공연무대에서 에듀힐링 공연발표가 있었다. 학생들의 함성과 환호 박수가 천지를 진동하는 듯했다.

　코로나19와 학교교육은 함께 갈 수밖에 없다. 감염이 걱정되어 체험학습, 체육대회, 공연대회 등을 엄두도 내지 못하는 현실이었지만, 교사들은 학교교육도 중시해야 한다는 책무감이 넘쳐났다. 학생들이 만족해하고 기뻐하는 모습을 확인하면서 역시 학교교육은 중요하다는 것을 절감하였다. 이런 행사들은 교사들의 학생을 위한 열정과 헌신이 없었다면 불가능한 일들이었다.

　교사들의 열정은 입시 결과로서 대미를 장식했다. 2021대입 수시전형에서 서울대 2명을 비롯하여 서울 지역 주요 대학, 지방 거점 국립대학 등에 40여 명이 합격하였다. 전체 학생 대비 16%정도의 비율이다. 내신성적 1, 2등급이 11%인 점을 감안한다면, 적어도 2.5등급 이상의 학생이 소위 '우수한 대학교'에 진학한 셈이다. 농촌 지역 비슬고 학생들의 입학 당시 성적에 비해서 놀라운 성과이며, 도심의 타 학교와 비교해서도 결코 뒤지지 않는 성과이다. 3년 동안 모든 교사들이 수업과 생활지도, 진로진학에 헌신적이고 열정적으로 지도해준 결과이다. 특히 3학년 1년 동안 학년부장은 학생들의 입시성공을 위하여 온몸으로 탁월한 능력과 책무감을 보여주었다. 학생들의 개별 특성과 장·단점을 손바닥의 손금보듯이 훤하게 파악하고 성적과 적성에 맞추어 입시지도 해주었다. 아토피 피부질환으로 무더운 여름날 슬럼프에 빠진 학생이 마지막까지 버틸 수 있도록 심리적 자신감과 용기를 불어 넣어 결국 서울대에 합격하도록 했으며, 입학 당시에는 투박하고 어설프기 짝이 없던 농촌 학생이었지만 3학년 때에는 논리정연하고 세련된 언행으로 당당하게 성균관대에 합격한 사례를 보았다. 입시가 끝난 뒤 이들을 칭찬하고 격려하는 자리를 가졌을 때 모두 자부심이 넘쳐나고 학교와 선생님에 대한 감사의 말을 잊지 않았다.(2021. 1. 13.) 학교 교육의 성공을 확인하는 자리였고, 이를 가능케 했던 교사들을 이 시대의 사표(師表)라고 칭찬해도 과하지 않을 것이다.

　신설 4년 차 제2회 졸업생을 배출하게 된 학교로서는 제1회 졸업생에 이어 탁월한 성과이며, 구성원은 물론이고 학교 밖에서도 놀라워했다. 코로나19 감염 확산으로 학교교육이 전반적으로 부실하다는 여론이 많았지만, 비슬고는 오히려 학교 기반을 확고히 다져 웅비하는 계기가 되었던 것이다. 교장으로서 교사들에게 감사의 표시를 하였으며, 선생님의 무한한 사랑을 받는 비슬고 학생들은 참으로 행복하다고 생각하였다.

2019년 스승의 날을 기념하여 전 교직원에게 교장으로서 사랑과 헌신에 감사하는 서신을 보냈다. 마무리 발언에서

학생들에게 꿈을 심어주는 선생님
학생들에게 격려와 칭찬을 아끼지 않는 선생님
학생들과 공감하는 선생님
당신이야말로 이 시대의 진정한 스승입니다.

라고 하였다. 비슬고의 교사 모두 이 시대의 진정한 스승으로 충분히 인정받을 자격이 있다고 확신하였다. 교사들의 무한한 사랑을 받고 성장하는 비슬고 학생들의 미래는 밝다고 하겠다.

● 학생들이 학교교육에서 분발, 성공하다

비슬고 교장으로 부임하면서 이 지역 학생들에 대한 기대보다 걱정이 앞서 있었다. 학교 인근에 있는 고향에서 학교교육을 받고 성장한 저자의 경험이 뇌리에 강하게 남아 있었다. 끝까지 분투노력하여 성공한 경우보다는 학교교육에 적응하지 못하고 낙오한 학생들이 많았다. 자기주도학습을 제대로 실천하지 못하여 진학에 실패하였고, 나아가서 삶 자체에서도 의욕적이지 못하였다. 학교교육에서 좀 더 노력했더라면 인생의 항로가 달라졌을 텐데 하는 아쉬움이 남아 있다.

비슬고 학생들의 교육 환경은 40년 전보다 결코 나아지지 않았다. 오히려 사교육이 미발달하고 교육격차가 심한 도시외곽의 농촌지역에 위치해

있다. 교장으로서 기회가 있을 때마다 학생들에게 40년 전 선배들과 같은 전철을 밟지 않도록 경계하였다. 강한 정체성(Identity)과 자신감, 희망을 가지고 나아갈 것을 요구하였다. "노력하는 자에게는 방법이 보이고, 준비된 자에게는 기회가 온다"라는 경구를 가슴에 새기도록 했다. "거친 비바람에도 끝까지 버티는 잡초나 추운 겨울날 눈 내린 후에도 푸르름을 자랑하며 꿋꿋이 서있는 소나무"와 같은 사람이 되어 줄 것을 주문하였다. 교사와 학부모들에게는 학생들의 장점을 발굴하고 칭찬과 격려를 아끼지 않도록 부탁하였다. 정체성과 성공경험이 부족한 학생들에게 칭찬과 격려는 최고의 보약이다. 학생들이 참여하는 프로그램, 교내대회, 체험활동 등에 교장이 직접 가서 참관하고 격려하였다. 학생들과 소통하는 기회를 많이 가지고자 하였다. 학생들의 이야기를 듣고 도와주고자 했다. 학생들이 일과 중 가장 좋아하는 점심시간에 급식지도하면서 그들과 만날 기회가 있었다. 급식의 맛과 양에 대해 질문을 주고받으면서 학교생활을 확인할 수 있었다.

비슬고 모든 학생들은 학교교육에 적극적으로 참여하여 주었다. 교사들의 사랑과 헌신을 다한 가르침에 어긋나지 않게 학생들이 성장하고 성공하여 갔다. 학교 교육의 주요 목표인 인성교육, 자기주도 학습, 진로진학의 성공 등에 성과를 내고 있었다. 토론과 발표수업, 자기주도학습, 각종 교내대회, 동아리활동 등에 적극적으로 참여하고 자신감이 넘쳐났다. 의욕과 분투력이 넘쳐나 성공 가능성을 충분히 확신할 수 있었다. 학생들이 참여하고 추진한 프로그램 가운데 가장 의미 있었던 '세계문화유산길 걷기'와 '리더십캠프'를 소개하고자 한다.

학교교육의 방침에 따라 학생들이 학교교육에 자율적으로 참여하도록 적극 권장하였다. 세계문화유산길 걷기는 학생들이 주관하여 추진한 프로그램이다. 자연으로 돌아가 심성을 바르게 하고 자신감을 북돋우며 애향심, 애교심을 기르는 가장 효과적인 인성프로그램이었다. 이미 전임 학교에서 실시하여 최고의 성과를 거두었던 '녹색길 걷기'를 차용하였다. 이때는 교사들이 기획 추진하고 학생들이 참여하는 형태였다. 많은 인원이 참여하는 야외행사였기 때문에 치밀한 기획과 안전을 고려하지 않을 수 없었다. 세계문화유산길은 이미 몇 차례의 경험을 바탕으로 학생들에게 맡겨도 되겠다고 판단되었다.

행사를 '낙동강 따라 세계문화유산길 걷기'라고 작명하였다. 학교 주변에 의미 있는 유적지나 자연경관을 찾던 차에 2019년 7월 세계문화유산으로 등재된 도동서원을 주목하게 되었던 것이다. 도동서원은 조선전기 성리학을 크게 발전시킨 김굉필을 모시는 서원이다. 김굉필은 테크노폴리스 현풍 지역 출신으로 성리학의 맥을 전수한 공로로 문묘에 배향되어 조선 500년 동안 크게 추앙을 받았던 인물이다. 그리고 도동서원은 조선말기 흥선대원군의 서원 철폐 시에도 보존된 47개 서원 중의 하나이다. 서원의 위상과 배향하는 인물로 봐서 한국을 대표하는 유적임에 틀림없다. 학생들에게 자신들이 살고 있는 지역에 세계유산이 있다는 것은 매우 자랑스러운 일이다.

학교에서 도동서원까지 10km 거리였기 때문에 거리상으로도 토요일 오전 행사하기에 매우 적절하였다. 행사 내용은 걷기, 걷는 도중에 삼행시 짓기, 목적지 도착 후 강의, 발표, 탐방, 학교 도착 후에 시상과 공연 등으로 구성하였다. 참여 대상은 희망하는 학생, 교사, 학부모 등으로 하였다. 전체적인 얼개는 교사가 제시하고 학생들의 의견을 수렴하였다. 행사 한 달 전부터 행사를 추진할 학생 스태프진을 모집하였다. 진로와 연계하여 기획, 안전, 보건, 촬영, 강의 등 5개 분과 30명을 선발하였다. 예상과는 달리 무려 93명이 지원하여 행사 열기를 짐작할 수 있었다. 스태프진 전원이 행사 2주 전에 사전답사를 했다. 기획팀은 삼행시 짓기, 사진컨테스트, OX 퀴즈, 해시태그 이벤트 등 각자 맡은 분야를 정하였다. 안전팀은 걷기 행사 중 안전지도와 도동서원 내에서 관람 예절을 준비하였다. 다른 팀들도 각자 맡은 역할을 충실하게 준비하였다.

2019년 10월 26일 토요일 제1회 세계문화유산길 걷기 행사를 했다. 학생 180명, 학부모 2명, 교직원 15명 등이 참석하였다. 의외로 학부모들의 참여가 저조하여 다소 아쉬운 점이 있었다. 처음 실시하는 행사라서 학부모들에게 의미가 충분히 전달되지 않았던 듯했다. 8시 10분에 학교를 출발하여 현풍천-현풍 도깨비시장-현풍교-낙동강 제방-다람재-도동서원까지의 코스 10km 거리를 걸었다. 행사 진행 스태프진의 안내에 따라 안전과 질서를 유지한 채 선두에 행사 안내 깃발을 높이 휘날리며 긴 행렬을 이루면서 걸었다. 걷기에 적합한 청명한 가을 날씨, 가을 추수가 거의 마무리된 들판, 갈대가 흰 솜송이 날개를 나풀거리는 제방, 겨울 준비를 하는 들풀, 낙동강의 유장하고 넉넉한 물길, 울창한 소나무 숲의 대니산(달성군 현풍읍과 구지면 경계, 408m) 등등 사방 모두가 눈이 시릴 정도로 아름다운 가을 풍광이었다. 자연의 아름다움 못지않게 학생들의 깨끗한 심성, 해맑은 표정과 떠들며 웃는 소리는 인간 내면의 착한 모습 그 자체였다. 학생들은 사전에 준비해 간 팜플렛을 통해 지역의 문화유산과 자연경관을 학습하고, 그 것을 삼행시로 표현하였다.

즐거움을 만끽하면서 가벼운 발걸음으로 다람재고개에 올라 전망대에서 휴식을 취하였다. 학생들은 연신 사진을 찍고 기쁨을 만끽하고 있었다. 멀리 넓게 펼쳐진 고령의 개진평야를 낙동강이 휘감아 흐르고 있었다. 자연의 넉넉한 혜택으로 살아가는 인간들의 삶을 느낄 수 있었다. 다람재를 내려와 11시경 도동서원에 도착했다. 서원 입구 잔디광장에 본부를 설치하고 스테프진 학생들이 도동서원과 500년 수령을 자랑하는 은행나무를 설명했다. 성공경험과 자신감을 심어 주는 절호의 기회였다. 각자 흩어져서 서원의 수월루, 환주문, 중정당 등을 차례로 관람했다.

학생들은 넓은 중정당 강당 마루에 교실에서 수업을 듣는 것처럼 모여 앉았다. 강의를 맡은 스태프진 1학년 학생이 차분하게 서원의 유래와 역할, 도동서원의 설립 과정과 내용, 김굉필의 학문과 사상, 세계문화유산 지정 등을 조리정연하게 설명했다. 조선시대사를 전공한 저자가 들어보아도 꽤 괜찮은 내용과 설명이었다. 혹시 설명이 잘못되지나 않을까 하고 옆에서 귀를 기울이고 있던 문화해설가가 슬그머니 자리를 빠져 나가버렸다. 역시 학생들에게 맡겨두어도 충분히 잘할 수 있다는 것을 확인하는 순간이었다.

강의를 한 학생은 후에 다음과 같이 소감을 피력하였다.

> 항상 책상에 앉아 수업을 듣기만 했던 나는 선생님들의 고충을 잘 몰랐었다. 하지만 사람들 앞에 나서서 무엇인가를 가르친다는 것은 생각보다 굉장히 어려운 일이었다. 짧은 시간을 강의하는데도 많은 시간과 노력을 투자했다. 새삼스레 "선생님들은 여태동안 얼마나 노력하신 걸까?"라는 생각과 함께 선생님들을 향한 존경심이 우러나왔다. 또 솔직히 평소 도동서원에 대해 관심도 없었던 내가 중정당이 어떤 의미이며, 어떤 역할을 했었는지 알아가다 보니 우리 지역에 대한 자부심이 생겼으며, 옛 조상들의 기운까지 그대로 전달되는 듯했다. (1학년 학생 소감문)

힘든 과제를 수행하고 난 뒤 선생님에 대한 존경심과 지역에 대한 자부심을 성공경험으로 체득했음을 알 수 있다. 고1 학생이 성장하는 데 훌륭한 자산이 되었을 것이다. 이어서 저자가 서원 건물의 구조, 사액서원의 의미, 중정의 의미, 왜 김굉필을 높이 받드는지 등을 보충설명하고, 학생들을 크게 칭찬하였다.

도동서원을 학습한 뒤 은행나무 근처에서 OX퀴즈를 했다. 우승한 학생에게는 준비해 간 도동서원 배지를 수상하였다. 그리고 도동서원에서 찍은 사진을 '도동서원 세계문화유산 비슬고'의 해시태그와 함께 SNS에 올리면 선물을 제공하는 이벤트도 진행하였다. 학교에 도착하여 댄스동아리팀의 공연을 관람한 뒤 삼행시와 사진 출품작에 대해 시상하면서 행사를 종료하였다. 삼행시 수상작을 소개하면 1학년 학생이

김: 굉필선생님께서는

굉: 굉울며 인생을 포기한 사람들에게까지

필: 사적으로 학문을 전수하셨다.

라고 하였다. 김굉필의 학문을 이해하고 있는지는 모르지만 이 정도만 표현하여도 성공작이라고 할 수 있었다. 걷기 행사를 통해 학생들은 새로운 가능성을 도전하고 성취할 수 있다는 자신감을 보여 주었다. 또한 세계문화 유산이 자신의 고향에 있다는 것을 확인함으로써 자부심과 애향심, 애교심이 넘쳐났다. 신생 학교의 대표적인 특색 프로그램으로 발전시킬 필요가 있다고 생각되었다.

제2회 문화유산길 걷기는 2020년 11월 7일 토요일 실시하였다. 행사의 목적과 방향은 학생들의 리더십과 도전정신을 강화하고 학생 자치문화를 실현하는 데 두었다. 학생 372명, 학부모 4명, 교직원 24명이 달성군 화원읍 인흥리 남평문씨세거지에서 인흥서원, 기내미재, 함박산을 지나 송해공원까지 약 10km를 걸었다. 이미 화원고 재직 시 했던 녹색길걷기 코스를 거의 그대로 따랐다. 지난해 1회 코스는 목적지인 도동서원까지 평탄한 들판길을 걷는 것이어서 학생들이 다소 무료해했다. 이에 비해 녹색길은 소나무숲, 문화재유적지, 전망대, 산행길 등이 골고루 갖추어져 있었다. 행사 진행 방식은 작년과 동일하였다. 참가 학생이 372명에 달하기 때문에 스태프진 79명을 선발하여 기획, 안전, 보건, 촬영, 강의, 언론, 환경 팀으로 나눠 각자 역할을 맡았다. 사전에 담당부장이 스태프진을 철저하게 교육, 훈련하여 행사가 학생 자치적으로 진행될 수 있었다.

학생들은 걷기를 하면서 다양한 체험을 하였다. 자신이 살고 있는 지역의 자연과 역사를 보고 느낄 수 있었고, 친구들과 정담을 나누고 웃고 떠들면서 우정을 쌓을 수 있었다. 자연으로 돌아간 인간 본래의 순수한 모습, 배려하고 더불어 살아가는 학생들의 모습 등을 확인할 수 있었다. 인성을 다듬는 최고의 순간이었다. 그리고 행사 진행은 아주 다채로운 프로그램으로 채워져 있었다. 학생들은 10km를 걸으면서 달성군의 문화유산에 대한 설명을 듣고, 'OX퀴즈, 점프샷, 몸으로 말해요, 소리를 질러라' 4가지 이벤트를 통해 지적능력, 협동심, 애교심, 도전정신을 키우는 시간을 가졌다. 코로나19의 감염에 대비하여 행사 중 방역에도 철저하게 계획을 세웠다. 스태프진을 제외한 320명을 총 18개 팀으로 나눠 약 20명 단위로 활동하였으며, 각 팀별 방역 스태프들이 함께하여 출발 전 발열 체크, 손소독을 하고 걷는 중 거리두기 및 마스크 착용을 도와주었다. 각 팀에 책임교사가 1명씩 배정되어 함께 걸었다. 그리고 한 대의 버스당 20명씩 이동하였으며, 점심식사도 야외에서 지정된 자리에서만 하도록 했다. 우려하였던 안전사고나 감염은 한 건도 없이 무사히 마칠 수 있었다. 하늘이 도우는 것처럼 날씨도 포근하고 청명한 가을 날씨이어서 걷기에 최적의 조건이었다.

지난해에 이어 연 2회 걷기 프로그램을 기획하고 추진한 학생부장의 열정과 헌신은 '호지자'(好之者)의 단계를 훨씬 뛰어넘어 '낙지자'(樂之者)의 경지임을 보여주었다. 4회에 걸쳐 50~60km에 이르는 사전 답사를 하여 행사 진행상의 모든 문제점을 점검, 해결하였으며, 79명의 스태프진들이 자신의 역할을 충분히 발휘할 수 있도록 교육과 연습을 시켰다. 400명의 인원이 10km의 산길을 안전하고, 동시에 방역을 하면서 걷는 행사를 마칠 수 있었던 것은 오로지 그의 노력 덕분이다. 학교교육을 빛나게 하는 별 중의 별이다. 그리고 토요일임에도 불구하고 24명의 교사들이 참가하였다. 학생들을 위해 최선을 다하는 학교교육이야말로 우리 교사들이 할 수 있는 최고의 '적선'(積善)이라고 생각한다.

리더십캠프는 '앙가주망 프로젝트'라는 제목으로 2019년 10월 28일부터 29일까지 1박 2일간 학생 40명이 참가하여 서울 및 경기지역 일대에서 실시하였다. 학생들의 자치 및 리더십 역량 강화, 자기주도적 진로 역량을 배양하고자 했다. 부제인 '앙가주망'이란 철학자 사르트르가 강조한 '사회 참여'를 뜻하는 용어로서, 학생들이 학교에서 배운 지식과 경험을 토대로 진로 문제, 지역 문제, 국가 문제, 나아가 글로벌 문제까지 자발적 관심을 가지고 참여할 수 있도록 기획되었다. 전교생에게 캠프 계획이 공고된 후 팀구성 및 팀별 계획 수립, 전문가 섭외, 신청서 제출 등의 순서로 진행되었으며, 심사 후 최종 참가팀(10팀 총 40명)이 선정되었다. 캠프 1일 차에는 각팀별 활동과 활동 보고 및 선배 대학생의 특강을 실시했으며, 2일 차에도 각 팀별로 계획한 다양한 활동이 이어졌다.

캠프의 특징은 학교교육의 방침에 따라 모든 활동이 학생 주도적으로 이루어진 점이다. 방문한 대학, 기관, 전문가, 작가 등은 모두 학생들이 필요하다고 판단하여 섭외한 곳이다. 서울지역 주요대학은 물론이고 청와대, 한국생명과학연구소, 서울고등법원, SBS방송국, 삼성본사, CU본사, K현대미술관 등은 일반인도 쉽게 접근하기 어려운 곳이다. 그리고 학생 자치회가 활성화된 학교도 방문하여 자치문화를 배우고 정보를 교환하였다. 무한히 성장할 수 있는 학생들에게 꿈과 희망을 심어준 기회가 되었다.

학생들이 적극 참여하는 프로그램은 이외에도 많이 있었다. 자기주도학습과 진로진학을 위한 '지·인·용(知仁勇)성취도전 30시간', 교내대회, 동아리활동, 책밥프로젝트(교과융합독서), 낭독이 있는 독서토론, 학교홍보단 등이 있었다. 책밥프로젝트는 학생들의 책 읽는 습관을 기르고 문화를 조성하기 위하여 학교 특색사업으로 2020학년도 2학기에 시작하였다. 전자기기의 일회적이고 단순 반응하는 데에 익숙한 학생들에게 독서의 중요성은 갈수록 커지고 있다. 대부분 학교에서 독서를 학교교육의 중요 정책으로 추진하고 있는데 비슬고는 나름대로의 특색을 가지고 있다. 책읽기가 일상이 되어 늘 먹는 밥처럼 되도록 하기 위한 프로젝트로서 한 권의 책을 읽고 1학년 6개 교과에서 융합하여 깊이 있는 독서활동을 수업 중 진행하는 것이다. 같은 책을 읽고 서로 다른 교과에서 각자의 관점으로 이해함으로써 독서의 깊이를 더할 수 있었다.

'낭독이 있는 독서토론' 프로그램은 교사가 책을 낭독하고 학생이 듣는 프로그램이다. 타인이 읽는 것을 듣고서 책 속의 내용을 스스로 내면화하는 것이다. "청각을 깨워 책 속에 빠지다"라고 할 수 있다. 역시 2020학년도 2학기부터 학교 특색사업으로 시작하였다. 교사가 황순원의 '소나기'소설을 낭독하고 학생들은 눈을 감고 귀를 기울였다. 시각에 특히 집중하는 현재의 '포노사피엔스 세대'들에게 청각에 집중하여 이미지를 형상화하고 책의 재미에 빠져들게 하였다. 학생들은 이야기를 들으며 떠오르는 생각을 학습지에 글이나 그림으로 표현하고, 프로그램 후 자신의 목소리로 낭독 연습하여 학교 공유사이트(리로스쿨 프로그램)에 녹음파일을 올린다. 낭독 연습 후 학생들 스스로 프로그램을 운영할 수 있도록 했다. 매주 월, 수요일 점심시간에 학생 59명이 참가하였다. 프로그램에 참가한 1학년 학생은 다음과 같이 소감을 말하였다.

직접 읽는 것보다 듣는 것이 집중이 잘되어 신기했다. 등장인물에 따라 목소리가 다르고 한 문장씩 곱씹으며 들으니 상상과 몰입이 더 잘되었다. 명상을 하듯 눈을 감고 소리에 집중하니 뭔가 마음도 편안함이 느껴졌고, 특히 결말은 전율이 있었다. 내 목소리를 녹음해 들어보니 부끄러웠지만 색달랐고, 수십 번 연습한 스스로에게 수고했다고 말하고 싶다.(1학년 학생 소감문)

책의 내용을 자기 것으로 만드는 확실한 방법이 되고 책을 가까이 하는 계기가 되고 있음을 알 수 있다. 이 프로그램은 장기간 코로나19로 인해 지친 학생들에게 책을 매개로 감성을 키우고 숨겨진 재능과 능력을 발현하는 좋은 기회라고 생각한다.

학생들이 학교교육에서 성공하기를 바라는 간절한 염원을 담고 활동을 한 결과 많은 별들이 나타나기 시작했다. 대표적인 사례로 2020년 제

1회 졸업생 '정다은' 학생을 소개하고자 한다. 정다은이 눈에 확 띈 것은 2019년 10월 인근 중3 학생과 학부모 대상으로 한 학교 홍보 설명회 때였다.(2019. 10. 24.) 비슬고 교육의 장점과 특징을 소개하였는데, 대부분 학교에서 교사 중심으로 진행하던 것을 탈피하여 재학생들을 중심에 내세웠다. 이미 전임교에서 실시한 적이 있었다. 재학 중 경험이나 소감을 직접 설명하게 함으로써 청중들에게 진정성과 사실감을 전할 수 있었다. 목전의 입시준비가 다급하지만 3학년 학생이 강사로 나서서 입학 후부터 현재까지 학교에서 공부한 경험을 들려주었다. 현장에서 듣고 있던 저자가 깜짝 놀랄 내용들이었다. 입학 때 수학 내신성적이 6등급이었는데, 현재는 전교 1등이라는 것이다. 그기에 도달하기까지 자신의 노력은 물론이고 학교교육과 선생님의 도움이 컸다는 것이었다. 강사가 바로 정다은이었다.

정다은의 집은 학교에서 그리 멀지 않은 달성군 구지면 시골 농촌 마을에 있었다. 매일 이웃이 일찍 농사지으러 들판에 나갈 때 농기계나 농부들의 떠드는 소리 때문에 새벽 5시에 기상한다고 했다. 등교 준비하여 6시에 학교에 가장 먼저 도착하고, 이때부터 교실에서 자기주도학습을 하였다. 매일 아침마다 2시간씩 집중적으로 학습하였으니 그 효과는 엄청날 수밖에 없었다. 가장 힘들었던 수학과목을 극복하고자 끈질기게 붙들고 늘어져 나름대로 학습 방법을 터득하게 되었다. 예컨대 공부한 내용을 확실히 해두기 위해서 멘토에게 가르쳐 주는 방법, 단순히 외우는 방법에서 벗어나 생각의 힘을 기르고 고난도 문제를 끝까지 풀어서 상위권으로 변신하는 방법, 학습 내용을 구조화하여 시험 직전 '직전 노트' 만들기, 학습한 내용을 백지에 써내려가는 '백지 학습', 학습 시간과 계획을 촘촘하게 기록하는 학습플래너 작성 등이 있었다. "노력하는 자에게는 방법이 보인다"라는 말을 실감할 수 있었다. 저자의 평소 생각과 신념을 확실하게 실천하고 있었다. 공교육에서 성공하는 별들이 나타나는 것을 실감하고 기쁨을 감출 수 없었다.

정다은은 대입 준비도 충실하게 하였다. 농어촌전형에 맞추어 고1때부터 자신의 진로를 인문분야로 정하고, 이에 맞추어 교과목선택, 수업, 교과외활동 등을 치밀하게 하였다. 문과였지만 이과 과목인 물리과목을 수강하여 장점을 키워나갔고, 폭넓은 독서활동, 발표력 준비로 면접에도 내공을 쌓아갔다. 서울대 수시 인문광역 분야에 1차 합격하였지만, 2차 시험에는 통과하지 못하고 성균관대 컬처앤테크놀러지 융합과에 최종 진학하였다. 학교교육에서 성공한 만큼 학교와 선생님에 대해 늘 감사하는 마음을 표시하고 있었다. 1학년 때 담임인 수학선생님을 엄마처럼 따랐고, 후배들을 위해 길라잡이가 될 것임을 약속하였다. 후배들에게 자신의 학습 과정을 자세히 소개하면서 다음과 같이 마무리하고 있다.

고교 생활은 어쩌면 짧은 우리네 삶 중에서 가장 버거운 일일 수도 있습니다. 벌써 많은 세월을 지낸 어른들께서는 '그때가 좋지~'하고 말씀하실 수도 있지만, 아직 인생의 풍파를 많이 겪지 않은(?) 우리 청소년들에게는 입시의 많은 부분이 매우 크게, 힘들게 다가올 수 있어요. 하지만 그럼에도 불구하고 내가 공부하고 싶은, 혹은 내가 일구어내고 싶은 것을 마음속에 꾸준히 다지면서, 그리고 사랑하는 사람들을 생각하면서 중간에 포기하지 말고, 안주하지 말고 끝까지 잘 완주해 내길 기도할게요. 입시의 과정 속에서 힘든 일들이 많이 다가오겠지만 그럼에도 우리 스스로의 중심을 찾아 나가며 삶에 대한 자신만의 자세를 익히길 바랍니다. (비슬고 교지 참꽃1, 2020. 2. p.113, 자기주도학습 성공사례 '나의 비슬고 생활', 정다은)

스스로 학습에 성공하고 역경을 이겨낸 사람만이 할 수 있는 자신감이 넘쳐 나고 있다. 이는 가장 의미 있는 학교교육의 결과라고 하겠다. 선배의 분투노력은 후배들에게 훌륭한 귀감이 될 것이고, 비슬고 교육의 희망이요, 별인 것이다.

정다은 이외에도 분투노력하여 서울대 등 주요 대학에 진학한 학생들이 많이 있다. 비슬고의 교육 덕분에 성공 가능했다고 스스로 말하고 있다. 물론 앞자리에서 두각을 나타내지는 못했어도 나름대로 최선을 다하는 뭇 별들이 300여 개나 되었다. 모두 대학교, 사회에 나아가 훌륭한 비슬인재로 성장하고 나라와 민족을 위해 소임을 다할 것이다.

학생들이 학교교육에 참여하는 것과 발맞추어 학교에서도 이를 종합적으로 평가하여 수상하고자 했다. 기존의 '비슬인재상'을 전면 개편하여 '도동(道東)인재상'으로 제정하였다. 도동은 도동서원의 약자로서 학교 특색프로그램인 '세계문화유산길 걷기' 행사에서 착안한 것이다. 위대한 학자인 김굉필을 기리는 세계문화유산을 학교교육의 정체성으로 삼을 만한 가치가 있다고 생각한다. 평가 영역은 학업역량, 자기관리역량, 인성역량 3분야로 나누고, 모든 교육 활동 결과를 각 영역에서 점수화하였다. 매 학년말에 수상 대상자를 선정 심사하여 전체 5% 이내 수상하기로 했다. 열정과 분투력을 발휘하여 끊임없이 노력하는 도동인재가 배출되어 국가와 민족의 동량으로 거듭나기를 기대한다.

● 고향에서 '달성인재'의 육성을 갈망하고 있다

학교교육은 지역과의 상호 관계 속에서 이뤄지고 있다. 학교에서는 지역의 인적·물적 지원, 전통과 문화 등 유·무형의 도움을 받을 수 있고, 지역에서는 인재들이 육성되고 그 인재들이 고향의 미래 발전에 기여하기를 기대하는 것이다. 학교가 지역의 발전에 구심점 역할을 하게 된다. 비슬고가 위치한 달성군은 대구의 7개 지자체 중 가장 발전이 덜 된 농촌지역이었다. 근래 도시화가 진행되면서 인구가 30만 명에 이르고 대구 산업의 80%가 집중되어 있다. 대구 미래의 발전을 견인할 인적·물적 요소를 충분히 갖추고 있다. 달성군에서도 과거 낙후된 변두리 농촌지역에서 탈피하여 최근 10년 사이에 상전벽해와 같이 변화를 주도하고 있다. 테크노폴리스 지역의 신도시와 국가산업단지, 비슬산지역의 자연휴양림과 참꽃군락지, 옥포읍지역의 신도시와 송해공원, 화원읍지역의 사문진나루터와 생태자연 탐방로, 서재지역의 산업단지와 대규모 도시 등이 들어서고 있다. 경제발 전에 따른 인구유입으로 신도시가 형성되었고, 지자체에서는 풍부한 재정 여건으로 문화 복지사업에 집중적으로 투자하고 있다. 지자체와 주민들은 "이제 대구의 중심은 달성군에 있다"는 자부심과 "무엇이든지 할 수 있다" 라는 자신감이 넘쳐나고 있다.

달성군의 눈부신 발전을 명실상부하게 지속시킬 수 있는 관건은 교육의 성공에 달려있다. 저자가 관리자로서 학교교육을 담당해 오면서 얻었던 경 험적 지식에 의해서 이를 확신하고 있다. 교육적 수요가 특정 지역에만 밀 집되어 생겨나는 사교육의 폐단, 교육 격차의 심화, 집값과 교육비의 과 도한 부담 등을 해결하기 위해서는 대구 전체의 균형적인 교육 발전이 이 루어져야 한다. 학부모들이 자신의 지역에 믿을 만한 학교가 있다면 굳이 비싼 비용을 치루면서 사교육 1번지인 수성구지역으로 옮겨가지 않을 것 이다. 균형발전은 지역적으로 그리 넓지 않은 대구가 성장의 파이를 극대 화하기 위한 방안이 될 것이다. 달성군지역에서 태어나 학교교육 덕분에 인생의 성공을 거두었고, 다시 학교교육을 실천하기 위하여 고향에 돌아온 저자로서는 더욱 절실하게 다가오는 문제이다. 학교와 지역의 상생은 시대 적 과제이요, 우리의 미래가 달린 것이다.

지역의 발전이 교육의 성공에 의해서 담보된다는 생각은 현 달성군의 생 각과도 일치하고 있다. 2010년 이후부터 달성군은 창의적인 발상과 강력 한 추진력으로 상전벽해와 같은 발전을 가져오고 있다. "아는 것만큼 보 인다"라는 말이 적절할 정도로 과거와는 달리 완전히 새로운 관점에서 접 근하여 탈바꿈시켜 놓았다. 나아가 이러한 발전을 유지하기 위하여 교육의 발전이 전제되어야 한다는 신념을 실천하고 있다. 달성군으로 유입한 학부모들이 믿고 맡길 만한 학교와 교육 여건이 필요하다는 것이다. 그리고 달성군의 지원을 받은 학생들이 달성인재로 성장한다면 이들이 언젠가는 달성군 발전에 기여할 것이라고 기대하였다. 이를 위해 시골의 소규모 학교로 간신히 명맥만 유지하던 고등학교 2개교를 농어촌기숙형학교로 유치하는데 협력하였고, 학교의 운영을 위해 물심양면으로 엄청나게 지원하였다. 달성군의 기대에 부응하여 대구의 우수한 학생들이 달성군으로 유입되었고, 이들이 서울대 등에 입학하면서 대구의 새로운 명문학교로 주목을 받고 있다.

달성군에서는 관내 초·중·고교 전체를 대상으로 적극적으로 지원하고 있다. 고등학교의 경우 교육경비, 교육시설 개선비, 급식비, 장학금, 진로진학 컨설팅 등의 지원을 받고 있다. 운영 방법과 사업은 전적으로 학교에 일임하였는데, 이미 화원고 재임 시 수혜를 받아 운영한 경험을 적극적으로 활용하였다. 교육경비는 우수한 학생들의 학력 향상을 위해 집중적으로 사용할 수 있는 '달성인재스쿨' 예산이다. 도심지역보다 성적이 상대적으로 떨어진 학생들에게 단기간에 성적을 향상시키고 대입 진학에 도움을 주기 위한 프로그램이다. 소인수 맞춤형수업으로 진행되며, 토론과 질문, 자기주도학습을 위주로 하였다. 학습 내용과 방법이 최고 수준을 유지하도록 했다. 성적 향상 이외 대입시를 위한 진로진학프로그램, 대입 논술과 면접 등도 지원하였다. 본교 교사들에게 수업을 맡김으로써 학교교육과의 연속성을 유지하여 효과를 배가(倍加)할 수 있었다.

비슬고 학생들은 학교교육에 크게 의존하고 있다. 교육적 여건이 불리하여 학력 향상이 제대로 이루어지 않은 학생들에게 교사들의 열정과 지자체의 지원이 어우러져서 '달성인재'로 성장할 수 있다. 달성군의 의지를 충분히 이해하고 있는 저자로서는 인재육성을 위하여 최선의 노력을 기울였다. 교사들에게 달성군의 희망에 부합하는 학생지도를 부탁했으며, 학생들에게는 고향 발전을 위하여 큰 인재로 거듭나도록 채근하였다. 고향의 미래 발전을 약속하는 것이었다. 실제로 제1·2회 졸업생들의 대입시 결과 서울대와 주요 사립대학 등에 진학하였다. 평균적으로 진학하였더라면 겨우 지방 국립대 정도에 만족했을 학생들이었다. 달성인재들은 대학교에서도 발군의 실력을 발휘할 것이라고 학교와 지자체는 기대하고 있다. 이미 화원고 재임 시 서울대 진학한 학생들이 소속 학과에서 1등을 하고 있었고, 고향에 대한 강한 자부심을 가지고 있음을 확인하였다.

교육시설 지원은 신설학교의 부족한 부분을 해결하는 데 큰 도움이 되었다. 급식실 음수대, 면학실 책·걸상, 대입전략실 비품 등을 갖출 수 있었다. 신설학교의 특성상 예산과 시설의 부족으로 민원이 발생하고 있다. 지자체의 적극적인 협조와 지원을 받음으로써 학교 구성원들의 학교교육에 대한 만족도가 높아졌다. 교장으로서는 항상 군수, 담당부서 직원들과 긴밀한 관계를 유지하고자 했다. 직접 군수를 찾아가 학교의 현안을 설명하고 협조를 구했으며, 관계 담당자가 수시로 학교를 방문하고 있다. 학교에서는 신도시 테크노폴리스가 조속히 안착되도록 학교교육과 대입시에 불안을 해소시켜 주어야 한다. 달성군에서도 비슬고가 대표적인 일반계고교로 발전하기를 희망하고 있다.

달성인재로 성장하는 비슬고 학생들에 대해서 희망과 걱정이 교차하고 있다. 교사들의 사랑과 열정어린 가르침을 받아 인성교육, 자기주도학습, 진로진학에 눈부신 발전을 거듭하고 있다. 학교교육에서 성장하는 별들이 밤하늘을 아름답게 수놓는 것과 같다. 신설 5년 차에 불과하지만 명문 공립고교로 확고하게 발판을 굳히고 있다. 10년, 20년, 30년 후에 큰 나무로 성장하여 고향에 돌아온 달성인재들의 그늘 아래서 많은 사람들이 안식처로 삼을 것이다. 생각하면 감동적이고 가슴 설레는 미래 테크노폴리스지역 비슬고의 모습이다.

그럼에도 불구하고 현재의 비슬고 인재들은 끊임없이 노력하고 분발해야 할 것이다. 현재의 자신을 성찰하고 마지막 기회라는 절박한 심정으로 부족한 점을 해결해야 할 것이다. 각자의 문제점이 다르겠지만, 교장으로서 가장 걱정하는 것은 전반적으로 학생들의 낮은 학력이다. 학력 회복을 위하여 자신감을 가지고 기초·기본학습의 방법과 태도를 익혀야 할 것이다. 성적이 낮아도 대학교에 입학할 수 있다는 잘못된 생각은 버려야 하며, 공부하려는 분투적 노력은 자신의 삶의 방향도 결정지을 수 있음을 알아야 할 것이다. 시골 농촌에서 하위 성적으로 입학하였지만 학교생활 3년 동안 분투적인 노력으로 최고의 성적과 대입시를 성공시킨 정다은의 성공 스토리를 귀감으로 삼아야 할 것이다. "사랑하면 알게 되고 알게 되면 보이나니 그때 보이는 것은 이전과는 다르리라"라는 경구처럼 열정을 발휘해야 할 것이다. 그리고 "노력하는 자에게는 방법이 보이고 준비된 자에게는 기회가 온다"는 진리를 믿고 들판의 잡초나 겨울날 소나무처럼 꿋꿋이 나아가야 할 것이다. 저자가 이 지역에서 태어나서 학교교육의 혜택을 받아 성공하였고, 다시 비슬고의 교장으로 부임하여 학생들을 후배처럼 가르치면서 학생들이 '달성인재'로 성공하기만을 바랄 뿐이다.

제3장
·················

학교교육을 위한
말과 글

이 장에서는 저자가 학교교육을 위해 구성원들에게 직접 의사를 표시한 것들을 정리하였다. 학교를 대표하는 교장은 의례적인 행사시에 기념사, 축사를 해야 하고 교사들과 학교 운영 방향을 논의해야 한다. 그리고 학생들에게 직접 훈화를 하고 학부모들과 소통하기도 한다. 교장은 구성원의 뜻을 모으고 학교교육의 발전을 위해서 자신의 생각과 방향을 명확하게 해야 한다. 저자는 교장으로서의 발언을 매우 중시하였다. 이때 교장의 신념과 의지가 담긴 학교교육의 방향과 과제를 대내외적으로 표출하였다. 따라서 교장의 모든 원고는 손수 수차례의 수정을 거쳐 완성한 뒤에 발표하였으며, 발언한 것은 사전에 개요를 작성한 뒤 현장의 상황에 맞추어 이루어졌다. 행사가 끝난 뒤에 가능하면 원고이든 발언(녹취록)이든 정리하여 보관하고 있다. 여기서는 교감, 교장으로서 한 말과 글 가운데 학교교육의 방향을 제시한 것, 학생을 격려하고 칭찬한 것, 교사와 함께 학교 교육을 고민한 것, 학부모와 학교교육을 소통한 것 등 4부분으로 나누어 기록하였다. 사전에 원고 없이 발언한 것은 녹음한 뒤에 다시 이를 녹취 기록하여 정리하였다.

1 학교교육의 방향을 제시하다

여기서는 교장으로서 학교교육의 방향을 제시한 글들을 모았다. 학교장으로 취임한 화원고, 경북고, 비슬고 3개 학교의 취임사가 있다. 새로 부임하는 교장의 학교 운영 방향이 담겨져 있다. 3개 학교에 동일한 교장이 취임하였기 때문에 교장의 철학과 신념, 현실 인식, 학교 운영 방안 등은 비슷하지만, 학교의 역사와 전통, 문화, 구성원의 성향 등이 다르기 때문에 적절하게 조정하였다. 구체적인 학교 운영 방안은 비슬고 2020학년도 것만을 제시하였다. 3개 학교를 거치면서 수정, 보완을 거듭하였다. 대내외적으로 학교를 소개한 홈페이지의 글도 의미가 있어서 경북고의 것을 실었다. 3개 학교의 개교기념식 식사는 학교의 역사이고 학생들에게 정체성을 심어주는 데 중요한 역할을 한다. 그 외 학교를 대표하여 대외적으로 인사한 글을 실었다. 화원고 인조잔디구장 개장을 기념한 인사말과 경북고 총동창회 행사 관련한 축사들이 있다. 저자는 행사를 기념하는 의례적인 인사말보다는 가급적 그 의미를 부각하여 관련 당사자들에게 교장의 생각이나 의지를 전달하고자 했다.

● 학교장 취임사

– 화원고 제12대 교장 취임사(2014. 3. 3.)

존경하는 화원고 교직원, 학부모, 내외 귀빈 그리고 사랑하는 학생 여러분!
매우 반갑습니다.

제12대 화원고등학교 교장으로 취임하게 된 이재철입니다.

본교의 교화인 매화가 꽃망울을 터뜨리고, 비슬산의 진달래가 봄 맞을 채비를 하는 이때, 저의 취임식을 가지게 된 것을 무척 영광스럽게 생각합니다. 화원고가 위치한 이곳의 뒤로는 웅장한 비슬산이 정기를 발산하고, 앞으로는 낙동강이 옥야천리를 적시며 흐르고 있습니다. 풍요와 발전을 약속하는 땅입니다. 학교 왼쪽으로 보이는 금계산과 옥공평야는 바로 제가 어릴 때부터 꿈을 키우던 고향의 터전입니다. 개인적으로는 고향인 이곳에서 후학들을 기르게 된 것을 누구보다도 영광스럽게 생각합니다.

저는 학교교육에 대해 확고한 신념이 있습니다. 학교교육은 우리 인류가 오랫동안 이룩한 중요한 자산입니다. 사람들이 저마다의 능력을 계발하여 자아를 실현하고, 사회 발전에 기여하는 인재를 육성하는 것입니다. 따뜻한 인성을 갖추고 실력을 겸비한 사람을 길러 꿈과 희망을 실현하는 것입니다. 화원고가 바로 학교교육의 명실상부한 전당입니다.

화원고는 1983년에 개교한 이래 수많은 인재들을 배출하여 왔습니다. 초창기에는 대구시의 외곽 농촌지역에 위치하여 교육여건에서 불리한 점도 있었습니다. 그러나 전임 서상현 교장선생님을 비롯한 학교 구성원들의 헌신적인 노력으로 이 지역의 중심학교로 우뚝 자리잡게 되었습니다. 학력향상 우수교, 학교평가 최우수교, 교기 육성, 학교 시설관리 등이 이를 웅변하고 있습니다. 특히 일반계고교의 가장 중요한 목표라고 할 수 있는 대입진학에 큰 성과를 거둔 점은 모두가 잘 알고 있습니다.

게다가 이곳 달성군 화원읍 지역은 대구의 새로운 중심지로 성장하고 있습니다. 현풍 테크노폴리스, 대구 국가산업단지 등 대구 미래 성장의 동력이 인근에 집중되어 있습니다. 화원고도 지자체 달성군, 그리고 지역 주민들의 행·재정적 지원과 성원을 바탕으로 앞으로 크게 발전할 것입니다.

저는 이제 제12대 교장으로 취임하면서 선배 교장선생님들이 닦아놓은 성과를 더욱 확대하고 한 단계 더 도약시켜야겠다는 책무성을 가집니다. 저의 30년간의 교직 경험과 열정, 조직관리 능력과 업무 추진력 등을 바탕으로 '대구 최고 명문 공립고를 향하여'라는 새로운 비전을 제시하고자 합니다. 교훈이 표방하는 '자주적인 사람, 창의적인 사람, 주도적인 사람'을 구현하기 위하여 교육목표를 인성과 실력을 겸비한 인재를 양성하는 것으로 정하고자 합니다. 이를 위하여 다음의 5대 핵심 과제를 실천하고자 합니다.

첫째, 박근혜정부에서 추구하고 있는 일반계고 역량강화 정책을 추진하여 화원고의 교육력을 배가(倍加)하겠습니다. 교육과정에서 자율성을 대폭 발휘하여 특색 있는 교육과정의 편성 운영, 학생들의 능력에 맞춘 수준별 교육, 수요자 중심의 방과후학교 운영, 창의적 체험활동의 활성화 등을 추진하겠습니다. 나아가 이를 뒷받침하기 위하여 대구교육청, 달성군, 동창회 등에게 행·재정적 지원을 적극 요청하겠습니다. 특히 달성군에 많은 지원을 요청하여 학교 발전에 기여토록 하겠습니다.

둘째, 학생들의 학력향상에 최선을 다하겠습니다. 학교 차원에서 학력향상 시스템을 가동하고, 교사들은 교실수업 개선을 위해 노력하며, 학생들은 자기주도 학습역량을 강화하도록 하겠습니다. 학습의 기초·기본 요소를 중시하여 학습 의욕과 학습 방법을 체득하도록 하겠습니다. 수월성 교육을 위하여 학생 수준에 적합한 과목과 강좌를 개설하고, 부진학생에 대해서는 교과부진 제로운동을 추진하겠습니다. 교감 재임 시 학력 향상을 위해 추진하였던 다양한 프로그램들을 적극 도입하겠습니다.

셋째, 우수한 교사들을 초빙하고 우수한 학생들을 유치하겠습니다. 교육의 질은 교사의 질을 넘어설 수 없다는 말이 있습니다. 달성군지역 근무 교사들의 인사상 우대책과 대구교육청 장학사로서 구축한 풍부한 인맥을 적극 활용하겠습니다. 교사들은 수업과 생활지도에, 학생들은 학력 향상에 각각 전념하도록 지원하겠습니다. 관내 중3 학생들의 학교 지원 시 화원고가 지닌 장점을 적극 홍보하여 우수한 학생들을 유치하겠습니다.

넷째, 모든 학생들이 진로진학에 성공하도록 하겠습니다. 학교 차원에서 맞춤형 진로진학시스템을 구축하여 모든 학생들이 적성과 희망을 실현하도록 지원하겠습니다. 대학입시에 대비하여 비교과 영역의 학생 개인별 스펙을 관리하며, 차별화되고 특색 있는 프로그램을 운영하겠습니다.

다섯째, 학교교육에 대한 학부모의 만족도를 최대한 끌어올리겠습니다. 학부모가 맡겨주신 자녀들을 지도할 때 "내 아이처럼 가르치겠다"라는 말을 항상 염두에 두겠습니다. 대입시를 미리 내다보고 진로진학을 지도하며, 학부모들이 학교교육에 적극적으로 참여하도록 '학부모 교양프로그램', '학부모와 소통 프로그램', '선후배 멘토링' 등을 추진하겠습니다.

존경하는 화원고 교육가족 여러분!

학교교육은 학교장 혼자서 할 수 없습니다. 저는 타율에서 자율로, 지시에서 소통으로, 획일에서 다양성 존중으로 각각 변화하는 현재의 학교문화를 잘 알고 있습니다. 이런 변화를 적극 수용하여 교사, 학생, 학부모들과 끊임없이 소통하고 화합하는 리더십을 발휘하겠습니다. 이를 위하여 작은 목소리까지 경청하겠으며, 정책 결정 시 토론과 협의의 절차를 중시하는 학교문화가 정착되도록 하겠습니다. 그리고 공동체의식과 주인정신을 고취하고, 직무수행 과정에서 불만이나 고충이 발생하지 않도록 세심하게 배려하겠습니다.

신뢰하는 동료 선생님 및 직원 여러분!

선생님들은 자율성과 전문성에 바탕하여 직무를 수행해야 합니다. 교육계에 쏟아지는 차가운 시선과 엄중한 책무성을 직시해야겠습니다. 항상 높은 책무성과 도덕성을 유지하고, 철저한 자기관리와 수업에 최고의 달인이 되어 주십시오. 공직자로서 선공후사(先公後私)의 복무자세를 가져 주시고, 학생과 학부모의 희망과 꿈을 달성하는 데 최선을 다해야 할 것입니다. 우리가 여기에 근무하는 이유와 목적은 학생과 학부모 때문임을 항상 기억하고, 내 자녀처럼 지도하여 주십시오. 직원 여러분은 선생님들이 수업과 생활지도가 원활하게 이뤄지도록 즉각적이고 충분한 지원을 해주십시오.

사랑하는 학생 여러분!

여러분은 미래 우리 사회의 주인공입니다. "기초·기본에 충실하자"(Back to the Base)라는 구호를 잊지 마십시오. 기초·기본이 다져지지 않은 사람은 곧 무너집니다. 학습, 생활 질서, 인간관계, 건강 등에 기초·기본을 충실히 해야 합니다. 전자기기의 단순하고 일회적으로 반응하는 문화에 너무 노출되어 있어서 걱정이 됩니다. 분투력을 발휘하여 쉬지 않고 흘러가는 강물처럼 노력해야 됩니다. 연어는 자신이 태어난 강가로 회귀하는 것처럼 여러분도 이곳에서 공부하여 큰 인물이 되어 돌아오기를 바라고 있습니다.

존경하는 학부모님!

여러분들이 맡겨주신 자녀들을 내 아들처럼 가르치겠습니다. 학교와 선생님을 믿고 성원하여 주십시오. 학부모님들의 따뜻한 말 한마디는 우리 선생님들에게 든든한 보약이 됩니다. 학부모님들은 선생님과 함께 학교교육을 성공시키는 두 개의 수레바퀴임을 명심하시고, 내 자녀만을 생각하기 전에 학교를 위해서 무엇을 할 것인지 생각하여 주십시오.

저는 이제 화원고 교장으로 취임하면서 능력과 열정을 다하여 화원고를 '대구 최고의 명문 공립고', '공교육의 표상'으로 만들겠다는 약속을 다시 한 번 더 드립니다. 교직원들은 자긍심이 충만하고, 학생들은 꿈과 희망을 실현하며, 학부모들은 만족하고 성원하는 화원고를 만들고자 합니다.

감사합니다.

2014. 3. 3.
화원고 교장 이재철

존경하는 경북고 교직원, 학부모, 내외 귀빈 그리고 사랑하는 학생 여러분! 매우 반갑습니다.

제23대 경북고등학교 교장으로 취임하게 된 이재철입니다. 유난히도 길게 뻗치던 대구의 무더위도 서서히 물러나고 이제 결실의 계절, 가을의 문턱에 들어서고 있습니다. 경북고 교장으로 취임식을 가지게 된 것은 저 개인적으로 무척 영광스러운 일입니다. 경북고는 1899년 사립 달성학교로 시작하여 117년의 유구한 역사와 전통을 자랑하고 5만여 동문을 배출한 대한민국 최고의 명문고입니다. 우리나라 근·현대사의 산증인이요, 지금의 우리나라를 있게 한 살아있는 역사의 현장입니다. 교정 곳곳에 남아있는 기념수목과 표지석은 이를 웅변하고 있습니다. 저는 여기서 이미 2000년부터 3년간 교사 생활을 한 적이 있어서 낯설지 않습니다.

저는 학교교육에 대한 확고한 신념이 있습니다. 학교교육은 인류가 발전하는 데 결정적으로 기여한 제도입니다. 인성을 도야하여 인간을 인간답게 만들고 능력을 계발하여 인류 발전에 기여하는 인재를 육성하여 왔습니다. 다시 말하면 따뜻한 인성을 갖추고 실력을 겸비한 사람을 길러 저마다의 꿈과 희망을 실현하였던 것입니다. 경북고가 바로 이러한 학교교육의 전당입니다.

경북고는 117년의 전통에 걸맞게 수많은 인재들을 배출하였고, 그들 모두 국가와 민족의 발전에 기여하고 있습니다. 대구·경북지역 교육의 1번지이오, 미래 대한민국 교육의 방향타로서 자타가 공인하고 있습니다. 학력, 진학 실적, 교기 육성, 학교 시설, 동문의 활동, 지역 사회의 기대와 위상 등은 이를 웅변하고 있습니다. 역대 교장선생님을 비롯한 학교 구성원, 동문들의 헌신적인 노력과 열정이 있었기에 가능하였습니다.

저는 이제 제23대 교장으로 취임하면서 선배교장선생님들이 닦아놓은 성과를 더욱 확대하고 한 단계 더 도약시켜야 한다는 책무성을 가집니다. 저의 30년간 교직 경험과 열정, 조직 관리 능력과 강한 추진력 등을 바탕으로 '대한민국 최고 명문 공립고를 향하여'라는 새로운 비전을 제시하고자 합니다. 교훈이 표방하는 '아는 사람(知), 생각하는 사람(思), 행하는 사람(行)'을 기르기 위하여 교육목표를 '인성과 실력을 겸비한 인재를 양성하는 것'으로 정하고자 합니다. 이것을 달성하기 위하여 다음과 같은 몇 가지 핵심 과제를 실천하고자 합니다.

첫째, 경북고를 공교육의 표상으로 우뚝 세우겠습니다. 공교육이 위기에 처하였다는 비판의 목소리를 여러분도 잘 알고 있을 것입니다. 공교육의 정상화는 현 정부의 핵심 정책이오, 국민들의 요구입니다. 전문성과 강한 열정을 가진 선생님이 수업과 인성지도에 최선을 다하며, 학생들은 선생님의 가르침을 열심히 배우고 따르는 것이 바로 공교육의 올바른 모습입니다. 이를 실현하기 위하여 선생님은 자율과 책무성을, 학생은 자부심과 자신감을, 학부모는 만족과 믿음을 가지도를 하겠습니다. 모든 학사 운영과 시설 관리, 예산 집행을 여기에 집중하겠으며, 나아가 대구교육청, 지자체, 동창회 등에게 행·재정적 지원을 적극 요청하겠습니다.

둘째, 학생들의 학력향상에 최선을 다하겠습니다. 학교차원에서 학력향상 시스템을 가동하고, 교사들은 교실수업 개선을 위해 노력하며, 학생들은 자기주도학습 역량을 강화하도록 하겠습니다. 기초·기본 학습 자세를 생활화하여 학습 의욕을 고취하고 학습 방법을 체득하도록 하겠습니다. 수월성교육을 위하여 학생 수준에 적합한 과목과 강좌를 개설하고, 부진학생에 대해서는 교과부진 제로운동을 추진하겠습니다. 이미 타 학교에서 검증된 프로그램과 방법들을 적극 도입하겠습니다.

셋째, 모든 학생들이 진로진학에 성공하도록 1학년 때부터 준비를 철저히 하겠습니다. 현재 대입시의 주요 방향은 수시모집 중 학생부종합전형임을 잘 알고 있을 것입니다. 학교교육에 충실한 학생이 그 결과를 학생부에 남기고, 이를 바탕으로 진학하는 것입니다. 아직도 학교 밖, 학원이나 과외를 통해 정시로 진학하는 것이 쉽다고 믿는 학생이나 교사가 있는지 궁금합니다. 교과영역에서는 교실수업을 개선하여 모든 학생들의 배움이 커지도록 해야 할 것이고, 비교과영역에서는 다양한 프로그램을 운영하여 학생들의 희망과 적성에 따라 참여토록 해야 할 것입니다. 이 결과를 학생부, 학교프로파일, 학교홈페이지 등을 통해 철저하게 관리하여 학생들이 대입시에서 유리하도록 해야 할 것입니다. 담임교사들의 희생과 노력이 더 많이 요구됩니다.

넷째, 학교교육에 대한 학부모의 만족도와 신뢰도 제고에 노력하겠습니다. 학부모가 맡겨주신 자녀들을 "내 아이처럼 가르치겠습니다"라는 말을 항상 가슴에 새기고 있겠습니다. 대입시를 미리 내다보고 진로진학을 지도하겠으며, 학부모들이 학교교육에 긴밀히 참여하도록 하겠습니다.

존경하는 경맥교육가족 여러분!

학교교육은 학교장 혼자서 할 수 없습니다. 저는 근래 학교문화가 타율에서 자율로, 지시에서 소통으로, 획일에서 다양성 존중으로 각각 변화하고 있다는 것을 잘 알고 있습니다. 이를 적극 수용하여 교사, 학생, 학부모들과 끊임없이 소통하고 화합하는 리더십을 발휘하겠습니다. 구성원과 소통하고 화합하기 위하여 작은 목소리까지도 경청하겠으며, 정책 결정 시 토론과 협의의 절차를 중시하는 학교문화가 정착되도록 하겠습니다. 그리고 공동체 의식과 주인정신을 고취하고, 직무수행 과정에서 불만이나 고충이 발생하지 않도록 세심하게 배려하겠습니다.

신뢰하는 동료 선생님 및 직원 여러분!

선생님들은 자율성과 전문성에 바탕하여 직무를 수행해야 합니다. 공교육에 대한 불신과 비판적 여론을 직시해야겠습니다. 이를 극복하는 길은 교직의 본질에 더욱 충실하는 길밖에 없습니다. 항상 높은 책무성과 도덕성을 유지하고, 철저하게 자기 관리를 하는 최고의 교사가 되어 주십시오. 국민의 공복(公僕)으로서 선공후사(先公後私)의 복무 자세를 가져 주시고, 학생과 학부모의 희망과 꿈을 달성하는데 최선을 다해야 할 것입니다. 우리가 여기에 근무하는 이유와 목적은 학생과 학부모 때문임을 항상 기억하고, 내 자녀처럼 지도하여 주십시오. 행정실 직원 여러분은 선생님들이 수업과 생활지도가 원활하게 이뤄질 수 있도록 즉각적이고 충분한 지원을 해 주십시오.

사랑하는 학생 여러분!

여러분은 미래 우리 사회의 주인공입니다. 미래 사회는 인성이 기본이 됩니다. 기초·기본이 다져지지 않은 사람은 곧 무너집니다. 학습, 생활질서, 인간관계, 건강 등에 기초를 충실히 해야 합니다. 단순하고 일회적으로 반응하는 전자기기 문화에 너무 많이 노출되어 있어서 걱정이 됩니다. 쉬지 않고 흘러가는 강물처럼 분투 노력해야 됩니다. 연어는 자신이 태어난 강가로 회귀하는 것처럼, 여러분도 이곳에서 공부하여 큰 인물이 되어 돌아오기를 기대합니다.

존경하는 학부모여러분!

학부모님들이 맡겨주신 자녀들을 내 아들처럼 가르치겠습니다. 학교와 선생님을 믿고 지원하여 주십시오. 학부모님들의 따뜻한 말 한마디와 성원은 우리 선생님들이 용기와 힘을 솟아나게 하는 보약이 됩니다. 학부모님들은 교직원과 함께 학교교육을 성공시키는 두 개의 수레바퀴임을 명심하고, 내 자녀만을 생각하기 전에 학교를 위해서 무엇을 할 것인지 생각하여 주십시오.

저는 이제 경북고 제23대 교장으로 취임하면서 능력과 열정을 다하여 경북고를 '대한민국 최고 명문 공립고', '공교육의 표상'으로 만들겠다는 약속을 다시 한번 더 드립니다. 교직원들은 자긍심이 충만하고, 학생들은 꿈과 희망을 실현하며, 학부모들은 만족하고 성원하는 경북고를 만들고자 합니다.

감사합니다.

2016. 9. 2.
경북고 교장 이재철

– 비슬고 제2대 교장 취임사(2019. 3. 1.)

존경하는 비슬고 교직원, 학부모, 내외 귀빈 그리고 사랑하는 학생 여러분! 매우 반갑습니다.

제2대 교장으로 취임하게 된 이재철입니다. 본교의 교화인 매화가 꽃망울을 터뜨리고, 비슬산의 진달래가 봄 맞을 채비를 하는 이때 저의 취임식을 가지게 된 것을 무척 영광스럽게 생각합니다. 비슬고가 위치한 이곳은 뒤로 민족의 영산(靈山) 비슬산이 정기를 발산하고, 앞으로는 낙동강이 유역의 기름진 들판을 적시며 흐르고 있습니다. 풍요와 발전을 약속하는 땅입니다. 이곳에서 멀지 않은 곳에 제가 어릴 때부터 꿈과 희망을 키우던 고향이 있습니다. 개인적으로는 고향인 이곳에서 후학들을 기르게 된 것을 영광스럽게 생각합니다.

저는 학교교육에 대한 확고한 신념이 있습니다. 학교교육은 인류가 발전하는 데 크게 기여한 제도입니다. 인성을 도야하여 인간을 인간답게 만들고 역량을 계발하여 인류 발전에 기여하는 인재를 육성하는 것입니다. 비슬고가 바로 학교교육의 명실상부한 전당입니다.

비슬고는 2017년에 개교한 신생학교 입니다. 대구시 외곽지역에 위치하여 교육여건에서 어려운 점도 있었습니다. 그러나 전임 김종호 교장선생님을 비롯한 학교 구성원들의 헌신적인 노력으로 이 지역 공립고교의 중심으로 우뚝 자리잡게 되었습니다. 학력향상, 학교평가, 시설관리 등이 이를 웅변하고 있습니다. 특히 우리나라 미래교육을 위한 고교학점제 연구학교를 운영하여 큰 성과를 거두고 있는 점은 잘 알려져 있습니다.

게다가 대구 달성군 현풍읍 테크노폴리스 지역은 대구의 새로운 중심지로 성장하고 있습니다. 달성공단, 대구 국가산업단지, DGIST(대구경북과학기술원) 등 대구 미래의 성장 동력이 이곳에 집중되어 있습니다. 비슬고도 지자체 달성군과 지역 주민들의 성원을 바탕으로 크게 발전할 것입니다.

저는 제2대 교장으로 취임하면서 전임 교장선생님이 닦아놓은 성과를 더욱 확대하고 한 단계 더 도약시켜야 한다는 책무감을 가집니다. 저의 30년 교직 경험과 열정, 조직 관리 능력, 강한 추진력 등을 바탕으로 '대구 신흥 명문 공립고를 향하여'라는 새로운 비전을 제시하고자 합니다. 교훈이 표방하는 '도전하라, 큰 꿈을 가지고'에 적합한 인재를 기르기 위하여 학교교육 목표를 "인성과 실력을 겸비한 인재를 양성한다"라고 정하고자 합니다. 이를 위하여 다음의 몇 가지 핵심 과제를 실천하고자 합니다.

첫째, 비슬고를 공교육의 표상으로 우뚝 세우겠습니다. 공교육의 정상화는 국민적 요구이며 시대적 과업입니다. 전문성과 강한 열정을 가진 선생님이 수업과 인성지도에 최선을 다하며, 학생들은 선생님의 가르침을 열심히 배우고 따르는 것이 바로 공교육의 올바른 모습입니다. 이를 실현하기 위하여 선생님은 자율성과 책무성을, 학생은 자부심과 자신감을, 학부모는 믿음과 만족을 가지도록 하겠습니다. 모든 학사 운영과 예산 집행을 여기에 집중하겠으며, 나아가 대구교육청, 지자체 등에게 행·재정적 지원을 적극 요청하겠습니다.

둘째, 학력향상에 최선을 다하겠습니다. 학교 차원에서 학력향상 시스템을 가동하고, 교사들은 교실수업 개선을 위해 노력하며, 학생들은 자기주도학습 역량을 키우도록 하겠습니다. 기초·기본학습 자세를 생활화 하여 학습 의욕을 고취하고 학습 방법을 체득하도록 하겠습니다. 수월성 교육을 위하여 학생 수준에 적합한 과목과 강좌를 개설하고, 부진학생에 대해서는 교과부진 제로운동을 추진하겠습니다. 특히 달성군의 예산 지원 사업인 '달성인재스쿨'을 적극 활용하여 지역인재 양성에 최선을 다하겠습니다.

셋째, 모든 학생들이 진로진학에 성공하도록 1학년 때부터 철저히 준비하겠습니다. 현재 대입시의 주요 방향은 수시모집 중 학생부종합전형임을 잘 알고 있을 것입니다. 학교교육에 충실한 학생이 그 결과를 학생부에 남기고 이를 바탕으로 진학하는 것입니다. 교과영역에서는 교실수업을 개선하여 모든 학생들의 배움이 커지도록 해야 할 것이고, 비교과영역에서는 다양한 프로그램을 운영하여 학생들의 희망과 적성에 따라 참여토록 해야 할 것입니다. 이 결과를 학생부, 학교프로파일, 학교홈페이지 등을 통해 관리하여 학생들이 대입시에서 적극 활용하도록 해야 할 것입니다. 모든 선생님들의 열정과 헌신이 요구됩니다.

넷째, 학교교육에 대한 학부모의 만족도와 신뢰도 제고를 위해 노력하겠습니다. 학부모님이 맡겨주신 자녀들을 "내 아이처럼 가르치겠습니다"라는 말을 늘 가슴에 새기겠습니다. 대입시를 미리 내다보고 진로진학을 지도하겠으며, 학부모님들이 학교교육에 긴밀히 협조하도록 하겠습니다.

존경하는 비슬고 교육가족 여러분!

학교교육은 학교장 혼자서 할 수 없습니다. 저는 학교문화가 타율에서 자율로, 지시에서 소통으로, 획일에서 다양성 존중으로 변화하고 있다는 것을 잘 알고 있습니다. 이런 변화를 적극 수용하여 학교장으로서 교사, 학생, 학부모들과 끊임없이 소통하고 화합하는 리더십을 발휘하겠습니다. 구성원의 작은 목소리까지 경청하겠으며, 정책 결정 시 토론과 협의의 절차를 중시하는 학교문화가 정착되도록 하겠습니다. 그리고 공동체 의식과 주인정신을 고취하고, 직무수행 과정에서 불만이나 고충이 발생하지 않도록 세심하게 배려하겠습니다.

신뢰하는 동료 선생님 및 직원 여러분!

선생님들은 자율성과 전문성에 바탕하여 직무를 수행해야 합니다. 항상 높은 책무감과 도덕성을 유지하고, 철저하게 자기 관리를 하여 최고의 교사가 되어 주십시오. 국민의 공복(公僕)으로서 선공후사(先公後私)의 복무 자세를 가져 주시고 학생과 학부모의 희망과 꿈을 달성하는 데 최선을 다해야 할 것입니다. 우리가 여기에 복무하는 이유와 목적은 학생과 학부모 때문임을 항상 기억하고, 내 자녀처럼 지도하여 주십시오. 행정실 직원 여러분은 선생님들이 수업과 생활지도가 원활하게 이뤄질 수 있도록 즉각적이고 충분한 지원을 해주십시오.

사랑하는 학생 여러분!

여러분은 미래 우리 사회의 주인공입니다. 미래 사회는 인성이 기본이 되어야 합니다. 기초·기본이 다져지지 않은 사람은 곧 무너집니다. 학습, 생활질서, 인간관계, 건강 등에 기초를 충실히 해야 합니다. 치열한 분투력을 발휘하여 쉬지 않고 흘러가는 강물처럼 노력해야 됩니다. 연어는 자신이 태어난 강가로 회귀하는 것처럼 여러분도 이곳에서 성장하여 훗날 큰 인물이 되어 돌아오기를 기대합니다.

존경하는 학부모님!

학부모님들이 맡겨주신 자녀들을 내 아들처럼 가르치겠습니다. 학교와 선생님을 믿고 지원하여 주십시오. 학부모님들의 따뜻한 한마디와 성원은 우리 선생님들의 용기와 힘이 솟아나게 하는 보약입니다. 학부모님들은 교직원과 함께 학교교육을 성공시키는 두 개의 수레바퀴임을 명심하시고, 내 자녀만을 생각하기 전에 학교를 위해서 무엇을 할 것인지 생각하여 주십시오.

저는 이제 비슬고 제2대 교장으로 취임하면서 능력과 열정을 다하여 비슬고를 '대구 신흥 명문 공립고', '공교육의 표상'으로 만들겠다는 약속을 다시 한번 더 드립니다.

감사합니다.

2019. 3. 1.
비슬고 교장 이재철

• 2020학년 새로운 비슬고로의 도약을 위하여(2020. 3. 1.)

비슬고는 2017년 3월 1일에 개교하였습니다. 이곳은 비슬산을 뒤로하고 앞으로는 낙동강을 사이에 두고 넓게 펼쳐진 현풍평야의 농촌지역이었습니다. 10여 년 전에 대구의 미래 발전 동력을 창출하고자 국가산업단지, 대학, 연구소 등이 어우러진 '테크노폴리스' 신도시가 탄생하였습니다. 도시 기반, 공공기관, 주택 등은 주민들의 생활에 매우 편리하도록 조성되어 있습니다. 넓은 중앙공원을 중심으로 주택과 상가가 배치되어 있고, 도로와 거리의 조경은 시원하고 아름답습니다. 비슬고는 테크노폴리스 7만 주민들의 일반계고에 대한 교육적 요구를 수용하고자 최신 시설로 개교하였습니다. 신도시 주민들은 사회, 경제, 교육 모든 면에서 꿈과 희망을 이룰 수 있다고 기대하고 있습니다.

비슬고는 '공교육의 정상화'라는 국가적·시대적 과업을 성실히 추진하고자 합니다. 교육과정을 충실하게 운영하여 지식, 인성, 신체적 역량을 극대화하고 있습니다. 자기주도학습역량 강화, 인성교육 강화, 진로진학의 성공 등을 3대 핵심 과제로 정하여 추진하고 있습니다. 특히 진로진학의 중요성을 절감하고 모든 학생들이 희망하는 대학교와 학과에 진학시켜야 한다는 목표를 세우고 있습니다. 현재 공교육에 불안을 느낀 학부모들이 대구 수성구지역으로 이사를 가서 사교육과 정시입시에 의존하려고 합니다. 개교 4년차인 비슬고는 이러한 문제점을 해결하고자 공교육을 정상화하는 데 최선을 다하려는 것입니다.

시대적이고 현실적인 교육 과제를 해결하고자 비슬고 2020학년도 학교교육 방향과 목표를 다음과 같이 정하고 실천하고자 합니다.

가. 비전
비슬고, 공교육의 표상, 신흥 명문 공립고를 향하여!

나. 학교교육의 지향점
1) 학생이 꿈과 희망을 이루는 학교(학교교육의 중심은 학생임)
2) 선생님이 행복한 학교(학교교육의 성과는 선생님이 달성함)
3) 학부모가 신뢰하는 학교(공교육 정상화의 관건임)

다. 교육목표
1) 따뜻한 가슴으로 베풀 줄 아는 사람을 기른다.
2) 새롭게 생각하고 끊임없이 도전하는 사람을 기른다.
3) 심신이 건강하고 기본을 존중하는 사람을 기른다.

라. 경영방침
1) 자율성과 책무성 강조
- 선생님의 전문성 신뢰, 선공후사(先公後私)의 복무 자세

2) 구성원 간에 소통하는 학교문화 정착
- 도덕과 양심에 바탕, 상호 양보와 배려를 우선시

3) 합리적이고 효율적인 행정 추진
- 업무시스템 구축과 업무 경감, 교수-학습에 교사 역량 결집

2. 비슬고 교육의 인재상

가. 비슬인재상(琵瑟人才像)
비슬고 교육은 이 지역의 역사와 문화를 바탕으로 미래를 선도할 인재를 길러내는 데 목표를 두어야 한다. 비슬고는 민족의 정기와 세계유산을 낳은 비슬산, 낙동강을 품고, 제4차 산업사회를 선도할 테크노폴리스에 위치해 있다. 비슬인재란 "자신의 역사와 문화를 내면화하여 끊임없는 도전정신과 자기 주도 학습 역량을 갖추어 미래 국가와 민족의 발전에 기

여하는 인재"를 말한다.

나. 비슬인재(琵瑟人才)의 지향점
- 스스로 배우는 사람(知)
- 함께 하는 사람(仁)
- 도전하는 사람(勇)

3. 비슬고 교육의 세부 추진 사항

가. 자기주도학습역량의 강화(知)
- 기초학력 확립과 학력향상
- 자율학습 시간 확보
- 학습계획서 작성과 실천
- 멘토−멘티자율학습 동아리 활성화
- '지·인·용(知仁勇) 성취도전 30시간' 운영
- 수업 나눔을 실천하는 교과협의회 활성화
- 수업 전문성을 공유하는 '수업 아카데미' 실시

나. 인성교육의 강화(仁)
- 자존감, 목표의식과 도전정신 함양
- 기초·기본 질서 지키기
- '비슬산과 낙동강 따라 문화유산길 걷기'

다. 진로진학의 철저한 준비와 성공(勇)
- 진로적성 탐구와 맞춤형 교육과정 운영
- 진로진학 관련 프로그램 내실화
- '커리어로드맵' 실시
- 대입 수시전형에 대비한 충실한 준비

라. 학교 특색사업 추진
- 비슬산과 낙동강따라 문화유산길 걷기
- 나눔과 배움을 실천하는 행복한 비슬고 연탄은행
- 도동(道東)인재상 운영

마. 고교학점제 연구학교(3년차), 선진형교과교실제 선도학교 운영

신생 비슬고는 공교육을 정상화하여 학생들의 꿈과 희망을 이루고자 합니다. 모든 구성원들이 학교교육의 방향에 동참하여 교육목표를 달성하도록 노력해야 할 것입니다. 특히 학생들을 지도하는 선생님들의 역할은 매우 중요합니다. 모든 선생님들은 학교교육의 중심에 학생이 있음을 명심하고 내 아이처럼 가르쳐야 할 것입니다. 선생님들의 끝없는 열정과 헌신만이 비슬인재(琵瑟人才)를 육성할 수 있기 때문입니다. 배움에 대해서,

"사랑하면 알게 되고 알게 되면 보이나니, 그때 보이는 것은 전과 같지 않으니라" (유홍준, 『나의 문화유산답사기』 중에서)

라는 유명한 말이 있습니다. 사랑만이 학생들의 성공을 담보할 수 있습니다. 최고 수준의 교육여건을 갖추고 선생님들의 따뜻한 애정과 열정을 받고 자라는 비슬고의 학생들은 미래는 매우 희망적입니다. 2020학년도는 비슬고가 명문 공립고로 발돋움하는 중요한 전기가 될 것으로 확신합니다. (교지 『참꽃』 제1호, 2019. 12. P.30)

● 경북고 홈페이지 인사말(2016. 9. 1.)

안녕하십니까?

경북고등학교 홈페이지를 찾아주신 여러분을 진심으로 환영합니다.

우리 학교는 1899년 사립 달성학교로 시작하여 117년의 유구한 역사와 전통을 자랑하고 5만여 동문을 배출한 배움의 전당입니다. 새로운 시대적 변화를 적극 수용하고 모든 학교 구성원들이 합심하여 교훈인 '아는 사람 (知), 생각하는 사람(思), 행하는 사람(行)'에 따라 실력과 인성을 겸비한 경고 인(慶高人)을 기르고 있습니다.

'새로운 대한민국 최고 명문 공립고' 비전을 향하여 '바르게 생각하고 실천하는 경고인(慶高人) 육성' 교육목표를 설정하고 있습니다. 이를 위하여 건강한 인성, 학력 향상, 진로진학의 성공 등 3대 핵심 과제를 실천함으로써 모든 경북고 교육가족들의 꿈과 희망을 이루고자 합니다. 그래서 교직원들은 자긍심을 가지고, 학생들은 꿈과 희망을 실현하며, 학부모들은 신뢰하고 만족하는 학교가 될 것입니다.

나날이 발전하는 경북고에 항상 관심을 가져주시고 학교 홈페이지를 자주 찾아주셔서 성장하고 변화하는 경북고의 모습을 지켜봐 주시기 바랍니다. 우리 학교를 사랑하는 모든 사람들의 뜻깊은 만남의 장이 되도록 정성껏 가꾸어 나가겠습니다.

감사합니다.

2016. 9. 1.
경북고 교장 이재철

● 학교 개교기념식 식사

– 화원고 제32회 개교기념식 식사(2015. 10. 26.)

존경하는 화원고 교직원, 학부모, 내외 귀빈 그리고 사랑하는 학생 여러분!

결실의 계절 가을이 점점 깊어갑니다. 청량한 가을 날씨, 눈이 시리도록 푸른 가을 하늘, 진한 원색 물감으로 물들인 산과 들, 이 모든 것들이 우리의 가슴과 마음에 감동을 주고 있습니다. 특히 우리 학교 앞 낙동강 따라 펼쳐진 옥공평야의 너른 들판이 누런 황금색으로 물들었습니다. 봄부터 농부들의 피와 땀이 배여 마침내 결실의 풍요를 만끽하고 있습니다. 자연의 섭리에 만족하며 살아가는 사람들의 모습에 무한히 겸손해지기도 합니다.

오늘 우리는 1983년 3월 1일 개교하여 32주년이 되는 개교기념일을 맞이하였습니다. 사람으로 치면 이 세상에 태어난 날, 즉 생일입니다. 우리 학교로서는 가장 중요하고 뜻깊은 날입니다. 모두 기쁜 마음으로 크게 박수치고 환호하며 축하해야 할 것입니다. 개교 당시 경상북도교육청 소속 여자고등학교로 출발하였습니다. 그 뒤 지자체 행정구역의 개편에 따라 1995년에 대구교육청 소속으로 바뀌었고, 2003년에는 남녀공학 일반계고로 거듭 발전하였습니다. 초기 12학급에서 현재 39학급, 1,400여 명의 학생과 120명의 교직원이 근무하고 있습니다. 대구시 전체 고교 가운데 손꼽히는 대규모 학교로 성장하였습니다.

우리 학교는 이 지역의 중등교육을 담당하여 수많은 인재들을 길러내었고, 이들이 사회 각 분야에서 중요한 역할을 하고 있습니다. 그동안 우리 학교가 이룩한 업적은 일일이 헤아릴 수 없을 정도로 놀랄 만한 것입니다. 교육과정 운영, 학교평가, 학교 특색사업, 학력향상, 시설개선 등에서 수차례 최우수 학교로 평가를 받았습니다. 뿐만 아니라 교기인 여자유도부가 2003~2004 전국대회에서 연속 우승을 하여 학교의 명성을 크게 떨친 바 있습니다.

대입시 결과를 보면, 최근 5년간 매년 서울대를 비롯한 수도권 우수대학에 35명 내외, 경북대를 비롯한 지방대에 350여 명이 합격하였습니다. 입학 당시와 비교할 때 매우 향상된 성과를 거둔 것입니다. 졸업생들은 대학 진학 후에도 최선을 다하고 있습니다. 서울대에 재학 중인 선배들이 후배들에게 "나는 화원고를 졸업하여 서울대에 진학하였고, 지금 학과에서 1등하고 있으니 여러분도 자부심과 자신감을 가져야 한다"라고 격려하는 모습을 여러 차례 보았습니다. 참으로 감동적인 일입니다. 여러분들의 피나는 노력과 땀의 결실이고, 선생님들께서 열성을 다하여 지도해 주신 덕분입니다.

이제 우리 학교는 인생으로 치면 활동이 가장 왕성한 청년기로 들어섰습니다. 모든 구성원들이 학교의 발전을 위해 더욱 혼신의 노력을 쏟아야 하겠습니다. 저는 지난해 제12대 교장으로 취임하면서 그동안 닦아놓은 성과를 더욱 확대하고 한 단계 도약시키겠다는 약속을 한 바 있습니다. 저의 30년간의 교직 경험과 식을 줄 모르는 열정을 바탕으로 '2017대구 최고 명문 공립고를 향하여'라는 새로운 비전을 제시했습니다. 그리고 교훈이 표방하는 정신을 살려 교육목표를 "인성과 실력을 겸비한 인재를 양성하겠다"고 정했습니다. 이를 위해 인성교육의 강화, 자기주도학습력 신장, 진로진학의 성공, 학부모가 신뢰하는 학교, 지속적인 교육시설 개선 등의 목표를 추진하고 있습니다.

작년에 이어 금년에도 모든 구성원들이 합심 노력한 결과, 많은 성과를 거두었습니다. 과학 경진대회, 학교정보화 유공학교 표창, 학교 평가 1위, 100대 교육과정 입상, 서울대를 비롯한 명문 대학교진학 등의 교육 성과가 있었습니다. 이와 더불어 인조잔디운동장 및 우레탄 설치, 교문 입구 통로 확보, 학교 담장 방음벽 설치 등을 거론할 수 있습니다.

신뢰하는 동료 선생님 여러분!

사랑하는 제자들의 성공을 위하여 휴일도 반납한 채 아침부터 저녁 늦게까지 수업과 생활지도, 진로진학, 자율학습, 학교 특색사업, 교무업무 추진 등에 헌신하고 있음을 잘 알고 있습니다. 지난 추석연휴에도 출근하였고, 녹색길 걷기에서 무려 37명의 선생님이 참가하여 행사 진행을 도와주었습니다. 선생님들의 노고에 거듭 감사드립니다.

이제 화원고의 새로운 발전을 위하여 선생님들에게 자율성과 전문성에 바탕하여 책무감을 더욱 높여 주실 것을 부탁드립니다. 학생들을 내 아이처럼 사랑하는 열정과 노력을 발휘하고 수업에 최선을 다해 주시기 바랍니다. 우리가 여기에 근무하는 이유와 목적은 학생의 성장과 발전을 위한 것임을 항상 기억하여 주시기 바랍니다.

사랑하는 학생 여러분!

여러분은 미래 우리 사회의 주인공입니다. 여러분은 미래 우리 사회의 주인공입니다. 작년에 이어 금년 5월, 10월 두 차례 진행된 녹색길 걷기 행사에서 여러분들이 보여준 열정적이고 적극적인 모습에 감탄하였습니다. 이제는 착한 심성을 바탕으로 학생으로서 기초·기본에 충실해 줄 것을 요구합니다. 기초생활질서 및 학습의 기본자세 실천, 배려하고 이해하는 인간관계의 형성을 실천해야겠습니다. 나아가 자신감을 바탕으로 성공적인 진로진학의 꿈을 이루기 위하여 노력하여 주기 바랍니다. 선배들이 강한 자신감과 분투력을 발휘한 것처럼 여러분도 "무엇이든지 할 수 있다"라는 강한 자신감을 보여 주기 바랍니다. 그래서 화원고 3년간의 학창 생활에서 꿈과 희망을 성취하고, 성공적인 화원인으로 우뚝서기를 바랍니다. 다시 한번 더 화원고 제32주년 개교기념식을 진심으로 축하하며, 학교장으로서 구성원들의 능력과 열정을 결집하여 화원고의 새로운 전통과 역사를 창조해 가는 계기가 되기를 기원합니다.

감사합니다.

2015. 10. 26.
화원고 교장 이재철

– 경북고 제118회 개교기념식 식사(2017. 5. 16.)

존경하는 경북고 교직원, 학부모, 내외 귀빈 그리고 사랑하는 학생 여러분!

계절의 여왕, 봄이 들판과 산야를 원색의 꽃들과 녹음으로 물들이고 있습니다. 본교의 정원 '고청원'에 드리워진 수련(水蓮)은 새싹이 돋아나는 갈대, 잎이 무성한 느티나무, 자주색의 등나무 꽃들과 어울려 한 폭의 그림처럼 아름답습니다. 높은 이상과 원대한 꿈을 뜻하는 '고풍청운'(高風靑雲)의 향연입니다.

오늘 우리는 1899년 개교하여 118주년이 되는 개교기념일을 맞이하였습니다. 우리 학교는 잘 알려진 것처럼 1899년 사립 달성학교로 시작하여 118년의 유구한 역사와 전통을 자랑하는 대한민국 최고의 명문고교입니다. 구한말 서양 제국주의의 침략에 직면하여 구국의 인재를 양성하기 위한 학교로 출발하였습니다. 일제강점기에는 식민통치를 위한 관립보통학교로 전환되었지만, 나라의 독립을 위한 학내 활동은 더욱 격렬하였습니다. 8.15 해방으로 비로소 우리나라 스스로 교육이 가능해짐으로써 경북고는 대구·경북지역에서 중등교육기관으로 핵심적 역할을 하였습니다. 6.25전쟁 때는 풍전등화에 처한 국가를 지키기 위하여 재학생들이 학도의용병으로 직접 전장에 뛰어들어 전국에서 두 번째로 많은 희생자가 생겨났습니다. 2.28민주운동에서는 800여 명의 학생들이 독재정권에 저항하여 4.19혁명을 완성하는 데 견인차 역할을 하였습니다. 이후 조국 근대화 과정에서 대통령을 비롯한 3부 요인, 국회의원, 장·차관 등 수많은 동문선배들이 활약하였습니다.

이렇게 볼 때 우리 학교의 역사와 전통에서 면면히 흐르고 있는 정체성은 '경맥정신'이라고 하겠습니다. 반만년의 유구한 역사를 가진 우리나라를 영남지방 즉 경상도 출신의 인재들이 이끌어 왔고, 그 경상도 인재의 맥을 경북고가 계승하고 있는 것입니다. 그래서 경맥정신이라고 부릅니다. 경맥정신을 정의해 보면 "안으로는 자기 관리에 철저하여 늘 도덕과 양심을 지키고, 밖으로는 불의에 항거하여 국가와 민족의 발전에 앞장선다"는 것입니다. 오늘날 후배 여러분들은 역사와 전통에 빛나는 선배들의 경맥정신을 이어받아 선진조국을 만드는 데 앞장서야 할 것입니다. 역사를 기억하고 계승하는 민족이야말로 미래가 밝다는 어느 독일 역사학자의 가르침을 잊지 말아야 할 것입니다.

학생 여러분!

고등학교는 여러분의 인생에 매우 중요한 시기입니다. 여러분은 꿈과 희망을 이루기 위해 학문과 실력을 기르는 데 피나는 노력을 해야 할 것입니다. 또한 질풍노도와 같이 피 끓는 청춘을 갈고 다듬어 사회에 필요한 사람으로 거듭나야 할 것입니다. 그러기 위하여 학교생활에 최선을 다하고, 그 결과 진로진학의 성공을 거두어야 할 것입니다.

개교기념일을 맞이하여 평소 여러분에게 강조하던 몇 가지를 당부하고자 합니다.

첫째, 경북고 학생으로서 강한 정체성(Identity), 자신감, 꿈을 가져주기 바랍니다. 경맥인재로서 경맥정신에 투철하여 국가와 민족의 발전을 위해 노력하는 큰 인물이 되어야 합니다.

둘째, 기초·기본생활자세를 지키고 더불어 살아가는 인성을 갈고 닦아야겠습니다. 인성은 인간다운 품성을 뜻합니다. 즉 안으로는 양심과 도덕성이 충만하고 밖으로는 배려하고 베풀 줄 아는 사람입니다. 우리 사회가 물질적 성장만 우선시한 결과 인간의 기본적 윤리를 소홀히 하고 개인의 이익만 추구하는 경우가 있습니다. 미래사회의 주인공인 여러분들은 스스로 자신을 단속하고 관계형성에 성공하는 사람이 되어야 합니다.

셋째, 자기주도학습만이 학습에 성공하는 길임을 명심해야 합니다. 학습은 여러분이 하는 것입니다. 부모와 선생님은 도와줄 뿐입니다. 학습은 몰입하여 성공경험과 자기효능감이 충만할 때 왕성하게 이루어집니다. 아는 것과 좋아하는 것에서 한 걸음 더 나아가 '즐기는 경지'에까지 이르기 바랍니다.

넷째, 학습의 기초·기본요소를 철저히 실천해야 합니다. 앞으로 여러분들은 인공지능으로 대변되는 4차 산업혁명시대에 살아가야 합니다. 단순 반복되는 작업은 로봇과 AI가 대신할 것입니다. 우리 인간만이 할 수 있는 창의력, 인성에 단련이 되어야 합니다. 이제까지 익숙해져 왔던 단순 반복 학습, 외우기, 사교육과 선행교육 등에서 벗어나야 합니다.

신뢰하는 동료 선생님 여러분!

사랑하는 제자들의 성공을 위하여 휴일도 반납한 채 아침부터 저녁 늦게까지 수업과 생활지도, 진로진학, 자율학습, 교무업무 추진 등에 헌신하고 있음을 잘 알고 있습니다. 선생님들의 노고에 거듭 감사드립니다.

다시 한번 더 오늘 우리 학교 118주년 개교기념식을 진심으로 축하하며, 학교장으로서 구성원들의 능력과 열정을 결집하여 새로운 전통과 역사를 창조해 가고자 합니다.

감사합니다.

2017. 5. 16.
경북고 교장 이재철

- 비슬고 제3회 개교기념식 식사(2019. 11. 6.)

존경하는 비슬고 선생님, 학부모, 내외 귀빈 그리고 사랑하는 학생 여러분!

고운 가을빛에 빛나는 민족의 영산 비슬산은 산봉우리마다 원색의 단풍으로 물들어 그 위용을 더욱 내뿜고 있습니다. 그리고 유장하게 흘러가는 영남의 젖줄 낙동강이 품고 있는 현풍 들녘은 풍요로운 황금물결로 일렁이고 있습니다. 뒤로는 비슬산이, 앞으로는 낙동강이 에워싸고 대한민국 인재를 양성하고 있는 비슬고가 우뚝 서있습니다.

오늘 우리는 2017년 3월 1일에 개교한 뒤 3주년이 되어 기념식을 거행하게 되었습니다. 이제 갓 태어난 아기에 불과하지만, 참으로 뜻깊은 날이라 아니할 수 없습니다. 학교와 자신을 되돌아보고 앞으로 무엇을 어떻게 해야 할지를 생각함으로써 개교의 의미를 되새겨 보아야 할 것입니다. 우리의 정체성을 확고히 다지는 계기가 될 것입니다.

우리가 위치한 이곳은 불과 10여 년 전만 하더라도 도심에서 멀리 떨어진 전형적인 농촌지역이었습니다. 대구의 도시화와 산업화의 필요성 때문에 산업단지, 학교, 연구소가 어우러진 신도시 테크노폴리스가 만들어졌습니다. 많은 사람들이 꿈과 희망을 가지고 이곳으로 몰려들고 있습니다. 이에 부응하여 최신의 시설, 혁신적인 교실과 공간배치를 한 비슬고가 개교하게 되었습니다. 이 지역 주민들과 지자체 달성군이 학교교육에 거는 기대에 부합하게 되었으며, 그 성과는 테크노폴리스의 미래와 직결되어 있습니다.

비슬고는 개교 이후 선생님들과 학생 여러분들의 열정적 노력 덕분에 눈부시게 발전하고 있습니다. 학력향상, 인성함양, 시설관리, 대내외 평판도 등에서 대구 공립고의 중심으로 우뚝 자리잡아 가고 있습니다. 학교폭력, 청렴도향상의지평가, 과학발명품경진대회, 스포츠클럽대회 등에서 거둔 수상실적과 중3 학생들의 높은 선지원율은 이를 웅변하고 있습니다. 또한 고교학점제 연구학교, 선진형 교과교실제 선도학교, 소프트웨어 선도학교 등을 운영하여 우리나라 미래교육의 방향을 제시하고 있습니다. 우리 학교의 장점을 배우기 위하여 금년 현재까지 전국에서 37개 교육기관, 600여 명의 교육전문가, 교사들이 다녀갔습니다. 신생학교에 그치지 않고 전국적인 명문 학교로 부상하고 있습니다.

저는 제2대 교장으로 금년 3월에 취임하여 교육의 방향을 '공교육의 정상화', '대구 신흥 명문 공립고'라고 제시하였습니다. 학생들에게는 '새롭게 생각하고 끊임없이 도전하는 비슬인'이 될 것을 요구하였습니다. 학생 여러분들은 선생님들의 지도에 적극적으로 따라와 주었습니다. 밝고 활기차게 생활하는 모습, 교실수업에 적극 참여하는 모습, 진로진학의 성공을 위해 프로그램에 참가하는 모습 등에 감동하고 있습니다. 지난 10월 중3 학생과 학부모 대상 학교설명회를 하였을 때 1학년 조민솔, 2학년 시문종, 3학년 정다은 등이 학교교육을 통해 성공하고 있는 점을 자랑스럽게 설명하였습니다. 특히 달성군 구지면 시골 출신 정다은 양이 매일 10시간 이상의 자기주도학습과 학교교육 덕분에 대입 수시전형에 성공하게 되었다고 하여 참석자들을 놀라게 하였습니다. 학교장인 나도 우리 교육의 희망은 사교육 중심지가 아닌 공교육을 충실히 하는 이곳 비슬고에 있음을 확신하였습니다.

사랑하는 비슬고 학생 여러분!

고등학교는 여러분의 인생에 매우 중요한 시기입니다. 여러분의 꿈과 희망을 이루기 위해 실력과 자신감을 기르는 데 피나는 노력을 해야 할 것입니다. 또한 질풍노도와 같이 피 끓는 청춘을 갈고 다듬어 사회에 필요한 사람으로 거듭나야 할 것입니다. 비슬고 학생으로서 강한 정체성, 자신감을 가지고 자기주도학습 역량을 길러 진로진학에 성공하여 주기 바랍니다.

평소 여러분에게 강조하던 말을 다시 상기하고자 합니다.

○ 준비된 자에게는 기회가 오고, 노력하는 자에게는 방법이 보인다.

○ 사랑하면 알게 되고, 알게 되면 보이나니 그때 보이는 것은 이전과는 다르리라.

신뢰하는 동료 선생님 여러분!

사랑하는 제자들의 성공을 위하여 휴일도 반납한 채 아침부터 저녁 늦게까지 수업과 생활지도, 자율학습, 진로진학 등에 헌신하고 있음을 잘 알고 있습니다. 이 시대의 인재를 기르는 사표로서 자긍심을 가져 주기 바랍니다. 선생님들의 노고에 거듭 감사드립니다.

다시 한번 더 3주년 개교기념식을 진심으로 축하하며, 학교장으로서 선생님과 학생들의 능력과 열정을 결집하여 새로운 전통과 역사를 창조해 가는 비슬고를 만드는 데 최선의 노력을 기울이겠습니다.

감사합니다.

2019. 11. 6.
비슬고 교장 이재철

• 학교를 대표하여 대외 인사말

– 화원고 인조잔디운동장 개장 축하기념사(2014. 4. 8.)

존경하는 화원고 학운위 서정길 위원장님을 비롯한 학운위 위원님, 학부모회 서예진 회장님을 비롯한 임원진, 김문오 달성군수님, 서상현 전임교장선생님, 대구시교육청 안창영 장학관님, 강진수 주무관님, ㈜대광토건 윤상철 현장감독님, 내외 귀빈 그리고 교직원 및 학생 등 모든 화원 교육가족 여러분! 매우 반갑습니다.

본교의 교정에 벚꽃이 만개하여 교명에 걸맞게 꽃의 동산인 '화원'을 이루고 있습니다. 하얀 꽃잎은 우리 화원인의 아름다운 자태와 고운 심성을 잘 나타내고 있습니다. 오늘 운동장 인조잔디 및 우레탄 설치를 마치고 개장식을 거행하게 된 것을 매우 기쁘게 생각합니다. 초록색의 인조잔디와 우레탄 트랙이 주변의 경관과 너무나 잘 어울립니다. 먼저 오늘의 공사가 있기까지 예산을 지원하고 시설 설치를 주관해 주신 관계자 여러분께 감사의 인사를 드립니다.

경과보고에서 말씀드린 것처럼 본 사업은 '다양한 학교운동장 조성 사업'의 하나로서 대구시교육청, 대구시청, 달성군 등에서 5억 원의 예산을 투입한 대규모 사업입니다. 학생들의 교육여건을 개선하여 체력 향상, 인성교육에 기여함으로써 궁극적으로 학생들의 꿈과 끼를 달성하는 토대가 될 것입니다. 본 사업이 완성됨으로써 지난 몇 년 동안 역점적으로 추진한 본관 리모델링, 교실바닥 개체 등 학교 환경개선사업이 거의 마무리되었습니다. 이를 위해 밤낮으로 애써주신 서상현 전임교장선생님께 깊이 감사드립니다.

아울러 본교가 위치한 달성군에서 물심양면으로 많이 도와주신 점에 감사드리며, 현장에서 설치공사를 주관하신 대구교육청 강진수 주무관 및 태광건설 관계자에게도 감사드립니다. 저는 학교가 노력하면 우수한 학생들이 배출되고, 따라서 지역이 발전한다는 강한 신념을 가지고 있습니다. 앞으로도 학교 발전을 위해 지속적이고 전폭적으로 지원해 주실 것을 부탁드립니다.

저는 지난 3월 1일자에 제12대 교장으로 취임하면서 선배 교장선생님들이 닦아놓은 성과를 더욱 확대하고 한 단계 더 도약시켜야겠다는 각오를 다지고 있습니다. 구성원들의 열정과 희망을 결집하여 '대구 최고 명문 공립고를 향하여'라는 새로운 비전을 성공시키고자 합니다. 이를 위하여 인성교육, 학력향상, 진로진학, 학부모 만족도, 시설관리 등에서 최선을 다함으로써 궁극적으로 이 시대가 필요로 하는 인성과 실력을 겸비한 '화원인'을 양성하고자 합니다.

학생 여러분!

오늘 인조잔디운동장의 개장을 계기로 활기찬 학교생활과 건전한 인성을 기르는 데 최선을 다해 주기 바랍니다. 건강한 신체에서 건강한 정신이 깃든다는 아주 평범한, 그렇지만 그보다도 더 절실한 말이 없습니다. 건강은 인생의 중요한 자산입니다. 육체적으로 건강하면 정신적으로도 건강해지고, 나아가 올바른 인성이 길러지고 궁극적으로 학습의 효율을 높일 수 있습니다. 학생 여러분의 올바른 학교생활을 위해서 노력하는 선생님을 비롯한 대구시교육청, 달성군청, 대구시청 등 유관기관에게 감사의 마음을 잊지 말기 바랍니다. 모두 여러분의 성공적인 학업을 위해 도와줄 준비가 되어 있습니다.

바쁘신 가운데도 오늘 개장식에 참석해 주신 내외 귀빈 여러분께 다시 한번 더 감사드립니다.

2014. 4. 8.
화원고 교장 이재철

존경하는 전주북중·전주고 총동창회 회원 및 경북중·고 총동창회 회원 여러분!

매우 반갑습니다.

경북고 교장 이재철입니다. 저는 며칠 전 9월 1일자로 제23대 교장으로 취임하였습니다. 유난히도 길게 뻗치던 대구의 무더위도 서서히 물러나고 결실의 계절인 가을의 문턱에 들어서서 산야가 황금색으로 물들어 가고 있습니다.

영·호남을 대표하는 전주고와 경북고 동창회가 양교 및 양 도시 간의 유대강화와 친선을 도모하기 위하여 제17회 친선교류전을 대구에서 가지게 된 것을 축하하며, 이 행사를 주관하는 동창회의 학교장으로 학교를 대표하여 전주고 총동창회 임원과 선수들을 뜨겁게 환영합니다. 이미 17회나 친선교류를 가질 만큼 양교의 우의와 신뢰는 깊이 쌓여 영·호남의 화합과 나아가 대한민국의 발전에 크게 기여하고 있습니다.

전주고는 1919년 개교 이래 3만 8천여 명의 인재를 배출한 호남의 명문고로 알려져 있습니다. 호남지역의 발전과 국가의 백년대계를 짊어진 교육기관임이 틀림없습니다. 앞으로 친선교류를 더욱 돈독히 하여 전주고의 빛나는 역사와 전통을 배우도록 하겠습니다.

경북고는 잘 알려진 것처럼 1899년 사립 달성학교로 시작하여 117년의 유구한 역사와 전통을 자랑하고 5만여 동문을 배출한 명문고입니다. 우리나라 근현대사의 산증인이요, 지금의 우리나라를 있게 한 살아있는 역사의 현장입니다. 교정 곳곳에 남아있는 기념수목과 표지석은 이를 웅변하고 있습니다. 경북고는 그간 수많은 인재들을 배출하였고, 그들이 국가와 민족의 발전에 기여하고 있습니다. 대구·경북지역 교육의 1번지이오, 미래 대한민국 교육의 방향타로서 자타가 공인하고 있습니다. 이는 학력, 진학, 교기육성, 학교 시설, 동문의 활동, 지역 사회의 기대와 위상 등에서 잘 나타나고 있습니다. 역대 교장선생님을 비롯한 학교 구성원, 동문들의 헌신적인 노력과 열정이 있었기에 가능하였습니다.

저는 지난 9월 1일자로 제23대 교장으로 취임하면서 능력과 열정을 다하여 '대한민국 최고 명문 공립고', '공교육의 표상'으로 만들겠다는 약속을 하였습니다. 교직원들은 자긍심이 충만하고, 학생들은 꿈과 희망을 실현하며, 학부모들은 만족하고 신뢰하는 경북고를 만들겠다고 다짐한 바 있습니다.

역사와 전통에 빛나고 호남과 영남을 대표하는 양교 동창회의 친선교류는 양 지역의 상생발전에 초석을 굳건히 다질 것입니다. 이는 곧 지방자치제의 실질적인 발전을 가져오고, 나아가 대한민국을 초일류국가로 나아가게 하는데 기여할 것입니다.

오늘과 내일 양일간 골프와 바둑대회를 구미와 청도 등지에서 가지면서 친선을 도모하시길 바랍니다. 대구에 머무는 동안 불편함이 없도록 최선을 다하겠으며, 동창회의 친선교류 성과를 학교 구성원에게 널리 알리도록 하겠습니다.

다시 한 번 더 전주고 동창회원들을 환영하며 건승을 기원합니다.

감사합니다.

2016. 9. 23.
경북고 교장 이재철

- 경북고 제57주년 2.28민주운동 기념식사(2017. 2. 28.)

존경하는 제57주년 2.28민주운동 경북고 기념식에 참석하신 여러분!
매우 반갑습니다.

경북고 교장 이재철입니다.

팔공산에서 불어오는 훈풍이 상서로운 기운을 불어넣고 본교의 교화인
목련이 꽃망울을 터뜨릴 채비를 하고 있습니다. 우리 학교는 1899년 사립
달성학교로 시작하여 118년의 유구한 역사와 전통을 자랑하고 5만여 동문
을 배출한 명문고입니다. 우리나라 근현대사의 산증인이오, 지금의 대한민
국을 있게 한 수많은 인재들을 배출한 살아있는 역사의 현장입니다. 교정
곳곳에 남아있는 기념수목과 표지석은 이를 웅변하고 있습니다.

1960년 2월 28일 대구시에서 8개 남녀 국·공립 고등학생들이 이승만정
권에 저항하는 시위를 했습니다. 학생들은 자신들을 민주당 유세장에 가지
못하도록 일요일에 등교를 시킨 교육 당국과 자유당의 처사에 불만을 표현
했던 것입니다. 이 사건은 1948년 대한민국이 수립된 후 정치권력에 저항
한 최초의 민주 시위였고, 4.19혁명의 출발점이었습니다.

당일 12시에 800여 명의 학생들이 교정에 모여 결의문을 낭독하고 시내
로 진출하였습니다. '학원을 정치도구화하지 말라', '학원에 자유를 달라'라
고 구호를 외치며 경북도청, 자유당 경북도당사, 대구일보사, 시내 등에서
시위하였습니다. 그러나 경찰의 무력 탄압에 시위대는 쫓기면서 해산되거
나 연행되었습니다. 경북고 학생들의 시위는 8개 고교 가운데 가장 규모가
크고 격렬하였습니다. 2.28을 계기로 이승만 권위주의 정권에 대한 저항운
동은 전국 각 지방으로 퍼져나가서 4.19혁명에서 절정을 이루었습니다.

2.28정신은 경북고 교육의 정체성인 '경맥정신'과 연결되고 있습니다.
경북고는 우리나라를 이끌어 온 영남지방, 즉 경상도 인재의 맥을 계승하
고 있습니다. 동문선배들은 1899년 개교 이래 한말의 구국운동, 일제 강점
기의 독립운동, 6.25전쟁 때 학도의용군의 전사, 2.28민주운동, 조국 근대

화 등에 기여하였습니다. 오늘날 후배 학생들은 역사와 전통에 빛나는 선배들의 경맥정신을 철저히 이어받아 선진조국을 만드는 데 앞장서야 할 것입니다. 역사를 기억하고 계승하는 민족이야말로 미래가 밝다는 어느 독일 역사학자의 가르침을 잊지 말기 바랍니다.

대한민국 민주운동의 효시인 2.28민주운동 정신의 범국민적 계승과 국민화합의 장을 마련하기 위해서 마련한 제57주년 2.28민주운동 기념식을 다시 한번 더 축하합니다.

감사합니다.

2017. 2. 28.
경북고 교장 이재철

– 경북중·고 총동창회 2017년 제45회 경맥제 축사(2017. 5. 13.)

존경하는 경북중·고 총동창회 회원 여러분!

안녕하십니까? 저는 2016년 9월 1일자로 제23대 경북고 교장으로 취임한 이재철입니다.

계절의 여왕인 봄이 산야를 원색의 꽃들과 녹음으로 물들이고, 본교의 정원 고청원에 드리워진 수련은 한 폭의 그림처럼 아름답습니다.

경북고 동창회원들의 유대강화와 친선도모를 위하여 '개교 118주년 기념 제45회 경맥제 잔치'를 모교 교정에서 열게 된 것을 진심으로 축하드리며, 총동창회 임원과 선수들을 뜨겁게 환영합니다. 여러분들이 졸업한 모교 경북고는 잘 알려진 것처럼 1899년 사립 달성학교로 시작하여 118년의 유구한 역사와 전통을 자랑하고 5만여 동문을 배출한 명문고입니다. 여러분들은 근현대사의 산 증인이요, 지금의 우리나라를 있게 한 살아있는 역사입니다. 교정 곳곳에 남아있는 기념수목과 표지석이 이를 웅변하고 있습니다. 뿐만 아니라 현재에는 대구·경북지역의 교육 1번지요, 미래 대한민국 교육의 방향타로서 자타가 공인하고 있습니다. 학력, 진학, 교기육성, 학교 시설, 동문 활동, 지역사회에서의 위상 등에서 잘 나타나고 있습니다.

모교는 선배들이 이룩해 놓은 업적을 기리고 경맥인재의 산실로 거듭나기 위해 모든 구성원들이 열과 성을 다하고 있습니다. 대구지역을 넘어 장차 '대한민국 최고의 명문 공립고', '공교육의 표상'이 되도록 노력하겠습니다. 후배들은 선배님들이 모교의 발전을 위해 물심양심으로 지원해 주시는 점에 대해 매우 고맙게 생각하고 있습니다. 경맥장학금, 운동부 지원, 교육시설 개선, 동문 선배님들의 활약 등은 경맥인만이 누릴 수 있는 혜택이요, 자긍심입니다. 후배들은 오직 열심히 공부하여 자랑스러운 경맥인이 되는 것으로 선배님들의 성원에 보답하고자 합니다.

오늘 하루 개교 118주년을 기념하는 제45회 경맥제를 통해 동문 간의 친선을 도모하고 모교를 더욱 사랑해 주시길 바랍니다. 저는 학교장으로서 동창회의 활동을 학교 구성원들에게 널리 알리도록 하겠습니다.

다시 한번 더 동창회원들을 환영하며 건승을 기원합니다.

감사합니다.

2017. 5. 13.
경북고 교장 이재철

존경하는 경북중·고 총동창회 한준호 회장님, 그리고 오늘 이 자리에 참석하신 동창회원 여러분!

무술년 2018년을 맞이하여 모든 분들의 건강과 건승을 기원드립니다.

모교 교장 이재철입니다.

경북고는 118년의 역사와 전통에 빛나는 대한민국 최고의 명문고입니다. 5만 5천여 동문들은 우리나라 근현대사를 이끌어왔고, 지금의 대한민국을 있게 한 주역들입니다. 재학생들은 선배들이 닦아놓은 '경맥정신'을 정체성으로 삼아 미래의 큰 인물로 성장하고 있습니다. 학교장으로서 무한한 자긍심과 지부심을 가지고 있으며, 한편으로는 무거운 책무감을 가집니다.

존경하는 경북중·고 동문 여러분!

모교에 대한 무한한 애정과 헌신, 성원을 잘 알고 있으며, 늘 고맙게 생각합니다. 연 1억 원 상당의 장학금 지원으로 60명 학생들이 혜택을 보고 있습니다. 한준호 동창회장님을 비롯한 선배님들이 직접 장학금을 전달하고 훈화를 함으로써 경맥인으로 자부심과 정체성을 확고히 하고 있습니다. 제35회 정의화 선배님의 4대동문장학금, 제68회 3학년 9반 장학금, 졸업식 때 박철언 선배님의 청민상을 비롯한 각 기수별 장학금 등 많은 장학금을 후배들이 받고 있습니다. 뿐만 아니라 교육활동에도 직접 도움을 주었습니다. 1학년 학생들의 직업탐방, 경맥정신 실천 걷기 행사 등에 김재수·유승민선배님이 격려하였고, 제55회 홍종윤 회장을 비롯한 선배님들이 운동부 운동복 기증과 식사 제공을 하였습니다. 또한 키움증권배 SBS고교동창골프대회에 손홍래(59회)·이동용(63회)·백승재(66회)·김승호(71회) 동문들이 출전, 180개 고교 중 최종 우승하여 우승금 2,200만 원을 학교 발전 기금으로 기부하였습니다. 전국 방송으로 중계되었고, 학교에서 후배들과 함께 성대한 환영식을 했습니다. 참으로 자랑스럽고 뿌듯한 시간이었습니다.

존경하는 경북중·고동창회원 여러분!

저는 2016년 9월 1일자 제23대 교장으로 부임하면서 "지금 여기서 일신 우일신하겠다"는 각오로 열정과 능력을 다하여 '대한민국 최고 명문 공립고', '공교육의 표상'으로 만들겠다고 약속했습니다. 올해 1년 동안 모든 구성원들이 합심단결하여 최선을 다한 결과, 많은 성과를 거두었음을 보고드립니다. 대입수능 시험에서 만점자 최성철군을 배출했습니다. 전국 15명 중 한 명입니다. 경북고의 새로운 이정표가 될 것입니다. 입시 방향을 정시 체제에서 수시 중심으로 전환하여 현재 수시에서만 서울대 3명, 서울지역 주요대학 34명, 대구·경북지역 주요대학 100명, 의대 27명 등의 합격자를 배출했습니다. 대구 공립 34개교 중에서 최고의 성적입니다. 지난 2018년 1월 11일 우동기대구교육감이 우수한 입시성과를 격려하기 위하여 모교를 직접 방문하였고, 격려금 5천만 원을 지원했습니다.

존경하는 경북중·고 동문 여러분!

경북고는 대한민국 최고 명문고이며, 대구·경북교육의 1번지입니다. 경북고 교육이 발전해야만 대구·경북교육이 발전하는 것입니다. 모교는 3개의 운동부(야구, 검도, 양궁), 넓은 교지, 노후한 시설 등을 운용하느라 많은 예산이 소요되고, 따라서 교육청에서 배정받는 예산으로는 부족한 실정입니다. 특히 운동부 예산이 학교 전체 가용예산의 30%를 차지하고 있습니다. 부족한 예산문제가 오랫동안 누적된 결과 학교 시설이 심각하게 노후화되어 있고, 학력향상, 교직원 복지시설 확보 등에도 심대한 장애가 발생하고 있습니다. 학교장으로서 이를 타개하기 위해 교육청, 지자체, 동창회 등에 예산확보를 요구하고 있습니다. 특히 동창회의 도움이 필요합니다. 작년 6월에 이준복 사무처장에게 학교 현황을 설명 드리고 지원하겠다는 약속을 받은 바 있고, 11월에는 한준호 동창회장에게 서신을 드려 도움을 호소한 결과, 경맥장학금의 일부를 교육경비로 지원하겠다고 약속하였습니다. 그러나 현재까지 이행되지 않고 있습니다.

며칠 전 대구교육감이 학교를 방문하였을 때 동창회 관련 두 가지 사실을 말씀했습니다. 하나는 100주년 기념행사를 위해 모교출신 교장을 보내주면 동창회에서는 교육경비를 지원하겠다고 약속하였는데, 이것이 성사되고 있는지와 제가 2016년 9월 부임 이후 동창회에서 교육경비를 지원한 사실 여부였습니다. 유감스럽게도 긍정적으로 답변을 할 수 없었습니다. 사실 제가 경북고 교장으로 부임할 때 주변에서 많은 사람들이 경북고는 동창회 지원이 풍부하니 학교 경영에 큰 도움이 될 것이라고 이야기했습니다. 그러나 현재까지 1년 6개월 근무하였지만, 그것이 풍문으로만 끝날 가능성이 높습니다. 장학금은 지원받고 있지만, 실질적으로 학력 향상과 학교운영에 필요한 교육경비는 지원받지 못하고 있습니다.

저는 대구교육감의 지휘 통제를 받는 공무원입니다. 공무원은 주어진 직무를 수행하면 됩니다. 동창회에 간절하게 요청했음에도 불구하고 성과가 없다면, 제가 학교를 위해서 무엇을 할 수 있겠습니까?

존경하는 경북중고 동문 여러분!

대구·경북교육의 1번지이오, 대한민국 최고의 명문고인 경북고가 새로운 100년의 발전을 위하여 힘을 모을 때입니다. 모교 교장으로서 분골쇄신하겠습니다. 저를 믿고 끝없는 지원과 성원을 부탁드립니다.

감사합니다.

2018. 1. 16.
경북고 교장 이재철

2 학생을 격려하고 칭찬하다

여기서는 교장으로서 학생들 대상으로 격려하고 칭찬한 말과 글들을 모았다. 화원고, 경북고, 비슬고의 입학식·졸업식 기념사를 실었다. 신입생들에게는 학생으로서 3년 동안 꼭 지키고 이루었으면 하는 내용들을 강조하였고, 졸업생들에게는 자부심을 가지고 대학과 사회에 나아가 성공하기를 바라는 훈화를 하였다. 한 단계, 한 단계 성장하고 성숙하는 학생들의 모습을 읽을 수 있을 것이다. 다음에는 교장이 학생들에게 직접 훈화한 말들을 녹취한 것을 실었다. 매 학기 시업식, 종업식, 2~3회 월례집회 때 운동장, 강당, 방송 훈화를 하였다. 교장이 학생들을 대면하여 직접 교육할 수 있는 중요한 기회이다. 평소 관찰하거나 느낀 것뿐만 아니라 학교 운영 방향, 교육정책, 학부모와의 관계 등을 이때 훈화하였다. 교사들이 교실에서 수업을 하는 것 못지않게 학생들에게 큰 영향을 미칠 수 있다. 저자는 가급적 행사 중의 훈화를 녹화나 녹음하도록 했는데, 그중에서 지면관계상 의미 있는 몇 개만을 선별하여 녹취 기록하였다.

그리고 학교마다 매 학년도 교육의 결과물인 동시에 역사가 되는 교지의 발간사를 실었다. 교지는 학교와 교사, 학생들에게 매우 의미 있는 책자이다. 저자는 역사를 전공하여 기록의 중요성을 익히 알고 있으므로 교지의 발간에 심혈을 기울였다. 2개 학교의 교감, 3개 학교의 교장으로 재직 시 교지 7권, 학교 신문 3회 발간하였다. 교장이 직접 발간사를 작성하였고, 여기에 한 해 교육의 성과나 구성원들의 노력, 생각을 모으려고 했다. 개별 학교의 기록이지만 전체가 모이면 우리나라 교육의 역사를 이해할 수 있을 것이다. 그 외 교감으로서 학생과 교육실습생들을 대상으로 한 훈화, 학교를 전근갈 때 교사와 학생들을 대상을 한 이임사, 스승의 날 때 축하 메시지 등을 실었다.

• 입학식 식사 및 졸업식 회고사

– 화원고 2016학년 입학식 식사(2016. 3. 2.)

존경하는 화원고 교직원, 학부모, 내외 귀빈 그리고 사랑하는 학생 여러분! 매우 반갑습니다.

본교의 교화인 매화가 꽃망울을 터뜨리고, 비슬산의 진달래가 봄 맞을 채비를 하는 이때 제34회 입학식을 거행하게 된 것을 매우 기쁘게 생각합니다. 오늘 427명 신입생 새내기 여러분들의 얼굴을 대하니, 너무나 기뻐 가슴이 떨리고 있습니다. 여러분들은 바로 화원고의 희망이고 주인공이기 때문입니다. 선생님들과 재학생을 대표하여 여러분의 입학을 진심으로 축하하며, 여러분의 오늘이 있기까지 온갖 정성으로 뒷바라지를 해 오신 학부모님들께도 경의를 표합니다.

우리 학교는 1983년에 경상북도교육청에서 화원여고로 개교하여 1995년에 대구교육청으로 편입되었고, 2003년 화원고로 개명하면서 남녀 공학으로 전환하였습니다. 지난 2월에 제30회 졸업식을 거행하여 누적 졸업생 14,500여 명을 배출한 인재 양성의 요람입니다. 사람으로 치면 힘이 가장 넘치고 의욕적으로 무엇이든지 할 수 있는 때가 되었습니다. 최근 몇 년간 교육활동에서 큰 성과를 거두고 있습니다. 2015학년도 학교평가에서 최우수교, 100대 교육과정 우수학교, 교육활동 유공학교 등으로 학교표창을 받았습니다. 그리고 서울대, 연세대, 고려대 등 서울지역 명문 사립대에 27명, 경북대, 영남대 등 지방 명문대학에 200여 명 합격한 것을 비롯하여 모든 학생들이 희망하는 대학에 진학하였습니다. 또한 교육환경을 개선하기 위하여 운동장에 인조잔디 및 우레탄 설치, 교문입구 주차장 확장, 본관 외벽에 대형시계 설치, 학교담장에 방음벽 설치 등을 하였습니다. 화원고는 이제 이 지역의 중심학교를 넘어서 대구 공립고 중에서 명문학교로 비약하고 있습니다. 학교를 자랑스럽게 말하고 싶습니다.

신입생 여러분!

더 높고 더 많이 배워보겠다는 큰 꿈을 안고 고등학교라는 새로운 세계에 발을 들여놓은 여러분들은 인생의 봄을 맞이하고 있습니다. 여러분들의 표정과 눈동자에서 새롭게 도전해 보겠다는 열정을 읽을 수 있으며, 미래에 대한 다부진 각오를 느낄 수 있습니다. 고교 3년간의 학업은 여러분들의 장래를 결정짓는 데 대단히 중요한 시기입니다. 따라서 그 3년간의 첫 출발이 되는 오늘, 여러분들의 고교 생활에 뜻있고 보람 있는 나날이 되기를 바라는 마음에서 몇 가지 당부를 하고자 합니다.

첫째, 화원고 학생으로 강한 자부심, 자신감, 희망을 가져주기 바랍니다. 화원고 학생들은 온순하고 착하며 선생님의 지도를 잘 따른다는 칭찬을 많이 듣고 있습니다. 그러나 학습과 생활에 대한 의욕, 분투력이 부족하다는 이야기를 듣기도 합니다. 화원고는 '2017년 대구 최고 명문 공립고'를 향하여 전진하고 있습니다. 도시외곽 농촌지역의 불리한 여건에 위치하여 실력이나 성과가 낮다는 인식에서 벗어나고 있습니다. 여러분의 선배들이 이룩한 빛나는 업적을 가슴에 새기고 강한 자부심을 가져 주기 바랍니다. 부모님과 선생님이 여러분을 도와줄 수는 있지만, 자신의 인생을 책임지고 뚜벅뚜벅 걸어갈 사람은 바로 여러분 자신밖에 없습니다. "노력하는 자에게는 방법이 보이고, 준비된 자에게는 기회가 온다"라는 말을 늘 가슴에 새겨 주기 바랍니다.

둘째, 기초·기본생활자세를 지키고 더불어 살아가는 인성을 갈고 닦아야겠습니다. 인성은 인간의 삶을 지탱하는 원리이오, 근본입니다. 우리 사회가 물질적 성장만 추구하다 보니까 인간의 기본적 인성을 소홀히 하고 개인의 이익만 추구하고 있습니다. 미래사회의 주인공인 여러분들은 스스로 자신을 단속하고, 나아가 교칙을 지켜 반듯한 사람으로 거듭나기 바랍니다. 더불어 친구를 배려하고 도와주는 사람, 인정이 넘치는 사람이 되어 우리 사회를 건강하게 만드는 데 앞장서 주기를 바랍니다.

셋째, 자기주도학습에 최선을 다해야 합니다. 공부에는 왕도가 없으며, 스스로 노력하여 깨닫고 몰입할 때만이 학습이 이뤄집니다. 공부는 힘들고 고단하며 외로운 긴 여정입니다. 학습의 기본원칙인 필기, 예습, 복습, 개념 익히기 등을 철저히 실천해야 할 것입니다. 휴대폰, 게임기, 컴퓨터 등 전자기기에 어릴 때부터 노출된 학생들은 뇌의 전두엽 부분이 성장하지 않아 고등 사고활동이 저하되고, 충동적이며 분노조절에 힘들어하게 됩니다. 학습에 어려움이 많다면 혹시 내가 전자기기에 너무 집착하지는 않는지 되돌아보기 바랍니다.

넷째, 진로진학에 성공하도록 치밀하게 준비해야 합니다. 1학년 때부터 자신의 적성과 능력에 적합한 진로와 전공을 선택해야 합니다. 3학년에 진급하여 수능시험만 잘 치르면 입시에 성공할 수 있다고 생각하는 학생이 있다면, 이것은 잘못된 것입니다. 생각을 바꾸어야 합니다. 현재 정부의 교육정책 방향은 학교교육을 성실히 수행하는 학생들이 유리하도록 추진하고 있습니다. 수시전형을 확대하고 수능시험이 쉬워지고 있습니다.

다섯째, 시간을 소중하게 관리하기 바랍니다. 중국의 시인 도연명은 "하루에 새벽은 두 번 오지 않고 청춘은 다시 오지 않는다"라고 했습니다. 시간은 우리 인간에게 아주 공평하게 주어집니다. 헛되이 시간을 낭비하지 말고 무엇을 어떻게 할지 치밀하게 계획하고 실천해야 합니다. 오늘 입학식에 당부한 이 5가지를 졸업할 때까지 잘 명심하여 실천해 주기 바랍니다.

신입생 여러분!

화원고 1학년 여러분 미래의 자화상을 그려보기 바랍니다. 나는 어떤 사람이 될 것인가라는 질문을 자신에게 던져보십시오. 목표가 세워질 것입니다. 목표를 세우고 뚜벅뚜벅 걸어가는 사람이 되어야 합니다. 나의 노력에 따라 나의 미래 모습은 달라질 것입니다. 무한히 성장하는 여러분을 기대하고 있습니다.

바쁘신 가운데도 오늘 입학식에 참석해 주신 학부모님!

본교 교직원 모두는 여러분 자녀의 교육에 최선을 다하겠습니다. 내 아이처럼 가르치겠습니다. 모든 교육력을 결집하여 학교교육의 3대 목표인 인성교육과 학력향상, 진로진학에 성공하도록 하겠습니다. 학교와 선생님을 믿어주시고 아낌없는 협조와 격려, 성원을 부탁드립니다.

감사합니다.

2016. 3. 2.
화원고 교장 이재철

- 경북고 제99회 졸업식 회고사(2018. 2. 9.)

존경하는 경북고 교직원, 학부모님, 내빈 그리고 사랑하는 학생 여러분!

본교의 교화인 목련이 꽃망울을 터뜨릴 차비를 하고, 팔공산에서 불어오는 훈풍이 상서로운 기운을 불어넣고 있는 이때, 제99회 졸업식을 거행하게 된 것을 무척 영광스럽게 생각합니다. 3개년 형설의 공을 쌓고 정든 교정을 떠나는 502명의 졸업생을 축하하기 위해 참석하신 학교운영위원회 이장우 위원장님을 비롯한 위원님, 총동창회 한준호 회장님, 경북고 55회 동기회장 김재수 전농림축산부장관님, 청민회 문차숙 경북발전포럼운영이사님, 한미연합사군수부장 신상범 장군님, 해군군수사령관 박성범 장군님, 공군군수사령관 조광제 장군님, 그 외 내빈 여러분, 깊이 감사드립니다.

아울러 모든 것을 희생하고 감내하며 내 자녀의 학업을 뒷바라지해 주신 학부모님, 3년 동안 수고 하셨습니다. 또한 제자들의 성공을 위하여 휴일도 반납한 채 아침부터 저녁 늦게까지 수업과 생활지도, 진로진학 등에 헌신하신 동료 선생님께 감사드립니다. 졸업생들은 선생님과 학부모님의 사랑과 헌신이 있었기에 오늘 이렇게 성대한 졸업식을 가질 수 있게 되었음을 명심해야 할 것입니다.

사랑하는 졸업생 여러분!

지난 3년 동안 이곳 경북고에서 공부하고 생활한 경험은 여러분의 인생에서 매우 의미 있을 것입니다. 질풍노도와 같이 격정의 시기에 자아를 다듬었고, 이 사회가 필요로 하는 사람이 되기 위하여 인성을 닦고 능력을 길렀습니다. 이제 여러분들은 사회에 진출하여도 되겠다고 판단합니다. 여러분도 준비가 되어있습니까?

졸업생 여러분!

여러분은 경북고 졸업생으로 자부심을 가져야 합니다. 경북고는 잘 알려진 것처럼 1899년 사립 달성학교로 시작하여 118년의 유구한 역사와 전통을 자랑하고 5만여 동문을 배출한 명문고입니다. 우리나라 근현대사의 산 증인이요, 지금의 우리나라를 있게 한 살아있는 역사의 현장입니다. 교정 곳곳에 남아있는 기념수목과 표지석은 이를 웅변하고 있습니다. 대구·경북지역 교육의 일번지요, 미래 대한민국 교육의 방향타로서 자타가 공인하고 있습니다. 나는 2016년 9월 1일자 제23대 교장으로 취임하면서 '대한민국 최고 명문고', '공교육의 표상'으로 만들겠다고 표방하고, 경북고 교육의 정체성을 '경맥정신'으로 정하였습니다. 졸업생 여러분들은 대한민국 최고 명문고 출신이오, 대한민국 인재의 산실 '경맥'에서 성장하였음을 잊지 말기 바랍니다.

나는 지난 한 해 동안 여러분들이 순수하고 티 없이 맑은 심성으로 학교 생활을 열심히 하는 모습을 보았습니다. 내일의 주인공으로서 공부와 인성 도야를 위해 씨름하기도 하고, 진로진학의 성공을 위해 한 순간 한 순간 최선을 다하였습니다. 모든 학생들이 희망하는 대학교에 진학하게 되었고, 특히 피나는 노력을 한 결과 서울지역 명문대학에 합격한 학생들의 성공담은 우리 경북고의 자랑입니다. 강렬한 도전정신, 하고자 하는 분투력은 서울지역 명문대학에 진학한 선배들이 내뿜는 자신감에서 여러 차례 확인한 바 있습니다.

뿐만 아니라 아름다운 교정과 넓은 운동장, 체육관에서 체력단련과 경기에서 우승하기 위하여 지칠 줄 모르는 체력과 탁월한 기량을 발휘하였고, 교정 곳곳에서 섬세한 감정과 예술적 재능을 발휘하는 향연이 있었습니다. 축제의 한마당, 경맥예술제는 그 절정이었습니다. 이제 여러분은 결코 유리하다고 할 수 없는 지방도시에서 성장하였지만, 대한민국, 나아가서 세계를 이끌 수 있는 인재임을 자각하고 강한 자신감을 가져 주기 바랍니다. 여러분들의 빛나는 활동과 업적은 후배들에게 강한 자극제가 될 것이고, 경북고의 살아있는 역사와 전통이 될 것입니다.

졸업생 여러분!

여러분의 성공과 분투를 기대하면서 평소 내가 여러분에게 강조하였던 것을 다시 한번 더 일깨우고자 합니다.

첫째, 야망(Ambition)과 과감함(Bravery), 도전정신(Challenge)을 가져야 합니다. 내가 무엇을 해야겠다는 계획을 세우고 머뭇거림 없이 실천하는 사람이 되어야겠습니다. 지금 여기서 502명이 동시에 교문을 나서지만 30년 후에는 목적 없이, 되는 대로 생활한 사람과 무엇인가 하려고 했던 사람은 완전히 다른 인생을 걷고 있을 것입니다.

둘째, 더불어 살아가고 기초·기본에 충실한 사람, 즉 인간다운 품성을 지닌 사람이 되어야겠습니다. 우리 사회는 치열한 경쟁과 과학기술의 발전이 빚어낸 부작용으로 점점 개별화, 비인간화되어 가고 있습니다. 인간성과 도덕성을 회복하기 위한 노력에 여러분도 동참해야 할 것입니다.

셋째, 시간과 건강을 무엇보다도 중시해주기 바랍니다. 모든 사람에게 공평하게, 그리고 일정하게만 주어진 것은 바로 시간입니다. 그래서 시간은 한 순간이라도 헛되이 할 수 없습니다. 늙은 뒤에 "아 시간이 중요했구나"라고 후회해 봐야 이미 늦습니다.

졸업생 여러분,

이제 학교를 떠나면서 교문의 거대한 시원석에 새겨진 '교학', '경맥대간'이란 글귀를 읽으면서

○ 내일의 꿈과 희망을 향해 여기서 새롭게 도전하자!
○ 새롭게 생각하고 끊임없이 도전하자!

라는 의미를 생각해 주기 바랍니다. 이것은 여러분의 모교 경북고가 주는 값진 선물이 될 것입니다.

사랑하는 졸업생 여러분!

이제 저 드넓은 사회의 바다로 나아가려고 합니다. 여러분의 앞날에 파도와 암초도 있을 것입니다. 그러나 희망을 가지고 경북고에서 갈고 닦은 실력과 분투력을 발휘하여 대한민국의 큰 인재로 성장하여 주기를 바랍니다.

감사합니다.

2018. 2. 9.
경북고 교장 이재철

존경하는 비슬고 교직원, 학부모님, 그리고 사랑하는 비슬고 새내기 293명 여러분!

102명 교직원과 580명 선배 재학생들이 여러분들을 뜨겁게 환영합니다. 비슬산에서 불어오는 훈풍이 상서로운 기운을 불어넣고, 본교의 교화인 매화가 꽃망울을 터뜨리고 있습니다.

우리 학교는 2017년에 개교한 3년 차 신생학교입니다. 학교의 교육 방향은 '공교육의 정상화'이며, 목표는 '대구 신흥 명문 공립고'에 도달하는 것입니다. 비록 역사와 전통은 짧지만, 현재의 시대적 과업을 깨닫고 달성하도록 해야 할 것입니다. 학교교육이 추구하는 비슬인재(琵瑟人才)로 거듭나야 합니다.

신입생 여러분!

고등학교는 여러분의 인생에 매우 중요한 시기입니다. 여러분의 꿈과 희망을 이루기 위해 학문과 실력을 기르는 데 피나는 노력을 해야 할 것입니다. 또한 질풍노도와 같이 피 끓는 청춘을 갈고 다듬어 이 사회가 필요로 하는 사람으로 거듭나야 할 것입니다. 진로진학의 성공은 그 중요한 목표의 하나가 될 것입니다.

우리 학교의 교훈은 '도전하라 큰 꿈을 가지고'입니다. 이를 실천하기 위하여 '큰 꿈을 가지고 도전하고 노력하는 학생'이란 교육목표를 정하고 있습니다. 신입생 여러분들은 교훈과 교육목표를 늘 가슴에 새기고 실천해 주기를 바라며, 학교장으로서 고교 생활에 뜻있고 보람 있는 나날이 되기를 바라는 마음에서 몇 가지 당부를 하고자 합니다.

첫째, 비슬고 학생으로 강한 정체성(Identity), 자신감, 희망을 가져주기 바랍니다. 비슬고는 비슬인재들의 정신 즉 "내면적으로 자기관리에 철저하고, 외면적으로 관계형성에 성공하여 국가와 민족의 발전에 이바지하는 것"라고 할 수 있습니다. 비슬정신이야말로 여러분들에게 절실히 필요한 정체성입니다. 우리 학생들의 착한 인성은 계속 유지 발전시키되, 정체성과 자신감을 강화시킬 필요가 있습니다.

부모와 선생님이 여러분을 도와줄 수는 있지만, 자신의 인생을 책임지고 뚜벅뚜벅 걸어갈 사람은 바로 여러분 자신밖에 없습니다. "노력하는 자에게는 방법이 보이고, 준비된 자에게는 기회가 온다"라는 말을 늘 가슴에 새겨주기 바랍니다. 거친 비바람에도 끝까지 버티는 잡초나 추운 겨울날 눈 내린 후에도 푸른 잎을 자랑하며 꿋꿋이 서있는 소나무와 같은 비슬인이 되어야 합니다.

둘째, 기초·기본생활자세를 지키고 더불어 살아가는 인성을 갈고 닦아야겠습니다. 인성은 인간다운 품성을 뜻합니다. 즉 안으로는 양심과 도덕성이 충만하고, 밖으로는 더불어 살아가려는 사람입니다. 미래사회의 주인공인 여러분들은 스스로 자신을 단속하고, 관계형성에 성공하는 사람이 되어주기 바랍니다.

셋째, 자기주도학습에 최선을 다해야 합니다. 공부에는 왕도가 없으며, 스스로 노력하여 깨닫고 몰입할 때만이 성과가 나타납니다. 공부는 힘들고 고단하며 외로운 긴 여정입니다. 학습의 기본 원칙인 필기, 예습, 복습, 개념학습 등을 철저히 실천해야 할 것입니다. 혹시라도 초·중학교 때 학습의 결손이 있었다면 지금도 늦지 않습니다. 처음부터 기초·기본을 다시 다지고 출발하면 됩니다.

넷째, 진로진학에 성공하도록 치밀하게 준비해야 합니다. 1학년 때부터 자신의 적성과 능력에 적합한 진로를 선택해야 합니다. 3학년에 진학하여 수능시험만 잘 치루면 입시에 성공할 수 있다는 생각은 잘못된 것입니다. 현재 정부가 추진하는 '공교육 정상화 정책'은 학교교육을 성실히 수행하는 학생들이 진로진학에 성공하도록 하는 것입니다. 우리 학교는 수시전형에 맞추어 각종 교육활동이 활성화되어 있고, 학생들도 적극 참여하여 성과를 거둘 것으로 기대합니다.

신입생 여러분!

준비된 자에게는 기회가 오고, 노력하는 자에게는 방법이 보입니다. 이를 위하여

○ 내일의 꿈과 희망을 향해 여기서 새롭게 도전하자!
○ 새롭게 생각하고 끊임없이 도전하자!

라고 주문하고자 합니다.

이 글귀가 3년 동안 학교생활의 지침이 되어 성공하는 비슬인이 되어 주기를 바랍니다.

감사합니다.

2019. 3. 4.
비슬고 교장 이재철

● 학생 대상 훈화 녹취록

- 화원고 2014. 6. 16. 월례 집회 훈화(방송조회)

지난 4월 전체 집회 이후 2개월 만입니다. 학생 여러분들을 대면해야 하는데 사정이 여의치 않습니다. 운동장에서 모임을 가지려고 했으나 더위가 예상되어 방송으로 집회를 하게 되었습니다.

학생 여러분!

세월호 참사 사건을 잘 알고 있을 것입니다. 제주도로 수학여행을 가던 경기도 안산 단원고 학생과 선생님 300여 명이 희생을 당하였고, 아직도 12명이 배 안에 갇혀 있는 안타까운 상황이 벌어지고 있습니다. 학생과 선생님, 가족 모든 분들에게 애도의 뜻을 표합니다. 학생 여러분도 애도하는 마음을 가져 주기 바랍니다.

오늘 아침 교문입구 통학로가 속시원하게 확장된 것을 보았을 것입니다. 그동안 교문입구를 가리고 있던 테니스장을 헐고 통학로를 확보하게 되었습니다. 운동하는 공간이 좁아졌지만, 안전과 학교 전체의 미관을 위한 것이었으니까 이해해 주기 바랍니다.(중략) 더위가 빨리 찾아왔으니 건강에 유념하기 바랍니다. 특히 3학년 학생들은 수능시험까지 건강관리가 중요합니다.

조금 전에 수상을 한 학생들을 축하합니다. 정주하 군은 전국 정보올림피아드에서 대상을 받았고, 미국에까지 대표로 선발되어 가게 되었습니다. 교장으로서 가슴 뿌듯하게 생각합니다. 그리고 모든 학생들이 수업과 학교생활에 최선을 다하고 있다고 생각합니다. 양현재, 청람실 등에서 밤늦게까지 공부하는 것을 보고 대견스럽게 여깁니다. 토요일 저녁에도 공부하고 있었습니다. 인사도 잘하고 있어서 크게 칭찬을 합니다. 오랜만에 만났으니 여러분들에게 세 가지를 부탁하겠습니다.

첫째, 여러분은 화원고 학생으로서 자부심을 가져주기 바랍니다. 여러분들이 잘 모르는 사실을 알려주겠습니다. 지난 5월 10일 1학년 학생 40명을 데리고 서울대, 연세대, 서강대, 고려대 등을 탐방하고 선배와의 대화시간을 가졌습니다. 선배들로부터 고교 생활, 입시 준비와 대학 입학 후의 소감을 듣고 질의 응답하는 시간이었습니다. 서울대 3명, 연세대 1명의 선배들이 후배와 아주 진지하게 대화하였습니다. 교장인 내가 옆에 있으면서 그 대화를 처음부터 끝까지 들었습니다. 그중 배한진은 논공중 출신으로 서울대 아동소비자학과에 재학 중이었고, 전가람은 북동중 출신으로 서울대 국어교육학과에 재학 중이었습니다. 모두 서울대 소속 학과에서 1등을 하고 있었습니다. 그들은 후배들에게 논공중, 북동중을 거쳐 화원고를 졸업하였다고 아주 자신감 넘치게 이야기하였습니다. 내가 정말 감동했습니다. 의지력과 자의식, 분투력이 매우 강하였으며, 친구와의 관계, 선생님에 대한 태도 등 기본적인 인성이 반듯하였습니다. 인성과 학습에서 대한민국 최고의 인재들이었습니다. 틀림없이 대학교 졸업 후에 큰 인물이 되어 다시 화원고에 도움을 줄 것이라 확신하였습니다.

학생 여러분!

몇 가지 부탁을 하겠습니다. 먼저 노력하는 자에게는 방법이 보이고 준비된 자에게는 기회가 옵니다. 내가 살아온 경험의 결과, 틀림없는 말입니다. 화원고 학생 여러분은 잘할 수 있습니다. 화원고를 무대로 삼아서 전국으로 진출하고 대한민국의 인재로 성장할 수 있다는 강한 자신감을 가져주기 바랍니다.

둘째, 올바른 인성을 가진 사람이 되어 주기 바랍니다. 현재 우리 사회의 핵심 키워드는 인성입니다. 사회가 당면한 모든 문제를 해결할 수 있는 것은 인성입니다. 세월호 사건을 보면 승객 500명이 빠져 죽고 있는데, 선장은 자기만 살겠다고 속옷 바람으로 도망쳤습니다. 이럴 수가 있습니까? 인간성 상실입니다. 안내방송도 하지 않고 구조할 수 있는 시간을 모두 허비하였습니다. 도저히 이해가 되지 않습니다. 선장과 같은 행태가 우리 사회에 만연하고 있습니다. 물질적 성장만 추구하다 보니까 인간이 지켜야 할 기본적 인성이 무시되고 있습니다. 성공만을 위해서 수단과 방법을 가리지 않고 개인적 이익을 추구하고 있습니다. 동물과 다른 점이 무엇이 있습니까?

인성은 사람이 갖추어야 할 기본적 윤리입니다. 2,500년 전 공자는 인성을 중시했습니다. 지금이나 그때나 기본적인 윤리는 똑같습니다. 인성은 "양심을 지킨다", "사리사욕을 채우지 않는다", "남을 배려한다" 등 3가지의 의미를 담고 있습니다. 현재 우리 사회가 꼭 필요한 덕목입니다. 여러분들은 양심의 소리를 들어보고 양심소리에 어긋나면 하지 말기 바랍니다. 휴지 버리기, 침 뱉기, 흡연 등을 하지 않는, 기초·기본질서를 지키는 것이 곧 그것입니다.

셋째, 스스로 학습하는 것, 즉 자기주도학습에 성공하여 주기 바랍니다. 학습은 스스로 하는 것입니다. 스스로 몰입할 때만이 성공할 수 있습니다. 남의 손에 이끌려 학습하는 것은 모래 위에 집짓는 것과 같습니다. 공부는 결코 쉽고 재미로 하는 것이 아닙니다. 매우 힘든 과정입니다. 학습의 기본요소인 암기와 필기를 꼭 실천하여 주기 바랍니다.

학생 여러분,

이 3가지를 잘 지켜 주기 바랍니다. 앞으로 기회가 있을 때마다 반복해서 강조할 것입니다. 더운 날씨에 공부하느라 수고 많습니다. 나와 선생님들은 여러분을 아들·딸처럼 여기고 헌신적으로 지도하고 있으니 잘 따라주기 바랍니다.

감사합니다.

2014. 6. 16.

화원고 교장 이재철

– 화원고 2014. 12. 26. 2학기 겨울방학식 훈화(방송조회)

우리 학생들, 대내외적으로 우수한 성적과 착한 선행 등을 많이 해서 상장을 수여하는 데 시간이 많이 걸렸습니다. 다시 한번 더 수상한 학생들에게 뜨거운 박수를 보냅니다.

오늘부터 겨울방학이 시작됩니다. 2학기 시작한 지, 그리고 1학기 시작한 지 엊그제 같은데 벌써 한 학년을 마무리하는 시점에 왔습니다. 시간이 아주 빨리 가는 것 같습니다. 여러분들이 그동안 열심히 학교 생활했고, 많은 성과를 거두었기 때문에 시간이 쏜살같이 지나간 것 같습니다. 1년 동안 여러분들을 불철주야 지도해 주신 선생님에게 진심으로 고맙다는 말씀을 드리고, 그 마음을 잊지 말기를 바랍니다. 그리고 여러분들도 1년 동안 최선을 다했습니다. 수고를 해 준 여러분들에게 진심으로 격려를 합니다.

이제 3학년 여러분은 졸업이 다가왔습니다. 각자 꿈과 희망을 실천하기 위하여 화원고를 떠나 더 넓은 무대인 대학교나 사회로 진출하게 되었습니다. 여러분의 꿈과 희망을 반드시 이루어 주기 바랍니다. 그리고 1, 2학년은 2, 3학년으로 각각 진급합니다. 막바지 중요한 시점에 와 있으니 최선을 다해 주기 바랍니다.

올해 많은 성과를 거두었는데 몇 가지를 소개를 하겠습니다. 지난주에 우리 학교 인근에 위치한 달성중학교를 방문하여 들었던 이야기를 전하겠습니다. 올해 달성중에서 3학년 학생들이 모두 화원고를 지원하여 큰 소동이 났다는 것입니다. 달성중 교장선생님이 화원고에 어떤 일이 있었길래 모두 화원고를 진학하려는지 모르겠다고 하면서 놀라운 눈으로 저를 쳐다보았습니다.

그리고 그저께 도선서원 선비문화수련원에서 교장선생님과 교육장님을 지낸 14분이 오셔서 3학년을 대상으로 강의를 하였습니다. 그분들이 4시간 동안 수업을 하고 난 뒤에 돌아가면서 이구동성으로 이야기를 하였습니다. 교장인 내가 옆에 있다고 듣기 좋으라고 하는 말이 아닌 것 같았습니다. 학생들이 예의바르고 질서정연하며, 수업을 잘 듣고 학교가 깨끗하며, 아직도 교복을 입고 있는 것을 보고 깜짝 놀랐다는 것입니다. 이분들이 다른 고등학교에서도 강의를 하였으니 화원고의 모습과 비교하였을 것입니다. 입에 침이 마르도록 칭찬하고 돌아갔습니다. 아마 돌아가서 다른 학교에서도 화원고를 칭찬할 것입니다. 외부인들이 갑자기 와서 우리 학교를 평가한 것, 그것이 현재의 정확한 우리의 모습이 아닌가 생각합니다.

　그 외 우리가 잘하고 있는 점을 이야기 하자면, 3학년의 입시 실적이 놀랍다는 것입니다. 교문에 입시 성과를 알리는 두 개의 플래카드를 걸어 두었습니다. 실적이 너무 많아서 다 쓸 수가 없었습니다. 서울대, 연세대, 고려대, 한양대, 성균관대 등등 우리나라에서 최고 수준의 대학교에 35명 합격하였습니다. 서울대 조인경, 연세대 조현길 등 다 거명할 수 없습니다. 뿐만 아니라 계명대 의대, 경북대 등에 40명, 그 외 영남대와 국립대에 115명이 합격하였습니다. 놀라운 실적입니다. 우리 학생들이 열심히 노력한 결과이오, 또한 우리 3학년 12분의 담임선생님들이 밤낮을 가리지 않고 열성을 다하여 거둔 결과입니다. 평소 실력의 7배 정도에 달하는 성과를 거두었다고 보면 됩니다. 집에 돌아가서 우리 학교가 이렇게 잘하고 있다고 전해주기 바랍니다. 그래서 인근 중학생들이 물밀 듯이 화원고를 지원하고 있는 것입니다.

　앞으로 대입시체제는 농촌지역에 있는 화원고에 유리하게 바뀌고 있습니다. 수능시험에서 영어성적이 절대평가로 바뀌었습니다. 조기교육으로 우리보다 실력이 뛰어나다고 알려진 수성구지역의 학생들과 경쟁할 필요 없이 본인만 열심히 노력하면 1등급을 받을 수 있습니다. 그리고 수시전형이 전체 입학정원의 80%까지 확대되고 있습니다. 학교생활을 충실하게 하고 학교와 선생님들이 적극적으로 도와주면 여러분들은 원하는 대학에 합격할 수 있습니다. 그래서 우리가 열심히 한다면 이제는 대구의 중심이 수성구 범어동이 아니라 달성군 화원고로 옮겨 올 수 있다고 생각합니다.

2학년은 학업성취도평가 결과, 학력향상도가 대구 전체 75개교 중 15위를 했습니다. 중3 때의 성적과 고2 때의 성적 차이 즉, 향상도가 15위를 했다는 것입니다. 놀라운 일입니다.

1학년 학생들은 공부하려는 분투력이 대단하여 눈에 불을 켜고 있습니다. 녹색길 걷기 행사에 너무 많은 학생들이 희망하여 더 이상 받아줄 수 없는 지경이었습니다. '성취도전 30시간 연속 공부하기' 프로그램에도 많은 학생들이 지원하였습니다. 프로그램 행사 마지막 날 밤 11시에 내가 현장을 둘러보았는데, 한 사람도 자지 않고 눈에 불을 켜고 있었습니다. 1학년은 입학하여 처음에는 학교생활에 적응이 안 되어 교문에서 생활지도하시는 선생님들이 힘들어했습니다. 그동안 열심히 지도한 결과, 지금은 인성이 반듯하고 어디에 내놓아도 최고의 학생들로 변화되었습니다. 자랑스럽습니다.

이와 같이 1, 2, 3학년 학생들 모두 한 해 동안 최선을 다했습니다. 학교로 봐서도 교육활동에 최선을 다하여 교육청에서 실시하는 학교평가에 1등을 하였고, 기관표창을 비롯하여 많은 경사가 쏟아지고 있습니다. 집에 돌아가서 학교에 좋은 일이 많다고 학부모님께 자랑하기 바랍니다.

이제 여러분들은 화원고 학생으로서 자부심을 가져 주기 바랍니다. "나는 이것밖에 안 된다", "나는 어쩔 수 없다"라고 한계를 짓거나 나약한 모습을 보여서는 안 됩니다. 여러분의 선배와 여러분들이 보여준 성과는 강한 자부심을 가질 때 거둘 수 있는 것입니다. 여러분 스스로 "나는 달성군 농촌지역의 학생으로 한계를 가졌다"라는 생각을 절대로 하지 말기 바랍니다.

여러분들은 무한히 성장하고 도전할 수 있습니다. 지난 5월 서울지역 대학탐방 때 서울대에 다니는 여러분들의 선배 전가람군이 보여주었던 자신감이 여러분한테도 있습니다. 그렇기 때문에 여러분들은 성공할 수 있습니다. 여러분과 여러분 선배들이 보여준 불타는 투지를 가슴에 깊이 새기고, 이것을 발전시켜서 좋은 결과를 맺어주기를 부탁합니다. "노력하는 자에게는 방법이 보이고 준비된 자에게는 기회가 반드시 온다"라는 말을 가슴에 새기고 최선을 다해야 합니다.

마지막으로 교문입구의 입간판에 "내일의 꿈과 희망을 위하여 새롭게 도전하자"라고 새겨져 있고, 현관 입구에는 "새롭게 생각하고 끊임없이 도전하자, Ambition, Bravery, Challenge"라고 새겨져 있습니다. 성공하는 그날까지 이 말을 잊지 말기 바랍니다. 거듭 올해 한 해 동안 열성과 노력을 다해준 1,400여 명의 아들·딸들에게 박수를 보냅니다. 또 선생님들은 학생들을 지도하시느라 수고했습니다. 학생 여러분은 선생님에게 감사의 마음을 표해주기 바랍니다. 겨울방학동안 더욱더 노력하여 성장해주길 바랍니다.

감사합니다.

2014. 12. 26.
화원고 교장 이재철

2014학년도 1년이 빨리 지나갔습니다. 취임식, 입학식, 방학식, 녹색길 걷기 등 많은 행사를 하다 보니 순식간에 1년이 지나갔습니다. 시간이 가장 무섭습니다. 1년 동안 여러분들은 잘했습니다. 화원고 학생으로서 자부심을 가질 만하다고 박수를 보내고 격려합니다.(중략) 한두 가지 부탁을 할 테니 이야기를 잘 들어 주기 바랍니다.

첫째, 화원고 학생으로서 강한 분투력을 가져주기 바랍니다. 앞에서 칭찬을 많이 하였는데, 아쉬운 것은 여러분은 대학 입시, 직업, 인생, 미래 등에 대해 희망과 의지가 좀 약합니다. 선생님들이 우리 학생들은 심성이 착하지만, 교실에서 수업할 때 의지가 없는 학생이 있다고 말씀하는 것을 듣고 있습니다. 우리 인간은 마음(의지)이 굉장히 중요합니다. 아무리 좋은 조건을 제공하더라도 본인의 의지가 없고 내가 하기 싫으면 아무런 성과를 거둘 수 없습니다. 여러분 중에 하지 않으려는 학생이 있다면 곤란합니다. 지금도 늦지 않습니다. 화원고 학생들은 눈에 불을 켜주기 바랍니다. 내가 1, 2년 후에 무엇이 되겠다는 분투력과 집념을 꼭 보여주어야만 성공할 수 있습니다. 어제 졸업한 학생 중 조인경·조현길 등은 분투력과 집착력이 굉장히 강하였습니다. 조현길은 수능 직전일까지 도서관에서 공부를 하였습니다. 담임선생님이 걱정이 되어서 제발 집에 돌아가서 잠을 자도록 했다는 이야기를 들었습니다.

학생 여러분!

몇 가지 부탁을 하겠습니다. 먼저 모두 꿈과 희망을 달성하겠다는 분투력을 가져주기 바랍니다. 나는 여러분들을 믿고 있습니다. 지난 성취도전 30시간 때의 모습, 녹색길 걷기, 과학캠프, 축제, 체육대회 등에서 볼 때 여러분들이 분투력을 가지고 있다고 확신하였습니다. 혹시라도 이래도 되고 저래도 된다는 나약한 학생이 있다면 오늘 이후 그 생각을 버려주기 바랍니다. "노력하는 자에게는 방법이 보이고, 준비된 자에게는 기회가 온다"라는 말을 명심해 주기 바랍니다.

다음은 자기주도학습하는 학생이 되어 주기 바랍니다. 여러분들이 화원고에서 성취해야 하는 것 가운데 가장 중요한 것은 학력입니다. 학습에서 자기주도적인 의욕과 자세를 가져주기 바랍니다. 학습은 힘든 과정입니다. 나는 여러분과 같은 학창시절에 열심히 공부를 해보았기 때문에 그것을 잘 알고 있습니다. 그런데 우리 인간은 힘든 과정을 경험하고 나면 머리에서 자아실현의 성취감, 즉 도파민이라는 물질이 생겨납니다. 내 스스로 공부를 해보아야만 내 것이 됩니다. 학원, 과외선생님의 힘을 빌어서 해보겠다는 것은 잘못된 생각입니다. 지금 우리 사회의 풍조가 '쉽게 쉽게', '재미있게 재미있게' 하려고 하는데, 공부는 그렇지 않습니다. 공부는 힘들고 고단한 과정입니다. 암기, 필기, 숙제 등 학습의 기초·기본과정을 철저히 해야 성공할 수 있습니다. 2, 3학년으로 진급하는 여러분들은 공부의 기초·기본을 꼭 지켜 주기 바랍니다.

마지막으로 진로진학에 성공하여 주기 바랍니다. 여러분들은 진로진학의 중요성을 잘 알고 있을 것입니다. 여러분의 가정이나 주변에 대학교를 졸업한 뒤 직장을 구하지 못하거나 결혼을 하지 못한 사람들을 보고 있을 것입니다. 진로진학에 반드시 성공을 해야 합니다. 대학입학에 수시전형과 정시전형 두 가지 방법이 있습니다. 우리학교는 수시전형에 아주 유리합니다. 학교의 모든 교육활동에 참여하면 좋은 대학에 진학할 수 있습니다. 올해 서울대에 진학한 조인경, 연세대에 진학한 조현길은 모두 수시전형으로 진학하였습니다. 모두 학교생활에 아주 충실하였습니다. 막연히 3학년에 가서 열심히 하면 대학교에 갈 수 있다는 생각은 바꾸어야 합니다. 지금이라도 늦지 않으니 내가 진학할 대학교와 학과를 정하여 수시전형을 준비해주기 바랍니다.

1년 동안 학교생활을 충실히 해주어 고맙습니다. 상급 학년으로 진급하여 최선을 다해주기를 기대하고 있습니다. 현관과 교문 입구의 입간판에 쓰인 글을 가슴에 새겨 실천해 주길 바랍니다.

　감사합니다. 사랑합니다.

2015. 2. 6.
화원고 교장 이재철

– 화원고 2016. 8. 30. 이임식 훈화(강당조회)

안녕하십니까?

오늘 이임식 행사를 위해 여러분들이 강당 바닥에 앉아 있습니다. 학교 시설개선을 위해 많이 노력했습니다만, 아직도 열악합니다. 언젠가는 강당을 개선하여 여러분들이 편하게 행사를 진행할 때가 있을 것이라 기대합니다. 중간에 갑작스런 인사발령으로 전근을 가게 되어서 학사 진행에 지장을 주게 되어 미안합니다.

내가 2014년 3월 1일자 화원고 교장으로 부임하면서 4년을 근무한 뒤에 화원고를 떠나겠다고 약속했습니다만, 대구교육청 인사발령으로 지키지 못하게 되었습니다. 내 개인적인 희망은 고향이 있는 이곳 화원고에서 여러분들과 같이 있는 것입니다. 오늘 이임식을 하면서 여러분들에게 어떤 이야기를 할 것인지 곰곰이 생각해 보았습니다. 내가 2년 반 동안 근무하면서 스스로 감탄했던 몇 가지 이야기를 하고, 그리고 내가 평소 여러분들에게 부탁하고 싶은 몇 가지를 이야기하는 것으로 이임사를 대신하면 될 것 같습니다. 좀 지루하겠지만 예정된 30분 정도 이야기를 잘 들어주기 바랍니다.

먼저, 나는 화원고 교장으로 부임하면서 상당히 감격하였습니다. 고향이 우리 학교 인근의 달성군 옥포면 강림마을인데, 여기에서 초등학교와 중학교를 졸업했습니다. 고등학교는 대구에서 졸업했습니다. 현재 일가친척들이 고향에 살고 있습니다. 고향을 출입하면서 늘 화원고 앞을 지나가고 있습니다. 성장할 때 고향의 모든 추억이 남아있기 때문에 학교에 깊은 애정을 가지고 있습니다. 이 감동 때문에 화원고 교장으로 부임하게 되어 기쁘기 짝이 없었습니다. 화원고 교문을 들어서면서 내 마지막 교직 생활을 화원고에서 후배들을 정성껏 가르쳐서 성공시켜야겠다, 학교를 발전시켜야겠다는 강한 포부를 가졌습니다. 나의 욕망과 열망이 어느 누구보다도 강했습니다.

최근 학교에서 학생들의 선행을 한두 가지 경험하였습니다. 며칠 전 그

동안 읽었던 책들을 한아름 안고 도서관에 반납하러 가는데 학생이 달려와서 "교장선생님 제가 들고 가겠습니다"라고 했습니다. 그리고 쉬는 시간에 운동장을 순회하면서 휴지를 줍는데, 주변의 학생들이 달려와서 "제가 줍겠습니다"라고 했습니다. 3학년 부장선생님한테 이 이야기를 했더니 "우리 학생은 모두 원래부터 그렇습니다"라고 했습니다. 현재 우리 학생들은 선생님에 대한 존경심이 대단합니다. 여러분들 인정하지요? 내가 지어낸 이야기가 아니고 사실입니다. 지난주 토요일 출근하여 3학년 학년실에 가보니 담임선생님이 모두 출근해서 학생들의 수시 원서를 위해 상담하고 있었습니다. 학생들은 진지한 모습으로 눈에서 불을 켜고 있었고, 선생님은 학생에 대한 열의가 넘쳐 나고 있었습니다. 여러분들의 착한 모습의 현주소라고 하겠습니다.

학생 여러분!

내가 교장으로 부임하기 전의 모습은 현재와는 달랐다고 들었습니다. 화원고 학생들이 선생님 말씀을 듣지 않거나 수업에 제대로 참여하지 않는다고 소문이 나 있었습니다. 선생님들이 골치 아파하고 힘들어하는 학교라고 소문이 나 있었습니다. 내가 목격하기도 했습니다. 부임 후 교문에서 등교하는 여러분들을 기다리고 있는데 인사도 하지 않았고, 기초·기본질서를 지도하면 저항을 하였습니다. "왜 그래요"라고 눈을 부라렸습니다. 지금 그런 학생은 없지요? 서두에 선행을 소개한 그런 학생들이 대부분입니다. 이제 여러분들은 본래의 착한 모습으로 되돌아온 것입니다.

부임 후 학교의 교육 방향을 '인성교육을 강화하자', '올바른 인간을 기르자'라고 선언하였습니다. 모든 선생님에게 함께 해보자고 협조를 구했습니다. 학생들에게 인성교육을 위해 인사 잘하기, 교칙 잘 지키기, 남을 배려하기 등을 위하여 훈화와 프로그램을 운영하였습니다. 한 학기 정도 지나니 학생들이 변하기 시작하였고, 1년 지나니 완전히 변하였습니다. 한번은 외부에서 피아노조율사가 저녁에 화원고를 방문하였다가 학생들이 너무 인사 잘하는 데 감동받아서 시교육청 홈페이지에 선행 사실을 상세히 탑재하였습니다. 학부모들한테 소문이 크게 났습니다. 실제로 여러분들은 인사를 너무나 잘합니다. 올해 화원고에 부임해 오신 신임선생님들이 학생들이 인사 잘한다고 자자하게 칭찬합니다. 인성이 반듯하고 선생님에 대한 존경의 마음이 우러나 있습니다. 여러분들의 이러한 모습이 본래 모습이 아닌가 생각합니다.

근무 중 감탄했던 또 다른 사실은 2014년 5월 우수 학생 40명을 데리고 서울 주요 대학을 탐방할 때 경험하였습니다. 그날 저녁 서울대·연세대·고려대 등에 재학 중인 여러분들의 선배들이 멘토로서 후배들과 대화를 하였습니다. 교장인 내가 옆에서 참관하였는데, 선배들이 하는 이야기를 듣고 깜짝 놀랐습니다. 선배들이 "화원고를 졸업해서 서울대에 진학했고, 지금 소속 학과에서 1등하고 있다"라고 자랑하였습니다. 후배들에게 "열심히 하면 이렇게 성공할 수 있다"라고 했습니다. 후배들에게 아주 강한 메시지를 전하였습니다. 화원고 학생들의 강한 분투력을 확인하고 깜짝 놀랐습니다. 교장인 내가 "할 수 있겠구나"라는 자신감을 얻었습니다.

그래서 학교에 돌아와서 새로운 화원고로의 변화를 시작했습니다. 녹색길 걷기, 성취도전 30시간, 인문학 기행, 스포츠 클럽 등의 프로그램을 진행하면서 끊임없이 분투력을 불러일으켰습니다. 지금 여러분들의 분투력은 대단합니다. 학교에서 프로그램을 운영하면 희망하는 학생의 숫자가 예상 인원의 두 배에 이릅니다. 대학탐방 프로그램의 경우 120명이 신청하여 전반기에 40명을 대상으로 프로그램을 진행하였고, 후반기에 40명을 추가로 진행하지 않을 수 없었습니다. 여러분들의 자신감과 분투력이 살아나고 있는 모습입니다. 그 외 자기주도학습, 진로진학의 준비 등은 내가 다시 이야기할 필요 없이 잘하고 있습니다. 현재 수시전형에 대비하여 학교에서 60여 개의 프로그램을 진행하고 있는데, 여러분들이 적극적으로 참여하고 있습니다.

　학생 여러분들은 복을 받고 있습니다. 선생님들이 여러분들을 하늘처럼 모시고 있습니다. 휴일날 이렇게 많은 선생님들이 출근하는 학교가 없을 것입니다. 녹색길 걷기 때 44명의 선생님이 참가했습니다. 성취도전 30시간 때도 마찬가지입니다. 3학년 담임선생님들은 휴일인데도 불구하고 계속 출근하여 고생하고 있는데, 3학년 학생 여러분, 알고 있습니까? 선생님을 존경하고 학교교육을 고맙게 생각하기 바랍니다.

　한두 가지 부탁하면서 끝내겠습니다. 첫째는 화원고 학생으로서 자부심을 가져주기 바랍니다. 화원고를 과거 달성군 농촌지역의 학력이 낮은 학교로 바라보는 인식은 잘못된 것입니다. 화원고는 명실상부하게 대구의 중심부입니다. 달성군에서 엄청난 예산지원을 하고 있습니다. 곧 9월 초 지하철1호선 연장공사가 완공되면 교문에서 학교까지 2분 거리에 불과합니다. 학교담장도 컬러 투명판으로 깨끗하게 바꾸었습니다. 교육여건이 이렇게 달라졌습니다. 화원지역이 급격하게 성장하고 있습니다. 여러분들은 '나는 대구의 최고 학교의 학생'이라는 자부심을 가져야 합니다.

　둘째는 분투력을 가져주기 바랍니다. 끝까지 포기하지 말고 성공하는 그날까지 노력해 주기 바랍니다. 안 된다는 생각은 버려야 합니다. 여러분들은 충분히 성공할 수 있습니다. 여러분의 선배인 전가람·조인경·조현길 등은 서울에서 열심히 하고 있습니다. 올해 서울대에 9명이 지원하였습니다. 작년에 4명 지원하여 2명 합격하였는데, 올해 기대되지요?

　다시 한번 더 2년 6월동안 교장인 나를 믿고 따라준 여러분들에게 감사드립니다. 여러분들의 변화된 모습에 감동을 받고, 여러분들의 아름다운 모습과 마음을 가슴에 안고 학교를 떠납니다. 여러분들도 나를 기억하고, 나도 여러분들을 기억하겠습니다. 감사합니다.

2016. 8. 30.
화원고 교장 이재철

– 경북고 2017. 7. 19. 1학기 종업식 훈화(강당조회)

경북고 학생 여러분!

한 학기 동안 여러분들을 지도하신 선생님들이 좌우에 계십니다. 선생님께 고맙다는 인사를 하겠습니다. 큰 소리로 내가 하는 말을 따라 해주기 바랍니다.

"선생님, 고맙습니다."

"선생님, 고맙습니다."

"선생님, 고맙습니다."

앞으로도 고맙다는 이 마음을 가슴에 새겨주기 바랍니다.

다음은 한 학기 동안 열심히 해준 여러분 자신에게 고맙다는 마음을 표하겠습니다. 나를 따라 해주기 바랍니다.

"잘한다. 장하다."

"잘한다. 장하다."

"잘한다. 장하다."

잘했습니다. 경북고 학생으로서 자부심과 자긍심을 가지고 생활해 주기 바랍니다.

감사합니다.

2017. 7. 19.

경북고 교장 이재철

- 경북고 2017. 8. 9. 2학기 시업식 훈화(방송조회)

안녕하십니까?

여름방학을 잘 보냈습니까? 방학이라 하지만 방과후학교 수업, 진학 프로그램 운영 등으로 학교는 뜨겁게 열이 날 정도로 학업이 진행되고 있었습니다. 특히 방학 중이지만 도서관을 매일 개방하였습니다. 참여한 학생이 많았습니다. 고맙게 생각합니다. 그리고 검도부와 양궁부가 전국대회에서 우승을 하여 시상하였습니다.

지난 7월에 1학년 학생 80명을 서울에 데리고 가서 커리어로드맵 프로그램을 진행하였습니다. 서울대·연세대·고려대 등의 대학을 탐방하였습니다. 둘째 날 선후배와의 만남 시간이 있었습니다. 경북고는 훌륭한 선배들이 많은데, 유승민 국회의원, 김재수 장관 두 분이 참여했습니다. 옆에서 내가 들어보니까, 우리 학생들 상당히 논리적이고 똑똑했습니다. 말 잘한다고 소문난 유승민 의원이 질문을 받고 대답하느라 쩔쩔매고 있었습니다. 우리 학생들은 인성, 수업 등에서 자랑할 점이 많다는 것을 알고 있습니다. 자랑스럽게 생각합니다.

시업식을 하면서 평소 강조하던 한두 가지를 이야기할 테니 가슴에 꼭 새겨 실천해 주기 바랍니다.

우선, 변화에 두려움을 가지지 말고 대응해 주기 바랍니다. 변화해야 합니다. 사람은 변화를 거부하고 현실에 안주하려는 속성이 있습니다. 그러나 변화하지 않으면 발전할 수 없습니다. 미래사회에는 인공지능이나 빅데이터가 중요하다는 이야기를 많이 들었을 것입니다. 그리고 우리와 현실적으로 관련이 있는 대입정책의 변화를 수용해야 합니다. 여러분들은 대입정책을 많이 들어서 이제는 다 알고 있다고 생각하지만, 실제로는 그렇지 않은 것 같습니다. 4년 전에 입학사정관제에서 학생부종합전형으로 바뀌었습니다. 입학사정관제에서는 특정한 분야에 뛰어난 사람, 예컨대 '오타쿠' 같은 사람이 대학교에 진학할 수 있는 제도였습니다.

그러나 제도를 시행해 보니까 문제점이 많았고, 학교교육에 도움이 되지 않았습니다. 그래서 학생부종합전형이라는 새로운 제도를 도입하게 되었습니다. 학교생활에 충실한 사람이 학생부에 기록을 남기고, 그것을 바탕으로 대학교에 진학하는 제도입니다. 4년 전에 바뀌었는데, 우리 학교 학생과 학부모들 가운데 아직까지도 인정하지 않으려는 사람이 있습니다. 지금 학생부에 기반한 수시전형이 대세이고, 입학 정원의 80%까지 선발합니다. 20%는 정시전형입니다. 그런데 작년에 여러분의 선배들은 수시전형으로 15%만 진학하였습니다. 아직도 여러분 가운데 혹시 내신이 불리하니까 수시를 포기하고 정시로 진학하겠다고 생각하는 학생이 있다면 마음을 바꾸기 바랍니다. 마음을 바꾸지 않으면 성공할 수 없습니다.

경북고 학생들이 어떤 마음을 가지고 있는지를 서울대 등 주요 대학의 입학사정관들이 잘 알고 있습니다. 내가 지난 6월 18일 1박 2일 동안 주요 부장선생님들과 서울에 올라가서 그들을 만났습니다. 어떤 생각을 가지고 있는지를 확인할 수 있었습니다. 대구 수성구에 위치한 경북고는 '정시와 사교육에 올인하는 학교', '아직도 변화하지 않으려는 학교'라고 이야기 했습니다. 우리가 변화하고 있다는 모습을 보여주지 않는다면, 대학 당국자들이 호의적으로 평가할 리가 없습니다. 전국에 2,300개 고등학교가 있는데, 변화하는 학교와 변화하지 않는 학교 중 어느 학교를 선택하겠습니까? 현실은 냉혹합니다. 여러분들이 수시전형에 대해 의심을 하는 학생이 있는데, 의심을 하지 말아야 합니다. 왜 학생부종합전형을 도입했겠습니까?

지난 7월에 그 제도를 만든 서울대 권오현 교수가 우리 학교를 방문하여 학부모를 대상으로 입시설명을 한 적이 있습니다. 학생부종합전형으로 선발한 학생과 정시로 선발한 학생들을 대상으로 대학교 생활을 평가해 보니까 학종으로 선발한 학생들이 훨씬 우수하였다는 평가를 내렸습니다. 학교에 대한 충성도, 학업에 대한 열정 등이 높았다는 것입니다. 그래서 그 제도를 확대하겠다는 것입니다. 그리고 그 학생들이 사회에 진출하여 건강하고 긍정적인 정신을 가지고 있기 때문에 대한민국 사회의 미래가 밝다는 것입니다. 사교육에 빠져 있고, 외부의 도움을 받아 단순히 임기응변으로 대학교에 혹시 진학할지는 모르지만, 대학교 생활은 매우 힘듭니다. 에너지가 고갈된 상태('번 아웃')라서 중도탈락하거나 졸업하더라도 사회에 크게 도움이 되지 않습니다. 그래서 우리 사회 전체가 합의한 것이 학생부종합전형입니다. 정부 정책이고, 작년 9월 부임 이후 수차례 말한 것처럼 나의 강한 신념입니다. 때문에 앞으로 학교교육 방향은 학생부종합전형 수시전형에 대비하기 위해서 예산과 인력을 모두 집중하겠습니다. 우리 학생들이 이 길로 가서 성공하도록 독려하겠습니다. 잘 이해하고 수용해 주기 바랍니다.

또 하나는 경북고 학교교육을 믿어주기 바랍니다. 학교교육을 믿지 않고 더 나은 사교육, 학원이 있다고 믿어서는 곤란합니다. 여러분들은 담임선생님을 보지 않습니까? 여러분들의 성공을 위해서 모든 선생님들이 밤낮으로 헌신을 하고 있습니다. 우리 학교 선생님들은 자질과 능력 면에서 최고입니다. 내가 인사담당장학사를 했기 때문에 이 사실을 잘 알고 있습니다. 우수한 선생님들이 노력하고 있는데 여러분들은 어디에 가 있습니까? 학원에 갑니까? 단언컨대 학원의 선생님에 비해 우리선생님들이 훨씬 우수합니다. 예를 들어 보면 방학 3주 동안 매일 출근하여 진학프로그램을 운영한 진학부장선생님을 비롯하여 담임선생님들이 있습니다. 그렇게 열의와 애정을 가지고 여러분 앞에 계십니다.

여러분들은 학교교육을 믿고 충실히 참여하여 성공해야 합니다. 도서관을 토, 일요일에도 개방하고 있습니다. 그런데 학생들의 참여가 저조합니다. 여러분들 스스로 자각을 하여 도서관에서 공부해야 합니다. 공부는 내가 하는 것입니다. 몰입하여 공부하면 머리끝이 쭈빗쭈빗하게 자극이 오는데, 나는 이런 경험을 많이 했습니다. 그것이 자신감이오, 효능감입니다. 그러면 학습의 효과가 엄청나게 높아집니다. 반면에 어머니 손에 이끌려

사교육 받는 것은 괴롭고 자존심 상하고, 비용이 많이 듭니다. 이때 어머니의 생각은 "학교에서 잘해준다면 이런 일이 없을 것인데"라는 마음을 가지고 있을 것입니다. 학교의 정규 수업, 방과후학교 수업, 도서관 자습 등을 신뢰하고 적극적으로 참여해 주기 바랍니다.

마지막으로 "노력하는 자에게는 방법이 보이고, 준비된 자에게는 기회가 온다"라는 진리를 믿고, 118년의 전통을 가진 대한민국 최고의 대명문고 경북고 학생으로서 자부심을 가지고 분투력을 발휘하여 성공해 주기 바랍니다. 나는 여러분들을 지지하고 성원하며 성공하기를 학수고대하고 있습니다.

2017. 8. 9.
경북고 교장 이재철

– 비슬고 2020. 8. 13. 1학기 종업식 훈화(방송조회)

여러분들 오랜만에 만났습니다. 잘 지냈습니까? 코로나19 감염확산 사태가 한 학기 이상 지속되고 있는데, 잘 견디어 주어 고맙습니다. 지낼 만합니까? 마스크 낀 채 생활하기 힘들지요? 학교 수업, 급식, 사회적 거리두기 등등 많이 힘들 것입니다. 그렇지만 코로나 사태가 끝날 때까지 방역을 한 순간도 소홀히 할 수 없습니다.

오늘 여러 가지 수상하는 것을 보니까 학생들의 표정이 밝고 의욕이 넘치는 것 같습니다. 3학년은 수시전형에 대비하여 자소서 쓰기, 원서 준비 등으로 많이 바쁠 것입니다. 잘하고 있다고 알고 있습니다. 2학년은 내년 대학교 입시까지 많이 남았습니까? 아닙니다. 1년 정도밖에 남지 않았습니다. 철저하게 준비를 해야 할 것입니다. 1학년은 입학식도 제대로 하지 못하였습니다. 등교수업이 많지 않았지만 열심히 하고 있다는 소식을 듣고 있습니다. 1, 2, 3학년 모두 열심히 공부하고 방역에 참여해 주어 고맙습니다.

1학기를 마무리하면서 한 가지만 이야기하겠습니다. 여러분들이 비슬고 학생으로서 3년 동안 반드시 성취해야 할 것은 3가지라고 했습니다. 인성교육, 자기주도학습, 진로진학의 성공 등이 곧 그것입니다. 연결하면 인성이 반듯한 학생이 스스로 학습하여 희망하는 대학에 진학하는 것입니다. 잘 준비하고 있으리라 믿고 있습니다.

코로나 사태가 한 학기 이상 진행되면서 걱정이 있습니다. 학교교육을 통해 성적, 학력향상을 위해 많은 노력을 기울였습니다. 그런데 코로나 사태로 휴업, 원격수업, 등교수업 시 제한된 학습 여건 등으로 학교에서 학습활동이 충분하지 못하였습니다. 그래서 학교에서는 여러분들의 학력이 많이 떨어졌다고 생각합니다. 여러분 스스로도 그렇게 생각합니까? 느끼고 있다고 대답한 학생은 용기 있는 학생입니다. 심지어는 그것조차도 모르고 있는 학생이 있습니다.

여러분들이 학교를 대신해서 학원에 많이 간다고 알고 있습니다. 학원에서 열심히 공부를 하고 있으리라 믿고 있지만, 학교교육만큼은 효과적이지는 않을 것입니다. 학교에서 전력투구하는 것과는 달리 학원에서는 방심하고 소홀이 하는 것 같습니다. 그 외 집에서 지내는 학생도 있을 것입니다. 그 결과 학력이 떨어지지 않았나 생각합니다. 여기까지는 여러분과 인식을 같이합니다만, 문제는 그다음에 있습니다.

학력이 떨어진 상황에 대해서 여러분들이 어떻게 생각하는지가 문제입니다. 지난 토요일 학교 인근 달성군민체육관에서 입시설명회가 있었습니다. 서울의 유명한 사설입시기관 매가스터디 강사가 강의를 했습니다. 내가 앞자리에서 그 강사가 하는 이야기를 듣고 깜짝 놀랐습니다. 작년에 고등학교 졸업생 숫자와 대학교 입학정원을 비교할 때 졸업생 숫자가 적다는 것입니다. 그래서 앞으로 고등학교 졸업생들은 가만히 있어도, 공부를 하지 않아도 대학교에 입학할 수 있다는 것입니다. 한 발 더 나아가서 인구가 줄어들어 직장이 남아돌 것이고, 이렇게 되면 직장을 구하기가 쉬워질 것이라고 했습니다. 이 말을 듣고 있다가 깜짝 놀랐습니다. 이렇게 잘못된 정보를 학생과 학부모에게 주입하고 있구나 했습니다.

실제로 작년, 올해 대학교 진학하기가 쉬워졌습니다. 여러분들! 학생수가 줄어들어서 대학교 진학하기가 쉽다는 사실이 반가운 일입니까? 절대로 그렇지 않습니다. 여러분들에게 해독(害毒)이 될 수 있습니다. 여러분들은 대학교 진학하는 것만이 목표는 아닙니다. 여러분들의 삶은 대학교 졸업 후에 본격적으로 전개될 것입니다. 공부를 제대로 하지 않고 대학교에 진학, 졸업한 학생들을 회사에서 어떻게 채용하겠습니까? 채용한다는 것은 거짓말입니다. 그 회사가 망하려고 작정하지 않은 이상 깡통같이 텅텅 빈 사람을 채용할 리가 없습니다. 회사는 치열하게 경쟁해야 합니다.

대학교에 진학하는 것은 중간과정에 불과하고 대학교 졸업 후에 여러분들 앞에 거친 바다와 같은 현실이 기다리고 있습니다. 황무지와 같은 현실에 던져져서 살아남아야 합니다. 여러분들이 혹시라도 공부를 하지 않아도 대학교에 갈 수 있다고 생각하는 것은 잘못되었다는 것을 분명히 알려 주고자 합니다.

또 한 가지는 학습은 점수만 얻는 것이 전부가 아닙니다. 공부에는 학습함으로써 얻어지는 분투력, 자신감, 성공경험 등이 있습니다. 공부하지 않으면 이것을 얻을 수 없습니다. 여러분들은 앞으로 분투력, 성공경험 없이는 살아갈 수 없습니다. 열심히 노력해서 무엇인가를 하려는 마음을 가져야만 사회에 나아가서 성공할 수 있습니다.

사회에 나가서 끝까지 버티겠다는 마음의 밑천은 이 비슬고 3년 생활에서 얻을 수 있습니다. 이 소중한 시간에 혹시 잘못된 정보를 듣고서 대충 공부하거나 시간을 허비하면 큰일 납니다. 4년 후에 본격적으로 시련이 닥쳐올 것입니다.

요점을 다시 이야기합니다. 한 학기 동안 코로나 사태에도 불구하고 열심히 해주었습니다. 혹시 일부 학생들이 학습을 하지 않아도 대학에 진학할 수 있다는 잘못된 생각을 하지 말기 바랍니다. 그 이유는, 여러분들의 목표는 대학교 졸업 후의 인생에 있고, 학습 과정은 점수를 얻는 것 이면에 분투력, 자신감, 성공경험을 얻을 수 있는 기회이기 때문입니다. 진정한 학습은 전두엽이 마지막으로 성장하는 19세, 고3까지만 가능합니다.

여러분들은 비슬고 3년 동안 학교교육에 한순간도 방심하지 말고 최선을 다해서 노력해 주길 바랍니다. 우리 선생님들은 여러분들이 열심히 노력해서 성공하는 것을 보람으로 삼고 기다리고 있겠습니다. 최선을 다해주기 바라며, 방학기간이 불과 12일밖에 되지 않습니다. 짧은 시간이나마 한 학기 동안 지친 심신을 쉬고 재충전하기 바랍니다.

여러분들을 격려하고 지지합니다.

2020. 8. 13.
비슬고 교장 이재철

- 교지 발간사

– 사대부고 교지 '군성' 제58호 인사말(2011. 1. 11.)

군성인이여, 기본으로 돌아가자!(Back To The Base)

지금 우리 주변에서는 언제 어디서나 원하는 정보를 얻을 수 있는 스마트폰이 인기몰이를 하고 있습니다. 전자기기의 조작에 서툴고 약간의 두려움마저 가진 나로서는 점점 더 강 건너 불구경하는 이방인이 되어 가는 듯합니다. 며칠 전에 얼떨결에 가입한 페이스북에서 오랜만에 친구들을 만나는 것으로 최첨단 문명 이기의 혜택을 누린다고 자위해 봅니다.

감수성이 풍부하고 수많은 재능을 가진 우리 군성인은 자신의 미래를 위해서 어떤 준비를 하고 있습니까? 아침부터 밤늦게까지 환하게 밝혀진 교실에서 책과 씨름하는 여러분들을 볼 때마다 안쓰러운 마음이 듭니다. 급속하게 변화하는 사회에 적응하기 위하여 배워야 할 내용이 점점 많아집니다. 게다가 산업사회의 논리에 따라서 경쟁과 결과만을 중시하는 풍조가 만연합니다. 좀 더 행복한 인생을 위해 학창시절에는 이 모든 것을 이겨내어야 한다는 선생님들의 가르침은 약효가 다한 감기약은 아닌지요?

여러분이 인정하든 안하든 자신의 미래를 위해 희망과 도전정신을 더욱 키워나가야 한다는 것은 분명한 사실입니다. 기회는 준비된 자에게만 온다는 평범한 진리를 나 자신이 이미 경험하였기 때문에 여러분에게 힘주어 말할 수 있습니다. 그렇다면 무엇을 어떻게 해야겠습니까? 지금까지 학교에서는 치열한 경쟁률을 뚫고 대학에 합격하기 위해서는 한순간도 소홀할 수 없고, 대학교 졸업 후 떳떳한 사회인으로 자리잡을 때까지는 더욱 긴장의 고삐를 늦출 수 없다고 강조합니다. 틀린 말은 아닙니다.

그러나 이제는 지식과 기술을 갖춘 유능한 사람 못지않게 가슴이 따뜻한, 더불어 살아가는 지혜를 갖춘 사람이 필요합니다. 살벌한 흉기를 가지고 인간성을 잔인하게 짓밟는 일들을 여러분들은 들어보지 않았습니까? 인간성이 점점 사라져가는 '인간 사막화 현상'이 일어나고 있는 것입니다. 지금 인간 본래의 모습으로 돌아가지 않는다면, 역사발전으로 이룩한 위대한 업적들이 아무런 의미 없이 사라질 것입니다.

여기에 대한 대답을 어디에서 찾을 수 있겠습니까? 놀랍게도 2,500년 전 고대 중국 춘추시대에 살았던 공자(서기전 552~479)의 말씀에 해답이 있습니다. 문명은 발전하였지만, 인간이 살아가는 원리는 변하지 않는다는 것입니다. 대부분의 학생들은 공자가 동양의 위대한 성인이라는 사실은 잘 알고 있겠지만, 공자의 말씀에 접근하고 이해하기 힘든 부분이 많다고 푸념할 것입니다. 도덕시간에 배웠던 성선설, 성악설, 이기론 등의 철학적인 내용 때문일 것입니다. 그러나 생활의 실천 윤리로서 공자의 사상은 비교적 분명하고 간단합니다.

공자는 주나라가 쇠약해지고 약육강식만이 활개치면서 인간성은 무너지고 가치관이 혼란에 빠진 시대에 살았습니다. 공자는 인간 질서를 바로잡기 위한 방법으로 인(仁)과 예(禮)를 말씀했습니다. 인은 자신에게 최선을 다하고 남을 이해하고 배려하는 것입니다. 남에게 정성을 다하는지 그렇지 못한지를 늘 성찰하기 때문에 남이 자신을 알아주지 않는다고 걱정하기보다는 자신이 남을 알아주지는 않는지 걱정하라고 했습니다. 또한 내가 싫어하는 것을 남에게 베풀지 말라고 했습니다. 예는 사람과 사람사이의 관계를 이어주는 고리입니다. 아버지와 자식, 친구 사이, 사회관계 등에서 적합한 예를 제시했습니다. 인이 인간의 본성이라면, 예는 이것이 밖으로 나타나는 형식이라 하겠습니다. 둘은 불가분의 관계입니다.

인과 예는 결코 장롱 속에 묻어두어야 할 봉건시대의 낡은 유물이 아닙니다. 지금 우리 주변에서 발생하는 황금과 기술 만능주의의 폐단을 해결해 줄 수 있는 중요한 열쇠입니다. 이를 "근본으로 돌아가라"라는 말로 표현하고 싶습니다. 사람의 존재 이유는 사회적 관계에서 찾을 수 있기 때문에 남을 배려하고 이해해 주어야 합니다. 자신이 소속된 조직에서 인정을 받지 못할 때 비참한 느낌을 가져본 적이 있습니까? 의의로 우리 주변에서 고립 분산되어 살아가는 것을 당연시하는 사람들이 있습니다. 치열한 경쟁에서 살아남기 위하여 '적과 동지'라는 이분법적 사고방식에 젖어 있기도 합니다. 옆의 동료와 인사조차 나누지 않는다면, 친구가 아닌 '견원지간'(犬猿之間)이 아니겠습니까? 사람 사이에 예를 차리지 않는다면, 우리가 사는 세상은 서로 어르렁거리는 개와 원숭이의 세계일 뿐입니다.

　사랑하는 군성인이여!

　여러분은 "기본으로 돌아가라"는 운동에 동참하여 남을 배려하는 21세기의 주역이 되어 주기를 바랍니다. 2011년부터는 교육과정이 바뀌어 남을 배려하고 인성을 갖춘 학생을 양성하기 위한 '창의적체험활동'이 더욱 강조될 것입니다. 교육과정 개정의 원래 목적을 달성하기 위해 여러분들의 적극적인 이해와 참여가 있어야 할 것입니다. 참고로 "기본으로 돌아가자" 운동은 미국에서도 펼쳐지고 있음을 기억해 주기 바랍니다.

2011. 1. 11.
경북대사대부고 교감 이재철

열정을 갖춘 군성인(群星人)이 되자!

1,200여 명의 군성인이여!

하늘은 높고 말은 살찐다는 가을이 왔습니다. 지난여름의 무더위, 지루한 장마를 기억한다면, 이 청명한 가을 날씨야말로 고맙기 짝이 없습니다. 팔공산과 앞산을 바라보면서 그동안 온몸에 쌓인 피로, 긴장을 확 날려버리기 바랍니다.

군성인이여!

이 가을에 주변의 동산이라도 한번 오르지 않겠습니까? 며칠 전 나는 우리나라에서 두 번째 높은 지리산의 서쪽 정상인 노고단을 오른 적이 있습니다. 정상 문턱까지 승용차로 올랐기 때문에 힘든 등산을 했다고 자랑하는 것은 아닙니다. 발아래 옅은 운무가 나타났다 사라졌다를 반복하고, 저 멀리 섬진강이 어렴풋이 보였습니다. 수많은 영웅들이 여기서 웅장한 기상을 길렀고, 문인들이 심금을 울리는 작품을 남길 만한 장관이었습니다. 게다가 코가 시리도록 맑은 산공기는 나의 심장을 시원하게 씻어주었습니다. 왜 많은 사람들이 힘들게 지리산을 오르려 하는지 알 것만 같았습니다.

지난주 '개교 65주년 기념 군성제'를 성황리에 끝냈습니다. 여러분들이 일 년 동안 준비하고 갈고 닦았던 작품들을 전시하고, 공연하였습니다. 많은 사람들이 일반계고교라는 어려운 여건 속에서도 정성을 많이 들였구나 하며 칭찬했습니다. 나는 그중에서도 공연축제를 가장 재미있고 의미 있게 관람했습니다. 강당에서 2시간 이상 진행된 공연은 800명 이상 운집한 관객들을 압도했고, 그 열기가 강당의 지붕조차 날릴 정도였습니다.

세련되고 수준 높은 작품이 아니라고 할지 모르지만, 나는 여러분의 열정을 강조하고 싶습니다. 현란한 춤사위, 천지가 울릴 듯한 함성, 화음을 잘 맞춘 합창, 진지한 창작연극 등을 보았습니다. "아, 내가 미처 보지 못한 우리 군성인들의 열정이 바로 여기에도 있구나"라고 감탄했습니다. 세계를 휩쓸고 있는 한류 열풍의 진원지 'K-POP'를 이을 'G-POP'(군성팝)라고 이름 지으면 어떨까요? 발가락이 무르도록 고생한 출연진, 열정적으로 호응해준 군성인들에게 찬사와 감사를 보냈습니다.

군성인이여!

인생에서 가장 중요한 것은 피 끓는 열정입니다. 열정이 없다면 숨만 붙어있는 식물인간에 불과합니다. 여러분 자신을 되돌아볼 때, 여태까지 주변의 힘에만 의존하려거나, 남을 기웃거리고, 주관 없이 남이 하는 대로 따라했던 사람은 없습니까? 만약 있다면 빨리 자신의 정체성을 찾아야 할 것입니다. 피 끓는 열정으로 무장한 'G-POP' 군성인의 대열에 합류하십시오.

군성인 여러분, 물론 이 열정은 어설픈 아마추어의 열정이 아닌 진정한 프로의 열정으로 성장해야 할 것 입니다. 내가 지금 하는 일이 괴롭다고 하여 잠시 도피하는 수단으로 삼아서는 안 됩니다. 미래의 세계는 경쟁력을 갖춘 진정한 프로만을 원하기 때문입니다.

다시 한번 더 군성인의 열정에 찬사를 보냅니다.

열정을 불태우며 살아가는 군성인을 보고 싶습니다.

2011. 9. 15
경북대사대부고 교감 이재철

- 경덕여고 2013. 영자신문 'Kyung Duk Times' 기자와의 인터뷰(2013. 10. 24.)

기자: 경덕여고의 자랑거리는 무엇입니까?

교감: 경덕여고는 많은 자랑거리를 가진 학교입니다. 우선 30년 전통의 명문 여고입니다. 많은 선배들이 사회 각 분야에서 열심히 활동하고 있습니다. 또한 수업과 생활지도에서 선생님의 권위를 인정하고 가르침을 너무나 잘 따르고 있는 착한 학생들이 있습니다. 착한 학생들이 열심히 공부하는 점은 경덕여고의 전통이고 문화라고 생각합니다. 그 외 학습 환경이 너무나 예쁘게 조성되어 있습니다. 노랗게 단장한 운동장의 잔디, 단풍으로 물든 교정의 수목, 정담을 나눌 수 있는 벤치 등은 여러분의 심성을 곱게 물들일 것입니다. 우리 모두 경덕여고의 자랑거리를 더욱 발굴하고 계승하여야 할 것입니다.

기자: 왜, 그리고 어떤 교사가 되고 싶었는지 말씀해 주십시오.

교감: 내가 교사가 되기 위하여 사범대학을 진학한 지 벌써 35년이나 되었네요. 사실 왜 사범대학에 진학하여 교사가 되어야 하는지 충분히 생각하지는 않았습니다. 지금 생각하니 진로진학에 문제가 있었다고나 할까요? 그러나 교사란 직업에 적응해서 그런지는 모르지만, 교사가 내 적성에 맞았습니다. 부단하게 스스로 노력해야 하는 점, 자라나는 2세를 교육하여 성장시킬 수 있다는 보람을 가질 수 있다는 점은 나에게 큰 기쁨이었습니다. 나는 늘 제자들에게 모범이 되도록 공부하는 교사, 열정을 다 바쳐 제자들을 가르치는 교사가 되고 싶었습니다. 훗날 제자들이 자신들을 위해 열심히 노력했다는 선생님으로 인정받고 싶습니다.

기자: 학교교육에서 가장 중요한 점은 무엇입니까?

교감: 현재 학교교육의 강조점은 학생들 저마다 꿈과 희망을 실현시키도록 도와주는 데 있다고 생각합니다. 요즘 이를 진로진학에서 성

공하는 것이라고도 합니다. 이를 위해서는 우선 자신의 능력, 재능을 무한히 확장시키는 데 최선을 다해야 할 것입니다. 흔히 학습, 공부라고도 하지요. 그러나 단순하게 국어, 영어, 수학 교과목의 공부만을 뜻하지는 않습니다. 자신이 좋아하는 것에 미치도록 빠져드는 것이 중요합니다. 우리 선조들은 이것을 "분발하여 밥 먹는 것조차 잊어버렸다"고 했습니다. 다음에는 인간다운 품성을 지녀야 할 것입니다. 아무리 훌륭한 능력이 있다 하더라도 비인간적이라면 우리 사회에 아무런 도움이 되지 않을 것입니다. 예를 들어 의사가 환자를 돈벌이 수단으로만 생각한다면 칼을 들고 남의 집을 침입하는 강도와 무슨 차이가 나겠습니까? 또 한 가지 덧붙인다면 평생을 같이 할 수 있는 튼튼한 체력을 길러야 할 것입니다. "건강한 신체에 건전한 정신이 깃든다"는 말을 생각해 봅시다.

기자: 선생님께서 현재 여고 2학년이라고 한다면 어떻게 학생 생활을 보내고 있을지 말씀해 주십시오.

교감: 사실 나는 고2학년 때 공부를 참 열심히 했습니다. 시골에서 대구의 일반계 고등학교로 진학하여 공부만 했다고 할 수 있습니다. 지금처럼 창의적 체험활동도 활성화되어 있지 않고, 시골뜨기가 도시생활 하는 데 한계가 많았기 때문입니다. 내가 만약 현재 고2 여고생이라면 앞에서 이야기 한 자신의 무한한 능력개발, 인성 함양, 체력 단련 등을 위해 힘쓰겠습니다. 즉 학교생활을 충실히 하면서 자신의 미래를 위한 준비를 위해 노력하겠습니다.

기자: 마지막으로 경덕여고 학생들에게 한 말씀 부탁드립니다.

교감: 사랑하는 경덕여고 1,200명 건아들이여! 여러분의 앞에 놓인 인생은 여러분의 인생입니다. 무엇을, 그리고 어떻게 꾸밀지는 여러분의 뜨거운 가슴과 냉철한 머리에 달려있습니다. 여러분에게 주어

진 3년 동안 고등학교 학창 시절에 최선을 다하여 나만의 아름다운 인생을 만듭시다. 여러분을 사랑하고 아끼는 선생님들이 함께 하고 있습니다. 감사합니다.

2013. 10. 24.
경덕여고 교감 이재철

– 화원고 신문 '화원' 제36호 발간사(2014. 12. 22.)

실력과 열정을 갖춘 화원인이 되자!

1,400여 자랑스러운 우리의 아들·딸, 화원인이여!

3월의 차가운 이른 봄바람을 맞으면서 2014학년도가 시작된 지가 엊그제입니다만, 벌써 한 해를 마무리할 때가 되었습니다. 늘 해맑은 모습과 착한 심성으로 학교생활을 충실히 하는 여러분들은 우리의 자랑이요 희망입니다.

올해는 참으로 우리 모두 학교생활에 최선을 다하였습니다. 내일의 주인공으로서 힘든 공부와 인성 도야를 위해 씨름하기도 하고, 진로진학의 성공을 위해 한순간 한순간 의미 있는 활동을 하였습니다. 연일 들려오는 낭보는 우리의 노력이 헛되지 않았음을 증명하고 있습니다. 3학년은 서울대·연세대·성균관대·경북대·영남대 등 서울과 지방의 명문대에 합격하고 있습니다. 2학년은 국가수준 학업성취도 평가에서 탁월한 정도로 향상하였고, 1학년은 진로진학과 학업에서 강렬한 도전정신을 보여주고 있습니다. 뿐만 아니라 모든 구성원들이 최선을 다한 결과, 과학 경진대회 우수교, 학교교육 정보화 우수교, 학교 스포츠클럽대회 우승 등에서 빛나는 성과를 거두었습니다. 새로운 역사를 만들어가는 화원인으로서 우리 모두 자긍심과 자부심을 충분히 가질 만합니다.

자랑스러운 화원인이여!

나는 지난 5월 10일 1·2학년 40명 학생을 인솔하여 서울지역 대학탐방을 다녀온 바 있습니다. 그날 저녁 서울대에 재학 중인 선배와의 대화 시간에 선배들이 화원고 출신으로서 강한 자부심을 가지고 있으며, 또한 대한민국 최고의 인재로 성공하기 위하여 대학교 생활에 최선을 다하고 있음을 보았습니다. 선배들의 정신은 후배들에게도 면면히 흐르고 있습니다. 3학년들은 밤늦도록 공부하여 명문대학에 진학하였고, 1·2학년은 '도전 30시간 연속 공부하기'에서 불타는 분투력을 보여주었습니다. 혹시 화원고가 도시외곽 농촌지역에 위치하여 여건이 불리하고, 따라서 실력이 모자란다고 우리 스스로 낮추어 보지는 않을까 걱정이 됩니다. 노력하는 자에게는 방법이 보이고 준비된 자에게는 기회가 온다는 평범한 진리를 깨닫고 화원인으로서 강한 자신감을 가져야겠습니다.

실력과 열정이 넘치는 화원인이여!
미래는 여러분이 꿈과 희망을 실현하는 무대입니다. 우리 사회가 필요로 하는 인재로 거듭나기 위하여 내면의 실력을 기르도록 피나는 노력을 해야겠고, 또한 항상 남을 먼저 생각하고 배려하는 올바른 인성을 가진 사람이 되기를 바랍니다.
교문과 현관에 있는 입간판에 이렇게 쓰여 있습니다.

'내일의 꿈과 희망을 향해 여기서 새롭게 도전하자!'
'새롭게 생각하고 끊임없이 도전하자! Ambition Bravery Challenge'

우리 화원인이 추구하는 교육목표요, 동시에 화원인재의 모습입니다. 등하교시에 다시 한번 더 눈여겨보았으면 합니다.
우리의 아들·딸 화원인 여러분, 사랑합니다.

2014. 12. 22.
화원고 교장 이재철

- 화원고 교지 '해오름' 제7호 발간사(2015. 9. 15.)

사랑하는 화원인 여러분!

배움의 터전, 이곳 화원고에서 성장하여 가는 여러분의 모습, 세상에서 가장 소중하고 아름답습니다. 순수하고 곱디곱게 맑은 인성은 우리들의 자랑입니다. 많은 사람들이 칭찬하고 있으며, 스스로도 대견해 하고 있습니다. 대구교육청 홈페이지에 외부 민원인이 자랑한 미담을 기억하고 있을 것입니다. 디지털혁명이 가져온 눈부신 발전의 이면에 가려진 인간성 상실을 치유할 수 있는 희망이 보입니다. 도시외곽, 농촌지역에 위치한 화원고의 미래는 참으로 밝습니다.

인성뿐만이 아닙니다. 작년 5월 자신의 미래와 역경을 헤쳐나가려는 여러분을 보고서 깜짝 놀랐습니다. 서울대에 진학한 선배들과 여러분들은 밤늦도록 치열하게 토론을 하였습니다. 선배들은 농촌지역의 화원고를 졸업하였지만, 서울대에 진학하여 강한 분투력과 자신감을 발휘하여 소속 학과에서 늘 1등을 하고 있다고 했습니다. 후배들이 인생의 방향을 정하는 데 이보다 더 강한 메시지는 무엇이 있겠습니까? 후배들은 피곤한 몸인데도 불구하고 한순간도 한눈팔지 않고 뚫어져라고 집중하고 있었습니다. 그날의 감동은 잊을 수가 없습니다.

사실, 교장인 나는 이 지역 출신입니다. 초·중학교를 여기서 졸업하고, 고등학교와 대학교를 대구에 유학하였다가 직장을 마무리하는 시점에 되돌아왔습니다. 누구보다도 여기의 정서와 문화, 생리를 잘 알고 있습니다. 순박하고 온순하지만, 현실에 안주하여 미래 발전에 대한 의지가 약하다는 특성이 있습니다. 여러분도 혹시나 이렇지는 않을까 미리 걱정한 적이 있었는데, 기우(杞憂)에 불과하다는 것을 알게 되었습니다.

자랑스러운 화원인 여러분!

작년과 올해에 여러분의 꿈과 끼, 희망을 실현할 수 있는 많은 교육활동을 하였습니다. '시와 문화가 있는 낙동강 따라 녹색길 걷기 대회', '꿈을 향한 도전−성취 30시간', '자기주도적 학습 캠프', '대학 탐방을 통한 나의 꿈과 진로 찾기', 스포츠클럽 활동, 가온마루 학습동아리, 에듀힐링 콘서트 등이 생각납니다. 청명한 가을 하늘 아래 노란 셔츠를 입은 300여 명의 학생, 선생님, 학부모들이 함박산을 뒤덮을 때의 그 장관은 잊을 수 없습니다. 모든 활동에 열정적으로 참여하고 나날이 발전하여 가는 여러분들에게서 큰 감동을 받았습니다. 무한한 신뢰와 애정을 보냅니다.

내일의 희망, 화원인 여러분!
화원인의 바람직한 인간상은,

ㅇ 따뜻한 가슴으로 베풀 줄 아는 사람
ㅇ 새롭게 생각하고 끊임없이 도전하는 사람
ㅇ 심신이 건강하고 기본을 존중하는 사람

으로 정하고 있습니다. 도달하기에 너무 힘들고 나와는 거리가 멀다고 생각합니까? 불가능하다고 생각하는 사람은 자신의 능력에 미리 한계를 두는 것입니다. 앞에서 말하였듯이 여러분들은 이미 성실하게 실천하여 한 발 한 발 다가가고 있습니다. 노력하는 자에게는 방법이 보이고 준비된 자에게는 기회가 온다는 평범한 진리를 깨닫고, 화원인으로서 강한 자신감을 가져야 합니다.

미래는 여러분이 꿈과 희망을 실현하는 무대입니다. 우리 사회가 필요로 하는 인재로 거듭나기 위하여 내면의 실력을 기르도록 피나는 노력을 해야 합니다. 또한 항상 남을 먼저 생각하고 배려하는 올바른 인성을 가진 사람이 되기를 바랍니다. 교문과 현관에 있는 안내판에 이렇게 쓰여 있습니다. 등·하교할 때마다 보았을 것입니다.

○ 내일의 꿈과 희망을 향해 여기서 새롭게 도전하자!

○ 새롭게 생각하고 끊임없이 도전하자! Ambition, Bravery, Challenge

화원인으로서 늘 가슴에 새겨서 실천해 주기 바랍니다.

작년과 올해 2년 동안 여러분들의 학교생활 모습을 담은 교지『해오름』제7호의 발간을 진심으로 축하합니다.

화원고 학생 여러분, 사랑합니다.

2015. 9. 15.

화원고 교장 이재철

- 경북고 교지 '경맥' 제59호 발간사(2016. 12. 10.)

사랑하는 경맥인(慶脈人) 여러분!

나는 2016년 9월 1일자로 제23대 교장으로 취임하였습니다. 경북고는 1899년 사립 달성학교로 시작하여 117년의 유구한 역사와 전통을 자랑하고 5만여 동문을 배출한 명문고교입니다. 삼국시대 이래 우리나라를 이끌어 왔던 인물들은 영남지방에서 배출되었고, 이를 '경맥(慶脈 : 경상도 인재의 맥)'이라 불렀는데, 경북고는 바로 경맥 인재의 산실입니다. 한말의 구국운동, 일제강점기의 독립운동, 6.25전쟁 때 전쟁터에서 희생, 독재정권에 항거한 2.28 의거, 근대화에 이어서 선진국가로의 진입 등에 경북고 동문들이 활약하였습니다. 등·하굣길에 항상 마주하는 '경맥대간(慶脈大幹)'의 표지석과 표호하는 '사자상'은 이를 상징하고 있습니다. 학교를 이끌어 가는 교장으로서 나는 '경맥정신'을 학교교육의 정체성(Identity)로 삼아서 후배들이 계승 발전시켜야겠다고 확신하고 있습니다. 경맥정신을 고취시키기 위하여 '경맥정신 실천 걷기행사', '자기주도학습 캠프', '경맥인재상 제정' 등을 하고자 합니다. 경맥정신에 투철한 경고인이 대한민국을 이끌어 갈 것입니다.

미래사회는 인성과 실력을 겸비한 사람이 필요합니다. 양심과 도덕이 충만하여 자기 관리에 철저하고 남을 도우고 배려해야 할 것입니다. 인성이 반듯하고 늘 밝은 표정으로 생활하는 우리 학생들의 모습에 크게 감동받았습니다. 아침 등굣길에 명랑하게 인사하는 모습, 깨끗하게 단정된 교정의 안팎 등에서 우리 학생들의 착한 인성을 엿볼 수 있습니다. 게다가 넓은 교정에 수목으로 아름답게 조성된 화단, 연못 '고청원' 등의 경관은 우리의 심성과 잘 어울리고 있습니다.

경북고의 학력이 대구지역을 넘어서 전국에서도 뛰어난 사실은 이미 알려져 있습니다. 소위 대구의 '강남지역'이라 불리고 있습니다. 이제는 정부 정책이나 대입시 제도의 변화에 맞추어 공교육, 즉 학교교육이 충실하게 뒷받침되어야 할 것입니다. 자기주도학습 역량이 뛰어나고, 강한 분투력과 자신감을 발휘해야 할 것입니다. 지난 12월 3일과 4일 이틀 동안 '지·사·행(知思行) 성취 30시간 자기주도학습 캠프'에 참가한 52명 학생들이 끝까지 학습에 몰입하고 자긍심에 충만한 모습을 보았습니다. 경맥인의 미래는 매우 밝고, 경북고는 대한민국 최고의 명문고로 거듭날 것임을 확신합니다.

내일의 희망, 경맥인 여러분!
무한한 신뢰와 애정을 보냅니다. "노력하는 자에게는 방법이 보이고, 준비된 자에게는 기회가 온다"는 평범한 진리를 깨닫고 경맥인으로서 강한 자부심을 가져야 합니다. 미래는 여러분이 꿈과 희망을 실현하는 무대입니다. 등·하교할 때마다 경맥인의 살아있는 숨결과 전통을 느끼면서 다음의 가르침을 실천해 주기 바랍니다.

○ 내일의 꿈과 희망을 향해 여기서 새롭게 도전하자!
○ 새롭게 생각하고 끊임없이 도전하자!

여러분들의 학교 생활모습을 담았는 교지 『경맥』 제59호의 발간을 진심으로 축하합니다.
경맥인 여러분, 사랑합니다.

2016. 12. 10.
경북고 교장 이재철

기자: 간단하게 약력을 말씀해 주십시오.

교장: 대구 달성군 출신이고, 청구고, 경북대 사범대 역사교육과, 경북대 대학원을 졸업하였습니다. 문학박사입니다. 경상중·대구고·경북고 교사, 대구시교육청 장학사, 경북대사대부고·경덕여고 교감, 화원고·경북고 교장(2016. 9. 1~현재) 등을 역임했습니다.

기자: 교장선생님의 인생철학은 무엇입니까?

교장: 나는 '하늘이 부여한 운명이 무엇인지를 알 수 있는 나이'(지천명, 50대 후반)입니다. 내 인생의 의미를 정리할 때입니다. 가만히 인생을 되돌아볼 때 많은 경험과 생각들이 지나쳐 가는데, 그 중에서 '인생을 감사하는 마음', '시간을 아끼는 자세', '강한 분투력과 추진력' 등을 중시하는 것 같습니다. 우리는 감사하게도 부모님 덕분에 이 세상에 태어났습니다. 참으로 고마운 일이지요. 그래서 늘 부모님의 은혜에 감사하고 있습니다. 인간으로서 무한한 능력을 발휘하여 자신을 발전시키고 주변 사람들과 더불어 살아가면서 행복과 자존감이 충만해집니다. 세상은 아름답고 살 만합니다. 업무를 처리할 때 늘 제도, 법령, 예산보다도 사람을 중심에 두고 있습니다.

인생에서 우리에게 주어진 삶의 시간은 일정하고 공평합니다. 중국의 진시황제가 불로장생을 꿈꾸었지만 결국 실패하였습니다. 그럼에도 불구하고 인생에서 주어진 시간이 얼마나 중요한지는 쉽게 깨달을 수 없지요. 고대 중국의 시인 도연명이 "새벽은 하루에 두 번 다시 오지 않고, 청춘은 지나가면 그만이다"라고 읊은 시를 읽고 감동하였습니다. 나이가 들수록 한순간이라도 의미 있게 보내려고 애쓰고 있습니다.

인간의 의지와 능력은 무궁합니다. 100만 년 전에 인류가 이 지구상에 태어나 끊임없이 진화하여 찬란한 문화를 발전시켜 왔습니다. 노력하고 분투력을 발휘할 때 인간으로서 희열, 만족감을 느낍니다. 인간의 욕망 단계 중 자아만족이 최고의 경지입니다. 나는 농촌에서 성장하여 대학교 졸업, 박사학위 취득에 이르기까지 끊임없이 분투력을 발휘했습니다. 분투력의 효과에 대한 강한 믿음이 있습니다. 분투력을 발휘하다보니 배고픔도 잊었다고 하는 공자의 말씀의 의미를 알 것 같습니다. 현재 우리 학생들에게 분투력을 가지라고 강조하는 것은 내 자신의 경험에서 우러나온 것입니다.

기자: 교장선생님의 교육철학은 무엇입니까?

교장: 교육은 학생들로 하여금 스스로 학습하여 그 즐거움을 느끼게 하는 것이라고 생각합니다. 나는 공자가 "배우고 때때로 익히면 즐겁지 아니한가?"라고 한 말씀을 잘 실천하고 있습니다. 공부의 즐거움으로 두피에서 찌릿하게 떨리는 현상을 느낀 적이 많습니다. 아마 어릴 때부터 스스로 공부해야만 된다고 하는 습관이 형성되었고, 초·중·고교에서 우등생으로 성취욕과 자존감이 강화되었습니다. 대학교에서는 한국역사를 전공하여 박사학위를 취득하면서 본격적인 학문을 탐구하고 공부의 묘미를 가지게 되었습니다. 공부보다 인생에서 더 가치롭고 자랑스러운 것은 없다고 확신하고 있습니다. 지금도 늘 집 서재에서 책을 읽고 있습니다. "아는 것은 좋아하는 것보다 못하고, 좋아하는 것은 즐기는 것보다 못하다"라는 공자의 말씀을 들려주고 싶습니다.

기자: 교장선생님의 가장 큰 인생의 전환점은 언제였습니까?

교장: 나는 인생에서 많은 경험을 했습니다. 농촌에서 성장하여 경북대 사대를 졸업하고 대학원에 진학하여 여러 편의 논문과 저서를 출간하였습니다. 대한민국학술원에서 우수학술 도서로 선정하였습

니다. 한국정신문화연구원 연구원, 교사, 장학사, 교감, 교장 등의 경력도 있습니다. 또한 군대도 한국군으로서 미군에 소속된 KA-TUSA(미군에 배속된 한국군)로 근무했습니다. 고비고비마다 끝없는 노력과 분투력을 발휘하여 많은 성취를 이루었습니다. 가장 의미 있는 것은 대학원에 진학하여 박사학위를 받고 계속 학문의 길을 걷게 된 것입니다. 덕분에 학교 현장에서도 소신과 자신감을 가지게 되었습니다.

기자: 교장선생님의 학교 경영방침은 무엇입니까?

교장: 118년의 전통과 역사에 빛나는 대한민국 최고의 명문고 경북고 교장으로서 보람과 함께 무거운 책무감을 가지고 있습니다. 공교육을 정상화하여 학교교육에서 학생들이 만족하고 학부모들이 신뢰하며, 선생님들은 행복한 학교를 만들고자 합니다. 학생들은 반듯한 인성을 가지고 자기주도적 학습력을 길러 진로진학에 성공해야 할 것입니다. 선생님들은 자율과 책무감을 바탕으로 소통과 화합하여 교육목표 달성에 최선을 다해야 할 것입니다. 학부모들은 자녀들에게 자신감과 긍정적 사고를 불어넣고 학교교육을 신뢰하며 성원해야 할 것입니다. 그러면 경북고의 모든 구성원들이 만족하고 행복한 학교가 될 것입니다.

기자: 경북고가 다른 학교에 비해 가진 장점은 무엇이라 생각합니까?

교장: 우리 학교는 역사와 전통, 자부심을 가진 학생들, 공교육을 중심으로 교육 인프라 등의 장점이 있습니다. 경북고는 118년의 역사와 전통을 가진 대한민국 최고의 명문고입니다. 한말, 일제강점기, 6.25전쟁, 4.19혁명, 조국 근대화 등 근현대사에서 중요한 역할을 하였습니다. 대통령을 비롯한 정부 3부 요인, 국회의원·장관·차관 등 우리나라를 이끌어 온 선배들이 배출되었습니다. 여기에는 '경맥정신'이 관통하고 있습니다. 인성이 바르고 열정이 뛰어

난 학생들, 최고의 학력과 경력을 갖춘 교사진, 교육에 대한 관심과 지원이 뛰어난 학부모들, 동창회 장학금 지원 등 학교 발전에 대한 인적·재정적 요소가 있습니다. 아울러 넓은 교지에 잘 조성된 수목과 경관을 갖추고 있으며 공교육을 뒷받침할 사교육, 지자체 교육인프라도 풍부합니다.

기자: 학생 또는 선생님을 위해 운영하고자 하는 제도가 있습니까?

교장: 학생들을 위해서는 내년부터 휴대폰을 학교에서 보관하려고 합니다. 전자기기가 학습에 방해된다는 것은 잘 알려져 있고, 90% 넘는 학교에서 자체 보관하고 있습니다. 다소 불편하고 분실의 염려도 있지만 학습을 위해서는 반드시 필요하다고 생각합니다. 사전에 학생, 학부모, 교사들의 의견을 수렴하도록 하겠습니다. 그외 학교에서 실내·외화를 구분하여 착용하도록 하겠습니다. 교실에서 실외화를 착용하는 것은 냄새나 위생상에도 좋지 않습니다. 선생님들을 위해서는 전문성을 높이고 수업의 기법을 공유하기 위해 '수업 아카데미'를 하려고 합니다. 수업의 과정을 다른 교사들에게 설명함으로써 수업에 대한 고민을 해결하고 새로운 수업 기법을 배울 수 있는 기회가 될 것이며, 열린 학교문화를 만들어 가는 데 도움이 될 것입니다.

기자: 우리 학교의 마일리지 제도는 어떻게 생각하고 있습니까?

교장: 마일리지 제도는 공교육을 활성화시키기 위하여 교내 프로그램에 적극 참여시킬 목적으로 올해 처음 실시했습니다. 사교육과 정시체제에만 매몰되어 있는 수성구 지역의 학교문화를 바꾸려는 것입니다. 현행 대입시제도는 수시전형이 대세이고, 이는 학교교육에서 충실한 학생이 성공하도록 하는 것입니다. 이미 다른 지역 학교는 이 방향으로 전환했는데도 불구하고 경북고는 변화를 하고 있지 않습니다. 마일리지 제도는 그 방법 중의 하나인데, 학생들

이 적극 참여한다면 틀림없이 진로진학에 성공할 것입니다. 앞으로도 더욱 보완하여 확대할 것입니다.

기자: 경북고 학생들에게 전하고자 하는 조언과 인생의 가르침은 무엇입니까?

교장: 경북고 학생으로 강한 정체성, 자신감, 희망을 가져야 합니다. 역사와 전통에 빛나는 경북고 학생들은 경맥정신을 실천하여 대한민국 최고의 명문고 학생이 되어야 합니다. 다음 기초·기본생활자세를 지키고 더불어 살아가는 인성을 갈고 닦아야 합니다. 미래사회를 책임질 여러분들은 스스로 자신을 관리하고 관계형성에 성공하여 건강한 사회를 만드는 데 참여해야 합니다. 그리고 자기주도학습에 최선을 다하고 진로진학에 성공하도록 치밀하게 준비해야 합니다. 우리 학교 교문입구의 거대한 시원석에 새겨진 '교학'이란 글자의 의미는 "내일의 꿈과 희망을 향해 여기서 새롭게 도전하자", "새롭게 생각하고 끊임없이 도전하자"일 것입니다. 이 글귀가 학교생활의 지침이 되어 성공하는 경맥인으로 거듭나기를 바랍니다. 감사합니다.

2017. 11. 1.
경북고 교장 이재철

– 경북고 교지 '경맥' 제60호 발간사(2018. 1. 9.)

사랑하는 1,500여 명의 경맥인 여러분!

118년의 전통과 역사, 대한민국 최고 명문고를 자부하는 경북고는 경맥인의 터전입니다. 높은 기상과 원대한 꿈, 고풍청운(高風靑雲)을 품고 지성과 인성을 겸비한 경맥인으로 성장하여 가는 여러분은 세상에서 가장 소중하고 아름다운 꽃입니다. 자타가 인정하는 우리의 정체성이오, 자긍심입니다. 또 다른 미래세계를 예고하는 4차 산업혁명을 선도할 주역으로서 경맥인의 미래는 참으로 밝다고 확신합니다.

경북고는 더 나은 100년의 발전을 위한 기로에 서 있습니다. 강한 분투력과 냉철한 판단력으로 더불어 살아가는 인재를 길러내어야 합니다. 눈 내린 겨울철에 홀로 푸른 잎의 기상을 내뿜는 소나무와 같고, 이웃을 위해 내 것을 초개처럼 버릴 수 있는 의인(義人)이 되어야 할 것입니다. 이는 여러분을 헌신적으로 가르쳐 주시는 선생님과 학교를 통해서만 이루어질 수 있습니다. 즉 우리의 시대적 과제인 '공교육 정상화'라고 표현하겠습니다. 학교교육을 신뢰하고 여기서 닦은 실력과 경험으로 진로진학에 성공하고 나아가서 대한민국의 인재로 성장해야 합니다.

학교교육은 스스로 공부하는 힘을 기르게 하고 학습에 대한 기쁨을 넘치게 합니다. 2,500년 전 공자는 "배워서 때때로 익히면 또한 즐겁지 아니한가!"(學而時習之 不亦說乎, 논어 학이), "아는 것은 좋아하는 것보다 못하고, 좋아하는 것은 즐기는 것보다 못하다"(知之者不如好之者 好之者不如樂之者, 논어 옹야)라고 설파하였습니다. 작년 2학기 학교장으로 부임할 때 어릴 때부터 사교육에 익숙해져 있는 학생들이 많다고 들었습니다. 내심 걱정이 되었습니다만, 한 해를 지내고 보니 기우(杞憂)에 지나지 않았음을 알게 되었습니다. 자기주도학습을 위해 일요일에도 도서관에서 자습하였고, 수업시간과 각종 학교 프로그램에 적극 참여하여 발전해 가는 모습을 학생부에 남기고, 이를 바탕으로 진학에 성공하는 것을 확인하였습니다.

자랑스러운 경맥인 여러분!

작년과 올해에 여러분의 꿈과 끼, 희망을 실현할 수 있는 많은 교육활동을 하였습니다. 부자캠프, 경맥정신실천 걷기, 경맥제, 체험활동, 꿈을 향한 도전-성취 30시간, 자기주도학습 캠프, 대학탐방을 통한 나의 꿈과 진로 찾기, 스포츠클럽 활동, 에듀힐링 콘서트 등이 생각납니다. 청명한 가을 하늘 아래 푸른 셔츠를 입은 200여 명의 학생·선생님·학부모님들이 두리봉 뒷산을 뒤덮을 때의 그 장관은 잊을 수 없습니다. 모든 활동에 열정적으로 참여하고 나날이 발전하여 가는 여러분들에게서 큰 감동을 받았습니다. 무한한 신뢰와 애정을 보냅니다.

내일의 희망, 경맥인 여러분!

미래는 여러분이 꿈과 희망을 실현하는 무대입니다. 우리 사회가 필요로 하는 인재로 거듭나기 위하여 내면의 실력을 기르도록 피나는 노력을 해야 합니다. 내가 평소 강조하는 말을 다시 상기하고자 합니다.

○ 내일의 꿈과 희망을 향해 여기서 새롭게 도전하자!
○ 새롭게 생각하고 끊임없이 도전하자!

경맥인으로서 늘 가슴에 새겨서 실천해 주기 바랍니다.

올해 여러분들의 학교 생활모습을 담은 교지『경맥』제60호의 발간을 진심으로 축하합니다.

경북고 학생 여러분, 사랑합니다.

2018. 1. 9.
경북고 교장 이재철

사랑하는 900여 명의 비슬인재 여러분!

비슬고는 2017년 3월 1일자 개교하여 올해 첫 졸업생을 배출하고, 제1호 교지 '참꽃'을 발간하게 되었습니다. 참으로 뜻깊은 역사의 한 장입니다. 대한민국 최고의 신흥 명문고를 지향하는 비슬고는 비슬인재들의 터전입니다. 비슬산의 웅장한 기상과 유장하게 영남 천리를 가로지르는 낙동강을 품고 지성과 인성을 연마하고 있습니다. 세상에서 가장 소중하고 예쁜 꽃들입니다. 새로운 미래세계, 4차 산업혁명을 선도하는 주역으로서 비슬인재들의 미래는 참으로 밝다고 확신합니다.

비슬고가 위치한 이곳은 불과 10여 년 전만 하더라도 대구 서쪽 끝에 위치한 전형적인 농촌지역이었습니다. 나는 여기서 멀지 않은 곳에서 태어나 유년·청년시절을 보냈으며, 아직도 친척과 지인들이 많이 살고 있습니다. 친구들과 시골을 누비면서 초·중학교를 졸업했고, 대학교를 마칠 때까지 농사일을 거들기도 했습니다. 그때의 경험과 추억이 짙게 남아 있습니다. 내 삶의 근원이 옷감처럼 촘촘히 짜여져 있는 곳입니다. 따라서 이 지역의 정서, 문화, 역사 등에 대해 누구보다도 잘 알고 있습니다. 올해 3월에 비슬고 교장으로 부임하여 여러분을 가르치게 된 것은 나로서 크나큰 행운이라 생각합니다.

비슬고는 이제 신생 3년 차 학교로서 새로운 100년의 발전을 위해 출발하게 되었습니다. 비슬인재들은 강한 분투력과 냉철한 판단력으로 더불어 살아가는 인성을 닦아야 합니다. 눈 내린 겨울철에도 꿋꿋하게 푸른 기상을 내뿜는 소나무와 같아야 하며, 이웃을 위해 내 것을 초개처럼 버릴 수 있는 의인(義人)이 되어야 할 것입니다. 이는 여러분을 열성적으로 가르쳐 주시는 선생님과 학교에 의해서 성취될 수 있습니다. 즉 학교교육을 신뢰하고 여기서 닦은 역량과 경험으로 진로진학에 성공하여 대한민국의 동량(棟梁)으로 성장하는 것을 뜻합니다. 한 해 동안 여러분들을 지켜본 결과,

모두가 이 길로 충실히 가고 있고, 괄목할만한 인재로 성장한 학생들도 많이 보고 있습니다.

학교교육은 스스로 공부하는 힘을 기르게 하고 학습에 대한 기쁨을 넘쳐나게 합니다. 2,500년 전 공자(孔子)는 "배워서 때때로 익히면 또한 즐겁지 아니한가!"(學而時習之 不亦說乎, 논어 학이), "아는 것은 좋아하는 것보다 못하고, 좋아하는 것은 즐기는 것보다 못하다"(知之者 不如好之者 好之者 不如樂之者, 논어 옹야)라고 설파하였습니다. 우리 학교에서도 교육의 목표인 '공교육의 정상화'에 따라 모든 구성원들이 합심하여 이를 추진하고 있습니다. 어릴 때부터 사교육에 익숙해져 있는 학생들이 과연 잘 따라올 것인가 하고 걱정하기도 했습니다. 그러나 시간이 갈수록 여러분들에 대한 믿음은 강해지고 있습니다. 면학실에서 자기주도학습하는 모습, 각종 학교 프로그램에 참여할 뿐만 아니라 자치적으로 기획, 추진하는 모습 등에서 확인하였습니다.

자랑스러운 비슬인재 여러분!

올해 여러분들이 참여한 활동 중 낙동강 따라 세계문화유산길 걷기, 학교 설명회, 동아리 발표대회, 지·인·용(知仁勇) 성취도전 30시간, 리더십캠프, 스포츠클럽 활동 등이 생각납니다. 가을 황금물결로 일렁이는 현풍들녘을 따라 세계문화유산길 10Km 거리를 걸으면서 체력과 인성, 지성을 다지었고, 우리 학생들이 도동서원 중정당(中正堂)에서 역사와 문화를 해설하고 모두 경청하던 모습을 잊을 수 없습니다. 여러분들에게 무한한 신뢰와 성원을 보냅니다.

내일의 희망, 비슬인재 여러분!

미래는 여러분이 꿈과 희망을 실현하는 무대입니다. 우리 사회가 필요로 하는 인재로 거듭나기 위하여 내면의 실력을 기르도록 피나는 노력을 해야 할 것입니다. 내가 늘 강조하는 말들을 다시 상기해봅니다.

　○ 노력하는 자에게는 방법이 보이고, 준비된 자에게는 기회가 온다.
　○ 사랑하면 알게 되고 알게 되면 보이나니 그때 보이는 것은 이전과 다
　　르리라.

늘 가슴에 새겨서 실천해 주었으면 합니다.
　새롭게 생각하고 끊임없이 도전하는 비슬인재들의 학교 생활모습을 담
은 교지 『참꽃』 제1호의 발간을 다시 한번 더 축하합니다.
　우리의 『참꽃』 비슬인재 여러분, 사랑합니다.

2019. 12. 4.
비슬고 교장 이재철

• 기타

– 사대부고 2009학년 1학년 수련활동 격려사(2009. 3. 23.)

안녕하십니까? 사대부고 교감 이재철입니다.

사대부고 1학년 여러분의 수련활동을 진심으로 축하합니다.

먼저 2박 3일간의 수련활동을 할 수 있도록 우리들을 받아주신 소백산유스호스텔의 김춘효 원장님을 비롯한 모든 가족여러분께 감사의 말씀을 드립니다.

1학년 학생 여러분, 주위를 한번 둘러보십시오.

수련활동이 이뤄지는 이곳 소백산유스호스텔 일대는 자연경관이 아름답고 많은 문화유적이 있는 곳입니다. 민족의 영산이라 할 수 있는 소백산과 경치가 빼어난 단양팔경이 위치하고 있습니다. 역사적으로는 삼국시대 신라, 백제, 고구려가 다투다가 신라가 결국 차지하여 삼국통일의 기반을 다진 곳입니다. 자연과 역사를 호흡할 수 있는 곳입니다.

학생 여러분!

여러분은 진정으로 이 사회의 미래를 짊어지고 갈 주역들입니다. 유구한 역사를 살아온 우리 민족의 장래를 책임지고 있습니다. 이것이 너무 거창한 말이라서 피부에 와닿지 않습니까?

그렇다면, 여러분 개인의 문제에 한정한다면, 두말할 필요도 없이 현재 고등학교 1학년은 인생에서 매우 중요한 시기입니다. 우리나라의 유명한 소설가가 이런 말을 하였습니다. 인생을 백 리 갈 사람은 백 리 갈 정도의 양식을 마련하고, 오십 리 갈 사람은 오십 리 갈 정도의 양식을 마련한다고 했습니다. 젊어서 준비한 정도에 따라서 인생의 폭과 깊이가 달라진다는 것입니다.

여러분은 무엇을 준비하고 있습니까? 학교에서 아침부터 밤늦게까지 책과 씨름하고 있습니다. 새로운 지식의 습득, 이것은 반드시 필요합니다. 그러나 이것만으로는 충분하지 않습니다. 건강한 신체와 건전한 인성이 같이 있어야 합니다. 만약 우리나라 최고의 대학이라고 하는 서울대 의대를 졸업한 의사가 지식만 있다면, 환자야 죽든 말든 돈만을 벌려고 할 것이고, 이렇게 된다면 남의 돈을 강탈하는 강도와 무엇이 다르겠습니까?

우리는 오늘 건강한 신체와 건전한 인성을 배우기 위해 이곳에 모였습니다. 이를 위해 다양한 프로그램이 준비되어 있습니다. 체력 증진, 공동체 생활, 관계형성, 협동정신, 책임감 등을 익혀주기 바랍니다.

학생 여러분은 모처럼의 좋은 기회를 잘 살려서 재미있고, 추억에 남을 수련활동이 되기를 바랍니다.

끝으로 수련활동을 준비해 주신 1학년 담임선생님을 비롯한 여러 선생님께 감사드리며, 수련활동을 진행해 주실 소백산유스호스텔 임직원 여러분께 감사드립니다.

2009. 3. 23.

경북대사대부고 교감 이재철

안녕하십니까?

사대부고 교감 이재철입니다.

실습생 121분의 4주간 교육실습 종료를 진심으로 축하합니다. 교육실습이 유익하고 재미있었습니까? 아마 힘들었을 것입니다. 수고하였습니다.

알찬 교육실습을 위해 우리 학교에서 사전 준비, 진행, 결과 평가 등에서 최선을 다해 지원하려고 노력했습니다만, 부족하고 불편한 점이 많았으리라 생각됩니다. 예컨대 학교에서 점심을 제공하지 못한 점, 연구실이 협소하고 여러 곳에 분산된 점 등이 있습니다. 좁은 공간에 너무 많은 실습생이 배치되었기 때문입니다.

교육실습의 목적이 대학에서 배운 교육 이론을 실제로 교육 현장에 적용, 경험하고 교직 수행에 필요한 기능을 함양하는 데 있습니다. 이론과 말로만 듣던 교사의 모습을 조금이나마 이해하였으리라 생각됩니다.

교사는 무엇입니까? 교사의 역할은 무엇입니까? 교사는 무엇을 해야 합니까? 왜 교사가 존재해야 합니까? 이런 근본적이고 원론적인 질문에 대답할 수 있습니까? 아마 교사는 일반인이 생각하는 것과는 달리 매우 어렵고 힘든 직업이요, 아무나 할 수 있는 직업은 아니라고 느꼈으리라 생각됩니다.

예, 옳습니다. 교사는 단순하거나 쉽거나 아무나 하는 직업은 아닙니다.

우선, 수업을 생각해 볼까요? 수업을 몇 시간 했습니까? 첫 수업의 경험, 잘 간직하시기 바랍니다. 어제 밤새도록 준비한 수업 내용이 학생을 대면하는 순간 하나도 생각나지 않아서 머릿속이 백지장이 되었을 것입니다. 나만 그런 것이 아니고 모두 그렇습니다. 정상적인 현상입니다. 처음 여러분에게 내가 말씀한 것처럼 수업은 부단히 노력하면 나아질 수 있습니다. 이를 위해 아래 사람에게도 물어보는 것을 부끄러워하지 않는다는 '불치하문'(不恥下問)의 가르침을 잊지 마십시오.

다음, 교사는 수업지도만 있는 것이 아닙니다. 생활지도도 중요합니다. 현재 학생들의 생활습관, 학교 규칙에 대한 자세 등은 과거와는 매우 다릅니다. 자유분방하고 규정을 따르지 않으며 자기 잘못을 인정하지 않습니다. 매우 소란스럽습니다. 이런 학생들을 지도하는 데 강압적이고 일방적인 방법이 손쉬울지 모르지만, 이것은 시대에 맞지 않으며, 금지되어 있습니다. 특히 체벌은 그렇습니다. 다양하고 역동적인 학생들에게 어떻게 접근하여 생활지도를 할 것인가를 고민해야 합니다.

이외에도 학급담임, 행정업무 처리 등 교사의 임무가 많습니다. 짧은 실습기간이었지만, 이런 것을 적극적으로 배우고 자기 것으로 만들어 앞으로 유능한 교사가 되어 주기를 바랍니다.

현재 우리 교사에 대한 인식은 매우 비판적입니다. 노력하지 않는 집단으로 몰아붙이고 외부의 힘에 의해 재단하려고 합니다. 자율성이 보장되어야 할 최고 엘리트, 전문가 집단으로서는 자존심이 많이 상합니다. 누구의 잘못을 탓하기보다는 우리 스스로의 노력에 의해 새로운 교사상이 정립될 것입니다. 후배 여러분의 건투를 기대합니다.

끝으로 다시 한번 더 4주간 교육실습의 노고에 깊은 위로와 감사의 말씀을 드립니다. 수고했습니다.

2009. 5. 30.
경북대사대부고 교감 이재철

- 사대부고 교감 시 학생 대상 이임사(2012. 8. 31.)

1,200여 군성인 여러분!

안녕하십니까? 교감 이재철입니다.

유난히도 무덥고 지루하던 여름날도 서서히 우리 주위에서 물러나고, 며칠 전 태풍 '볼라벤'도 큰 피해 없이 지나갔습니다. 다행스런 일이 아닐 수 없습니다.

나는 2009년 3월 1일자에 본교에 부임하여 3년 6월 근무하다가 2012년 9월 1일자에 대구교육청 인사에 의해 경덕여고 교감으로 전근 가게 되었습니다. 역사와 전통에 빛나는 명문 사대부고에 근무하면서 여러분과 많은 정이 들었습니다.

몇 가지 부탁을 드리겠습니다. 우선 우리 한국의 미래를 짊어질 여러분은 막중한 책임을 지고 있습니다. 남을 배려하고 인정하는 사람이 되어야겠습니다.

둘째, 시간을 소중하게 생각해야 합니다. 새벽은 두 번 오지 않고, 청춘은 다시 오지 않는다는 옛사람의 말씀이 있습니다.

셋째, 스스로 학습하는 능력, 실력을 기르자. 학습은 스스로 하는 것입니다. 스스로 할 때 최고의 효율을 이룰 수 있으며 진정으로 자기의 것이 됩니다.

넷째, 어려움을 회피하지 말자, 도전정신을 가지자. 여러분 앞에 닥쳐오는 어려움은 부단한 도전정신과 분투력으로 극복해야 합니다.

다섯째, 자신에게 충실하자, 매사에 최선을 다하자 등입니다. 스스로 자기 자신에게 최선을 다할 때만이 남에게 인정을 받고 필요할 때 도움을 받을 수 있습니다. 이것이 바로 자신을 완성시켜 가는 진정한 길이 될 것입니다.

많은 이야기를 하고 싶지만 시간 관계상 다섯 가지를 부탁하는 것으로 이임사에 가름하겠습니다.

다시 한번 더 군성인의 열정에 찬사를 보냅니다.

열정을 불태우며 살아가는 군성인을 보고 싶습니다.

2012. 8. 31

경북대사대부고 교감 이재철

– 경덕여고 교감 시 학생 대상 이임사(2014. 2. 28.)

1,100여 경덕인 여러분!

안녕하십니까? 교감 이재철입니다.

유난히 길고 추웠던 겨울의 끝자락에 교정의 목련이 봄을 맞이할 채비를 하고 있습니다. 나는 2012년 3월 1일자 본교에 부임하여 1년 6개월 근무하다가 금년 3월 1일자 대구교육청 인사에 의해 화원고 교장으로 전근 가게 되었습니다. 봄방학 중에 인사발령이 났기 때문에 전체 학생들을 대상으로 인사하지 못하고 오늘 수업을 마치는 3학년 여러분에게만 인사를 하게 되었습니다.

30년의 청년기 전통에 빛나는 명문 경덕여고에 근무하면서 여러분과 많은 정이 들었습니다. 3학년 여러분, 여러분의 인생에 가장 중요한 1년이 남아있습니다. 준비가 잘되고 있습니까? 선생님과 부모님들이 여러분의 애쓰는 모습을 지켜보고 성원하고 있습니다. 최선을 다하여 성공하여 주기 바랍니다. 떠나면서 몇 가지 부탁을 하겠습니다.

첫째, 분투력을 발휘하여 최선을 다하기 바랍니다. 너무 평범하여 식상한 말입니까? 우리 경덕여고 학생들은 너무나 착하고 얌전하다는 칭찬을 많이 듣습니다. 우리 학생들의 장점임에는 틀림없지만, 거칠고 빠르게 변화하는 현실에는 불굴의 분투력도 필요합니다. 여러분이 맞이할 세계는 결코 따뜻한 온실이 아니라 온갖 도전과 시련을 가져오는 환경입니다. 과감하게 맞서기 바랍니다. 비가 온 뒤에 땅이 굳어지는 법이고, 넘어져 무릎이 깨져야만 단단해지는 법입니다. 실패를 절대로 두려워하지 말기 바랍니다. 자아도전에 성공하여 성취감을 맛본 경험이 있는 사람은 학습에도 성공하고 인생에도 성공합니다. 부모님, 학원, 과외교사 등 주변 사람들의 힘으로 공부를 하려고 하지 말고 자기 스스로 학습하는 힘을 길러야 합니다. 공부는 힘들지만, 그럼에도 불구하고 하지 않을 수 없습니다. 옛 성현의 말씀에 "피할 수 없으면 즐겨라"라고 하였고, "아는 것은 좋아하는 것보다 못하며,

좋아하는 것은 즐기는 것보다 못하다"라고 했습니다. 공부를 즐기면 효과가 매우 높을 것입니다.

둘째, 관계형성에 성공하는 사람이 되기 바랍니다. 인간은 사회적 동물입니다. 남에게 인정받으려는 아주 기본적이고 강한 욕구가 있습니다. 친구에게 인정받는 지름길은 내가 먼저 친구를 인정해 주고 이야기를 들어주는 것입니다. 친구를 배려하고 도와주는 사람, 인정이 있는 사람이 우리 사회를 건강하게 만들 것입니다.

셋째, 시간을 소중하게 아껴 쓰기 바랍니다. 중국의 위대한 시인인 도연명이 "하루에 새벽은 두 번 오지 않고, 청춘은 다시 오지 않는다"라고 했습니다. 시간은 우리 인간에게 아주 공평하게 주어집니다. 헛되이 시간을 낭비하지 말고 무엇을 어떻게 할지 치밀하게 계획하고 실천해야 합니다.

넷째, 건강을 유지하기 바랍니다. 건강한 신체에서 건강한 정신이 깃든다는 아주 평범한, 그렇지만 그보다도 절실한 말이 없습니다. 건강은 인생의 중요한 자산입니다. 우리 주변에 병원이 너무 많이 있습니다. 내가 아프면 병원에 가서 치료하면 되겠지 하고 생각하면 잘못입니다. 병원에 가보면 환자들이 너무 많아서 거기에 내가 포함된다는 생각 자체가 끔찍할 것입니다. 나는 매일 새벽 5시 30분부터 1시간 동안 달리기를 합니다. 건강해야만 내가 맡은 직무를 충실하게 수행하고 가정과 주변이 화목해집니다.

이제 경덕여고를 떠나면서 마무리 말을 하고자 합니다. 교장선생님이 늘 하시는 말씀인 경덕의 A(Ambition 야망, 꿈), B(Bravery 용기), C(Challenge 도전)를 여러분의 좌우명으로 삼고 실천하여 주기 바랍니다. 비록 화원고로 전근 가지만 여러분이 성공하도록 기도하고 성원하겠으며, 성공한 여러분을 만나기를 기대합니다.

2014. 2. 28.
경덕여고 교감 이재철

3 교사와 함께 학교교육을 고민하다

여기서는 교장과 교사들이 학교교육을 논의한 말과 글을 모았다. 교장이 공식적으로 교사들과 회의하는 시간은 월례회의와 주례 부장회의가 있다. 월례회의 때 대부분 교장이 마무리 발언으로 덕담을 하고 있다. 그러나 학교 개혁을 추진하기 위해서 교사의 협조를 구하거나 학교 운영 방향을 설명할 때는 교장의 발언 내용이 많아진다. 화원고와 경북고에서 교장이 주도적으로 개혁을 추진하면서 발언할 기회가 많았는데, 역시 지면 관계상 의미 있는 5개를 녹취하여 정리하였다. 전체 교사회의 때는 대체적인 방향을 제시하였고, 실무적이고 구체적인 사안은 매주 2차례의 부장회의 때 논의하였다. 부장들이 자율적이고 적극적으로 업무를 추진하였고, 교장은 회의 도중 부서간의 갈등을 정리하거나 마무리 발언으로 사안들을 최종 결정하였다. 부장회의 시 교장의 발언 중 8개를 녹취 정리하여 실었다. 일상적인 내용이고 다듬어지지 않은 말이지만 학교 운영의 일단을 이해하는 데 참고가 될 것이다. 학교 밖에서 진행되는 워크숍에서는 미리 요약본 원고를 준비하였다가 회의 시 발언한 뒤 논의토록 했다. 모두 학교 운영을 원활히 하는 데 중요한 절차와 과정이고, 구성원들과 학교 운영을 공유하는 기회였다.

- **교직원 회의 시 발언 녹취록**

- 화원고 2015. 12. 17. 교직원 워크숍 인사말

존경하고 신뢰하는 화원고 선생님 여러분!

여기 천년 역사의 숨결이 살아 숨 쉬는 신라의 고도(古都) 경주, 세계 문화유산의 보고(寶庫) 경주 남산 자락이 보이는 보문단지에서 워크숍을 가지게 된 것을 매우 기쁘게 생각합니다. 바쁜 일정이 있음에도 불구하고 선공후사(先公後私)의 정신으로 학교 행사에 적극적으로 참여해 주신 여러분들께 감사드립니다. 늘 학생과 학교를 사랑하는 마음을 읽을 수 있습니다.

오늘 제가 드릴 말씀은 작년 부임 이후 학교장으로서 학교 운영에 대한 소회를 밝히고자 합니다. 딱딱한 자료나 수치로서 부담을 드리지 않겠습니다. 평소 우리가 주고받았던 이야기를 가볍게 풀어내겠습니다. 부담 없이 편안한 마음으로 들어주기 바랍니다. 먼저 2015학년도 교육적 성과를 말씀드리고, 내년에는 무엇을 해야 할 것인가 하는 저의 생각을 말씀드리고자 합니다.

금년도 교육적 성과는 학교 홈페이지에 생생하게 소개되어 있습니다. 모두 여러 차례 보았을 것입니다. 3월 1일부터 현재까지 56건의 프로그램 및 행사가 소개되어 있습니다. 타 학교와 비교하거나 이전 시기와 비교할 때 양과 질적인 면에서 압도적으로 우수합니다. 역점사업으로 추진한 인성교육의 경우 녹색길걷기, 에듀힐링, 사제동행 체육대회, 화원예술제, 체험활동, 달성연탄은행 봉사활동, 희망천사학교 협약, 학교폭력 예방 캠페인 등이, 학습의 경우 자기주도학습 캠프, 성취도전 30시간, 교실수업개선, 저자와의 만남, 과학탐구 대회 등이, 진로진학의 경우 대학탐방, 나의 꿈 도전발표 대회, 직업체험, 진로캠프, 전문직업인과의 만남 등이, 학부모 및 학생과의 소통을 위해서는 학부모와의 간담회, 학생대표와의 간담회 등이 있습니다.

구체적 성과로는 2년 연속 학교평가 1위, 100대 교육과정 우수학교, 교

육활동 유공학교, 학업성취도 학력향상도에서 상위 20%에 위치, 학폭 개최 1건, 민원 제로 상태 등을 손꼽을 수 있습니다. 성과의 화룡점정(畵龍點睛)은 3학년 진학에서 서울대 2명 합격한 점입니다. 그 결과 대내외적으로 화원고에 대한 인식과 학생 및 학부모 만족도가 제고되고, 현재 인근 중 3학생들의 선지원율이 증가하고 있습니다. 2007년까지 지향하고자 하는 '대구 최고 명문 공립고'의 목표가 벌써 달성되었다고 해도 무리가 아니라고 생각합니다.

그렇다면 성과의 이유는 무엇이겠습니까? 첫째는 선생님들의 학생과 학교에 대한 넘치는 애정, 열정, 사랑, 애교심이라고 확신합니다. 사람은 정성을 쏟는 만큼 성장하고, 변화한다고 합니다. 마치 콩나물시루 속에 콩나물이 물만 주어도 성장하는 것은 정성이 있기 때문입니다. 선생님들이 열정을 쏟은 사례의 몇 가지만 들면, 휴무일에 진행된 각종 프로그램, 자율학습 지도에 적극적으로 참여한 점, 학급 관리, 수시원서 상담과 지도, 학교 축제 시 교사 무용단, 수능 서원식 때 보여준 교사들의 정성 등이 있습니다. 특히 자살하겠다고 호소하는 학생을 상담, 관리하여 대학교에 합격시킨 점은 헌신적인 교사가 아니면 불가능한 일이었습니다. 그 외 원로교사들의 솔선수범은 후배교사들에게 귀감이 되고 있습니다.

저는 학교장으로서 선생님들을 도와드리기 위하여 자율과 신뢰에 바탕한 학사 운영을 하고자 했습니다. 선생님들은 교육전문가이므로 자율성에 바탕하여 직무를 수행할 때만이 효과와 만족도가 높아진다고 확신하고 있으며, 서로 신뢰할 때 가능하다고 믿습니다. 저는 선생님들을 무한히 신뢰하며, 선생님 또한 저를 신뢰해 주기를 기대합니다.

세부적인 직무 수행에 있어서는 공정성의 가치와 신념을 공유하고자 했습니다. 불공정하게 배분된 업무로 인해 야기될지도 모를 불평과 불만, 갈등을 원천적으로 차단하고자 했습니다. 시스템에 의해 학교 행정을 예고하고, 업무의 효율화를 꾀했습니다. 사소한 사실적 차이나 오해에서 발생하는 감정의 거품을 제거하고자 했습니다. 모든 구성원이 웃고 만족해하며 최선을 다하면서 근무하는 모습을 보는 것이 저의 소원입니다.

저의 생각과 신념을 물심양면으로 뒷받침해 주신 교감, 행정실장에게 감사드립니다. 길호욱 교감은 매우 부지런하고 성실하며 동료 간의 인화에 모범을 보이고 있습니다. 수많은 난제들을 무난하게 처리하고 있습니다. 이성규 실장은 7월 1일 부임하여 예산, 시설관리, 복무 부분에서 확실한 업무 추진과 선생님들과의 소통에 능력을 발휘하고 있습니다. 적극적이고 선제적인 행정으로 모범을 보이고 있습니다. 두 분과 저는 생각과 신념이 정확히 일치하고 있습니다.

또한 15분의 부장교사는 맡은 바 직무를 적극 추진하고 있습니다. 자신의 영역이나 관행을 넘어서서 새롭고 창의적으로 업무를 추진하고 있습니다. 화원고가 어제와 다른 학교가 되었다면 부장교사들의 열정과 의지, 추진력 때문입니다.

이제 성과를 바탕으로 무엇을 할 것인가? 생각할 시간입니다. 우선 화원고 교사로서 강한 자부심을 가져주기 바랍니다. 하늘은 스스로 돕는 자를 돕는다고 하였고, 자신을 사랑하는 자만이 남을 사랑한다는 말이 있습니다. 우리 스스로 판단해도 충분한 성과를 거두었습니다. 더 나은 화원고를 위해 모든 구성원이 합심하여 학생과 교사가 행복하고, 학부모가 만족하는, '2017 대구 최고 명문 공립고를 향하여'라는 비전을 달성하는데 함께 나아갔으면 합니다.

또한 화원고 학생들이 강한 자부심을 가지지도록 지도해 주기를 바랍니다. 우리 학생들의 밝은 표정, 환한 미소, 자발적인 인사예절, 선생님에 대한 애정, 긍정적 사고 등을 자랑할 만합니다. 그럼에도 불구하고 농촌지역에서 생장한 탓에 자신감과 분투력이 부족하여 목표를 낮추고 움츠리고 있습니다. 자랑스러운 화원고 학생으로서 자부심, 자신감, 분투력을 가지도록 강하게 추동하여 주시기 바랍니다. 졸업생이 서울대에 진학하여 소속 학과에서 1등하고 있다는 사실을 상기시켜 주시기 바랍니다.

다음 과제는 관계형성을 중시해야겠다는 점입니다. 관계형성은 더불어 살아가는 것으로, 인간은 사회적 동물이므로 더불어 살아갈 때 인간의 존재 의미와 가치를 가집니다. 산업화 사회에서 선진국 사회로 가면서 일의 성과, 속도, 양 중심에서 과정, 천천히, 질 중심으로 변화하고 있습니다. 즉 기계중심에서 인간중심으로 변화하고 있습니다. 그리고 기술의 진보에 따라 스마트폰이나 전자 매체를 중시하는 데에서 파생된 문제를 해결하기 위해서는 관계형성의 의미를 되돌아보아야 하겠습니다.

관계형성의 전제 조건은 신뢰, 형평성, 배려이고 공감의 법칙이 중요합니다. 좋은 관계를 만들려면 먼저 웃어라, 나에 대해 알려라, 호감을 갖고 대하라, 편안한 사람이 되라고 합니다. 상대의 마음의 문을 열고 싶으면 먼저 노크를 해야 할 것입니다. 선생님 사이에 좋은 관계형성은 특히 교실수업을 위해서 필요합니다. 전문가로서 자신의 수업을 공개하고 남의 수업을 배우는 '불치하문'(不恥下問)의 열린 자세가 필요합니다. 또한 학생들의 변화에 맞춘 교실수업을 위해서는 학생과의 관계, 즉 수업의 패러다임을 교사중심에서 학생 중심으로 전환해야 할 것입니다. 이것이 바로 내년에 우리 학교에서 역점적으로 추진해야 할 교실수업의 개선입니다. 이는 성적 향상의 목적이 아니라 학생 개인의 성장, 자존감, 인성을 개발하는 데 필요합니다. 나아가 교실수업에서 학생들의 활동, 변화가 학생부에 기록되고, 대입시의 중요자료가 될 것입니다. 요컨대 관계형성과 우리의 핵심적 본분인 교실수업의 개선이 중요함을 인식하여 주시기 바랍니다.

다시 한번 더 금년 1년 동안 화원고 교육활동에 애정과 열정을 쏟으신 선생님들께 감사드리며, 다가오는 2016년 병신년에는 더욱 건승하시고 하시는 일들이 모두 이뤄지기를 기원드립니다.

2015. 12. 17.
화원고 교장 이재철

회의실 입구에 음료수 '월'을 놓아두었으니 각자 가져가서 드시기 바랍니다. 한 학기 동안 수고하신 선생님들을 위해 준비한 것입니다. 선생님들 앞에 책자 2권이 있으니 꼭 꼼꼼히 읽어보시기 바랍니다. 한 권은 선생님들께서 한 학기 동안 땀과 열정, 정성을 다하여 추진한 교육활동이 부서별로 정리되어 있습니다. 또 다른 한 권은 우리 학교의 프로파일로서 교육활동을 대외적으로 알리는 것입니다. (중략) 우리 학생들의 입시에 필요한 자료이며, 우리 교육활동의 정체성으로서 다른 학교와 비교하여도 충분히 자부심을 가질 만합니다. 교육활동의 방향과 성과가 담겨져 있고, 학교교육의 시스템이라 할 수 있습니다.(중략)

올해 3월에 교육을 시작할 때 이런 생각을 하였습니다. 교육의 3주체가 있는데, 학생에 대해서는 희망과 꿈을 달성하고, 선생님들께서는 행복한 학교를, 학부모들은 만족하고 신뢰하는 교육을 지향해야 된다고 생각하였습니다. 책자의 앞부분에 있습니다. 제 생각을 잘 이해하고 따라주어서 고맙습니다.

교육의 성과에 대해서 이야기하겠습니다. 학생에 대해서는 인성교육이 가장 중요하다고 했습니다. 인성교육을 바탕으로 자기주도학습을 하고 대학 입학에 성공해야 된다는 목표를 제시하고 수업, 입시지도, 상담 등을 하였습니다. 그 결과 학생들이 만족하고 표정이 매우 밝고, 인사를 잘합니다. 선생님 말씀 잘 듣고, 학교교육을 잘 따라옵니다. 지난주 수요일 달성장학재단에서 관내 초·중·고 학생들에게 장학금을 수여할 때 제가 참석하였습니다. 우리 학교 학생은 8명으로 가장 많았습니다. 장학증서 수여를 한 명씩 하면서 화원고를 거듭 호명하였습니다.

이어서 장학금 수혜를 받은 학생 중 성공한 학생의 사례 발표가 있었습니다. 2005년도에 우리 학교를 졸업하여 경찰대를 진학하였고, 현재 경찰 간부로 재직 중인 손병훈 군이 발표를 하였습니다. 발표 중 몇 차례나 모교의 교장선생님이 와 주셔서 고맙다는 인사를 하였습니다. 행사 후 달성군수와 간담회를 가졌는데, 군수가 손병훈 군이 모교 교장한테 인사하는 것을 두고 화원고의 인성교육이 잘 이뤄지고 있다고 칭찬하였습니다. 제가 화원고는 인성교육이 기본이라고 대답하였습니다. 화원고의 인성교육은 이미 소문이 났다고 하겠습니다. 그리고 진로프로그램을 운영하면 학생들이 너무 많이 지원하고 있습니다. 응모자를 심사하느라 담당선생님이 애를 먹고 있습니다. 참으로 바람직한 현상입니다.

선생님 여러분도 학교생활에 만족하고 있다고 생각합니다. 휴일인 토요일 녹색길 걷기 행사에 40여 명이 참여하였습니다. 3학년 담임선생님은 전원 출근하여 마지막 자율학습 관리, 입시 상담 등을 잘해주고 있었습니다. 교장으로서 너무 고맙고 미안할 정도입니다. 제 마음은 선생님들을 업어주고 싶다고 표현했고, 지난번 2학년 담임과의 간담회 때 실제로 업어 드렸습니다.

다음, 학부모들은 학교를 믿고 만족하고 있습니다. 자녀를 화원고에 보내고 싶다는 것은 객관적 자료로 입증되고 있습니다. 교육청 장학사로부터 받은 대외비 자료에 화원고의 선지원율이 160%에 이릅니다. 인근 학교는 30%에 불과합니다. 저는 학교 인근에 살고 있는데, 주민들로부터 화원고에 자녀를 보내고 싶다는 이야기를 여러 차례 듣고 있습니다. 주민들의 평판도가 상당히 좋아졌습니다. 자부심을 가져주기 바랍니다.

지난주 목요일 어느 민원인 부부가 교장실을 방문하였습니다. 자녀가 학폭 피해자로 피해를 당한 데 대해 불만을 제기했습니다. 학교에서 가해학생의 학급을 교체토록 결정했는데도 불구하고 이를 이행하지 않았다는 것입니다. 적절한 조치를 취해주지 않으면 교육청에 재심을 청구할 것이라고 하며 매우 고압적인 분위기였습니다. 그래서 담임선생님을 교장실에 불러서 같이 협의하였습니다. 담임선생님이 평소 학생지도 과정을 설명하자, 어머니는 담임선생님이 생활지도를 너무 자상하게 잘 해주어 고맙다고 연신 인사를 했습니다. 학부모의 태도가 완전히 바뀌었습니다. 그래서 제가 학부모에게 "아버님, 평소 제가 선생님들에게 부탁하는 말이 있는데, 내 자녀처럼 지도해 달라는 것입니다"라고 하니까 학부모가 수긍을 하였습니다. 민원은 해결되었고, 학부모는 기분 좋게 웃으면서 돌아갔습니다. 저는 어떤 민원이라도 선생님을 믿고 있기 때문에 해결하는 데 자신감이 있습니다. 선생님들이 하시는 모든 일에 대해 책임질 각오가 되어 있습니다. 걱정하지 마십시오.

제가 이 지역 출신이라는 것을 잘 알고 있을 것입니다. 이 지역의 문화, 경제, 생리 등을 너무나 잘 알고 있습니다. 40년 전 중학교를 졸업할 때의 상황과 현재의 모습은 그대로입니다. 아파트 등 도시 문화의 일부가 들어와 발전한 것은 틀림없지만, 학생들의 경제적인 상황, 교육적인 여건 등은 똑같이 열악합니다. 작년에 3학년 학생의 문제 때문에 논공공단 지역을 방문한 적이 있는데, 정말 열악하였습니다. 조금이라도 경제적 형편이 낫고 목표가 뚜렷한 사람들은 도심으로 나갔고, 마지막 남은 사람들이었습니다. 논공공단 소재 직장에서 야간 근무하는 학부모 밑에서 자란 학생들이 우리 학교의 현주소입니다. 그들은 학생 관리가 그만큼 소홀할 수밖에 없습니다.

선생님들은 이렇게 어려운 학생들을 가르치고 있습니다. 평소에 장점과 성장 가능성에 눈을 크게 뜨도록 격려하고 칭찬하여 주기 바랍니다. 혹시 지도하다가 힘들다고 포기하거나, '신포도 이론'을 적용해서는 안 될 것입니다. 다운(Down)시키지 말고 업(Up)을 시켜 주시기 바랍니다. 우리 학생들은 충분히 성장 가능성이 있습니다. 서울지역에 진학한 우리 학생들 조인경·조현길·오혜민 등에게서 성장한 사례들을 많이 보아왔습니다. 격려하고 칭찬하였기 때문에 가능한 일이었습니다.

1학기 동안 수고하였습니다. 감사합니다.

2016. 7. 4.
화원고 교장 이재철

- 화원고 2016. 8. 31. 이임 기념 고별 강연

선생님, 박수를 크게 쳐주어 감사합니다.

본격적으로 말씀을 드리기 전에 전근 가기 전에 해결하지 못하고 있는 사안부터 말씀드리겠습니다. 작년 11월에 학교 교문 근처에서 교통사고를 당한 박성준 군을 위한 모금이 10,303,000원이었습니다. 선생님이 260만 원, 학부모님 120만 원, 학생 640만 원 등이었는데, 지난주에 박군의 부모님에게 전달해 드렸습니다. 참가해 주신 선생님, 학부모님, 학생들에게 감사하다는 말을 했습니다.

떠나는 사람은 아무도 모르게 떠나는 것이 도리이지만, 그래도 2년 반 동안 보람 있고 감동했던 일들을 말씀드리고 떠나고 싶다는 욕심으로 고별 강연을 하게 되었습니다. 갑작스런 인사발령으로 학교를 떠나게 되었고, 이 때문에 학사운영에 지장을 주어 미안합니다. 성대하게 이임식을 마련해 준 교감선생님을 비롯한 모든 선생님에게 감사드립니다.

오늘 아침 주요 부장과의 수요회의에서 마지막 인사를 하였습니다. 2교시 때 제가 잘 아는 다섯 분의 선녀선생님들이 하늘에서 내려와 큰 선물을 주었습니다. 제가 지금 매고 있는 빨간 넥타이, 이것입니다. 집에서 아침에 매고 온 넥타이를 풀고 대신 바꾸었습니다. 선녀가 누구인지는 모두 잘 알고 계시지요? 우리 학교 여자 부장님 다섯 분을 이렇게 부르고 있습니다. 업무 처리와 모습이 선녀 같다는 의미입니다. 그리고 1학년 학생들이 교장실에 찾아와서 인사를 하고 돌아갔습니다. 손을 꼭 잡고서 내가 전근 가는 곳은 경북고등학교인데 시간 있으면 놀러오라고 했습니다.

저는 2014년 3월 1일자에 고향이 가까이에 있는 화원고에 부임하였습니다. 평소에 별 것 없는 농촌인데 자랑을 많이 했습니다. 이곳에서 태어나 이곳에서 교직생활을 마무리하게 되었습니다. 지금도 이곳에 집안의 친척들이 살고 있고, 항상 지나쳐 다니는 곳입니다. 고향에 대한 향념(向念)과 추억들이 아주 강하게 남아 있습니다. 저는 4남 1녀 형제 중 넷째입니다.

논이 25마지기, 밭이 5마지기로 꽤 넓은 농토를 소유하였습니다. 가족노동으로 농사를 지었습니다. 가부장적인 문화에 따라 맏이를 중시하였고, 큰형은 도회지로 나가서 공부하였습니다. 둘째 형 이하 형제들이 힘을 합쳐 가족노동으로 농사를 지었습니다. 농사를 지은 경험이 아직도 생생하게 남아있습니다. 초여름에 논에 물을 채우고 손으로 모내기를 하였는데, 한 달 동안 이어집니다. 직접 해보지 않은 사람은 얼마나 고통스러운지 잘 모를 것입니다. 5월에 보리타작할 때 보리까끄라기가 땀이 난 목과 등에 붙으면 따가워 죽을 지경입니다.

그리고 부모님과 함께 농사지을 때의 기억이 강하게 남아있습니다. 일반적으로 우리 농촌의 여성들은 출산, 양육, 남편 시중, 농사 등으로 매우 고달픈 생활을 하였습니다. 돌아가신 어머님은 늘 농사일을 함께 하였습니다. 중학교 2학년 때 11월 무렵 논에 보리파종이 끝난 후 이랑에 북을 돋우고 있었습니다. 어머님이 마을에서 논까지 1km 이상 되는 거리를 점심밥을 준비하여 머리에 이고 논까지 걸어왔습니다. 그런데 논두렁에 도착하였다가 미끄러져 밥그릇을 엎질러 버렸습니다. 그 장면이 아직도 뇌리에 각인되어 있습니다. 자식으로서 어머님이 고생하고 있는 것에 대해 마음이 굉장히 아팠습니다.

그리고 제 바로 위의 형과 여름철에 비 온 후 미꾸라지를 잡으러 간 적이 있습니다. 형은 그물채로 미꾸라지를 잡고 저는 주전자에 미꾸라지를 담아서 따라다녔습니다. 그런데 한번은 논두렁에서 미끄러져 미꾸라지를 엎질러 버려 형한테 혼나기도 했습니다. 그래서 중학교 때까지 추어탕을 먹지 않았습니다.

이 지역 농촌 고향에서 어릴 때의 추억과 회상이 많이 남아 있습니다. 공부할 시간이 많지 않았습니다. 중간고사, 기말고사 때 벼락치기 공부했습니다. 다른 친구들은 공부하지 않기 때문에 3일 정도만 해도 충분히 일등을 할 수 있었습니다. 중학교 졸업 때 처음으로 대구지역에 도입한 연합고사에 응시하였고, 합격 후 배정결과에 따라 청구고등학교에 진학하게 되었습니다. 2년 동안 자취생활하다가 3학년 초에 큰형수님이 시집와서 안정적으로 공부할 수 있었습니다.

고등학교 이후 대학교, 대학원, 교사, 장학사, 교감 때의 이야기는 시간 관계상 생략하도록 하겠습니다. 2014년 3월 1일자에 화원고 교장으로 승진하여 성장과정에 향념이 강하게 남아있는 고향에 되돌아왔습니다. 40년 전의 중학교 생활과 지금의 상황이 비슷하였습니다. 논공, 현풍지역의 주민들 중 조금이라도 경제적 형편이 나으면 도시로 나가버리고 남아 있는 학생들은 이러지도 저러지도 못하는 경우였습니다. 그러니 제가 "아! 이러면 안되는데", "이대로 있으면 갈 길은 뻔한데"라고 걱정하지 않을 수 없었습니다. 고향 마을 친구 24명 중 대학교를 졸업한 사람은 두서너 명밖에 없습니다. 초·중학교 때부터 담배 피우고, 결석하고 나쁜 짓은 모두 다 한 친구들이 대부분이었습니다. 친구들의 인생 항로는 결코 순탄하지 않았습니다.

그래서 우리 화원고 학생들에게 요구를 하였습니다. 제가 부임해 보니까 때가 묻어 있었습니다. 선생님과 교장한테 저항하고 고함을 지르기도 했습니다. 원래는 아주 순수하고 착한 학생들이었습니다. 제가 학생들의 때를 벗겨야겠다고 생각하고 인성교육을 거듭 강조했습니다. 선생님을 존경하기, 예의를 지키기 등을 강조하면서 녹색길 걷기, 성취도전 30시간, 스포츠클럽 등 여러 프로그램을 진행했습니다. 6개월 정도 지나니 때가 완전히 벗겨져 원래 모습으로 돌아왔습니다.

그리고 우리 학생들이 시골에서 성장하고 경제적으로 어려워서 그런지 기(氣)가 너무 약하였습니다. 기를 살리기 위하여 '잘한다', '할 수 있다'라고 칭찬을 계속하였습니다. 서울대에 진학한 선배들이 멘토링을 하였습니다. 1, 2년 지나고 나니 분투력이 넘쳐 났습니다. 올해 3학년은 서울대에 무려 9명 지원했습니다. 자신감이 붙었고, 선생님들이 잘한다고 격려했기 때문입니다. 가만히 놓아두었더라면 경북대 정도에 겨우 진학할 실력입니다. 제 예감으로는 절반 이상이 합격할 것 같습니다.

학교 프로그램 60여 개를 진행하였는데 의미가 가장 있었던 두 개를 소개하고자 합니다. 부임 첫 해 한 학기가 지날 무렵 8월에 학교를 변화시켜야겠다고 생각하였습니다. 달성군에서 지원한 교육경비를 목적에 어긋나게 물 쓰듯이 탕진하고 있었습니다. 이를 개선하여 우수 학생들의 성적 향상과 대입 진학을 하는 데 집중적으로 사용하였습니다. 그리고 새로운 몇 가지 프로그램을 구상하였습니다. 그중에서 첫 번째가 '낙동강 따라 문화와 시가 있는 녹색길 걷기'였습니다. 작명은 제가 했습니다. 인성교육, 분투력 기르기, 삼행시 짓기 등을 종합한 프로그램을 구상하여 학생부장에게 추진을 부탁하였습니다. 학생부장은 머리가 비상하고 열성이 매우 뛰어나 계획서를 만들어 왔는데, 내용이 깜짝 놀랄 정도였습니다. 학생부장에게 추진을 맡겼습니다. 현관에 당시 행사 사진이 게시되어 있는데, 학생들이 자연을 따라 걷고 대화하는 순수하고 아름다운 모습을 볼 수 있을 것입니다.

또 하나가 '성취도전 30시간' 프로그램입니다. 2일 동안 연속으로 30시간 공부하기입니다. 애살맞은 진로부장에게 부탁하였는데, 학생들이 많이 참여하였습니다. 마지막 날 귀가하는 학생들의 모습을 보니 만족도가 매우 높다는 것을 확인할 수 있었습니다. 나머지 프로그램들도 의미가 컸습니다. 2014년부터 적극적으로 진로진학을 추동하여 상당한 성과를 거두고 있습니다.

프로그램을 운영한 결과, 선생님들의 자발적인 헌신이 중요하다는 것을 알게 되었습니다. 교장, 교감이 아무리 요구하더라도 선생님들이 협조해 주지 않으면 불가능합니다. 학생부장, 진로부장이 열정을 발휘할 때는 제가 감탄할 정도입니다. "제발 그만하십시오"라고 해도 계속하였습니다. 올해 1학기 때 녹색길 걷기를 인성부장한테 맡겼더니 처음에는 어렵다고 호소했습니다. 그래서 제가 전임자가 진행한 그대로 따라 하면 되니 걱정 말라고 했는데, 실제 해보니 너무 많은 선생님들이 도와주었습니다. 토요일 휴일인데도 45명의 교사들이 참여했습니다. 그 외 지리과 선생님이 혼신의 힘을 다하여 인문학 기행을 추진하여 학생, 학부모들이 감탄하였습니다.

지난 월요일 학생대상으로 이임인사를 하면서 학생들에게 "여러분들은 복 받았다"고 했습니다. 선생님들이 여러분을 하늘처럼 모시고 있다고 했습니다. 3학년 담임선생님들이 주말에도 계속 출근하고 있습니다. 선생님의 헌신과 열정이 넘쳐 납니다. 우리가 교직에 근무하는 이유는 단순히 월급을 받기 위해서가 아닙니다. 학생들을 가르쳐서 성장하고 변화하는 모습을 보기 위해서입니다. 얼마나 보람된 일입니까?

그리고 학교 교육환경의 변화 중 교문 입구 담장 따라 방음벽 설치가 있습니다. 처음 부임해 오니까 붉은 벽돌과 철제 막대기로 만든 담장이 낡을 대로 낡았고, 게다가 담쟁이넝쿨이 마른 채 걸쳐 있어서 보기에 아주 흉측했습니다. 그리고 동편 끝 부분에는 새로 쌓은 축대가 아주 흉물스러웠습니다. 국도 5호선 확장공사를 맡고 있는 부산지방국토관리청 측과 밀고 당기는 협상 끝에 깨끗하게 정리해 주기로 했습니다. 행정실장과 선생님들의 협조, 성원이 있었습니다. 그리고 선생님들의 근무 조건을 개선하기 위하여 업무용 책상과 의자를 개체하였습니다.

결론은 첫째 사람입니다. 사람이 먼저입니다. 자본주의 사회에 살고 있지만 제도, 예산, 성과 등으로는 사람을 움직일 수 없습니다. 사람을 중심에 두고 먼저 생각해야 합니다. 그 후에 교육을 하고 업무를 추진해야 합니다. 제가 학교를 운영할 수 있었던 것은 저를 도와주는 교감선생님, 실장님 때문이었습니다. 두 분은 저와 생각이 꼭 같습니다. 두 분이 사전에 교무실과 행정실 업무를 모두 조율하여 와서 마지막으로 교장에게 보고합니다. 저는 "예, 알겠습니다. 그대로 하십시오"라고 대답합니다. 그리고 부장님들과 선생님들이 너무 헌신적입니다. "제발 그만 하십시오, 토요일 출근하지 마십시오"라고 합니다. 제가 웃으면서 이임인사를 할 수 있는 것은 좋은 사람들을 만난 덕분입니다.

다음은 2년 반 동안 교장직을 수행하면서 교장의 직무가 무엇인가를 깨달았습니다. 교장은 "선생님을 하늘처럼 잘 모셔야 하는 직업이다"라고 결론을 지었습니다. 그리고 선생님은 학생을 하늘처럼 잘 모셔야 합니다. 그러면 공교육이 잘 이뤄지고 학부모들한테 인정받을 수 있습니다. 화원고는 대구 92개 고등학교 가운데 학교교육이 모범적으로 성공하고 있는 곳이라고 결론 내립니다.

경북고 발령 후 많은 지인으로부터 축하 인사를 받았는데 90%가 영전이라고 했고, 10%는 '경고'(慶高)가면 '경고'(警告)받을 테니 조심하라고 했습니다. 10%의 사람이 진심인 것 같습니다. 경북고는 3개의 운동부, 까다로운 학부모로 소문이 나 있고, 자택과 멀리 떨어져 출·퇴근이 힘듭니다. 2년 반 동안 화원고에서 선생님, 학생들과 애정을 나누고 떠나는 마음, 참으로 서운합니다. 여러분들이 보여준 헌신과 열정을 잊지 않겠습니다.

고맙습니다.

2016. 8. 31.
화원고 교장 이재철

오늘 워크숍은 우리 학교에서 수행 중인 연구학교의 예산으로 가지게 되었습니다. 한 학기가 빨리 지나갑니다. 부임 초 한 학기 동안 학사 진행에 혼선을 가져오게 해서 미안합니다. 방과후학교 운영 방법을 바꾸는 과정에서 2학년 담임선생님들, 고생했습니다. 책자에 올해 교육활동 성과가 정리되어 있습니다. 인성교육, 수업, 진로진학, 교내대회 24개, 자율학습, 토요일 3학년 담임교사의 근무 등 많은 교육활동을 하였습니다. 선생님들의 노고에 감사드립니다. 이번 주 금요일부터 3학년 수시전형 결과가 발표되고 있는데, 현재까지 좋은 성과를 거두고 있습니다.

학생들을 관찰한 결과, 인성과 예의가 바르고 학교생활에 잘 적응하고 있는 것 같습니다. 선생님들에게 인사를 잘하는 모습이 인상적입니다. 다만, 학교교육보다는 사교육에 많이 의존하는 모습이 보입니다. 학생들이 원하는 진로프로그램 한두 개 즉 '경맥정신실천 걷기', '지사행 성취 30시간' 등을 추진하였습니다. 학생들이 상당히 적극적으로 참여하였고, 효과도 높았습니다. 내년도에도 이런 행사를 했으면 합니다.

내년도 학교 운영 방향에 대해 말씀드리겠습니다. 첫째, 학교 운영에서 사람이 우선이라는 점입니다. 학교 조직에 대해 말씀드리면, 130명의 교직원, 1,540명의 학생, 학부모가 활동하는 대규모 학교입니다. 현재의 자본주의 측면에서 제도, 예산, 성과 등 사람 이외의 요소를 강조하고 있지만, 역시 사람이 중심입니다. 기술, 제도를 운용하는 것은 사람입니다. 그래서 우리 교직원들의 역량을 모으는 것이 중요합니다. 이를 위해 우리 교직원들이 함께 해주기를 바랍니다. 선생님들은 지금처럼 수업이나 업무에 자율성을 발휘해 주고, 그 자율성에 상당하는 책무성을 가져주기 바랍니다. 자율성과 책무성이 함께 보장되는 학교가 되어야 할 것입니다.

둘째, 업무 면에서 오늘 책자에 15개 부서별로 정리된 것처럼 시스템에 따라 추진해 주면 되겠습니다. 시스템에 따라 학교가 운영된다면 예측과 예고가 가능하고, 시스템대로 따라가면 크게 힘을 들이지 않아도 될 것입니다. 부장님들에게 교육 성과와 계획서를 미리 미리 만들어 주도록 부탁했습니다. 그리고 많은 업무 중 학생들에게 직접적으로 영향을 끼치는 것은 담임과 학년입니다. 입시제도의 성과는 담임선생님의 손에 의해 결정됩니다. 그래서 담임과 학년 중심으로 학교를 운영하고자 합니다. 행정 업무는 업무 부서에서 처리하고, 가능한 담임선생님에게 부과되지 않았으면 합니다. 대신에 담임선생님은 학생들을 관리, 상담하는 데 여유가 있을 것입니다.

셋째, 학교교육이 정상화되어야 합니다. 수성구지역의 학생과 학부모들이 일찍부터 사교육에 빠져 있는데, 어떻게 하든지 학교교육으로 흡수를 해야 하겠습니다. 학생과 학부모들이 학교교육에 적극 참여할 수 있는 방안을 고민해야 할 것입니다. 예를 들면, '자랑스러운 경고인상'을 매월 수여하는데, 학교교육에 충실한 학생이 수상할 수 있도록 수상의 내용을 바꾸었으면 합니다. 경맥인재상이라 해서 자율학습과 학교 프로그램에 많이 참여하는 학생, 즉 공교육에 충실한 학생이 상을 받고, 이를 학생부의 기록에 남기고 자부심을 가지도록 했으면 합니다. 학교교육이 우선이라는 점을 강조합니다.

넷째, 학생들이 좀 더 적극적으로 자기주도학습에 나설 수 있도록 학교에서 이끌어 주었으면 합니다. 왜 자기주도학습을 해야 하는지 이유는 첫째, 학습은 스스로 하는 것이기 때문입니다. 학습은 학부모나 학원이 대신해줄 수 없습니다. 이렇게 해야만 학습의 효과가 높습니다. 둘째, 수시전형 입시에서 스스로 학습하는 학생이 유리하도록 되어 있습니다. 스스로 학습하고 그 결과를 학생부에 남기고, 학생부를 대입 전형자료로 활용하고 있습니다. 지난주 대전에서 한양대 입시처장이 강의한 것을 들었는데, 요점은 앞으로 대학에서 학생들을 선발하는 기준은 학교생활에 충실한 학생을 선발하겠다는 것이었습니다. 학생들이 학교에서 자기 스스로 학습한 과정을 확인하겠다고 강조했습니다. 우리 학생들이 초·중학교 때 사교육으로 학습했다고 한다면, 고등학교 때는 자기주도적으로 학습하도록 변화해야 할 것입니다. 결과보다 과정을 중시하는 2015교육과정도 눈여겨보아야 할 것입니다.

다섯째, 학생들이 모두 진로진학에 성공할 수 있도록 도와주어야 합니다. 현재 우리 학교의 진로진학 상황을 잘 알고 있을 것입니다. 우리 학생들의 성적은 대구에서 최고입니다. 예를 들면 모의수능에서 국·영·수 과목의 1등급 비율이 10%가 넘습니다. 그리고 재수생이 포함된 수능에서 1등급의 비율이 4%가 넘습니다. 이에 비해 비수성구 지역의 경우 1등급이 한 명도 없는 학교도 있습니다. 그런 경우 최저 등급을 통과하지 못하여 서울대에 불합격합니다.

그런데 우리 학생들 모두 성공할 수 있는 방안을 고민해야 합니다. 우리 학생들 가운데 3, 4등급 학생은 매우 불리합니다. 이 학생들이 비수성구에 가면 내신이 모두 1, 2등급이 됩니다. 결국 내신에서도 불리하고 수능성적도 썩 좋은 것은 아니어서 현재 입시체제에서는 상당히 난감한 학생들입니다. 이들이 믿는 것은 재수해서 정시전형으로 진학하는 것입니다. 불리한 처지에 있는 이들이 성공할 수 있는 방법을 고민해야 합니다. 그래서 경북고 모든 학생들이 입시에 성공해야 합니다.

그 외 기초·기본 생활질서는 잘되어 있습니다. 지속적으로 추진해야 할 것입니다. 학교의 교육성과도 적극적으로 홍보해야 합니다. 학교차원에서 선생님들의 근무여건 개선을 위해 노력하겠습니다.

2016학년도 교육활동에 적극 참여해 주어서 다시 한번 더 고맙게 생각합니다. 내년에도 힘과 열정을 모아서 과거 전국 최고의 명문고라는 명성을 재현할 수 있도록 협조 부탁드립니다. 감사합니다.

2016. 12. 13.
경북고 교장 이재철

한 학기가 빨리 지나갑니다. 그동안 수업, 생활지도 등 소관 업무에 대해 열성을 다하여 오늘 기분 좋게 한 학기를 마무리를 할 수 있어 고맙게 생각합니다. 큰절을 한 번 올릴까요? 제 마음은 큰절을 10번이라도 올리고 싶은 마음입니다. 선생님들이 열성을 다하는 모습을 잘 알고 있습니다. 교문에 등교지도, 학급 관리, 수업 등에서 헌신적으로 제자들을 사랑하는 모습을 느낄 수 있습니다.

교감선생님이 1학기 교육활동 성과물에 대해 설명을 하였는데, 선생님들께서 천천히 숙지하여 주시기 바랍니다. 우리 선생님들의 혼과 부장님들의 열정, 창의성이 담겨져 있습니다. 경북고 교장이 바뀌더라도 현재의 교육활동이 계속 유지되어야 한다는 의미로 이 책자를 간행하게 되었습니다. 경북고 교육활동의 시스템입니다. 이 시스템은 사람이 바뀌더라도 바뀔 수 없는 것입니다. 내년에 어느 선생님이 어느 부서를 맡더라도 이대로 하면 됩니다. 이제 시스템을 완벽하게 구축하였기 때문에 내년에 업무 추진하는 사람은 이대로 따라 하면 될 것입니다. 이 정도의 교육활동이면 충분하다고 생각합니다. 서울 소재 대학교에서도 경북고 교육활동에 대해 어느 정도 인정하고 있는 것 같습니다.

그리고 학교 예산이 부족한데 백방으로 노력한 결과 많은 예산을 확보하게 되었습니다. 교육청의 예산 공모사업에 대부분 응모하여 성공하였고, 또 행정실장이 노력하여 교육부 예산 23억 원을 확보하였습니다. 이를 활용하여 방학 중에 시청각실의 의자·스크린·바닥 등을 개체할 예정입니다. 9월에 시청각실이 환골탈태하여 교육활동 하는데 큰 도움을 줄 것입니다.

인근 학부모, 동료교사들로부터 소문을 들어보면 경북고가 달라지고 있다고 할 것입니다. 어제 서울대 전(前)입학본부장이었던 권오현 교수가 학부모 대상으로 2시간 정도 입시설명회를 했습니다. 인근 대륜·정화·동도중학교에서 70여 명의 학부모도 참석했습니다. 권 교수는 2014년도에 입학사정관제에서 학생부종합전형으로 변할 때 정책을 기획한 사람입니다. 그 내용을 상세하게 설명하고 궁금증을 풀어드리니 학부모들이 굉장히 좋아했습니다. 이것이 경북고의 교육활동이라고 생각합니다. 학부모들이 신뢰하고 성원하는 경북고 교육이 가능케 한 우리 선생님들의 노고, 열정, 헌신 등에 대해 자부심을 가져도 될 것입니다. 우리 학교 교육활동을 소신껏 해주기 바랍니다. 학부모들의 간섭이나 부당한 민원에 시달릴 필요가 없습니다.

옛말에 '적선지가 필유여경'(積善之家 必有餘慶)이란 말이 있는데, 선을 베풀면 복을 받는다는 의미입니다. 우리 선생님들의 적선은 제자들이 성공하는 것입니다. 제자들에게 이렇게 헌신과 열정을 다한다면 틀림없이 복을 받을 것이라 확신합니다. 한 학기 동안 수고했습니다. 감사합니다.

2017. 7. 19.
경북고 교장 이재철

● 부장교사 회의 시 발언 녹취록

- 화원고 2016. 1. 28.~1. 29. 부장교사 워크숍 발언

궂은 날씨에 멀리 통영에까지 왔습니다. 오자마자 책상에 앉아서 딱딱한 주제를 두고 2시간 정도 토론을 하게 되었습니다. 신임부장들에게 미안하게 생각합니다. 이해를 부탁드립니다.

먼저 2016학년도 15명의 신임부장들이 부장의 중책을 흔쾌히 수용해 준데 대해서 감사드립니다. 학교 운영이 순항할 것이라 기대됩니다. 신년도 업무가 많이 진행되고 있습니다. 현재까지 부장선임과 신년도 업무 분장이 완료되어 타 학교와 비교해 본다면 매우 알차다는 것을 알 수 있습니다. 학교 구성원들이 협조하고 시스템이 잘 갖추어져 있기 때문일 것입니다. 방학 중 매일 출근하여 업무를 추진해 준 교감과 교무부장께 감사드립니다.

2015학년도 업무 성과를 자평해 보면 이렇습니다. 교사 측면에서는 자율성과 책무성을 강조하는 문화가 정착되었습니다. 업무를 스스로 판단하고 추진하되 강도 높은 책무성이 부과되었습니다. 학생측면에서는 인성교육이 확립되었습니다. 인성은 인간다운 품성의 약자인데, 우리 학생들은 인간다운 품성을 지니고 있습니다. 인사 잘하고, 분발하고 배려하는 성품이며, 특히 학교교육을 이수하는 데 충실하려고 합니다. 제가 듣기에 선생님들이 노력했음에도 불구하고 2~3년 전에 학생들이 왜 그렇게 거칠었냐 하면, 학생들이 선생님들을 믿지 않았던 데 그 이유가 있었다고 봅니다. 1·2학년 때 학생들을 풀어놓았다가 3학년 때 입시지도를 하려고 했지만, 이미 그때는 학생들이 학교를 믿지 않는 단계였습니다. 심지어는 정규수업 시간에 도서관에서 자습하는 학생들도 있었습니다. 그런데 작년의 경우 학생들이 학교수업에 매우 충실하였습니다. 학생들이 선생님의 말씀을 듣지 않는다면 큰일이 일어난다고 스스로 생각했습니다. 그래서 학교의 안내, 프로그램에 적극적으로 참여하였습니다. 이렇게 해서 학교교육이 충실해졌으며, 이것이야말로 올바른 길이라고 생각합니다.

학부모 입장에서는 학교교육을 신뢰하고 학교 위상이 높아졌다고 생각합니다. 심지어 관내 모 중학교 3학년 학생 90% 이상이 화원고를 지원했는데, 실제로 3~4명만이 배정되었다고 합니다. 학생들의 불만이 대단하다고 합니다. 이 정도로 학부모들의 신뢰도가 많이 높아졌다는 것입니다.

업무 추진에서는 시스템이 구축되었다고 생각합니다. 오늘 배부된 노란색 표지의 전년도 업무 성과분석 책자가 그것입니다. 그래서 누가 후임의 부장, 계원을 맡더라도 이 매뉴얼대로 따라 하면 될 것입니다. 신년도 업무가 여기에 따라 추진되었기 때문에 큰 혼란이 없는 것 같습니다.

이상은 작년도 업무 성과에 대한 자평입니다. 이것이 가능했던 요인에는 선생님들의 열정과 학생·학부모의 신뢰가 있습니다. 화원고 문화의 큰 장점이라고 생각합니다.

올해 업무 추진의 방향은 작년과 동일합니다. 그러나 그대로 베끼는 것이 아니라 '일신우일신'(日新又日新)하여 변화할 것을 부탁드립니다.

첫째는 자율과 책무성을 강조합니다. 부장 스스로 판단하여 업무를 추진해야 합니다. 교장이 지시하거나 미리 방향을 제시하지 않겠습니다. 부장을 질책하거나 따지기 보다는 격려와 지지를 아끼지 않겠습니다. 부장이 소신껏 업무를 추진하되, 여기에는 부장 상호 간에 유대, 신뢰, 토론 문화, 시스템 구축 등이 도움될 것입니다.

특히 15개 부서 중 학년부의 업무가 중요합니다. 교장이 학년 업무를 학년부장에게 맡길 테니 학년부장은 학년을 잘 통솔하여 주기 바랍니다. 담임교사들과 인화단결, 소통을 하고 교장의 생각을 적절하게 전달, 시행하여 주기 바랍니다. 학년부장이 솔선수범하고 더 많이 고생해야만 담임교사들이 따를 것입니다. 학년을 지원하기 위하여 행정업무는 업무부장이 처리하고, 자율학습 감독은 모든 교사들이 참여하도록 하겠습니다. 현재 대입 수시체제에서는 담임교사들의 업무 부담이 많아졌습니다. 학생부 관리를 담임이 하고 있습니다. 학년부장은 학교 방침을 충분히 이해시켜 담임교사들만이 고된 업무를 맡았다는 불만이 나오지 않도록 해 주어야 합니다. 담임분장은 가능한 학년을 순차적으로 돌아가면서 맡도록 하겠습니다.

둘째로 화원고 구성원으로서 긍정적인 자부심을 가져주기 바랍니다. 2017년 비전을 '대구시 공립고 중에서 최고'에 서겠다는 것입니다. 현재의 시스템과 성과, 운영, 능력 등을 볼 때 34개 공립고 가운데 앞자리에 위치하고 있습니다.

셋째로 학생들의 인성교육을 계속해서 강조하겠습니다. 인성이 되지 않은 학생은 학습을 포함하여 모든 것이 불가능합니다. 진로진학, 자기주도학습, 학교교육 등과 밀접하게 관련되어 있습니다. 인성교육을 위하여 양심, 도덕, 책무, 자율적 활동을 바탕으로 해서 배려, 협동, 인사하기 등을 추진하겠습니다. 학생부와 학년부가 중심이 되고 모든 부서에서 함께 협조해야 합니다.

넷째로 자기주도학습 능력을 기르는 데 학교 역량을 집중하겠습니다. 스스로 학습하는 학생이 대학교 진학에 성공할 수 있습니다. 그래서 학생들이 학교교육에 참여할 수 있도록 해야 합니다. 학원이나 과외 등 사교육을 통해서는 성공하기 힘듭니다. 정부의 방침과 법령이 이를 뒷받침하고 있습니다.

마지막으로 진로진학에 성공해야 합니다. 1학년 때부터 준비한 것이 학생부에 누적적으로 기록되어야 3학년에 가서 대학에 진학할 수 있습니다. 학교에서 프로그램을 추진하는 데 많은 노력과 예산이 듭니다. 작년 녹색길 걷기에서처럼 올해에도 모든 부장이 도와주어야 할 것입니다.

멀리 통영에까지 와서 초반부터 딱딱한 분위기를 만들어서 미안합니다. 저녁을 먹으면서 기분 좋은 시간이 되었으면 합니다. 고맙습니다.

2016. 1. 28.
화원고 교장 이재철

　봄비가 내리고 있습니다. 부장님들 출근, 업무추진, 부장회의 등으로 고생이 많습니다. 자유롭고 부드러운 분위기 속에서 회의가 진행되었으면 합니다. 주간계획서가 매우 치밀하게 작성되어 있음에도 불구하고 다시 부장회의를 하게 된 이유를 설명하겠습니다. 화원고는 거대 조직이므로 한두 사람의 생각으로는 움직일 수 없습니다. 그래서 부서를 나누어 업무를 분담하고 있고, 따라서 부서를 맡고 있는 부장들의 역할이 매우 중요합니다. 15개 부장들의 업무 추진 과정에서 발생하는 모든 정보를 공유할 필요가 있습니다. 그래야만 학교의 전체 운영 현황을 이해할 수 있습니다. 부장회의가 집단협의 기구라고 생각해 주면 되겠습니다. 또한 주간교육활동이 매우 촘촘하게 짜여 있습니다. 이것은 우리 학교의 시스템이고, 교장이 결재를 했기 때문에 공문서로서 효력을 가집니다.

　오늘의 경우 학교 중요 사안으로서 달성인재스쿨 예산 9,500만 원의 운영방안을 논의할 예정입니다. 이 예산은 상위권 학생들의 성적향상과 수시전형에 대비한 프로그램을 운영하는 데 집중적으로 사용되어야 합니다. 그 외 예산과 동아리 활동, 방음벽 설치, 작년 11월 교통사고를 당하여 현재 중환자실에 입원 중인 박성준 군 문제 등이 논의되고 정보를 공유하게 될 것입니다. 그래서 1시간 동안 회의를 합니다. 여기서는 업무에 대한 벽을 허물어버리고 다른 부서와 협조했으면 합니다.

　그리고 학생들이 자율학습에 적극 참여하도록 담임선생님들이 설득해 주시기 바랍니다. 가능하면 주중에는 학원에 덜 가도록 했으면 합니다. 학원에 간다는 이유로 하교한 뒤에 PC방에 가거나 주변을 배회하는 학생들이 있습니다. 이런 일이 없도록 했으면 합니다. 잘 부탁드립니다.

2016. 3. 5.
화원고 교장 이재철

2016학년도를 시작한지 3개월 지나면서 학교의 큰 행사들을 많이 했습니다. 지난주 토요일에 실시한 녹색길 걷기 행사를 비롯하여 성취도전 30시간, 대학탐방, 체육대회 등 큰 행사들을 많이 했습니다. 가만히 생각해 보니 우리 여자 부장님들이 모두 한 것 같습니다. (중략) 너무 열심히 해 주셔서 감사합니다. 다섯 분의 여자부장님을 선녀라고 불러도 되겠지요.

어제 대구교육청 중등과장과 장학관이 갑자기 학교를 방문했습니다. 목적은 교육감이 교장회의에서 여러 차례 말씀하신 성취도평가의 기초학력 미달 때문입니다. 대구의 기초학력미달이 전국에서 가장 낮지만, 아마 제로까지 생각하는 것 같습니다. 우리 화원고는 2015년 기초학력 미달이 20명 1.36%였는데, 대구 평균 1.2%를 기준으로 정하여 그 이하인 23개교 중에 해당되었습니다. 그래서 기초학력미달 학교로 지정되었던 것입니다. 과장에게 학교의 기초학력 지도 현황을 보고했습니다. 교육청에서 심각하게 생각하고 있으니까 2학년에서 관심을 가져주기 바랍니다. 아침에 이 문제와 관련하여 2학년 담임과 회의를 하였습니다.

지금 부장들에게 대구교육청에서 추진하는 업무 추진의 방향에 대해 말씀드리겠습니다. 대구교육청에서 관심을 가지고 있는 것은 청렴도·시도교육청평가, 성취도평가, 재정 확보 등 행정적 분야에 집중되어 있고, 그 결과를 대구 시민들에게 적극적으로 홍보하고 있습니다. 대구가 5년 연속으로 학교평가 1위를 했다는 식입니다. 대구교육청 업무의 또 다른 축은 학생과 학부모들의 기대와 희망이 있습니다. 이것은 대학교 입시 실적입니다. 언론에서 언급하는 서울대 합격자의 숫자입니다. 요컨대 한쪽으로는 대구교육청에서 행정적으로 추진하고 있는 업무 성과이고, 또 하나는 학부모들이 기대하는 대학교 입시 실적입니다.

이 양자는 일치하지 않습니다. (중략) 현실이 맞지 않습니다. 이를 현장에 계시는 선생님들이 어떻게 이해하실지 모르겠습니다. 저는 이것을 다음과 같이 해결하였으면 합니다. 대구교육청에서 추진하는 업무는 업무부장이 맡아 주고, 대입 실적은 학년에서 맡아 주어서 행정 업무는 가능한 학년으로 넘어가지 않도록 했으면 합니다. 두 가지를 모두 하지 않을 수 없습니다. 청렴도평가, 학교평가, 기초학력 미달 등에 충실하지 않으면 학교에 불이익 등이 있을 수 있습니다. (중략) 어제 교육청에서 역점적으로 추진하는 학교평가 현황을 실사(實査)한 것에 대해 아쉬운 점이 있지만, 내년에는 한계에서 벗어나면 될 것 같습니다. 한 달 남은 성취도평가에 대비하여 학년에서 최선을 다해주기 바랍니다. 다른 부장도 학년에 적극 협조하여 주기 바랍니다.

또 하나는 전체 직원회의 방식을 조금 바꾸었습니다. 목적은 교사간의 소통입니다. 부장들이 자신의 업무 추진, 진행 과정, 성과, 학부모 반응 등을 전체 선생님들에게 설명하고 이해를 구하는 것입니다. 그리고 회의 시 주변인처럼 남아 있는 사람들에게 발언의 기회를 주어 참여 의식을 높이려는 목적입니다. 마지막으로 학교 홈페이지를 반드시 들어가 보기 바랍니다. 학교에서 역점적으로 추진하고 있는 녹색길 걷기, 대학탐방 등의 행사 사진들을 많이 올려놓았습니다.

감사합니다.

2016. 5. 27.
화원고 교장 이재철

– 화원고 2016. 6. 3. 부장회의 발언

올해 학년도를 시작하면서 화두를 '일신우일신'(日新又日新)이라고 했습니다. 좋은 말이지만 실천하기 어려운 말이기도 합니다. 사람의 심리상태는 태생적으로 안정을 추구한다고 합니다. 그러나 변화 없이는 발전이 없기 때문에 힘들지만 변화 또 변화하자는 것입니다. 사회에서 변화를 가장 거부하는 집단은 교사라는 말이 있습니다.(중략) 교직 집단을 '책임회피, 무사안일, 냉소주의, 복지부동한다'라고 합니다. 그러나 우리 화원고는 너무 변화를 많이 하여 피로감이 누적되지 않았나 걱정하고 있습니다만, 그래도 계속 변화하기를 요구합니다.

부장 중심으로 잘 따라와 주고 있지만, 그럼에도 불구하고 혹시 변화에 둔감한 부분이 없는지 주변을 살펴봐 주기 바랍니다. 예를 들면 한 달 전에 많은 예산을 들여 교육적 차원에서 교실 앞에 쓰레기 분리수거통을 설치하였습니다. 그런데 한 달도 되지 않아서 쓰레기통이 망가지고 쓰레기가 넘쳐나서 가슴이 아팠습니다. 원인은 학생들이 발로 차거나 관리부실 때문이 아닌가 생각합니다. 아니면 업자가 애당초 불량품을 만들었지 않았나 합니다. 어떻든 한 달도 채 안된 쓰레기통이 망가져 쓰레기가 넘쳐 나고 있다는 것은 학교 행정의 공신력이 추락한 것입니다. 비난을 받을 수 있습니다. 빨리 조치를 하여 원상회복해야 할 것입니다. 학생들이 공공기물을 아껴 쓰는 습관을 기르도록 해야 할 것입니다.

어제 실시한 학력평가에 대해 말씀을 드리겠습니다. 봄날에 숲이 우거지면 가을날 풍성한 결실을 거두는 것처럼 많은 학교 행사가 학력향상으로 이어져야 할 것입니다. 과연 결실이 어떻게 될지 걱정이 됩니다. 지난주 담임장학사가 2개의 자료를 교장에게 주고 갔는데, 하나는 예비 고1 학생들의 선지원율 변화입니다. 우리학교는 계속 올라가 160%에 이르렀고, 이웃학교 30%에 비해 절대적으로 높습니다. 굉장한 성공입니다.

또 하나의 자료는 2013년부터 2015년까지 3년 동안 6월 모의학력평가 성적을 종단분석한 것입니다. 이것을 분석해 보니 열심히 노력하였지만, 생각할 여지가 있습니다. 74개 학교 가운데 68위로 하위입니다. 전체 학생을 대상으로 하다 보니 하위가 될 수밖에 없습니다. 우리 학생 70%를 차지하는 달성공단지역 학생들의 학력 결손이 초·중학교 때부터 심하여 고등학교에 와서 만회하기가 쉽지 않습니다.

그러나 어제 시험 칠 때 학생들의 태도를 보니까 수학과목의 경우 90% 학생은 잠자고 2~3명만이 문제를 풀고 있었습니다. 1·2·3학년 모두 똑같았습니다. 과연 이런 시험을 치를 필요가 있을지 고민을 많이 했습니다. 여러 원인이 있을 것입니다. 내신 위주의 수시전형으로 대학 진학을 하다 보니 시험이 필요없다고 하는 학생들이 있을 것입니다. 또한 내신과 모의수능시험의 난이도가 너무 차이 나서 시험을 포기한 학생도 있을 것입니다. 어떻든 원인을 분석해 볼 필요가 있습니다. 부장교사들도 원인과 대안, 교육활동 방향 등을 함께 고민해 보기 바랍니다. 무거운 과제이지만, 학생들의 문제를 내 아이의 문제라고 생각하여 주기 바랍니다. 이상입니다.

2016. 6. 3.
화원고 교장 이재철

부장님들 업무 추진하시느라 수고 많습니다. (중략) 부장님께서는 업무를 추진하실 때 규정과 법령을 잘 챙겨 봐 주기 바랍니다. 우리 전체 선생님이 규정과 법령을 들여다볼 수는 없습니다. 업무 추진할 때 혹시 규정과 법령에 어긋나거나 위반하는 일이 있는지 한번 봐 주기 바랍니다. 간혹 교육적 선의의 목적이지만 수단과 방법 때문에 법률을 어기는 경우가 있을 것입니다. 지금은 사회가 바뀌었기 때문에 과정과 절차, 규정을 많이 따지고 있습니다. 간혹 업무를 추진한 공(功)은 간 데 없고 책임만 묻는 억울한 사정이 있을 수 있습니다. 규정을 분명히 유념해 주기 바랍니다.

그리고 우리 학교에서는 흡연에 대해서 규정을 아주 엄하게 적용하고 있습니다. 그 덕분에 기초·기본생활질서가 확립되었습니다만, 학생들이 흡연 학생을 신고하면 상점을 부여하는 규정은 과연 공익적 목적에 부합하는지 검토하여 주기 바랍니다. 학생들 간에 불신을 조장하고 학부모의 민원을 야기할 수 있습니다.

그 외 모든 교무 업무는 교감선생님과 협의하되, 그중에서 중요 업무는 부장이나 교감선생님이 교장에게 보고하여 주기 바랍니다. 예를 들면 인사, 복무, 민원, 새로운 정책 등은 중요 업무입니다. 민원 같은 경우 교육청에서 직접 교장에게 확인하는 경우도 있습니다. 그 외 지난주 수요일 우리 학교와 계명대 공자아카데미 간에 업무협약을 체결하였습니다. 중국어 관련 연수, 체험활동에 도움이 될 것입니다. 이상입니다.

2017. 6. 2.
경북고 교장 이재철

　마무리 말씀을 드리겠습니다. (중략) 어제 급식지도시 급식실 내에 정숙지도를 모니터링해 보겠다고 학부모 14명이 학교를 방문하였습니다. 중식 때 7명, 석식 때 7명 각각 왔습니다. 중식 때는 저와 같이 밥을 먹었습니다. 교장실에 와서 차도 한잔하면서 이런저런 이야기를 했습니다. 1학년 학부모가 수성구 지역의 변화, 특히 경신고의 자사고 취소 사태를 언급했습니다. 이에 대해 경신고 사태의 원인은 수성구 학부모들이 변하지 않은 데 원인이 있다고 답변했습니다. 사교육과 정시위주의 입시전략이 더 이상 대입에 도움이 되지 않는다는 것을 학부모 스스로 깨달은 것이라고 하겠습니다. 이 여파에 대해 잘 알고 있었습니다. 우리 학교의 위상에 대해 설명 드리고 이해를 구하였습니다.

　학부모들이 서너 가지를 학교에 요구하였습니다. 하나는 실내에서는 실내화를 신었으면 좋겠다는 것입니다. 또 하나는 휴대폰을 수거, 보관하여 달라는 것입니다. 2학기 때는 구성원의 의견을 수렴해서 내년 학기부터 학년에서 휴대폰을 수거, 보관했으면 합니다. 실외화도 복도의 보관대에 보관했으면 합니다. 분실의 염려 때문에 그것이 어려우면 신주머니를 준비하든지 보관함을 실내에 두든지 했으면 합니다. 마지막으로 도서관 자율학습시 떠드는 학생이 많다고 합니다. 학부모들의 걱정이 많으니 우리가 모두 고민해야 할 것입니다.

　올해 한 학기 동안 학부모로부터 신뢰를 받고 있습니다. 그 덕분에 악성민원은 거의 근절되었고, 선생님들은 소신껏 교육활동을 할 수 있습니다. 수성구 학부모한테 노력하여 다가가면 얼마든지 변할 수 있다는 것을 알 수 있습니다. 한 학기 동안 부장님들 수고 많이 했습니다. 감사합니다.

2017. 7. 14.
경북고 교장 이재철

 방학기간이 짧아서 그런지 부장님들의 표정이 밝지는 않은 것 같습니다. 10월 초 연휴가 있으니 기대하기 바랍니다. 3학년 담임들은 수시 원서 준비를 위해 상담하느라 바쁩니다. 상담을 잘하여 학생들이 원하는 대학에 합격했으면 합니다. 잘못된 정보나 과도한 욕심 때문에 진학에 실패하는 일이 없도록 해야 할 것입니다. 지난 수요일 개학 때 시업식 방송 훈화를 하면서 서너 가지 부탁을 하였습니다.

 첫째는 학생들에게 변화를 요구했습니다. 입시 정책이 변하고 있는데 아직도 사교육과 정시전형에 올인하고 있으니 변화해야 한다는 것입니다.

 둘째는 학교교육을 믿어달라고 했습니다. 학교교육에 성공해야 대입시와 이후 사회생활에도 성공할 수 있다고 했습니다. 수업의 질에서 우리 학교가 학원보다 못하다고 믿는 것은 잘못이라고 강하게 이야기했습니다. 선생님의 능력, 열정, 헌신 등을 볼 때 결코 학원과는 비교할 수 없다는 것입니다. 학교교육에서 성공하는 방법은 스스로 학습을 해서 그 힘을 길러서 대학에 진학하는 것이라고 했습니다. 자율학습, 방과후학교 수업, 야간 자율학습 등에 적극적으로 참여해 달라고 했습니다.

 담임선생님과 부장선생님도 나와 같이 생각을 하고, 이것이 학생들에게 확산, 실천될 수 있도록 계속 훈화해 주기 바랍니다. 학교교육 방향에 모두 같이 나아가야 성공할 것입니다. 도서관 자율학습의 시설은 매우 좋습니다. 가능하면 학교에서 스스로 학습해서 학습역량을 기르는 것이 대학 진학에 성공하는 방법입니다. 이미 검증되고 대학교에서 요구하는 방향입니다.

 업무 추진방안은 자율성과 책무성임을 말씀드렸습니다. 업무 추진 시 모든 선생님들, 특히 부장님들은 자율적으로 판단하여 추진하여 주기 바랍니다. 그리고 자율성에 따른 책무성을 늘 생각해 주기 바랍니다. 선생님에게 강요하고 지시해서는 효과를 거둘 수 없습니다. 최고의 전문가인 선생님들이 스스로 판단해서 추진하고, 그 결과는 책임을 져야 할 것입니다. 이것이 학교 운영 방향입니다. 부장들이 잘 인식하고 실천해 주기 바랍니다. 한 학기 동안 많은 노력을 했습니다.

감사합니다.

2017. 8. 11.
경북고 교장 이재철

- 경북고 2018. 12. 21. 부장회의 발언

　오늘 2018학년도 마지막 부장회의입니다. 한 학기 동안 부장님들 열성을 다하여 소관 업무를 추진하여 주어서 고맙습니다. 학생들은 의욕이 넘치고 인사도 잘하며 표정이 매우 밝습니다. 학부모도 지난 12월 10일, 11일 이틀 동안 대표와 간담회를 했습니다. 학교교육에 대해 매우 만족해하고 기대를 많이 하고 있었습니다. 이런 것들을 볼 때 우리의 학교교육이 성공을 거두고 있다고 자평합니다. 선생님들도 보람을 느낄 것이라고 생각합니다. 천하의 영재를 얻어서 교육하는 것이 인생삼락(三樂) 중의 하나라고 하였는데, 이를 두고 한 말이라고 생각합니다.

　좀 더 해결해야 할 과제는 공교육의 정상화, 학교교육에 충실하는 것이라고 생각합니다. 그 결과가 학생들이 원하는 입시 성과로 확산이 되었으면 하는 바람이 있습니다. 예를 들면 학생들의 내신 2~4등급까지는 서울지역 주요 10개 대학에 진학해야 할 것입니다. 1·2학년 때까지 학교교육에 충실하다가 3학년이 되어 내신 2등급이 되면 갑자기 정시전형으로 가겠다고 변해버리는데, 이런 분위기를 바로잡아야 할 것입니다. 스스로 4등급까지 서울 주요 대학에 입학할 수 있다는 자신감을 심어주고 대외적으로도 학교교육을 인정받아야 할 것입니다.

　1년 동안 부장님들 수고 많이 했습니다. 새해에 건승하고 모든 소원 성취하기 바랍니다.

2018. 12. 21.
경북고 교장 이재철

• 기타

– 경덕여고 교감 시 교사대상 이임사(2014. 2. 28.)

존경하고 사랑하는 경덕여고 모든 선생님께 말씀드립니다.

안녕하십니까?

저는 2012년 9월 1일자 본교에 부임하여 금년 3월 1일자 화원고 교장으로 인사발령이 났습니다. 봄방학 중에 인사발령이 났기 때문에 일일이 인사를 드리지 못하고 예의가 아닌 줄 알지만은 이렇게 메시지를 보냅니다.

그동안 제가 교감의 직무를 수행하는 데 모든 선생님들의 헌신적인 도움을 받았습니다. 깊이 감사드립니다. 제 나름대로 열심히 노력한다는 이유로 본의 아니게 심려를 끼쳐드린 점 진심으로 사과드립니다. 늘 업무처리 과정에서 합리적이어야 한다는 점과 선공후사(先公後私)의 책무감을 강조하였지만, 정작 저 자신을 합리화하고 사적인 이해를 앞세우지는 않았는지 반성하고 있습니다. 특히 간혹 선생님들의 신념과 가치관에 반하는 요구를 한다든지 감정적인 언행으로 자존심을 상하게 한 점은 저의 수신이 부족하였다고 탓하여 주십시오. 관계형성에서 불편했던 모든 점들을 오늘 이 글을 읽는 순간 잊어버려 주시기를 바랍니다.

1년 6개월이라는 길지 않은 기간이었지만은 저는 선생님들과 함께하는 보람된 시간이었습니다. 학생들의 성장하는 모습을 보았고, 또한 학교의 변화되는 과정을 확인할 수 있었습니다. 조금이라도 경덕여고의 발전이 있었다면 오직 여러 선생님들의 협조 때문이고, 그 덕분에 자리를 옮길 수 있었습니다. 다시 한번 더 선생님들의 헌신적인 도움에 감사드리고, 가정에 대·소사가 있으면 저에게 꼭 연락을 주시기 바랍니다. 도움을 갚을 수 있는 기회를 주시기 바랍니다. 선생님들의 건승과 가정의 행복을 기원합니다.

2014. 2. 28.
경덕여고 교감 이재철

- 화원고 교장 시 교사 대상 이임사(2016. 8. 31.)

존경하고 사랑하는 화원고 선생님과 직원 여러분.

안녕하십니까?

유난히 무더위가 길었던 올해의 여름도 이제 결실의 계절, 가을에 자리를 내주고 물러나고 있습니다. 2016년 9월 1일자 대구시 교육청 인사에 의해 경북고로 전보발령을 받았습니다. 2014년 3월 1일 추위가 아직 남아 있는 강당에서 취임한 지가 어제 같습니다. 어릴 때의 추억과 정감이 진하게 남아있는 고향 달성에서 30년간의 교직 생활을 화원고 교장으로 마무리할 수 있게 되었다는 그때의 감격과 포부가 아직도 생생합니다. 후학들의 성공과 발전을 위하여 모든 능력과 열정을 쏟아부을 것이며, '2017년에는 대구 최고의 명문공립고'로 우뚝 서겠노라고 약속도 하였습니다. 그러나 지금 그 약속을 지키지 못한 채 갑자기 떠나야만 하는 공인(公人)의 심정, 착잡하기 그지없습니다. 다만, 그동안 모든 구성원이 합심하여 이루어 놓은 성과를 보람과 위안으로 삼고자 합니다.

부임 당시 학교교육, 즉 공교육이 시대적 변화를 수용하지 못하여 위기에 처하였다는 우려의 소리가 여기저기서 들리고 있었고, 화원고에서도 흔적이 보이고 있었습니다. 공교육의 정상화는 국민들의 요구요, 현 정부의 핵심 정책입니다. 그래서 선생님과 학생들에게 "내일의 꿈과 희망을 위하여 새롭게 생각하고 끊임없이 도전하자!"라고 하면서 변화와 개혁을 요구했습니다. 그리고 "2017년에는 대구 최고의 명문 공립고로가 나아가자"라는 비전을 제시했습니다. 선생님들께서 교직의 소명감에 호응하여 동참하여 주셨습니다. 휴일에도 근무를 마다하지 않았고, 60여 개의 프로그램 운영, 자율학습 감독, 진로진학 상담 등에 모든 선생님들께서 솔선수범하셨습니다. 덕분에 인성교육, 자기주도학습력 신장, 진로진학 등에 큰 성과를 거두었다고 자평합니다. 학생들의 밝은 표정, 인사 잘하기, 수업 참여, 실내외 정리정돈, 선생님을 존경하는 문화 등은 화원고를 넘어서 대구교육청의 우수사례가 되었습니다. 학생들은 자신감과 자부심, 분투력이 충만하게 되었습니다. 참으로 놀라운 변화였습니다. 선생님들의 헌신과 열정, 능력과 의지, 자부심과 자긍심이 빛을 발하게 된 것입니다. 자연히 교권이 확립되고, 주변에서 가장 선호하는 학교로 거듭나게 되었습니다. 행정실에서도 교수학습 지원과 교육환경 개선을 즉각적이고 최우선시하여 학교 담장을 깨끗한 투명 방음판으로 개체하는 등 많은 성과를 거두었습니다.

존경하고 사랑하는 선생님!

이제 화원고는 공교육의 표상이오, 공교육이 나아갈 방향을 제시하고 있습니다. 교사는 학생지도에 능력과 열정을 다하고, 학생은 선생님을 믿고 따르며 배우는 학교교육이 확립된 것입니다. 학교장으로서 지나친 자랑이고 과시가 아닌가 자성(自省)하기도 합니다만, 학부모, 학생, 인근 주민들의 평판을 들어볼 때 결코 지나치지는 않을 것입니다. 다만, 학교장으로서 지나치게 의욕이 앞서서 선생님들에게 헌신과 희생을 요구한 점, 미안할 뿐입니다. 그러나 우리가 존재하는 이유는 학생의 발전과 성공이라는 소명감을 생각할 때 우리의 희생과 헌신은 결코 헛되지 않을 것입니다. 게다가 교권이 반듯하게 서서 학생들의 신뢰와 존경을 받으면서 가르치는 일에 전념할 수 있다면 그 보람은 배가(倍加)될 것입니다.

존경하고 사랑하는 선생님!

이제 저는 화원고를 떠나면서 여러분과의 추억, 정리(情理)들을 가슴에 안고 가겠습니다. 저의 육신과 영혼은 이곳 고향 대구 달성에서 영원히 머물면서 여러분들을 기억할 것입니다.

다시 한번 더 그동안 저를 믿고 지지해 주신 모든 분들에게 감사드립니다. 내내 건승하길 빕니다.

2016. 8. 31.
화원고 교장 이재철

2020신흥 명문고를 지향하는 비슬고!

자랑스럽고 신뢰하는 선생님, 그리고 사랑하는 학생 여러분!

오늘은 제39회 스승의 날입니다. 교단에서 후진양성과 교육의 발전을 위해 혼신의 열정을 다 바쳐 사도(師道)의 길을 걸어가시는 선생님의 노고와 은혜에 감사하고, 나아가 사제지간에 의리와 정을 돈독히 하는 뜻깊은 날입니다. 우리 인류가 찬란한 문명을 발전시키는 과정에서 스승의 역할과 공로에 대해서 새삼 다시 강조할 필요가 없을 것입니다. 나를 낳아준 분이 부모라면, 나를 인간으로서 올바른 길로 인도하신 분은 바로 스승입니다.

오늘 스승의 날을 맞이하여 예년과 같이 행사를 별도로 할 수 없음을 유감스럽게 생각합니다. 올해 초부터 전국적으로 확산된 '코로나19' 감염이 아직도 끝나지 않고 있습니다. 2020학년도 개학식도 못한 채 휴업과 원격수업이 이어지고 있습니다. 특히 1학년 신입생은 새로운 학교에 입학한 지 3개월 동안 등교를 하지 못하고 있습니다. '코로나19' 극복과 원격수업에 적극 참여해 주신 학생, 학부모, 선생님에게 깊이 감사드립니다. 머지않아 학생과 선생님이 만나서 웃음과 희망을 꽃피우는 모습을 볼 수 있으리라 기대합니다.

신뢰하는 선생님 여러분!

동료 교사로서 나는 여러분이야말로 이 시대 스승의 표상이라 확신하고 자랑스럽게 생각합니다. 최근 학교교육의 어려움에 대해 걱정하기도 합니다만, 우리 학교는 교육 본연의 모습에 너무나 충실한 곳입니다. 모두 높은 책무감과 자율성을 바탕으로 자신의 임무에 열정과 헌신적 노력을 다하고 있습니다. 수업, 생활지도, 진로진학, 각종 프로그램 운영 등에서 오직 제자들의 행복과 성공을 위해 온몸을 던지는 모습은 감동적인 사도(師道)의 길입니다. 덕분에 학생들은 인성교육, 자기주도학습, 진로진학 등에 성공하고 있으며, 학부모들은 학교교육을 전폭적으로 신뢰하고 있습니다. 뿐만 아니라 고교학점제와 교과교실제의 운영은 전국적으로 인정받고 있으며, 많은 교육적 성과들이 언론을 통해 알려지고 있습니다. 모든 선생님들이 학생들을 '내 자식처럼 가르치겠다'는 소명 의식이 일구어 낸 결과들입니다. 이것이야말로 이 시대 스승이 나아갈 길이 아니고 무엇이겠습니까? 비록 제도와 사회적 인식의 변화에 따라 스승의 은혜를 표현하는 형식이 바뀌어 가고 있지만, 스승의 은혜를 누구도 가볍게 보지는 않을 것입니다. 시대적 사표(師表)로서 자긍심과 자부심을 한껏 가져주시기 바랍니다.

자랑스러운 비슬고 학생 여러분!

우리 학교는 2017년에 테크로폴리스 지역의 일반계 고교에 대한 교육적 수요를 위해 개교하였습니다. 미래 수요자 중심의 교육에 적합하도록 교실 수업, 휴게공간, 자기주도학습 시설 등 최고의 여건이 갖추어져 있습니다. 학생들이 자신의 적성과 희망에 따라 열정을 발휘하는 모습을 보고 늘 자랑스럽게 생각하고 있습니다. 여러분들은 선생님들의 가르침을 받아서 인성이 바르고 자기 스스로 진로진학을 개척하는 '비슬인재'로 거듭나야 할 것입니다. 차가운 겨울 눈바람에도 꿋꿋이 서있는 소나무나 센바람에도 견디는 들판의 잡초와 같은 사람이 되어야 합니다. 강한 도전정신과 불굴의 정신을 발휘하여 선생님들의 가르침을 스펀지처럼 빨아들이기 바랍니다. 여러분들이 훌륭한 사람으로 자라나는 것은 선생님들의 은혜에 보답하는 길입니다.

존경하는 선생님 여러분!

제39회 스승의 날을 맞이하여 다시 한번 더 선생님들의 사랑과 헌신에 감사드리며, 오늘 하루 제자들의 따뜻한 정을 마음껏 받아주시기 바랍니다.

마지막으로

학생들에게 꿈을 심어주는 선생님
학생들에게 격려와 칭찬을 아끼지 않는 선생님
학생들과 공감하는 선생님

당신이야말로 이 시대의 진정한 스승입니다.
감사합니다.

2020. 5. 15.
비슬고 교장 이재철

4 학부모와 학교교육을 소통하다

학부모는 학교교육의 한 축을 담당하고 있으며, 학교교육의 성패와 직결되어 있다. 학부모의 요구와 희망 사항에 대해 늘 관심을 기울이고 이를 달성하도록 노력해야 한다. 학부모와 주요 소통의 통로는 교장이다. 학부모는 교육과정, 성적, 생활지도, 진로진학, 급식 등 자녀의 학교생활과 관련된 모든 사항에 관심을 가지고 있다. 저자는 교장으로서 한 학기에 2~3회 공식적인 회의에서 이러한 문제들을 논의하고 해결하려고 했다. 수차례의 회의 시 많은 내용들이 있었지만, 별도로 기록이나 녹취록을 남긴 것이 없어서 행사 때의 인사말 2개를 실었다.

• 사대부고 2009. 10. 20. 중간고사 학부모 감독 인사말

안녕하십니까? 사대부고 교감 이재철입니다.

바쁘신 가운데도 불구하고 1, 2학년 중간고사 감독을 위해 이렇게 와주신 학모님께 감사드립니다. 학교시험의 공정성과 신뢰성을 높이기 위하여 학부모 감독제를 채택하게 되었습니다. 학교 운영을 이해하시고 늘 도와주시는 점에 대해 감사하고 있습니다. 학교는 학부모님, 학생, 교사의 3박자가 잘 조화되어야 좋은 결과를 낳을 수 있을 것입니다.

자녀들을 저희에게 맡겨두고 많은 걱정을 하실 줄 압니다. 저희들은 학부모님의 소망이 무엇인지, 그리고 어떻게 하면 그것을 해결할 수 있는지 늘 고민하고 노력하고 있습니다. 아마, 자녀의 대학진학과 성적향상이 가장 중요하지 않을까 생각합니다.

우리 학교에서는 성적향상을 위해 전력투구하고 있습니다. 교사의 자질, 경험, 능력은 자타가 공인하듯이 대구 관내에서 최고 수준입니다. 그리고 교사의 열정이 매우 높습니다. 이러한 교사들이 학생들의 관리를 철저히 하고 있습니다. 예를 들면, 학생들의 성적의 누적 관리, 상담, 진학지도, 개인 멘토링제 등이 있습니다. 자율학습을 철저히 감독하고 있습니다.

현재까지 3학년 입시성적을 말씀드리면, 서울대 수시 1차 2명, 카이스트 최종 1명, 고려대 수시 1차 1명 등 합격하였습니다. 아마 최종까지 가면 더욱 좋은 결과가 나올 것이라 믿습니다. 그리고 최근 신종플루 확산으로 걱정이 됩니다만, 학교에서는 적극적으로 대처하고 있습니다. 매일 교문에서 발열체크를 하고, 교실 소독, 학생 개인위생을 철저히 하도록 지도, 관리하고 있습니다.

학생들의 입학 성적이 다소 낮지만, 우리 교직원은 열과 성을 다해 최선을 다하고 있음을 이해해 주시기 바랍니다. 다시 한번 더, 학교 운영을 도와주신 점에 대해 감사드리며, 가정에 행운이 가득하길 기원합니다.

2009. 10. 20.
경북대사대부고 교감 이재철

• 경북고 2017. 3. 2. 신입생 학부모 대상 인사말

존경하는 경북고 새내기 407명의 학부모님께 드립니다.

130명 교직원과 1,022명 선배 재학생들이 경북고 새내기 407명을 뜨겁게 환영합니다. 팔공산에서 불어오는 훈풍이 상서로운 기운을 불어넣고, 본교의 교화인 목련이 꽃망울을 터뜨릴 채비를 하고 있습니다.

우리 학교는 1899년 사립 달성학교로 시작하여 118년의 유구한 역사와 전통을 자랑하고 5만여 동문을 배출한 명문고입니다. 우리나라 근현대사의 산증인이요, 지금의 대한민국을 있게 한 수많은 인재들을 배출한 살아있는 역사의 현장입니다. 교정 곳곳에 남아있는 기념수목과 표지석들이 이를 웅변하고 있습니다.

우리학교 교육의 정체성(Identity)은 '경맥정신(慶脈情神)'이고, 방향은 '공교육 정상화'이며, 목표는 '대한민국 최고의 명문 공립고'입니다. 이러한 역사적 정신을 살려 현재 시대적 과업을 달성하기 위해 노력 중이며, 신입생 여러분들은 학교교육의 지향점을 충실히 실천하여 '경맥인(慶脈人)'으로 거듭나야 할 것입니다.

존경하는 학부모님!

어느 가정이나 자녀의 교육과 진로문제는 가장 중요한 관심사요, 책임이라고 생각합니다. 특히 장래를 결정짓다시피 하는 고교 시절과 대학 입학 수능고사를 준비하는 이 시점에서, 학생 못지않게 부모님들께서도 여러 가지 염려와 긴장 속에 지내시리라 짐작합니다. 이에 본교에 재직 중이신 90여 명의 선생님들도 부모님들 못지않게 같은 마음과 같은 목표를 가지고 함께 노력하고 있음을 자신 있게 말씀드립니다. 제자들을 "내 아이처럼 가르치겠다"고 의욕을 불태우고 있으며, 아침 일찍부터 저녁 늦게까지 '수업, 생활지도, 진로진학, 자율학습' 등에 최선을 다하고 있습니다. 이런 노력들이 결실을 맺고, 신입생들의 행복한 학교생활과 성공적인 대학 진학을 위하여 몇 가지 구체적인 당부 말씀을 드리겠습니다.

첫째, 자녀의 건강에 신경을 쓰셔야 합니다. 특히 대입시는 마라톤과 같으므로 체력이 뒷받침되어야 합니다. 긴장과 스트레스 그리고 만성 피로 속에서 생활하는 학생들은 여러 가지 통증에 시달립니다. 그러나 수능이 끝나고 나면 대개 증상들이 좋아지므로 너무 심각하게 생각하실 필요는 없습니다. 우선 아침을 거르지 않도록 하고, 야채나 과일 간식을 수시로 챙겨 먹여서 영양의 균형을 지킬 수 있도록 하십시오. 학교에서도 학생들이 먹는 급식에 최대한 신경을 쓰겠습니다.

둘째, 부모님부터 사교육에 지나치게 의존하는 마음을 극복하셔야 합니다. 학원 수업이 단시간에 많은 내용을 정리할 수는 있겠지만 그것은 완전히 학생의 것일 수 없습니다. 더 시간이 걸리더라도, 더 헤매더라도 스스로 길을 찾았을 때야말로 진짜 공부가 되는 것이며, 그 이후에는 무섭게 가속도가 붙을 것입니다. 흔히 대기만성형의 학생들을 보면 혼자 공부한 경우가 많습니다. 진실로 공부가 되는 순간은 수업을 듣는 순간이 아니라 스스로 책과 씨름하는 자습 시간입니다. 기초가 매우 떨어지는 학생이나 특별히 부족한 과목이 있는 경우는 단기간의 개인과외가 효과를 거두기도 합니다. 그러나 그것 역시 성적과 연결되기 위해서는 본인의 자습이 필요하고 노력이 필수적임을 잊지 마십시오.

셋째, 학교 자습시간이 얼마나 중요한 것인가를 깨달아야 합니다. 가정에서도 자녀가 아플 경우를 제외하고는 자습에 절대 빠지지 않도록 하셔야 합니다. 자녀의 성격에 따라 단체 자습이 잘 맞지 않는 경우도 있고 교사 감독의 한계도 있습니다만, 대개 함께 공부하는 것이 훨씬 수월합니다. 홀로 3시간 이상의 자습을 한다는 것은 의지가 필요하며 다소 소란해도 그 속에서 집중하는 것을 훈련해야 합니다. 왜냐하면 대입은 바로 일선 학교 현장에서 치러지는 것이며, 선의의 경쟁 속에서 자녀들은 힘과 위안을 얻기 때문입니다. 대부분의 학생들은 교실에 있을 때, 교복을 입고 있을 때, 가장 긴장하기 때문에 학교 교실에서 단체 자습을 하는 것이 학습량 면에서나 질 면에서 훨씬 효과적이라고 할 수 있습니다.

넷째, 원하는 대학과 학과에 진학하기 위해서는 변화하는 입시 제도에 적절하게 대응해야 합니다. '수시' 특히 '학생부 종합 전형'이 확대된 지금은 학력 신장은 물론 1학년 때부터 학교생활 자체에 충실하여 내신성적뿐 아니라 학교생활기록부 전반을 충실하게 가꾸어 가야 할 것입니다. 학교에서도 학생들의 다양한 활동을 지원하고 각종 교내 대회와 마일리지 제도를 통하여 학생 개개인이 성과를 최대한 올릴 수 있도록 지도할 것입니다.

다섯째, 학교와 교사는 여러 상황의 학생들을 함께 이끌어 가야 합니다. 그런데 모든 기준이 내 자녀이고, 내 자녀에게 유리하면 다 옳은 것이고 참을 수 있으며, 내 아이에게 불리하면 다 잘못된 것이고 반드시 시정해야 한다는 판단에서 벗어나도록 노력해야 합니다. 너그럽고 긍정적인 마음으로 학교와 교사를 신뢰하면 그 마음 자세가 자녀에게 저절로 전달되어 자녀는 더 열심히 학교생활을 할 것입니다.

여섯째, 마지막으로 자녀에게 칭찬과 격려만큼 좋은 약이 없다는 평범한 진리를 부탁합니다. '고맙다', '수고한다', '자랑스럽다' 등의 표현을 자주 해주시고 또 가슴으로 자녀를 믿으십시오. '너는 잘하고 있어', '다 잘되고 있어', '더 잘될 거야' 라는 부모의 믿음이 자녀에게 여유와 힘이 될 것입니다.

존경하는 학부모님!

우리학교 교문 입구의 거대한 시원석에 '교학(敎學)'이란 글이 새겨져 있습니다. 그 의미는,

"내일의 꿈과 희망을 향해 여기서 새롭게 도전하자!"
"새롭게 생각하고 끊임없이 도전하자!"

입니다. 경북고에서 자녀들이 자신의 정체성을 확립하고 더 큰 꿈과 희망을 가지고 스스로 공부하고 성장하여 자랑스러운 '경맥인(慶脈人)'이 되도록 이끌어 주십시오. 눈 내리는 차가운 겨울날에도 푸른 잎을 지니고 있는 소나무의 기상, 이것이 바로 '경맥인(慶脈人)'의 정신입니다.

감사합니다.

2017. 3. 2.
경북고 교장 이재철

제4장

· · · · · · · · · · · · · · · · · ·

학교교육 현장을
떠나면서
희망과 기대

이상에서 저자가 학교교육에서 배움과 가르침을 주제로 학교생활 21년과 교직 생활 34년 동안의 경험과 소회를 서술하였다. 이제 학교교육의 현장을 떠나게 되었다. 고마움과 아쉬움을 뒤로하면서도 희망과 걱정이 여전히 눈앞에서 어른거리고 있다. 농촌 시골에서 태어나 학교교육을 받아 학문과 직업에서 성공적인 길을 걸었고, 다시 학교에서 학생들을 가르치는 기회가 주어졌다. 학교교육의 목표를 시대적 과제인 '공교육 정상화'라는 개념으로 규정하고, 이를 실천하는 데 혼신의 힘을 다했다. 학교교육의 가치와 효용성을 누구보다도 신뢰하는 저자로서는 후속 세대가 학교교육을 더욱 계승 발전시켜 주기를 바라는 마음이 간절하다. 앞에서 서술한 내용을 거듭 강조하는 의미에서 학교교육에 대한 희망과 기대를 덧붙여 서술하고자 한다.

학교교육은 인류가 만든 오래된 제도의 하나이다. 인류가 남긴 수많은 자산들이 축적되고 발전될 수 있었던 것은 학교교육 덕분이다. 고대 중국 춘추전국시대 때 철기시대로 접어들면서 가족 단위의 농경 사회가 발전하였고, 공자와 같은 제자백가들이 이를 학문과 사상으로 뒷받침하였다. 공자는 3천 제자로 불리는 많은 학생들을 거느리고 새로운 사회를 건설하기 위하여 가르침을 실천하였다. 논어에는 스승 공자와 제자들이 주고받은 배움과 가르침이 생생하게 기록되어 있으며, 이것이 후일 유학사상으로 확립되어 동아시아 여러 나라에 오랫동안 지대한 영향을 끼쳤다. 위대한 학교교육의 성과라고 할 수 있을 것이다. 학교교육은 근대사회로 접어들면서 일반 시민을 대상으로 확대되고 국가와 민족의 발전을 견인하였다. 미래 인류의 행복과 발전은 학교교육의 성패에 달려 있다고 해도 과언이 아닐 것이다.

학교교육은 법령과 지침, 관행 등에 따라 유·무형의 많은 활동이 이루어지고 있다. 저자의 경험적 결과에 따르면 고등학교의 경우 인성교육, 자기주도학습, 진로진학 3가지가 가장 중요하다고 판단하였고, 교장으로서 이것을 중점적으로 실천하였다. 인성이 바른 학생이 분투력을 발휘하여 스스로 학습하는 힘을 기르고, 이 결과를 바탕으로 희망과 적성에 따라 대학교에 진학하는 것이다. 학교교육의 유용성 측면에서 3가지 중에서 먼저 중요한 것은 인성의 발전이라고 생각한다. 사람을 사람답게 만드는 것은 학교교육 덕분이기 때문이다.

인성은 자기조율, 관계조율, 공익조율 등으로 나눌 수 있다. 자기 자신을 내면적으로 관리할 수 있고, 이어서 남과의 관계형성에 성공하고, 마지막으로 국가와 사회에 이바지하는 단계로 나아간다는 것이다. 먼저 학교에서 인성교육은 인간의 도덕과 양심을 일깨워 무엇이 인간다운 삶인지 기준과 근거를 마련하고 양심의 소리에 귀를 기울이도록 하고 있다. 자본주의가 발달할수록 물질 만능주의와 인간성 상실이 만연하게 되고, 이를 걱정하는 목소리가 커지고 있다. 건강한 인간 본래의 모습으로 되돌아오기 위해서는 인간 내면에 깊숙이 자리잡고 있는 양심과 도덕을 일깨워야 할 것이다. 학교교육의 기초·기본은 여기에 두어져야 할 것이다.

인성에서 자기 관리의 또 다른 분야는 자신의 의지와 능력을 극대화하기 위해서 분투력을 발휘하는 것이다. 개인이 가진 능력을 확신하고 분투노력함으로써 엄청난 변화와 결과를 가져 올 수 있다. 노력한 결과, 처음에는 성공경험이 적을지라도 그것이 또 다른 성공경험을 낳고, 점점 축적되어감으로써 생각하지 못한 대단한 성공에 도달할 것이다. 분투력을 일깨우고 추동하는 현장이 바로 학교교육이다. 교사는 학생의 미세한 장점과 가능성까지도 찾아내어 격려 칭찬하여야 한다. 학생은 교사의 칭찬과 가르침으로 자신감이 생겨나고 방법을 찾게 된다. 하나의 결실은 점점 더 단단해지고 확대되어 마침내 희망과 적성에 적합한 진로진학을 하게 된다. 진로진학에 성공하면 대학 생활도 충실해지고 대학 졸업 후에 사회의 동량으로 우뚝 서게 될 것이다. 이는 하나의 가설적인 논리 전개가 아니다. 실제 학교교육에서 분투력을 발휘하여 성공하는 학생들을 가르친 경험을 바탕으로 한 것이다. 도시외곽의 농촌지역 출신들의 학생들이 초·중·고교를 거쳐 서울대학교에 진학하였고, 그들이 내뿜는 자신감과 성취감을 확인하였다. 이는 저자가 학생들을 추동하는 근거가 되었다.

인성교육의 다음 단계는 관계형성의 성공이다. 학교생활에서 친구 간에 관계형성하는 기회가 주어지고 방법을 터득하게 된다. 배려하고 협력하는 선의의 경쟁 관계를 하게 됨으로써 장차 사회인으로서 주어진 역할도 충실하게 할 것이다. 개인주의적이고 분산고립적인 사회 풍조가 심화될수록 사람 간에 관계형성을 중시해야 한다. 경쟁이 치열한 현실을 고려할 때 실현하기 힘든 과제라고 할지 모른다. 그러나 인간으로서 인간다움 삶은 더불어 살아갈 때만이 가능하다는 것을 잊지 말아야 할 것이다. 저자는 학교교육에서 배려하고 관계형성에 성공하는 학생들을 많이 보아왔다. 화원고 녹색길 걷기, 경북고의 경맥길 걷기, 비슬고의 세계문화유길 걷기 행사에서 친구들과 어울려 떠들며 우정을 나누던 학생들의 순진한 모습이 아직도 눈에 선하다. 사람이 타고나면서 지닌 착한 심성을 보여 주었고, 타인에게 베풀고 더불어 지내려는 믿음을 실천하고 있었다. 학교교육에서 길러진 배려와 협력의 인성은 이후 자신의 인생에 중요한 자산이 될 것이고, 나아가 우리 사회를 건실하게 만들어가는 버팀목으로서 기능할 것이다.

자기주도학습은 학교교육이 유용함을 입증하는 또 다른 축이 될 것이다. 인지이론에 따르면 학습은 새로운 지식을 뇌 기억 창고에 저장하는 훈련 과정이다. 복잡한 회로도나 설계도를 그려서 효율적으로 차곡차곡 저장하였다가 필요할 때 최소의 노력으로 꺼내 쓰는 것이다. 새로운 지식을 저장하였다가 필요시에 즉시 활용하기 위해서는 자신만의 방법으로 코딩해 두어야 한다. 남이 대신해서 할 수도 없거니와 한다 하더라도 정작 필요할 때는 찾아 헤매게 된다. 학습은 스스로 해야 하는 것이다.

학습의 원리를 망각하고 오로지 수단과 방법만을 쫓아다니는 데 익숙한 학생들이 많이 있다. 어릴 때부터 사교육을 맹신하고 공교육, 즉 학교교육을 불신하는 사람들이다. 단순히 문제 푸는 요령과 기술만을 익히고 학습의 방법, 원리, 의욕 등 근본에 도달하지 못한 경우이다. 일시적으로 좋은 성적을 거둘 수 있을지는 몰라도 그것은 자신의 것이 아니다. 스스로 쓰고 외우고 개념화하여 뇌의 기억 창고에 자신만의 코드로 저장해 두어야만 필요할 때 즉시 꺼내 쓸 수 있다. 새로운 지식을 자기 것으로 만들어 가는 과정에서 학습의 기쁨을 누릴 수 있는 것이다. 알고 좋아하는 단계를 넘어서서 즐기는 최고의 경지인 몰입의 단계에까지 나아갈 수 있다. 학습의 기쁨을 경험하고 즐기는 학생은 학교교육에서 성과를 거둘 뿐만 아니라 자신의 직업과 삶에서도 성공할 가능성이 매우 높다.

저자는 학교교육에서 분투력을 발휘하고 자기주도학습하여 학습의 원리와 방법을 깨쳤고, 이를 기반으로 하여 대입시의 합격은 물론이고 후에 대학원 박사학위까지 취득할 수 있었다. 직장 생활에서도 분투력을 유지하였으며, 직장을 마감하는 지금도 학문을 즐기고 있다. 학교교육을 실천하면서 자기주도학습의 추진을 학교교육의 주요 방향으로 삼았다. 2일간 연속으로 공부하는 '성취도전 30시간' 프로그램을 학기당 2회씩 지속적으로 추진하고 있다. 학생들에게 학습의 의욕을 고취하고 원리와 방법을 터득케 하는데 효과가 있었다. 대학교 입학 수시전형에서도 자기주도학습의 이력을 확인하고 있으므로 관련 프로그램을 많이 진행하였다.

고등학교에서 진로진학의 성공은 학교교육의 현실적 목표 중의 하나이다. 10년 전부터 공교육 정상화를 위하여 법령을 제정하고 대입시 제도를 수시전형, 학생부종합전형 위주로 변화하였다. 수능 위주의 정시전형을 축소하고 교과 활동과 비교과 활동을 전형 요소로 평가하도록 했다. 학교교육을 충실히 받은 학생이 그 결과를 학생부에 기록으로 남겨 그것을 전형 자료로 활용하게 되었다. 학교교육을 정상화해야겠다는 국민적 바람이라고 하겠다.

요컨대 학교교육에서 많은 활동이 이루어지고 있고, 그중에서도 인성교육, 자기주도학습, 진로진학 등의 유용성을 고려한다면 앞으로도 학교교육에 대한 희망을 가져도 괜찮다고 하겠다. 또한 학교교육을 담당하고 있는 교사들이 열정과 헌신을 다하고 있고, 학부모들이 학교교육을 신뢰하고 있으며, 학교교육을 받았던 학생들이 성공하고 있는 점 등을 확인할 수 있다. 저자가 관리자로 근무하였던 여러 학교의 현장에서 학교교육을 성공시키려는 구성원들의 의지와 노력을 생생하게 기억하고 있다. 학교교육의 미래는 매우 희망적이라고 확신한다.

2 학교교육에 대한 기대

학교교육에 대한 무한한 사랑과 희망을 가지면서 앞으로 더욱 발전하기를 기대하고 있다. 학교교육이 거대한 사회적 변화를 능동적으로 수용하고 나아가 개별 학교의 다양한 문제점들이 전향적으로 해결되어야 할 것이다. 저자가 관리자로서 학교교육을 이끌어 오면서 구성원의 의지와 열정을 모아 많은 성과를 거두었지만, 그 이면에는 무수한 갈등과 고민이 담겨져 있었다. 도덕과 양심의 근본적인 문제에서부터 효용성과 가치관에 이르기까지 다양한 스펙트럼이 존재하였다. 무엇이 옳고 그른지, 어떤 방향이 정당한지, 어떤 방법이 타당한지 등을 고민하였다. 스스로 자신을 단속하고 공부하며 변화하려고 노력하면서 문제의 본질에 접근하고자 했다. 그중에서 앞으로 학교교육이 더욱 발전하기를 기대하는 관점에서 몇 가지를 서술하고자 한다. 오로지 저자의 경험과 가치관을 바탕으로 한 것이므로 입론의 근거나 논리성을 따질 수는 없을 것이다.

● 학교교육의 추동력은 교장의 높은 자율성에서 나온다

교장은 개별 학교의 운영을 책임지고 있다. 법령과 규정, 지침에 근거하며, 학교 구성원의 의견을 수렴하고, 자신의 경험과 철학에 따라 학교를 자율적으로 운영한다. 운영의 과정과 결과에 대해 무한대의 책임을 져야 한다. 이상적인 학교 운영을 '덕치'(德治)라고 표현하기도 하는데, 이는 '정직중화'(正直中和)의 의미로 이해하고 있다. 정직하고 중용의 도리를 지켜야 한다는 것이다. 포괄적으로 꽤 그럴듯하게 정의를 내렸지만, 학교 현장에서 교장은 매우 복잡다단한 문제들로 늘 고민을 해야 한다. 이러한 학교교육의 문제들을 해결하는 관건은 교장에게 높은 자율성의 보장과 밀접한 관련성이 있다. 이미 법령으로 교장에게 자율적인 학교 운영을 허용했음에도 불구하고 또다시 자율성을 요구하는 것은 매우 모순적인 주장이다. 자율성이 현실적으로 허용되어 있지만, 그 자율성을 행사하는 데 한계가 있다는 의미일 것이다. 교장에게 자율성을 보다 많이 허용함으로써 학교교육을 강하게 추동할 수 있을 것이다. 교장에게 사소한 문제에서부터 매우 중요한 정책 결정에 이르기까지 많은 자율성이 요구되겠지만, 저자가 현재의 학교 현장에서 경험한 관점에서 2가지를 언급하고자 한다.

① 교장의 적절한 권한 행사를 위한 자율성 보장

교장에게 자율성이 요구되는 이유는 우선 교장에게 주어진 권한을 안정적으로 보장하기 위해서이다. 교장은 학교를 운영할 때 권한을 남용해서도 안 될 것이며, 또한 권한 행사가 위축되어서도 안 될 것이다. 당연히 적법하게 이뤄져야 하며, 소속 교직원들은 여기에 따라야 한다. 예컨대 교직원에게 업무를 분장하고 업무의 진행 과정이나 결과에 대해 관리 감독을 한다. 칭찬과 격려를 하면서도 동시에 과실(過失)에 대해서는 학교장 명의로 행정 처분도 할 수 있다.

이와 더불어 권한을 뒷받침할 권위도 보장되어야 할 것이다. 권위가 뒷받침되지 않은 권한의 행사는 소속 직원에게 불만을 야기하고, 지시에 형식적인 복종만을 부르기 때문이다. 즉 교장의 권한 행사가 순조롭게 이루어지기 위해서는 교장의 권위가 확립되어 있어야 한다. 교장의 권한과 권위는 조직을 운영하는 중요한 근거이다. 다분히 원론적이고 이상론적인 학교 운영 방안이라 하겠다.

현재 학교 현장에서 교장의 권한 행사는 여러 요인들에 의하여 원활하지 않고 있다. 교사들 사이에 발생하는 '다양한 갈등'이 그중의 하나이다. 교장은 평소 학교를 운영할 때 교사 간에 갈등이 발생하지 않도록 지도력을 발휘해야 할 것이고, 필요하다면 법에 보장된 교장의 권한 행사도 해야 한다.

예컨대 업무 분장, 수업 시수 배정, 교육과정 이수 단위 조정, 성과상여금 지표 마련, 정책 사업 추진 등을 둘러싸고 개인, 교과, 집단 간에 이해가 충돌하기 마련이다. 갈등의 해결을 태만(怠慢)히 하거나 회피하는 교장은 아무도 없을 것이다.

그런데 교장의 노력에도 불구하고 상호 배려와 양보, 타협적 자세보다는 극단적인 사태까지 가는 경우도 있다. 결국 '학교의 운영은 교장의 권한이다'라고 하는 법적 근거에 의하여 처리할 수밖에 없다. 손해를 보았다고 생각하는 측에서는 교장의 권한 행사에 대해 불만을 제기하고 권위까지 무시한다. 심지어는 자신의 이해를 관철하기 위하여 교내 문제를 교육감 핫라인, 교육부와 청와대에 민원으로 가져가기도 한다. 학교 운영의 문제와는 별개로 학교를 투쟁의 장으로 활용하는 경우도 있는데, 이때는 아예 교장의 권한과 권위는 심각하게 도전받는다.

교내 문제가 외부로 확산되면 결국 상부기관의 지휘를 받게 된다. 이 책임은 당연히 개별 학교의 교장에게 있다. 그러나 학교를 책임지고 있는 교장으로서는 공정하게 처리될 것이라고 믿고 있지만, 상부기관은 학교교육의 정상화나 문제의 근본적 해결보다는 감독하는 입장에서 사안을 처리하고자 한다. 결과에 따라서는 학교 현장에 민원과 물의를 야기한 교장, 그리고 교사들과 소통을 거부하고 일방통행만을 고집하는 '갑질'의 교장으로 판정을 받는다. 교장의 입장에서 소명할 기회도 제대로 주어지지 않거니와 감독관청에서는 교사의 입장을 수용하는 것이 사건 해결에 도움이 된다고 판단하기도 한다.

하부기관에서 문제가 발생하였을 때 상부기관에서는 처리 지침이나 방향이 있을 것이다. 교장도 잘못에 따라 응당 처분을 받아야 할 것이다. 문제는 교장이 개별 학교교육을 책임지고 있고, 학교교육은 학생, 학부모, 교사 등 구성원의 복잡한 관계 속에서 이뤄진다는 것이다. 교장의 자율적인 학교 운영이 위축되지 않도록 세심하게 접근할 필요가 있다. 교내 구성원 내부에 갈등이 발생하지 않는 것이 최선이겠지만, 만약 발생한다면 교장에게 해결 방법을 맡겨두는 것이 차선책이 될 것이다. 교장은 적어도 도덕과 양심에 충실하고 학교 발전을 위해 높은 책무성을 가지고 있다고 믿어야 할 것이다. 부정과 불법을 자행하고 학교교육을 방해하는 교장이 있다면, 결코 그를 두둔할 필요는 없을 것이다. 학교교육의 주인공은 학생과 학부모이기 때문이다. 요컨대 학교교육의 성공을 위해서 교장이 적절한 권한과 권위를 행사할 수 있도록 자율성을 보장해 주려는 노력이 필요하다.

교장의 권한 행사가 원활하지 않게 되는 또 다른 이유는 '학교의 성과 평가'와 관련되어 있다. 즉 교육청에서 추진하는 여러 정책들을 학교 단위나 교장 개인에게 부과할 때 교장의 권한을 제한하는 경우가 있다. 예를 들면 교육청에서 지난 수년 동안 추진한 학교평가가 대표적인 정책이다. 교육청에서 시도 단위의 평가에서 좋은 성적을 받기 위하여 단위 학교에 압박을 가하였다. 교장은 교사들에게 평가 관련 업무를 무리하게 요구하지 않을 수 없었다. 심지어는 교장이 권한을 행사하기보다는 교사들의 눈치를 살펴야 하는 경우도 있었다. 예컨대 평가 항목 중 기초체력미달자의 비율을 기준인 5% 이하로 낮추어야 평가 만점을 받을 수 있는데, 이를 위하여 체육교사들의 협조가 필요하였다. 저자가 교장으로 재직한 학교에서 체육교사들이 이를 악용하여 평가 결과가 교감의 승진 점수와 직결되어 있다는 것을 알고 교감의 권위를 좌지우지하는 것을 경험하였다. 교육청의 평가 때문에 개별 학교의 질서가 무너지고 있었던 것이다.

저자는 학교평가를 무조건 반대하지는 않는다. 만약 평가를 한다면 합리적이고 공정한 지표들을 개발하고, 그것을 학교와 사전에 충분히 합의해야 할 것이다. 학력 향상이나 입시성과, 신입생의 선지율 등은 수요자인 학생과 학부모의 입장을 반영하여서 마땅히 실시할 필요가 있을 것이다. 학교는 학생을 위해서 존재하기 때문이다. 평가의 목표를 도달하기 위한 방편으로 관리자를 통제해서는 안 될 것이다.

현재 무리한 학교평가 정책은 중지되었지만, 수년 동안 누적된 폐해는 회복되지 않고 있다. 교장, 교감은 성과를 도출해야 하는 단순 하부 실무자라는 인식이 쉽사리 사라지지 않을 것이다. 한번 훼손된 교장의 권위, 이미지는 고착화되기 마련이다. 학교 평가와는 성격이 다르지만 교장의 권한 행사를 위축시키는 정책으로 교원능력개발평가가 그 역할을 대신하고 있다. 매년 이뤄지는 교장, 교감 평가에 교원능력개발평가 항목 중 동료교원의 평가(20%)와 학부모만족도 조사(20%)를 반영하고, 이를 성과상여금 등급 결정에 활용하고 있다. 교원능력개발평가는 당초 교원평가라는 이름으로 인사와 급여에 활용하기 위해 출발하려 했지만, 교사들의 극심한 반대에 부딪혀 수업과 생활지도의 부족한 부분을 연수하는 것으로 후퇴했다.

　그런데도 불구하고 유독 교장(교감) 평가와 성과상여금 등급 결정에만 이를 활용하고 있다. 교원능력개발평가는 평가의 결과를 자신의 능력을 개발하기 위한 목적으로 활용되어야 할 것이다. 성과상여금에서 '성과'는 교장이 학교경영의 결과를 측정하는 것이다. 학교경영의 결과는 학생과 학부모의 만족도나 교장을 관리 감독하는 교육청의 평가로서 확인되어야 할 것이다. 학교 경영(교육)에 함께 참여하고 책임을 져야 할 교사들로부터 평가를 받고, 그 결과를 상여금평가지표로 활용한다는 것은 이해되지 않는다. 현재 학교마다 업무기피, 책무감 부족, 정치 쟁점화 등의 현상이 늘어가는데, 이러한 학교를 운영해야 하는 교장이 과연 교육적 소신을 다할 수 있는지 의문시된다. 교사들로부터 평가를 받는 교장이 그들의 의지에 반하는 결정이 쉽지 않을 것이다. 혹시라도 학교 운영에 불만을 가진 교사들이 의도적으로 교장평가를 낮추어 평가할지 모른다고 생각한다면 교장의 권한 행사가 위축될 수밖에 없다.

　2020년에 교장평가는 더욱 순조롭지 못하고 있다. 연초부터 코로나19 감염사태가 지속되면서 교원능력개발평가가 보류되었고, 따라서 교장의 평가에 이를 반영할 수 없게 되었다. 11월에 가서야 동료교원 평가에 의해

'학교경영만족조사'(30%)를 하겠다는 계획을 발표하였다. 현실적으로 불가피한 상황을 인정하지만 동료교사의 평가 비중을 더욱 올렸기 때문에 이전보다 개악된 안이라고 생각한다. 왜 교장이 동료교사들의 평가에 의해 학교 경영 성과를 검증해야 되는지 타당한 설명이 결여되어 있다. 교장을 평가하고자 한다면 차라리 교육청에서 책임지고 단위학교의 성과를 평가해야 할 것이다. 또한 대구의 경우, 갑자기 2019년부터 공립고 교장과 사립고 교장을 분리하여 평가한 것이 과연 정당한지 고민해야 할 것이다. 학생 배정, 예산과 시설 지원, 정책 시행 등에서 공립과 사립은 동일하게 적용되고 있다. 교육 활동의 과정이 동일하면 평가와 결과도 동일해야 할 것이다. 이에 비해 대구교육청 소속 일반직 성과상여금 지급 계획과 지표 내용이 오히려 합리적이라고 생각한다. 정책 담당자는 이를 검토해 주었으면 한다. 교장의 자율성 행사를 억제하는 또 다른 족쇄가 되는 교장평가와 이에 기초한 성과상여금 지급은 교장의 자율성을 신장하는 방향으로 개선되어야 할 것이다.

요컨대 학교의 정상적인 운영을 위하여 교장의 권한 행사가 보장되어야 한다. 그러나 학교 내부 교사들 간에 발생하는 갈등을 해결하거나 교육청의 여러 정책을 추진하는 과정에서 교장의 권한이 도전을 받고 있다. 법령에 의해 보장된 권한이 제대로 작동하지 않으면 개별 학교의 자율적인 운영이 어렵게 되고, 학교교육이 위축될 수밖에 없다. 교장이 불만을 가진 교사나 외부의 눈치를 살핀다면 교육적 열정이나 헌신을 기대하기 어려울 것이다.

저자는 학교 운영을 위해 교사들에게 자율성과 책무성을 양대 축으로 강조하였다. 교사는 전문성과 도덕성이 충분히 갖추어져 있으므로 자율성이 보장될 때 주어진 책임을 위해 최선을 다한다고 믿고 있다. 교장도 마찬가지로 자율성과 책무성이 보장되어야 할 것이다. 혹시 상부 기관에서 개별 학교를 쉽게 감독과 통제를 할 수 있는 하부 기관쯤으로 인식한다면, 학교교육의 진정한 성공은 기대하기 힘들 것이다. 교장의 고충과 고민을 해결해 주고, 격려, 칭찬을 아끼지 않을 때 교장은 학교교육을 위해 신바람이 날 것이다. 다행히 교육청의 일방적인 정책 추진은 현재 '단위 학교의 자율성 확보'라는 방향으로 전환되었다. 그럼에도 불구하고 자율성 확보가 실질적 성과를 거두기 위해서는 '정책 홍보용'의 구두탄이 아닌 열정과 혼을 불러일으키는 관심과 성원을 함께 보여 주어야 할 것이다. 이것이야말로 오랫동안 관행화되고 굳어진 타율적인 학교 운영을 과감하게 탈피하는 길이다. 학교교육의 성공을 위해서 교장의 권한 행사와 자율성은 더욱 보장되어야 한다.

② 학교를 개혁하기 위한 자율성 보장

교장이 학교를 적극적으로 개혁하기 위하여 더 많은 자율성이 보장되어야 한다. 모든 교장들은 구성원들이 각자 맡은 역할에 최선을 다하고, 학교 운영이 원활하며, 학생·학부모가 만족하는 학교를 바라고 있다. 교장의 학교당 임기는 2~3년인데, 신임 학교에 부임해 보면 자신이 생각하던 학교의 모습과는 거리가 있기 마련이다. 교장마다 교육적 경험이나 학교 운영 방안의 차이에서 비롯된 것이다. 전임 교장이 추진한 학교 운영의 결과를 그대로 이어받아 신임 교장의 관점에서 판단하고 새로운 방향으로 접근해야 한다. 운 좋게도 조직 관리, 학사 운영, 시설과 예산 운용, 학부모와 지역사회와의 관계 등을 분석한 결과, 별다른 문제가 없다고 판단되면 그대로 따라가면 될 것이다. 그러나 학교 관리가 방치된 채 수년을 지나면서 조직이 와해되고 교사 간에 갈등이 심하며 학교 운영에 전반적으로 문제점이 발견된다면, 개혁을 해야 할 것이다. 개혁이란 의미는 거창하게 대대적으로 학교를 바꾼다는 의미보다는 학교교육의 정상화를 위해서 새롭게 출발한다는 정도의 의미이다.

저자는 몇 개의 학교를 운영하면서 개혁을 추진한 경험을 가지고 있다.

학교 운영 전반을 개혁하려고 시도했지만, 학교의 사정에 따라 특정 분야를 집중적으로 추진하였다. 사대부고에서는 '성적 향상'을, 화원고에서는 '인성교육'을, 경북고에서는 '공교육의 정상화', 비슬고에서는 '학생 중심의 학교 운영'을 각기 실현하고자 했다. 일련의 개혁 과정을 보면 대체로 다음과 같이 비슷하였다. 먼저 개혁을 위해서는 기존의 제도와 운영 방법은 물론이고 사람의 인식까지 변화시켜야 한다. 교사들에게 개혁의 필요성을 이해시키고 개혁에 협력하도록 이해를 구해야 한다. 교사들이 개혁의 대상이 아니라 개혁의 주체임을 강조해야 한다. 회의와 연수를 통해 개혁의 정당성과 가능성을 공유하고, 개혁을 이끌어갈 중심인물을 확보해야 한다. 문제점에 대한 해결의 시급성에 따라 개혁의 속도를 조절할 수 있다.

그런데 학교교육을 위해서 정당한 개혁임에도 불구하고 기존 구성원들의 입장에서 보면 쉽사리 받아들일 수 없는 경우가 있다. 관행적으로 해 오면서 나름대로 타당한 논리와 방법을 가지고 있으며, 그 체제나 운영에 익숙해 있기 때문이다. 신임 교장의 개혁적 시도를 반대하고 저항하게 된다. 학교 형편에 따라 저항의 강도에 차이가 있는데, 심한 경우 음해, 뒷담화, 악소문, 회합, 서명, 민원 등의 방법이 동원되기도 한다. 결국 소신과 소명의식에 의하여 개혁을 추진하게 된다면, 그에 따라서 겪는 온갖 어려움은 당연히 교장이 감내해야 할 몫이다.

문제는 개혁을 추진하고 성과를 거두기 위해 교장이 사용할 수 있는 장치에 있다. 가장 중요한 장치는 학교의 운영을 위해 교장에게 법적으로 보장된 권한 행사이다. '학교교육의 성공을 위하여'라는 명분적 정당성도 갖추고 있으므로 교육의 수요자인 학생과 학부모로부터 지지를 받게 된다. 따라서 교장이 학교교육을 담당하고 있는 교사들에게 개혁에 동참하도록 권한을 행사할 수 있다.

이때 개혁을 둘러싼 혼란과 저항 때문에 교장의 권한 행사가 제한받거나 위축되어서는 안 된다. 학교 내부의 교사나 학부모들은 교장의 권한 행사를 신뢰하고 협조해야 할 것이다. 물론 개혁에 대한 필요성, 절차, 내용, 결과 등에 대해서 당연히 교장이 판단하고 책임을 져야 할 것이다. 그리고 교육청에서도 단위학교의 자율성과 교장의 권한 행사를 최대한 보장해 주어야 할 것이다. 학교교육의 정상화와 학생과 학부모의 성공을 위해 학교를 개혁하려는 교장의 진정성을 전폭적으로 신뢰해야 할 것이다.

만약 학교 구성원이 개혁에 저항하고 교육청이 교장의 권한 행사를 제한하려 든다면, 교장이 굳이 개혁에 나설 이유가 없다. 학교의 기본적인 업무만을 적당히 처리해도 신분 유지에 아무런 장애가 없기 때문이다. 오히려 대부분 교장들이 선호하는 길이 아닐까 한다. 경북고 교장으로 부임하여 공교육 정상화를 위해 영재반 폐지, 방과후학교 운영 개선, 조직 정비, 수시전형 체제로의 전환, 휴대폰 수거 보관 등 일련의 개혁을 추진하는 과정에서 교장의 권한 행사가 순조롭지 않았다. 단위학교의 어려움을 해결하는 데 교육청이 든든한 방패막이 되기는커녕 오직 '물의'를 야기하지나 않는지에 촉각을 곤두세우고 있었다. 교장이 학교의 문제점을 해결하는 데 전력투구하기보다는 교육청의 눈치나 보고 지시에 충실히 하려 한다면 학생들과 학부모들이 학교교육에 결코 만족하지 않을 것이다. 개별 학교의 교육이 생동감 넘치게 성공을 거두어야만 대구교육도 발전하는 것이다. 옛말에 '순망치한'(脣亡齒寒)이란 말이 있다. 입술이 닳아 없어지면 이빨이 시린 법이다.

요컨대 학교교육의 책임은 교장에게 부여되어 있다. 학교교육의 성패는 교장의 의지와 열정에 달려있다. 학교교육의 성공을 위해 교장은 책무성을 다해야 할 것이고, 상부 기관에서는 교장에게 자율성을 충분히 보장해야 할 것이다. 상부 기관이 감독과 통제를 쉽게 할 수 있다는 관점에서 탈피하여 교장이 학교교육의 성공을 위해 신명을 다하도록 추동해야 할 것이다.

• 학교교육의 발전은 교사의 강한 책무성에 달려 있다

학교교육의 발전은 교육을 추진하고 있는 교사들의 강한 책무성에 달려 있다. 언급할 필요조차 없는 매우 상식적이고 당연한 명제이다. 교직을 마무리하는 교장의 쓸데없는 기우(杞憂)에 그치기를 바라지만 교직의 현실은 교사의 책무성을 주시하고 있다. 교사는 자신의 양심과 지식, 경험을 바탕으로 직무를 수행하는 교육 전문가이다. 원활하고 최적합의 직무수행을 위해서는 자율성과 책무성이 보장되어야 한다. 교사의 가장 기본적인 직무인 수업은 매 시간마다 학생의 능력과 수준에 맞추어 적절하게 이루어져야 한다. 자율성이 보장되어야만 가능한 일이다. 자율적으로 직무를 수행하는 교사는 학생 지도에 열성과 헌신을 다하고자 하며, 늘 자부심과 자긍심이 충만해 있다. 또한 인간의 존재에 대해 무한히 신뢰를 하고 있으므로 학생들과 교감하여 성장을 추동하려 한다. 학교교육에서 학생들은 행복하며 교사들은 만족하는 선순환의 구조이다. 저자는 자율성의 가치를 최대한 존중하고 교사의 직무 수행 시 이를 보장하고자 했다. 다만, 자율성의 본래 의미는 자신의 의지를 기반으로 직무를 적극적으로 추진함으로써 그 결과를 최대한 확대한다는 것이다. 전문가적인 양심과 도덕을 따르고 법령의 범위를 벗어나지 않도록 노력해야 될 것이다.

자율성이 제 기능을 다하려면 책무성을 충분히 자각해야 할 것이다. 수레의 두 바퀴처럼 자율성과 책무성은 늘 병존해 있기 때문이다. 책무성은 단순히 직무를 수행하는 책임을 진다는 소극적인 의미에 그치지 않고, 그 결과까지 자신을 담임해 준 주체에게 보고해야 된다는 적극적인 의미를 포함하고 있다. 교사가 수업과 생활지도의 직무를 수행해야 된다는 것은 물론이고, 수업과 생활지도의 결과, 즉 성적 향상, 성취도평가, 대입 실적, 기초질서 확립, 학교의 선지원율 등을 정부나 시민에게 보고해야 된다는 것이다. 자녀를 학교에 맡겨둔 학부모의 입장을 강하게 반영하고 있으며, 교사들은 수요자의 요구와 희망을 달성하기 위하여 노력하지 않을 수 없다.

그러나 자율성과 책무성이 학교 현장에서 제대로 작동하고 있는지 걱정이 된다. 자율성만 과도하게 요구하고 상대적으로 책무성을 소홀히 하기 때문이다. 오랫동안 교단을 지키면서 실제로 염려되는 현상들을 경험하였고, 앞으로 더욱 심화될 것으로 예측된다. 학교교육의 중심에 학생과 학부모가 있다. 학교교육의 목표는 학생의 전인적 성장이고, 이는 인성 함양, 학력 향상, 진로진학 성공 등으로 실현되어야 한다. 학교에서는 학생과 학부모, 국가와 시민의 기대를 항상 가슴에 새겨야 할 것이다. 10여 년 전에 언론에서 '잠자는 교실', '교실 붕괴', '성적 추락' 등의 자극적 문구로 공교육의 위기를 질타하였다. 이를 벗어나기 위해 공교육 정상화법을 마련하고 대입시에서 수시전형, 학생부종합전형을 도입하였다. 제도 개혁을 통해 학생들이 학교교육에 참여하지 않을 수 없도록 강제적인 장치까지 마련하였던 것이다. 교사들도 학교교육을 충실히 하여 학생들의 만족도를 높이는 데 노력을 기울이고 있다. 그럼에도 불구하고 여전히 학교교육에 대해 의구심을 떨쳐버리지 않고 있는 학부모와 영업적 이익을 목적으로 학교교육에 대해 불신을 조장하는 사교육 집단이 있다. 결국 2019년에 학종의 불공정성을 집요하게 부각하는 여론에 밀려 정부는 대입 정시의 비중을 늘리고 학종의 평가 요소를 교과 영역으로 축소하고 말았다.(대입제도 공정성 강화 방안, 2019. 11. 28.) 학교교육의 자율성과 다양성보다는 성적에 의한 획일적 상대평가를 중시하겠다는 것이다. 학교교육이나 사회 발전에 결코 도움이 되지 않을 것이다.

교사들은 학부모들이 학교교육을 불신하고 있는 현실을 직시해야 할 것이다. 일부 학부모들의 이기적이고 편향적인 태도와 수단과 방법을 가리지 않는 처신을 비판만 할 수 없다. 인간의 원초적인 모습이라고 이해해야 할 것이다. 교사가 학부모의 입장으로 변했을 때 일반 학부모보다 더 극성을 부리는 경우도 보았다. 학부모들이 학교를 이해해 주기를 바라기보다는 학부모의 입장에서 문제점을 찾아야 할 것이다. 왜 학교교육이 학부모와 시민들로부터 불신과 불만의 대상이 되어 가는가를 고민해야 한다. 저자는 경북고 교장으로 부임하여 학부모 대표와 첫 대면하는 자리에서 그들로부터 "학교에서 해 준 것이 무엇이 있습니까?"라는 돌직구성 항의를 들었다. 학부모의 부탁(불만)은 사교육에서 대입시를 해결하고 있으니 제발 학교에서 간섭하지 말아달라는 것이었다. 이 정도가 되면 학교는 차라리 문 닫아야 마땅하겠지만, 100년 전통의 대한민국 최고 명문고로 자부하는 권위와 위상이 아직은 유효하니 그대로 묵인하고 있는 것이다. 그러나 학부모의 관심으로부터 멀어진다면 그 효과는 그리 오래가지 않을 것이다. 미래에 사라질 직종의 제1순위에 교사를 올려둔 지 이미 오래 되었다. 2020학년도 시작부터 코로나19 감염 사태로 원격수업이 지속되면서 일각에서 아예 교육의 패러다임을 바꾸자는 주장이 흘러나오고 있다. 현재 학교교육은 위기의 순간이다.

학교교육 문제의 핵심에는 교사들의 책무성이 자리잡고 있다. 교사들이 현실적으로 직무수행에 따른 많은 부담과 고충을 가지고 있지만, 주어진 업무만 처리하겠다는 소극적인 자세를 넘어서서 그 결과까지 책임진다는 책무성을 발휘해야 할 것이다. 책무감에 충실할 때 학부모와 시민의 요구에 만족을 줄 수 있기 때문이다. "할 수 없다"라거나 "할 필요가 없다"라는 부정적 사고를 앞세우고 적당히 하겠다고 미리 범위를 한정해 버린다면 학부모는 결코 만족하지 않을 것이다. "나 하나쯤이야", 그리고 "우리 학교 한 개쯤이야 괜찮겠지"라고 자위할 문제가 아니다. 하나하나가 합쳐져서 전체 학교교육이 불신을 받을 것이다. 아무리 큰 제방이라도 조그마한 개미집으로 무너진다는 속담이 있다. 학교교육의 중요성과 필요성을 항상 자각하고 높은 책무감을 가져야 할 것이다.

높은 책무감을 실현하기 위해서는 학교 내에서 교사들이 마음을 모아야 한다. 학교교육을 담당하고 있는 교사들이 한마음으로 교육 목표를 달성해야 하지만, 다양한 성분(性分)의 교사들이 여러 업무를 함께 추진하기 때문에 갈등이 발생할 수밖에 없다. 수업시수, 업무 분장, 교육과정 편성, 정책사업 추진, 예산 편성, 성과상여금 등을 두고 사소한 이해 충돌에서부터 감정적 앙금이 남는 경우도 발생하게 된다. 학년도 초에 업무 분장을 둘러싸고 교사들 간에 시장 바닥의 좌판을 방불케 하는 '다툼'이 발생하는 것을 목격하곤 했다.

경덕여고 교감 재직 시 80여 명의 교사들 대부분 부모 간병, 개인 신병, 임신 중, 임신 예정 등 온갖 이유로 담임을 회피하고자 했고, 간신히 업무 분장을 한 뒤에는 학년 내내 불평과 불만을 제기하여 학교 운영이 참으로 힘들었다. "내 것만 하면 된다"는 개인주의적 문화와 "내가 하지 않아도 누군가가 하겠지"라고 하는 이기적 태도가 자리잡고 있었다. 이러한 교사들에게 학교교육을 맡겨야 하는지 의구심이 강하게 들었다. 오랫동안 이 학교의 대입시 실적, 학교 선지원율, 학교 특색 사업 추진 등이 전반적으로 부진을 면치 못한 원인은 교사들의 갈등 때문이었다. 특별한 사유가 있는 한두 학교만의 문제가 아니고 점점 갈수록 전체 학교로 확산되어 가는 것 같다.

신학기 초에 교장, 교감이 학교 업무 분장을 하느라 입술이 부르튼다는 이야기를 듣고 있다. 교장이 부장교사와 담임교사의 적임자를 구하기 위하여 '삼고초려'(三顧草廬)는 물론이고 '비례후폐'(卑禮厚幣)를 다하여도 허탕만 치고 만다. 모두 "나와는 상관없다"는 태도이다. 학교교육을 담당해야 할 교사가 스스로 학교교육과는 관계없다고 강변한다면, 신분적 처신도 각오해야 할 것이다. 교사들 간의 분열과 갈등은 높은 책무감은 고사하고 최소한의 업무 수행도 어렵게 하기 때문이다.

교사들은 교단의 미래를 걱정하는 목소리에 귀를 기울여야 한다. 나와는 상관없는 문제가 아니라 우리 전체 문제임을 자각하고 책무감을 발휘해서 학교교육 수요자의 만족도를 높이는 데 최선을 다해야 할 것이다. 교사는 미래 세대를 이끌어갈 인재를 양성하는 신성한 전문직업인이다. 우리가 학교교육을 위하여 열정과 헌신을 다하여 아름답고 풍성한 결실을 거둔다면 가장 자랑스럽고 축복받는 일일 것이다. 이것이 우리 교사가 할 수 있는 최고의 적선(積善)이다. '적선지가 필유여경'(積善之家 必有餘慶)이라는 선인들의 말을 새겨보아야 할 것이다. 인류의 위대한 스승인 맹자가 인생삼락(人生三樂) 중에 천하영재를 얻어서 교육하는 것을 최고로 손꼽았던 의미를 되새겨보아야 할 것이다.

● 학교교육의 핵심 목적은 학생의 학습력 배양에 있다

학교교육은 전인(全人) 교육을 지향하고 있다. 인성과 지성, 체력을 골고루 배우고 닦음으로써 자신을 계발하고 사회에 기여하는 사람으로 성장하게 한다. 좀 더 구체적으로 말하자면 학교에서 무엇을 어떻게 배우고 가르칠지는 교육과정 관련 법령에 명시되어 있다. 교육과정에서 제시하는 교과목을 학년에 따라 편성하여 학생들에게 가르치며, 학생들은 수업을 통해 배우게 된다. 교육과정은 국가 정책과 사회적 요구, 학생들의 희망과 적성 등을 수용하여 변화한다. 2015 교육과정의 경우 기초, 탐구, 체육예술, 생활교양 교과군에 따라 기초, 일반, 진로 선택의 과목들을 학생들에게 개설하고, 학생들은 자신의 진로진학에 적합한 과목을 선택하면 된다. 3년간 학생이 이수해야 할 단위 내에서 다양한 선택군이 가능하다. 세부적으로 교과, 과목, 이수 단위, 학기 등의 개념들이 복잡하게 설정되어 있고, 실제 과목 선택에서는 진로진학과 대입수능시험에 유·불리를 따지고 있다.

교사들은 학생들의 희망과 적성에 따라서 진학지도를 해야 한다는 원론적인 방향을 강조하고 있지만, 현실적으로는 학생들의 대학교 합격이라는 목표를 간과할 수 없다. 교장인 저자도 은근히 학생들이 소위 '주요 명문대학'에 많이 합격하여 '학교의 명예'를 높여 주기를 기대하여 왔다. 학년말이 되면 학교별로 서울대 합격자의 수가 연일 언론에 대서특필되고, 윗자리에 거명되는 학교와 구성원들은 자부심과 보람을 느낀다. '무명'의 학교와 소속 교사는 마치 무엇인가 잘못한 것처럼 주눅이 들기도 한다. 비교육적인 처사라고 비판받기도 하지만, 일 년 동안 고생과 노력을 한 결과인 만큼 희비에 따라 보람과 비난이 뒤따르는 것은 충분히 이해가 된다. 해마다 반복되는 세간의 파동을 보면서 이것이 학교교육의 목적일까라는 회의가 들기도 한다.

학교 현장을 떠나면서 저자는 이제 학교교육의 본질이 과연 무엇인가에 대해 곰곰이 반성하고 있다. 저자는 학교를 운영하면서 교육의 목표와 성과를 인성교육 강화, 자기주도학습 능력 배양, 진로진학의 성공 등 3대 핵심과제에 두고자 했다. 인성이 반듯한 학생이 자기 스스로 학습에 분투노력한 결과 대입시에 성공한다는 것이다. 학교교육에서만 가능한 내용이라고 믿고 학교교육의 효용성과 존재 이유로 삼았다. 학교의 모든 역량을 모아 3대 핵심 과제를 중심으로 교육활동을 추진함으로써 교육적 성과를 거두었다고 자부하였다. 지난 10년 동안 정부에서 학교교육에 충실하면 대학교 입시에서도 성공할 수 있다는 공교육정상화 정책을 추진하였고, 이를 학교 현장에서 적극적으로 실천한 결과였다.

3가지 역점 추진 과제 중에서도 가장 근본적인 것은 인성교육이겠지만, 학교교육의 성과물은 학습 능력의 배양으로 실현되고 있다. 인성은 학습을 하기 위한 기초 과정이고, 진로진학은 학습의 결과에 따라 좌우되기 때문이다. 예나 지금이나 학교는 본래부터 새로운 지식을 배우는 곳이라는 의미와 상통한다. 공교육 정상화의 방안들이 논의될 때 학생들의 학력이 가장 중요한 이슈였고, 현재 대입 수시전형에서 비교과 활동을 평가하고 있지만, 역시 교과 성적을 우선적으로 중시하고 있다. 학교교육에서 학생들이 학습을 열심히 해야 된다는 사실은 부정할 수 없다.

그런데 일부 현상이지만, 저자의 눈에는 학생들이 학습의 필요성에 대해 소극적으로 대응하고 있는 것 같다. 공부를 하지 않아도 현실적으로 별다른 문제가 없다는 생각이 깔려있다. 그 원인은 우선 소위 신세대들의 의식 변화에서 찾을 수 있다. 어릴 때부터 부족함이 없는 환경이었고, 또한 어려운 과정을 경험하지 않고 성장한 세대들에게 공부는 참을 수 없을 만큼 힘들다는 것이다. 자녀를 한두 명만 둔 가정에서 성장한 학생들이 무지몽매한 낙관론에 젖어 "세상을 쉽게 살아갈 수 있을 것이다"라고 생각하는 것 같다. 매사에 참으면서 버티기 보다는 쉽게 쉽게 하려는 인식과 태도를 가진 학생들이 갈수록 눈에 많이 띈다. 이들에게 산업화 시대의 간난신고(艱難辛苦)를 경험하라고 요구할 수는 없지만, 치열한 현실을 직시하도록 교육시켜야 할 것이다.

학습에 대해 소극적인 의식을 가지게 된 또 다른 원인은 학생 수의 감소에 있다. 2020학년도 대입시부터 고3 학생들의 숫자가 대학교 입학 정원보다 적게 되었다. 단순히 수요와 공급의 측면에서 비교한다면 대학교 입학자의 미달 사태가 발생하게 되었고, 향후 이러한 현상은 더욱 심화 가속화될 것이다. 학원이나 입시 컨설팅회사 등에서 공공연하게 인구 변동의 자료를 제공하고 있다. 학생들 스스로 굳이 열심히 공부하지 않아도 대학교에 진학할 수 있다는 사실을 확실히 인지하고 있다. 2020년 8월 달성군에서 주관한 2021입시설명회 자리에서 서울 유명 사설학원의 강사가 학령인구와 대입 입학 정원의 변화 추계를 설명하면서 "앞으로는 공부하지 않아도 대학에 진학할 수 있다. 그리고 인구가 줄어들기 때문에 일자리가 남아돌아서 가만히 있어도 직장을 구할 수 있을 것이다"라고 하였다. 매우 자신감 넘치게 강한 목소리로 몇 번이나 반복적으로 말하였다. 현장에서 이 말을 듣고 있던 저자로서는 매우 당황스러웠다. 무책임하게도 학생들에게 잘못된 메시지를 전달하고 있었다. 가뜩이나 학습을 기피하려는 학생들에게 절호의 '핑곗거리'를 던져주고 있었다.

학생들이 학습에 소극적인 자세를 보인다면 그 결과는 명약관화하다. 표면적으로는 학력 저하 현상이 초래될 것이다. 실제로 2020년 2월부터 시작된 코로나19 감염 사태가 지속되면서 확인되고 있다. 3월 개학이 연기되고 원격수업, 일부 등교수업으로 한 학기 동안 정상적인 수업이 이뤄지지 못하였다. 3학년의 경우 지난 1·2학년 2년간 학교교육에서 이루어 놓은 학력 성취가 물거품이 되어 버렸다. 1학년은 아직도 중3의 자세에 머물고 있고, 2학년은 1년 후 닥쳐올 대입시를 남의 일처럼 보고 있다.

도심과 멀리 떨어진 농촌지역에 위치한 비슬고는 평소 사교육보다는 학교교육의 수업, 방과후학교 수업, 다양한 프로그램 등을 충실히 하여 왔다. 학교교육이 제 기능을 발휘하지 못함으로써 학습과 학력에 가장 많은 피해를 입었다. 언론 보도에서도 지역과 학교에 따라 학력의 저하, 학력 격차의 심화 현상 등을 확인하고 있다. 만약에 학습을 소홀히 한다면 코로나19 사태와 같은 특수한 상황에서처럼 학력의 저하는 불문가지의 사실이다. 대입 정원의 미달 사태로 학생들이 학력 저하 문제를 심각하게 받아들이지 않을지 모르지만, 저자를 비롯한 교사들은 학생들의 학력 저하의 본질적 요소를 심히 우려하고 있다. 학습의 결과는 표면적인 점수로 나타나는 성적이겠지만, 학력 이외의 요소가 있기 때문이다.

학생들이 학습에 소극적으로 대응하면서 나타나는 또 다른 결과를 주목해야 할 것이다. 학교교육에서 학생들이 수행해야 할 학습에 대해 올바른 이해가 선행되어야 한다. 학교교육에서 학습을 단순히 성적 향상이나 대입 성공이라는 수단적 가치에만 두어서는 안 된다. 우리가 흔히 성적이라 하면 국어·영어·수학 과목의 점수를 생각하게 된다. 외면에 나타나고 확인할 수 있는 것이 점수이기 때문에 어릴 때부터 학교의 시험에서 얻은 점수에 익숙할 수밖에 없을 것이다. 자신이 획득한 점수에 의해서 기준이나 합격 커트라인에 통과와 낙방이 결정된다. 학교교육에 종사하는 저자도 이것을 인정하고 높은 점수를 받으려고 노력해 왔다.

그런데 학생들은 학습을 통해 유형의 점수 이외에 무형의 '의식'도 체득하게 된다. 학습하는 과정에서 분투력, 의지, 정리 요령, 개념과 원리 파악, 성공경험 등을 얻을 수 있다. 학습에 대한 다양한 교육학적 이론이 있는데, 인지 이론에 의하면 학습은 새로운 사실을 인지하여 뇌기억 장치에 암기하는 과정이라고 한다. 뇌 구조는 생각, 판단, 의사 결정, 창조, 운동을 관장하는 전두엽과 영상과 시각에 단순 반응하는 후두엽이 있다. 전두엽은 사고 기능의 훈련에 따라 20세까지 성장하므로 사람마다 크기가 다를 수 있다. 어릴 때부터 의도적으로 사고 작용을 활발히 한 사람은 뇌 용량이 커져서 학습 역량이 강화된다. 반면에 컴퓨터, 게임기, 휴대폰 등 영상 매체의 반응에만 익숙한 사람들은 사고 작용과 학습 역량이 떨어진다. 뇌용량이 줄어들고 사고를 제대로 하지 못하는 '신인류'라고도 한다.

뇌 기능의 구조를 이해한다면 새로운 지식을 기억하는 원리를 터득할 수 있다. 초단기기억에서 단기기억, 장기기억의 순서로 나아가는데, 수많은 반복과 훈련으로 장기기억 창고에 저장되어 '나의 것'이 된다. 에빙하우스의 망각곡선 실험은 이를 입증하고 있다. 학습은 새로운 사실을 자신의 기억 창고에 저장하는 과정이라고 할 수 있다. 기억 창고의 어느 위치에, 어떻게 저장할지, 그리고 저장된 사실을 필요할 때 어떻게 활용할지 등은 학습하는 본인만이 알고 있을 뿐이다. 학습을 스스로 요령 있게 반복적으로 한 사람은 자기 나름대로의 방법을 터득하게 되고, 저장된 지식을 필요한 상황에서 효과적으로 꺼내 쓸 수 있다. 시험이나 평가에서 좋은 점수를 받게 되는 것이다. 이를 구체적으로 설명하는 학습의 원리와 방법이 제시되고 있다. 반복적으로 학습하는 과정에서 분투력과 의지, 그리고 학습의 결과에 따른 성공경험이 가장 중요한 요소이다.

학습을 소극적으로 한다면 외형적으로 성적이 낮아지는 것 이외에 분투력과 성공경험을 얻을 수 없게 된다. 분투력과 성공경험은 학습에서 출발하지만 인생을 살아가는 데 결정적인 요인이 된다. 현실의 삶은 학습을 하는 것보다도 더 치열하고 힘들 수 있다. 좌절과 실패의 장벽이 도처에 도사리고 있다. 현실의 난관을 돌파하기 위하여 끝까지 버티려는 의지와 분투력이 필요하다. 들판의 센 바람에 노출된 잡초처럼 질기고 강인해야 한다. 학습하는 과정에서 체득한 분투력과 성공경험이 힘의 원천이 될 수 있다. 그래서 학습이 필요한 것이다. 점수가 없어도 대학교에 진학은 하겠지만, 대학 졸업 후에는 분투력 없이는 헤쳐나갈 수 없는 치열한 삶의 현장이 기다리고 있다. 현재 우리 사회에서 대학교 진학과 직업, 삶이 순조롭게 연결되지는 않고 있다. 대학 졸업 후에 직장을 구하지 못하거나 다시 전문대에 진학하는 사람들을 많이 보고 있다.

앞으로는 학교교육의 핵심목적은 학습하는 능력을 배양하는 데 있음을 강조해야 할 상황이 되었다. 학생들은 성장과정과 입시정책, 사회 현상에 따라 학습을 적당히 하거나 아예 소홀히 해도 된다는 잘못된 생각은 버려야 한다. 저자는 학교교육을 하면서 학력 향상을 중시하여 왔고 성과도 거두었지만, 학습을 소홀히 하려는 현재의 현상들을 보고 걱정하지 않을 수 없다. 학교교육의 발전을 위하고, 학생들의 성공적인 장래를 위해서 학습은 결코 소홀히 할 수 없는 과제이다.

학교에서는 학력 향상을 위한 대책을 세우고 전 구성원과 함께 강한 의지로 추진해서 성과를 거두어야 할 것이다. 학습의 원리와 방법을 터득케하고 기초·기본 학습을 반복적으로 철저히 해야 할 것이다. 뇌의 장기기억장치에 새로운 사실들을 끊임없이 축적하고, 풍부한 지식을 바탕으로 새로운 학습 이론이 적용되어야 한다. 토론 수업과 창의성 교육의 장점이 입증되기 위해서는 먼저 기초·기본을 충실히 해야 할 것이다. 개념, 원리, 사실들을 모르는 상태에서 토론은 사상누각에 불과하다. 새로운 창발성은 기존의 축적된 사실 사이에서 출발한다.

현재 교실에서 인터넷과 교육 기자재에 기반하여 다양한 수업이 '실험'되고 있다. 형식적이고 일회적으로 끝나버리는 수업으로는 결코 진정한 배움이 일어날 수 없다. 기초·기본에 충실하고 분투력과 성공경험에 의해 내적 학습 의욕이 일어날 때 학습력이 배양된다. 학습력의 배양은 학교교육의 근본이고 기본이다. 2,500년 전에 이미 공자가 논어에서 "배우고 때때로 익히면 또한 기쁘지 아니한가!"(學而時習之 不亦說乎, 논어 학이), "아는 것은 좋아하는 것보다 못하고 좋아하는 것은 즐기는 것보다 못하다"(知之者不如好之者 好之者不如樂之者, 논어 옹야)라고 설파한 것은 학습의 영원한 진리임을 깨달아야 할 것이다.

• 학교교육은 정치적 요인에서 가급적 벗어나야 한다

현재 학교교육 현장에는 정치적인 요인이 강하게 작동되고 있다. 교육 현장에 정치 세력, 정치 행위, 정치적 결정, 정치 이념 등으로부터 영향을 깊숙이 받고 있는 점을 실감하고 있다. 교육과 그 종사자들은 법령에 의하여 엄격하게 정치적 중립을 지키도록 강제하고 있다. 교육이 정치적 권력이나 사상으로부터 자주성과 독립성을 가져야 하기 때문이다. 저자가 말하는 정치적 요인의 영향이란 법령의 강제를 받는다는 개념과는 달리 교육 현장에서 갈등 조정과 정책 결정 과정의 행위를 의미하고 있다. 저자는 교육과 정치에 대해서 학문적으로 연구한 적이 없으며, 따라서 심오하고 정치한 이론적 배경이나 학문적 성과를 잘 알고 있지 않다. 다만 교육 현장에서 느끼고 경험한 것을 토대로 언급하되, 관리자의 입장이 강하게 반영되어 있다.

교육과 정치는 매우 이질적인 성격을 가지고 있다. 교육은 시대와 목적에 따라 내용은 변하지만 추구하는 가치와 원리는 변하지 않는다. 전통적으로 교육의 기본요소라고 하는 지·덕·체(知德體)는 본질적인 것이다. 동양의 경우 인간의 기본 윤리를 삼강오륜(三綱五倫)으로 제시하고 있는데, 시간이 아무리 흘러가더라도 부모, 형제, 친구 등의 관계는 변할 수 없는 것이다. 자식이 부모에 대해 효도하는 방법은 바뀌었을지라도 그 이치는 그대로이다. 자식이 부모의 무한한 사랑을 깨닫고 감사하는 마음이 없다면 인간 사회는 존립할 수 없을 것이다. 형제와 친구 간의 관계를 규정한 의리도 마찬가지이다. 전통시대의 유교적인 삼강오륜을 시대의 변화에 맞게 재해석하여 학생들에게 교육해야 할 것이다. 교육은 인간 사회의 근본적인 원리와 이치를 가르치는 분야이기 때문이다.

그리고 학습의 원리와 방법도 지금의 그것과 비슷한 점이 있다. 예컨대 2,500년 전 논어에 "배우고 때로 익힌다면 이 또한 기쁘지 아니한가!"(學而時習之 不亦說乎, 논어 학이)라고 하여 배움의 기쁨을 설파하고 있다. 그리고 "아는 것은 좋아하는 것보다 못하고, 좋아하는 것은 즐기는 것보다 못하다"(知之者不如好之者 好之者不如樂之者, 논어 옹야)라는 것은 학문의 몰입 경지에 이르러야 진정한 학습이 이뤄진다는 것이다. 모두 지금의 자기주도학습의 이론과 일치하고 있다. 논어에는 학문의 원리와 방법에 관해서 자주 언급되고 있는데, 지금의 이론과 크게 차이나지 않는 것들이 많이 있다. 학습하는 원리와 방법은 시간이 흘러도 변하지 않기 때문이다. 따라서 학교교육의 내용과 방법을 두고 교사들 사이에 이해(利害)관계에 따라 적당하게 타협할 수는 없다.

이에 비해서 정치는 인간 사이의 이해관계나 갈등을 조정 타협하는 것을 목적으로 하고 있다. 다양한 이념, 신념, 이해관계 등을 소유한 인간은 개인 간에, 그리고 집단 간에 필연적으로 갈등이 발생하기 마련이다. 이때 정당한 절차와 방법을 통해 타협 조정하게 된다. 학교교육 현장에도 많은 사람들이 한 공간(영역)에서 생활하므로 당연히 이해 충돌이 상존하여 왔다. 1980년대 군사정권이 붕괴되기까지는 학교에도 상명하복의 일방적 권위주의가 지배하였고, 현장의 갈등도 권위주의 방식으로 해결되었다. 그 이후 사회 발전에 따라 민주주의적 제도와 절차가 사회 전반적으로 확산 정착되어 갔다. 사회 전반에 걸쳐 정치적 욕구와 에너지가 강력하게 분출되었고, 교육계에도 그 파고가 밀려들었다. 소위 '교육계의 정치화'라고 하겠다. 상부 교육행정기관으로부터 강압적인 지시 일변도의 통제를 거부하였고, 단위 학교에서도 교장의 권위주의적인 학교 운영이 비판받게 되었다. 이 과정에서 정치적 투쟁과 해결이 교육 현장에 깊숙이 자리 잡게 되었다. 2000년대 이후 학교와 교육청에서 전개된 수많은 정치 투쟁의 현장을 똑똑히 목격하였다. 당시에 교육청 장학사로 그 업무를 담당하였기 때문이다. 평소 알고 있던 교육과는 전혀 다른 일들이 교육 현장에서 벌어지고 있었다. 사건의 발단, 전개, 해결 등 일련의 과정이 매우 비교육적으로 처리된다고 생각하였다.

정치 투쟁이 교육청이나 교장의 권위주의적 행태를 청산하는 데 유효한 수단이었음은 부인하지 않는다. 비교육적 방법으로 학교를 운영하거나 개인적 이익을 추구하는 관리자들의 잘못은 당연히 퇴출되어야 한다. 교육의 발전은커녕 교육의 본질을 훼손하고 있기 때문이다. 문제는 그다음에 있다. 정치 투쟁이 관행화, 체질화되면서 초기의 순수한 교육적 목적은 사라졌고, 교육계의 질서는 혼란에 빠져들었다는 목소리가 여기저기서 터져 나왔다. 교장의 정당한 권한 행사를 어렵게 하고, 권위에 도전하여 무시하는 것을 투쟁의 성과로 여겼던 것이다. 자신들의 이해와 상충될 때 집단화하여 조직적으로 저항하였다. 교육계에서는 낯선 전략과 전술이 동원되기도 하였다.

조직의 이념이나 목표와는 달리 교사 개인적인 이익을 위해서도 정치 투쟁이 활용되기도 했다. 소위 조직의 '우산' 아래에서 일신의 무사안일과 사리사욕을 추구하려는 교사들이 중심에 있었다. 저자는 교감, 교장으로 재직한 학교에서 여러 사례들을 경험하였다. 능력, 품성, 개인적 사유 등으로 교직 자체에 적응하지 못하거나 조직에 불만을 가진 교사들이 앞장서서 선동하고 세력을 규합하여 갔다. 교사들이 반드시 수행해야 할 과업뿐만 아니라 개혁을 추진하는 교장의 행위도 선동의 '투쟁거리'가 되었다. 정치 투쟁에서 흔히 사용되는 서명, 집회, 음해, 민원 제기 등의 방법이 동원되었다. 고립무원에 처한 교장을 '불통'의 인물로 '단죄'하여 '정치적 승리' 를 거두는 것은 그리 어렵지 않은 일이었다.

교사들이 자신의 이해를 관철시켰다고 만족할지는 모르지만, 학교교육 은 그만큼 망가져 가고 있었다. 학교교육의 주인공이오, 수요자는 학생과 학부모들이다. 그들은 교사들의 열정과 헌신을 기대하고 있는데, 기본적인 직무 수행조차도 기대하기 힘든 상황에 처하게 되었다. 이상은 저자가 근 무한 학교에서 경험한 것으로 이 책의 제3장에 서술되어 있다. 또한 현재 주변에서 들리는 이야기를 토대로 언급하였다. 대부분 학교들의 일반적인 상황은 아닐 것이라 믿는다. 다만, 앞으로 갈수록 학교에서 일어나는 다양 한 일들이 교육적 판단보다는 정치적 결정으로 이뤄지는 것은 틀림없는 듯 하다. 학교의 정치화는 교사들의 이해를 달성하는 효과적인 수단이라고 확 신하고 있기 때문이다.

학교의 정치화는 이제 시대적 대세가 되었다. 이를 부정하기보다는 학 교를 운영할 때 법령을 철저히 지키고 구성원의 의견을 적극적으로 수렴해 야 할 것이다. 소위 '민주적 학교 운영'이다. 학교 내에 다양한 위원회와 협 의체가 실질적으로 충분히 작동하고 있다. 대부분 위원회의 위원장은 교감 이 되며, 운영에 있어서 구성원의 의견을 수렴하고 절차와 규정을 따르고 있다. 회의 결과를 교장에게 보고하면 대부분 수용하여 이행토록 한다. 학 교를 자율적으로 운영해야 된다는 법령의 취지를 살리고 있는 것이다. 그 럼에도 불구하고 조직이나 개인의 이해가 학교 운영과 상충될 때는 정치적 으로 해결하려는 세력이 나타나고 있다. 학교의 공식적인 의사 결정이나 의견 수렴과는 달리하고 있다. 교장의 권한과 권위를 쉽게 무시하려 든다. 학교교육을 위해 다양한 의견이 제시되고, 이것이 민주적으로 수렴되어야 하겠지만, 정치 투쟁으로 변질된다면 교사 간에 갈등과 분열이 초래되기 마련이다.

학교의 정치화에 대해 교사들의 진지한 고민이 필요하다. 만약 학교 내에서 정치적 논의와 결정이 필요하다면 교육적 목적에 국한하되 교육적 판단을 우선시해야 될 것이고, 조직의 목적이나 개인적 이해는 철저히 배제해야 할 것이다. 정치적 목적 때문에 학교교육이 훼손되어서는 안 되기 때문이다. 그리고 개별 학교의 문제는 가능한 학교 내부에서 해결되어야 할 것이다. 학교는 개별 학생들의 성공을 위해 존재하기 때문이다. 아울러 논의 과정에서 정치 투쟁에서 사용하는 선동이나 과격하고 비타협적인 발언과 행위는 일체 배제해야 할 것이다. 투쟁의 상대는 학교교육을 위해 동일한 교육 현장에 함께 근무하는 교육 동료임을 잊지 말아야 할 것이다. 논쟁의 과정에서 "과연 이것이 학생이나 학부모에게 도움이 될 것인가"라고 반문한다면, 해답은 쉽게 찾을 수 있을 것이다. 학교는 정치적 이익을 관철시키려는 무대가 아니라 학생들의 성장을 위해 배우는 공간이다.

학교의 정치화를 최소화하기 위해서는 외부에서도 학교교육의 필요성과 목적을 중시하고, 이것의 실현을 위해 도와주어야 할 것이다. 학교 현장에서 교육의 순수하고 온전한 목표를 달성하는 것이 학생과 학부모를 위한 길임은 두말 할 필요가 없을 것이다. 나아가 우리 민족과 나라의 백년대계를 위한 올바른 길일 것이다. 따라서 학교교육은 정치적 목적을 달성하기 위한 수단이 되어서는 안 될 것이다.

학교교육은 이제 지방자치제와 교육자치제의 전면 시행으로 외부의 정치적 영향력에서 벗어날 수 없다. 그것이 주민 대표, 지방 분권, 교육의 중립을 지향하고 있지만, 과연 교육의 발전에 도움이 되는지 고민할 필요가 있을 것이다. 교육 현장에서 외부 정치인, 정치 제도, 정치 기구에 의해서 초래된 제반 문제점은 충분히 이해하고 있으리라 생각하며, 여기서 저자가 상론할 주제의 범위는 아니다. 교육이 정치와 단절될 수는 없겠지만, 교육의 문제는 교육 전문가들에게 우선적으로 맡기는 것이 바람직할 것이다.

1. 출생 및 학력

대구광역시 달성군 옥포읍 강림리 출생(1959. 12. 7.)

대구금포초등학교 졸업(1972. 2.)

경서중학교 졸업(1975. 2.)

청구고등학교 졸업(1978. 1.)

경북대학교 사범대 역사교육과 졸업(1982. 2.)

경북대학교 대학원 사학과 졸업(문학석사, 1986. 2.)

경북대학교 대학원 사학과 졸업(문학박사, 1995. 8.)

2. 주요 경력

한국정신문화연구원 민족문화대백과사전편찬부 편수원(1986. 4.~1988. 8.)

경상중, 본리여중, 대구고, 경북고 교사(1988. 9.~2003. 2.)

대구시교육청 장학사(2003. 3.~2009. 2.)

경북대사대부설고등학교 교감(2009. 3.~2012. 8.)

경덕여자고등학교 교감(2012. 9.~2014. 2.)

화원고등학교 교장(2014. 3.~2016. 8.)

경북고등학교 교장(2016. 9.~2019. 2.)

비슬고등학교 교장(2019. 3.~2022. 2.)

대구가톨릭대학교 산학협력교수(2010. 3.~2015. 2)

대구교육대, 울산과학대, 금오공대 강사(1986~1997)

경북대 사대 역사교육과, 교육학과 강사(2001~2012)

대구중등역사교육연구회 회장(2016. 3.~2018. 2)
경북대 사대 역사교육과 동창회 회장(2020. 1.~2021. 12.)

연구 실적

1. 저서

朝鮮後期 備邊司硏究(集文堂, 2001. 2003대한민국학술원 우수학술도서 선정)

朝鮮後期 士林의 現實認識과 政局運營論(集文堂, 2009)

慶尙道七百年史(경상북도, 1999, 공저)

조선시대 대구사람들의 모습과 삶(계명대학교, 2002, 공저)

2. 논문

朝鮮後期 慶尙右道 士林과 鄭希亮亂(大丘史學31, 1986.)

光海君代 備邊司의 組織과 機能(大丘史學41, 1991.)

遲川 崔鳴吉의 經世觀과 官制變通論(朝鮮史硏究1, 1992.)

仁祖代 備邊司의 運營과 性格(朝鮮史硏究2, 1993.)

備邊司 變通論 檢討(朝鮮史硏究3, 1994.)

宣祖代 후반 備邊司體制로의 轉換과 그 限界(歷史敎育論集19, 1994.)

孝宗代 備邊司의 運營과 性格(國史館論叢57, 1994.)

17세기 備邊司의 運營과 性格(경북대박사학위청구논문, 1995.)

肅宗代 備邊司의 性格(大丘史學53, 1997.)

17世紀 士林政治期 備邊司의 機能(韓國史硏究99. 100합집, 1997.)

朝鮮後期 政治史의 硏究動向과 고교 국사교과서의 敍述－5. 6차 교육과
정을 중심으로(歷史敎育67, 1998.)

제7차 국사과 수준별 교육과정과 적용(歷史敎育論集23. 24합집, 1999.)

朝鮮後期 明谷 崔錫鼎의 現實認識과 政局運營 方案(李樹健敎授停年紀念論叢 2000.)

士林政治期 南九萬의 現實認識과 政局運營論(歷史教育論集26, 2001.)

百弗庵 崔興遠의 時代와 그의 現實對應(韓國의 哲學29, 2001.)

退軒日記에서 나타난 대구양반 全克泰의 벼슬살이(雪江柳永博教授古稀紀念
韓國史學論叢, 2003.)

朝鮮後期 大邱地域 西人勢力의 動向(大丘史學76, 2004.)

景宗代 備邊司의 性格(朝鮮時代史學報30, 2004.)

英祖代 次對의 傾向과 性格(歷史教育論集34, 2005.)

朝鮮後期 竹軒 都愼徵의 議禮疏와 國政 變通論(朝鮮時代史學報33, 2005.)

17세기 朝鮮政治史에서 名分과 利害(退溪學과 韓國文化37, 2005.)

桐溪 鄭蘊의 現實認識과 政局運營論(歷史教育論集41, 2008.)

備邊司의 政治的 位相과 機能(史學研究91, 2008.)

3. 발간자료

대구시교육청 독도 교육 추진계획(대구교육48, 2008.)

| 권선복 |
행복에너지 대표이사

　교육은 어떤 시대, 어떤 사회에서도 중요한 요소임에 틀림없습니다.

　한 나라가 발전하기 위해서 가장 중요한 토양이 무엇이냐고 묻는다면 교육이라고 대답할 것입니다. 자원이 아무리 많아도, 자원을 활용할 인재가 없다면 무용지물일 것이기 때문입니다. 그리고 그러한 인재는 양질의 교육을 통해 길러지는 것입니다.

　요즘에는 '공교육의 붕괴'라 하여 입시 위주의 풍토가 학교 교육을 쓸모없게 만들었다고 보기도 합니다. 이는 참으로 안타까운 일이 아닐 수 없습니다. 교육이란 단순히 소위 말하는 좋은 대학에 가기 위해서만으로 이루어지는 것이 아니기 때문입니다. 교육의 목적은 그보다 더 넓고 깊은 데 있습니다. 젊은 시절의 인성 도야, 건전한 도덕관념, 웅대한 포부, 그 모든 것이 교육에 담겨 있습니다. 한창 지성과 감성이 성숙해 가는 청소년 시절, 그 값진 시절에 받는 교육은 향후의 세월을 좌지우지할 정도로 중요하게 작용합니다. 그렇기에 우리는 공교육에 대한 희망을 꺾어서는 안 되는 것입니다.

　본 서는 직접 교육현장에 몸담았던 저자가 기록하는 '학교교육에서의 배움과 가르침'을 담은 수기입니다. 50년 이상의 경험을 한 권에 오롯이 녹여내었습니다. 직접 교단에 서서 학생들을 지도하며 때로는 개혁도 불사한 저자의 열정과 신념이 돋보입니다.

"교사는 학생을 학교교육의 중심에 두고 학생이 학교교육의 주인이라는 생각을 가져야 한다. 학생들의 성공을 위하여 '내 아이처럼 가르치겠다'는 마음으로 열정과 능력을 다해야 한다. 교사들이 국가와 국민들로부터 부여받은 신성한 공적 책무라고 하겠다."

저자가 굳게 결심한 내면의 맹세입니다. "모르는 건 학원 가서 물어봐라"라고 말하기도 한다는 일부 공교육의 본질을 망각한 교사들에 비하면 천금 같은 말이라고 할 수 있겠습니다. 이렇듯 학교교육에 대한 강한 책임감과 신뢰를 가지고 살아온 저자의 경험은 언제 보아도 소중한 자원입니다.

저자는 교직에 근무하면서 교육계를 둘러싸고 있는 환경적인 문제에 봉착하기도 하고 책무성이 부족한 교사들과 맞닥뜨리기도 하였습니다. 그러나 포기하지 않고 난제들을 해결하기 위해 전력투구하였습니다. 이러한 자세를 가진 교직자가 있기에 대한민국의 교육미래는 한층 더 밝을 것으로 기대됩니다.

"부장회의 시 학교 경영방침을 연수했다. 학교 곳곳의 문제점을 근원적으로 해결하고자 방향을 제시한 것이다. 임기응변, 무형식, 적당주의, 기강 해이 등으로 흐트러진 학교를 바로잡아야 한다. 취임 후 여러 차례 이야기했으나 제대로 이행되지 않기 때문이다."

저자가 쓴 일기에서 엿볼 수 있듯이 학교교육이 무너지는 문제는 단순히 부실한 학생들에게만 있는 것이 아니고 총체적인 문제라고 볼 수 있습니다. 교사, 학부모, 지역 등 상호 간에 악순환이 심화될 때 상처가 곪아 터지는 것입니다. 저자는 이러한 문제점을 극복하기 위해 학교교육에 대한 비전과 목표, 구성원의 응집력, 인성지도, 교실수업, 진로진학, 교육성과 등을 개선하고 내부의 요인 못지않게 정부의 정책이나 시대적 과제 등 외부의 상황에도 귀를 기울이는 진정한 교육자의 모습을 보여줍니다.

본 서를 통하여 아직 학교교육의 미래가 밝다는 것을 알 수 있었습니다. 또 우리에게 학생들을 가르칠 학교교육이 얼마나 중요한지 다시금 되새겨 보는 기회를 가질 수 있었습니다.

부디 공교육이 되살아나 많은 이들에게 희망찬 교육의 미래를 제시할 수 있기를 바랍니다.

그리하여 전국의 모든 학생과 교사가 한마음 한뜻으로 밝은 행복에너지를 팡팡팡!! 터트리게 되기를 진심으로 소망하겠습니다! 여러분이 주인공입니다. 교육과 인재가 함께하는 나라가 건설되기를 바라며 따스한 날이 다가오는 오늘날 행복한 마음으로 본서를 세상에 내놓습니다.

하루 5분, 나를 바꾸는 긍정훈련
행복에너지

**'긍정훈련' 당신의 삶을
행복으로 인도할
최고의, 최후의 '멘토'**

'행복에너지
권선복 대표이사'가 전하는
행복과 긍정의 에너지,
그 삶의 이야기!

인터파크
자기계발 분야 주간
베스트 1위

권선복 지음 | 20,000원

권선복

도서출판 행복에너지 대표
영상고등학교 운영위원장
대통령직속 지역발전위원회
문화복지 전문위원
새마을문고 서울시 강서구 회장
전) 팔팔컴퓨터 전산학원장
전) 강서구의회(도시건설위원장)
아주대학교 공공정책대학원 졸업
충남 논산 출생

책『하루 5분, 나를 바꾸는 긍정훈련 - 행복에너지』는 '긍정훈련' 과정을 통해 삶을 업그레이드하고 행복을 찾아 나설 것을 독자에게 독려한다.

긍정훈련 과정은 [예행연습] [워밍업] [실전] [강화] [숨고르기] [마무리] 등 총 6단계로 나뉘어 각 단계별 사례를 바탕으로 독자 스스로가 느끼고 배운 것을 직접 실천할 수 있게 하는 데 그 목적을 두고 있다.

그동안 우리가 숱하게 '긍정하는 방법'에 대해 배워왔으면서도 정작 삶에 적용시키지 못했던 것은, 머리로만 이해하고 실천으로는 옮기지 않았기 때문이다. 이제 삶을 행복하고 아름답게 가꿀 긍정과의 여정, 그 시작을 책과 함께해 보자.

『하루 5분, 나를 바꾸는 긍정훈련 - 행복에너지』